EVA FELLNER

DER WEG DER HIGHLANDERIN

atb aufbau taschenbuch

EVA FELLNER, mit vollem Namen Eva Fellner von Feldegg, wurde 1968 im oberbayerischen Murnau geboren und arbeitete zunächst als Chefredakteurin einer Fachhandelszeitschrift. Sie gründete eine Agentur für digitales Marketing und unternahm zahlreiche Reisen. China und Südafrika wurden ihr dabei zu einer zweiten Heimat. Neben asiatischer Kampfkunst interessiert sie sich schon immer für Geschichte, für starke Frauen und die Welt des Mittelalters. Sie ist davon überzeugt, dass die schönsten Geschichten das Leben selbst erzählt.

Die mutige Clanführerin Enja hat sich dazu entschlossen, an der Seite des Schotten James Douglas gegen die Engländer zu kämpfen. Eines Tages erfährt sie im Lager der Feinde etwas über den Verbleib eines Mannes, den sie seit Jahren verzweifelt sucht, denn einst hat er Enja im Kampf schwer verletzt und ihre Freundin auf grausame Art getötet. Als der schottische König am Tag der entscheidenden Schlacht beschließt, dass Enja sich als Frau vom Kampfgeschehen fernhalten soll, missachtet sie diesen Befehl – denn sie weiß, dass sie in der Schlacht dem Mann gegenübertreten wird, dem sie vor Jahren Rache geschworen hat.

EVA FELLNER

DER WEG DER HIGHLANDERIN

Historischer Roman

atb aufbau taschenbuch

MIX
Papier aus verantwortungsvollen Quellen
FSC® C083411

ISBN 978-3-7466-3830-0

Aufbau Taschenbuch ist eine Marke der Aufbau Verlage GmbH & Co. KG

2. Auflage 2021

Umschlaggestaltung www.buerosued.de, München
unter Verwendung eines Bildes von © Trevillion Images / Rekha Garton
Satz LVD GmbH, Berlin
Druck und Binden CPI books GmbH, Leck, Germany
Printed in Germany

www.aufbau-verlage.de

Für meinen lieben Ehemann!
Danke, dass Du immer an mich geglaubt hast …

Kapitel 1

Glastonbury Abbey, Somerset,
England im Frühjahr 1306

Eine Kathedrale wie von Gott erschaffen, ging es mir durch den Kopf, als ich das imposante Gebäude zum ersten Mal sah. Hoch reckten sich die Außenwände der aus Sandstein gehauenen Mauern in den Himmel, als würden sie den Schatz der Götter hüten. Es war ein weithin bekanntes Gemäuer, um das sich viele Geschichten rankten. Erzählungen von schrecklichen Kriegen und blutigen Auseinandersetzungen, die bis zu den Wikingern reichten. Ein tiefer Schauer erfasste mich bei diesem Anblick am Horizont, aus meiner Ehrfurcht wurde ein Gefühl der Ohnmacht. Vielleicht sollte ich mich besser nicht gegen einen Gott stellen, der so mächtig ist, dass ihm zu Ehren solche Kathedralen erbaut wurden?

Aber gleich darauf schüttelte ich meine dunklen Gedanken ab wie eine lästige Fliege. Wie um mich selbst gegen diese mächtigen Kräfte zu wappnen, straffte ich meine Schultern und lächelte selbstsicher. Letztlich haben doch nur ganz normale Menschen dieses Gebäude errichtet. Es war schlichtweg eine Ansammlung von kühn aufeinandergesetzten Steinen. Mein Schenkeldruck wurde fester, und der altersschwache Schecke, den ich zu meiner Tarnung im Hafen von Holyhead in Wales für ein paar Schillinge gekauft hatte, bewegte sich mit seinen vom Alter gekrümmten Beinen vorwärts. Nach drei

Tagen waren seine Kräfte bereits ausgezehrt, und sein Schritt war entsprechend müde.

»Gleich hast du es ja geschafft, alter Schecke«, tröstete ich ihn und rieb mit der Hand liebevoll über seinen knöchernen Hals. Graues Haar wuchs an den Stellen, die von Verletzungen durch schwere Feldarbeit oder falscher Behandlung zeugten. Aber für meine Aufgabe war das Pferd ideal. Kein Mensch würde uns Aufmerksamkeit schenken. Mein strenges Nonnengewand, das glatt und taillenlos bis weit über meine Stiefel reichte, wurde nur mit einem Strickgürtel in der Mitte zusammengehalten. Ein hölzerner Rosenkranz baumelte um meinen Hals als Zeichen meiner frommen Absichten. Es roch nach Lavendel, so wie die Highlands im Frühling, wenn die blau blühenden Sträucher im Spiel der Sonne die Hügel färbten. Sie ließ den Raureif auf den Grashalmen glitzern und schlüpfte immer wieder tapfer durch die grauen Regenwolken, die hierzulande wie ständige Begleiter über die Köpfe der Reisenden dahinzogen.

Die Sonne schien auch jetzt mit der verstärkten Kraft der ersten Frühlingstage warm auf mich herab und trocknete die Feuchtigkeit meines Habits, den ich Schwester Eleonore mit Engelszungen abgeluchst hatte. Den zweifelnden Blick der alten Nonne hatte ich immer noch vor Augen, als sie mir zögernd das sorgfältig zusammengelegte Gewand überreichte. Sie hatte in meiner Burg Zuflucht vor einer Äbtissin gefunden, die es sich zur Lebensaufgabe gemacht hatte, die arme Frau zu quälen. Halbblind und unterernährt hatte sie eines Tages vor meinen Toren gestanden und bereicherte seitdem unseren Alltag mit ihren frommen Gebeten. Meine ehrlichen Absichten als Grund meiner Reise nahm sie mir wohl nicht ab, dazu musste ich ihr nicht erst in die grau verschleierten Augen sehen. Trotzdem half sie mir mit zusammengekniffenen Lippen beim Anlegen des Kopftuchs, das meine Stirn mit der verräterischen Hautbemalung verdecken sollte. Ein Kreuz war schwarz und verkehrt herum auf meine Stirn tätowiert – eine Erinnerung an meine Zeit als Sklavin, die ich längst hinter mir gelassen hatte. Jetzt war ich selbst Herrin einer Burg, die eine eigene Streitmacht beherbergte, um die Frauen und Kinder darin zu beschützen. Ich war Enja, Kriegerin und Anführerin eines stolzen Clans, die ebenso geachtet wie gefürchtet wurde.

Heute aber war ich jemand anderes, eine Nonne, die nach Somerset kam, um die Spenden ihres Klosters an die Hüter der Gebeine des Heiligen Davids zu übergeben und Frieden mit ihrem Gott zu finden. So oder so ähnlich hatte mir die alte Nonne die Worte in den Mund gelegt. Der Gedanke, mich zum Beten in eine Kirche zu begeben, war mir unangenehm. Nachdenklich rieb ich mir das Kinn, wie Männer über einen Bart reiben. Ich fühlte den Dreck der vergangenen Tage auf der Haut und freute mich auf ein warmes Bett, frische Wäsche und kühles Wasser, was ich am Ziel meiner Reise vorfinden würde. Diese Aussicht und der Wunsch nach einem warmen Mahl ließen mich den Schecken zuerst Richtung Dorf wenden, das so friedlich im Schatten der großen Kathedrale lag, die mein eigentliches Ziel war. Ein wohliger Schauer angesichts des neuen Abenteuers trieb die Müdigkeit aus meinen Gliedern. Morgen früh würde ich dem Abt von Glastonbury Abbey einen Besuch abstatten, den er nicht überleben würde. Abt Theobald von Kent würde morgen sterben – durch die Hand einer Nonne.

Modriger Geruch riss mich aus meinen Gedanken. Mein Wallach witterte nun einen Stall und lief ein wenig schneller. Seine beschlagenen Hufe stießen immer wieder auf Kiesel, die unter dem Gewicht des Pferdes knirschten. Der einsetzende Regen brachte den unangenehmen Duft alten Leinens mit sich, der kaum von der zarten Lavendelnote überdeckt wurde. Wie Nonnen den Alltag in solch stinkenden Kleidern erduldeten, stieß bei mir auf große Bewunderung. Gott musste so gut wie keinen Geruchssinn haben. Dazu haftete das weiße Kopftuch, das meine Stirn umspannte, so eng an meinem Kopf, dass ich Kopfschmerzen davon bekam. Schwester Eleonore hatte mir aber auf meinen Protest hin versichert, dass alle Nonnen es so eng trugen. Nur die Augen, die Nase und der Mund sollten zu sehen sein. Jedes Zeichen von Weiblichkeit wurde mit dem Tuch und mit dem Skapulier verdeckt, einem Umhang, der über dem Untergewand zu tragen war. Ärgerlich schob ich einen Finger zwischen den weißen Stoff und meine Haut, um etwas Luft heranzulassen. Dabei versuchte ich, mich auf den Duft von Lavendel und meine bevorstehende Aufgabe zu konzentrieren.

Glastonbury Abbey war ein Relikt der ersten irischen Gottesmänner, die nach England gekommen waren, um ihren Glauben zu verbreiten. Die etwa fünfundvierzig Benediktinermönche, die dort wohnten, beteten und arbeiteten, blickten auf eine lange Geschichte zurück und zählten ihre Kathedrale heute zu einer der größten Klosteranlagen. Sie sammelten Gebeine und Utensilien ihrer Heiligen und bewahrten sie in der Kirche auf. Angeblich hatten die Mönche sogar das Grab von König Arthur und seiner Frau Guinevere in der Nähe der Kirche gefunden, geborgen und sie im Kirchenschiff beerdigt. Der von den Engländern so geliebte König Richard Löwenherz selbst soll die Versetzung des Grabes angeordnet haben, um sich König Artus nahe zu fühlen. Guineveres Leichnam soll vor der Umbettung noch goldene Locken getragen haben, die aber bei einer Berührung durch einen der Mönche zu Staub zerfielen. Die Augen der alten Nonne Eleonore hatten begeistert geleuchtet, als sie mir dieses Ammenmärchen erzählte.

»Blödsinn!«, rief ich laut, immer noch verärgert über die Gutgläubigkeit der Ordensschwester, und hielt erschrocken inne. Hatte mich jemand gehört? Nervös blickte ich mich um, aber nichts schien die Grillen und Vögel zu stören. Niemand schien mich bemerkt zu haben, Besucher waren wohl in dieser Gegend ein gewohntes Bild. Vom nahegelegenen Dorf hallten Laute herüber, die auf ein geschäftiges Treiben hindeuteten. Es war der Tag des Mondes und der erste Tag, an dem die Menschen nach der sonntäglichen Ruhe wieder arbeiten mussten. Die vielen Pilger, die tagtäglich zum Kloster strömten, sorgten bei den Marketendern und Handwerkern für ein gutes Auskommen. Schließlich mussten die zahllosen hungrigen Pilger auch verköstigt und nicht zuletzt unterhalten werden. Pferde mussten beschlagen, Kutschen repariert und Männerkehlen befeuchtet werden. Das schallende Lachen einer jungen Frau war aus der Ferne zu hören, gefolgt von einem tieferen mehrstimmigen Gelächter aus Männerkehlen. Sicher war an diesem Ort alles zu finden, was fromme Männer brauchten.

Ob die Mönche in mir eine Nonne sehen würden? Ganz sicher war ich mir da nicht. Meine wenigen weiblichen Kurven wurden von dem weiten Skapulier ausreichend verdeckt, aber meine Körpergröße war verräterisch. Ich überragte viele Männer um einen ganzen Kopf, und meine muskulösen Schultern waren etwas zu breit für eine Frau. Tägliche Kampfübung mit Schwert und Lanze stählte meinen Körper, der dem eines gut trainierten Kriegers in nichts nachstand. Unter dem Gelächter der umstehenden Frauen und dem kritischen Blick Eleonores hatte ich lange die demütige Haltung einer Nonne geübt. Mit eingesunkenen Schultern und gesenktem Haupt hatte ich fast gespürt, wie ich ein wenig von dem Stolz ablegte, der sonst durch jede Pore meiner Haut strömte. Der Stolz einer Frau, die erreicht hatte, was kaum ein Mensch ohne Adel erreichen konnte: Ich war Burgherrin in einer von Kampf und Krieg gezeichneten Zeit, entschlossen, meinen Clan vor der Rache des englischen Königs zu schützen, der mich zu seiner Todfeindin erklärt hatte, als ich vor seinem Hofstaat im London Tower meine Rechte als Burgherrin eingefordert hatte. Erst im August letzten Jahres war ich seinem Henker entkommen, und im darauffolgenden Herbst hatten wir uns einer heftigen Belagerung ausgesetzt gesehen. Irgendwann hatten die Engländer allerdings aufgegeben, als sie keinen Meter gegen meine Burg gewonnen hatten. Sie hatten meine Gegenwehr und die meiner Krieger unterschätzt.

Mein Mund verzog sich zu einem spöttischen Lächeln, als ich mir ausmalte, wie König Edward toben würde, wüsste er mich in seiner unmittelbaren Nähe. Somerset lag in der Nähe Londons, südwestlich des Königssitzes. Den weiten Weg von Schottland bis hierher hatte ich mit einem der zahlreichen *Birlinns* eines schottischen Händlers auf dem Seeweg zurückgelegt. Das wendige Schiff mit dem flachen Bug war sowohl meeres- als auch binnenseetauglich und hatte mich sicher nach Holyhead übergesetzt, einem kleinen Hafen an der walisischen Küste. Ein Dreitagesritt hatte mich nun an mein Ziel gebracht, zur Kathedrale von Glastonbury mit ihrem ehrenwerten Abt Theobald von Kent.

Die Nacht verbrachte ich in einer der Tavernen, die mir der schottische Tuchhändler bei der Landung in Holyhead genannt hatte. Sie wurde von einer Frau geführt, die verschwiegen war und dank ein paar zusätzlicher Münzen keine Fragen stellte. Eine Nonne in ihrem Haus war auch nicht so ungewöhnlich, da die Dorfwirte geistliche Besuche gewöhnt waren. Ich bekam sogar heißes Wasser auf mein Zimmer und ein Abendbrot. Vermutlich stand nun schon ein Frühstück vor meiner Tür, obwohl es noch recht früh am Morgen war.

Widerwillig setzte ich mir wieder das enge weiße Kopftuch auf, das an den Rändern sogar Abdrücke auf meiner hellen Haut hinterließ. Einen Fingerbreit lockerer, als Eleonores strenge Augen es hätten durchgehen lassen, steckte ich den Kopfputz mit einer Nadel fest und stülpte mir den grauen Umhang über. Meinen Dolch hatte ich mir ans Bein geschnallt, damit er durch die dicken Lagen Stoff gut verdeckt war. Bei einem Assassinenangriff war ein langes Schwert nutzlos. Mein Dolch dagegen war, beidseitig geschärft und richtig platziert, auf der Stelle tödlich.

Grimmig malte ich mir aus, wie Theobald von Kent sterben würde. Wenn sein Gott ihn bisher nicht bestraft hatte, würde ich es eben tun. Erst im letzten Jahr war der Benediktinerabt Theobald für die Leitung des Klosters in Somerset vorgeschlagen worden. Anscheinend waren dem Bischof die sexuellen Vorlieben des Abtes zu Ohren gekommen, daher versetzte er ihn mit sofortiger Wirkung aus London in dieses abgelegene Kloster. Aufmerksam wurde ich auf ihn, als mir ein Junge, dem gerade mal der erste Haarflaum wuchs, von den Schandtaten dieses Geistlichen erzählte. Er war der Bruder eines Knaben, den seine besorgte Mutter in meine Burg gebracht hatte. Ich war nicht nur als Kriegerin bekannt, sondern auch als weiblicher Medicus.

Dieser Junge war mit seinem kleineren Bruder im letzten Herbst zu mir zur Beschau gekommen. Er war ein hübscher, aufgeweckter Knabe mit dunklen Locken und mitten im Stimmbruch. Sein Blick war nervös, er wirkte scheu wie ein Reh. Er zeigte auf seinen kleinen Bruder von vielleicht neun oder zehn Jahren, der mich mit großen blauen Augen ansah und eine Haarlocke an seiner Stirn zwirbelte.

»Ich bin wegen William hier«, erklärte mir der Größere der beiden, schob den Bruder nach vorne und zeigte auf ihn. »Er spricht nicht mehr, schon seit Monaten.«

Natürlich untersuchte ich den Jungen eingehend, ließ ihn den Mund öffnen und tastete seinen Hals ab. Aber eine Krankheit konnte ich nicht entdecken.

»War er denn in letzter Zeit krank, oder ist etwas Ungewöhnliches passiert?«

Nur aus den Augenwinkeln heraus sah ich, wie der Große nervös von einem Bein aufs andere trat. Ich gab vor, die Unsicherheit nicht zu bemerken, aber mir war klar, er verschwieg etwas Wichtiges.

»Nun«, brachte er heraus, »wir sind beide schon länger von zu Hause weg. Wir sind vor zwei Jahren als Novizen von der Franziskanerabtei der barmherzigen Brüder in London aufgenommen worden und dienten als Ministranten. Eines Tages kam William nicht wie vorgeschrieben nach der letzten Abendmette in unseren Gemeinschaftsraum. Wir durften den Bettensaal nicht mehr verlassen, sobald das letzte Geläut zu hören war. Ich blieb wach und wartete auf William.«

Es entstand eine Pause, die ich geduldig abwartete. William wartete teilnahmslos, nur die Hand, die seine Locke beständig zwirbelte, bewegte sich.

»Nach zwei Stunden kam er zurück«, erzählte sein Bruder und atmete tief durch. »Seitdem spricht er nicht mehr.«

Es kostete mich fast zwei Wochen, bis ich dem Kerlchen die ganze Wahrheit entlockt hatte, eine Wahrheit, die mich tief erschütterte, denn offensichtlich waren William und sein Bruder keine Einzelfälle. Der Name des Priesters, der den kleinen William immer wieder missbraucht hatte, lautete Bruder Theobald von Kent – ein Verdacht, der offensichtlich seine Kreise zog, denn plötzlich wurde aus dem Franziskanermönch Theobald aus London der Benediktinerabt von Glastonbury. Dies hatten meine Nachforschungen ergeben, die ich über meine Patienten aus besten Adelskreisen führen konnte. Leider fand ich niemanden, der den schweren Vorwurf bezeugen wollte, daher hatte ich beschlossen, der Gerechtigkeit ein wenig nachzuhelfen.

Ich hörte einen Laut vor der Tür und schreckte aus meinen düsteren Gedanken auf. Leise schlich ich zur alten Holztür, die nur mit einem lauten Quietschen nach innen in meine kleine Kammer zu öffnen war. Mit Schwung riss ich sie auf und starrte in des Halbdunkel des Ganges. Vor der Tür lag ein kleines Holzbrett mit einem Messer und in einem Korb ein Stück Brot. Dazu gab es warme Ziegenmilch.

Die Magd, die das Brett soeben abgestellt hatte, wich vor Schreck einen halben Schritt zurück und starrte mich mit geöffnetem Mund an. Etwas brüsk nahm ich mein Frühstück vom Boden und lächelte milde, denn ich erinnerte mich wieder an meine Rolle.

»Der Herr wird es Euch danken, meine Liebe«, formulierte ich höflich und schloss die quietschende Tür hinter mir. Der Duft des Brotes ließ meinen Magen knurren, daher setzte ich mich auf den einzigen Hocker in der Kammer und genoss diese Köstlichkeit, vorsichtig darauf bedacht, meine Verkleidung nicht zu beschmutzen. Meine Gedanken kehrten zu Theobald von Kent zurück. Der radikale Wechsel zu einer anderen Glaubensbruderschaft war nötig geworden, als ein seltsamer Todesfall für Aufsehen sorgte. Ein Novize aus einer hochgestellten Adelsfamilie war aus dem Fenster von Bruder Theobalds Kammer gesprungen. Als kurz danach die ersten Gerüchte aufkochten, war William de Lamberton, der Bischof von St. Andrews, gezwungen, den gefallenen Theobald von Kent in ein anderes Kloster abzuschieben, wo er keine Messen mehr halten sollte.

»Der gütige Gott wird schon sein gerechtes Urteil fällen, wenn es einmal so weit ist!«, hatte de Lamberton mich zu beruhigen versucht, sichtlich unangenehm berührt von meinen direkten Fragen. Damit hatte er meinen Verdacht bestätigt. Denn der gütige Gott brauchte nach meinem Geschmack gar kein Urteil zu fällen, ich würde Theobald direkt in die Hölle schicken, wo er hingehörte.

Der Weg vom Dorf zur Klosteranlage war nicht mehr weit. Mein Pferd war die Nacht über im Stall der Wirtin geblieben und hatte sich dort erholen dürfen. Kaum eine halbe Stunde später passierte ich den großen spitz zulaufenden Torbogen der Kathedrale von Glastonbury sowie die kleinere Ladychurch und lenkte den alten Gaul schließlich durch das offene Tor ins daneben liegende Kloster. Alles wirkte groß und weitläufig, und so wunderte es mich nicht, dass es eine Zeit lang dauerte, bis ich überhaupt bemerkt wurde. So lange ließ ich den Schecken am Brunnen stehen und holte mit einem bereitgestellten Eimer Wasser aus dem tiefen Wasserschacht. Ich lockerte den Sattel, damit das Pferd freier atmen konnte.

Erst nach geraumer Zeit fand sich ein Mönch, der mich dem Abt vorstellen konnte. Frauen und selbst Nonnen hatten gewöhnlich keinen Zutritt zum Kloster. Aber als ich dem herbeigeeilten Mönch den Zweck meiner Reise nannte – eine Spende der Äbtissin an den Schutzpatron der hiesigen Kathedrale –, machte der Abt eben doch eine Ausnahme. Eleonores perfekter Vorbereitung sei Dank wurde ich vorgelassen, und mein Herz vollführte vor Aufregung einen doppelten Salto. Gut, dass unter der dicken Kutte das Beben meiner Brust nicht zu sehen war.

Die Kammern des Abtes befanden sich in der oberen Etage des zweigeschossigen Baus. Es ging einen weitläufigen Gebetsgang mit wunderschönen Steinsäulen entlang eine weite Treppe hinauf, die in einen Vorraum mündete. Schwere Flügeltüren verschlossen die Kammer des Klostervorstands. Für mich wurde lediglich eine kleine Tür, die dort eingefasst war, geöffnet, und ich kletterte nach meiner Begleitung hindurch. Schwere Brokatvorhänge und aufwendig geknüpfte Wandteppiche empfingen mich in einer angenehm gedämpften Atmosphäre. Kerzenlicht erhellte den ansonsten abgedunkelten Raum, anscheinend war der Abt lichtscheu.

Neben einem großen Schreibtisch flackerte ein Feuer in einem mannshohen Kamin, das spuckend und speiend gegen die kühle Luft des Raumes kämpfte. Entgegen der offenkundigen Herzenskälte seines Bewohners strahlte der Raum eine Behaglichkeit, ja, sogar Erhabenheit aus. Zwei Männer, die in den typischen schwarzen Habit des Benediktinerordens gekleidet waren, standen eng zusammen neben dem mächtigen Schreibtisch aus dunkel gebeiztem Eichenholz und unterhielten sich leise. Ähnlich einem Thron war dahinter der passende Stuhl mit einer hohen Lehne platziert. Am Kopfende eingeritzt trug er die Symbole der Macht: das Wappen der Benediktiner, darunter in lateinischen Buchstaben *Ut in omnibus glorificetur Deus.* Auf dass Gott in allem verherrlicht werde. Gemessen an dem, was der Abt verbrochen hatte, hörte sich dieser Spruch wie reinster Hohn an.

Etwas Spitzes bohrte sich in mein Herz. Es war die Erinnerung an den kleinen William, der nicht mehr sprechen wollte. Er war noch so unschuldig, die Augen waren die eines Kindes, aber sie waren leer. Er weinte nicht, er klagte nicht, aber er ließ auch nichts über seine Lippen. Meine Versuche waren umsonst gewesen, er weigerte sich zu sprechen bis zu jenem Tag, an dem er …

Mein Blick huschte zurück zu dem kräftigeren Mann direkt neben dem Tisch, der sich jetzt von seinem Gegenüber mit einem höflichen Nicken verabschiedete. »Geht mit Gott«, hörte ich seine Stimme zu mir herüberschallen. »Und geht in Frieden!«

Irgendetwas stimmte nicht. Ungläubig starrte ich den Sprecher an. Diese Stimme, wurde mir mit einem Schlag bewusst, ich kannte diese Stimme!

Theobald von Kent drehte sich nun zu mir um und blickte mir ins Gesicht. Mit einer Handbewegung winkte er mich ungeduldig zu sich heran. Plötzlich fiel ich in eine seltsame Starre, in der alle Bilder vor meinen Augen stehenzubleiben schienen und Stimmen wie aus endloser Ferne an mein Ohr drangen. Die dunklen Augen in den schwarzen Höhlen, der ergraute Haarkranz, der nun einer Glatze gewichen war … all das kannte ich bereits.

Ich war schon einmal auf ihn getroffen, da war ich mir jetzt sicher. Würde er mich wiedererkennen? Sein prüfender Blick ruhte nun auf mir, und er ließ sich nicht anmerken, ob er mich ebenfalls wiedererkannte. Aber nichts regte sich in seinem Gesicht, meine Verkleidung schien ihn zu täuschen. Die Luft, die ich unbewusst angehalten hatte, wich aus meinen Lungen. Hoffentlich war meinem Gesicht der Schreck nicht anzusehen. Krampfhaft schloss ich die Augen und öffnete sie wieder, zwang mich, ruhig zu atmen. Die Hand, die meinen Dolch greifen wollte, wich wieder zurück unter den Umhang. Mein Herz pumpte viel zu viel Blut in meine Adern. Für einen Augenblick bildete ich mir ein, Sterne zu sehen. Die Erinnerung hatte mich überrumpelt, und beinahe hätte ich den Kerl in einer unüberlegten Aktion niedergestochen. Mein Hass auf diesen Mann hatte sich innerhalb Sekunden noch um ein Vielfaches gesteigert.

Abt Theobald von Kent war der Mann, der mich im letzten August im London Tower als Ketzer hatte hinrichten lassen wollen. Er war es, der mich in meiner Zelle besucht hatte und mich zu überzeugen versuchte, mich als Dirne des Teufels schuldig zu bekennen. Abt Theobald hatte nicht nur die kleinen Jungen auf dem Gewissen, sondern auch noch zahlreiche arme Frauen, die sich in seinen Augen der Ketzerei schuldig gemacht hatten. Was für ein Zufall, dass ich ihm hier leibhaftig wieder begegnete. Damals hatte er sich mir nur als Bruder Theobald vorgestellt.

Mein Atem beruhigte sich wieder, Puls und Herz schlugen wieder langsamer. Für mein Vorhaben brauchte ich meinen Verstand, nicht die hitzigen Gedanken an Mord und Rache. Mir war klar, dass ich eine öffentliche Person wie Theobald von Kent nicht vor aller Augen erstechen konnte. Er musste sterben, so wie wir es geplant hatten, nämlich eines natürlichen Todes.

Prüfend musterte ich sein Gesicht, das ein wenig gealtert, aber immer noch unverkennbar das meines Anklägers war. Die breite Nase zeigte die groben Poren mit den erweiterten roten Adern, das Augenweiß war trüb und sein Bauch von einer vermutlich beginnenden Leberzirrhose aufgequollen. Es waren die deutlichen Spuren von Alkoholsucht. Aber was mich innerlich jubilieren ließ, waren seine bläulichen Lippen. Zeichen einer Herzschwäche.

Tatsächlich setzte er sich jetzt ächzend auf den Stuhl und lehnte sich zurück. Die Arme verschränkte er abweisend auf seinem Bauch. Dabei blitzte ein Ring an seinem rechten Finger auf, den er in London noch nicht getragen hatte. Es war ein Goldring mit einem riesigen Rubin. Er wirkte wie ein Mann, der mit sich selbst zufrieden war und es andere auch spüren ließ. Seine Augen waren jetzt halb geschlossen, und der Mund verzog sich verächtlich, als wäre der Empfang einer Nonne die reinste Zeitverschwendung.

»Was führt Euch hierher, Schwester?«, setzte er ohne Umschweife an, er hielt es nicht einmal für angebracht, mich zu begrüßen. Ich war für ihn einfach nur Luft. Ich holte bewusst nach, was er versäumt hatte, und verbeugte mich höflich.

»Gott zum Gruße, Hochwürden. Meine ehrwürdige Äbtissin, Schwester Eleonore von der Abtei Iona schickt mich, um dem Heiligen David mit einer Spende aufzuwarten. Sie sagte, er sei ihr an ihrem Namenstag am elften Juli im Schlaf erschienen und habe sie um ihre Hilfe gebeten.«

Ich sprach so, wie es mir die Nonne aufgetragen hatte. Mit gesenktem Kopf und ohne Hast. Die Schultern nach vorn, die Demut in Person. Ob mir der Abt meinen Vortrag abnahm, konnte ich nicht sehen, aber ich hörte ihn rasselnd durchatmen und dann nur seufzen.

»Hättet Ihr das nicht schon an der Pforte abgeben können?«, fragte er genervt. Beschämt wegen seiner offensichtlichen Ignoranz presste ich die Lippen aufeinander. »Wie viel ist es denn?«, brachte er schließlich zustande, um ein wenig Interesse zu zeigen.

»Hundert Schillinge, Hochwürden«, antwortete ich, ohne zu zögern, zog den Lederbeutel aus meiner Brusttasche und legte ihn mit gesenktem Kopf auf die Platte des Holztisches vor mir. Dabei machte ich einen unvorsichtigen Schritt nach vorn. »Und eine Flasche selbstgebrannten schottischen *Uisghe Beathas* mit einem persönlichen Gruß der Äbtissin.«

Jetzt schnellte sein verräterischer Blick zu der mundgeblasenen Flasche mit dem Alkohol, die ich neben dem Säckchen abstellte.

»Dazu einen Becher aus Zinn, aus dem Ihr dieses reine Wasser trinken solltet, denn darin entfaltet sich erst der echte Geschmack dieser Kostbarkeit.«

Mit seiner Zunge befeuchtete er die Lippen und fixierte erst die Flasche mit dem goldschimmernden Inhalt, dann den schönen Becher mit der schlichten Gravur von Weinreben. »Sagt Eurer Äbtissin, Elena, Ele…«

»Eleonore«, half ich ihm.

»Richtet Eurer Äbtissin Eleonore meine besten Wünsche aus, ihren Gebeten wird entsprochen, und wir werden eine Messe für den Heiligen David zu ihren Ehren lesen. Ihr seid entlassen, Schwester.«

Mit einem Wink seiner rechten Hand ließ er den Türposten wissen, dass ich gehen konnte. Meine Beine bewegten sich nur unter Aufbietung meiner ganzen Willenskräfte. Ich traute mir selbst nicht mehr ganz über den Weg, es fehlte nicht viel, und ich hätte ihm mit einem Sprung über den Tisch meinen Dolch in sein schwarzes Herz gestoßen.

Stattdessen zwang ich mich, noch einmal stehen zu bleiben und mich zu ihm umzudrehen. »Wäre es mir erlaubt, einen Blick in die wunderbare Büchersammlung zu werfen, die Ihr beherbergt? Unsere Äbtissin meinte, hier würde eine der wenigen Abschriften …«

Ich kam nicht mehr weiter. Ohne mich ausreden zu lassen, winkte der Abt wieder mit seiner rechten Hand, an der der große Rubin im Licht der Kerzen funkelte und tanzende Lichtpunkte an die Wand warf. Fragend blickte ich ihn an und sah dann den Mönch, der mich in diese Kammer gebracht hatte, wieder in der Tür auftauchen. Er musste davor gewartet haben.

»Ich bringe Euch in die Bücherei, dort könnt Ihr Euch umsehen«, sagte er hilfsbereit lächelnd. Er war noch jung, vielleicht Anfang zwanzig, und besaß noch nichts von der Arroganz seines Abtes. Ich entkam dem Studierzimmer des Delinquenten, ohne meine wahren Absichten preiszugeben.

Die Kühle der kleinen Kapelle, die hier Ladychurch genannt wurde, beruhigte ein wenig mein aufgepeitschtes Gemüt. Doch der Anblick der sorgfältig erstellten Abschriften der heiligen Schrift im Skriptenraum stillte meine Rachephantasien nicht, auch nicht die mit Gold und Edelsteinen reich verzierten Buchdeckel. Ich saß in der kleinen Kapelle neben dem großen Hauptschiff, mein Kopf war demütig gebeugt, die Hände waren gefaltet, als befände ich mich tief im Gebet. Mein freundlicher Begleiter hatte mich bereits vor der Kathedrale verabschiedet, nachdem ich ihm versichert hatte, den Weg nach draußen zu kennen. Er war die Höflichkeit in Person, ein Lichtblick in dieser von Männern dominierten Welt.

Langsam wurde es still im Gotteshaus, das tagsüber von zahlreichen Messen und unzähligen Pilgern bevölkert wurde. Es würde nicht lange dauern, bis einer der Mönche mich von dem stillen Ort vertreiben würde, an dem ich Zuflucht gefunden hatte. Die Stille bewirkte das, was meine Gedanken nicht geschafft hatten: meine innere Ruhe zu finden, um mich für den Mord zu wappnen, der die unschuldigen Kinder in der Franziskanerabtei rächen würde.

»In deiner Ruhe liegt Stärke«, hörte ich die Worte meines Großmeisters Kang Shi Fu. Der kleine drahtige Chinese hatte viele Jahre versucht, mein hitziges Gemüt abzukühlen. Heute wäre er stolz auf mich gewesen. Die Hände, die ich mehr zu einer Faust geballt als zum Gebet gefaltet hatte, lockerten sich. Mein zusammengepresster Kiefer entspannte sich.

Ich ließ meine Gedanken driften wie ein Floß im Wasser. Betrachtete emotionslos die wundervoll geschnitzten Figuren der Heiligen Schrift, die mit Gold und kräftigen Farben verziert waren, die Gebeine eines weiteren Heiligen, die in einem Schrein drapiert lagen, mühevoll mit Goldbändern verziert. Selbst der Schädel war in Gold getaucht, während die Augenhöhlen mich in einem Mix aus roten und grünen Edelsteinen unverwandt anstarrten. Diese Kapelle war ein Kleinod, gestützt auf die Angst und den Schweiß derer, die an die christliche Religion glaubten und sie unterstützten. Wie lange hatten die katholischen Priester gebraucht, um den Vielgötterglauben der heimischen Kelten auszumerzen? Wie viele mussten bis heute ihr Leben lassen, um diesem einen Gott zu weichen?

Ich merkte, wie mich das Befassen mit meiner Haltung zu dieser Religion in eine Richtung brachte, die mich verunsicherte. Noch vage erinnerte ich mich, dass ich selbst aus einer Kultur stammte, in der es Götter für Bäume, Berge, Feuer und Wasser gab. Später, nach meinem Schiffbruch und der Versklavung durch arabische Piraten, war mir der Koran aufgezwungen worden, eigentlich eine Variante des christlichen Gottes, nur über sechshundert Jahre später entstanden. Heute, nach allem, was ich durchgemacht und gelernt hatte, war ich frei von jeglicher Religionsauffassung und nur noch an meinen Eid des Hippokrates gebunden. Jeder, der zu mir kam, hatte ein Recht auf medizinische Hilfe. Ich reduzierte die

Menschen, die sich hilfesuchend an mich wandten, weder auf ihren Stand noch auf das Geschlecht oder auf ihre Religion. Mein größtes Problem war die Auffassung einiger Menschen, sich über andere stellen zu müssen. Im Kampf ließ sich diese Auffassung schnell widerlegen, aber in der Gesellschaft waren Worte meist überzeugender als die Klinge. Meine Lösung bestand aus einem goldenen Mittelweg: Meinen Besitz verteidigte ich mit der Waffe, meine Einstellung mit geschliffenen Worten und die Krankheiten meiner Patienten mit den Mitteln der Heilkunde.

Mein Alter belief sich auf etwa dreiundzwanzig Sommer. Seit fünf Jahren lebte ich nun schon in diesem schönen, aber unruhigen Land in der Burg Caerlaverock. Damals hatte es mich mit der halben Bibliothek und den Schätzen des Assassinengroßmeisters Hassan I-Shabbah aus dem Orient nach Schottland verschlagen. Dem Patriarchat der hiesigen Clans konnte ich nur mit meinem Mut und meinem Schwert entgegentreten, was dem englischen König schließlich schwer missfiel. So sehr, dass er mich als Hochverräterin hinrichten lassen wollte. Nur der beherzten Rettung durch meinen besten Freund Cathal hatte ich es zu verdanken, dass ich wieder in meine Burg zurückkehren konnte. Mir blieb damals nichts anderes übrig, als mich mit dem schottischen König Robert de Bruce anzufreunden, der mir als Einziger noch die Belehnungsrechte an meiner Burg zusprechen konnte. Ein weiterer überzeugter Patriarch, den es von meinen Qualitäten als Clanführerin und Burgherrin zu überzeugen galt.

Dunkelheit kam über die Klosterabtei Glastonbury. Auf den sonnigen Tag fiel nun ein kühler Schatten, der noch an die kalten Winternächte erinnerte, aus dessen eisigem Griff sich die Natur gerade erst herausgeschält hatte. Die kleine Kirche aus Stein mit ihren offenen Fenstern, durch die das Mondlicht hereinschien, kühlte so schnell aus, wie das Sonnenlicht sich verabschiedete. Bevor der letzte Mönch die Kerzen ausblasen konnte, war ich hinter den Altar geschlüpft, den einzigen Platz, der vor den Augen der Betenden geschützt war. Die Nische diente wohl den Messdienern, um sich während der Darbringung der Hostien zurückzuziehen. Es wäre mir schwergefallen, eine Ausrede zu erfinden, warum ich mich dort versteckte, aber es gab keinen Anlass dazu. Die Mönche waren froh, die Kapelle zu so später Stunde verlassen vorzufinden. Insgeheim wunderte ich mich über ihre Nachlässigkeit, aber vielleicht vertrauten sie einfach auf den Glauben der Menschen, die diesen Ort heimsuchten. *Der gütige Gott wird schon sein gerechtes Urteil fällen, wenn es einmal so weit ist!*

Der zynische Spruch William de Lambertons fiel mir wieder ein, der die Bestrafung eines Mörders dem Urteil seines Gottes überließ. Nun, heute würde sich dieser Irrglaube rächen, in jeder Hinsicht. Der Zinnbecher fiel mir wieder ein, den ich so provokant vor Theobald gestellt hatte, und sein gieriger Blick. Er würde es nicht lassen können, das flüssige Gold zu kosten. Hätte ich den Inhalt der ganzen Flasche vergiftet, würde der Abt womöglich an einer Überdosis sterben. Durch die Präparierung des Becherbodens mit einer getrockneten und exakt abgestimmten Menge an Pflanzengift würde stattdessen sein Herz in einen rasenden Puls verfallen und mit einem tödlichen Aussetzer enden. Ein natürlicher Tod für einen herzkranken Mann. Vorausgesetzt, alles klappte nach meiner Vorstellung. Und dafür würde ich für alle Fälle sorgen.

Als sich die Kühle und Stille auf das Kircheninnere herabsenkte, konnte ich mich endlich von meiner Aufmachung befreien und schlüpfte geschickt aus den Lagen von Leinen, die mich als Nonne verkleideten. Sorgfältig legte ich den Habit in der Nische ab, die mir als Versteck gedient hatte, und stand nun in meiner schwarzen Kampfkleidung, aber ohne Waffenrock, vor dem Fenster, durch das die Luft eines frischen Aprilabends hereinwehte. Mit einem tiefen Zug atmete ich ein, bevor ich mit einem beherzten Satz auf dem Vorsprung einer schrägen Nische landete, die sich in Schulterhöhe befand, eines der zahlreichen Fenster dieser Kirche. Wachsam überblickte ich von dort die Lage vor mir und lauschte nach verdächtigen Geräuschen. Aber die Klosteranlage war bis auf das entfernte Geräusch von Stalltieren völlig ruhig. Die meisten Mönche waren nach einem langen Tag erschöpft in ihren Kammern eingeschlafen.

Lautlos wie eine Katze sprang ich auf die Grasböschung, welche die kleine Kapelle umgab. Mit meinem untrüglichen Orientierungssinn und einem messerscharfen Blick in der Dunkelheit bewegte ich mich sicher in Richtung Abtkammer, an dem Gebetsgang vorbei Richtung Treppe. Ab hier vermied ich die Türen und hielt mich lieber an die Fenster der Außenfassade, die Tag wie Nacht von den schweren Vorhängen verhängt waren. Stets fand ich einen sicheren Tritt, hangelte mich an den Steinsäulen vorbei und sicherte mich an den in Stein gehauenen Rillen und Vorsprüngen – so wie ich es an den Lehmhäusern in Bagdad geübt hatte, als ich noch als Bettelkind mit meiner Diebesbande die Reichen bestohlen hatte. Ich war in der Lage gewesen, sogar einen Goldknopf von der Weste eines Edelmannes zu schneiden, bevor dieser überhaupt bemerkte, was passierte.

Am Fenster zur Schlafkammer verharrte ich auf dem breiten Tritt des hohen Steinausschnitts und horchte. Schweiß bildete sich auf meiner Stirn, den ich mit meinem Hemdsärmel ungeduldig fortwischte. Durch den Schlitz zwischen den beiden Brokatvorhängen bemerkte ich noch das flackernde Licht einer Kerze in Theobalds Schlafkammer. Sie grenzte direkt an seine Studierkammer, in der er mich heute empfangen hatte. Vorsichtig schob ich den Stoff zur Seite. Sofort stieg der scharfe Geruch des *Uisghe beathas* in meine Nase. Die Flasche stand offen und noch fast voll auf einem kleinen Beistelltisch, erst ein halber Becher schien daraus entnommen worden zu sein. Enttäuschung machte sich in mir breit. War die Dosierung doch zu schwach ausgefallen?

Erst ein schweres Schnaufen ließ mich aufhorchen und den Vorhang weiter zur Seite schieben. Es klang ein wenig, als hätte sich jemand verschluckt und würde um Luft ringen. Schließlich entdeckte ich den Abt, wie er auf dem Boden kniete. Er war unbekleidet und sein Gesicht verschwitzt und gerötet, die Augen weit aufgerissen. Sein Atem ging nur noch stoßweise. Das Bett stand nur wenige Schritte entfernt. Offenbar hatte er noch zur Tür gewollt, es aber nicht mehr geschafft. Der rasende Puls drückte ihm das Blut ins Gesicht, und sein schwaches Herz scheiterte bei der Versorgung der Atemwege, die durch die Wirkung des Pflanzengifts aus dem Tollkirschenextrakt nur noch eingeschränkt arbeiteten. Die perfekte Vortäuschung eines natürlichen Todes.

Wie eine Schlange, die ihr Opfer eines sicheren Todes wähnte, glitt ich durch den Vorhang in das Schlafzimmer des sterbenden Theobald. Der todgeweihte Mann erkannte mich noch, als ich vor ihm stand und meinen Dolch aus dem Schaft zog. Damit wusste er, dass sein Tod unvermeidlich war, und vielleicht dämmerte es ihm, wem er dies zu verdanken hatte. Mit dem Dolch in der Hand kniete ich mich zu ihm hinunter und zog ihn in eine sitzende Stellung zurück. Den Oberkörper lehnte ich gegen den Bettpfosten, um ihm seine letzten Atemzüge zu erleichtern. Tatsächlich legte sich die hastige Schnappatmung ein wenig.

»Theobald von Kent«, sprach ich ihn an. Würde er mich verstehen? Ein Flackern in seinen Augen bestätigte mir, dass er noch bei klarem Verstand war. »Ich bin Enja von Caerlaverock und im Auftrag Eurer Opfer hier, um Eurem miserablen Leben ein Ende zu setzen.«

Ein unverständliches Gebrabbel kam aus seinem Mund, sein Kinn erzitterte.

»Euer Herrgott wird Euch heute in seiner Gnade empfangen, aber ich als verurteilte Ketzerin werde Euch den Aufstieg ins Paradies ein wenig beschwerlicher machen«, erklärte ich ihm trocken. »Ich hoffe, Ihr erinnert Euch noch an mich?«

Mein Blick ließ seine Augen nicht los, deren Lider nur noch langsam blinzelten. Die Pupillen waren fast schwarz, ein Zeichen der fortgeschrittenen Vergiftung, aber darauf würde selbst ein kundiger Mönch nicht achten, wenn er einen Herztod bescheinigte. Zu Theobalds Ungunsten hatte ich aber beschlossen, ihn nicht der Gnade eines schnellen Tods zu überlassen. Ich wollte ihn noch etwas von dem spüren lassen, was seine Opfer vor ihm erleben mussten. Schmerzen.

»Wer mit dem Teufel kopuliert, scheut auch nicht vor einem Mord an einem Abt zurück«, neckte ich ihn mit seinen eigenen Worten, die vor langer Zeit meinen Tod hatten rechtfertigen sollen. »Wären es nicht die Knaben gewesen, die mich auf Eure Spur gebracht haben, wer weiß, ob wir uns überhaupt jemals wiedergesehen hätten.« Ich ließ mir Zeit, bevor ich fortfuhr: »Bevor Ihr in den Tod geht, nehme ich Euch noch das, was Euch so viel Vergnügen und den armen Knaben so viel Schmerz bereitet hat.«

Meine Hand mit dem Dolch bewegte sich zwischen seine Beine. Mit einem letzten verzweifelten Aufbäumen versuchte der Abt, noch seinem Schicksal zu entgehen, aber er war hilflos. Ein unkontrollierter Schrei wollte sich aus seiner Kehle quälen, doch ich legte meine freie linke Hand über seinen Mund, rechtzeitig bevor er noch einen seiner Brüder alarmierte.

Als er leblos vor mir lag, stand ich auf. Eine tiefe Genugtuung überkam mich, und im Geiste sah ich die toten Jungen lächeln. Plötzlich fiel mir ein Ritual ein, das bereits bei den Wikingern üblich war. Sie glaubten fest daran, dass der Eintritt nach Walhalla nur mit dem Schwert in der Hand möglich war. Sollte das nicht möglich sein, so reichte eine Haarlocke vom Haupthaar des toten Feindes als Grabbeigabe, um den Übergang ins Kriegerparadies zu schaffen. Konnte ich den verlorenen Seelen so vielleicht den Eintritt ins Paradies sichern? Leider war der Abt haarlos. Vielleicht reichte etwas anderes aus dem persönlichen Besitz? Mein Blick fiel auf den wuchtigen Rubinring, der auf dem kleinen Nachttisch lag. Nach einem Moment des Zögerns nahm ich ihn an mich und steckte ihn in meinen kleinen Beutel, den ich am Gürtel trug. Dann schob ich den Dolch in die rechte Hand des Toten. Die Augen starrten mich unentwegt an, als würden sie mich um Verzeihung bitten. Aber selbst das nahm ich Theobald jetzt nicht mehr ab.

Zufrieden trat ich einen Schritt zurück und betrachtete mein blutiges Werk. Es würde so aussehen, als hätte er sich selbst kastriert, was vielleicht für die, die seine Neigungen kannten, gar nicht so unwahrscheinlich klang. Ich hatte meine Rache und meinen inneren Frieden gefunden. Für William und die anderen Kinder, die Theobald auf seinem Gewissen hatte, kam die Genugtuung zu spät.

Lautlos, wie ich hereingekommen war, entschwand ich aus dem Privatgemach des Toten.

Die Nachricht vom Tod des Abtes ließ die Mönche bei Tagesanbruch zutiefst entsetzt ihren sonst so durchgetakteten Tagesablauf vergessen. Die seltsamen Umstände seines Todes brachten selbst diejenigen aus der Fassung, die mühsam seine Untaten zu verdecken suchten. Die Flasche *Uisghe beatha* und der Zinnbecher, die der weibliche Besuch am Vortag mitgebracht hatte, waren verschwunden. Dabei hätte der junge Mönch, der die Frau begleitet hatte, schwören können, Theobald von Kent hätte beides in seine Schlafkammer mitgenommen. Das größte Rätsel allerdings war die Tatsache, dass der goldene Ring mit dem seltenen Rubinstein fehlte. Um die unglücklichen Umstände seines Todes zu verschleiern, wurde der Leichnam noch am selben Tag in der Gruft der Glastonbury-Kathedrale beerdigt.

Kaum einer beachtete die einsame Nonne auf ihrem klapprigen Schecken, die im ersten Licht des Tages den Weg nach

Holyhead zurückritt. Sie dachte an den einsamen Tod des kleinen William, der sich eines Nachts aus der kleinen Kammer geschlichen hatte, die er sich mit seinem Bruder teilte. Lautlos, als wollte er niemanden um seinen verdienten Nachtschlaf bringen. Man hatte ihn erst Tage später tot im See gefunden, in den die Burg Caerlaverock zum Schutz vor Angriffen gebaut worden war. Seine kleine Leiche war wie bei den alten Wikingern auf einem Floß treibend verbrannt worden, denn kein Priester hatte William auf seinem Friedhof aufnehmen wollen. Vielleicht fand seine verwundete Seele nun endlich Ruhe.

Kapitel 2

Syrien im Jahre 1300

Hassan I-Shabbah war einer der mächtigsten Herrscher seiner Zeit. Als Großfürst der Assassinen und damit Oberhaupt einer Splittergruppe der Moslems, den Shiiten, reichte sein Einfluss von den Sultanen und Großfamilien bis zu den Tempelrittern, die ihn allesamt fürchteten. Als Kommandantin über seine Festung beauftragte er mich mit der Evakuierung seiner Bibliothek und der Hälfte seiner Schätze. Ich sollte eine Karawane nach Masyaf führen, eine Festung in Syrien, die seiner Meinung nach sicher vor den Mongolen war. Dafür hatte er mir eine wichtige Erkenntnis mit auf den Weg gegeben, die er in seinen eigenen Papyrusrollen gefunden hatte. Der arabische Geograf Ibn Ḥawqal hatte in seinen Aufzeichnungen von einem weltumspannenden Gebirge geschrieben, das sich von China über den Elburs und den Kaukasus bis nach Syrien und Nordafrika erstreckte. Er hielt den Kaukasus und das Elbursgebirge für miteinander verbunden und glaubte, dass dessen Ende in einen großen Berg namens Qaf münde. Nach dem Glauben des Islams begann jenseits dessen das unendliche Nichts.

Ich war mir also sicher, dass ich mit meinem Tross südlich über die Gebirgspässe irgendwann nach Syrien und damit nach Masyav gelangen könnte. Noch war niemandem diese Überquerung gelungen, aber es musste ja auch für alles ein erstes Mal geben. Hauptsache, das Wetter machte uns keinen Ärger, denn die Winde hier im Elbursgebirge waren unberechenbar.

Wir hatten die Reise in Etappen aufgeteilt, um immer wieder einen Rastplatz und Wasser für die Tiere zu finden. Wir kamen zwar nur langsam voran, aber dafür hatten wir noch keinerlei Ausfälle an Tieren. Sarvesh versorgte die Truppe mit frischem Essen, das er in seiner Reiseküche zubereitete. Dafür wurden ihm extra einige Kamele zur Verfügung gestellt, die links und rechts ihres Höckers die großen Kessel und Pfannen transportierten. Andere Lasttiere beförderten säckeweise Getreide, Gemüse, Gewürze, Nüsse und getrocknete Früchte. Es würde einige Zeit dauern, bis wir unsere Vorräte wieder auffüllen könnten, und deswegen hatten wir uns ausreichend mit Essen versorgt.

Hal ritt zusammen mit Indra auf seinem Höllentier. Sie waren ein nettes Paar, und ich mochte es, Hal so glücklich zu sehen. Indras Vater sah dies wohl mit gemischten Gefühlen. Er hatte sich seinen zukünftigen Schwiegersohn wahrlich anders vorgestellt, traute sich aber nicht, seine Meinung zu sagen. Als einfacher Koch musste er die Wahl eines Assassinen akzeptieren. Hal vermittelte Indra ein Gefühl der Sicherheit. In dieser Zeit musste sich eine Frau einen Mann suchen, der sie beschützen konnte, und ich fand ihre Wahl gelungen. Doch wusste sie auch, dass er keine Kinder zeugen konnte? Hal und ich sprachen über dieses Thema nicht mehr, seitdem er darauf immer verschlossener reagierte. Vielleicht hatte er damit abgeschlossen.

Langsam ergoss sich der riesige Tross in tiefere Lagen, und die trockene Wüstenhitze schlug uns wie eine Wand entgegen. Jetzt wurde mir wieder klar, warum ich mich in Alamut so wohlgefühlt hatte. Die Temperatur war ausgeglichen, die Luft immer von einer Brise angenehm erfrischt. Hier unten im Tal spürten wir jetzt alle die sengende Hitze einer gnadenlosen Sonne, und ich wickelte mich tief in meinen Turban, um meine Haut und meine Augen zu schützen.

Den Spähern zufolge sollten wir bald das Tal des Todes erreichen. Es hieß so, weil tückischer Treibsand eine Durchquerung erheblich erschwerte. Nur wer sich mit diesem Untergrund auskannte, hatte überhaupt eine Chance. Aber wir wären keine Wüstenkinder gewesen, wenn wir dieses Hindernis nicht hätten meistern können.

Sir Colin Alexander Maxwell hatte die Hitze so satt. In jeden Winkel seines Körpers rann der Schweiß und quälte ihn mit Juckreiz. Unter dem Kettenhemd und den gesteppten Kutten darunter wurde es extrem heiß, und die Wasservorräte waren begrenzt. Sie waren mit dem erstbesten Schiff von Alexandria aus nach Mersin aufgebrochen, nur um aus dem Chaos von Kairo zu entkommen. Mersin war eine Sackgasse, kein Schiff fuhr von dort Richtung Europa. Daher beschlossen sie, in Tripolis ein Schiff der Templer zu besteigen. Den langen Weg über Land nach Syrien mussten sie in Kauf nehmen, um den Kontrollen an den Küsten zu entgehen.

Es wäre besser gewesen, nach Tripolis zu schwimmen, dachte sich Colin grimmig und wischte sich die brennenden Augen.

Von der türkischen Hafenstadt aus begegnete ihnen meilenweit nur Wüste, Sand und Sonne. Der Sand knirschte sogar zwischen seinen Zähnen. Wenigstens waren sie von den Angriffen der Mongolen verschont geblieben, seine Männer waren ohnehin ausgezehrt genug. Vom Krieg müde und von der langen Reise entkräftet, befahl er den Spähern, einen Rastplatz für seine Truppe zu finden. Nicht weit von ihnen befanden sich die Ausläufer des Taurusgebirges, dessen riesige Gebirgsketten den Norden des syrischen Landes überspannten. Sein Weg führte ihn an der weniger umkämpften küstennahen Seite über Masyaf bis nach al-Maghrib. Dort würde er ein Schiff der Templer anheuern, die ihn und seine Truppe ins englische Cardiff und von dort in seine Heimat Schottland bringen würden.

Schottland! Die Vorstellung war so wunderbar. Seine grüne Heimat, die satten Wiesen und überbordenden Flüsse. Wasser, wohin man auch schaute. Wie sehr vermisste er die kühlen Lochs seiner Heimat in Dumfries, seine Familie, den Clan. Als einziger Sohn Roderick Maxwells hatte er als Kreuzfahrer in das Heilige Land ziehen müssen, um für sein Land und die Christen Jerusalem von den Heiden zu befreien.

Der Templerorden hatte ihn zum Ritter geschlagen und ihn mit vielen anderen englischen und schottischen Rittern in den Kampf um die Rettung der Christenheit geschickt. Dabei war Jerusalem nicht mehr das primäre Ziel, vielmehr hatten die letzten Kreuzzüge Tunis und Ägypten im Visier. Mit den Bestrebungen des französischen Königs Philipp IV., die Kreuzzüge einzustellen, waren aber auch diese Eroberungen ins Stocken geraten. Nach und nach zogen sich die christlichen Einheiten aus den arabischen Ländern zurück. Mit dem Einfall der Mongolen war noch ein weiterer Gegner auf den Plan gerückt, der die Kreuzfahrer in arge Bedrängnis brachte.

Sir Colin Maxwell hatte sich ebenfalls dazu entschieden, seine Leute aus dem Heiligen Land abzuziehen. Die Schlacht um Akkon hatte vor zehn Jahren in einer vernichtenden Niederlage für die Tempelritter geendet, und als Folge davon waren alle christlichen Residenzen in Jerusalem vernichtet worden. Eine Einigung mit den islamischen Herrschern, die sich erfolgreich mit den Mamelukken verbündet hatten, war gescheitert. Die Tempelritter mussten sich daher nach und nach zurückziehen. So konnte Sir Colin Maxwell im Januar 1301 nach der Geburt des Herrn und mit dem Segen seines Ordens den Heimweg antreten. Einundzwanzig reisewillige Männer und Frauen waren mit ihm nun auf dem langen Weg Richtung Heimat.

Schottland! Er hatte gehofft, es noch einmal wiederzusehen. Wie oft hatte er seiner jungen Frau Salome von der beeindruckenden Landschaft erzählt, von den klaren, frischen Gewässern, die sich wie Lebensadern durch das fruchtbare Land zogen. Er berichtete ihr von den satten grünen Tälern und hoch aufragenden Felsformationen der Highlands, die durch ihre ganz eigene raue Schönheit bezauberten. Sein Vater würde sicher außer sich sein vor Freude, wenn er seinen Enkel in die Arme schließen könnte. Clanchef Roderick Maxwell war ein guter Mensch, er würde sich um Salomes Familie kümmern. Es war nur zu schade, dass Colins kleiner Sohn Alexander ohne Vater aufwachsen würde, aber er würde einen liebevollen Großvater haben.

»Geht es dir gut, Colin?«, fragte eine sanfte weibliche Stimme in fließendem Französisch. Eine weiche Hand legte sich auf seinen mit dem schweren Kettenhemd bewehrten Arm. Sinnlich schwarze Mandelaugen betrachteten ihn sorgenvoll. Er legte seine Hand auf die ihre und antwortete ihr in der gleichen Sprache: »Alles wird gut, *chérie*, ich hoffe nur, dass du mit den Kindern die beschwerliche Reise gut überstehen wirst.«

Salome lächelte. »Es geht mir gut, geliebter Mann. Und dem Kind auch.« Dabei legte sie ihre Hand auf den geschwollenen Bauch. »Ich mache mir mehr Sorgen um dich.«

Colin lächelte ermutigend. Sie war die Tochter seines Medicus und entstammte der höheren Gesellschaftsschicht in Kairo. Als sie von ihm schwanger geworden war, hatte er sie sofort geheiratet. Eigentlich durften Templer nicht heiraten, aber die Zwänge des Ordens lösten sich im Chaos der Vertreibung auf, und ein Mann von Ehre würde niemals eine Frau in Schande verlassen. Außerdem war er bezaubert von ihrer zarten Weiblichkeit. Ihre Familie war christlich, gebildet, und sie wuchs mit westlichen Moralvorstellungen auf. Ihr Vater sah sich als Medicus verpflichtet, allen Menschen zu helfen, und das tat er auch, ohne auf Hautfarbe oder Religion zu achten. Daher war seine Familie stets in Gefahr, von randalierenden Muslimen bedroht zu werden. Als eine Hungersnot für weiteres Chaos in der Stadt sorgte, konnte die Familie noch rechtzeitig flüchten.

In dem Augenblick, als in Kairo für Kannibalismus die Todesstrafe verhängt werden musste, um die Lage in den Griff zu bekommen, beschloss Colin, sie und ihre Familie in seine Heimat mitzunehmen. Aber so einfach war das nicht. Ihre Eltern und vor allem ihr Vater bestanden darauf, dass sie in ihrer arabischen Heimat blieb, und harrten in guter Hoffnung aus. Als Medicus wäre er auch für die Araber ein wichtiger Mann, das war seine Hoffnung. Sie ließen sich von Colin nicht vom

Ernst der Lage überzeugen. Er hoffte inständig, dass die beiden alten Menschen nicht zum Opfer der unzufriedenen und verzweifelten Einwohner würden. Sein Sohn Alexander, die schwangere Salome und ihre Schwester Hannah mit den beiden Kindern hatten sich dagegen von ihm überzeugen lassen, die beschwerliche Reise anzutreten. Hannahs Mann war bereits vor Monaten in einer Kirche getötet worden. Auch für Hannah gab es keinen Grund zum Bleiben mehr.

Salome saß vor Colin im Sattel und lehnte sich nun wohlig an seine Brust. Ihr seidig-schwarzes Haar lugte unter dem dünnen Kopftuch hervor und streifte seinen Arm. Vergessen waren die Strapazen und Entbehrungen, wenn sie in seiner Nähe war. Manchmal nahm er sie oder seinen Sohn von den Tragekamelen und setzte sie vor sich auf seinen prächtigen Schimmel, um ihre Nähe zu spüren und mit ihnen zu reden. Die Stunden im Sattel vergingen so schneller.

Der schottische Ritter hatte eine große Verantwortung auf sich genommen und war für alle Verwandten, Rückkehrer und Kinder die einzige Chance, wohlbehalten nach England zu gelangen. Er rechnete mit etwa drei Monaten, bis sie die englische Küste erreichten. Bis dahin musste er noch überleben.

Die Angst kroch ihm wie eine Schlange durch seine Gedanken, dass er es womöglich nicht mehr schaffte, seine Familie in Sicherheit zu bringen, bevor der Tod ihn holte. Sechs Monate hatte ihm der Medicus der Templer noch gegeben, bevor sich das Geschwür in seinem Bauch durch seine Innereien gefressen hätte. Sechs Monate, um seine Familie und seine Leute in Sicherheit zu bringen. Sechs Monate, um aus dieser Hölle herauszukommen!

Die Schmerzen in seinem Bauch wurden mit jedem Tag ärger. Oft hatte er keinen Appetit und musste sich zwingen, wenigstens eine Kleinigkeit zu essen. Er würde sonst seine Kraft verlieren – Kraft, die er brauchte, um zu verhindern, dass seine Leute den Mongolen oder Seldschuken hilflos ausgeliefert wären. Noch konnte er kämpfen bis zum letzten Atemzug und seine Männer führen.

Keiner wusste von seinem Kampf gegen den Tod, nur Salome war eingeweiht, sie war immerhin die Tochter seines persönlichen Medicus und hätte es ohnehin sofort bemerkt. Ihr Blick war deshalb voller Sorge, als sein Gesicht sich vor Schmerzen verhärtete. Immer wieder schüttelten ihn Krämpfe, so wie jetzt. Er war dankbar, als die Späher endlich den Zugang zu dem Tal fanden, das sie auf die nördliche Seite der Gebirgskette führen würde. Dort würden sie auch Wasser finden und für den heutigen Tag ruhen.

Was er nicht erwartet hatte, war die Tatsache, dass sich dort schon eine Karawane niedergelassen hatte, allerdings auf der anderen Seite des weithin öden Tales. Es war eingeschlossen von hohen Felsentürmen, die schroff nach unten fielen. Weit im Hintergrund war das Taurus-Massiv zu sehen, das sich drohend in unglaubliche Höhen erstreckte. Der einzige Durchgang zur anderen Seite des Tales bestand aus einem großzügigen Talbecken, das völlig von Sand bedeckt war und in dem sich eine solche Hitze staute, dass die Luft flimmerte. Colin schätzte den Weg bis zur anderen Seite auf etwa eine Reitstunde, wobei ihn das Hitzeflimmern in seiner Einschätzung oft täuschte – es ließ Dinge näher erscheinen, als sie tatsächlich waren. Und dann gab es noch Fata Morganas, die einem schattige und wasserverheißende Oasen vorgaukeln konnten.

Und auch heute, an diesem wolkenlosen Tag, war in der Ferne dieses Phänomen auszumachen. Am Rande des Tales vor den schroffen Felsen befanden sich Gestrüpp, Kakteen und kleine Bäume, die mit starken Wurzeln das Wasser aus dem Boden zogen. Sein kleiner Trupp musste durch dieses Tal, um den Bergkamm zu umgehen, der ihnen auf ihrer Route zur Küste im Weg stand.

Der Tempelritter befahl anzuhalten und starrte auf die entfernte andere Seite des öden Tals, um sicherzugehen, dass er keine Trugbilder sah. Aber dort befand sich tatsächlich eine größere Gruppe Menschen, Zelte und Tiere, die sich wohl für die Nacht niedergelassen hatten. Mit der Hand über den Augen als Schutz vor der gleißenden Sonne versuchte er, Einzelheiten zu erkennen. Trotzdem konnte er nicht ausmachen, von welchem Stamm sie waren, aber sie hatten viele bewaffnete Männer dabei, die nun ihrerseits auf seinen kleinen Trupp starrten.

Freund oder Feind? Colin konnte es nicht sagen. In dieser gefährlichen Zeit konnte er niemandem trauen. Es könnten auch räuberische Nomaden sein, die Karawanen überfielen, denn er zählte fast dreißig vollbeladene Kamele. Was hielt sie auf? Ein seltsamer Geruch wehte aus dem Tal herüber, es war der Geruch von Verzweiflung und Tod. Colin glaubte langsam, dass seine Sinne verrücktspielten, vielleicht war es die Vorahnung seines eigenen Todes? Es wurde Zeit, dass er aus diesem verdammten Land herauskam!

Vorsichtig setzte er Salome neben seinem Pferd auf den Boden und schickte sie zurück zu ihrer Familie in den hinteren Reihen. Zwei Männer wies er an, sofort mit ihnen zu fliehen, sollte es zum Kampf kommen. Mit einem etwas mulmigen Gefühl begab er sich mit dreien seiner besten Männer zum Lager auf der anderen Seite des Sandbeckens, um herauszufinden, ob sie ihnen wohlgesonnen waren. Vielleicht konnte er sich den Weg freikaufen, eine nicht selten praktizierte Methode, um einem Kampf auszuweichen.

Sein mächtiger Schimmel, der nun die große Sandfläche erreichte, scheute plötzlich. Colin fing den mächtigen Destrier wieder ein und drückte ihm die Schenkel in die Flanken, um ihn vorwärtszutreiben. Wieder brach das Tier seitlich aus, und Colin schlug ihm wütend die Zügel um die Ohren. Was war nur los? Irritierte ihn irgendetwas? Schweiß floss in seine Augen, während er sich umsah und ließ ihn blinzeln; seinen Helm hatte er in der Hitze gar nicht erst übergestülpt. Der Schimmel tänzelte jetzt im Kreis. Hatte er etwas übersehen? Aber es war weit und breit keine unmittelbare Gefahr zu erkennen. Nur die brutalen Hitzewellen, die über der heißen Talebene flimmerten. Colin kniff die Augen zusammen. Der Schweiß ließ die Kutte unter dem Kettenhemd wie ein nasses Tuch auf seiner Haut kleben.

Im Lager gegenüber standen nun einige Leute am Rand des Sandbeckens und schauten neugierig herüber. Schwarze Turbane bedeckten Köpfe und Gesichter, eine weise Maßnahme der Einwohner hier, um sich vor der Hitze zu schützen. In einem solchen Moment verfluchte Colin die schwere Kampfausrüstung, die ihm so zu schaffen machte.

Sein Schimmel schien wie zur Salzsäule erstarrt, er bewegte sich keinen Schritt mehr vorwärts, die Flanken hoben und senkten sich, die Nüstern waren nervös gebläht. Wütend befahl Colin seinem Hintermann: »Reite voraus! Vielleicht folgt dieser Sturschädel deinem Pferd. Irgendetwas scheint ihn zu verängstigen.«

Der junge Hamish, dessen rote Haare störrisch unter seiner Eisenhaube hervorstanden, gehorchte und trieb seine Stute ungestüm an Colins Pferd vorbei. Er kam nicht weit, als auf einmal die Vorderhufe seines Pferdes unter dem Leib wegsackten. Sein Reiter riss heftig an den Zügeln, um die Stute wieder auf Kurs zu bringen, aber sie fand keinen Halt und sackte komplett mit dem vorderen Leib ein. Irgendwie schien der Boden ein Eigenleben zu entwickeln und verschluckte das Tier, das verzweifelt versuchte, aus dem Sog herauszukommen. Aber durch diese verzweifelten Bewegungen versank es nur immer weiter.

Hamish war jetzt die Panik ins Gesicht geschrieben. Er fing an, um Hilfe zu schreien und zerrte immer noch verzweifelt an den Zügeln seines armen Pferdes. Colin riss geistesgegenwärtig ein Seil vom Sattel und warf es seinem Mann zu. Sein Schimmel scheute immer noch nervös und wollte sich von diesem schrecklichen Fleck entfernen. Colin sprang schließlich aus dem Sattel und hielt das Seil fest in der Hand. Hamish sprang von seiner verlorenen Stute, die nun auch noch mit den Hinterläufen in den Sand gesunken war. Sofort verschwanden auch die Füße des jungen Mannes im heißen Sand, als hätte unter ihm jemand eine Klappe geöffnet, durch die der ganze Sand abfloss und mit ihm alles, was sich darin befand.

»Halte dich am Seil fest!«, brüllte Colin dem Mann zu, und Hamish griff panisch danach. Die anderen beiden Männer waren ebenfalls hastig abgestiegen und halfen ihm, ihren Gefolgsmann aus dem Sand zu ziehen. Als würde ihn jemand an den Füßen nach unten zerren, so schwer kam es den Männern vor, den eigentlich schlaksigen Hamish wieder auf festen Boden zurückzuholen. Aber irgendwann hielten sie den völlig verstörten jungen Schotten in den Armen. Sein Helm war ihm bei seinem Überlebenskampf verloren gegangen und von dem alles verzehrenden Sand verschluckt worden. Klatschnass klebten seine roten Haare am Kopf, der gerötet war von der Anstrengung.

Die Stute, von der jetzt nur noch der Hals und der Kopf aus dem Sand ragten, schnaubte und wieherte voller Panik, in ihren Augen war nur das Weiß noch sichtbar. Sie konnten dem Tier nicht helfen, keiner traute sich näher an das todgeweihte Pferd heran, ohne sich selbst zu gefährden. Es dauerte nicht lange, und die Stute war vom Sand begraben. Eine unheimliche Stille folgte.

Was war das?, fragte sich Colin unvermittelt. Hatte der Sand ein Eigenleben? Fraß er Mensch und Tier wie die mystischen Gestalten in den Sagen und Märchen? Er erschauerte. Beinahe hätten sie einen Mann an den mörderischen Sand verloren, und das Pferd war so schnell vor ihren Augen verschwunden, dass sie nicht mehr rechtzeitig reagieren konnten. Sein Blick wanderte wieder zum Lager gegenüber, wo die Leute sich immer noch neugierig drängten. Hatten die Einheimischen dort etwa gewusst, was geschehen würde? Hatten sie deshalb vor dem Sandbecken Halt gemacht?

Der Tempelritter zog sich zu seinem verschreckten Schimmel zurück, der ihm das Leben gerettet hatte. Mit noch immer zitternden Händen klopfte er ihm den schweißnassen Hals und murmelte eine Entschuldigung in sein Ohr. Langsam nahm er die Zügel über den Hals des Tiers und stapfte mit ihm die wenigen Schritte ins Lager zurück. Sie standen vor einem massiven Problem.

Wie sollten sie weiterkommen? Die andere Seite der Gebirgskette bedeutete einen Umweg von mehreren Wochen. Sie mussten einfach hier durch, aber wie? Sein Bauch krampfte. In schwierigen Situationen meldete sich der vermaledeite Schmerz sofort wieder, als würde die Krankheit ihn noch in seiner Not verhöhnen wollen.

Ausgelaugt und müde übergab er einem Soldaten sein Pferd und gab den Befehl, die Zelte aufzustellen. Für heute waren sie genug gereist. Salome bereitete ihm auf einer schnell errichteten Feuerstelle einen Kräuterbrei zu und legte ihn in einem Säckchen heiß auf seinen Bauch. Erschöpft ließ es Colin mit sich geschehen, innerlich verfluchte er die Hitze, die ihm jetzt auch noch in Form eines heißen Breis auf den Bauch gelegt wurde. Aber er schlief wenigstens schnell ein und nahm die Sorgen für heute mal nicht mit in seine Träume.

Am nächsten Morgen wurde er gewaltsam aus dem Schlaf gerissen, als seine Männer Alarm schlugen. Colin sprang nackt aus dem Bett und streifte sich hastig seine Hose über. Mit seinem Schwert aus dem bereitgestellten Waffenrock stürmte er aus dem Zelt. Es musste knapp nach Sonnenaufgang sein, der Sand war noch kühl unter seinen nackten Füßen.

Erschrocken sammelten sich seine Männer – manche von ihnen angezogen, andere halbnackt, aber alle mit ihren Waffen in den Händen – am Rand des Sandbeckens.

Dort hatten die Wachen zwei Reiter entdeckt, die entspannt auf ihren Reittieren saßen. Wie lange sie dort schon standen, wussten seine Leute nicht. Colin konnte sich keinen

Reim darauf machen, wie sie durch das tückische Sandbecken hierhergekommen waren. Aber zwei der Männer mit den schwarzen Turbanen vom gegenüberliegenden Lager standen nun mal wohlbehalten vor ihm. Einer der beiden war riesig und thronte auf einem Kamel mit großen Augen unter langen Wimpern. Seine Statur erinnerte ihn an einen ausgewachsenen Gorilla, den er im Zoo des verrückten Sultans al-Malik an-Nasir in Kairo gesehen hatte. Der in schwarzes Tuch gehüllte Mann hatte lässig seinen Fuß über den Sattelknauf gelegt und aß genüsslich ein Stück Fladenbrot. Der Reiter daneben befand sich auf einem prächtigen arabischen Vollblut, schwarz wie die Nacht und glänzend wie das Mondlicht auf einem See. Ein so herrliches Tier bekam man nicht oft zu sehen, und Colins Blick verweilte bei dem schönen Hengst, der ihn mit gespitzten Ohren und klugen Augen betrachtete. Sein Reiter war ebenfalls ganz in Schwarz gehüllt, nur die Augen stachen hinter dem Tuch hervor, das mit dem Turban um seinen Kopf gewickelt war. Sie waren von leuchtend blauer Farbe, ungewöhnlich für die Berber hierzulande.

Der fremde Reiter fasste nun ein Ende des Tuchs und wickelte es auf, um sein Gesicht zu zeigen. Colin staunte nicht schlecht: Es war das blasse Gesicht einer Frau, so anmutig wie ungewöhnlich. Die kristallblauen Augen waren umrahmt von schwarzen Augenbrauen und Wimpern. Eine gerade Nase teilte die zwei Gesichtshälften mit den hohen Wangenknochen, und darunter waren die vollen Lippen einer Frau zu erkennen, die alle schwachen Saiten in ihm im Akkord zupften.

Zwischen den Augen befand sich in schwarzer Farbe das

umgedrehte Kreuz Christi, für jeden Tempelritter das Zeichen der Demut. Aber der Blick der Frau verhieß eher das Gegenteil.

Hal fluchte. Wie gut, dass keiner in unserer Truppe Irisch verstand und mein geringer Wortschatz nicht für eine eindeutige Übersetzung ausreichte. Aber ich hatte noch nie so oft das Wort Hintern und Hölle in so wenigen Sätzen gehört wie jetzt.

Die Menschen, die uns an dem berüchtigten Tal des Todes gegenüberstanden, waren Templer. Die weiße Tunika mit dem roten Tatzenkreuz des Templerordens war eindeutig an einem der Ritter zu erkennen. Sie schienen aus Masyaf zu kommen, sonst wären sie nicht hier.

Was hatten Tempelritter so weit im Norden zu suchen? Waren sie auf der Flucht, oder wollten sie den Truppen im Heiligen Land zu Hilfe eilen? Zahlenmäßig waren sie uns unterlegen. Aber es waren gut ausgebildete, nicht zu unterschätzende Kämpfer. Wenn wir wüssten, welche Absicht sie hatten, könnten wir uns ein sinnloses Scharmützel vielleicht sparen. Waren sie lediglich auf der Flucht, würden wir ihren Trupp passieren lassen.

Als wir sahen, dass eine kleine Gruppe direkt in den Treibsand marschierte und dabei ein Pferd verlor, waren wir uns sicher, dass sie das Tal des Todes nicht kannten und schon gar nicht die Gefahren, die es in sich barg. Einmal mehr war ich froh, aus den Aufzeichnungen Hassans und den Erzählungen der Handelsreisenden von diesem Ort gehört zu haben.

Ich schlug Hal vor, am nächsten Tag zusammen die gegnerische Seite aufzusuchen und ihre Absichten zu klären. Vielleicht könnten wir ihnen den Weg durch das Tal des Todes zeigen. Denn je schneller sie an uns vorbei kämen, desto weniger wären sie eine Gefahr für uns und unsere Schätze.

Am nächsten Morgen machte ich mich mit meinem schweigsamen Gefährten auf durch das Sandbecken. Es war im Prinzip ganz einfach. Kamele haben einen siebten Sinn für das Finden von Wasser und die Vermeidung von Gefahr. Lässt man sie einfach laufen, finden sie einen Weg durch das Treibsandfeld, ohne selbst einzusinken. Wir ließen also Hal mit seinem Kamel *Ifreann* vorreiten, und ich folgte ihm auf seinem Zickzackkurs durch den tückischen Sand.

Als wir irgendwann von den Wachen entdeckt wurden, gab es auf einmal einen Aufruhr im gegnerischen Lager, der an Komik grenzte. Wir standen fast zehn Minuten mit unseren Tieren vor dem Lager, bevor die meisten der Männer kampfbereit vor uns aufgereiht waren und Hal sein Fladenbrot komplett verdrückt hatte. In dieser Zeit hätte ich mit Hal Jerusalem einnehmen können.

Mit einer Hand lockerte ich meinen Turban, um nicht unhöflich zu wirken, und bemerkte einen stattlichen Mann mit nacktem Oberkörper, dem alle zu gehorchen schienen. In seiner Hand hielt er bedrohlich ein mächtiges Schwert, und seine blonden Haare waren noch vom Schlaf zerzaust. Ich beugte kurz und respektvoll meinen Kopf und sprach ihn in der einheimischen Sprache der Araber an.

»Wer ist euer Anführer?«

Er schüttelte den Kopf und antwortete etwas auf Englisch mit einem starken Akzent. Hal erkannte offenbar den harten Akzent seines Gegenübers und wechselte sofort ins Gälische, das auch ich dank Hals Unterricht verstand, aber noch nicht richtig sprechen konnte. Jetzt nickte der Blonde mit dem Schwert und deutete auf sich. Also hatte ich seine Position als Anführer richtig gedeutet.

Hal fragte ihn neugierig: »Wo ist Euer Ziel?«, und der Anführer deutete Richtung Norden. Er sei auf dem Weg nach Schottland, in seine Heimat. Hal hielt kurz den Atem an. Schottland lag direkt neben der Insel Irland – so nah und doch so weit. Der Tempelritter fragte nun seinerseits uns, wohin wir ziehen wollten, und Hal erklärte ihm, dass wir zur Festung Masyaf wollten, genau in die Richtung, aus der sie herkamen.

»Masyaf?«, vergewisserte sich der Schotte in der gutturalen gälischen Sprache. Dann spuckte er verächtlich aus. »Die Festung gibt es nicht mehr, sie ist von den Mongolen dem Erdboden gleichgemacht worden! Ich habe es selbst gesehen, wir sind daran vorbeigeritten. Kein Stein stand mehr auf dem anderen.«

Die Nachricht traf mich hart. Masyaf dem Erdboden gleichgemacht? Wie konnte das sein? Ähnlich wie Alamut galt die Festung als uneinnehmbar …

Meine Gedanken kreisten auf einmal um Hassan, und meine Sorge um ihn wuchs. Wenn Masyaf nicht mehr existierte, sollte ich dann nicht wieder zurückkehren? Aber die Papyrusrollen mussten an einen sicheren Ort gebracht werden, das war meine Aufgabe. Hatte Hassan eine Vorahnung gehabt, was passieren würde, sollte ich deshalb fort?

Mit hochgezogenen Augenbrauen sah ich Hal an, und er richtete seinerseits einen fragenden Blick auf mich.

Diese Nachricht traf ihn genauso unerwartet wie mich, und ich konnte sehen, wie er an unserer Mission zu zweifeln begann. Nachdenklich überflog ich den kleinen Trupp vor mir und blickte zurück in die Richtung, aus der wir gekommen waren. Drohend konnte ich das mächtige Elbrusgebirge im Hintergrund wahrnehmen. Von dort waren wir vor vielen Wochen aufgebrochen. Fieberhaft suchte ich nach einer Lösung dieses Problems, und mein Blick blieb schließlich im Gesicht meines langjährigen Kampfgefährten hängen, das mit Bildern aus schwarzer Tinte überzogen war. Wie immer überließ er mir die Entscheidung und wartete geduldig.

»Wir werden in dieser Richtung nach Masyaf irgendwann den Mongolen entgegenreiten«, überlegte ich laut in Farsi, der Sprache Persiens, mit der wir aufgewachsen waren. »Zurück über das Elbrusgebirge können wir nicht mehr, dazu reichen unsere Vorräte nicht.«

Hal blieb immer noch stumm.

Plötzlich kam mir ein Gedanke. »Wolltest du nicht schon immer nach Irland zurück?«, fragte ich ihn und seine grünen Augen begannen sofort zu leuchten. »Bei jeder Gelegenheit«, kam es heiser zurück, und jetzt stahl sich ein zartes Lächeln in sein tätowiertes Gesicht. Ich fasste in diesem Moment einen Entschluss, der eine große Wendung in meinem Leben einläuten sollte. Hassan hatte nie gesagt, dass ich im Orient bleiben sollte, genauso gut könnte ich auch das Meer überqueren und seine Schätze dort in Sicherheit bringen.

»Sag dem Anführer, dass wir ihm den Weg durch den Treibsand zeigen, dafür zeigt er uns den Weg nach Schottland. Zusammen sind wir eine große Gruppe und sicherer als alleine. Die Wahrscheinlichkeit, dass wir den Weg dorthin schaffen, steigt mit der Anzahl der bewaffneten Männer.«

Hal übersetzte dem misstrauischen Anführer meinen Vorschlag ins Gälische, und der schien nun abzuwägen. Mit seinen auffallend grauen Augen musterte er erst mein Gesicht und fixierte vor allem die Stelle zwischen meinen Augen, dann die Männer in unserem Lager. Schließlich schien er zu einem Entschluss zu kommen, denn er richtete sich zu seiner vollen Größe auf und verbeugte sich leicht.

»Ich bin Sir Colin Alexander Maxwell, Sohn von Roderick Maxwell vom Clan der Maxwells. Es wäre mir eine Ehre, gemeinsam mit Euch zu reiten!«

Würdevoll stieg ich von Taycan ab und legte die paar Schritte bis zu dem beeindruckenden jungen Mann mit dem blonden Haar zurück. Fasziniert von seiner nordischen Erscheinung blieb ich vor ihm stehen und streckte ihm meine Hand entgegen, die er zögernd ergriff.

»Prinzessin Enja I-Shabbah ibn Hassan I-Shabbah«, stellte ich mich vor. »Enja«, wiederholte ich und deutete auf mich.

»Enja«, sagte er. Dann zeigte er auf sich und sagte: »Colin.«

Entschlossen drehte ich mich wieder um und bedeutete Hal, er solle mit Colin die Templerleute für die Überquerung des Tales sammeln, um zusammen den Treibsand zu überwinden. Das sorgte zunächst für einige Verwirrung, weil die Nordländer natürlich Angst hatten, ich würde sie in eine Falle führen. Erst als Hal mit seinem Kamel vorausritt und ich ihm folgte und wir dabei Zeichen als Wegmarker im Sand hinterließen, trauten sie sich, uns zu folgen und das Sandbecken Nase an Schweif zu durchqueren.

Die Erleichterung war allen anzumerken, als sie ohne Verluste durch dieses tückische Gebiet gekommen waren. Zu meiner Verwunderung musste ich feststellen, dass sich auch arabische Frauen und Kinder unter den schottischen Heimkehrern befanden. Anscheinend hatten sie ihre Heimat hinter sich gelassen. Es machte mir Mut, die Wurzeln, die mich hier an diesen Ort gebunden hatten, zu kappen, und mich auf neue Wege zu begeben. Alles, was mir je etwas bedeutet hatte, hatte ich bei mir. Sowohl Rachel, das neugeborene Kind meiner toten Freundin Jasemin, als auch Hal waren meine Familie und folgten mir auf meinem Weg.

Nach meiner folgenschweren Entscheidung hatte ich mit einem Gefühl unendlicher Freiheit den Sattel meines treuen Taycan erklommen, um die flüchtenden Templer durch den Treibsand zu führen. Dies war der Beginn meiner Suche nach meiner Herkunft, denn in den hellen Augen Colins erkannte ich einen vagen Hinweis auf meine eigenen Wurzeln. Was ich suchte, war nicht hier in Arabien – es lag viel weiter im Norden, sehr viel weiter.

Der meist mürrische Hal war nicht wiederzuerkennen. Ein zufriedener Ausdruck lag auf dem sonst so bedrohlichen Gesicht. Es ermöglichte mir einen seltenen Einblick in seine Seele, so wie Indra ihn wohl sehen konnte. Denn er hatte auch eine weiche Seite, eine, die er nur selten zeigte. Für ihn rückte mit der Planänderung sein Traum in greifbare Nähe, der ihn seit seiner Entführung durch arabische Piraten immer begleitet hatte: die Rückkehr zu seiner Familie in Irland. Vielleicht auch nur, um endlich zu erfahren, warum sie ihn so plötzlich hatte loswerden wollen …

Enja hatte ihn wirklich überrascht. Die Kehrtwendung von ihrem eigentlichen Ziel in Richtung Heimat saß Hal immer noch in den Knochen. Es war nicht das erste Mal, dass sie ihn sprachlos machte. Sie war unberechenbar, und er tat gut daran, ihre Vorhaben kommentarlos umzusetzen. Diesmal hatte ihm ihre mutige Entscheidung sogar ein Lächeln abgerungen, was dem sonst so schweigsamen Mann nur selten gelang. Schon sein Vater war eine stille Natur gewesen. Er hatte eine Kraft wie ein Bär gehabt, aber nicht viele Worte verloren. Hal konnte sich kaum an ein Gespräch mit ihm erinnern, in seinem Kopf war nur noch ein vages Bild. Umso klarer erinnerte er sich an seine Mutter, die versucht hatte, allen gerecht zu werden. Die Arbeit auf einem Bauernhof war hart gewesen, und trotzdem hatte sie immer ein liebes Wort für ihn übrig gehabt, selbst wenn sie müde noch ein Abendessen zauberte aus den kargen Vorräten, die ihnen blieben. Es hatte ihn kalt erwischt, als sie ihn eines Morgens wegschickten. Sein Vater brachte ihn heimlich auf ein Schiff, das ihn weit wegbringen sollte. Er hatte sich plötzlich gefühlt wie Ballast, der über Bord geworfen wurde. Unbrauchbar und überflüssig. Sein eigener Vater beschwor ihn, niemals zurückzukehren. Die Welt, die er kannte, war zusammengebrochen. Mit neun Jahren hatten ihn seine Eltern ausgesetzt wie einen räudigen Hund. Trotzdem vermisste er das Leben in Irland und das Gefühl, eine Familie zu haben.

Die glücklose Seereise, die ihn in den Orient verschlagen hatte, war ein weiterer Einschnitt in seinem jungen Leben gewesen. Wie das Wachs einer Kerze waren mit der Distanz und den Jahren die Erinnerungen geschmolzen, bis nur noch ein verblasstes Bild seiner Eltern verblieben war. Die Aussetzung als Kind und die Gräuel, die ihm am Hofe Saladins im Kindesalter angetan worden waren, führten zu einem solchen Misstrauen, dass Hal aufhörte zu sprechen. Stumm ließ er alle

Demütigungen über sich ergehen, mit denen er als Eunuch im Harem eines Despoten konfrontiert war. So verschloss er zumindest seine Seele vor weiterem Schmerz. Hal war stark genug, einen Weg hinauszufinden, mit Gott und seinem festen Willen, seine Heimat wiederzusehen.

Und dann war Enja in sein Leben gekommen. Für ihn war sie seine Lebensretterin. Seine Seelenverwandte, die wie er alles verloren hatte und trotzdem so stark war. Sie hatte ihn dazu gebracht, wieder zu sprechen, sich wie ein Mensch zu verhalten und geachtet zu werden. Enja hatte es so treffend auf den Punkt gebracht: Es war ihr egal, dass er keine Eier hatte, und es sollte ihm egal sein, dass sie auch keine hatte.

Sie war etwas Besonderes. Mit Enja ließ er es zum ersten Mal zu, dass ein anderer Mensch seine Zuneigung spüren durfte. Das gab ihm Hoffnung, dass er eines Tages vielleicht wieder Vertrauen zu einem Menschen aufbauen könnte, eine loyale, unabdingbare Liebe, die erwidert würde. Hal erinnerte sich vage, wie es sich zu Hause angefühlt hatte, eine längst verlorene Liebe. Mit Enja konnte er sich vorstellen, so etwas eines Tages wieder zu fühlen. Nur sagen konnte er es nicht, diese Worte fehlten ihm.

Salome war ein Kind des modernen Kairos. Mit wohlhabenden Eltern war es ihr möglich gewesen, schreiben und lesen zu lernen, auch wenn dies für Frauen nicht üblich war. Ihr Vater ließ sie und ihre Schwester nie seine Enttäuschung darüber spüren, dass er keine Söhne hatte. Um einen solchen zu ersetzen, lernte Salome wissbegierig mit einem Privatlehrer Sprachen und studierte die christliche Religion.

Umso schneller hatte sich Colin in ihr ins Herz schleichen können, und auch in das ihres Vaters. Der großgewachsene Templer war der erste Mann, dem sie sich im Hause ihres Vaters unverschleiert zeigen durfte, und die beiden verliebten sich Hals über Kopf.

Einzig die ungewollte Schwangerschaft trübte die Überzeugung ihres Vaters, seine Tochter rechtschaffen erzogen zu haben. Aber mit der Heirat umgingen sie und Colin einen möglichen Konflikt innerhalb der Familie und freuten sich auf die Geburt ihres Sohnes Alexander. Für ihren Vater war dieser Moment, als er das winzige Händchen zum ersten Mal hatte halten dürfen, wohl einer der wichtigsten in seinem Leben, denn bei dieser Gelegenheit sah sie ihn zum ersten Mal weinen. Zumindest konnte sie ihrem Vater einen Enkel schenken, wenn sie schon den fehlenden Sohn nicht hatte ersetzen können.

Salome hätte bei diesem Gedanken gerne gelächelt, aber das leise Stöhnen ihres geliebten Mannes lenkte sie von ihren schönen Erinnerungen ab. Sie saß vor ihm auf seinem kräftigen Wallach, ihre Füße baumelten auf der linken Seite herunter.

Er hatte Schmerzen und versuchte, sie nicht zu zeigen. Wie immer, wenn er Sorgen hatte, kamen die Schmerzen, und auch jetzt hatte er wieder den grimmigen Gesichtsausdruck. Sie schmiegte sich an ihn und fühlte sein starkes Herz schlagen. Ihre weiche Hand legte sich auf seinen Bauch, dessen Muskeln immer wieder so hart wurden wie der Stahl seines Schwerts. Colin schwitzte nicht nur von der Hitze, sondern auch von den unterdrückten Schmerzen.

»Mach dir keine Sorgen, Colin«, beruhigte sie ihn, »sie haben uns durch den Treibsand gebracht, warum sollten sie uns jetzt noch Böses wollen?«

Colin schnaubte hörbar durch die Nase. »Es wären nicht die ersten Beduinen, die ihren gutgläubigen Gästen nachts die Hälse aufschlitzen«, knurrte er missmutig. Salome zuckte zusammen, und er bereute seine harten Worte sofort.

»Keine Angst, ich werde auf dich aufpassen«, milderte er die Schärfe seiner Worte und nahm ihre Hand an seine Lippen, um sie zu küssen.

Sie lächelte tapfer. »Werden sie wirklich mit uns bis nach Schottland kommen? Es scheint ein weiter Weg zu sein, und die meisten von denen haben das Land noch nie gesehen.«

»Du hast das Land auch noch nie gesehen und folgst mir trotzdem freiwillig«, schmälerte Colin ihren Einwand. Aber insgeheim dachte er über ihre Worte nach, auch ihm war die Entscheidung der seltsamen Anführerin ein wenig zu schnell gekommen. Es war überhaupt eine seltsame Truppe. Der irische Riese, eine weißhaarige Kriegerin und die Männer, die ihr anscheinend ohne Zaudern folgten. Und dann das Gepäck. Wenn es keine Händler waren, was hatten sie dann geladen?

Die beiden Trupps beäugten einander misstrauisch und trauten sich gegenseitig nicht über den Weg. Auf dem tückischen Stück durch die Treibsandwüste waren seine Nerven zum Zerreißen gespannt gewesen. Wie leicht hätten seine Leute in dieser gefährlichen Umgebung sich selbst überlassen werden können. Es wäre der sichere Tod für alle gewesen. Aber entgegen seinen schlimmsten Befürchtungen hatten sie es wohlbehalten auf die andere Seite geschafft. So viel zum Vertrauensvorschuss für die andere Truppe. Trotzdem konnte er die finsteren Mienen der meist dunkelhäutigen Krieger nur schwer deuten. Hatten sie etwas zu verbergen?

Und dann diese Frau. Sie hatte etwas Unheimliches an sich: die kalten, kristallblauen Augen, das umgedrehte Kreuz auf der Stirn. Daneben der Mann mit der tätowierten Haut, dem kahlen Schädel und diesen unheimlichen grünen Augen. Sie könnten beide direkt der Hölle entsprungen sein.

Ein heftiger Krampf ließ ihn zusammenzucken. Verdammtes Gedärm! Salome ließ Tränen der Verzweiflung fallen, die ihm nicht entgingen. Wütend biss er sich auf die Lippen, sie sollte sich in ihrem Zustand nicht so viele Sorgen machen müssen. Neben ihm ritt Hamish mit Colins Sohn Alexander vor sich im Sattel. Der Schotte hatte sich eines der Lastpferde als Ersatz für seine verlorene Stute genommen und sich den Jungen geschnappt, um ihm die Langeweile zu vertreiben.

Der Kleine hatte die blonden Locken und die grauen Augen seines Vaters. Nur die Nase war wie die Salomes. Würde sein nächstes Kind dunkelhaarig werden? Ein Mädchen? Er würde es wohl nicht mehr erfahren. Oh Gott, bitte gib mir Kraft, betete er inständig. Die Schmerzen kamen nun jeden Tag stärker und gewannen weiter an Intensität. Wie lange würde er noch im Sattel sitzen können? Von den sechs Monaten, die ihm Salomes Vater noch gegeben hatte, waren bereits drei um. Zu wenig Zeit, fand er, um für seine Kinder eine Erinnerung zu bleiben.

Es geschah eines Abends, als sie anhielten, um sich für die Nacht vorzubereiten. Die Köche hatten gerade die Mahlzeiten gerichtet, als Colin sich mit schrecklichen Schmerzen zusammenkrampfte. Als hätte ihm jemand eine Lanze in den Magen gerammt, fiel sein Oberkörper nach vorne, und er konnte ein Stöhnen nicht mehr unterdrücken. Salome packte ihn fest am Arm und stützte ihn.

»Was ist los, Colin? Himmel, was passiert mit dir?«

Die Angst schwang in jedem ihrer Worte mit. Wie immer biss er die Zähne tapfer aufeinander, aber er konnte nicht verhindern, dass ihm in einem schmerzhaften Aufbäumen seines Oberkörpers ein Schwall Blut aus seinem Hals schoss. In einem Anfall von Schwäche ging er auf die Knie, erbrach sich und atmete dabei schmerzerfüllt. Salome wischte sein Gesicht mit ihrem Schleier ab und schluchzte verzweifelt.

Die Aufmerksamkeit der gesamten Truppe war in diesem Moment auf ihn gerichtet, und ihm wurde bewusst, wie sich die hochgewachsene Anführerin von ihrem eigenen Tross löste und zu ihm herüberkam. Seine Männer wurden sofort wachsam und umringten ihn instinktiv, aber sie scherte sich um keinen seiner schottischen Krieger. Ihr Blick ruhte prüfend auf ihm, und sie blieb stehen, als sie kurz vor ihm stand.

Colins Blick fiel auf ihre weichen Lederstiefel, die unterm Knie geknüpft waren, dann auf die schwarzen Pluderhosen darüber und das Lederwams, das zahlreiche Messer und Werkzeuge hielt. Ein silberbeschlagener Gürtel umfasste ihre schlanke Taille, und schließlich erreichte sein gequälter Blick ihr Gesicht, das ihn neugierig musterte. Sie erinnerte ihn an die Statuen ägyptischer Königinnen. Stolz und unnachgiebig stand sie vor ihm, der Inbegriff einer geborenen Anführerin.

Sie verschränkte die Arme vor sich und legte den Kopf schief. »Habt ihr das öfter?«, fragte sie ihn in holprigem Gälisch.

Sein Hals brannte wie die Hölle, und sein Magen pumpte den Schmerz in Wellen durch seinen Körper.

»Nein«, krächzte er und schluckte den üblen Geschmack in seinem Mund herunter. »Nein, es war das erste Mal. Ich lege normalerweise nicht so ein schlechtes Benehmen an den Tag, ich muss mich entschuldigen …«

»Nun, ich denke, dann ist es wohl noch nicht zu spät.« Ihre Stimme hatte so einen selbstbewussten Ton.

»Was soll das heißen?« Wovon sprach diese Frau? Für ihn kam jede Hilfe zu spät.

»Um etwas gegen die Schmerzen zu unternehmen«, entgegnete sie lapidar.

»Ich brauche keine Hilfe«, blaffte Colin. »Mir kann keiner helfen und schon gar kein Weib, das Männer herumkommandiert.«

Er hörte sie scharf die Luft einsaugen. Eigentlich hatte er es gar nicht so gemeint, aber die Schmerzen ließen ihn unfreiwillig wütend werden. Trotzdem war ihre Antwort höflich.

»Wenn Ihr meine gut gemeinte Hilfe – wohl oder übel die eines Weibes – annehmen wollt, dann ruft mich einfach. Es ist vielleicht nicht üblich, aber ich bin ein Medicus mit profundem Wissen.«

Das überraschte ihn tatsächlich. Diese Frau steckte wohl voller Überraschungen.

Mit einem wissenden Lächeln setzte sie nach: »Ihr wisst ja, wo Ihr mich findet.« Spürte sie etwa, was ihn so quälte?

Ihr Lächeln war kalt, als sie sich lässig umdrehte und sich durch den Pulk seiner Männer den Weg zu ihren eigenen Leuten bahnte. Jeder Einzelne wich respektvoll vor ihr zurück.

Sir Colin Maxwell schlief in dieser Nacht äußerst schlecht.

»Aufgeblasener Geck!«, schimpfte ich verächtlich, als ich wieder bei meinen Leuten eingetroffen war. Indra und ihr Vater Sarvesh gaben bereits den verführerisch duftenden Eintopf aus, den die beiden vorbereitet hatten. Geduldig stellten wir uns in eine Schlange.

»Denkt Euch nichts dabei. So stolze Männer winseln auch irgendwann um Hilfe. Es dauert eben, bis sie sich selbst eingestehen, dass sie auf andere angewiesen sind«, gab Indra zum Besten. Sie überraschte mich ein ums andere Mal mit ihren Lippenbekenntnissen. Dabei blickte sie nicht mich an, sondern Hal, der hinter mir in der Reihe stand.

»Du magst recht haben, Indra, aber manchmal ist es eben besser, die Ursache rechtzeitig zu bekämpfen, bevor sie noch größeren Schaden anrichtet.«

Sie füllte meine Schüssel mit einem Schöpflöffel des dampfenden Eintopfs. Gerüche von Kardamom und Huhn drangen in meine Nase. Ein wenig Anis?

»Wenn der Kerl auf stur schaltet, kann ich ihm nicht mehr helfen.«

Frustriert von Colins Abweisung, setzte ich mich zu den Männern ans Feuer und löffelte stumm mein Abendessen. Dazu wurde eine flache Scheibe Fladenbrot gereicht, von der sich jeder ein Stück abriss. Insgeheim bezweifelte ich, dass der blonde Ritter heute Abend irgendetwas zu sich nehmen konnte. Blut zu spucken, deutete auf eine ernste Magenerkrankung hin. Vielleicht eine Magenentzündung oder sogar schon ein offenes Geschwür. Die Schmerzen bei einer solchen Erkrankung waren immens, sie würden ihn irgendwann zu mir treiben. Vielleicht in ein paar Stunden.

Hal war gesprächig wie noch nie. Er sprach nun weitgehend auf Gälisch mit mir, wohl inspiriert von den Schotten nebenan, mit denen er die eine oder andere Zote wechselte. Meist ging es um Frauen, wer hörte da schon hin. Aber alleine das Sprechen seiner Muttersprache und der Austausch der Erinnerungen an das geliebte Heimatland hauchten Hal neues Leben ein. Er wirkte seit unserer Planänderung auf mich dieser Tage sehr ausgeglichen, oder war das auf seine Beziehung mit Indra zurückzuführen? Vielleicht beides. Für mich war es eine gute Übung, mich in die Sprache der Schotten einzufinden. Vielleicht gelang mir ja bald ein Gespräch mit unserem neuen Freund Colin Maxwell.

Es dauerte bis zum frühen Morgen, als zwei Gäste vor meinem Zelt um Einlass baten. Ich hatte mir gerade ein frisches Hemd angezogen, nachdem ich in den kühlen Morgenstunden meine Übungen absolviert hatte. Auf dem Weg zum Frühstück erreichte mich ihre Nachricht.

Zufrieden mit meiner Einschätzung von Colins Krankheitszustand bat ich die Besucher freundlich in mein Zelt. Wie es Sitte war, bot ich ihnen in aller Höflichkeit einen Becher Mokka mit *datiln* an. Die morgendlichen Besucher waren Salome und ein Soldat, der sie nicht eine Sekunde aus den Augen ließ.

Nervös lehnte sie meine Einladung ab und platzte gleich mit ihrem Anliegen heraus. Sie sprach ein vorzügliches Französisch, aber mit mir zog sie es vor, Arabisch zu sprechen.

»Mein Mann Colin ist sehr krank«, begann sie, und ich nickte ermunternd, während ich mir eine *datil* in den Mund schob. Sie erzählte mir bis jetzt nichts Neues. »Er hatte die ganze Nacht hindurch Schmerzen und konnte nichts zu sich nehmen. Er ist ernsthaft krank, ich weiß es, weil ich die Tochter seines persönlichen Medicus bin.« Hier stockte sie und wischte sich eine Träne aus den dunklen Augen. »Ich bitte Euch, nehmt ihm wenigstens die Schmerzen, damit er bis zu seinem Tod nicht leiden muss!«

Sie schluchzte leise auf bei ihren letzten Worten, und mein Herz ging auf bei so viel Empathie. Ihr Bauch zeigte mir, dass sie etwa im vierten Monat schwanger war. Sie hatte eine beschwerliche Reise auf sich genommen, für so eine zarte Frau in diesem Zustand. Es musste ein triftiger Grund gewesen sein, warum sie ihre Heimat so schnell verlassen hatte. Einen schwer kranken Mann zu begleiten, setzte dem noch die Krone auf.

Ihre Verzweiflung berührte mich, und ich versicherte ihr mitfühlend: »Natürlich werde ich mir die Erkrankung Eures Mannes anschauen, wenn Ihr das wünscht. Aber er hält offensichtlich nicht viel von weiblichen Heilern. Eher würde er sich von einem männlichen Quacksalber die Adern stechen lassen, als jemandem wie mir Glauben zu schenken.«

Sie gab mir recht, aber sie hatte ihn überzeugen können, ein Schmerzmittel zu nehmen. Nun, dachte ich mir enttäuscht, dann traute er mir also nicht mehr zu, als ihn zu betäuben. Um seiner Frau kein Unrecht zu tun, packte ich mit zusammengekniffenen Lippen nur stumm meine Tasche und bat sie knapp vorauszugehen. Sie war eine sehr zierliche Frau mit heller Haut und mandelförmigen schwarzen Augen, das Einzige, das unter dem Schleier zu sehen war. Sicherlich war sie eine außergewöhnliche Schönheit mit starkem Selbstbewusstsein – kein Wunder, dass der Ritter bei ihrem Anblick schwach geworden war.

Mit gemischten Gefühlen folgte ich ihr in das Zelt des Templers, der mit schweißnassem Gesicht auf seiner Liege lag. Ob er Schmerzen hatte, musste ich ihn nicht erst fragen, es stand in seinem von den Qualen gepeinigten Gesicht geschrieben. Bei seinem Anblick beschloss ich, ihm noch einmal seinen Anflug männlicher Arroganz zu verzeihen, und schlug einen professionellen Ton an.

»Habt Ihr heute Nacht noch einmal gebrochen?«, fragte ich ihn, während ich Puls, Augen, Herz und Haut untersuchte.

»Nein«, meinte er grimmig, und seine zusammengekniffenen Augen verrieten, wie wenig er das Handeln seiner Frau billigte. »Aber ich habe auch nichts mehr gegessen.«

»Was esst Ihr denn gerne?«

Erstaunt dachte er kurz nach. »Alle arabischen Gerichte, gerne sehr scharf, und Hammelfleisch.« Ein kurzer Seitenblick streifte seine Frau, die direkt neben ihm stand. Im Schutze des Zeltes hatte sie den Schleier nun von ihrem Gesicht genommen, und ich fand meine Vermutung bestätigt. Sie war eine Schönheit.

»Fette Speisen?«, vergewisserte ich mich.

»Ja«, bestätigte mir stattdessen seine Frau auf Arabisch, die wachsam neben ihm in die Hocke ging, »er sagt immer, nur mit fettem Fleisch bleibe er kräftig für den Kampf.«

Die Antwort hatte ich erwartet, und nickte wissend. »Ich brauche Euren Urin«, ordnete ich an und gab ihm einen sauberen Becher aus meiner Tasche.

Seine Hautfarbe wurde noch ein wenig blasser, als sie ohnehin schon war. »Ich habe Schmerzen im Bauch und nicht in der Blase!«, zwängte er peinlich berührt zwischen zusammengepressten Lippen heraus.

»Ich weiß«, entgegnete ich seelenruhig, »aber alles, was mal im Magen war, muss auch wieder raus. Ich würde mir auch gerne den Kot ansehen, aber das kann natürlich noch dauern.« Es half nichts, dass ich versuchte, meine Stimme so professionell wie möglich klingen zu lassen. Deutlich spürte ich, wie er wieder verschämt zusammenzuckte.

»Untersteht Euch!«, fauchte er mich ärgerlich an und verschränkte die Arme. »Nur über meine Leiche!« Salome legte ihm beruhigend die Hand auf die Schulter.

»Es reicht fürs Erste, wenn Ihr mir sagt, welche Farbe der Kot hat«, versuchte ich zu vermitteln. Seine eben noch schmerzerfüllten Augen funkelten mich zornig an, aber er antwortete nicht. Vermutlich war das unter seiner Würde. Entnervt von so viel Sturheit selbst in seinem schlechten Zustand stand ich auf und entschuldigte mich.

»Ich gebe Euch ein paar Minuten«, schlug ich ausweichend vor und wendete mich zum Ausgang des Zeltes.

»Dunkel«, platzte Salome auf einmal heraus, »sein Kot ist dunkel, fast schwarz … Ich habe es gesehen, als ich seinen Topf nach draußen stellte.« Colin schnaubte nur wütend und sah in eine andere Richtung. Irgendwie hatte er jetzt Ähnlichkeiten mit einem gewissen Iren, mit dem er die Sprache teilte.

»Danke, dann brauche ich nur noch etwas Urin«, antwortete ich nüchtern und schob mich durch den Spalt in der Zeltwand. Dort standen ein paar seiner Landsmänner und drückten sich unauffällig herum. Vermutlich dachten sie, dass ich ihren Anführer bei der erstbesten Gelegenheit aufschlitzen würde.

Ohne besondere Eile gesellte ich mich zu ihnen, und ihre

Körperhaltung nahm etwas Lauerndes an. Mit einer gewissen Kaltschnäuzigkeit blickte ich jeden der Anwesenden an. Lässig zog ich mein Säckchen mit den *datiln* heraus und bot ihnen freundlich welche an. Zögerlich nahmen sie davon, aber erst als sie sahen, wie ich sie mir selbst genüsslich in den Mund steckte.

Ein junger Schotte mit leuchtend rotem Haar und tausend Sommersprossen im Gesicht holte schließlich eine kleine Silberbüchse aus seiner Tasche und setzte sie an den Mund. Auch die anderen holten ähnliche Behältnisse aus ihren Taschen und tranken einen kräftigen Schluck. Erst dann kam einer auf die Idee, auch mir sein Gefäß anzubieten. Vorsichtig nahm ich es in meine Hände und roch daran. Der Geruch war scharf und durchdringend wie der Alkohol von Isaak.

Vielleicht gehörte dies zu den Empfangsriten der Schotten. Und wenn sie meine *datiln* kosten mussten, dann musste ich eben auch ihr Zeug probieren, ging es mir durch den Kopf, und ich nahm einen Schluck von der Flasche, was ich sofort bereute. Die Flüssigkeit brannte sich durch meinen Mund in den Hals bis in den Magen hinunter wie flüssiges Feuer. Ich hustete und schnappte nach Luft. Einer der grinsenden Männer haute mir mehrmals kräftig auf den Rücken. Vielleicht wollte er damit das scharfe Zeug noch besser in meinen Eingeweiden verteilen, denn das Klopfen half überhaupt nichts.

Meine Augen wurden wässrig, aber ich lächelte tapfer und reichte das Gefäß wieder an den freundlichen jungen Schotten zurück.

»Eine gute Mischung, was?«, grölte einer der Älteren, der mit einer verfaulten Zahnreihe glänzte. Die anderen lachten jetzt lauthals mit.

»Woraus ist das Zeug gemacht? Das brennt wie die Hölle«, fragte ich neugierig, räusperte mich ein paarmal und klopfte mir mit der Faust gegen die Brust.

»Wasser und Gerste«, kam es von dem Alten, ohne groß darüber nachzudenken.. »Meine Familie macht schon seit Jahrhunderten den besten *Uisge beatha* Schottlands.«

»Stimmt doch gar nicht«, ereiferte sich ein anderer, dessen Gälisch sich verräterisch wie das von Hal anhörte, »den besten *Uisge beatha* machen die Iren, die haben ihn schließlich auch erfunden!«

»Willst du irische Pfeife etwa behaupten, die Schotten hätten euren *Uisge beatha* geklaut?«

Der Angesprochene brüllte zurück: »So was Gutes würdet ihr Schotten nie hinbekommen!«

Und ein dritter mit feuerroten Haaren und jugendlichem Grinsen warf ein: »Als hättet ihr Iren jemals etwas anderes hinbekommen, als euch die Nasen blutig zu schlagen!«

»Ich geb dir gleich eine blutige Nase!«, kam es wütend zurück, und schon flog eine irische Faust in das Gesicht des Rotschopfs. Der Ältere schlug daraufhin den Iren, und innerhalb kürzester Zeit war eine Rangelei im Gange. Gott sei Dank rief mich jetzt Salome wieder ins Zelt. Auf dem Weg überlegte ich ernsthaft, ob die Schotten aus *datiln* vielleicht auch so ein Getränk herstellen konnten, mit Reis und Gerste schien es ja bereits zu gehen …

In dem Becher schwamm der Urin eines Kranken, der eindeutig zu wenig getrunken hatte. Schließlich tastete ich seinen Bauch ab, der ohne Schmerzen weich und ohne erkennbaren Befund war. Colins Blick folgte jeder meiner Bewegungen, schließlich schien ihm doch etwas auf der Seele zu liegen.

»Wie lange noch?«, fragte er irgendwann, und sein Blick verlor zum ersten Mal seit unserer Begegnung etwas von seiner Härte.

Erstaunt legte ich meinen Kopf schief und sah ihn fragend an. »Was meint Ihr?«, fragte ich ihn unschuldig, meine Rache war süß.

»Wie lange habe ich noch zu leben? Vor drei Monaten hieß es, vielleicht noch ein halbes Jahr, aber ich habe das Gefühl, es geht schneller zu Ende.« Errötend drehte er seinen Kopf weg und flüsterte: »Könnt Ihr es aufhalten, nur so lange, bis Salome und ihre Familie in Sicherheit sind?«

Er schämte sich tatsächlich, mich das zu fragen. Sein männlicher Stolz ließ es nicht zu, dass ich ihm half, aber er traute es mir zumindest zu. Verärgert atmete ich tief ein, um mich zu sammeln, und erwiderte nüchtern: »Ihr habt wohl einen empfindlichen Magen, der auf große Anstrengungen genauso wie auf scharfe und fette Gerichte reagiert.«

Er sah mich überrascht an. »Wie soll ich das verstehen?«, fragte er mich tonlos.

»Nun«, überlegte ich mir eine einfache Erklärung, so wie Isaak das gemacht hätte, »gebe ich Luft an ein Feuer wie in der Schmiede, entfacht sich dieses noch weiter. Drehe ich die Luft ab, geht es aus.« Geduldig ließ ich meine Worte wirken, aber er und Salome schienen mir noch nicht folgen zu können. »Ihr müsst aufhören, Euren Magen zu reizen. Die Anstrengungen werdet Ihr in den nächsten Wochen nicht vermeiden können, wohl aber Euer Essverhalten kontrollieren.«

Colin und Salome tauschten einen überraschten Blick aus. Das war alles?, schienen sie sich gegenseitig zu fragen.

»Ich kann Euch ein Schmerzmittel geben.«

Colins Gesichtsausdruck war eine einzige Ablehnung. Wer ließ sich schon gerne vorschreiben, was er essen durfte? Aber es war notwendig. »Ich werde etwas für ihn suchen«, schlug Salome vor. »Brot und Reis ohne scharfe Gewürze?«

Anerkennend nickte ich ihr zu. Sie hatte verstanden. »Ich gebe Euch noch getrocknete Kamille, davon macht Ihr einen Tee. Und für die Schmerzen bekommt Ihr von mir drei kleine Kugeln, und zwar nur für die Nacht, damit Ihr schlafen könnt«, setzte ich eindringlich hinterher.

Vorsichtig ließ ich aus dem Tonbecher drei winzige Kugeln, die Iljas für mich noch in Alamut gedreht hatte, in die Hand des Kranken gleiten. Zufrieden packte ich meine Sachen wieder in die Tasche, wünschte dem Tempelritter noch eine gute Genesung und wandte mich wieder zum Ausgang. Bevor ich ihn erreichte, rief mich Colin zurück. Ich drehte mich um und starrte ihn fragend an.

»Wenn ich diese … diese Essensumstellung durchmache, wie lange habe ich dann noch zu leben?«

Oh, hatte ich Schelm ihm das denn nicht gesagt? Tatsächlich schien ihn der Irrglaube über seinen baldigen Tod sehr zu beschäftigen, und auch Salome hielt die Luft an. Ihre zierliche Hand legte sie liebevoll in seine großen Hände. Was für ein hübsches Paar, dachte ich. Mit einer hochgezogenen Augenbraue verriet ich den beiden: »Hoffentlich noch lange genug, um eure Enkel zu sehen.«

Ich ließ sie mit der guten Hoffnung allein. Draußen hatten sich die drei Hitzköpfe aneinander abreagiert und guckten nun etwas verdrossen, als ich an ihnen vorbeimarschierte. Zwei Veilchen, eine lädierte Lippe und eine blutende Nase, ging ich den Schaden im Geiste durch, nichts Ernstes.

»Ich denke, wir können das Lager jetzt hier räumen, meine Herren«, sagte ich im Vorbeigehen, »falls nichts anderes ansteht …« Einer wollte schon etwas entgegnen, aber der Ältere knuffte ihm den Ellbogen in die Seite und wisperte etwas. Gut, dass sie mich nicht grinsen sahen, als ich wieder zu meinem Zelt zurückging und zum Aufbruch drängte.

In den nächsten Tagen wurden die Schmerzen tatsächlich weniger. Der Appetit kam mit der Besserung ebenfalls wieder, und mit der Nahrungsumstellung schien es auch so zu bleiben. Sir Colins Gesichtsfarbe änderte sich in den kommenden Tagen von aschfahl in einen gesunden braunen Teint. Die Krämpfe waren noch nicht vorbei, aber sie kamen immer seltener. Insgeheim vermutete ich, dass er ab und an auch diesen *Uisge beatha* – angeblich hieß das gälische Wort übersetzt »Lebenswasser« – mit seinen Leuten trank und dass der ihm gar nicht gut bekam. Aber ich konnte ihm ja schlecht alles verbieten, er war schließlich ein Mann und noch dazu ein Schotte!

Dagegen machte ich mir allmählich Sorgen um Hal, der zwar viel Zeit mit Indra verbrachte, aber keinerlei Anstalten zeigte, sie zu ehelichen. Daher fragte ich ihn eines Tages, als wir bereits eine Zeitlang nebeneinanderher geritten waren: »Warum heiratest du Indra eigentlich nicht? Anscheinend seid ihr ja schwer verliebt?«

Mein Blick traf ihn von der Seite, und ich sah ihn schlucken. Seinen Unterarm zierte seit Neuestem ein dreizeiliger Vers in einer seltsamen Sprache, die wie Runen aussahen. Die

Stelle war noch gerötet, daher vermutete ich, dass Indra sie ihm erst vor Kurzem gestochen hatte. Was taten die beiden eigentlich die ganze Nacht?

Hal schaute weiter geradeaus, das Kamel ließ seinen mächtigen Körper bei jedem Schritt sachte schaukeln. Er machte einen abweisenden Laut.

»Hal, ich meine es ernst. Was hast du vor?«, bohrte ich ungehalten nach.

»Ich weiß es nicht …«, kam es unsicher.

»Warum zögerst du?«

»Es ist … ich meine, du weißt doch, ich kann keine … keine Kinder zeugen. Indra will aber Kinder …«

Aha, daher wehte der Wind.

»Ihr könntet verwaiste Kinder aufnehmen«, schlug ich vor. Hal sah mich unsicher von der Seite an.

»Waisen?«

»Ja, es gibt genug Kinder, die keine Eltern mehr haben.«

Wieder kam dieses seltsame Brummen vom Rücken des Kamels, das weder ein Ja noch ein Nein sein sollte.

Ab jetzt, so wusste ich erfahrungsgemäß, musste ich ihm Zeit geben, um nachzudenken. Mit meinen Fersen streifte ich leicht die Flanken meines Hengstes und ritt zügig ein Stück nach vorn, um die rückkehrenden Späher nach dem nächsten Lagerort zu befragen. Mit insgesamt fast achtzig Personen und noch mehr Tieren ließen wir die Späher immer vorpreschen, um den besten Lagerplatz ausfindig zu machen. Sie kamen gerade von ihrer Suche zurück und führten uns zu einem wunderschönen Platz am Waldrand mit einem kleinen See, der die durstigen Kehlen von Mensch und Tier mit frischem Wasser versorgte.

Mit Colin hatte ich mich darauf geeinigt, dass wir am Hafen in Tripolis unsere Karawane einschiffen würden. Dort könnte ein Schiff der Templer uns alle zurück nach Schottland bringen. Es war die gleiche Route, die schon Richard Löwenherz genommen hatte, um in den Levante zu kommen. Mit der Zeit hatten die Templer diese Route, die über die griechischen Inseln Zypern und Rhodos führte, zu einer regelrechten Handelslinie ausgebaut.

An der Küste Syriens, die wir auf dem Weg nach Tripolis entlangritten, gab es einige mit Wäldern bewachsene Stellen, die eine erstaunliche Fruchtbarkeit zeigten. Oft waren diese Wälder von Bauern und Nomaden besiedelt, die dort ideale Bedingungen fanden, um sesshaft zu werden. Aber anscheinend hatten die Späher einen Flecken gefunden, der nicht bewohnt war und sich deshalb ideal für eine längere Pause eignete.

Der bunt zusammengewürfelte Trupp, der sich mittlerweile aneinander gewöhnt hatte, richtete gemeinsam ein Lager her, und einige gingen sogar zusammen auf die Jagd, um den Fleischvorrat für die nächsten Tage zu sichern. Der kleine See diente nicht nur zum Auffüllen der Wasserbehälter, auch die Wäsche wurde dort gereinigt. Manche wuschen sich selbst auch gleich zusammen mit den Kleidern, wie ich feststellen konnte. Den Sitten gemäß suchten sich die Frauen einen abgelegenen Platz hinter einem großen Felsen.

Froh, endlich die seit Tagen durchgeschwitzten Kleider reinigen zu können, zog ich sie mir vom Leib. Die zahlreichen Helfer rieben sie sofort mit Seife ein, walkten sie durch und wuschen die Seife wieder aus. Ich rieb meinen Körper mit Seife ab. Dabei war ich so beschäftigt, dass ich die neugierigen

Blicke der anderen Frauen gar nicht wahrnahm. Erst als ich meine Haare ausspülte, merkte ich, wie sie mich anstarrten.

Wie immer, wenn es um meinen Körper ging, wurde ich unsicher und watete langsam ins tiefere Wasser, bis es mir zum Bauch ging. Dann erst drehte ich den Kopf zu den beiden kauernden Schwestern Salome und Hannah und sah sie fragend an.

»Was ist, was starrt Ihr mich so an?«

Sofort waren ihre Augen wieder bei der eigenen Wäsche, und sie taten geschäftig.

»Kommt ihr auch ins Wasser?«, fragte ich beinahe müde.

Sie schüttelten den Kopf. Das machte mich stutzig, aber ich beachtete sie nicht mehr und ging nun zügig tiefer ins Wasser. Mit nach vorne gestreckten Armen glitt ich hinein und schwamm in die Mitte des Sees. Dort konnte ich auch die Männer auf der anderen Seite erkennen. Sie blickten neugierig zu mir herüber. Vermutlich hatten sie noch nie eine Frau so schnell und so weit hinausschwimmen sehen. Ich kraulte noch einmal eine zügige Runde.

Wieder hinter dem Felsen angelangt, ging ich spritzend und prustend aus dem Wasser an den drei Frauen vorbei, die sich inzwischen bis zum Knie hineingetraut hatten. Anschließend legte ich mich auf einen warmen Felsen, um mich von der Sonne trocknen zu lassen.

Salome, Hannah und Indra setzten sich irgendwann zögernd zu mir, als sie sich erfrischt und gewaschen hatten.

»Wie kommt es«, setzte Hannah schüchtern an, »dass Ihr einen Körper habt wie eine Frau, aber so stark seid wie ein Mann? Ich wette, Ihr könntet jedem Mann davonschwimmen …«

Die beiden anderen nickten zustimmend. Um nicht unhöflich zu wirken, setzte ich mich mit meinem Oberkörper auf und zuckte mit den Schultern. »Tägliche Übungen«, sagte ich bescheiden. »Würdet ihr so viel trainieren, könntet ihr das auch.«

»Aber wir Frauen sind doch gar nicht dafür gemacht. Wie wollt Ihr Kinder bekommen, wenn Eure Bauchmuskeln so hart sind wie die eines Mannes?«, warf Salome ein. »Da ist kein Platz für ein Kind.«

Mein Blick fiel auf Salomes süße Rundung und ihre vollen Brüste. Wieder wurden mir die Defizite meines durchtrainierten Körpers bewusst. Am auffälligsten waren unsere Unterschiede in der Körperbehaarung, die ich schlichtweg nicht hatte. Das blieb den dreien natürlich nicht verborgen, und Indra fragte beeindruckt: »Rasiert Ihr Euch etwa dort?« Dabei zeigte sie mit ihrem Finger zwischen meine Beine.

Ich zögerte ein wenig, weil es mir wirklich peinlich war. »Nein, ich bin so nackt geblieben.«

Jetzt stand ihnen das Erstaunen förmlich in den Gesichtern geschrieben. War das wirklich so ungewöhnlich? Gab es denn nirgendwo sonst Frauen ohne Körperbehaarung?

»Vielleicht liegt es daran, dass ich so blond bin? Haben blonde Frauen dort unten normalerweise Haare?«, fragte ich vorsichtig.

»Ja«, sagte Indra überzeugt, »ich habe schon welche im Hamam gesehen.«

»Vielleicht seid Ihr ja ein Mann, der als Baby kastriert wurde?«, überlegte Hannah laut. Sie war die eindeutig frechere der beiden Schwestern. Salome sah sie erschrocken an.

Wütend über so viel Dummheit stand ich auf und stolperte

zu meinen Sachen, die in der Hitze schnell wieder getrocknet waren.

»Aber Männer haben doch auch Körperbehaarung, sogar noch viel mehr und überall!«, warf Indra bestimmt ein.

»Und sie sieht doch gar nicht wie ein Mann aus!«, hielt Salome dagegen. »Schau dir nur ihre Augen an … und ihre Lippen!«

»… aber die Adern auf der weißen Haut treten hervor wie bei den Männern, wenn sie sich anstrengen.«

»… so eine weiße Haut hat kein Mann!«, kam es trotzig von Salome.

Ich hörte nicht mehr hin, sondern stapfte zurück, wo ich hergekommen war. Wie so oft fühlte ich mich, als gehörte ich nicht hierher, als wäre ich eine Exotin, ein Kalb mit zwei Köpfen. Auf einmal war mir meine eigene Haut fremd geworden, und meine Gedanken kreisten verzweifelt um die letzten Eindrücke meiner Familie.

Es waren doch ganz normale Menschen, sie hatten gelacht, sich umarmt und geküsst. Sie lebten in einer Gemeinschaft, sie fingen Fische und erzählten sich Geschichten. Warum machten mich die Worte dieser Frauen so unsicher? War ich wirklich so anders?

Was an diesem Abend mit Enja geschah, konnte sich Hal nicht erklären. Zum ersten Mal, seit er sie kannte, entglitt sie völlig seiner Kontrolle. So schnell würde er diesen Abend nicht mehr vergessen.

Die Männer und Frauen der beiden zusammengewürfelten Trupps hatten sich alle zum Abendessen um das große Lagerfeuer versammelt. Gleich zwei Antilopen hatten die Jäger gejagt, und die rösteten sie nun auf dem Spieß über dem Feuer. Der intensive Geruch von Fleisch, Gewürzen und Rauch zog über alle Köpfe hinweg und ließ jedem das Wasser im Mund zusammenlaufen.

Enja holte an diesem Abend die *Yatga* aus ihrer Kiste, ein Zupfinstrument aus der Mongolei, das sie einem fahrenden Musikanten abgekauft hatte. Dieses mächtige Instrument hatte einundzwanzig Saiten mit verschiedenen Brücken und konnte mit dem Fingernagel oder der -kuppe gespielt werden. Sie beherrschte fast jedes Zupfinstrument, aber bei der *Yatga* zeigte sie ihr ganzes Talent. Hal ließ es sich nicht nehmen, sie mit der *Darbouka* zu begleiten, der arabischen Trommel.

Natürlich tanzten und klatschten die musikbegeisterten Perser aus Enjas Lager fröhlich mit, während sich die Schotten etwas abseits hielten. Enja bemerkte, wie ungewohnt für sie die orientalische Musik mit ihrer schrägen Tonleiter war, und wechselte recht bald auf schottische und irische Weisen, die sich auf einer orientalischen Zither genauso schräg, aber zumindest bekannter anhörten.

Mit Hals Trommel, die er wie eine schottische Bodhran spielen konnte, und ein paar Bechern des scharfen Gesöffs klang es dann doch fast nach Heimat. Hal sang aus Leibeskräften die manchmal derben Texte mit, und schon hatten sie die Schotten auch zum Tanz gelockt. Die Perser grölten die Texte einfach mit, und die Schotten sprangen im Tanz herum. Selbst die Frauen mussten abwechselnd mit den Männern einen Reigen tanzen oder persische Lieder singen.

Nach ein paar Stunden ausgelassener Stimmung gaben Enja und Hal schließlich auf, auch wenn es zu Protesten der Zuhörer kam. Ausgelaugt und heiser ließ sich Enja erst einmal Wasser bringen. Hal schüttete einen Humpen Wein in sich hinein. Davon hatte Colin wohl noch ein ganzes Fass dabei. Sie setzten sich an das große Lagerfeuer, das noch immer hoch brannte und die Gesichter in ein warmes Licht tauchte. Mit dem Holz, das die Wälder hier reichlich abwarfen, hatten sie seit Langem wieder ein ordentliches Lagerfeuer entfachen können.

Ein gut gelaunter Colin, dem es sichtlich besser ging, gesellte sich zu den beiden und mit ihm die halbe Bande seiner Männer, die sich immer um ihn scharten wie die Fliegen. Die Frauen verabschiedeten sich höflich für die Nacht und zogen sich in ihre Zelte zurück.

»Wie schön es ist, wieder vertraute Klänge zu hören, die jeder hier so vermisst hat«, bemerkte er anerkennend, »da kommen Erinnerungen an die Heimat hoch.«

Colin wirkte angeheitert. Seiner Gesichtsfarbe nach hatte er wohl auch schon einige Becher *Uisge beatha* getrunken, der an diesem Abend mit dem Wein reichlich floss. Das war auch der Grund, warum die Assassinen spätestens jetzt alle schnarchend in ihren Decken lagen. Das Trinken von solch hochprozentigem Alkohol sollte geübt sein. Colin bot Enja einen Becher an, den sie dankend annahm.

»Bester schottischer *Uisge beatha*«, lobte er, während er es großzügig in Enjas Becher goss. »Meine Eltern haben ihn selbst hergestellt.«

Enja hob ihren Becher und nickte lächelnd in die Runde. »*Slàinte mhath!*«, eröffnete sie den Trinkreigen mit einem schottischen Trinkspruch, den sie von Hal gelernt hatte.

»*Slàinte mhath!*«, folgten ihr alle anderen und stürzten den scharfen Alkohol die Kehle hinunter.

Hal konnte ja nicht ahnen, was Alkohol bei Enja auslöste. Sie hatte auch noch nie mehr als einen Schluck aus Höflichkeit zu sich genommen. Daher war er von Enjas plötzlicher Trunkenheit völlig überrascht. Er war gerade beim dritten Becher, der bei einem Schotten vielleicht ein rotes Bäckchen hervorzauberte, und die angeheiterte Truppe stimmte zum fünften Mal ein zotiges Wirtshauslied an, als Enja plötzlich aufstand und schwankend neben Colin zum Stehen kam. Ihr Gesicht war leicht verkniffen, als müsste sie nachdenken.

»Ich … ich gehe sch… schlafen, meine Herren«, lallte sie, anscheinend schwer angeschlagen. Was war nur mit ihr los? Hal sah erst in seinen Becher und blickte danach seine Gefährtin verunsichert an. Langsam stand er auf, bereit, sie sicher ins Zelt zu bringen, falls sie das alleine nicht mehr finden könnte.

»Ihr wollt uns doch noch nicht verlassen, Lady Enja, die Krüge sind ja noch nicht einmal halb leer!«, versuchte der blonde Templer, sie noch zum Bleiben zu überreden, seine Nase war bereits gefährlich rot gefärbt.

»Aber ich bin … ich hab genug!«, entgegnete sie unsicher.

»Wie wollt Ihr denn ernsthaft gegen Feinde kämpfen, wenn Euch ein bisschen *Uisge beatha* schon umhaut?«, ätzte der rothaarige Hamish. Der musste aber auch bei jedem Streit dabei sein, dachte Hal grimmig. Instinktiv ballte er die Fäuste, bereit, jederzeit einzugreifen.

»Ich … ich bin das Zeug nicht gewö… gewöhnt«, erklärte Enja und kämpfte anscheinend mit einer klaren Sicht, denn sie zwinkerte ständig. »Aber kämpfen, das kann ich trotzdem besser … besser als du!«

Und sie fiel fast vorne über, als sie mit ihrem Finger auf Hamish zeigte. Hal hielt sie an der Schulter fest, und sie blickte ihn aus glasigen Augen verständnislos an.

»Dann habt Ihr noch keinen Mann getroffen, der gut kämpfen konnte, Mylady«, spottete der streitlustige Rotschopf weiter. »Habt Ihr je gegen einen echten Schotten gekämpft?«

Colin mischte sich jetzt ein, denn auch ihm wurde klar, dass Enja mit den Folgen des starken Alkohols kämpfte.

»Hamish, lass diese Anmaßungen, Lady Enja ist etwas angeschlagen. Spar dir deine blöden Sprüche auf, bis sie wieder nüchtern ist.«

Hal verdrehte die Augen. Falscher Satz! Ganz falscher Satz. Und genau wie er es vorausgeahnt hatte, richtete sich Enja schwankend zu ihrer vollen Größe auf und zeigte auf alle noch anwesenden Schotten.

»Euch krieg ich noch … mit dem kleinen«, sie zeigte mühsam den kleinen Finger ihrer rechten Hand, den sie wohl nur schemenhaft sehen konnte, und hickste, »… kleinen Finger klein! Ich fälle einen Baum mit meiner … meinem Fuß. Der Baum is' so dick wie der Arm Eures … Eures …«, anscheinend hatte sie seinen Namen vergessen, »Maxwell hier. Ihr werdet schon sehn …«, setzte sie zu allem Überfluss noch nach.

Hal nahm sie am Arm und zog sie von der Feuerstelle fort. Colin schwieg betreten, ihm war klar, dass sie keinen Rückzieher machen würde.

»Das wollen wir aber sehen«, schrie Hamish ihr noch begeistert hinterher, und schon stimmten ihm die Restlichen lachend zu.

»Enja ist betrunken. Das seht ihr doch, sie weiß nicht, was sie sagt«, warf Hal deeskalierend ein und zog sie weiter mit sich fort. Aber sie ließ sich nicht so einfach von einem Wettkampf abhalten, den sie in ihrem Zustand für eine absolut sichere Sache hielt. Sie wehrte sich gegen seinen geordneten Rückzug und entzog ihm den Arm, den er gepackt hatte.

»Ich bin nicht be… betrunken!«, verteidigte sie sich lallend.

Zu Hals Entsetzen stellte sie sich jetzt auch noch breitbeinig hin, damit sie nicht so wankte, und stemmte ihre Hände in die Hüften. Wütend funkelte sie Hal an, der sie vor Schlimmerem bewahren wollte und jetzt selbst Opfer ihrer Dickköpfigkeit wurde. Er stöhnte innerlich, denn er kannte diesen Blick. »Bitte, Enja, halt doch einfach deine Klappe!«

Aber er konnte das Schlimmste nicht mehr verhindern. Als hätte all das noch nicht gereicht, setzte sie noch einen oben drauf: Sie gab den Schotten das, was sie am meisten liebten – eine Wette.

»Ich wette mein Pferd dafür, dass ich den Baum umniete, jawohl, umniete, mit meinem Fuß!« Sie klappte nach vorne, und Hal fing sie rechtzeitig auf, bevor sie sich endgültig flachlegte.

Die Schotten johlten und schlugen sich auf die Schenkel. »Morgen!«, schrien ein paar von ihnen. »Morgen kann sie es beweisen!«

Wild fluchend zerrte Hal die hilflose Enja in ihr Zelt zurück. Die Schotten tranken noch lustig weiter, als gäbe es das letzte Mal in ihrem Leben *Uisge beatha*. Sie feixten über die herrlich sinnlose Wette und stritten bereits darum, wer den bildhübschen Hengst bekommen sollte.

»Ooch, dieses vermaledeite Weibsbild! Warum hat Gott den Weibern überhaupt einen Mund gegeben?«, brummte Hal wütend, als er sich durch Enjas Zelteingang duckte.

»Als wüsstest du das nicht zu schätzen, Hal«, raunte Indra hinter ihm. Sie hatte ihn mit seiner betrunkenen Last gesehen und war den beiden ins Zelt gefolgt.

Sie legte ihm die Hand auf den Arm und flüsterte: »Ich mache das schon. Hilf mir, sie aufs Bett zu legen, ich kümmere mich um sie. Geh schon in dein Zelt, ich bin gleich bei dir!«

In Hals Rücken kribbelte es bis hinunter zu den Lenden. Er atmete tief durch. Vorsichtig legte er die schlappe Enja auf das Fellbett und verdrückte sich dankbar aus dem Zelt. Irgendwie beschlich ihn das Gefühl, dass Kopfschmerzen wohl das geringste Übel sein würden, womit Enja morgen zu kämpfen hätte.

Bei allen Göttern! Ich schwöre, hätte ich gewusst, wie schlimm es mir am nächsten Tag gehen würde, ich hätte nie mit dem Zeug angefangen. So musste es sich wohl anfühlen, wenn man starb. Da war zum einen mein dicker Kopf, der bei jeder Bewegung dröhnte und pochte. Dann ein verrückt gewordener Magen, der nur auf die beste Gelegenheit zu warten schien, sich umzudrehen, und eine bleierne Müdigkeit, als hätte ich drei Tage nicht geschlafen. Wie schafften es die Schotten nur, dieses Teufelszeug *jeden* Tag zu trinken?

Hal trat durch den Zeltschlitz. Meine Ohren registrierten

seine schweren Schritte. Meine Augen blieben vorsichtshalber erst einmal zu.

»Enja?«, fragte er vorsichtig.

»Mmh …«

»Bist du wach?« Seine Stimme wurde fordernder.

»Mmh …«

»Enja«, kam es dann ungeduldig, »da stehen zwanzig Schotten vor dem Zelt und erwarten, dass du einen Baum mit dem Fuß fällst. Wenn du nicht bald hier rauskommst, nehmen sie deinen Hengst gleich mit.«

»Viel Vergnügen …«, murmelte ich, ohne die Augen zu öffnen.

»Jetzt hör mir mal zu, du verrücktes Weib, das hast du dir selbst eingebrockt! Raus jetzt mit dir, und dann zeigst du es denen!«, zischte Hal ärgerlich.

Vorsichtig öffnete ich ein Auge. »Wie spät ist es?«

»Mittag ist gerade vorbei. Die wollen das jetzt durchziehen, später am Nachmittag wird es wohl regnen.«

Überrascht machte ich mein zweites Auge auf. Mittag? Dann hatte ich ja fast den halben Tag verschlafen!

»Sag ihnen, ich bin indisponiert, ich komme in einer Stunde zum Wäldchen«, kam es stumpf über meine Lippen. »Ich muss erst meine Einzelteile zusammensuchen, Hal.«

Er seufzte tief und nickte. »Ich weiß. Ich lasse dir mal einen Mokka aufbrühen …«

Er drehte sich um, um nach Indra zu rufen, da kam mir plötzlich ein Verdacht. Gedämpft, um meine Stimme nicht nach draußen zu tragen, fragte ich ihn: »Kannst du mir sagen, was mit mir passiert ist, Hal? Hat mir jemand etwas in den *Uisge beatha* getan? Tollkirschen vielleicht?«

Der Teufel musste mich gestern geritten haben, als ich mein Pferd verwettet habe. Seltsamerweise konnte ich mich an meine Torheit noch gut erinnern, nur nicht mehr, wie ich in dieses Zelt gekommen war.

Er hielt in der Bewegung inne und zuckte nur ratlos mit den Schultern. »Kann sein. Oder du verträgst eben einfach keinen Alkohol, es soll durchaus solche Leute geben.« Er sah mich vorwurfsvoll an. Seine Lider schlossen sich halb, und er verschränkte die Arme, als würde er nachdenken: »Generell würde ich sagen, unter allen Besoffenen bist du schon ein Prachtexemplar.«

Wir trafen uns an dem kleinen Wäldchen, das den See umgab. Es waren die einzigen Bäume weit und breit, es blieb keine Wahl. Kleine Schäfchenwolken sammelten sich über den Wipfeln und kündeten vom kommenden Regen. Die Luft war trocken, und kein Lüftlein regte sich, als müsste selbst der Wind den Atem anhalten für die Katastrophe, die sich hier in diesem beschaulichen Wäldchen ankündigte. Genauso fühlte ich mich auch: als stünde ich kurz vor meiner Hinrichtung, und ich musste mich zu meiner Schande auf voller Linie schuldig bekennen. Schweren Herzens stieg ich von meinem Taycan ab und schritt zu der Gruppe Schotten, die sich hier versammelt hatte. Mein Kopf dröhnte.

Colin war mit seinem großen Schimmel gekommen. Als Ehrenmann fühlte er sich in der Pflicht, eine Gegenleistung zu stellen, falls ich es doch schaffen sollte. Er wettete damit sein Pferd gegen meines. Der schottische Anführer versuchte, zwischen den beiden Parteien zu vermitteln, obwohl er selbst mittendrin steckte. Vermutlich, so nahm ich an, war ihm die ganze Angelegenheit selbst sehr peinlich.

Trotz meiner Versuche, mich von meiner besten Seite zu zeigen, konnte ich mich des Eindrucks nicht erwehren, dass mein Urteil von den Anwesenden bereits gefällt war. Hal brummte nur anerkennend über die ehrenhafte Geste und nickte Colin zu, der besorgt zu mir herübersah. Als wesentlicher Bestandteil der Wette wurde der Umfang des Baumes ermittelt. Im nüchternen Zustand hätte ich so eine Wette nie gewagt. Ich kaute nervös auf meiner Unterlippe. Wie kam ich bloß dazu, meinen geliebten Taycan zu verwetten? Bei allen Göttern, was hatte ich nur wieder angestellt!

Die Erinnerung an den gestrigen Abend war noch ziemlich lebendig. Trotz des übermäßigen Alkoholkonsums konnte ich mich an jedes meiner Worte erinnern. Das hieß aber nicht, dass ich mein Verhalten jemals entschuldigen könnte. Ich blickte zu meinem treuen Vierbeiner hinüber, der friedlich graste, und musste schlucken. Reiß dich zusammen, Enja. Wo ist dein Kampfgeist? Noch habe ich nicht verloren!

Wir einigten uns mit Colins Männern auf die dickste Stelle an seinem Unterarm, nahmen das Maß mit einer Schnur und schwärmten gemeinsam aus, um nach einem Baum mit diesem Umfang zu suchen. Schließlich einigten wir uns auf einen, der zwar ein wenig über das Maß hinausging, aber relativ einzeln stand. Ich musste ihn ja auch präzise treffen können und brauchte ein wenig Raum, um Schwung zu holen. Der Baum war massiv. Jeder Schotte klopfte dagegen, um sich von der Härte des Holzes zu überzeugen. Und jeder war sich sicher, ich hätte die Wette so gut wie verloren, Hal auch, ich sah es seinem verkniffenen Gesicht an. Und, ich traute es mir kaum einzugestehen, ich hatte meine Zweifel. Mir wurde flau im Magen. Hastig nahm ich noch mal ein paar Schlucke Wasser aus dem Trinkschlauch. Waren das die Nachwehen des *Uisge beatha*s? Oder schlichtweg meine Nerven?

Um meine Gedanken zu fokussieren, begann ich mich aufzuwärmen. Schattenboxen, Dehnen, Kniebeugen. Erst den einen Fuß über den Kopf, dann den anderen. Gut, wenigstens mein Körper ließ mich nicht im Stich. Fieberhaft überlegte ich, wie ich den Baum am besten umhauen könnte. Am besten einen Rundumschlag mit der Ferse, dachte ich, damit bekam ich genug Schwung. Ich hatte nur einen einzigen Schlag und setzte alles auf eine Karte.

Konzentriert stellte ich mich vor den Baum, den Abstand hatte ich genau abgemessen. Tief durchatmen. Anspannen. Nochmals tief durchatmen. Mit einer leichten Drehung beugte ich den Oberkörper vom Baum weg, sodass ich die Meute hinter mir sehen konnte, die mich gebannt, ungläubig und teils amüsiert beobachtete.

Mein Körper spannte sich an wie eine Stahlfeder, dann ließ ich los, wirbelte um meine eigene Achse und schmetterte meine gespannte Ferse gegen den Stamm des Baumes, der unter der Wucht erzitterte. Und so auch mein ganzer Körper. Der Rückschlag gegen die Ferse explodierte in einem Feuerwerk an Schmerzen meine gesamte Wirbelsäule bis hoch in meinen Kopf, der jetzt zu platzen schien. Schmerzerfüllt hielt ich auf einem Bein meinen Fuß in der Hand und blickte gebannt auf den Stamm des Baumes, der immer noch erzitterte bis in den Wipfel. Nichts. Es passierte – nichts. Verflucht!

Mein Herz hämmerte im Hals. Ungläubig haftete mein

Blick auf dem verdammten Stamm, der einfach nicht knicken wollte. Scham, Schmerz und Reue durchströmten mich plötzlich und ließen meinen Magen verkrampfen. Wieder kam ein Schwall bitterer Galle hoch, und ich spuckte angeekelt aus. Vor mir selbst und vor meiner Dämlichkeit.

Hal kam zu mir und wollte mich trösten, aber ich schüttelte ihn nur ärgerlich ab. Ich war zu wütend, um überhaupt irgendetwas zu sagen. Die Schotten grinsten und schüttelten sich gegenseitig die Hände, klopften sich auf die Schulter.

Nur Colin kratzte sich verlegen am Kopf und konnte sich nicht so recht freuen. Schon wurden die Rufe nach der Übergabe des Hengstes laut. Sie lachten über mich und meine Vermessenheit.

Es war vorbei. Als wären meine Füße ferngesteuert, stakste ich auf Taycan zu, der nichtsahnend in der Nähe graste und jetzt seinen Kopf aufmerksam hob. Er sah mich mit seinen klugen Augen an und spitzte die Ohren. Anscheinend spürte er, dass irgendetwas nicht stimmte, und erwartete meinen Befehl.

Meine Kehle war trocken. Ich merkte nicht einmal, wie der Wind auffrischte vor dem herannahenden Unwetter, so sehr war ich in meinem Selbstmitleid gefangen. Der Wind zerrte an meiner Kleidung und an meinen Haaren. Er riss sogar eine Strähne aus meinem Haarknoten, die mir ins Gesicht fiel.

Taycans Mähne wurde ebenfalls von einem Windstoß erfasst. Ich tätschelte ihm den Hals und kraulte seine Ohren zum letzten Mal. Dann strich ich ihm zärtlich über die samtigen Nüstern. Er drückte seinen Kopf gegen meine Hand, und mir wurde es eng in der Kehle. Mein treuer Freund … So viele Erinnerungen, alles vorbei!

Langsam schnallte ich den Sattelgurt auf, der Schmerz in meinem Fuß ebbte langsam ab, aber es war mir egal. Der Sattel löste sich, ich nahm ihn vorsichtig ab und legte ihn auf den Boden. Dann nahm ich Taycan das Halfter ab.

Der Wind wurde jetzt so stark, dass mir Laub und Staub ins Gesicht wehten. Angewidert verzog ich das Gesicht. Lose Haarsträhnen wehten um meinen Mund und die Augen. Ich hätte nichts dagegen gehabt, hätte mich ein Blitz jetzt und hier erschlagen.

Die Gruppe um Sir Colin Maxwell stand noch abwartend in der Nähe des Baumes. Anerkennend hielten sie mir zugute, dass ich mich an die Abmachung hielt, auch wenn es sichtbar wehtat. Ein seltsames Lächeln umspielte Colins Mund, als ich Taycan direkt vor ihm stehen bleiben ließ. Es hatte etwas Triumphierendes, als hätte er gerade eine Schlacht gewonnen. Wieder spürte ich diesen Stich im Herzen.

Auf einmal ertönte ein Krachen, als würde etwas bersten. Hal, Colin und seine Männer drehten sich erschrocken um. Der Baum, um den sich alles drehte, knickte genau an der Stelle ab, an dem ich ihn mit der Ferse getroffen hatte. Eigentlich so, wie ich es geplant hatte, nur mit Verzögerung. Anscheinend hatte ihn der aufkommende Wind an genau der Stelle, die mein Fuß bearbeitet hatte, brechen lassen.

Colins Adamsapfel hüpfte, und er sah mich verstört an. Aber er reagierte so, wie ich es von ihm erwartet hatte. Ein ungläubiges Kopfschütteln seiner blonden Haare und ein trockenes Lachen, dann durfte ich mich als stolze Besitzerin eines weißen Schimmels betrachten. Am liebsten hätte ich meine Erleichterung und meinen Triumph laut hinausgeschrien. Aber ich behielt die Fassung, so wie vorher, als ich mich als Verliererin geglaubt hatte.

Die entgeisterten Blicke der Schotten, die jetzt im tosenden Wind auf mir lagen, zeigten mir, wie wenig sie mir diesen Schlag zugetraut hatten. Wer so wenig *Uisge beathas* vertrug, der hatte ja keinen Mumm in den Knochen. Aber spätestens jetzt hatte ich mir den Respekt des wilden Trupps verdient. Jedem war klar, dass ich mit einem solchen Fersenschlag jeden Männerschädel gespalten hätte.

Ich habe auf der ganzen Reise nie wieder eine dumme Bemerkung gehört und selbstverständlich niemals wieder einen Tropfen weder schottischen noch irischen *Uisge beathas* angerührt.

Am Freitag, den 28. April 1301 erreichten wir den Hafen von Tripolis in Syrien. Nur zwei Mann waren unterwegs gestorben. Einer wurde von einem Skorpion gestochen, und einen anderen hatte wohl der Herztod ereilt, er starb friedlich im Schlaf.

Colin Maxwell hatte mir an jenem verhängnisvollen Tag im Wäldchen mit schottischer Würde seinen wunderbaren Schimmel übergeben. Er war sichtlich geschockt über den Gang der Ereignisse und freute sich umso mehr, als ich ihm im Gegenzug Hals Rennkamel schenkte. Der Tausch war nicht gleichwertig, aber besser als gar kein Reittier. Den stämmigen Schimmel übergab ich dem überraschten Hal, der sich ziemlich schnell mit dem Gedanken anfreundete, ein Pferd zu reiten, das seiner Körpergröße entsprach. Voller Stolz nannte er ihn Brek, was in seiner gälischen Sprache so viel wie gefleckt hieß.

Maxwell war trotzdem in einer guten Stimmung: Seine Frau war jetzt im sechsten Monat schwanger, und er war zuversichtlich, dass sie es noch schafften, vor der Geburt zu Hause in Dumfries zu sein. Er war mir auch sehr dankbar, dass ich ihn hatte heilen können. Ob sein Medicus nun eine falsche Diagnose gestellt oder ich ihm eben einfach nur das richtige Mittel gegeben hatte, war ihm völlig egal. Die Hauptsache war, er kehrte mit seiner Familie gesund und munter nach Hause zurück.

Wie Colin es versprochen hatte, konnte er in Tripolis für uns eine Passage auf einem großen Segelschiff des Templerordens ausmachen. Das Schiff, auf dem wir alle einen Platz fanden, war eine Karavelle mit Quersegeln, die für diese Route besonders gut geeignet war, da sie sehr hoch am Wind segeln konnte. Sie war nicht nur an die Strömungs- und Windverhältnisse des Atlantiks hervorragend angepasst, sondern eignete sich durch den niedrigen Tiefgang des Rumpfes auch zum Befahren von flachen Küstengewässern oder Flussläufen landeinwärts. Die Lagerräume des unter portugiesischer Flagge fahrenden Schiffs waren groß genug, um ausgewachsene Pferde zu transportieren, Futter, Proviant und Waffen für die zwanzig Mann Besatzung und achtzig Gäste noch nicht eingerechnet. Allerdings mussten wir auf das Schiff noch zwei weitere Wochen warten, denn es befand sich zur Zeit unserer Ankunft auf dem Weg von Gibraltar zurück. Als Handelsschiff war es wohl in diesen Gewässern schon seit Wochen unterwegs, und es erfüllte mich mit einer gewissen Zufriedenheit, dass der erfahrene Kapitän die Route zu kennen schien.

Die Zeit, die wir in der syrischen Hafenstadt warten mussten, nutzte ich, um mit Salome und Colin meine Fremdsprachenkenntnisse zu verbessern. Ich eignete mir Französisch und Englisch dank meiner geduldigen Lehrer in kürzester Zeit an. Nur meinen wohl eigenartigen Akzent wurde ich nicht los, ein Fakt, über den sich nicht nur Hal seit Langem köstlich amüsieren konnte.

Hal und Colin organisierten den Verkauf der Lastkamele, die wir natürlich nicht mit auf das Schiff nehmen konnten, da sie zu viel Platz und auch Futter gebraucht hätten. Wir würden in England genug Lasttiere kaufen können, die stark und zäh waren, um die vielen Säcke und Kisten zu transportieren, versicherte mir der schottische Templer und erzählte von den kleinen, aber zähen Ponys, die an die rauen Bedingungen der Highlands perfekt angepasst waren. In meiner Phantasie waren sie eine Mischung aus Kamel und Esel, eine Kombination, die selbst Hals Sturheit um Längen übertreffen musste.

Als der mächtige Dreimaster endlich eintraf und die Fracht gelöscht war, konnten wir unsere Ungeduld kaum noch bremsen. Mit einer neu gewonnenen Energie fingen wir an, unsere zahlreichen Kisten an Bord zu hieven und uns aus der nervenaufreibenden Untätigkeit zu befreien. Für die Tiere kam jetzt der schwerste Teil der Reise, denn sie mussten alle in der Dunkelheit wochenlang festgebunden werden. Für ein Pferd, das gewohnt war, mehrere Meilen am Tag zu laufen, bedeutete dies eine echte Tortur. Dazu kamen die ständige Wellenbewegung und die Begrenzung von Wasser und Futter.

In den letzten Wochen unserer Reise an Land hatte ich hin und her überlegt, aber wir kamen nicht darum herum, die letzte Etappe mit einem Schiff zu überwinden. Dafür konnten wir nun von Tripolis aus direkt in Cardiff anlanden und mussten nicht erst noch über das Festland durch Spanien und Frankreich, die gerade von heftigen Kriegen erschüttert wurden. Zudem wurden in den angrenzenden Ländern horrende Zölle erhoben. Wir hätten froh sein müssen, noch mit unserer Kleidung in England anzukommen.

Der Kapitän, ein wohlbeleibter Franzose mit einer rotgeäderten Trinkernase, verschiffte für die Templer nicht nur Pferde, sondern auch deren Beute und manchmal auch Gefangene. Er fragte nicht, was in den vielen Kisten und Säcken war, die wir mitbrachten. Lediglich die zahlreichen Fässer *Uisge beatha*, die von Colins Männern auf das Schiff geladen wurden, erregten seine Aufmerksamkeit. Mit einem Stirnrunzeln zeigte er in diesem Moment seine Missbilligung. Warum wollte Colin ausgerechnet *Uisge beatha* nach Schottland mitnehmen?

Der Kapitän erwischte mich, als ich nach einem Blick auf die Fässer sprachlos den schottischen Templer anstarrte. Colin war es sichtlich unangenehm, dass wir bemerkten, was er da Tausende von Meilen durch die Wüste transportiert hatte und jetzt auf das Schiff hievte. Auf unsere Nachfrage hin antwortete er schließlich kleinlaut, dass diese Fässer noch aus der Produktion seiner Eltern stammten, die er von Schottland auf seinen Kreuzzug mitgenommen hatte. Hätte er sie den Heiden im Heiligen Land überlassen, hätte ihn sein Vater mit Sicherheit enterbt.

Der französische Kapitän nickte verständnisvoll, aber ich war fassungslos. Es war mir immer ein Rätsel geblieben, warum das *Uisge beatha* den Schotten so wichtig war. Bei diesem trinkseligen Volk gab es ja auch immer einen Anlass, zu dem dieses grausame Gesöff eingeschenkt werden konnte, und wenn nicht, erfanden die Schotten einen. Aber ich schwieg, mir war klar, jeder von uns hatte eben seine Macken. Insgeheim war ich froh, dass Colin und seine Leute nicht wussten, dass ich mehrere Säcke getrocknete *datiln* und *mokka*-Bohnen mitgenommen hatte. Vielleicht hätten sie dafür genauso wenig Verständnis aufgebracht.

Wenigstens zeigte sich Kapitän Gaston de la Fressange geduldig im Umgang mit den zahlreichen Tieren, die nur zögerlich auf das Schiff stiegen. Hier unterzog ich meine neu erworbenen Sprachkenntnisse einer ersten Prüfung und versuchte, in drei Sprachen Ordnung ins Chaos an Deck zu bringen. Ein wenig erinnerte mich das wilde Geblöke und Gewieher selbst an ein babylonisches Gewirr. Das Rennkamel machte erst einmal einen großen Haufen an Deck. Dazwischen rannten die Kinder, die Mägde und Stallburschen wie aufgeschreckte Hühner umher. Für viele war dies immerhin die erste Schifffahrt, und sowohl Mensch als auch Tier standen unter einer starken Anspannung. Die Luft vibrierte unter dem Geschrei der Menschen und Tiere.

Meine größte Sorge galt den Kindern, allen voran der kleinen Rachel, die in ihrem Weidekorb die ganze Aufregung verschlief, und natürlich den Pferden. Selbst mein unerschütterlicher Taycan war nervös geworden auf dem schwankenden Untersatz und tänzelte aufgeregt an seinem Platz. Kaum ein Pferd, dessen Flanken nicht zitterten oder dessen Hals nicht schweißnass war. Um sie zu beruhigen, befahl ich den Männern, in der Nähe der Pferde zu schlafen. Der Geruch bekannter Menschen in ihrer unmittelbaren Umgebung war für Fluchttiere sehr beruhigend.

Auch ich schlief die erste Nacht neben Taycan, obwohl ich eine winzige Kajüte für mich hatte. Ohne zu zögern, hatte ich meine bescheidene Kammer der Kinderfrau von Rachel gegeben, um dem Kind die nötige Ruhe zu verschaffen. Es war eine liebevolle kleine Asiatin, die sich aufopferungsvoll um das Baby sorgte. Sie hatte wie ich ein Kreuz auf ihrer Stirn, aber da sie bereits von ihrer versklavten Mutter in Arabien geboren worden war, erinnerte sie sich nicht mehr an ihre eigentliche Herkunft.

Shi Fu hatte ihr den Namen Xing Xie gegeben, was »kleiner Stern« heißen soll, aber alle sprachen es wie Schinschi aus. Ihre Welt war in Ordnung, solange sie auf ihre Kai li, das Kosewort für die kleine Rachel, aufpassen durfte. Mit ihrem exotischen Aussehen, dem langen schwarzen Zopf und den dunklen Augen hatte sie keinerlei Ähnlichkeit mit irgendeiner anderen Frau aus dem Tross.

Hal hatte sein Lager bereits neben Brek aufgeschlagen. Der großrahmige Schimmel war für ihn die perfekte Wahl, und sie waren seit ihrem ersten Aufeinandertreffen unzertrennlich. Seine Charaktereigenschaften überschnitten sich erstaunlich mit denen seines Herrn: Er blieb stets gutmütig und ruhig, aber wenn der Kampfgeist einmal geweckt wurde, dann war er unerbittlich.

Als das Schiff in Tripolis ablegte, stand ich wie die meisten anderen oben an Deck. Für viele war es das letzte Mal, dass sie die Küste des Landes sahen, das ihnen eine Heimat geworden war. Es war still auf dem Schiff, der Wind ließ die Segel flattern, und nur noch vereinzelt folgten uns Möwen weit aufs Meer hinaus mit ihrem Gekreische. Colin drückte seine hochschwangere Frau fest an sich. Hal hatte seinen Arm um

Indra gelegt, die sich die Tränen aus dem Gesicht wischte. Die Zeit stand still, und alle Leute an Deck blickten aufs Festland zurück und gedachten der Menschen, die sie zurücklassen mussten.

Die Melancholie, die uns alle befiel, hatte nichts damit zu tun, ob wir uns über unser neues Zuhause freuten oder nicht. Fast jeder hier hatte eine oder mehrere Seelen in diesem Land verloren – Seelen, die sie jetzt nur noch im Herzen mittragen würden in eine Zukunft, die keiner vorhersehen konnte. Ich hoffte nur, diese Zukunft würde uns alle näher an unsere Träume und Ziele bringen. Wie so viele der an Deck versammelten Menschen, die in der Ferne die lang gezogene syrische Küste in der Abendsonne langsam am Horizont verglimmen sahen, war ich in Gedanken bei jenen, die mir etwas bedeuteten, Hassan und Jasemin eingeschlossen.

Kapitel 3

Caerlaverock im Herbst 1306

Über sechshundert schwerbewaffnete Ritter, Bogenschützen und Fußsoldaten standen am Ufer des Sees, der die mächtige Burg Caerlaverock wie ein Wassergraben umgab. Wie Ameisen kamen sie über die Hügel, einer nach dem anderen. Ein nicht enden wollender Strom von Männern, Pferden und Waffen. Jetzt versammelten sie sich wie eine drohende dunkle Wolke gegenüber der Burg, als wollten sie eine erste Warnung an die Bewohner senden, die im Inneren Schutz suchten. Ein dicker Kloß saß in Enjas Hals, der so gar nicht verschwinden wollte. Gleichzeitig vibrierte eine Spannung in ihrem Körper, die sie wie immer vor einem wichtigen Kampf befiel. Es war nicht der erste Angriff der Engländer, erst im Herbst waren sie nach sechs ergebnislosen Wochen wieder abgezogen, und das Vertrauen der Menschen in das Bollwerk dieser Burg war immer noch grenzenlos. Trotzdem war eine solche Operation immer auch mit Verlusten auf beiden Seiten verbunden und hatte jeden hier hart getroffen.

Ihr Blick fiel auf Robert de Bruce, den frisch gekrönten König der Schotten. Noch wussten die Engländer nicht, dass er hier war, da war sie sich sicher. Ein Blick in sein fahles, aber entschlossenes Gesicht zeigte ihr, dass er sich schwerlich vom Kämpfen abhalten lassen würde. Seine Kenntnisse der englischen Schlachtordnung würden helfen. Robert Bruce war ein ausgezeichneter Stratege und ein Kenner der englischen Kavallerie.

Neben Bruce stand der Mann, dem Enja die ganze Misere hier oben über dem Burgtor zu verdanken hatte. James Douglas wischte sich unwirsch das Blut von der Nase, die sie ihm eigenhändig blutig geschlagen hatte. Er hatte diesen Schlag hingenommen, ohne sich zu beschweren. Vielleicht ahnte er, wie sauer Enja auf ihn war. Aber vermutlich konnte er sich an die peinliche Nacht mit ihr zuvor nicht wirklich erinnern, so betrunken wie er gewesen war. Irgendwann würde sie ihn darüber aufklären müssen, aber noch ließ sie ihn lieber schmoren. James war ein Soldat der vordersten Reihen. Sollte es zum Kampf Mann gegen Mann kommen, wäre er die erste Wahl. Und zusammen mit Hal wären die beiden eine echte Sturmspitze.

Enja ließ sich Zeit mit ihrer Entscheidung, ihre Augen verrieten nichts von ihren Gedanken, die in ihrem Kopf tobten. Eine jähe, eisige Stille hatte von den Menschen dort oben auf der Südmauer Besitz ergriffen. Direkt unter ihnen befand sich das große Tor, das auf Geheiß Enjas verrammelt worden war. Auch den Zugang zum Tor, eine flache Wasserfähre, hatten ihre Gefolgsleute gekappt.

Der Blick der Anführerin glitt wieder zurück zu der mörderischen Armee der Engländer, die sich am Ufer des Sees versammelt hatte. Das Licht der Sonne schien ihr ins Gesicht, und sie blinzelte, als würde das intensive Licht schmerzen.

Natürlich gab es noch eine Alternative, dachte sie bitter. Sie könnte Robert de Bruce auch an Edward ausliefern, und im Gegenzug würde dieser sein Heer zurückpfeifen. Aber das war nur ein flüchtiger Gedanke, denn dann würde demnächst das schottische Heer vor ihrem Tor stehen, von der Wut ihrer eigenen Leute wollte sie erst gar nicht sprechen. Wenn sie Robert de Bruce für ihre Sache und die ihres Clans gewinnen wollte, musste sie ihn heute, hier und jetzt nachhaltig beeindrucken.

Die Verantwortung lastete schwer auf ihr. Mit einem tiefen Atemzug rang sie sich schließlich zu einer Entscheidung durch, die Menschenleben kosten würde. Aber nicht immer war der Weg des geringsten Widerstands auch der richtige.

»Edward steht vor den Toren, und ich soll mich verkriechen? Was wäre ich für ein König?«, dröhnten die Worte Robert de Bruces noch allen in den Ohren, der sich erst im März dieses Jahres zum König hatte krönen lassen. Ein imposanter Mann, der trotz einer gerade überwundenen schweren Vergiftung immer noch eine verblüffende Stärke ausstrahlte. Bruce würde sich niemals den Engländern geschlagen geben. Dies war allen schlagartig klar geworden, als er mühsam die Treppen emporgekommen war. Sein Atem ging immer noch stoßweise.

»Ein kluger«, antwortete Enja nach einer schier endlosen Stille, und der König sah sie scharf von der Seite an. Enja hatte ihren Blick nicht von dem englischen Heer abgewendet.

»Was wagt Ihr …?«, donnerte seine autoritäre Stimme.

Erst jetzt drehte sie sich entschlossen zu ihm herum.

»Ich bin Herrin dieser Burg, Mylord«, fuhr sie ihm unwirsch dazwischen, »und Ihr untersteht meinem Schutz. Daher werdet Ihr meinem Befehl gehorchen. Ich will nicht, dass Edward erfährt, dass Ihr hier seid. Ihr werdet Euch auf keinen Fall zeigen. So haben wir am ehesten eine Chance, dass er bald wieder abzieht.«

Sie hatte sich vor ihm aufgebaut, breitbeinig, stolz und unnachgiebig. Ihre Härte schien selbst auf den König zu wirken, denn er schnaufte ein paarmal durch. Dann schien er sich schließlich zu besinnen und zu erkennen, wie weise Enjas Entschluss war, und nickte zögerlich. Die umstehenden Männer ließen die Luft aus den Lungen entweichen, die sie für einen kurzen Moment angehalten hatten.

»Was kann ich sonst tun?«, brachte Bruce mit sichtlich verletztem Stolz hervor.

James Douglas als engster Vertrauter des klugen Königs bewunderte ihn, da er einmal mehr zeigte, dass er die Situation richtig einzuschätzen wusste. War Enja erleichtert, so zeigte sie es nicht im Geringsten. Ihr war klar, sie konnte dem König zwar verbieten, aufzutauchen, aber er würde sich nicht zurückziehen. Daher deutete sie auf die Bogenschützen auf den Turmebenen.

»Das sind Präzisionsschützen, sie können jeden im englischen Heer gezielt ausschalten. Helft ihnen, das richtige Ziel zu finden. Sobald sie die Augen eines Feindes erkennen können, werden sie ihn treffen.«

Robert zog die Augenbrauen hoch. »Das ist alles?«

»Gemessen daran, dass ich Euch als Euer Medicus Bettruhe verschrieben habe, würde ich sagen, ja.« Sie wandte sich ab. »James!«, rief sie unvermittelt. Er schreckte aus seinen Gedanken auf. »Ihr macht dasselbe im anderen Turm.«

»Aber ich bin nicht krank«, wehrte sich das Kämpferherz in ihm unwillig. Seine Nase war zum Glück nicht gebrochen, nur angeschwollen, aber sie blutete immer noch ordentlich. Enjas Faust hatte sie zuvor schwer in Mitleidenschaft gezogen, sehr zur Freude seines Rivalen Hal. Dieser stand wie ein

Schatten hinter der rigorosen Anführerin und bekam damit sein Stichwort.

»Dem ist leicht abzuhelfen«, gluckste Hal und rieb sich die Hände.

Mit einer knappen Handbewegung brachte Enja ihn zur Räson. »Lass ihn, wir brauchen jetzt jeden gesunden Mann.«

Tatsächlich bereitete sich das englische Heer, dessen Standarte wie eine Mahnung vor den Toren Caerlaverocks aufgepflanzt worden war, auf einen vernichtenden Angriff vor. Immerhin stürmte Edward die Burg nicht überstürzt wie bei den früheren Versuchen. Er ließ sich Zeit und erkundete mit zahlreichen Spähern die Schwächen der bisher unbezwungenen Burg.

Anstatt zu verzagen, hatte Enja die Truppe minutiös auf ihre Aufgaben vorbereitet. Es gab keine Panik, kein Geschrei, es schien alles wie tausendmal eingeübt. Kein Bewohner der Burg zweifelte daran, dass Enja auch ein drittes Mal die Verteidigung von Caerlaverock gelänge. Das musste selbst James widerwillig einsehen, und er begab sich wie sein König ohne weitere Verzögerung auf seinen Posten.

Gerade noch rechtzeitig, um zu sehen, wie das feindliche Heer seine Kampfaufstellung bezog. Zuvorderst kam die berittene Kavallerie mit den gefürchteten Rittern und Edwards Banner. Danach folgte das Fußvolk mit Speeren und Schwertern. Außer Schussweite waren die Engländer stehen geblieben, und die einzelnen Späher und Heeresführer beobachteten die Burg aus der Nähe. Das bloße Erscheinen gehörte zur üblichen Einschüchterung, um dem Gegner eine gehörige Angst einzuflößen. Gemessen an der Zahl der schwer gepanzerten Ritter, die sich für Edward schon in zahlreichen Schlachten einen gefürchteten Ruf erkämpft hatten, war der reine Anblick schon beeindruckend.

Es folgte die Verhandlungsphase. Sieben Ritter in voller Rüstung waren an das Ufer des Sees geritten, an dem früher die Fähre angelegt hatte, wo nun aber sowohl Boot als auch die Zugesel verschwunden waren. Mächtige Pferde mit schweren Schutzpanzern trugen die Ritter bis an den Wasserrand. Sie tänzelten aufgeregt im Kies und wühlten das Ufer auf.

»Enja von Caerlaverock!«, schallte es herüber. Der See trug den Schall deutlich hörbar zur Burg.

Enja stellte sich neben einer Zinne für alle gut sichtbar auf die Burgmauer.

»Ich bin hier! Mit wem habe ich das Vergnügen?«, schrie sie ebenso laut zurück.

James, der im linken Burgturm stand und die Reiter auf der anderen Uferseite gut sehen konnte, lächelte schief über ihre Unverfrorenheit.

»Enja von Caerlaverock, Ihr werdet Eurem König Respekt zeigen und diese Burg an Prinz Edward, den Sohn von König Edward von England, und seinen Gesandten übergeben!«, rief der Ritter, der wohl den Ton in der Gruppe angab, ungeduldig.

»Und wenn ich es nicht tue?«, schallte es von Enja spöttisch zurück.

»Dann werden wir Euch und Eure Leute mit Gewalt aus der Burg holen. Ihr werdet als Hochverräter hingerichtet!«

»Fällt Euch denn nichts Neues ein?«, erwiderte Enja. »Vor einiger Zeit hättet Ihr mich und meine Burg mit einem einzigen Wort Eures Königs haben können. Jetzt müsst Ihr sie Euch holen, und wir werden uns wehren!«

Damit erinnerte sie den Gegner an ihre Zurückweisung durch König Edward und seine Berater sowie ihre Verurteilung. Die geplatzte Hinrichtung im August 1305 durch ihre Flucht hatte Enja weit über die Tore Londons hinaus auf einem Schlag berüchtigt gemacht. Ob ihr der Tod Theobalds in irgendeiner Weise vom König zugeschoben wurde, entzog sich ihrer Kenntnis. Deutlich erkannte sie die wütende Reaktion der englischen Gegner.

»Hal!«

Der zuckte bei ihrem scharfen Ton als Einziger nicht zusammen.

»Mylady?«

»Siehst du irgendwo eine weiße Flagge?«

»Die haben sie wohl in ihrer Einfalt vergessen«, gab er als Antwort zurück und gluckste.

»Dann betrachte ich ihr Vordringen als ersten Angriff.«

Ein kaltes Lächeln huschte über Enjas Gesicht.

»Bogenschützen, Schuss frei!«, befahl sie ihren Leuten, und rechts wie links zischten plötzlich die Pfeile von den Armbrüsten der Scharfschützen auf den Zinnen der beiden Zwillingstürme. Zwei der sieben Ritter fielen, getroffen von einem Armbrustbolzen, von ihren Pferden. Bei den anderen prallten die Geschosse an der Rüstung ab.

Mindestens zwanzig Geschosse suchten ein Ziel, und nur zwei fanden es, ging es James durch den Kopf. Daran konnte er sehen, wie schwer es war, auf diese Distanz den Sehschlitz der geschlossenen Helme zu finden.

Ein Jubel ging durch die gesamte Burg. Wutentbrannt ritt

die Delegation wieder zu ihrem Heer zurück und schien sich nun ihrerseits auf einen Angriff vorzubereiten. Ein wütender Pfeilregen hagelte vonseiten der Belagerer auf die Burg nieder, richtete aber keinen nennenswerten Schaden an. Das erkannten auch die Engländer schnell und bereiteten sich nun, als die erste Wut verraucht war, auf eine gewaltsame Übernahme der Burg vor.

Von der Burgmauer aus konnten die Belagerten sehen, wie drei große Fuhrwerke auf der anderen Seite des Sees angekarrt und entladen wurden. Mit zusammengekniffenen Augen beobachteten sie das Treiben der Engländer, die aus großen Holzteilen überdimensionale Geräte zu bauen schienen.

James und Robert hatten sich nach dem Angriff wieder neben Enja und Hal auf dem schmalen Laufsteg über dem Burgtor eingefunden. Der schottische König zeigte sich zufrieden über den Erfolg der ihm unterstellten Bogenschützen.

»Sir Roger Bigod und Sir Jean de Bretagne waren die beiden Ritter, die mit dem Pfeil im Auge vom Pferd fielen. Und der Ritter mit dem königlichen Banner ist Prinz Edward, der Sohn des englischen Königs«, erklärte Robert mit grimmiger Stimme. »Wir hätten ihn jetzt und hier erledigen können, aber das hätte uns den Kopf gekostet.«

»Das wäre nicht klug gewesen«, stimmte Enja ihm zu, mit dem Tod von Edwards Sohn wären die Engländer unnötig in Rage verfallen. Sie wollte ihm eine Ohrfeige verpassen, ihn aber nicht töten.

»Damit ist es bewiesen«, sagte Bruce und richtete sich jetzt noch ein wenig mehr auf. »Sie wissen nicht, dass ich hier bin. Edward hat seinem unfähigen Sohn einfach nur eine Spielwiese zum Kriegspielen geschenkt – Caerlaverock!«

Enja nahm es ungerührt auf. »Das dachte ich mir schon. Hier in dieser Burg wird keiner den englischen Truppen einen Ton über Eure Anwesenheit verraten. Sorgen wir dafür, dass es so bleibt, Mylord!«

Mit dem Kinn deutete sie auf das Treiben am Hügel und fragte die beiden nebeneinanderstehenden Männer Douglas und Bruce neugierig: »Was hat es mit diesen Holzgestellen auf sich, die dort entladen werden?«

»Das sind Wurfschleudern, die Edward seit Neuestem bei Belagerungen einsetzt. Sie können schwere Steine schleudern, aber auch Kadaver und Brandbomben«, erklärte Bruce, und sein Gesicht verzog sich mürrisch. »Mit einer einzigen dieser als Warwolf bezeichneten Schleudern konnte er bei seiner Belagerung 1304 Stirling Castle in die Knie zwingen. Sie richten fürchterlichen Schaden an. Der größte Vorteil aber ist, dass sie beweglich sind und an jeden Kriegsschauplatz gekarrt werden können.« Bruce blickte mit Argwohn über die Zinnen, sein Gesicht wirkte jetzt trotz seiner krankhaften Blässe entschlossen. »Sie können Mauern innerhalb weniger Stunden völlig zerstören.«

James bewunderte ihn für seine Kraft, denn trotz seines schlechten Gesundheitszustandes zeigte er nicht eine Sekunde lang Furcht oder Reue. Hal und Enja blickten sich vielsagend an, und er nahm ihr die Frage vorweg: »Wie lange werden die Engländer für den Aufbau brauchen?«

»Sicher noch vier oder fünf Stunden, dann ist es Nacht. Vermutlich greifen sie im Morgengrauen zum ersten Mal an«, schätzte der kriegserfahrene König die Lage ein.

»Dann sollten wir dafür sorgen, dass diese Dinger nicht zum Einsatz kommen, nicht wahr?« Enja blickte James mit einer seltsamen Mischung aus Kampfeslust und Entschlossenheit an.

»Wie meint Ihr das?«, fragte der König misstrauisch, als hätte er eine Vorahnung. »Ihr wollt Euch doch nicht mitten ins Lager der Engländer wagen?«

Enja und Hal wechselten wieder diesen seltsamen Blick. Dann entgegnete die Lady von Caerlaverock mit einem seltsamen Leuchten in ihren kristallblauen Augen: »Genau das habe ich vor – und ich sollte mich dabei besser nicht erwischen lassen.«

Dabei erschien ein Grinsen auf ihrem Gesicht, als hätte sie dem Teufel gerade einen guten Witz erzählt. Sie meinte das doch nicht etwa ernst? James war alles andere als zum Lachen zumute. Seine malträtierte Nase schmerzte, und hinter seinen Schläfen begann es zu pochen.

Ehrlich gesagt überraschte mich die Versiertheit des englischen Königs schon ein wenig. Er hatte eine neue Kriegstechnik und ließ seinen Sohn mit ihr Erfahrung sammeln. Dass er ausgerechnet damit nach Caerlaverock kam, mochte Zufall sein, aber bei einer schottischen Burg im englischen Grenzgebiet war es mehr als naheliegend.

Diese Wurfapparate waren gefährlich, denn alles, was zwischen den Engländern und uns stand, waren diese Mauern. Ich hatte sie im Orient bereits im Einsatz gesehen, mein Großfürst Hassan I-Shabbah hatte davon einige in Alamut zur Abwehr installieren lassen. Vermutlich hatte der englische König diese Technik aus seiner Zeit im Levante gesehen und nach England gebracht. Die Wurfgeschosse zerstörten selbst die dicksten Mauern mit ihrer Wucht. Waren unsere erst einmal eingerissen, dann wären wir den Schergen des Königs schutzlos ausgeliefert. Sechshundert Mann, das war einfach zu viel. Wir mussten die Mauern halten, um jeden Preis.

Jetzt, wo die Fronten geklärt und die Kampfphase eingeläutet war, wussten wir, dass wir nur noch diese eine Nacht hatten, um uns zu wehren. König Robert schickte ich freundlich, aber bestimmt in seine Kammer, um zu ruhen. Natürlich folgte er meiner Aufforderung nur zögerlich, sein Selbstbild als Ritter schwankte erheblich, aber seine Vernunft und die körperliche Schwäche siegten. James konnte ihn schließlich davon überzeugen, dass er seine Kraft morgen brauchen würde, um zu kämpfen. Als ich ihn so die Treppen hinuntersteigen sah, kam es mir vor, als wäre er um Jahre gealtert. Die Krankheit und der Krieg hatten auch bei ihm seinen Tribut gefordert. Dabei war er noch ein junger Mann mit seinen etwas über einunddreißig Sommern.

Mit allen anderen Gruppenführern traf ich mich zu später Stunde in meinem Studierzimmer. Hal, James, Hugh, Lachlan, Kalay und Winnie standen dicht gedrängt zwischen den Papyrusregalen und dem großen Schreibtisch. Die Stimmung war entsprechend ernst, und doch mussten Kalay und Winnie sich wieder zanken. Gerade als Kalay die kleine Winnie am Rücken ihrer Tunika packte und sie ihr über den Kopf stülpen wollte, erhaschte sie meinen mörderischen Blick. Sie ließ Winnie sofort los und klopfte ihr stattdessen freundschaftlich den Rücken, bis diese sie entschlossen wegschubste.

»Wenn die Damen und Herren«, mein Blick fixierte die beiden Streithälse, »so weit wären, bitte ich kurz um Eure Aufmerksamkeit.«

Die Anwesenden lauschten meinen Ausführungen. In wenigen Worten umriss ich meinen Plan, der sehr unterschiedliche Reaktionen auslöste.

»Ich halte das für abwegig«, erklärte James schlicht.

»Eine sehr gute Idee, Enja!«, konterte dagegen Hal und starrte James von oben herab an.

Hugh und Lachlan sahen sich kurz an und zauderten, aber sie hielten mich wohl für fähig, den Plan umzusetzen. Sie nickten zögerlich. Auch Kalay und Winnie stimmten zu.

»Dann ist es beschlossene Sache«, beendete ich die Diskussion und fügte mit einem strengen Blick in James' Richtung hinzu: »In meiner Abwesenheit hat Hal die Kontrolle über meine Leute.«

An Hugh und Lachlan gewandt befahl ich: »Behaltet die rückwärtigen Ufer im Auge. Sie sind nicht sehr gut begehbar, aber es kann sein, dass sie per Floß versuchen, dort überzusetzen.«

Sie alle nickten zustimmend und zeigten damit ihre Bereitschaft, bis zum letzten Atemzug zu kämpfen. Ich reckte meine Faust in die Höhe. Hal, Kalay und Winnie zogen sofort nach. James, Hugh und Lachlan mit etwas Verzögerung.

»Bàs gu na Sasannaich!«, riefen wir von meinem Clan.

»Bàs gu na Sasannaich!«, kam es danach vom Clan Douglas. Tod den Engländern – wir hatten einiges zu tun.

Fieberhaft arbeiteten Kalay und Winnie zusammen. Wenn sie sich einmal nicht in den Haaren lagen, waren sie ein ausgesprochen effektives Gespann. Sie präparierten Säckchen mit

Sprengpulver und sammelten sie in einer großen, wasserdichten Schweineblase. Abwechselnd saugten sie die Luft aus der Blase, dann verschlossen sie den Beutel luft- und wasserdicht. Es war wichtig, dass kein Wasser in die Blase eindringen konnte. Sonst wären alle Bemühungen dahin gewesen.

Wir Frauen standen an diesem Abend mit James und Lachlan in den dunklen Gewölben der Burg, wo sich ein weiterer Brunnen befand. Die Feuchtigkeit sorgte für einen muffigen Geruch, der sich in allen Ecken des Kellers festgesetzt hatte. Die Vorbesitzer hatten vor langer Zeit mitten unter der Burg diesen Brunnen gebaut, dessen Wasser fast bis hoch an den Rand reichte, was nicht verwunderlich war, denn die komplette Burg war von Wasser umgeben. Wie ich bei meinen ersten Tauchversuchen vor einiger Zeit herausgefunden hatte, eröffnete er einen unterirdischen Zugang zum See. Ob er von Menschenhand gegraben oder durch natürliche Umstände entstanden war, konnte mir niemand sagen. Es gab auch keinerlei Aufzeichnungen in der Bibliothek der Maxwells darüber, sosehr ich auch danach suchte.

In dem nur durch Fackeln und Öllampen erhellten Gewölbekeller war die Luft geschwängert von der anhaltenden Feuchtigkeit und dem Rauch. Dort bereitete ich mich nun auf meinen nächtlichen Ausflug vor, der unser Schicksal entscheiden würde. Stiefel, Schwert und alles, was mich bei meinem Tauchgang behindert hätte, ließ ich zurück. Nur einen Dolch steckte ich mir in die schwarzen Bandagen um meine Füße. Kein Stück meiner weißen Haut durfte sichtbar sein. Meine auffälligen weißen Haare versteckte ich unter einem eng gewickelten schwarzen Tuch. Da mein Gesicht frei bleiben musste, entschieden wir uns für eine Paste aus schwarzer

Asche und Schweinefett, die auf meiner Haut klebte wie Teer. Nur das Weiß meiner Augen würde mich noch verraten. James' Gesicht verriet eine Mischung aus absolutem Horror und tiefem Respekt, als er mir dabei helfen musste, die schwere, mit dem Sprengpulver befüllte Blase über den Brunnenrand zu hieven. Von allen überstimmt, hatte er seine Meinung zu dieser in seinen Augen wahnsinnigen Aktion zurückgehalten.

Jetzt hielt er meine freie Hand und in der anderen den schweren Beutel.

»Passt auf Euch auf, ich würde Euch vermissen, wenn Ihr nicht mehr zurückkommt, Lady Enja«, raunte er mir zu.

Es war nur für meine Ohren bestimmt, sein Gesicht ganz nah an meinem. Sogar in dem trüben Licht konnte ich die dunklen Flecke an seinem Nasenrücken erkennen, dort, wo sich das Blut von meinem Schlag gestaut hatte.

Für mich klangen seine Worte nach der letzten Nacht eher wie Hohn. Da war er wieder, mein wunder Punkt. Verbittert ließ ich meiner Wut freien Lauf und sagte: »Ich bin sicher, es gibt Frauen, die Euch nicht zum Kotzen bringen, James.«

Wenn ich ihn damit getroffen hatte, so ließ er es sich nicht anmerken. Im Gegenteil, er wagte es sogar, mich schief anzugrinsen und konterte: »Aber keine wäre auch nur halb so interessant wie Ihr, Lady Enja.«

Irritiert nahm ich ihm den wasserdichten Beutel aus der Hand. Ich wusste nicht, wie ich das deuten sollte. Dieser Mann verwirrte mich immer mehr. Ich lud ihn in mein Bett, und er betrank sich bis zur Bewusstlosigkeit. Ich versuchte, ihn wegzustoßen, und er erklärte mir, wie interessant er mich fände. Sollte einer schlau werden aus diesen Männern!

Konzentriert atmete ich dreimal tief ein und aus und

tauchte schließlich unter. Das Wasser nahm mich auf in seine nasse Umarmung. Tiefe Schwärze umgab mich wie ein dicker Mantel, und der schwere Sack in meiner Hand zog mich mit seinem Gewicht unaufhörlich in die Tiefe. Anstatt in Panik zu verfallen, ließ ich mich gelöst in den Schlund des schwarzen Abgrunds schweben. Die Stille und Ruhe dort unten hüllten mich ein wie das Wasser das Ungeborene im Mutterleib. Mit jedem Meter fiel die Temperatur, aber mein Körper passte sich in Sekundenschnelle an.

Es war, als wäre ich wie gemacht für diese Umgebung. Selbst meine Augen gewöhnten sich schnell an die Dunkelheit, und bald konnte ich Umrisse erahnen. Irgendwann stießen meine Füße auf den felsigen Boden des Brunnens, ich fand den Tunnel, der den Brunnen nährte und mit dem See verband. Nur mit dem Antrieb meiner sich auf und ab bewegenden Beine tauchte ich waagerecht den von Menschenhand gehauenen Gang entlang. In einer Hand hielt ich den Beutel, die andere Hand tastete sich durch die schmalen Wände, damit ich nicht meine Kleidung oder schlimmer noch, meinen Beutel an den schroffen Zacken des Felsens aufriss.

Irgendwann spuckte mich der Tunnel wieder aus, und ich tauchte mit meiner schweren Last nach oben an die Oberfläche, um Luft zu holen. Meine Augen hatten sich bereits im Wasser perfekt an die Dunkelheit angepasst, und als ich endlich durch die Oberfläche des Sees stieß, der Caerlaverock umschloss, konnte ich trotz Nachtschwärze jedes einzelne Feuer und jeden menschlichen Umriss am Ufer deutlich erkennen.

Um nicht bemerkt zu werden, tauchte ich unter Wasser an das bewachsene Ufer rechts des englischen Lagers. Fast ohne Laut gelangte ich zu einem scheinbar zugewachsenen Weg hinter einem großen Felsen, der den unzugänglichen Teil des Ufers von dem Kiesstrand trennte.

Dort hatten meine Clanmitglieder einen kleinen Trampelpfad in die Büsche geschlagen, um in der Not hier entkommen zu können. Deutlich konnte ich in der Ferne im silbergrauen Mondlicht die schwarzen Gerippe der drei seltsamen Wurfapparate erkennen, die, nun fertiggestellt, wie mahnende Zeigefinger hoch in den Himmel ragten. Tatsächlich hatten die Engländer einige Stunden bis in den Abend hinein gebraucht, um diese Holzungetüme aufzubauen.

Zusammen mit meinen Kameraden hatten wir mit Zeichnungen, die ich in der Schnelle aus der Ferne skizziert hatte, den wunden Punkt der Konstruktion erarbeiten können. Es war die Achse, die den Schleuderarm auf dem Wagen hielt. Die Zerstörung des Gegengewichts oder das Durchschneiden der Seile würde keinen entscheidenden Schaden verursachen, so mein Argument. In wenigen Stunden hätten die Engländer diese ersetzen können. Aber wenn wir ein wichtiges Element der Statik zerstörten, würden sie das Teil nachbauen müssen, und das würde sie wichtige Zeit kosten. Ich schlich daher lautlos auf meinen schwarzen Bandagen in Richtung der Wurfschleuder, die mir am nächsten stand. Kurz davor löste ich die Schweineblase von den Säckchen und beförderte zwei davon aus dem Beutel.

Die Apparate waren unbewacht, wer hätte sie auch stehlen sollen? Wie eine Katze kletterte ich an der Seite der Holzkonstruktion hoch und befestigte je einen Beutel links und rechts des Wurfarms an der Achse. Von hier oben hatte ich einen guten Blick auf die still im Wasser liegende Festung, aber auch auf das Lager der Engländer. Kein Mensch würde glauben, dass hier morgen der Teufel los sein könnte. Im Geheimen freute ich mich jetzt schon auf das Gesicht Edwards, wenn ihn die Nachricht erreichen würde. Aber erst musste ich meine Aufgaben erfüllen.

Deutlich erkannte ich die Reihen der Zelte und die Umrisse der um die wärmenden Feuer verstreuten Engländer. Einige hielten an den Eingängen Wache oder unterhielten sich an den Feuern. Sie fühlten sich sicher im Schutze ihrer Übermacht und zeigten sich zuversichtlich, dass die Burg schnell in ihre Hände fallen würde. Keiner beachtete die schwarze Gestalt weit über ihren Köpfen, die sich unsichtbar wie ein Schatten im Schutz der Dunkelheit bewegte.

Das zweite Holzgestell stand direkt hinter dem Kiesufer an der kleinen Anhöhe. Es war mit Seilen gegen ein Abrutschen zum Ufer gesichert. Dahinter standen gleich die Zelte, erleuchtet von den Lagerfeuern der Feinde und gerade mal außerhalb der Flugentfernung eines Pfeils. Trotzdem fiel noch genug Licht auf die Holzschleuder, um mich dort oben auszumachen. Trotz guter Tarnung musste ich vorsichtig sein.

Mit einem kräftigen Ruck riss ich einen Busch aus dem Boden, der mir Deckung geben sollte für die freie Fläche, die ich überqueren musste. Im Geiste zählte ich bis drei, dann setzte ich drei schnelle Schritte und duckte mich im Schutz meines Busches. Durch seine Zweige hindurch starrte ich konzentriert auf die Feuer und die Wachen. Keine verdächtige Bewegung von dieser Seite.

Den gleichen Bewegungsablauf schaffte ich noch zweimal, dann war ich am Vorderrad der mittleren Schleuder und kauerte mich mit pochendem Herzen hinter den Busch, den ich hier zurücklassen musste, um nach oben zu klettern. Wieder horchte ich angestrengt hinüber zum Lager. Hatten sie mich bemerkt?

Plötzlich näherten sich zwei Stimmen. Mit klopfendem Herzen hielt ich den Atem an und kauerte mich noch weiter hinter meiner mageren Tarnung zusammen. Sie unterhielten sich angeregt und kamen beide langsam immer näher an meinen Busch, hinter dem ich mich so klein machte, wie es eben nur ging. Deutlich konnte ich die englischen Worte der beiden Männer verstehen.

»Das wird eine Überraschung für die verdammten Wilden dort drin!«, wetterte eine der beiden. »Kann sein, dass wir ihnen mitten beim Scheißen den Donnerbalken unter ihrem Hintern wegblasen!« Die arroganten Männer lachten jetzt anzüglich. »Stell dir nur ihre Gesichter dabei vor!« Einer der beiden blieb nun mitten vor mir stehen, öffnete die Kordeln seiner Hose und pinkelte ungeniert in den Busch, den ich schützend vor mich hielt. Angeekelt verzog ich mein Gesicht und hielt die Luft an. Die Beutel mit dem Pulver hatte ich zum Glück hinter mich gestellt. Wäre Feuchtigkeit an das Pulver gekommen, wäre unser Plan ruiniert gewesen.

Ich griff nach dem Dolch in meinen Fußbandagen. Ich könnte ihm jetzt und hier seinen verdammten englischen Schwanz abschneiden. Eine ungeahnte Wut kochte in mir hoch. Der Assassine in mir wüsste genau, wo ich das Messer setzen musste, um lautlos zu töten. Aber dann war da noch der zweite Mann in unmittelbarer Nähe. Er würde vermutlich sofort Alarm schlagen.

Bleib ruhig, Enja, ermahnte ich mich selbst, es gab schon schlimmere Situationen. Denk an deine Leute, unterdrücke deine Wut … Shi Fu erschien auf einmal in meinen Gedanken. Hatte er mir das nicht beigebracht? Finde dein Inneres, und lasse alles um dich herum unwichtig werden. Es gelang mir, die Augen zu schließen und flach zu atmen. Im Dunkeln mussten die beiden mich für einen unbeweglichen Fels halten, an dem ein Busch lehnte.

Der Mann packte sein gutes Stück wieder in die Hose und verschnürte sie. Immer noch lachend und feixend schlug er dem anderen auf die Schulter. Sie entfernten sich ohne große Eile Richtung Lagerfeuer, und die Stimmen wurden leiser. Mir fiel ein Stein vom Herzen, mein Stolz war angepisst, aber die Gefahr war momentan gebannt.

Jetzt oder nie! Ich kletterte wieselflink nach oben und band zwei der Beutel an diese Achse. Froh um jedes Gewicht weniger kletterte ich mit den letzten beiden verbliebenen Beuteln wieder herunter. Mit dem Busch schlich ich dann zur anderen Seite des Lagers. Die dritte Schleuder war ein Kinderspiel, denn sie lag außerhalb der Sichtweite der Wachen. Hier war ich deutlich schneller wieder am Boden und hatte meine Aufgabe planmäßig erfüllt. Ohne einen Felsen als Sichtschutz wie auf der anderen Seite musste ich hier nur mit dem Busch als einziger Tarnung ins Wasser kommen.

Vorsichtig rückwärts tastend ging ich Schritt für Schritt Richtung Ufer. Ich hatte etwa die Hälfte des Weges geschafft, als ich erschrocken innehielt. Eine aufgeregte Stimme rief ganz in meiner Nähe: »Matt, hast du das gesehen? Da war eine Bewegung dort am Busch!«

Ich erstarrte zur Salzsäule. Wo kamen die beiden denn her? Ich hatte keine Soldaten am Ufer gesehen. Der entfernte Lichtkegel einer Fackel beleuchtete vage das Ufer, nur wenig von dem Licht drang bis zu mir.

»Bei allen Göttern …«, fluchte ich leise und verhielt mich dann aber komplett still. Vielleicht trauten sie sich nicht näher und würden wieder weggehen?

»Lass mich mal nachsehen«, sagte die Stimme eines jungen Mannes, und der flackernde Lichtschein kam langsam näher. Oh, nein! Die durften mich nicht entdecken! Fiel der Feuerschein erst einmal auf mich, war ich enttarnt. Hektisch schätzte ich den Weg bis zum Wasser und starrte wieder dem Lichtschein entgegen. Eine verrückte Idee formte sich zwischen Panik und Verzweiflung in meinem Kopf.

In einem Akt von maßloser Verwegenheit warf ich mich der Länge nach auf das Kiesbett und grunzte. Wie ein Reptil bewegte ich mich mit meinem gesamten Körper geräuschvoll durch die Kiesel Richtung Wasser, Arme und Beine angewinkelt. Den Busch ließ ich einfach stehen.

»Ein Tier, sieh nur, es bewegt sich wie eine Echse!«, rief die Stimme des mutigen Mannes, und auf einmal hörte sie sich gar nicht mehr so mutig an.

»Komm zurück, Matt! Wenn das Tier so groß ist, ist damit ist nicht zu spaßen!«

Und mit einem lauten Klatschen warf ich mich ins Wasser wie ein Reptil, bewegte mich noch kurz an der Oberfläche, wie es ein solches Tier tun würde, und tauchte dann zufrieden unter. Das würde den Engländern noch zu denken geben, schoss es mir durch den Kopf, und ich freute mich diebisch. Wie eine Wasserechse bewegte ich mich durch das kalte Wasser wieder zur Burg zurück, in schnellen fließenden Bewegungen und mit unter Wasser weit geöffneten Augen.

James musste zugeben, er hatte Enja in vielen Dingen unterschätzt. Angefangen von der knackigen Rechten, mit der sie seine Nase eingeschlagen hatte, bis hin zu ihrer perfiden Kampfeinstellung konnte er ihr nicht das Wasser reichen. Er war bestimmt aus einem harten Holz geschnitzt, aber die Idee mit den Sprengbeuteln war genial. Und nur eine mit allen Wassern gewaschene Kriegerin wie Enja konnte diese Aktion durchführen. Spätestens als sie erzählte, wie sie die Engländer zum Narren gehalten und als Wasserechse entkommen war, sorgte sie für einige Lacher unter den angespannten Kriegern.

Halb Caerleverock stand an diesem Tag frühmorgens auf der Burgmauer und starrte gebannt auf die Szene, die sich nun vor ihren Augen abspielen würde. Selbst ein immer noch kränklicher König Robert hatte sich wieder die Treppe nach oben gequält, um dem Spektakel beizuwohnen. Trotzdem gewann er damit auch die Herzen seiner Landsleute, die er mit freundlichen Worten versuchte aufzumuntern. Die Geschichte um die Platzierung der Sprengbeutel erregte seine besondere Aufmerksamkeit, und seine Blicke trafen während Enjas Schilderung auffallend oft die von Douglas.

Enja stand mit einem Langbogen neben ihm, den er so noch nie gesehen hatte. Eine Armbrust konnte den schweren, mit Teer getränkten Stoff an der Spitze nicht sicher ins Ziel bringen. Aber die langen und tragfähigen Pfeile aus dem zähen asiatischen Bambusholz und der große Langbogen hatten die nötige Spannkraft und Härte.

Enjas Bogen war aus einem Material, das wie Stahl aussah, aber beweglicher und biegsamer war. In der Mitte befanden sich ein umwickelter Griff und eine Art Auflager für den Pfeil. Die Form des Bogens unterschied sich von der klassischen des englischen Langbogens dadurch, dass die Spitzen noch einmal nach vorne gebogen waren, entgegen der Zugrichtung.

Auch James hatte so eine Waffe noch nie gesehen. Das Aufzugsgewicht des Bogens schien gerade am Anfang schwer zu reagieren, daher legte Hal den Pfeil auf die Sehne und zog die ersten Zentimeter gegen die Kraft der entgegengesetzten Enden. Dann wurde der Bogen weicher, und er übergab ihn so vorgespannt an Enja. Diese setzte die mit Teer umwickelte Pfeilspitze an einer Fackel in Brand und legte die geladene Bogensehne an ihre Schulter. Die ausgestreckte Hand hielt kraftvoll den bis zum Zerreißen gespannten Bogen. Ein kurzer Blick über den Pfeilschaft auf ihr Ziel genügte ihr, den Beutel an einem der Holzgerüste ins Visier zu nehmen, und sie ließ in einer fließenden Bewegung die Sehne schnappen. Fast kerzengerade flog der brennende Pfeil die etwa dreihundert Yards in sein Ziel. Sicher, getroffen zu haben, wiederholte sie mit Hal die gleiche Prozedur, und Sekunden später traf der zweite höllisch schnelle Pfeil den anderen Beutel, der an der gleichen Achse daneben angebunden war.

Die Engländer im Lager gegenüber wurden jetzt vom Zischen der durch die Luft sausenden Pfeile unruhig. Sie wurden von den beiden Feuerpfeilen überrascht, die nun im Holz der Wurfapparatur steckten, die sie mit so viel Mühe aufgebaut hatten. Mit Entsetzen bemerkten sie, wie der Beutel sich heftig an der Flamme entzündete und eine Stichflamme herausschoss. Nicht nur, dass das Holz der Apparatur sofort in Flammen gesetzt wurde, es floss auch noch eine Flüssigkeit heraus, die alles in ihrem Weg mit Feuer zerfraß. Das Schreckliche an diesem seltsamen flüssigen Feuer war aber die Tatsache, dass nichts es löschen konnte, weder Wasser noch die Flüche derer, die sich darum bemühten. Im Gegenteil, je mehr Wasser sie auf das Feuer schütteten, desto mehr brannte das Teufelszeug.

Auch die anderen zwei waren inzwischen von den präzise gesetzten Feuerpfeilen getroffen und in Brand gesetzt worden, der mit herkömmlichen Mitteln nicht zu löschen war. Hilflos und frustriert mussten die Engländer zusehen, wie sämtliche der drei Holzschleudern, die Königinnen der Kriegswaffen und Edwards Stolz, in Flammen aufgingen. Angst begann sich unter den Männern auszubreiten. Denn wer imstande war, solch ein Feuer zu kontrollieren, der hatte sicher noch andere schrecklichere Waffen auf Lager! Bei den stolzen englischen Rittern dagegen beherrschte Wut die morgendliche Stimmung. Sie suchten die Auseinandersetzung und eine Rehabilitierung der Schmach und hetzten den englischen Königssohn auf, die Leute nicht zu lange über den Vorfall nachdenken und so den Mut verlieren zu lassen. Prinz Edward entschied sich zähneknirschend und trotz fehlender Wurfgeschosse noch am selben Tag zu seinem fatalen Angriff.

Alle um mich herum jubelten, als die Schleudern in Flammen aufgingen. Es war wie das Entladen einer riesigen Spannung bei einem Blitz. Wir fühlten uns, als hätten wir die Belagerung schon für uns entschieden. Tatsächlich sah es so aus, als hätten wir die Kriegstaktik der Engländer empfindlich durchkreuzt. Aber mir war klar, dass sie so leicht nicht aufgeben würden, das hätte der Stolz der kampferprobten Ritter nicht zugelassen. Trotzdem war ein wichtiges Ziel erreicht worden – die Zerstörung der Wurfschleudern.

Nur Hal spürte, dass ich nicht zufrieden war, und knuffte mich in die Seite. »Was ist los? Du machst ein Gesicht wie nach einem Schluck *Uisge beatha*. Dabei hast du allein alle drei Holzschleudern ausgeschaltet.«

James und Robert, die neben uns ebenfalls erleichtert über den ersten Sieg an der Burgmauer standen, sahen interessiert zu uns herüber. Sie waren sichtlich von meinem Erfolg und der zerstörerischen Wirkung des Brennpulvers beeindruckt. Noch immer in Gedanken rieb ich mir die Stelle, die Hal so liebevoll getroffen hatte, und schüttelte den Kopf.

»Nein«, sagte ich nachdenklich, »ich bin nicht zufrieden. Das Ergebnis mag dasselbe sein, aber die Umsetzung war anders als geplant, und das gibt mir zu denken.«

»Was sollte denn anders sein?«, fragte Robert neugierig; seine Hände hatte er auf dem Rücken verschränkt, er neigte seinen stattlichen Kopf interessiert zu mir herüber.

»Der Beutel«, erklärte ich und deutete auf das in sich zusammenstürzende lichterloh brennende Objekt am anderen Ufer, »er sollte eigentlich in einer wuchtigen Explosion den Wurfarm zerreißen.« Um mich herum wurde es still. Ich hatte jetzt ihre volle Aufmerksamkeit.

»Der Inhalt des Beutels bestand aus Sprengpulver, Brandbeschleuniger und Eisenteilen. Die Wucht der Explosion sollte den hölzernen Wurfarm durchschlagen. Stattdessen entzündete sich der Inhalt nur und zerfraß das Holz mit Feuer.«

»Aber der Erfolg ist derselbe!«, entgegnete James.

»Das mag sein«, hielt ich dagegen. »Und für dieses eine Mal

hatte es sicherlich funktioniert. Aber was ist, wenn das Ziel nicht aus Holz ist, sondern aus Stein?«

Das gab ihnen zu denken. Die Zerstörung von Stein durch explodierendes Feuer war so unerhört, dass keiner der beiden etwas erwidern konnte. Aber tatsächlich experimentierten Hal und ich schon seit Längerem an einer kraftvollen Lösung, Stein zu zerschlagen. Mit Hilfe von Shi Fus Rezepten konnten wir auch schon einige Erfolge vorweisen. Aber trotzdem war es noch nicht das, womit wir anfänglich begonnen hatten.

Froh, keine weiteren Fragen zu diesem Thema beantworten zu müssen, fokussierte ich mich wieder auf die Feinde vor unseren Toren. Sie sammelten sich, um eine erste Welle des Angriffs gegen uns zu reiten. Reiten im wortwörtlichen Sinne klappte nicht, denn die gefürchtete englische Kavallerie mit den gepanzerten Rittern fiel ebenso aus wie die verbrannten Schleudern. Es blieb also nur das Fußvolk, das nun mit selbst gebauten Flößen versuchte, über das Wasser zu setzen, ein ebenso kläglicher wie verzweifelter Versuch, die Festung zu erreichen.

Die schlecht geschützten Soldaten waren ein leichtes Ziel für unsere Armbrustschützen. Kaum einer schaffte es bis zu unseren Mauern. Nicht einmal im Schutz der englischen Langbögen, die Hunderte von Pfeilen auf uns herabregnen ließen, kamen sie näher als bis zu den Grundmauern. Da sie sich ganz auf die Wucht ihrer Schleudern verlassen hatten, waren die Flöße nicht geschickt genug gefertigt worden, zerbrachen oft mitten auf dem Wasser oder kenterten mit den Soldaten darauf. Wehe denen, die noch weiter zur Burg schwimmen konnten, sie wurden von den Armbrustschützen wie Fische im Wasser aufgespießt. Nur wenige schafften es, lebend an das rettende Ufer zu kommen, viele ertranken, weil sie mit ihrer schweren Rüstung wie ein Stein unter Wasser sackten.

Es war ein unüberlegter Versuch, die Mauern von Caerlaverock zu überwinden, und er endete so kläglich, dass kein weiterer Vorstoß unternommen wurde, die Burg über das Wasser einzunehmen. Prinz Edward wollte wohl unbedingt seinem Vater von einem Sieg berichten können. Es hieß, der alte König sei seinem Sohn nicht besonders wohl gesonnen, weil er bei seinem Spross weder militärische Taktik noch männliche Stärke vorfinde. Ein Sieg über das aufmüpfige Schottenvolk von Caerlaverock wäre ihm gerade recht gewesen.

In einem letzten Aufbäumen sammelte er seine Mannen, um nun mit Feuerpfeilen ihrerseits Feuer und Chaos bei den Belagerten zu entfachen. Sie zündeten große Feuerstellen an und präparierten sich, um einen wahren Feuersturm auf Caerlaverock herunterregnen zu lassen.

Aber die sich schon anbahnende Katastrophe wurde für Edward perfekt, als auf einmal hinter den Engländern wie aus dem Nichts eine brüllende Armee aus furchterregenden Schotten aus den Wäldern stürzte, die an Wildheit und Kampfeswut ihresgleichen suchte. Mit ihren entsetzlichen Breitschwertern zogen die Männer eine Schneise der Verwüstung, hinterließen zerschlagene Körper und eine Todesangst, die selbst den hartgesottenen Rittern in Mark und Bein fuhr. Mit einem Angriff von hinten hatte keiner der Engländer gerechnet, alles konzentrierte sich nur auf die Burg vor ihnen. Umso schlimmer traf es die schwere Reiterei, die sich von ihren Pferden getrennt und die Pfeilschützen unterstützt hatte.

Diejenigen, die sich retten konnten, waren entweder freiwillig in den See gesprungen oder hatten Reißaus genommen auf die einzige Seite, die noch nicht von Schotten, Feuer oder Wasserechsen besetzt war. Darunter befanden sich auch der junge Königssohn und viele Kavalleristen, die noch zu ihrem Pferd gelangten und so den meisten der zu Fuß kämpfenden Schotten entkommen konnten. Sie ließen nicht nur gesunde und verletzte Soldaten, Tote und Waffen zurück, sondern auch eine gute Portion ihres Selbstbewusstseins, das noch am Morgen so groß gewesen war wie die Wurfschleudern, die sie so stolz dem Feind präsentiert hatten. Prinz Edward hatte jetzt ein ernsthaftes Problem, seinem Vater den herben Verlust zu erklären. Die ohnehin schwierige Beziehung zwischen den beiden würde sicher aufs Neue schwer belastet werden.

Es war nicht so, dass ich mich nicht über dieses Wiedersehen gefreut hätte. Erleichterung und Freude mischten sich mit einem überschwänglichen Gefühl, einen alten Freund zu begrüßen, den ich in den letzten Jahren sehr zu schätzen gelernt hatte. Als Sir Colin Maxwell mit seinem Vater Lord Roderick Maxwell Seite an Seite durch unser Burgtor geritten kam, nachdem die Fähre wieder instand gesetzt worden war, schlug mein Herz vor Freude höher.

Sie stiegen von ihren Pferden und wurden sogleich von allen Anwesenden umringt, die vom Burgwall aus fasziniert ihrem verwegenen Kampf zugesehen hatten. Die Begrüßung fiel entsprechend herzlich aus. Mit beiden Händen umfasste ich dankbar die kräftigen Unterarme des jungen Lairds und er die meinen. Von einem Ohr zum anderen grinsend begrüßte ich ihn mit zotigen Worten auf Gälisch, die ich nur in dieser Gegend gelernt haben konnte: »Alter Haudegen, wo wart Ihr so lange? Konntet Ihr Euren Hintern nicht finden, oder ist Euch unterwegs der *Uisge beatha* ausgegangen?«

Colin lachte über das ganze Gesicht. Mit einer Hand hatte er sich den Helm vom Kopf gerissen und seine blonden Strubbelhaare mit der anderen Hand durchgekämmt. Sein Gesicht war immer noch von Schweiß und Blut verschmiert.

»Bitte entschuldigt die Verspätung! Eure Nachricht hatte uns mit Verzögerung erreicht, der Bote musste uns bei der Jagd abpassen. Aber wie es scheint«, und er hob seine Stimme, damit ihn auch alle hören konnten, die um uns herumstanden, »war auf diesem Boden hier noch fettere Beute zu holen! Die Waffen der Engländer füllen unsere Kammern und die der halben Highlands. Mein Gott, sind die gerannt! Wie die Hasen!« Er erntete wieherndes Gelächter der Umstehenden.

Die gute Stimmung übertrug sich auch auf seinen massiven Vater, der mir mit seiner Hand krachend zwischen die Schulterblätter schlug, so dass die Luft pfeifend aus meiner Brust entwich.

»He, Prachtweib«, rief er übermütig, »Ihr habt Euch schon lange nicht mehr bei uns sehen lassen, kann mich an Euren süßen Arsch gar nicht mehr erinnern!«

»Wenn ich gewusst hätte, dass Ihr mich so vermisst … *uff*!« In einer brutalen Umarmung drückte er mich mit solch einer Kraft gegen seine breite Brust, dass ich nicht mehr atmen konnte.

»Ihr wisst«, raunte er geheimnisvoll und hielt mich jetzt mit beiden Armen ein Stück von sich weg und hob die grauen

Augenbrauen, »ich suche noch immer nach einem hübschen Weib wie Euch, das mich Suffkopf erträgt!«

Dabei lachte er aus vollem Halse und ließ ein paar Zahnlücken erkennen.

Übermütig grinste ich zurück. »Versucht es mal mit meiner Kuh Betsy, die hat mindestens den gleichen Quadratschädel wie Ihr, säuft genauso und dreht sich nicht unwillig weg, wenn Ihr in ihre Nähe kommt.«

Das erzeugte brüllendes Gelächter, und die zotigen Witze nahmen ein wenig von der Spannung, die noch allen von dem blutigen Kampf im Gesicht stand. Es war ein seltsames Aufeinandertreffen des Clans, dem ich durch tiefe Freundschaft verbunden war, und des schottischen Königs mit seinem kleinen Gefolge.

Nachdem meine Gäste sich ausgiebig den Schweiß und das Blut abwaschen konnten, sah Caerlaverock zum zweiten Mal in dieser Woche ein ausgelassenes Fest. Es wurde ein denkwürdiger Abend, die eine freundschaftliche Bindung zwischen dem schottischen König, dem Maxwell-Clan und mir festigte. In jeder Faser meines Körpers spürte ich die Besonderheit dieses Augenblicks. Es würde eine Bindung sein, die nachhaltig den Werdegang der weiteren schottischen Geschichte beeinflussen konnte.

Unser ungeplantes Zusammentreffen gab mir auch die Gelegenheit, mich nach Colins Familie zu erkundigen, die ja nach der Rückkehr aus dem Orient mit weiterem Kindersegen beglückt worden war. Neben seinen beiden Söhnen Alexander und Eustace, die jetzt acht und fünf Jahre alt waren, war noch ein weiteres Kind zur Welt gekommen, die heute dreijährige Sinneadh. Wie mir Colin versicherte, waren alle wohlauf, was nicht selbstverständlich war. Die größte Überraschung aber war die Nachricht, dass Hannah, die Schwester Salomes, Sir Thomas, den mächtigen Laird des Dalziels-Clans aus Lanarkshire, geheiratet hatte. Der mächtige Nachbar des Douglas-Clans war ein Kampfgefährte von Robert Bruce, und seine erste Ehe war kinderlos geblieben. Nach dem Tod von Thomas' Frau konnte Roderick mit Hannah eine geschickte Heirat anbahnen, die ihm einen kraftvollen Pakt mit den königstreuen Clans bescherte. Hannah war als Schwester von Salome unter die Fittiche des Maxwell-Clans und damit Rodericks geraten. Trotzdem schienen die beiden nach Aussagen Colins recht glücklich, wäre die Ehe nicht vom Krieg gegen England überschattet gewesen wie so vieles in diesen Tagen. Es war eine gute Wendung für die vom Schicksal gebeutelte Tochter eines arabischen Arztes, eine Tatsache, die Roderick auch immer wieder zum Anlass nahm, kräftig auf seine Geschicke zu trinken.

Trotz reichlich fließenden Weins und noch mehr *Uisge beatha* schaffte ich es einmal mehr, nüchtern zu bleiben. Nie wieder würde ich mich von diesem Teufelszeug zu unsinnigen Handlungen hinreißen lassen. Mein Kopf und mein Herz mussten für die nächsten Tage klar bleiben. Wie eine unsichtbare Warnung vibrierte eine Anspannung in mir. Hatte ich mit meiner tapferen Verteidigung des schottischen Königs dessen Gunst erworben? Würde ich schon bald als Herrin dieser Burg anerkannt?

James hatte mit Hugh und König Robert Bruce wenige Tage nach der Schlacht um Caerlaverock die Burg unauffällig verlassen. Colin Maxwell hatte ihnen über zwanzig Krieger seines Clans mitgeschickt, um eine sichere Rückkehr zu Bruces Truppen zu gewährleisten – eine gefährliche Aufgabe, da es im Norden Schottlands von königstreuen und englischen Truppen nur so wimmelte.

Bei seinem Abschied von Caerlaverock sorgte Enja für einen ausreichenden Vorrat an Mariendistelextrakt, den sich der König zu Tee verarbeiten lassen konnte. Außerdem hatten seine Männer genug an Hartwurst, Käse und getrocknetem Brot dabei, um unterwegs nicht hungern zu müssen.

In einer mitreißenden Abschiedsrede huldigte Robert de Bruce der Treue seiner Leute, der Gastfreundschaft und den heilenden Händen der so bezaubernden Gastgeberin. Robert hatte eine Gabe, Menschen in seinen Bann zu ziehen, und sie verabschiedeten ihn so begeistert, als hätte er ihnen das Paradies versprochen. Ein wenig erinnerte er Enja an Hassan, wenn er vor den Menschen stand und sie für sich gewinnen wollte. Haltung, Gestik und Mimik waren ähnlich, nur war Robert eher der leidenschaftliche Kämpfer, und seine Reden waren immer ein Aufruf zum Kampf. Hassan hingegen appellierte mit feinster Rhetorik an den Sinn seiner politischen Mittel.

Es wäre interessant gewesen, diese beiden Menschen einander vorzustellen, sinnierte die Anführerin von Caerlaverock und ließ ihren Blick über die ehrfürchtigen Gesichter ihres Clans schweifen. Vor James' Abreise hatten die Blicke aus seinen braunen Augen hartnäckig an Enja gehangen, und sie hatte geflissentlich versucht, sie nicht zu erwidern. Zu schmerzhaft war die Erinnerung an seine Trunkenheit in jener Nacht, die ihr die Augen geöffnet hatte. Nein, sie wollte ihn nicht mehr sehen.

James dagegen musste Enja ständig betrachten, um sich ihr Gesicht einzuprägen. Er fürchtete zu Recht, sie nie mehr wiederzusehen. Eine Aussprache hatte es nicht mehr gegeben. Wie ein Wiesel war sie seinen Versuchen, sie unter vier Augen zu sprechen, ausgewichen. Von sich aus hatte sie keinerlei Anstalten gemacht, ihn noch einmal zu sehen, geschweige denn zu sprechen.

McKay war auch keine Hilfe. Auch er wusste nicht mehr, was in jener Nacht passiert war. Nur dunkel konnte er sich daran erinnern, dass James irgendwann nach oben in Enjas Kammer getorkelt war. Was war in dieser gottverdammten Nacht bloß passiert?

Lady Enjas Gesicht blieb eine versteinerte Maske, als sie den schottischen Rebellen ihren Segen gab. Sie ließ sich dazu hinreißen, Robert und James ihre immerwährende Gastfreundschaft zuzusichern, aber damit erschöpfte sich ihre aufgesetzte Freundlichkeit.

An einem kalten Morgen, noch bevor die Sonne ihre ersten wärmenden Strahlen über die sanften Hügel von Caerlaverock werfen konnte, waren sie unbemerkt mit der Maxwell-Eskorte aufgebrochen. Es war bereits Ende Oktober des Jahres 1306, als sich der kleine Trupp von den Engländern völlig unbeachtet in Bewegung setzte. Derweil wähnte der englische den schottischen König felsenfest hoch im Norden, zusammen mit seinen versprengten Truppen.

Trotz aller Vorsicht wären sie an dem kleinen Hafen Mallaig beinahe in eine Truppe von Edwards Soldaten geritten, die weit in den Norden gerückt waren, um den dort vermeintlich abgetauchten schottischen König abzufangen.

Mit dem plötzlichen Auftauchen des Gesuchten hinter ihren Reihen hatten die Engländer nicht im Traum gerechnet. Die Maxwell-Krieger schnappten sich einfach ein zweites Schiff, um von Roberts eigentlichem Schiff abzulenken. Sie schafften es, mit ihrer hohen Begleitung an den verblüfften Engländern vorbei bis an die Küste Skyes zu gelangen, um sich mit den unterstützenden Truppen der Campbells zu verbünden.

Kapitel 4

Cardiff im Sommer 1301

Es war eine Tortur, so lange auf engstem Raum gefangen zu sein. Der Bauch eines Schiffes fühlte sich irgendwann wie ein Gefängnis auf Zeit an. Wenn die Menschen schon so litten, wie war es erst für die Tiere, die seit Tagen angekettet auf einem Fleck verharrten? Zwei unserer Pferde mussten wir buchstäblich von ihrem Leid erlösen. Taycan verweigerte seit Tagen sein Futter. Ich konnte seine Rippen bereits zählen. Es wurde Zeit, dass wir aus diesem Höllenschiff rauskamen. Jeder Einzelne.

Drei Tage lang konnte ich nichts mehr essen. Mir war hundeelend, und die dauernde Schaukelei zerrte an meinen Nerven. Als dann auch noch Indra schwer erkrankte, war es Zeit für Isaaks rosa Perlen, die mir halfen, meinen geistigen Mittelpunkt wiederzufinden und diese entsetzliche Reise zu verschlafen.

Die schlechte Stimmung auf dem Schiff war wie ein böser Geist, der von allem Besitz ergriff, was sich darauf einließ. Die robuste Indra hatte damit eigentlich kein Problem, und solange ich mich zurückerinnere, brauchten weder ihr Körper noch ihr Geist je den Beistand eines Heilers. Keiner nahm die ersten Symptome sonderlich ernst, sie beklagte sich auch nicht. Leichtes Fieber, Kopf- und Bauchschmerzen. Auf einem Schiff mit der eingeschränkten Kost waren diese Symptome ständige Begleiter. Aber als sie immer stärkeres Fieber bekam und ein übelriechender Durchfall sie von innen schwächte, horchte ich aus meiner Schwermut auf.

Ihr Hilferuf ereilte mich am Morgen des elften Tages unserer Überfahrt. Mit meiner Medicustasche stürmte ich in ihre Kammer, in der sie meist alleine schlief, weil Hal bei seinem Pferd blieb. Sie war bereits sehr schwach, das Lächeln fiel ihr sichtlich schwer, als ich ihre Hand in die meine nahm. Der Durchfall setzte ihr schwer zu, sie verlor mehr Flüssigkeit, als ich ihr einflößen konnte, und mit ihrer letzten Kraft verließ sie auch ihr Bewusstsein. Viel zu spät wurde mir klar, dass sie ernsthaft erkrankt war und eine kraftvolle Medizin brauchte. Aus dem tiefen Schlaf, in den sie fiel, musste ich sie schnellstens herausholen, um sie zu retten. Aber ich wusste nicht wie.

Eine solche Krankheit war mir völlig neu, und ich fragte Hal, von meinem schlechten Gewissen gepeinigt, Löcher in den Bauch. Noch unter dem entsetzlichen Eindruck ihres rasanten körperlichen Verfalls erzählte er mir, dass sie zusammen mit ihrem Vater in den zwei Wochen Wartezeit am Hafen für viele Seeleute Hautbilder gestanzt hatte, um etwas dazuzuverdienen. Obwohl sie auf meinen eindringlichen Rat hin immer darauf bedacht war, ihre Hände zu waschen und ihre Werkzeuge zu reinigen, konnte sie sich immer noch Krankheiten allein durch die Nähe der Seeleute eingefangen haben. Wenn es überhaupt eine Krankheit war, vielleicht spielten ja Würmer eine Rolle oder verdorbenes Essen …

Hilflos stand ich in der kleinen Kabine, meine Unwissenheit machte mir schwer zu schaffen, während Indra unter unseren Händen dahinsiechte. Ich konnte Hal kaum ansehen, der die wie eine Tote erschlaffte Indra liebevoll in seine starken Arme nahm, ihr die Haare streichelte und beruhigend ein paar Worte brummte. Diese Krankheit, die Isaak mir bereits in seinen Notizen beschrieben hatte, war bis dahin fast nur bei Seeleuten bekannt, was er auf die schlechte Ernährung zurückgeführt hatte, eine auf Schiffen häufig anzutreffende Erscheinung.

Eine seiner wichtigsten Randbemerkungen aber war zusätzlich unterstrichen: Isaaks mahnendes Antlitz lebhaft vor Augen, drehte ich das dünn beschriebene Papier in meinen Händen und las: *Hände sorgfältig waschen! Wasser abkochen!*

Dann übertrug sich die Krankheit über die Hände? Die meinen zitterten jedenfalls, als ich die klein bekritzelten Pergamente weglegte. Vielleicht sollte ich nicht so viele rosa Perlen nehmen? Oder waren es nur meine Nerven? Tatsächlich tappte ich völlig im Dunkeln, und was Hal in meinen Augen lesen konnte, behagte ihm wohl gar nicht.

»Wird sie wieder gesund?«, fragte er mich heiser vom Bett seiner Geliebten, seine grünen Augen flackerten gefährlich. Aber ich antwortete ihm nicht. Wie sollte ich, ich wusste es selbst nicht. Nie war ich bisher mit einem solchen Fall konfrontiert worden. Dieses Schiff führte mich an die Grenzen meines eigenen Wissens, und ausgerechnet Indra traf es in einer der tiefsten Krisen meines Lebens.

Zu allem Überfluss trieb uns ein Sturm von unserem Kurs ab. So schnell würden wir nicht anlanden können. Meine Hoffnung, Indra an Land zu bringen, schwand immer mehr.

Zwei Tage später war Indra tot. Fassungslos und mit meinem Wissen am Ende musste ich zusehen, wie die einst so gesunde und kräftige Frau ihren letzten Atemzug nahm. Abwesend unterschrieb ich kraft meines Amtes im Logbuch des Kapitäns den Eintrag ihres Todesdatums.

Hal und Sarvesh waren völlig desolat in ihrem Schmerz. Bei der Seebestattung umarmten sie einander, als könnten sie sich so gegenseitig davon abhalten, in einen Strudel aus Verzweiflung und Selbstaufgabe zu versinken. Tief betroffen und mit schweren Selbstvorwürfen stand ich abseits und verstand die Welt nicht mehr.

Colin und seine Familie hatten sich in ihre Kajüten eingeschlossen aus Angst, die Kinder oder seine hochschwangere Frau könnten ebenfalls krank werden. Es erwies sich als gute Idee, denn zwei Tage später waren noch zwei weitere Männer auf dem Schiff gestorben, ein Seemann und einer meiner Männer. Sie hatten dieselben Symptome wie Indra. Fieber, Kopf- und Bauchschmerz und sogar rote Hautirritationen. Es war tatsächlich das Fleckfieber, wie von Isaak so treffend beschrieben. Für mich bestand kein Zweifel mehr, ich musste Gegenmaßnahmen ergreifen.

Äußerste Sauberkeit an Bord war eine davon. Jedes Wasser musste abgekocht werden, bevor es getrunken wurde. Immer tiefer rissen mich die sich überschlagenden Ereignisse in einen dunklen Strudel, der mein Denken und Handeln lähmte. Oft ertappte ich mich, wie ich tatenlos vor mich hinstarrte, unfähig, irgendetwas zu tun. Immer öfter musste ich mich übergeben, bis ich nur noch Würgereflexe hatte. Zu allem Überfluss drohten mir die rosa Perlen auszugehen.

Ich wurde erst aus meiner düsteren Stimmung gerissen, als mich Hal ein paar Tage später zu sich rufen ließ. Auf seiner schwarz bemalten Stirn glänzte Schweiß, sein mächtiger Körper lag in seiner Hängematte. Er hatte Kopf- und Bauchschmerzen, allerdings ließen sich kaum rötliche Hautflecke auf seiner schwarz pigmentierten Haut entdecken.

»Stuhlgang?«, fragte ich nervös, während ich mit gezielten Handgriffen Puls, Herz, Lunge und Augen untersuchte.

Er brummte nur unwillig.

»Hal!«, mahnte ich. »Das ist kein Witz!«

»Ist da, okay?«, brummte er mürrisch.

»Erbsenbreiartig?«

»Hä?«

»Ist er wie Erbsenbrei?«

Aus dem Bett kam ein dumpfes Grunzen.

»Ja …«

Mir wurde schlecht. Mit meiner antrainierten Schnelligkeit rannte ich aus der Kabine, warf meinen Oberkörper über die Reling und spuckte meinen Mageninhalt aus. Als ich nur noch würgte, richtete ich mich auf, wischte mir den Mund mit meinem Ärmel ab und ging wieder zurück in Hals Kabine.

Als ich meinen Freund so kläglich in der Hängematte liegen sah, wurde mir auf einmal bewusst, wie sehr ich ihn vermissen würde, wenn er nicht mehr da wäre. Sooft ich ihn verflucht hatte, so war er doch meine Familie. Ein schmerzhafter Stich durchfuhr meinen ganzen Körper und ließ die grauen Schatten, die sich wie ein böser Geist auf mein Gemüt gelegt hatten, verschwinden.

»Ich lasse dich nicht sterben, Hal.«

Er sah mich entgeistert an. »Sterben?«, krächzte er. »Muss ich denn?«

»Nicht, wenn ich es verhindern kann!«

»Hättest du das bei Indra nicht auch sagen können?«

»Da wusste ich noch nicht, welche Krankheit es ist.«

»Was willst du jetzt tun?«

»Ich werde noch einmal in Isaaks Aufzeichnungen lesen, er hatte schon solche Fälle, und sicher kannte er ein Mittel dagegen. Bisher habe ich es einfach noch nicht gefunden.«

»Dann beeil dich, sonst folge ich Indra doch noch auf den Meeresboden.«

Es folgte eine Stille, die furchtbar in meinen Ohren dröhnte. Wir sprachen lange Zeit kein Wort. Wie ein Fluchttier verharrte ich neben der Tür, unsicher, wohin ich mich wenden sollte. Zögerlich ging ich zu seiner Hängematte und sah ihm unsicher ins verschwitzte Gesicht. Seine glanzlosen Augen blickten mich aus tiefen Höhlen an.

»Ob sie dort unten wohl sehr einsam ist?«

Er flüsterte die Worte nur. Mein Herz zuckte zusammen, als hätte Hal es mit seiner Faust gerammt. Krampfhaft dachte ich darüber nach, was ihn trösten könnte.

»Es heißt, dass die Seele den Körper verlässt und in den Himmel kommt. Bestimmt hat sie schon dem einen oder anderen dort oben ein Hautbild gestochen.«

Hal lachte freudlos, dann hielt er sich den Kopf und verzog sein Gesicht.

»Sie macht dort sicher noch ein kleines Vermögen …«, sprach er leise. Er redete nicht oft von ihr oder seinem Schmerz, aber er vermisste sie. Meine Hand legte sich beruhigend auf seinen Arm. Wir sagten lange nichts, das brauchten wir auch nicht. Ich lauschte nur Hals schwerem Atem, bevor mein Blick auf die Sanskrit-Inschrift auf seinem muskulösen Unterarm fiel. Es waren drei Zeilen, von Indra sorgfältig untereinander gestochen.

»Hast du je rausgekriegt, was sie dir damit sagen wollte?«

Hal starrte auf die drei Zeilen und sagte lange nichts. Irgendwann hob sich sein Blick, und er sah mir direkt in die Augen. Diese grüne Farbe, die ich so liebte, war ein einziger irischer See, der nun drohte überzulaufen.

»Und falls ich sterbe, bevor du es tust,
werde ich zum Himmel gehen
und auf dich warten.«

Er flüsterte die Zeilen nur, aber ich hatte verstanden. Ich hielt seine Hand, und seine Tränen tropften darauf. Es war das erste und das letzte Mal in meinem Leben, dass ich Hal weinen sah.

Fieberhaft suchte ich nach der Rückkehr in meine kleine Kammer nach einem Rezept für ein Medikament, das Hal retten würde. Ich musste es einfach schaffen! Meine Lethargie war wie weggeblasen. Anscheinend musste erst die Vorstellung, meinen besten Freund zu verlieren, wie ein Damoklesschwert über mir schweben, um mich aus meinem Selbstmitleid herauszukatapultieren.

Mit Hochdruck wühlte ich in Isaaks Aufzeichnungen. Leider hatte er nur die Krankheit und die Auswirkungen beschrieben, aber nirgendwo das Rezept für ein Gegenmittel. Isaak hatte immer gesagt: »Wenn es etwas ist, was sich so leicht von Mensch zu Mensch verbreitet, hast du es immer mit demselben Gegner zu tun.«

Vielleicht stand das Rezept irgendwo bei einer anderen

ähnlichen Krankheit, und ich konnte es nur nicht zuordnen. So viele Krankheiten verbreiteten sich auf diesem Wege, also musste das Gegenmittel etwas Banales sein.

Damals hatte Isaak mit seiner Hand auf eine Mücke geschlagen. »Siehst du«, hatte er ausgerufen und mich dabei triumphierend angesehen, »so wie meine Hand diese Mücke.«

Es war etwas ganz Kleines. Etwas, das ich vielleicht nicht sehen konnte. Aber es löste diese Symptome aus. In diesem Moment verfluchte ich den frühen Tod meines Lehrmeisters. Wir hatten nur ein gemeinsames Jahr miteinander verbracht, in dem ich mehr gelernt hatte als jemals zuvor, und doch war die Zeit zu kurz gewesen, um alles zu lernen. Wie gerne hätte ich Isaak jetzt um seine Meinung gefragt.

Wieder kramte ich in meiner geräumigen Medicustasche. Einer der alten Lederbeutel, die der studierte Heiler immer mit sich geführt hatte, fiel mir in die Hand, und ich wog ihn abschätzend. Deutlich sah ich Isaak im Geiste mit ebendiesem Beutel in der Hand auf seinem Kutschbock sitzen. Wieder hatte er dieses verschmitzte Lächeln im Gesicht. Totschläger nannte er den Beutel, und ich hatte damals bei seinen Worten überlegt, ob man damit tatsächlich einen Menschen totschlagen kann. Oder meinte er etwas ganz anderes?

War es vielleicht die Mücke, auf die er Bezug nahm? Ich sah hinein und sah nichts als bröckelige weiße Krumen. Auf die Hand geschüttet, zerbröselten sie zu Pulver. Ich roch daran und verzog mein Gesicht. Es stank unangenehm faulig. War es das? Wie sollte ich es anwenden?

Kurz entschlossen – ich hatte ja nichts zu verlieren, außer meinen besten Freund – schüttete ich etwas von dem Pulver in einen sauberen Becher. Zunächst goss ich abgekochtes

Wasser hinein und löste es auf. Da ich keinerlei Mengenangaben hatte, musste ich schätzen, und ich beschloss, vorsichtig und schrittweise vorzugehen.

Im zweiten Anlauf nahm ich die doppelte Menge an Pulver, wiederholte die Prozedur und nahm zu guter Letzt noch einmal die dreifache Menge. Mit meinen drei angerührten Medizinbechern rannte ich zurück in Hals Kabine. Sein Fieber war bereits angestiegen.

Hals Hände zitterten, als er den ersten Becher nahm. Sorgfältig hielt ich meine Wange an seine Stirn, die beste Art, die Temperatur zu lesen. Hal lachte mich aus und deutete an, mich zu küssen. Im Gegenzug witzelte ich nur, dass er froh sein könne, dass ihm eine Frau noch mal so nahe komme. Aber uns beiden war nicht wirklich nach Lachen zumute.

Nach einer Stunde sah ich nach ihm, aber es ging ihm nicht besser. Seine Temperatur war immer noch zu hoch. Ein wenig verunsichert bat ich ihn, den zweiten Becher zu trinken. Müde trank er und fiel wieder schwer in seine Matte zurück. Das Fieber schien selbst diesen kräftigen Mann, der für mich wie ein Fels in der Brandung niemals nachzugeben schien, in einem wütenden Feuer zu verzehren.

Gerade als ich wieder in meine Kammer gehen wollte, um nach Isaaks Geheimnissen zu suchen, packte er mich am Handgelenk. Seine großen, schwieligen Hände waren heiß. Fiebrig glänzende grüne Augen sahen mich ernst an.

»Ich möchte dir noch etwas sagen, bevor ich für immer einschlafe«, raunte er heiser. Seine Lippen waren trocken und aufgesprungen. Ich muss ihm mehr Wasser geben, ging es mir durch den Kopf, und ich griff zum Wasserbecher.

»Du wirst nicht sterben, Hal«, entgegnete ich mit fester

Stimme, wie um mich selbst zu überzeugen, beträufelte seine Lippen und gab ihm einen Schluck zu trinken.

»Bitte, ich möchte, dass du eines weißt, Enja.« Seine Augen fielen zu, und ich dachte schon, dass er eingeschlafen sei, aber sein Griff um mein Handgelenk wurde fester. »Ich habe immer nur dich geliebt, seitdem ich dich kenne. Und ich werde immer nur dich lieben.« Er atmete kräftig aus, anscheinend hatte er seinen Atem angehalten.

»Ich liebe dich auch, Hal, so wie eine Schwester ihren Bruder«, versuchte ich, auf diese seltsame Situation zu reagieren. Hal ließ die Augen geschlossen, er lächelte nur schwach. Sein Atem ging nun gleichmäßig, er war eingeschlafen.

Die Stille in dem kleinen Raum war jetzt unerträglich. Von außen hörte ich nur das Schlagen der immerwährenden Wellen, die Rufe der Seeleute und vielleicht ein entferntes Wiehern aus dem Unterdeck, ansonsten war es schrecklich leise. Die Luft war stickig und durchdrungen von Gerüchen nach Schweiß, Erbrochenem und Kot. Es war der Gestank von Krankheit und Tod, den ich von meiner Arbeit als Medicus gewöhnt war, aber diesmal nahm er mir die Luft zum Atmen.

Irritiert ließ ich Hals Hand los und rannte in meine Kajüte zurück. Dort konnte ich meine Gedanken besser sortieren. Undenkbar, tatenlos an Hals Seite zu sitzen und ihm beim Sterben zuzusehen. Das würde diesem bösen Geist, der mich immer noch bedrohlich umschwirrte, in die Hände spielen.

Nach einer Stunde prüfte ich wieder seine Temperatur, sie stieg unaufhörlich, und ich musste hart an mich halten, um nicht zu schreien. Meine Nerven lagen blank.

Wieder lief ich verzweifelt zurück in meine Kajüte und verfluchte Isaak bis in die letzte Ecke des endlosen Nichts.

Schon packte ich den vermaledeiten Beutel und wollte ihn gerade wütend in die Ecke werfen, als ich in letzter Sekunde eine Beschriftung auf den Boden des Säckchens erkannte. Verwirrt hielt ich inne. Nur weil ich den Beutel in meiner Wut verkehrt herum gehalten hatte, konnte ich die klein gekritzelte Handschrift Isaak*s* lesen. Es waren arabische Zahlen darauf: *6-3-2-1*. Was sollte das bedeuten?

Denk nach, Enja, denk nach! Isaak hätte mir jetzt verärgert seinen Zeigefinger gegen die Stirn gedrückt. Das Geschriebene auf dem Boden, das war die Anweisung, durchfuhr es mich.

6-3-2-1, das waren die Anteile pro Tag. Die Kranken mussten sich die Beutel in die Gesamtanteile aufteilen und dann jeweils mit der Zahl multiplizieren. Verflucht, und ich hatte jetzt schon drei Teile verschlissen ... Ruhig, Enja, du musst ruhig bleiben und nachdenken! Langsam fuhr ich meine Emotionen zurück, und mein scharfer Verstand tauchte wie aus den Tiefen eines Schlundes auf. Es wurde Zeit, dass ich ihn einschaltete.

Rechnen, ich musste rechnen!

Wenn ich insgesamt zwölf Anteile des Pulvers nehmen sollte, und ich hatte schon drei Anteile genommen, dann blieben für heute noch drei weitere. Morgen noch drei, übermorgen zwei und den Tag danach einer. Ungefähr die Hälfte hatte ich einschließlich heute bereits genommen, morgen nochmals ein Viertel, übermorgen ein Sechstel und schließlich noch ein Zwölftel. Fieberhaft leerte ich den Rest der Krumen aus dem Beutel auf eine Silberplatte und teilte den Haufen in neun gleiche Teile für den heutigen und die drei folgenden Tage. Schließlich begann ich mit einem Messer, die Teile in die errechneten Portionen in neun kleine Häufchen aufzuteilen, um für die letzten beiden Tage die Verringerung der Medikation zu erreichen. Jetzt musste ich selbst über meine Einfalt lächeln. Wie wichtig ihm die genaue Dosierung war, hatte er mir fast jeden Tag vorgerechnet. So konnte die Messerspitze eines Schlangengifts zu viel im Körper eines Menschen zwischen Leben und Tod entscheiden – eine Messerspitze! Dabei hatte er mit dem Messer vor meinem Gesicht gewedelt und mich mit seinen eindringlichen Wieselaugen angesehen.

Den frischen Haufen gab ich in den Becher Wasser, in den ich zu Anfang so unkontrolliert das Pulver geschüttet hatte. Dann lief ich aufgeregt zurück in Hals Raum, wo ich ihn schlafend vorfand.

Seine Stirn glühte, ich brauchte keine Wange mehr, um zu merken, dass die Temperatur sprunghaft gestiegen war. Er ließ sich nur mühsam wecken, er war bereits sehr erschöpft, der Tod saß ihm offensichtlich schon im Genick. Aber diesmal hatte er die Rechnung ohne mich gemacht, meinen Hal würde er nicht kampflos bekommen!

»Hal!«, weckte ich ihn sanft und klopfte ihm die Wange. »Du musst noch einmal trinken. Komm, Junge, runter mit dem Zeug!«

Er machte erst gar nicht die Augen auf. Wie ein Kind schluckte er einfach, was ich ihm einflößte, und ließ sich von mir wieder sanft zurücklegen. Verbittert blickte ich in sein nassgeschwitztes, eingesunkenes Gesicht.

»Wenn du das schaffst, Hal, dann schwöre ich dir: Ich werde dich nie wieder schlagen, und wenn ich noch so wütend bin«, murmelte ich leise vor mich hin. Unsicher, ob ich das Versprechen jemals halten könnte, verfluchte ich im selben Moment meine eigenen Gedanken. Er würde leben, er musste leben!

Nach einer langen Nacht in einer Hängematte neben Hal wachte ich am nächsten Tag auf. In den vergangenen Stunden hätte ich ihn einfach nicht alleine lassen können. Wenn er sterben würde, und ich wäre nicht da? Wieder ergriff mich die Angst mit eiserner Faust.

Die Luft war unangenehm stickig, und ich stürzte an Deck, um die salzige Meeresluft erleichtert tief einzuatmen. Warme Sonnenstrahlen schienen mir ins Gesicht. Selbst der Sturm, der uns seit Tagen gebeutelt hatte, war abgezogen.

Zurück in Hals Kabine erkannte ich mit einem prüfenden Blick in das Gesicht meines Patienten sofort die Veränderung. Hals Lippen waren immer noch blass und trocken, aber das Fieber war gesunken. Ich konnte es gar nicht fassen. Schwerfällig machte er die Augen auf, als ich ihn an der Schulter sachte rüttelte.

»Bin ich schon im Himmel?«, fragte er schläfrig.

»Nein, Hal, dahin wäre ich dir sicher nicht gefolgt«, lachte ich leise und hielt seine Hand, um seinen Puls zu prüfen. Verschlafene grüne Augen starrten mich prüfend an.

»Nein«, sagte er schließlich entschieden. »Wenn du hier bist, bin ich wahrscheinlich in der Hölle gelandet.«

Meine Beine drohten nachzugeben, so erleichtert war ich. Mit einem schwachen Grinsen gab ich ihm einen weiteren Becher Wasser mit drei Teilen von Isaaks Pulver.

»Wie hast du es geschafft, dass ich immer noch hier bin?«

Seine Frage war berechtigt, selbst für mich grenzte sein

Zustand an ein Wunder. Um meine Hände vom Zittern abzuhalten, atmete ich noch einmal tief durch.

»Es war Isaak, der dich gerettet hat. Isaak und sein Pulver.«

»Isaak? Der verrückte Alte?« Hals Erinnerung basierte ausschließlich auf meinen Erzählungen und natürlich den zahllosen Zitaten, die ich ihm immer wieder an den Kopf geworfen hatte.

»Nun ja, ganz so verrückt war er wohl doch nicht.« Kopfschüttelnd verzog ich mein Gesicht, für mich war er ein wichtiger Wegbereiter gewesen. »Er hat dir soeben das Leben gerettet, wenn ich auch nicht weiß, wie.«

»Ich werde ihn in meine Gebete einschließen«, versprach mir Hal, bevor er wieder in einen weitgehend fieberfreien Schlaf fiel. Ein unbeschreibliches Gefühl der Erleichterung erfasste mich, das selbst meine rosa Perlen überflüssig machte. Die Euphorie, die mich ergriff, lichtete den grauen Schatten, der meine Gedanken vernebelt hatte, wie durch Zauberhand, und ich schwor mir, die Rezeptur für Isaaks Wundermittel zu entschlüsseln. Eines Tages …

Wir hatten wieder festen Boden unter den Füßen! Wie seltsam war es, dass der Untergrund, auf dem wir liefen, nicht mehr schwankte. Wie Betrunkene torkelten wir die ersten Schritte auf dem Schiffsanleger. Dafür war der Empfang in Cardiff überwältigend.

Wie vom Blitz getroffen, standen wir kerzengerade, als uns die ersten Töne dieses Instruments in den Ohren schepperten, das wie eine Mischung aus Schalmeien und heulenden Wölfen klang. Gleich mehrere dieser wundersamen, mit Pfeifen gespickten, Säcke wurden von einigen in ihre schönsten Tartans gekleideten Schotten so lange malträtiert, bis eine halbwegs vernünftige Melodie herauskam.

Tatsächlich wusste ich bei diesem Klang nicht, ob ich lachen, weinen oder nur staunen sollte. Die Musik jedenfalls bewirkte bei unseren schottischen Freunden eine seltsame Reaktion. Sie legten ihre rechte Hand aufs Herz und richteten sich auf. Einige wischten sich verstohlen die Augen, andere weinten ungehemmt los.

Sogar Hal war ergriffen, das spürte ich an seiner Haltung. Er stand aufrecht, als hätte ihm dieses verdammte Fleckfieber nicht zugesetzt und seine Geliebte getötet. Er hatte einen seltsamen Blick, den ich noch nie gesehen hatte. Es war eine Mischung aus Hingabe, Stolz und Wehmut, die mich sehr berührte. Als die seltsam klingenden Säcke verstummten, ließ das schottische Empfangskomitee einen Kampfschrei los, der mir durch Mark und Bein ging und mich automatisch zu meiner Waffe greifen ließ. Hal legte seine Hand beruhigend auf meinen Arm.

Wie auf Kommando brüllten hinter mir auf einmal alle Schotten, die aus dem Bauch des Schiffes gequollen waren, ebenfalls auf, als müssten sie damit Dämonen wecken, und stürzten sich auf das Komitee mit den Musikern.

»So schlecht war die Musik nun auch nicht, oder?«, raunte ich Hal unsicher zu, der zum ersten Mal seit Langem wieder lächelte. Während ich Sorge hatte, dass sich die Schotten jeden Moment fürchterlich in die Haare bekämen, entspannte er sich mit seinen vor der Brust verschränkten mächtigen Armen. Mir kam ja schon der dauernde Streit um den *Uisge beatha* lächerlich genug vor, jetzt mussten sich diese Irren auch noch wegen der Musik prügeln. Aber anstatt sich die Fäuste gegenseitig ins Gesicht zu rammen, fielen sie einander in die Arme, schrien durcheinander und weinten.

Fassungslos sah ich ihnen zu. »Ist das eine neue Disziplin?«

Hal lachte jetzt laut auf und schüttelte den Kopf. »Nein, Enja, sie begrüßen sich. Das ist eine Familie, ein Clan, der sich über seine verlorenen Söhne freut.«

Und wie es schien, freute sich einer ganz besonders. Colin hatte sich einem älteren Mann in die Arme geworfen, der ihn so fest in seinen Armen hielt, als wollte er ihn sein Leben lang nicht mehr loslassen. Seine kräftige Figur hatte in etwa die Größe Colins, nur doppelt so dick. Seine Haare waren so kurz geschoren, dass eine Glatze durchschien, und der gestutzte Bart war silberweiß. Immer wieder schüttelte er den großgewachsenen Colin an der Schulter, fasste ihm mit beiden Händen ins Gesicht, schüttelte den Kopf, als könnte er sein Glück nicht begreifen, und hielt ihn schließlich wieder fest umarmt.

Nur langsam erstarb das Treiben im Hafen, und die Menschen kamen zur Besinnung. Auch Colin hatte sich nach der emotionalen Begrüßung wieder im Griff und stellte seinem Vater, den er so lange nicht mehr gesehen hatte, seine hochschwangere Gattin vor. Dann seinen Sohn Alexander und die Schwester seiner Frau, Hannah.

Hal und ich kümmerten uns mit den restlichen Männern derweil um die Tiere, die völlig verstört und entkräftet aus dem Bauch des Schiffes kamen. Zitternd und schwankend mussten auch sie sich an den festen Boden gewöhnen. Schließlich trug Schinschi vorsichtig den Weidekorb mit der kleinen

Rachel über die Brücke, die extra für das Entladen der Tiere breiter als sonst gebaut worden war.

Mir wurde in dem Moment bewusst, dass ich ja auch meine eigene kleine Familie hatte. Rachel hatte ich bereits als meine Tochter angenommen, und Hal war wie ein Bruder für mich. Und irgendwo warteten noch mein Vater und meine Schwester auf meine Rückkehr. Ich blickte unsicher zu den Schotten hinüber, die hier ihre Heimat und ihre Familien wiedergefunden hatten. Wäre es auch bei Hal und mir so, wenn wir eines Tages unsere Familien wiedersähen? Colin winkte mich zu sich heran, und ich gab seinem Vater, der die auffallend grauen Augen seinem Sohn vererbt hatte, die Hand. Der ehemalige Tempelritter hatte ihm wohl schon erzählt, wer ich war.

»Ihr habt meinen Sohn geheilt und ihn und seine Familie wohlbehalten nach Schottland zurückgebracht!« Sein Doppelkinn zitterte aufgeregt, und seine Augen schienen immer noch ein wenig glasig von den aufgekommenen Gefühlen.

»Nun, ich …«, wehrte ich ab, aber ich konnte gar nicht aussprechen.

»Seid versichert«, rief er übertrieben laut, was gar nicht nötig gewesen wäre, denn ich hatte gute Ohren, »der Clan Maxwell und ich als sein Oberhaupt stehen tief in Eurer Schuld. Wir werden alles tun, um diese Schuld zu begleichen!«

»Ich denke …«, setzte ich zum zweiten Mal an, kam aber nicht weiter.

»Lasst uns Euch einladen, damit Ihr Euch von der langen Reise erholen könnt. Ich möchte, dass Ihr uns alles erzählt und unsere Gastfreundschaft genießt!«, rief er in seiner wirklich sehr markanten und lauten Stimme, die jeden seiner Leute und halb Schottland erreichte.

»Das ist sehr freundlich …«, begann ich erneut, aber ich hatte einfach keine Chance.

»Helft, unsere Lasttiere zu satteln und die Kisten aufzuladen, und dann los mit euch müden Hintern«, brüllte er und hieb dabei Colin mit der Hand auf die Schulter, dass es nur so krachte, »wenn ihr Ende dieser Woche nicht bei Muttern seid, hat sie beschlossen zu sterben!«

»Das können wir beim besten Willen nicht zulassen«, räumte Colin lächelnd ein und hustete. Aber sein Vater hatte sich schon umgedreht und war zurück zu seinen Männern geeilt, um jeden Einzelnen in seiner freundlichen Art anzubrüllen. Colin sah mich nur entschuldigend an, und ich zuckte mit den Schultern.

»Macht Euch nichts draus«, erklärte er mir mit einem Augenzwinkern, »ich komme schon seit zwanzig Jahren nicht mehr dazu auszureden.«

»Habt Ihr deshalb beschlossen, Euch den Kreuzfahrern anzuschließen?«, fragte ich nachsichtig.

»Nein«, erwiderte er kopfschüttelnd, »das war seine Idee.« Und er deutete mit dem Daumen in Richtung seines Vaters.

»Und dabei hatte er wohl das letzte laute Wort, nehme ich an?«

Colin nickte nur verschmitzt auf meine Frage.

Was Colins Vater als kleinen Ausflug bezeichnete, bestand aus einem einwöchigen Ritt mit acht Stunden am Tag und nur wenig Pausen. Natürlich war er versessen darauf, Colin zu seiner Mutter zu bringen, die wohl gesundheitlich nicht mehr ganz auf der Höhe war und sich an ihr Leben klammerte, um ihren Sohn noch einmal wiederzusehen.

Als hätte der ganze Trupp mit der Anlandung in England wieder neues Leben inhaliert, bestanden die Stunden bis zum Zielort in der Nähe von Dumfries meist aus den Geschichten rund um Colins Familie und seinen Erlebnissen im Heiligen Land.

Gemeinsam mit Hal kümmerte ich mich um den über hundert Köpfe großen Tross, der nun neben meinen eigenen Leuten auch aus Rodericks Clan bestand. Dabei erfuhr ich von dessen Männern, dass die Nachricht von Colins Heimkehr schon bald nach unserer Ankunft in Tripolis durchgesickert sein musste. Das Nachrichtensystem der Templer funktionierte offenbar recht gut. Daher hatten sie auch schon seit Tagen am Hafen in Cardiff gewartet, um da zu sein, wenn unser Schiff einträfe.

Die Neugier auf beiden Seiten richtete sich nicht nur auf die Geschichten, die sich alle gegenseitig erzählten. Die größte Neugier zog das Rennkamel *Ifreann* auf sich, das alleine schon wegen seines gälischen Namens, der »Hölle« bedeutete, großes Gelächter hervorrief. Colin präsentierte das Tier stolz seinen Männern, die das hässliche Pferd ungläubig studierten. Da es mit seinen behäbigen Bewegungen anscheinend langsamer war als jedes Highlandpony, wurde Sinn und Zweck des Tieres offen diskutiert. Erst als es ein Wettrennen gab zwischen dem schnellsten Pferd der Maxwells und *Ifreann*, hielten sie ihre schottischen vorlauten Mäuler. Selbstredend, dass Hal und ich die Wette gewannen und wir nebenbei ein paar Münzen verdienten. Klugerweise hatte ich ja vor längerer Zeit damit aufgehört, mein Pferd zu verwetten.

Nach dem Rennkamel inspizierten die neugierigen Schotten unsere Pferde, die wir aus Alamut mitgenommen hatten. Die Tiere verdienten sich sofort ihren Respekt. Gerade Taycan spürte seine fachmännische Musterung und schien sich besonders ins Zeug zu legen.

Besonders hofiert wurden die Damen unserer Reisegruppe. Ich vermutete, dass Damen – und besonders exotische – eher Seltenheitswert in den Highlands hatten. Der Aufwand, mit dem die Schotten ihnen auf ihre Pferde halfen oder das Nachtlager bereiteten, hatte schon eine gewisse Komik.

Stets waren mindestens zwei oder mehr Männer zur Stelle, die Schinschis Weidekorb trugen oder das Baby oder die Decken oder das Wasser. Genauso erging es Salome und Hannah. Angenehm fiel mir auf, dass keiner einen Unterschied machte, ob die Frau verheiratet war oder nicht. Gut erzogene Jungs, das musste ich eingestehen!

Nur wenn es um mich ging, klafften die Meinungen weit auseinander. Eine Frau konnte ja kein Krieger sein und ein Krieger keine Frau. Daher ließen mich die meisten – vor allem wegen des offensichtlich ständig schlecht gelaunten Hal neben mir – in Ruhe. Allerdings konnte ich ihre verstohlenen Blicke bemerken, die sie mir zuwarfen. Ein wenig kam ich mir vor wie das Kamel *Ifreann*, mit meinem fremdartigen Aussehen und Auftreten. Sicher musste ich sie erst einmal von mir überzeugen, bevor ich etwas wert war.

Es wäre pure Zeitverschwendung gewesen, sie für meine Kampfkunst zu gewinnen, die ich in der friedlichen Gruppe auch gar nicht anwenden konnte und wollte. Daher entschied ich mich, ihnen auf anderem Weg zu begegnen, für den sie sehr empfänglich waren: den Weg der Musik. Dies kam auch meiner eigenen Neugier entgegen, denn ich wollte diesen Sack mit den daran hängenden Pfeifen unbedingt selbst ausprobieren.

Eines Abends wandte ich mich an die kleine Gruppe Musiker unter den Maxwells, die zu unserem Empfang am Hafen gespielt hatten, und bat sie darum, mir das Instrument zu zeigen. Auf den ersten Blick erkannte ich den unter den Arm geklemmten Tierbalg als Luftsammler, der von einer Pfeife gespeist wurde, mit der nur Luft hineingepumpt wurde. Darüber hinaus existierten eine Spielflöte und zwei Bordunpfeifen, die den mehrstimmigen Ton erzeugten, der mich so faszinierte. In Persien hatte ich bereits ähnliche Exemplare gespielt, aber dort hatten die Bordunpfeifen gefehlt. Die Schotten nannten das Ding passenderweise Sackpfeife, zumindest hatte mir das Hal so übersetzt. Sie erzeugte durch den Blasebalg ständig einen Ton, aber zur Trennung von zwei Tönen gleicher Tonhöhe musste mindestens ein anderer Ton kurz dazwischen gespielt werden, was ein wenig Übung erforderte. Daraus haben sich seltsame Verzierungen an den Pfeifen entwickelt, die technisch halfen, mehrere kurze Zwischentöne zur Trennung von zwei gleichen Tönen einzuschieben.

Mit höchster Konzentration hörte ich mir die geduldigen Erklärungen der Musiker an und zögerte nicht, mir eine der Sackpfeifen unter den Arm zu klemmen. Die Männer lachten schallend über meine ersten Versuche, aber mit Hilfe von einer Hand hier und einer Korrektur da fand ich die richtige Position und erzeugte tatsächlich sehr bald eine brauchbare Melodie.

Hal schien zu ahnen, was ich vorhatte, und nutzte die Gunst der Stunde, um mit seiner arabischen Trommel, die alle für eine schottische *Bodhran* hielten, meinen Klängen zu folgen. An dieser Stelle brauchte es nicht mehr viel, bis die musikbegeisterten Schotten mit den tanzwütigen Persern eine ausgewachsene Feier entfachten.

»Musik überwindet sämtliche Grenzen«, hieß es schon bei den alten Persern, und darüber kamen sich die Männer und Frauen der Reisegruppe schon bald in Freundschaft näher. Die sich angeregt mit Händen und Füßen unterhaltende Truppe hatte die englisch-schottische Grenze schon vor ein paar Stunden hinter sich gelassen. Die Landschaft wandelte sich von rauen Küstenfelsen in weiche grüne Hügel mit hoch in der Reife stehenden Getreidefeldern. Es war ein fruchtbares Land mit dichtem Baumbewuchs und – wie ich verzückt feststellen durfte – mit genug Regen, der dieses Land verwöhnte und überall Seen und Bäche speiste. Ein See reihte sich an den anderen, Wasser und Gras schien es im Überfluss zu geben. Es war, als hätte der Schöpfer dieser Erde in Schottland angefangen, wo er noch alles Wunderbare zur Verfügung hatte. In Arabien war ihm schließlich das Pulver ausgegangen, und er hatte die Wüste erschaffen.

Anders als die Schotten um mich herum, die sich gegen den Regen tief in ihre mit Bienenwachs präparierten Wolldecken hüllten, genoss ich das Gefühl von kühlem Wasser auf meiner Haut, das die Kleidung tränkte und die Haut noch für Stunden feucht hielt. Je nördlicher wir mit unserer Reisegruppe kamen, desto wohler fühlte ich mich. Der Lichteinfall wurde durch die etwas tiefer stehende Sonne am Firmament weniger, und ich musste meine Augen nicht mehr mit einem Tuch bedecken. Insgeheim wurde ich den Gedanken nicht los, dass ich mich meiner ursprünglichen Heimat näherte, und mein Körper reagierte auf diesen Umstand. Jeder Tag brachte mich näher an den Ort, an dem ich entstanden sein musste. Ging es Hal auch so?

Er ritt schweigend neben mir, wie er es immer tat. Seit Indras Tod und seiner eigenen Genesung hatte er nicht viel mit mir gesprochen. Ich spürte seine Trauer in jeder Faser meines Körpers und war froh, ihm wenigstens durch meine Nähe Halt zu geben, wir verstanden uns auch ohne Worte.

Es geschah nach der kurzen Mittagsrast, die uns nur einen Schluck Wasser aus den reinen Quellen dieser Natur und ein paar Bissen getrockneter Fladen mit Hartwurst erlaubte. Für meinen Geschmack war die Wurst etwas zu fettig, aber sie sättigte weit besser als meine getrockneten Früchte. Die gesamte Gruppe bewegte sich gerade in einer lang gezogenen Reihe durch einen Wald, der mit seinem dicken Nadelboden das Hufgetrappel angenehm dämpfte, als wir einen Rauchgeruch bemerkten, der dünn, aber für alle deutlich wahrnehmbar über den Wäldern hing. Die Bäume standen in so dichter und prächtiger Bewachsung in diesem Winkel der Erde, wie ich es noch nie zuvor gesehen hatte.

Immer wieder zog ich die kühle und reine Luft in tiefen Atemzügen durch meine Lungen und spürte, wie jede Zelle meines Körpers auflebte, als wären sie wie durch ein Wunder neu geboren worden. Mit diesem Bedürfnis nach guter Luft war ich auch die Erste, die den seltsamen Brandgeruch bemerkte. Mein Ruf schallte durch den gesamten Trupp bis vor an die Spitze, die von dem Maxwell-Clan angeführt wurde.

Augenblicklich ging ein Ruck durch die schottischen Männer.

Alle blickten in die Richtung meiner ausgestreckten Hand, und tatsächlich zogen leichte Rauchschwaden über das dichte Grün der Bäume hinweg. Schließlich schälte sich eine kleine Gruppe aus dem Tross und ritt abseits, um die Herkunft des Rauchs zu ermitteln. Hal und ich sonderten uns ebenso ab, während Vorkehrungen getroffen wurden, den restlichen Tross zu sammeln. Falls dies eine Falle wäre, sollten die einzelnen Reiter und Pferde nicht zu weit auseinandergezogen sein.

Wir überließen es den restlichen Männern, die Gruppe zu sichern, und schlossen uns Colin und seinem Vater an, die nun mit ernsten Gesichtern Richtung Feuer trabten. Mit der Zeit wurde der Geruch immer intensiver, er vermischte sich mit dem Gestank verbrannten Fleischs, der mir noch aus der Zeit der Kämpfe im Orient so vertraut war. Unheil ahnend, ließen sie die Pferde nun automatisch in den Galopp fallen. Als die Lichtung sich in eine freie Fläche öffnete, war der Blick frei auf eine sanfte Anhöhe, an die sich mehrere Holzhütten schmiegten, deren schwarz verkohlte Gerippe ausgebrannt vor sich hin schwelten.

Wir zügelten die Pferde und sahen uns mit gezückten Waffen nach Feinden oder Überlebenden um. Ohne zu zögern, sprang ich vom Pferd und rannte in die einzelnen Hütten, um nach Überlebenden zu suchen. Aber wer immer hier gewütet hatte, er hatte es gründlich gemacht.

Die Leichen von Frauen und Kindern lagen in den spärlichen Hütten. Aufgedunsen vom Feuer oder in ihren Todesqualen verrenkt, bot sich uns ein Bild des Grauens. Hal und ich hatten schon viel Schreckliches gesehen, Schlachtfelder übersät mit Toten, Verletzten und abgetrennten Körperteilen. Aber der Anblick von toten Frauen und Kindern ging immer noch tief unter eine vernarbte Haut. Die Leichen sprachen eine deutliche Sprache von Wut und Hass. Die wehrlosen Opfer waren nicht einfach nur getötet worden, man hatte sie niedergemetzelt und achtlos liegen gelassen.

»Warum hat man sie so brutal ermordet, Colin?«, brachte ich hervor, als ich vor seinen ebenfalls erschütterten Männern stand. Zutiefst getroffen hob ich meine Arme und deutete auf die vielen Toten um mich herum. Meine Frage war eine einzige Anklage bei so viel sichtbarer Ungerechtigkeit. Colins Gesicht war ebenso zu einer Maske erstarrt wie das seiner Leute, ein Schutz gegen das, was er im Herzen fühlen musste.

»Ich fürchte, die Männer des Dorfes haben die rebellierenden Schotten im Kampf gegen die Engländer unterstützt oder ihnen einfach nur eine Unterkunft bei der Durchreise gegeben.« Colin schluckte sichtbar, seine Stimme brach sich. »Ich hätte nie gedacht, dass die Engländer mit solch einer Wut auf Unschuldige losgehen würden. Sie hatten nicht den Hauch einer Chance …«

Sein Blick ging an mir vorbei, ohne etwas zu sehen.

»Lasst sie uns begraben, es ist das Mindeste, was wir für sie tun können«, krächzte Roderick mit vor Emotionen heiserer Stimme. Keiner der Männer brachte einen Ton heraus, das Grauen hatte ihnen die Sprache verschlagen.

Während einige der Männer vom Haupttrupp ein großes Grab auf dem kleinen Friedhof des Dorfes aushoben, sammelten wir die verstümmelten Leichen ein. Wir zählten achtundzwanzig Erwachsene und vierundfünfzig Kinder, die hier ihr Leben verloren hatten, gnadenlos ermordet von Bewaffneten, die in diesem wehrlosen Dorf gewütet hatten wie Füchse in einem Hühnerstall.

Hals Gesicht ähnelte dem der anderen, erstarrt zu einer Maske, die seine Gefühle nicht preisgab. Anders war das hier nicht zu ertragen. Wir sammelten zuerst alle Leichen am Marktplatz, um sie zu zählen und später zu vergraben, wenn das Loch tief genug wäre. Gerade richtete ich mich von einer Leiche auf, die ich sorgfältig in ein Leinentuch wickelte, als ich einen Laut hörte, der mich erstarren ließ. Hal ließ ebenfalls alles stehen und liegen und griff zu seiner Axt im Gürtel. Er hatte es also auch gehört. Ohne einen Laut deutete ich auf den Brunnen mitten auf dem Dorfplatz neben uns.

Von dort kam ein Wimmern, dann wieder ein Schluchzen. Hal runzelte die Stirn. Wie auf Kommando setzten wir uns beide fast gleichzeitig in Bewegung und stürzten an den Brunnenrand, der aus verwitterten Steinen gemauert war und etwa bis zu meinem Oberschenkel reichte.

»Ist da jemand?«, rief ich besorgt hinunter, und sofort schlug uns ein erneutes Schluchzen entgegen und ein entferntes »Bitte!«, dann wieder haltloses Weinen.

Hal schnappte sich den Kübel, der über dem Zugarm für die Schwenkrolle hing, und half mir, mit einem Fuß in den Eimer zu steigen. Am Seil festgeklammert ließ er mich mit einer Geschwindigkeit in den Schacht hinunter, dass ich befürchten musste, er könnte mein Gewicht auf dem Weg hinab in das Dunkel nicht mehr bremsen. Als ich aber nach oben schrie, die Fahrt zu verlangsamen, spürte ich seine Kraft. Innerlich wappnete ich mich bereits vor dem, was mich dort unten erwartete. Erst als sich meine Augen nach einigen Metern an das Dunkel gewöhnt hatten, erkannte ich den Kopf einer Frau über der Wasseroberfläche, die verzweifelt schluchzte.

»Gebt mir Eure Hand, ich bringe Euch sicher nach oben!«, sprach ich sie vorsichtig an, als ich mit dem Kübel ins Wasser tauchte. Kaltes Wasser umgab mich und tränkte meine Kleider, die mich durch ihr Gewicht unaufhaltsam nach unten ziehen wollten. Wie diese Frau es geschafft hatte, in dieser Kälte an der Wasseroberfläche zu bleiben, war mir ein Rätsel. Verzweiflung gab Menschen oft eine erstaunliche Energie.

Der Brunnenschacht war glitschig und glatt gemauert. Die Tiefe des Grundwassers reichte gerade aus, um den Kopf über Wasser zu halten. Kälte griff nach mir wie eine unsichtbare Hand. Die Frau hier im Wasser kämpfte tapfer. Woher nahm sie nur diese Kraft zu widerstehen?

Mit unendlichem Aufwand drückte sie mir ein Bündel in die Hand und griff verzweifelt meinen Arm.

»Rettet mein Kind, wer Ihr auch seid, ich bitte Euch, rettet mein Kind!«

Ihre Stimme zitterte. Angst, Kälte, Horror, was musste diese arme Frau erlebt haben? Ich konnte nur ihre großen schwarzen Augen erkennen und die nassen Haare, die an ihrem Kopf klebten.

»Ich lasse Euch nicht hier. Weder Euch noch das Kind«, tröstete ich sie. Meine Stimme war sanft. Wirr suchte sie noch immer Halt im Wasser und ruderte mit den Beinen. Mein Arm bekam ihre Taille unter Wasser zu fassen, und ich versicherte mich, dass mein Fuß fest im Eimer verankert war, das Kind im anderen Arm. Das Seil klemmte ich mit meinem Oberarm gegen meinen Oberkörper wie bei einer Sackpfeife.

Ich wusste, Hal würde uns nicht hier unten lassen. Auf mein Kommando zog er am Seil, als ginge es um sein Leben. Als die Seilwinde riss, hatten wir etwa die Hälfte der Strecke zurückgelegt. Wir fielen ein Stück zurück, und ich hielt die Frau und das Kind fest umklammert. Ein verzweifelter Schluchzer drang aus der Kehle der Frau, und trotz meiner Last begann ich, wieder beruhigend auf sie einzureden. Deutlich konnte ich spüren, wie die Männer am Brunnenrand nun mit vereinten Kräften an dem Seil zogen, das sich bereits in seine Einzelteile aufzulösen schien.

Erst als ich das Kind endlich einem der Männer reichen konnte und Hal mir fast den Arm auskugelte bei dem Versuch, mich mitsamt der Frau aus dem Brunnen zu ziehen, wurde mir klar, wie unüberlegt wir die Rettung angegangen waren und wie viel Glück wir dabei gehabt hatten.

Zitternd und fast um ihren Verstand gebracht, lag die junge Frau in Hals Armen, der sie mit seinem Mantel und seinem großen Körper wärmte, so gut es ging. Besorgt sah ich mir das kleine Kind in der Decke an, das seltsam wächsern aussah. Meine schlimmsten Befürchtungen bestätigten sich nicht, als ich einen schwachen Puls auf der schmalen Ader am Hals des Kindes entdeckte. Es war am Leben, aber schwer unterkühlt. Von den Männern ließ ich sofort warme Decken holen und rieb das nackte Kind mit Tüchern trocken. Gleichzeitig stimulierte ich den Kreislauf des kleinen Wesens. Es war ein Mädchen, vielleicht gerade drei Monate alt, und sein kleines Mündchen zitterte bläulich.

Hal brachte die Überlebende zu den Frauen in der Gruppe, die sich um sie kümmerten. Währenddessen wurden die Leichen im Massengrab verscharrt, und Roderick sprach in Ermangelung eines Priesters das Vaterunser. Die Musiker sangen Trauerlieder, um die Toten zu ehren und sich von ihnen zu verabschieden.

Währenddessen kämpfte ich um das Leben der kleinen Sophie. Ihre Mutter, die sich als Moira vorgestellt hatte, war völlig entkräftet eingeschlafen, nachdem sie ihre Geschichte dem Clanoberhaupt erzählt hatte. Sie legte sich erst hin, nachdem ich versichert hatte, dass ich mich um ihr Kind kümmern und alles versuchen würde, es zu retten. Ich empfand eine tiefe Achtung vor dieser Frau, die für Stunden in dem kalten Wasser geschwommen war, aber ihr Kind nicht losgelassen hatte.

Es war eine traurige Stimmung, die uns diesen Abend begleitete. Hal lief immer wieder auf und ab. Ich wusste, er war zutiefst aufgewühlt. Seine Blicke fielen immer wieder auf mich, auf das Kind und auf die schlafende Frau aus dem Brunnen. Sie erzählte uns, dass die Engländer von einem der zahlreichen Überfälle auf die Schotten zurückgekehrt waren. Sie hatten diese Ortschaft von den Männern verlassen vorgefunden und vermuteten sofort einen Zusammenhang. Das alleine war schon Anlass genug, sämtliche Einwohner, Alte, Kranke, Frauen und Kinder niederzumetzeln. Sie brandschatzten, vergewaltigten und mordeten, ihre Wut kannte keine moralischen Grenzen.

Als jemand ihr Kind genommen und es in den Brunnen geworfen hatte, war sie einfach ohne nachzudenken, hinterhergesprungen. Sie hörte noch das Gelächter der Soldaten, aber sie erkannte erst im Brunnen, dass sie mit ihrem Kind dort unten genauso wie alle anderen im Dorf dem Tode geweiht war. Bevor wir sie fanden, waren ein paar Stunden vergangen, und sie hatte sich eigentlich schon so gut wie tot gewähnt.

Wir wärmten und massierten den kleinen Körper, bis endlich wieder Leben in das kleine Mädchen kam, das so tapfer mit seiner Mutter ausgeharrt hatte. Es spuckte, hustete, schluckte und brüllte schließlich so laut, dass uns allen das Herz aufging. Trotz des Todes von so vielen freuten sich alle, dass wenigstens dieses kleine Wesen überlebt hatte. Ein Tropfen in einem riesigen Ozean!

Schinschi zögerte nicht, dem kleinen Baby ihre Brust zu geben, um der Mutter ausreichend Gelegenheit zu bieten, sich zu erholen. Der kleine Mund, der sich beim Anlegen an ihre warme Brust wieder zartrosa färbte, saugte gierig die nährende Muttermilch ein. In diesem Moment war ich so froh um ihre und Rachels Anwesenheit wie noch nie auf dieser Reise. Wir freuten uns, als wäre gerade wieder ein Kind auf die Welt gekommen.

Als spät in der Nacht die erschöpfte Mutter ihr Baby in die Arme nehmen konnte und ihr dabei die Tränen übers Gesicht liefen, machte auch mein Herz einen Satz. In einer Welt voller Brutalität wurde ich nun Zeugin einer so unendlichen Liebe zwischen einer Mutter und ihrem Kind, dass ich mir wie ein Störenfried vorkam. Leise entfernte ich mich daher, um mich neben meinem Pferd schlafen zu legen. Mir wurde klar, dass ich gerade die Wirren und Gräuel eines Landes hinter mir gelassen hatte, um mich Hals über Kopf wieder in ein neues Abenteuer zu stürzen, dessen Ausgang ich noch nicht kannte.

Eines hatten beide Länder gemeinsam: Hier wie da waren es die Schwächsten, die unter Kriegen litten, die sie nicht entfacht hatten. Immer waren es die Herrscher, die ihre Macht auf den Schultern derer ausübten, die sich nicht wehren konnten. In dieser Nacht schlief ich unruhig. Grausam entstellte Kindergesichter huschten wie Geister durch mein überreiztes Gehirn. War ich wach, horchte ich immer wieder auf ein Schluchzen oder Weinen eines Kindes, aber es blieb ruhig. In einem war ich mir heute Nacht wenigstens sicher: Einige der Menschen hier fanden wie ich ebenfalls keine Ruhe.

Wieder wechselte die Landschaft von sanften Hügeln zu von kleinen Felsen zerklüfteten Anhöhen. Scharf grenzten sich dunkle Seen und Bäche von dem üppigen Grün ab, das immer wieder von den hier fast schwarzen Felsen unterbrochen wurde. Die Tiere erklommen einen steilen Abhang, bevor wir auf der anderen Seite mit einem atemberaubenden Blick über ein riesiges Tal belohnt wurden, das von hohen Bergen umsäumt war. Sie waren nicht besonders hoch, jedenfalls nicht so hoch wie im Orient, aber doch so, dass nur noch wildes Gestrüpp und zähe Kiefern in den höheren Lagen wuchsen. Dort oben spürten wir auch die Kälte, die Frauen und Kinder wie Espenlaub zittern ließ, bevor wir wieder in das wärmere Tal hinunterstiegen. Nicht selten stolperten die schwer beladenen Lasttiere über die rauen Trampelpfade, welche die breiten Feldwege der Lowlands ablösten. Wir waren in Colins Heimat, den Highlands angekommen. Und die Schönheit dieses Fleckchens Erde nahm mir fast den Atem!

Es sollte der letzte Tag unserer Reise sein, versprach mir Roderick, der mir ständig versicherte, wie willkommen wir auf seinem Land seien und dass wir so lange bleiben durften, wie wir wollten. Je mehr ich von diesem Land sah, desto intensiver spürte ich die Wildheit und raue Herzlichkeit dieser Menschen. Nun verstand ich den Stolz auf ihre Herkunft. Die Highlands brachten einen besonderen Schlag Mensch hervor, und in Roderick fand ich ein Prachtexemplar dieser Gattung, auch wenn er schwerhörig war. Immer wieder schweifte mein Blick von der beeindruckenden Landschaft zu dem massigen Mann auf seinem Highlandpony, der seinen einzigen Sohn zu den Templern geschickt und seinen Bruder im Kampf verloren hatte. Speiste sich dieses Urvertrauen und der Glaube an diesen einen Gott aus den endlosen Weiten dieser einzigartigen Natur? Ich begann, diese Menschen zu mögen.

Bevor wir die Burg der Maxwells erreichten, hielten wir an einer Anhöhe, die einen wunderbaren Blick auf eine Ruine mitten in einem See gewährte. Nicht dass es die erste wäre, die ich sah, aber es waren Überreste einer besonders eindrucksvollen Burg, die sich hier mitten im Wasser einst erhaben und stolz emporgereckt haben musste. Immerhin hatten ihre drei Türme bis heute überdauert.

Colin und sein Vater entdeckten mich in meinen Gedanken versunken, und ich wartete, bis sie zu mir aufgerückt waren. Sie erklärten mir geduldig, was es mit diesem Gemäuer auf sich hatte.

»Es war die Burg meiner Ahnen«, sprach Roderick laut und vernehmlich, »und sie war drei Jahrhunderte lang in ihrem Besitz. Schon früh stellten sie sich auf die Seite der Schotten und erzürnten damit die Engländer. Kämpfe und Belagerungen waren an der Tagesordnung. Bis vor einem Jahr trotzten die mächtigen Mauern von Caerlaverock sämtlichen Angriffen unbeschadet. Mein Bruder, der damalige Lord von Caerlaverock, Eustace Maxwell, konnte den Engländern immerhin drei

Monate standhalten, bis sie es endlich schafften, die Burgmauern niederzureißen und seine Mannen aufzureiben. Sie hängten ihn und sein Gefolge dort an den Burgmauern auf.« Mit seinem ausgestreckten Arm zeigte er auf den besagten Turm, der immer noch kraftvoll in den Himmel ragte. »Als sein rechtmäßiger Erbe und neuer Laird des Clans Maxwell habe ich beschlossen, meine eigene Burg nicht weit von hier zum Hauptsitz meines Clans umzubauen. Caerlaverock konnte einfach nicht schnell genug wieder zu einer sicheren Festung umgebaut werden, bevor der Winter kam.« Roderick zog sich den Helm vom Kopf, um ein wenig zu verschnaufen. Dabei wischte er sich mit dem Ärmel den Schweiß von der Glatze. Seine grauen Augen ruhten traurig an den Überresten der einst so stolzen Burg und des Wohnsitzes der Maxwells.

»Ich musste die verbliebenen Maxwells schnellstmöglich wieder einigen und ihnen Schutz bieten«, verteidigte er seltsam leise seinen Entschluss. Betrübt senkte er den Kopf, um ihn gleich wieder zu erheben. »Eines Tages«, setzte er unvermittelt laut an, und der alte, raue Maxwell kam wieder zum Vorschein, »eines Tages werde ich Caerlaverock wieder zu seinem alten Glanz verhelfen, das habe ich mir geschworen.«

»Nun, vielleicht kann ich Euch dabei helfen«, entfuhr es mir, ohne nachzudenken. Mein Blick war fasziniert auf die hoch aufragenden Türme gerichtet, die immer noch majestätisch über dem spiegelglatten See thronten wie die Zeugen einer anderen, besseren Welt. Irgendetwas zog mich wie ein unwiderstehlicher Sog in dieses Gebäude: Es war ein Gefühl der Verbundenheit. Ich suchte eine Heimat, und diese Ruine suchte neue Bewohner.

»Was meint Ihr damit?«, fragte Colin. Sein Vater hatte den

Blick unverwandt auf die malerische Ruine inmitten des Sees gerichtet.

»Nun«, begann ich zaghaft, »wir sind immerhin fast achtzig Leute mit allem, was dazugehört. Schließlich müssen wir uns ja irgendwo niederlassen, wenn wir nicht als Nomaden leben wollen.«

Colin blickte mich prüfend von der Seite an. »Dann seid Ihr gewillt, in Schottland zu bleiben?«

»Fürs Erste«, gab ich zögerlich zu und ließ meinen Blick schweifen, »gefällt mir Euer Land sehr gut, das Wasser ist reichlich, die Wiesen sind satt und die Menschen hier ausgezehrt von Krieg und Entbehrungen. Ich bin sicher, wir können diesem Land viel geben, so wie das Land uns.«

Colin lächelte und seufzte, seinen Arm hatte er locker über den Sattel seines Kamels vor sich gelegt. »Wisst Ihr, Enja«, sagte er mit einem Schmunzeln, »als ich Euch das erste Mal sah, dachte ich tatsächlich, Ihr wärt ein Ausbund des Teufels.« Dieser Gedanke schien ihn zu amüsieren, und er schüttelte den Kopf, als wäre ihm dies immer noch peinlich. »Doch dann hattet Ihr so viel Anteil daran, dass meine Familie und ich hier in Schottland wohlbehalten ankamen.« Mit einem Mal wurde der ehemalige Templer ernst, und er blickte mir zuversichtlich ins Gesicht. »Ich bin sicher, wir können einen Wiederaufbau Caerlaverocks mit Eurer Hilfe schaffen. Wenn überhaupt, dann mit Euch!«

Seine Worte berührten mich sehr, es war so viel mehr als nur Dankbarkeit. Es war Respekt und Ehrfurcht vor dem, was wir gemeinsam erreicht hatten. Und er würde mir helfen, meine Leute hier anzusiedeln. Ich spürte, wie sich Hal neben mir kerzengerade im Sattel aufrichtete.

»Dann möchtest du also hierbleiben?«, fragte er ungläubig in seiner heiseren Stimme. Mit einer kleinen Kopfdrehung sah ich in seine erstaunten Augen und nickte.

»Wie gesagt, fürs Erste. Ich bin des Reisens müde, und wir haben hier etwas gefunden, das uns willkommen heißt. Kannst du es nicht spüren?«

Hal blickte sich um, in die müden Gesichter unserer Leute, die der Schotten und schließlich zu mir. In seinen Augen sah ich, wie sich die Farben der Highlands in allen Grüntönen spiegelten. Ganz langsam nickte er. Er schien meine Gedanken zu erfassen.

»Dann soll es so sein«, sagte er fast erleichtert. »*Inshallah*!«

Keine fünf Meilen von der Wasserburg entfernt erhob sich die mächtige Trutzburg der Maxwells. Ein kriegerisches Gebäude, das einzig und allein dem Zweck diente, seine Bewohner zu verteidigen. Innerhalb des Burghofs stand noch eine ganze Menge mehr an Maxwell-Kriegern, um uns zu begrüßen. Mir wurde anhand der zahlreichen und waffentechnisch gut ausgestatteten Männer klar, dass Laird Roderick ein sehr kriegerischer Schotte war, der keine Auseinandersetzung scheute. Alleine die Tatsache, dass er sich nicht zu schade war, sich mit einem so mächtigen König wie Edward anzulegen, war Beweis genug, wie sehr er von seiner Wehrhaftigkeit überzeugt war. Ja, er begann mir wirklich sympathisch zu werden.

Die Ankunft von Colin wurde hier noch einmal ganz anders aufgenommen. Frauen, Mägde, Kinder und Angestellte begrüßten den weitgereisten Sohn des Lairds und seine Familie mit einer Herzlichkeit, die ich bis jetzt nur aus den orientalischen Ländern kannte. Dort war die Familie heilig, und so schien sie es hier auch zu sein. Colin musste alle persönlich begrüßen und umarmen, und er ließ es zu, dass die Kinder seiner Schwägerin und sein eigenes von allen verhätschelt wurden. Sein schwerster Gang aber war der zu seiner gebrechlichen Mutter, die anscheinend jede Minute seiner Abwesenheit gezählt hatte.

Mit gutem Grund entschuldigte er sich schließlich, um nach ihr zu sehen und um ihr seine Familie vorzustellen. Als besondere Gäste durften Hal und ich in der Burg bleiben, während die Maxwells unsere Leute, die Tiere und das meiste unseres Reisegepäcks in den Hütten um die Burg herum verteilten. Die zahlreichen Säcke mit dem Proviant, die Waffen und Kleider, Werkzeuge und Felle waren so vor Feuchtigkeit geschützt, während die Kisten mit den wertvollen Pergamenten, Teppichen und dem Gold aus Alamut in die unterirdischen Kammern tief im Schutz der Burg gebracht wurden.

Schinschi und die kleine Rachel, inzwischen fast acht Monate alt, fanden ebenfalls Platz in meiner Kammer, die bequem noch einen weiteren Gast beherbergen konnte, wenn es sein musste. Anscheinend hatten sie mir die größte Kammer in der Maxwell-Burg gegeben. Es war ein Akt von Gastfreundlichkeit der Schotten, dem selbst Menschen im Orient Respekt gezollt hätten. Jedenfalls ließen sie es an nichts fehlen.

Rachel liebte es mittlerweile, jede Möglichkeit zu nutzen, sich auf ihre stämmigen Beinchen hochzuziehen und auf ihnen die Welt zu erkunden. Drei wackelige Schritte schaffte sie schon, bevor sie wieder auf ihren dicken, von den Stoffwindeln gepolsterten Hintern plumpste. Diese Zeit der Eroberung war schön, aber auch anstrengend. In Rachels Welt gab es kaum etwas, das sie nicht mit ihren Fingern oder dem Mund erkunden wollte. Ihr niedlicher schwarzer Lockenkopf verführte jeden, ihr einmal durchs Haar zu streichen, und ihr Lächeln bezauberte die Menschen, die ihr so wohlgesonnen waren.

Die junge Moira mit der kleinen Sophie fand Zuflucht in einer der Hütten bei einer alleinlebenden Frau, die ihren Mann verloren hatte. Wie sich herausstellte, war Moira sogar mit dem zweiten Kind schwanger und würde bald noch ein Geschwisterchen für Sophie bekommen.

Zu dieser Zeit herrschte eine hohe Rate an Frauensterblichkeit, so erklärte mir Roderick lautstark, da in den unsicheren Zeiten kein Heiler weit und breit zu finden war. Gute Heiler blieben im Schutz der Städte wie Edinburgh oder Berwick. Früher waren sie von den Clans mit viel Geld angeworben worden. Doch der letzte Heiler, der feige Hund, hatte ihm vor Angst sein Geld vor die Füße geworfen und war ohne einen Blick zurück, abgehauen. Bei dieser Geschichte ließ er wieder sein schallendes Gelächter los, das bis in den hintersten Winkel der Burg zu hören war. Für seine Hilfe beim Wiederaufbau von Caerlaverock sicherte ich ihm jederzeit ärztliche Hilfe zu, worüber er sich besonders freute.

Die brauchte er auch schon bald, denn bei Salome kündigten sich die Wehen an. Fast schien es, als hätte das Baby gerade so lange abgewartet, bis wir angekommen waren, und wollte dann aber auch möglichst schnell die neue Welt sehen, die wir gerade erst erreicht hatten. Zwischen den ersten leichten Wehen bis zur Geburt vergingen gerade mal drei Stunden, und der zweite Sohn des jungen Paares erblickte mit staunenden Augen das Licht einer Welt, in der er sich noch einen Platz erkämpfen musste.

Die Freude im Hause Maxwell war unbändig. Der so ungestüme und manchmal fast brutale Roderick zerfloss in Gegenwart seiner Enkel regelrecht wie Honig und wurde mit dem Baby im Arm zum sanften Riesen. Salome und Colin stimmten für den Namen des ermordeten Onkels Eustace, und Roderick rannte gerührt erst einmal aus der Tür, um aller Welt zuzurufen, dass sich die Engländer warm anziehen sollen, denn ein zweiter Eustace sei auf der Welt! Während ich mir die Ohren zuhielt, war ich mir sicher, König Edward im weiten London fiele vor Schreck aus seinem Bett.

Salome hatte während ihrer zweiten Schwangerschaft mehr Gewicht verloren als zugenommen, und ich bat Colin, dem es seit seiner Magenkur wieder wesentlich besser ging, seiner Frau nun eine Pause zu gönnen von allem, was ihr in den letzten Monaten Sorge bereitet hatte. Frauen, so wusste ich, waren in der Lage, bis zum letzten Augenblick zu kämpfen, und merkten selbst nicht, wie erschöpft sie eigentlich waren. Ihre dunklen Augenringe verrieten mir, was sie selbst nie zugegeben hätte.

Der stolze Vater versprach es mir hoch und heilig, nahm das frischgeborene Bündel Mensch an sich und ging damit vor die Tür. Fragend blickte ich ihm nach, und er entschuldigte sich mit einem verlegenen Schulterzucken, als er mein Gesicht sah: »Grandma wollte ihren Enkel sehen, sie hat ihren

Tod mal wieder nach hinten verschoben, bis das Kleine da war.« Sein jugendliches Grinsen heischte nach Verständnis, die grauen Augen blinzelten mir zu. Aber ich hatte noch einiges zu tun und würde anstelle von Colin der jungen Mutter Gesellschaft leisten.

Die zarte Salome lag blass auf dem großen Bett, trotz der leichten Geburt war ihr Körper erschöpft. Gedankenverloren räumte ich meine Utensilien auf und reinigte die medizinischen Instrumente. Es war ein kleines Wunder, dass Eustace so gesund auf die Welt gekommen war. Viele andere Frauen hätten ihr Kind unter den Umständen verloren und sogar dazu ihr eigenes Leben. Sie war wirklich eine tapfere und mutige junge Frau.

Kaum hatte ich meine Tasche gepackt, wurde ich bereits wieder nach oben zu Colins Mutter gerufen. Wie von Colin erst noch im Scherz angekündigt, hatte sie vor, an diesem Tag zu sterben. Dies weckte meine ernsten Zweifel. Noch nie hatte ich gehört, dass ein Mensch seinen eigenen Tod bestimmte. Aber anscheinend hatte Sinneadh Maxwell, eine waschechte Irin, nicht nur ihre Familie, sondern selbst den Tod im festen Griff.

Tatsächlich verstarb sie kurze Zeit nach meinem Eintreffen mit einem Lächeln im Gesicht und hinterließ eine festgefügte Familie, die an diesem Tag mit einem neuen Leben gesegnet wurde. Wäre die Familie Maxwell nicht so streng gläubig gewesen, hätte ich von einer echten Seelenwanderung gesprochen.

Aus meinen Studien in Hassans Bibliothek war mir aber noch der Satz des römischen Rhetorikers Aulus Gellius lebendig vor Augen: *Veritas temporis filia est* – die Wahrheit ist eine Tochter der Zeit. So hielt ich diesmal entgegen meiner sonstigen Gewohnheit meinen Mund und stand der Familie in Freud und Leid bei, das wie immer so nah beieinander lag.

Kapitel 5

Burgh by Sands im Juli 1307

»So ein hausgemachter Schwachsinn!«

Diesen Satz durfte ich mir nun schon zum gefühlt fünfzigsten Mal von Hal anhören, dem ich gerne zum gefühlt fünfzigsten Mal dafür die Faust in sein tätowiertes Gesicht rammen würde. Stattdessen biss ich mir auf die Zunge und verkniff mir einen Kommentar. Irgendwie hatte er ja auch recht. Meine Entscheidung war vielleicht egoistisch und wenig vernunftgesteuert. Aber ich wäre nicht dort, wo ich heute bin, hätte ich immer meinen Verstand entscheiden lassen.

»Risiken muss man eingehen«, schleuderte ich Hal patzig entgegen, »sonst kommt man im Leben nicht weiter!«

Genau genommen war es purer Wahnsinn, mich in die Höhle des Löwen zu begeben, nachdem wir Jahre damit verbracht hatten, eben diesen Löwen nicht in unsere Nähe zu lassen.

Wir befanden uns auf dem Weg zu jenem Mann, der mir unter all meinen Feinden wohl am meisten den Tod wünschte: König Edward von England. Die spektakuläre Flucht direkt vom Schafott in London, die Ermordung eines englischen Barons auf geheiligtem Boden, die vernichtende Niederlage in Caerleverock … Sicherlich saß ihm das wie eine Kröte im Schlund. Und wer weiß, vielleicht wusste er sogar von meiner Rettung des schottischen Königs vor dem sicheren Gifttod?

Edward hatte gewichtige Gründe, mir den Garaus zu machen, und ich nahm es ihm nicht einmal übel.

Mir wäre nie der Gedanke gekommen, ihm einen Besuch abzustatten, hätte Edwards Reichsverweser nicht meine Pflicht als Medicus heraufbeschworen. Angeblich war der englische König auf dem Weg nach Schottland schwer erkrankt, und seine engsten Berater fanden mich als angesehene Heilerin geeignet, alle Hoffnungen in meine Hände zu legen. Ich musste Hal recht geben, das war ein ganz heißes Eisen …

»Du weißt genau, warum ich das mache, Hal! Hör endlich auf mit deinen Vorwürfen!«, wehrte ich trotzdem seine Bedenken ab. Wie bei allem hatte ich meine ganz eigenen Gründe für dieses waghalsige Unternehmen. Trotzdem hatte ich mein Vorhaben auf dünnem Eis gebaut. Was würden die Engländer mit uns machen, wenn der König sterben sollte? Ich hatte keine Ahnung, wie schwer er erkrankt war, seine Gesandten hatten uns nur erzählt, dass er schon seit Wochen bettlägerig sei und immer schwächer werde. Sein angegriffener Gesundheitszustand hatte Edward bisher nicht davon abgehalten, einen Feldzug gegen seinen schottischen Widersacher König Robert zu führen. Ein schwerer Rückfall traf ihn nun besonders hart. Mitten in seinen außenpolitischen Verstrickungen und einem harten Gegenkurs seiner Parlamentsbarone ließ ihn sein königlicher Körper im Stich. Ein kampferprobter, stattlicher Mann wurde Opfer seiner eigenen Senilität. Wie alt war Edward nun? Weit über sechzig, schätzte ich und dachte daran, wo ich ihn zuletzt gesehen hatte, im Tower of London. Sein Gesicht war damals schon gezeichnet gewesen von einem intensiven Leben. Die Schwierigkeiten seiner angeborenen Aufgabe meisterte er erfolgreich, aber es forderte seinen Tribut. Schon so oft war der zähe Kämpfer dem Tod auf Augenhöhe begegnet, ihm aber immer wieder von der Schippe gesprungen. Vielleicht auch diesmal?

Wenn ich es schaffte, ihn wieder auf die langen Beine zu stellen, würde meine Belohnung die sein, die ich mir immer erhofft hatte: Meine Ländereien würden mir endlich offiziell überschrieben werden und mein Titel als Prinzessin Enja I-Shabbah ibn Hassan I-Shabbah vom englischen König anerkannt. Mein Herz jubilierte bei dem Gedanken. Ich konnte mein Glück kaum fassen.

Dabei hatte ich meine Versuche, die Burg Caerlaverock auch offiziell mein Eigen zu nennen, nach dem letzten der zahlreichen englischen Angriffe schon aufgegeben. Der schottische König Robert mochte mir vielleicht gewogen sein, aber er befand sich auf der Flucht und hätte für mein Ansinnen sicher kein Gehör. Für eine Frau war es ein fruchtloses Begehren, eigenen Besitz in diesen patriarchischen Zeiten zu erlangen. Deswegen zu heiraten, widerstrebte all meinen Überzeugungen und war deshalb ausgeschlossen. Trotzdem ergriff ich jeden sich bietenden Strohhalm. Und diese Reise hier war eine jener Gelegenheiten. Für meine Entscheidung holte ein verschnupfter Hal alle verfügbaren Flüche heraus und schlug sie mir um die Ohren. Sogar ein paar aus seiner Muttersprache *Gailige* hatte er parat, weil sich sonst der Vorrat erschöpfte.

Sollte er doch …

Ich erhöhte den Schenkeldruck und ließ Taycan näher zum Vordermann aufschließen. Wir ritten in einer Gruppe von vier englischen Rittern und acht Soldaten. Die Ritter befanden sich vor mir und die Soldaten hinter uns. Damit wussten wir uns einzuordnen. Die Gruppe vermied es aus Vorsicht, die Hauptstraßen zu verlassen, und benutzte auch nicht den kürzeren Seeweg. Die Seezunge konnte eine Fähre in weniger als einer Stunde überbrücken, doch sie war auch ein beliebtes Ziel für schottische Piraten. Unsere Gruppe nahm lieber einige Stunden mehr in Kauf, um die Bucht zu umreiten und nach Carlisle zu gelangen. In der Nähe der kleinen Stadt lagerte das Heer mit dem kranken König. Die Angst vor den Angriffen der Schotten aus dem Hinterhalt saß tief bei unseren Mitreitern und rang mir das eine oder andere Lächeln ab. Kaum ein Schotte käme wohl auf die Idee, unseren Trupp anzugreifen. Aber sollten sie ruhig schwitzen, viel Mitleid hatte ich nicht.

Als vor knapp einer Woche die zwei englischen Würdenträger mit einer weißen Fahne am Ufer des kleinen Sees gestanden hatten, der Caerlaverock umgab, hatte ich zuerst an einen bösen Scherz geglaubt. Über die Burgzinnen hinweg hatte ich mir daher ihre Bitte angehört, die noch heute wie Honig in meinem Kopf klang.

»Mein Name ist John Langton«, stellte sich der Erste der gutgekleideten Herren mit lauter Stimme vor, »Reichsverweser des Königs von England, Edward. Ich bin hier, um Euch zu bitten, den König umgehend aufzusuchen. Er leidet an einer unbekannten Krankheit und entsandte mich, Euch zu holen.«

Mir war tatsächlich die Spucke weggeblieben. Der König von England schickte nach *mir*? Dann musste er wirklich sehr krank sein. Vielleicht war er auf seine alten Tage auch einfach nur vernebelt geworden?

»Ich bin dem König von England nichts schuldig!«, warf ich der kleinen Gruppe verächtlich entgegen. Ich dachte nicht im

Traum daran, sie in einer höflichen Geste hereinzubitten, egal, wie viele Tage sie schon unterwegs waren. »Sucht Euch einen anderen Heiler«, rief ich genervt von der Zinne herunter, »es gibt genug davon!«

Angewidert wollte ich mich wegdrehen, als sich der zweite Mann neben Langton zu Wort meldete. Seinem Gewand nach zu urteilen war es ein Geistlicher, die Haube auf dem Kopf hätte ich einem Bischof zugeordnet. Nicht die Sorte Mensch, die ich besonders schätzte.

»Erlaubt mir, mich vorzustellen!«, hatte der Geistliche in einem Ton gerufen, der keine Widerrede erlaubte. »Ich bin Erzbischof William Greensfield und habe persönlich mit dem König gesprochen. Er hat Lord Langton und mich ausgeschickt, um Euch zu ihm zu begleiten. Uns ist bewusst, dass Ihr dem englischen König feindlich gesinnt seid. Aber wir sind in seinem Namen befugt, uns darüber mit Euch auseinanderzusetzen. Vor allem auch die Belehnungsfrage von Caerlaverock könnte mit dieser Unterredung ein für alle Mal geklärt werden. Ich bin sicher, dass sich König Edward für eine Genesung erkenntlich zeigt.«

Das traf natürlich einen Nerv bei mir. Vor Aufregung spürte ich meine Halsvene pulsieren. Würde ich ihn heilen können, wäre Caerlaverock dann endlich mein?

Nun gut, sprach ich mir zu, diesmal würde ich mir nichts mehr vormachen lassen. Versprechungen alleine genügten mir nicht mehr. Diese beiden sollten an ihren eigenen wohlbekleideten Leibern merken, dass ich mich nicht mehr an der Nase herumführen ließ.

»Setzt über, aber lasst Euer Gefolge zurück!«, rief ich zum gegenüberliegenden Ufer hinüber. Gleichzeitig nickte ich den wachhabenden Wärtern zu, das Tor zu öffnen. Vielleicht war das meine Chance? Meine einzige, wie es schien.

Die beiden hatten noch gezögert, als hätten sie nicht den Mut, mir ohne ihre Soldaten gegenüberzutreten. Schließlich hatten sie sich doch in die kleine Fähre gesetzt, die ein Esel mit einem Seil über ein Drehkreuz zu unserem Haupttor zog. Ich hatte Ihnen keine Wahl gelassen, wenn sie mich zu ihrem König bringen wollten. Allein diese Willfährigkeit hatte mir gezeigt, dass es um den englischen König nicht gut bestellt war. Hätte er sonst einen solchen Aufwand betrieben, um mich zu holen? Anscheinend hatten sämtliche königlichen Ärzte versagt, was mir zeigte, dass ich mit dem Tod persönlich verhandeln musste.

Aymer de Valence strich sich mit einer Hand über seine müden Augen. Sein Knappe hatte ihm eine Schüssel mit kaltem Wasser besorgt, in dem er sich sein verschwitztes Gesicht waschen konnte. So war es ihm gelungen, sich ein wenig zu erfrischen von den langen Stunden des Ausharrens. Sein Bart fing an zu jucken, und er ertappte sich bei einer gewissen Vorfreude, diesen ein für alle Mal loszuwerden. Seit Tagen war er Edward nicht von der Seite gewichen. Sein Zustand war besorgniserregend, und das mitten in einer Kampagne gegen die Schotten! Gerade jetzt, während sich das englische Volk ausgehungert von jahrelanger Misswirtschaft aufbäumte und sich die Barone im Zwist von Thronfolger und König um Macht und Rang in den Haaren lagen, zeigte Edward, der Hammer der Schotten, körperliche Schwäche. Mal war es eine ausgeprägte Müdigkeit, dann nahm ihm eine schwache

Lunge den Atem. Sein König, der stets mit einer wohlbekannten Unnachgiebigkeit, Beharrlichkeit und grenzenloser Energie regierte, wirkte in den letzten Tagen entkräftet. Sein Blick war matt, und das Feuer, das in seinen Augen brannte, war verschwunden. Nun schlief er endlich den Schlaf der Gerechten, und Aymer hatte Zeit, sich auf sich selbst zu besinnen.

Verbittert nahm er das Leinentuch, das ihm der Knappe nun reichte, und wischte sich damit das nasse Gesicht mit den Seifenresten ab. Er sah die Wahrheit in klaren Fakten direkt vor sich, aber es war schwer, sie zu akzeptieren. Der König würde wohl sterben, wenn nicht ein Wunder geschähe, dachte er bitter und betrachtete die kleine Gruppe Reiter, die am späten Abend die Anhöhe heruntergekommen waren, vor der sich das kleine Örtchen Burgh of Sands schützend gestellt hatte. Das Heer der Engländer hatte vor wenigen Tagen erst die etwas größere Stadt Carlisle hinter sich gelassen. Der Proviant der großen Kampfschar konnte nur notdürftig aufgestockt werden, denn die Bewohner hatten selbst kaum Nahrungsmittel. Der vermaledeite Winter war hart gewesen, und das Getreide war vom schwarzen Pilz befallen, bevor es geerntet werden konnte. Unmut schlug den englischen Soldaten allerorten entgegen, da half es auch nichts, dass der König selbst auf diesem Feldzug unterwegs war.

Die Kirche, die wohl die ersten Siedler hier aus grobem Sandstein erbaut hatten, war die höchste Erhebung neben den kleinen Hütten aus Stein, Lehm und Schilf. Auf den fruchtbaren Feldern, die vom Fluss Eden gespeist wurden, der diesen Teil des Landes in einem Bogen durchquerte, hatte sich das Heer des englischen Königs niedergelassen. In nur wenigen Tagen hatten Mensch und Tier dieses Stück Land in eine Morastwüste verwandelt. Der Zugang zum Fluss war fest in der Hand der vielen Handlanger, welche die hungrigen Soldaten mit Vieh und Waffen versorgten. Den Siedlern hier blieb nichts anderes übrig, als ihre karge Ernte zu vergessen und den vielen Menschen zur Hand zu gehen, um sich über Wasser zu halten. Seit Wochen schon zwang der anhaltend schlechte Gesundheitszustand den Befehlshaber des königlichen Heeres, Aymer de Valence zum Stillstand. Ein Umstand, der ihm gar nicht schmeckte.

Missmutig sah er daher dem Medicus entgegen, der dort mit Langton und Greensfield entlang geritten kam. Enja von Caerlaverock! Bei diesem Namen musste er verächtlich ausspucken. Die Barbarenprinzessin, die sich als Kriegerin aufspielte! Und jetzt kam sie, um Edward noch seinen letzten Todesstoß zu geben. Aymers Magen schmerzte, und er rieb sich den Bauch. Er konnte nichts tun, als sie gewähren zu lassen. Dabei wusste er genau, dass sie mit den Schotten kooperierte. Diese Frau war wie ein Geschwür, das jetzt in seinem Magen tobte. Er war ihr nie begegnet, aber die Geschichten über sie waren so dreist, die mussten erfunden sein. Angeblich konnte sie von einem Augenblick zum anderen in Gebäuden verschwinden, die eigentlich nicht zugänglich waren. Es hieß, sie töte lautlos mit Gift, ihrem Dolch oder auch nur mit der Hand. Sie beherrsche das Feuer wie ein Dompteur ein wildes Tier. Bei Gott dem Allmächtigen, das konnte doch alles nicht stimmen!

Der königliche Leibarzt und er selbst waren strikt dagegen gewesen, diese Furie ins Lager zu holen. Die Worte Scharlatanin und Ketzerin fielen nicht nur einmal in der hitzigen

Debatte. Aber der Erzbischof und Langton setzten sich durch. Und Langton als eingesetzter Testamentsvollstrecker hatte mit seinem Status als ranghöchster Beamter am englischen Hof die stärkeren Argumente. Ohne zu zögern, machten sich die beiden mit einer Eskorte auf den Weg, um das Weib zu holen. Die beiden Würdenträger waren mit allen Rechten ausgestattet und durften auch mit dem Versprechen einer möglichen Belehnungsübergabe den Willen der Rebellin brechen. Beim Anblick der ankommenden Gruppe sah es für ihn so aus, als hätte sie überzeugt werden können. Auch Weiber waren scheinbar nicht von der menschlichen Gier gefeit, Besitz anzureichern!, schoss es ihm grimmig durch den Kopf.

Aymer de Valence stapfte die wenigen Schritte zurück in das Zelt, in dem der schwache Körper des einst so gefürchteten Despoten in seinem Siechbett lag. Es sah nicht gut aus für das Oberhaupt des englischen Volkes. Schon wieder schwebte diese schwarze Wolke über Aymer, die ihn in den letzten Monaten so oft begleitet hatte. Eine Wolke voll von dunklen Gedanken über das Schicksal seines Standes und das seiner Familie. Was würde nur passieren, wenn der König in diesen Tagen stürbe? Dessen schwacher Sohn Edward, der sich erst vor Kurzem wieder mit seinem Vater zerstritten hatte, war weder Manns noch ehrgeizig genug, um als ernsthafter Gegner der Schotten zu gelten. Bereits im Sommer letzten Jahres war der König zum ersten Mal schwer erkrankt und hatte sich noch nicht von den Folgen erholt. In Carlisle hatte Sir Aymer bereits die Truppen für den großen Feldzug gegen die Schotten gesammelt, die Antwort auf zwei Niederlagen unter seiner und Sir Ralph de Monthermers Führung. Der langjährige König hatte damals getobt und befohlen, mit einer verstärkten Armee sofort dagegen zu halten. Aber sein geschwächter Körper hatte die Strapazen einer Reise nicht durchgehalten. Jetzt lag er in einem Dämmerschlaf, den der Leibarzt mit einem starken Trunk herbeigeführt hatte, um seine Kräfte zu schonen. Der Druck auf der englischen Seite, mit gleicher Härte zurückzuschlagen, war zu viel für den alten Mann.

Ein Blick auf das Bett des Monarchen verriet ihm, dass er daraus auch noch nicht erwacht war. Seine Hoffnungen schwanden mit jedem Tag.

De Valence musste zugeben, dass Robert Bruce ein genialer Stratege war, ein furchtloser Kämpfer und ein harter Gegner. Damals in Methven hätte er ihn ausradieren können, ihn und seine verrückten Schotten. Die Ernennung von Bruce und seinen Anhängern zu rechtlosen Hochverrätern setzten die ritterlichen Gesetze außer Kraft. In der Nacht und ohne Vorwarnung überrannte er in einem verheerenden Gemetzel das Lager der Schotten. Fast dreitausend Mann waren hilflos unter den Schwertern seiner Soldaten gestorben. Aber Gott musste ihm beigestanden haben, denn Bruce hatte sich mit ein paar seiner windigen Gesellen aus dem Staub gemacht. Jetzt saß de Valence diese schottische Laus im Pelz.

Edwards Sohn sollte in wenigen Tagen mit einem größeren Heer eintreffen. Damit wären sie bereit für eine Schlacht, die endgültig einen Schlussstrich ziehen sollte unter das Kapitel der Rebellion. Jetzt musste nur noch der König wieder gesund werden, verflucht! Wütend knüllte er das Leinentuch zusammen und warf es auf einen Stuhl neben dem Bett. Die Wucht war so groß, dass der Stuhl hintenüberfiel. Aber selbst dieser Lärm schien die unbewegliche Person unter der Bettdecke nicht wecken zu können.

Draußen hörte er Pferdegetrappel und Stimmen der angekündigten Besucher. Das Klirren der Sporen und der Eisenteile eines Pferdegeschirrs war deutlich zu hören. Quietschendes Leder ließ ihn ahnen, dass die Besucher nun abstiegen. Es war keine weite Reise, mit einer Fähre ließe sich die Strecke fast um die Hälfte verkürzen. Aber eine Fähre war ein perfektes Ziel für einen Hinterhalt. Schottische Piraten patroullierten vor den Küsten. Sie wären wie die Rosinen in einem Kuchen begehrte Opfer. Von Caerlaverock war es kein Tagesritt bis hierher, daher hatte der Bischoff den Landweg genommen.

Etwas störte ihn ganz gewaltig an der ganzen Geschichte. Aymers angeborenes Misstrauen schlug jetzt mit voller Härte zu. Wie naheliegend, eine schottische Heilerin ausgerechnet aus der Hochburg der Rebellion ins englische Lager zu holen. War es vielleicht auch noch eine Falle? Hatten die Schotten den König über Monate vergiftet, um ihn in diese Situation zu bringen? Seine Phantasie spielte verrückt. Nur mit Mühe schaffte er es, seine Gedanken wieder unter Kontrolle zu bekommen.

Er würde sich von diesem gottverdammten Frauenzimmer nicht an der Nase herumführen lassen! Wenn sie den König retten konnte, sollte es gut sein, ihre Ansprüche konnte sie sich sonst wohin schrauben, diese Barbarin! Wut schoss durch seine Adern. Wut auf diese Frau und die ganze Situation. Sollte dieses Weibstück den Tod des Königs nicht verhindern können oder gar durch irgendwelches Teufelszeug beschleunigen, würde er sie eigenhändig töten. Egal, was dieser hochnäsige Reichsverweser dazu meinte. Er hatte nämlich keine Angst vor diesem Dämon …

Die Vorhänge des königlichen Zeltes wurden plötzlich zurückgeschlagen, und mit dem dünnen Licht eines verregneten Sommerabends trat eine Figur hindurch, eingehüllt in einem schwarzen Umhang. Die Kapuze war tief über das Gesicht gezogen, so dass er im ersten Moment überhaupt nichts von dem Gesicht der großgewachsenen Frau sehen konnte. Ihr folgte eine weitere, wesentlich massigere Gestalt. Weder eine Decke noch einen Mantel hüllten den Oberkörper des Hünen ein. Das mit schwarzen Bemalungen durchzogene Gesicht des Kriegers verhieß wenig Humor. Vermutlich war er ihr Leibwächter, der ihn nun aus stechenden grünen Augen anstarrte. Vielleicht würde sich das Beseitigen dieser Frau als schwieriger herausstellen, als er angenommen hatte. Aymer konnte nur hoffen, dass sie ihre Aufgabe als Heilerin ernst nahm.

Erst jetzt fiel sein Blick auf das Gesicht der Frau, die nun ihre Kapuze nach hinten geschoben hatte. Sie musterte ihn ihrerseits mit einer Mischung aus Neugierde und Kalkül. Die Kerzen beschienen das fahle Gesicht mit der milchig weißen Haut, was die Augen in ihren Höhlen dunkel glitzern ließ. Ihre hellen Haare waren sorgfältig am Hinterkopf zusammengesteckt und wurden von einer silbernen Haarnadel an Ort und Stelle gehalten. Irgendetwas sagte ihm, dass sie ihn nun genauso abschätzend musterte wie er zuvor den Mann an ihrer Seite. Hatte sie ähnliche Gedanken?

Ihre unerwartete Schönheit ließ ihn kurz um Atem ringen. Ebenmäßige Züge, fein geschwungene Augenbrauen und lange Wimpern wurden von einem sinnlichen Mund vervollständigt. Dabei war sie sich ihrer Wirkung wohl nicht bewusst, denn sie lächelte ein wenig unsicher.

Donnerwetter! Aymer de Valence war ein gestandenes Mannsbild und hatte seine weiblichen Bewunderer. Mitunter nahm er sich auch die Freiheit, dies auszukosten, aber für solch eine Frau hätte er sich sogar mit anderen Männern geschlagen. Peinlich berührt über seine eigene Unbeherrschtheit machte er einen Diener und stellte sich etwas linkisch vor.

»Aymer de Valance! Seid gegrüßt, mh … Mylady!«

Hatte sie denn einen Titel? Vorsichtshalber sprach er sie so an, wie es jeder Frau von Stand gebührte. Ihr Blick streifte mit Fachkenntnis seinen Waffenrock, und er spürte ihn förmlich auf seiner Haut brennen, bevor sie ihm ihre Hand entgegenstreckte.

»Enja von Caerlaverock!«, kam es selbstbewusst. Automatisch zuckte seine rechte Hand nach vorne, um dem Gruß ihrer Hand entgegenzukommen. »Seid Ihr verwandt mit William de Valence?«

Die Frage erwischte ihn auf dem falschen Fuß. Aymer de Valence wusste ziemlich genau, warum sie ihn fragte, aber mit ihrer unverblümten Art hatte sie ihn etwas aus der Fassung gebracht.

»Meint Ihr meinen Vater?«, gab er scheinheilig zurück, denn auch sein Vater hieß William.

Er sah eine ihrer dunklen Augenbrauen leicht nach oben gehen, und sie ließ seine Hand so schnell los, als hätte sie sich verbrannt.

»Nein«, kam es zögerlich, »der William, den ich meinte, ist wohl jünger.«

Sie hatte William de Valence gemeint, seinen Cousin. Ein prahlerischer Geck, der sich selbst den Beinamen ›der Tapfere‹ gegeben hatte. Aus welchem Grund, das wusste Aymer nicht.

»Es gibt noch einen anderen William de Valence. Ein Verwandter zweiten Grades«, log er unsicher. Irgendwie wollte er sich selbst nicht mit diesem Mann in Verbindung bringen, obwohl er seinen Namen teilte. »Habt Ihr ihn denn getroffen?«, gab er die Frage zurück und prüfte damit ihre eigene Aufrichtigkeit.

De Valence wusste, dass die beiden schon einmal aufeinandergetroffen waren. William hatte es ihm vor ein paar Jahren selbst erzählt, und wieder zweifelte er an dem Wahrheitsgehalt dieser übernatürlichen Vorgänge. Sie hätte sich in einen Drachen verwandelt, der Tod und Verderben wie Feuer aus seinem Maul spuckte.

Sie legte den Kopf schief, und ihre Augen schienen die seinen festzuhalten. Erst jetzt bemerkte er erstaunt, dass sie genauso groß war wie er. Dabei war er kein kleiner Mann, nur mit etwas kürzeren Beinen versehen als die meisten anderen. Dazu waren sie ein wenig krumm, ein Umstand, den viele Ritter durch die Kindheit im Sattel teilten.

Jetzt schüttelte sie leicht den Kopf, die Lippen verzogen sich zu einem kalten Lächeln. »Nur flüchtig …«, deutete sie vage an, als würde sie sich selbst kaum an ein solches Treffen erinnern.

»Aber Ihr kennt seinen Namen?«, hakte der englische Ritter nach.

»Ja, er hatte ihn mir genannt, und ich werde ihn nicht vergessen.«

Irgendwie klang es wie eine Drohung. Es bereitete ihm leises Unbehagen, in welche Richtung diese seltsame Unterhaltung führte. Aber was gingen ihn schon die Probleme seines Cousins an? Er hatte hier ein ganz anderes, das viel gewichtiger war.

»Könnt Ihr ihm helfen?«, verwies er jetzt mit dem Kinn auf das Bett und die Heilerin auf ihre Aufgabe, für die er sie eigentlich hatte holen lassen.

Jetzt erst schien die Frau das Bündel Mensch wahrzunehmen, das unter den vielen warmen Decken eingehüllt lag. Für einen Augenblick war es völlig still in diesem großen Zelt, das für einen König angemessen war, aber eigentlich viel zu groß, um sich zu erwärmen. Nur das Feuer im Feuerkorb prasselte, und die Scheite rutschten nach. Ansonsten war es gespenstisch ruhig in dem von schweren Webteppichen gedämpften Raum, als hätte jemand die Zeit angehalten. Die Bettdecke, die sich über den Oberkörper des Königs spannte, bewegte sich nur leicht auf und ab, die gleichmäßigen Züge eines Schlafenden.

Die Frau in dem langen Kapuzenumhang straffte ihre Schultern, wie um sich für das Unvermeidliche zu wappnen, und schritt langsam an das massive Bett heran, das von vier großen Kerzenleuchtern erhellt wurde, an jedem der vier Bettpfosten, die den schweren Baldachin hielten, einer. Der mächtige Krieger mit den wuchtigen Äxten im Gürtel blieb unaufgefordert am Eingang stehen. Ein erfahrener Krieger, bemerkte de Valence grimmig. So hatte er den Eingang im Blick und konnte rechtzeitig eingreifen, falls sich jemand unerlaubt Zugang verschaffte. Gleichzeitig war er dem Feind nahe genug, um mit wenigen Schritten auch ihn auszuschalten. Als erfahrener Ritter spürte de Valence förmlich die Gefahr, die von diesem Mann ausging. Vielleicht war er auch derjenige, der an all diesen wilden Geschichten schuld war, die von Enjas angeblichen Attentaten an den Lagerfeuern erzählt wurden. Ihre Erscheinung war schon recht ungewöhnlich, das musste er zugeben. Aber recht deutlich hatte sich in ihm der Eindruck verstärkt, dass diese Frau aus Fleisch und Blut war. Das Geblöke seiner Soldaten um ihre Schreckenstaten verstummte recht schnell innerhalb dieses Zeltes.

Er erinnerte sich noch sehr genau, dass sein Cousin William nach seiner Begegnung mit Lady Enja von der fürchterlichsten Schreckensgestalt sprach, die er je gesehen hatte. Aus dem Maul eines Dämons entsprungen hätte sie mit brennenden Augen auf einem feuerspuckenden Drachen gesessen. Der edle Ritter hatte Reißaus genommen, bevor sie ihn mit ihren teuflischen Blicken verhexen konnte. Die Wahrheit war, William hatte sich seit dieser verhängnisvollen Begegnung nicht mehr aus dem Londoner Königshof herausgewagt, als fürchtete er, dass sie kommen und sich holen könnte, was sie ihm angedroht hatte: seine Seele.

Etwas an Williams Erzählungen schien nicht zu stimmen. Lediglich das schwarze Kreuz in der Mitte ihrer Stirn stimmte mit seinen Schilderungen überein. Ansonsten erschien sie ihm genauso gefährlich wie jede andere attraktive Dame, die einem Mann unter die Haut kroch. Sie wusste genau, was sie tat, und jede ihrer Bewegungen war wohl überlegt. Diese Frau war gefährlich, gefährlich schön! Aymer ahnte plötzlich, dass seine patriotische Überzeugung in den nächsten Tagen auf eine harte Probe gestellt werden würde.

Der Anblick des Mannes, der mit seinen Männern das lagernde Heer der Schotten bei Methven beinahe ausradiert hatte und später von Bruce immer wieder empfindlich getroffen worden war, versetzte mir einen echten Schock. Bullig und untersetzt, mit kurzen, stämmigen Beinen und Schultern wie ein Rammbock, stand Aymer de Valence wie ein kleiner Zwilling meines Gefährten Hal vor mir. Es waren weniger die körperlichen Eigenschaften als vielmehr sein durchdringender Blick, der mir in die Eingeweide fuhr. Er war kein Mann, der sich vor irgendetwas fürchtete. Ein Bulle, der Wände einriss und ganze Heere überrannte. Er war Oberbefehlshaber der besten Kavallerie der Welt, eines Berufsheers des englischen Königs, das ganze Ritterscharen heranzüchtete. Seine Verwandtschaft mit William de Valence war mir ganz spontan in den Sinn gekommen. Ich hätte mich ohrfeigen können, aber die Frage nach William war mir so herausgerutscht. Der Name de Valence löste in mir immer Erinnerungen an die junge Emma aus, die so qualvoll an einem vernichtenden Schlag von William de Valences Morgenstern gegen ihre Brust sterben musste. Die tapfere Kriegerin hatte sich ganz alleine ihm und seinen Männern entgegengestellt, um meine Pferde vor seinem Angriff zu schützen. Bis heute war es mir nicht vergönnt gewesen, den Tod von Emma zu rächen. Mein erster Versuch war kläglich in einem Zweikampf mit de Valence gescheitert und hatte mit einem fürchterlichen Schwertstich in den Bauch geendet, der mich fast das Leben gekostet hatte.

Bis heute hatte ich nicht herausfinden können, wo sich der Mann aufhielt. Als würde er sehr genau spüren, dass eine zweite Begegnung mit mir tödlich enden könnte. Mit einem

Lächeln spielte ich diese für mich so wichtige Information herunter. Ich wollte dem englischen General nicht das Gefühl geben, dass ich tatsächlich nach seinem Verwandten suchte wie die Stecknadel im Heuhaufen. Wie gut, dass er mich recht schnell von diesem Thema ablenkte und mir den König vorstellte, der reglos in dem viel zu großen Bett schlief. Fast verloren wirkte er unter der Decke. Unvorstellbar, mit welcher Härte dieser Mann den Kampf gegen die schottische Rebellion führte. Dabei hatte er nicht einmal das Recht dazu, die Freiheitskämpfer als Rebellen zu bezeichnen, da er das Land einfach annektiert hatte, ohne zum König gewählt worden zu sein. Ein unverzeihlicher Fehler!

Vorsichtig näherte ich mich der rechten Seite, bis ich plötzlich dem älteren Mann in der typischen Kleidung eines Leibarztes auf der anderen Seite des Bettes gewahr wurde. Aus meinem Blickwinkel am Eingang des Zeltes war mir seine Anwesenheit verborgen geblieben. Der Vertraute des Königs hatte mich wohl die ganze Zeit nicht aus den Augen gelassen und schien erst jetzt zu bemerken, dass er sich nicht vorgestellt hatte. Seine hellen Augen blickten pflichtschuldig, als er mich mit einer kurzen Verbeugung begrüßte.

»Entschuldigt meine späte Aufmerksamkeit«, sprach er mit einem Akzent, den ich nicht kannte, »mein Name ist Gotfrid von Colon, ich bin der Leibarzt des Königs.« Mir wurde einmal mehr klar, dass ich in diesem Raum bis auf Hal keinen Fürsprecher hatte, der mir den Tod des Königs verzeihen würde. Meine Aufgabe gestaltete sich zunehmend schwierig. Und wenn ich mir diesen Medicus so ansah, würden mir auch meine Tricks mit Isaaks Lebenselexieren kaum weiterhelfen.

Ein Blick auf den Todgeweihten hob meine Stimmung auch nicht wirklich. Vielleicht hatte Hal doch recht gehabt, und ich wollte die Wahrheit mal wieder nicht sehen. Meine Sturheit brachte mich immer wieder in verzwickte Situationen. Die Zunge in meinem Mund wurde plötzlich trocken, und ich zog meinen schweren Umhang aus, um mich vor der aufwallenden Hitze zu wappnen.

Wie sich bei meiner späteren Untersuchung herausstellte, war er bereits im Sommer letzten Jahres schwer erkrankt und hatte es nicht richtig auskuriert. Scheinbar war seine Geduld im Krankenbett so knapp bemessen wie seine Nachsicht mit den Schotten. Gotfrid war mir nicht unsympathisch. Seine lange Amtszeit wies ihn bereits als erfahrenen Medicus aus, die Zeit im Orient und seine Offenheit für Heilpflanzen brachten uns einander näher, als es mir recht war. In seiner Vorstellung erzählte er einiges von seiner Geschichte, als wäre es ihm wichtig, dass ich als Kollegin davon wüsste.

Tatsächlich stellte sich heraus, dass Gotfrid bereits den damals noch jungen Prinzen Edward Plantagenet auf seinem Kreuzzug nach Jerusalem begleitet hatte. Als er von einem Assassinen mit einem vergifteten Dolch verletzt wurde, schaffte er es, das Gift aus der Wunde zu saugen, bevor es wirken konnte. Damit rettete er dem späteren König wohl das Leben, davon abgesehen, dass dies sein Beruf war. Trotzdem hatte er das Vertrauen des damals noch jungen Königssprosses für immer gewonnen. Daran musste ich mich heute messen lassen, und mir war, als würde ich gegen meinen alten Lehrmeister Isaak antreten, um das Mittel für die ewige Jugend zu finden.

Mir war sehr danach zumute, über meine eigene Torheit die Augen zu verdrehen, aber ich hatte dieses gefährliche

Spiel angefangen und würde es auch zu Ende bringen. Nicht umsonst hatte ich mit dem Rechtsverweser Langton und dem Erzbischof Greenfields in den letzten drei Tagen in Caerlaverock auf Teufel-komm-raus verhandelt. Mir war klar, dass ich ein großes Risiko einging. Würde der König in meiner Anwesenheit sterben, wäre ich dem Tod geweiht. Als Erzfeindin Englands musste ich mir ein Pfand nehmen, das meine Rückkehr gewährleistete. Ein Pfand, das mein Leben und das von Hal aufwog. Sollte es mir gelingen, den König wieder für ein paar Tage oder sogar Wochen zu mobilisieren, wäre ich meinem Traum so nahe wie schon lange nicht mehr. Das war die Kraft, die mich bei diesem Unterfangen vorwärts peitschte.

Meine Burg, die mir einst von dem Clan der Maxwells als Zeichen ihrer Dankbarkeit an mich übergeben wurde, würde mir endlich überschrieben werden, und mein Titel als Lady of Caerlaverock wäre rechtens. Vielleicht ließ mich die Aussicht auf solch ein unerhörtes Verlangen in meiner Zielsetzung etwas übermütig werden. Aber ich bestand auf einem vorgefertigten schriftlichen Erlass, den die Beteiligten Langton, Greenfields und ich gemeinsam unterschrieben. Mit der noch fehlenden Unterschrift des Königs, die ich ihm persönlich abringen würde, hatte dieser Erlass Rechtsgültigkeit.

Den beiden Kontrahenten hatte der Schweiß auf der Stirn gestanden, als ich nach drei Tagen zähen Verhandlungen endlich den gemeinsamen Vertrag unterschreiben konnte. Erzbischof Greenfields blieb als Pfand gegen mein eigenes und Hals Leben und als Gast in Caerlaverock zurück. Hal, Reichsverweser Langton und ich brachen mit den meisten Begleitern am nächsten Morgen auf, um den Patienten aufzusuchen. Mir war nicht klar, ob die Engländer während unserer Verhandlung mehr Angst hatten, Edward zu verlieren, oder ich, meine vielleicht einzige Chance auf Belehnung dahinsiechen zu sehen. Aber im Gegensatz zu Hal war ich positiv gestimmt gewesen, den alten Regenten noch einmal auf eine gesunde Herzfrequenz zu bekommen. Zumindest so lange, bis ich mit dem Vertrag aus dem englischen Lager entkommen wäre.

Jetzt im Zelt des Königs war ich mir plötzlich nicht mehr so sicher. Gotfrid von Colon war ein überaus gut geschulter Medicus mit langer Erfahrung. Streng beobachtete er jede meiner Handlungen. Erst sehr misstrauisch, denn in seinen Augen war ich eine ausgemachte Scharlatanin. Später gestand er mir, dass ich trotz meines Geschlechtes doch einiges von meinem Handwerk verstand. Seitdem versuchte er, herauszubekommen, wer mich mein Wissen gelehrt hatte, und es ergaben sich höchst sinnvolle Gespräche, die ich mit einem männlichen Kollegen meiner Zunft noch nie geführt hatte. Mein Wissen über Pflanzen und Tiergifte weckte seine Neugier genauso wie die Gabe von Opiaten, mit denen er aus seiner Zeit der Kreuzzüge zu tun hatte. Allerdings fehlten ihm die nötigen Basisstoffe und die Pflanzen, um damit zu experimentieren.

König Edward, so verriet mir Gotfrid schließlich im Vertrauen, leide an einer Herzschwäche, die er sich wohl aufgrund der schweren Infektion vor einem Jahr zugezogen habe. Schweres Fieber könne selbst bei einem gesunden Herzen zu irreparablen Schäden führen und bringe sogar junge Menschen dazu, infolge eines Herzschlags zu sterben. Das musste mir der Hofarzt nicht mehr beibringen. Bei Edward bemerkte ich zwar noch einen kräftigen Herzschlag, aber er kommt nicht mehr so regelmäßig, wie es sich bei einem gesunden Menschen anhörte. Eigentlich bräuchte er viel Ruhe und schon gar nicht den Stress eines wütenden Rachefeldzugs gegen seinen Lieblingsfeind. Mit Gotfrid konnte ich solch ein Gespräch führen, aber nicht mit dem kränklichen alten Despoten, dessen Arzt ich nun war.

Aymer de Valence hatte sich nach einem offensichtlichen Zeichen Gotfrids, dass er uns alleine lassen konnte, zurückgezogen. Hier im Zelt waren jetzt nur noch die Bediensteten und die Jünglinge, die immer wieder mal ein paar Strophen sangen oder sich sonst wie unnütz betätigten. Machtmenschen schienen sich gerne mit solchen Personen zu umgeben. Sie dienten doch nur dem Zweck der Unterhaltung auf einer sehr mittelmäßigen Ebene. Selten fand ich in solcherlei Gefolge eine interessante Persönlichkeit. Wie erfrischend, jemandem wie Gotfried darunter zu begegnen.

Mit meiner brisanten Aufgabe vor mir blendete ich jetzt die anderen Personen in diesem Zelt aus und sammelte mich für das, was ich nun tun musste. Mein ursprünglicher Plan, ihn mit Opiaten ruhig zu stellen, ging nicht auf. Gotfrid kannte die Wirkung und wusste um die Reaktion. Edward hatte keine Schmerzen, er war nur müde und antriebslos. Außerdem schien er aus seinem Tiefschlaf nicht herauszukommen, ich musste ihm also etwas verabreichen, das ihn für kurze Zeit aus seinem gerechten Schlaf holte. Sicherlich musste es etwas sein, was sein Herz beschleunigte, auch auf die Gefahr hin, dass es vielleicht nach ein paar Tagen endgültig zu schlagen aufhörte. Doch bis dahin wollte ich schon lange wieder zurück in Caerlaverock sein und meinen Teil der Abmachung erfüllt haben. Die kalte Berechnung, die mir Hal stets vorwarf, war hier von großer politischer Bedeutung.

»Mein lieber Gotfrid«, flötete ich dem alten Herrn leise ins Ohr, »die einzige Chance ist wohl die Gabe einer Medizin, die mir mein alter Meister vor vielen Jahren einmal als Wundermittel angepriesen hatte. Sie enthält Wirkstoffe, die das Herz wieder antreiben und dem Körper die bösen Säfte entzieht, die sich im Fleisch ansammeln. Der König muss aus dem Schlaf erwachen und sich mit gesundem Essen stärken. Wenn wir das nicht schaffen, wird er uns irgendwann für immer entschlafen.«

Interessiert blickte mich der alte Arzt mit seinen hellen Augen an. Er nickte nur unmerklich, er fand sich wohl durch meine Aussage bestätigt. Ein Lächeln schlich sich sogar in sein Gesicht, wobei sich die Haut um seine Augen in endlose Falten legte. Die helle Iris, die bei ihm ohne Übergang in den gelblich verfärbten Augapfel überging, ließ das Schwarz der Pupille fast stechend wirken. Der gute alte Gotfrid war noch bei völlig klarem Verstand. Dabei war er sicher schon jenseits der achtzig Sommer. König Edward dagegen war noch einiges jünger, denn er hatte erst sein achtundsechzigstes Lebensjahr erreicht, versicherte mir der Arzt. Ein stolzes Alter und höchste Zeit abzutreten, fand ich.

»Morgen früh werde ich ihm diese seltene Medizin geben. Ein sehr potentes Mittel, aber vielleicht nach der Einnahme nicht ganz ungefährlich«, warnte ich, um die kommende Katastrophe schon vorwegzunehmen. Das würde dann Gotfrids Problem sein, nicht mehr meins, führte ich den Gedanken zu Ende und verabschiedete mich für die Nacht.

Gotfrid hatte sich vielleicht vom ersten Tag mehr erhofft, aber ich würde mir noch eine Nacht gönnen, um über meine Entscheidung nachzudenken. So ganz sicher war ich mir bei diesem Experiment tatsächlich nicht, auch wenn ich es mir nicht ansehen ließ. Isaak verabreichte das Teufelszeug damals einem altersschwachen Ziegenbock, um die Wirkung abzuschätzen. Wir mussten das Tier festzurren, um ihn davon abzuhalten, sämtliche jungen Ziegen zu besteigen. Fast drei Tage hindurch war das Tier wie vom Teufel besessen. Schaum bildete sich vor seinem Mund, und die Augen drehten sich in alle Richtungen. Seinen absehbaren Tod empfanden wir schließlich eher als Erlösung. Wobei er nicht an Herzversagen starb, sondern an dem Strick, den er sich in seinen endlosen Kreisen so um den Hals gewickelt hatte, dass er sich selbst erdrosselte. Irgendwie war ich mir nicht so sicher, was diese Droge bei einem ausgewachsenen Mann bewirken würde. Aber vielleicht sollte ich vorsichtshalber mit einem Dolch bereitstehen. Sie hatten uns zwar alle Waffen bei unserer Ankunft abgenommen, aber der kleine Silberdolch, der mein Haar in einem Knoten zusammenhielt, würde seine Dienste tun.

An diesem Abend saßen Hal und ich zusammen an einem Feuer, über dem wir unser eigenes Hartbrot backen konnten. Der Lärm eines umtriebigen Heerlagers umgab uns. Die meisten Geräusche blendete ich aus, denn sonst fand ich keinen Schlaf. Den Teig und etwas Suppe dazu hatte uns der Koch großzügig als Zeichen englischer Gastfreundschaft überlassen. Wir legten die weichen Schlingen des Sauerteigs um ein paar Zweige und ließen sie über der Glut ausbacken. Ein Geruch von frischem Brot lag über dem Lager und weckte meinen Hunger. Meine Laune vermieste mir nur mein Freund Hal, der mir einmal mehr vorwarf, mein Amt als Medicus für meine Zwecke zu missbrauchen. Das tat mir weh, denn mein Ansinnen war auch als Sicherheit für meinen

Clan gedacht und dafür würde ich meine rechte Hand geben. Wir saßen ein wenig abseits der Zelte, unsere Wachen hatten den Anstand, sich ein wenig weiter weg aufzustellen. Wir waren zwar Gäste, aber frei bewegen durften wir uns nicht. Unsere Unterhaltung fand daher auch in einem sehr leisen, aber bestimmten Tonfall statt.

»Ich helfe dem Erzfeind der Schotten weiterzuleben, damit ich endlich die Chance bekomme, meine Burg mein Eigen nennen zu dürfen!«, sagte ich ihm ohne Umschweife ins Gesicht, woraufhin er nur unwillig die Arme vor sich verschränkte.

»Du hilfst einem englischen König!«, wiederholte er stur. »Als Assassine solltest du ihn abstechen. Er wollte dich immerhin hinrichten lassen! Wer weiß, wie viele unserer Landsleute er noch töten wird!«, zischte er mir leise entgegen, schließlich befanden wir uns mitten im Feindeslager. »Wer weiß, ob die uns beide überhaupt noch hier rauslassen!«

War Hal schon immer so ein Pessimist gewesen? Noch hatten wir den Erzbischof als Pfand in Caerleverock. Würde dieser Greenfields ausreichen gegen mein Leben und das von Hal? Immerhin war er ein Erzbischof.

»Lass mich das machen, Hal, vertrau mir!«, brummte ich hinter vorgehaltener Hand, nahm eine Brotschlinge vom Ast und warf diesen anschließend zurück ins Feuer. »So wie immer, Hal.«

»So wie immer!« Er schnaubte entsetzt. »Das macht mir ja gerade so viel Kopfzerbrechen. Herrgott, was hast du dir nur dabei gedacht …« Jetzt stützte er seinen Kopf in seine Hände, als wäre er verzweifelt.

Das frisch gebackene Brot schmeckte mir jedenfalls besser

als Hals Pessimismus. Ich riss mir ein großes Stück ab, tauchte es in die kräftige Suppe, die hier überall an den Feuern in großen Kesseln garte, und schluckte es genüsslich herunter.

In dieser Nacht blieb es ruhig in der Zeltstadt. Ich steckte wie Hal in einer warmen Decke, die ich neben dem Feuer ausgebreitet hatte. Im Juli waren die Nächte meist mild, klar und trocken. Die Sterne funkelten wie Diamanten über uns am Nachthimmel, mal mehr, mal weniger dicht aneinander. Der Mond hatte sich halbiert und zog in einem Halbkreis an uns vorbei. Entgegen meinen Sorgen schlief ich tief und ruhig neben meinem Kameraden, der den Gedanken an Schlaf einfach ausgeblendet hatte. Er schien nicht viel Vertrauen in meine Heilkünste zu haben.

Am frühen Morgen wurde ich plötzlich von einem Geräusch geweckt, das ich erst einem Tier zugeordnet hatte, bevor ich richtig wach war. Es war der Schrei eines weiblichen Kauzes.

Kuwitt, Kuwitt! Mit einem Ruck der Erkenntnis war ich auf einmal hellwach. Dieser Schrei war unser Zeichen, wenn wir uns im Dunkeln zu erkennen geben wollten. Jemand aus meinem Clan war hier, mitten im Zeltlager, das nur so wimmelte von Engländern! Meine Gedanken schnellten sofort zu meiner Burg. Irgendetwas musste zu Hause passiert sein …

Ich richtete mich leicht auf, nur um zu sehen, dass Hal es ebenfalls gehört hatte. Er drehte seinen Kopf in meine Richtung. Ich musste ihm nicht erst sagen, was der Ruf zu bedeuten hatte. Meine Augen erfassten plötzlich eine Bewegung.

An einem der erleuchteten Zelte bewegte sich im Schutz der Schatten eine dunkle Gestalt vorbei. Sie war nicht groß, eher zierlich und hob nun zögernd eine Hand, als sie mich erkannte. Sie durfte nicht zu nah ans glimmende Feuer kommen, sonst könnte sie entdeckt werden. Ich wickelte mich daher aus der Decke und gab vor, eine geeignete Stelle als Toilette zu suchen. Mit einer Geste bedeutete ich Hal, liegen zu bleiben, um kein Aufsehen zu erregen. Mit der Gestalt verschwand ich zusammen im Schatten der Proviantwagen, die zwischen jedem Zelt aufgestellt worden waren.

»Was machst du hier, Joana!«, stieß ich atemlos aus und packte sie etwas rau am Arm. Die Anwesenheit meiner Kriegerin löste Unbehagen aus. Sie musste einen guten Grund gehabt haben, das Risiko einer Entdeckung einzugehen. Durch den Griff an ihren Ärmel bemerkte ich erst jetzt, dass ihre Kleidung schweißnass war. Ihr Atem ging immer noch schnell, als hätte sie eine große Anstrengung hinter sich.

»Es tut mir leid, Lady Enja«, keuchte sie, »Euer Pfand, der Erzbischof Greensfield, er ist heute aus Caerlaverock entkommen!«

Diese Hiobsbotschaft traf mich bis ins Mark.

»Dann war es ein abgekartetes Spiel!«, zischte ich wütend, mein Griff wurde so fest, dass sie ihren Arm schmerzerfüllt zurückzog. Joana war ein gutes Stück kleiner als ich und wog gerade mal die Hälfte. Sie hatte Angst vor mir, das wurde mir plötzlich klar. Ich versuchte, mich zu beruhigen.

»Erzähl mir, was passiert ist«, flüsterte ich drängend. Meine Stimme klang nun weicher. Joana rieb sich erst den Arm und strich dann die verschwitzten Haare aus dem Gesicht.

»Seine Begleiter und der Erzbischof hatten so getan, als

würden sie sich nach dem Mittagsmahl in ihre Gemächer zurückziehen«, setzte sie schließlich an. »Sie sagten, sie würden jetzt ruhen und vor dem Abendmahl nicht aus ihren Zimmern kommen. Es war nicht lange nach dem Mittagsgebet, die zweite Schicht hatte gerade ihren Dienst angetreten, als sich das Haupttor öffnete und die kleine Truppe sich mit der Fähre davonmachte.«

Ihre Stimme wurde immer leiser, und meine Wut verschleierte wieder meine Sinne.

»Wieso hat die Wache sie nicht aufgehalten?«, quetschte ich zwischen meinen Zähnen hindurch. Selbst im Dunkeln spürte ich ihr Unbehagen. Mein Puls klopfte in meinem Hals.

»Sie hatten sie sehr wohl bemerkt, aber sie konnten nichts tun.«

»Sie taten nichts?«, fragte ich ungläubig nach. Wofür hatte ich diese Meute zu Kriegern ausgebildet!

»Nein«, jammerte sie, »sie hatten eine Geisel dabei!«

An diesem Punkt erfasste mich pures Entsetzen.

»Wen?«, würgte ich panisch heraus.

In der anbrechenden Morgendämmerung hielt ich mein Gesicht ganz nah an Joanas. Ich konnte ihre Angst und ihren Schweiß riechen.

»Ra… Rachel«, stotterte sie, und mein Entsetzen wich einer gleißenden Wut. Meine eigene Tochter Rachel! Damit hatten sie ein Pfand in der Hand, das sogar den englischen König aufwog.

Zitternd schloss ich kurz die Augen und zwang mich, ruhig durchzuatmen. Dabei war ich immer so stolz gewesen, meine Gefühle in den Griff zu bekommen. Joana ließ pfeifend die Luft aus ihren Lungen entweichen. Ein lästerlicher Fluch entfuhr meinen Lippen und ließ das arme Mädchen noch einmal zusammenzucken.

»Bei allen Göttern, wissen die, dass sie meine Tochter entführt haben? War das ihre Absicht?«

Es fiel mir schwer, nicht zu schreien. In ihrem Gesicht stand die nackte Angst, Tränen quollen aus ihren dunklen Augen.

Es kam alles noch schlimmer. Wie Joana mir schließlich stockend erzählte, hatte sich Rachel beim Festmahl in meiner Abwesenheit stolz als meine Tochter vorgestellt. Sie war eigentlich nicht meine leibliche Tochter, aber das war ihr herzlich egal. Die Blicke, die sich die Engländer dann zugeworfen hatten, mussten den widerlichen Plan wohl reifen hatten lassen. Hal würde toben, wie ich auch. In meinem Inneren brodelte es. Bittere Galle schoss meinen Hals hinauf. Wenn die ihr auch nur ein Haar krümmten …

Die Nacht war für mich vorbei, es würde Stunden dauern, bis sich meine Wut gelegt hatte. »Erzähl mir, wie du so schnell hierhergekommen bist, Joana«, befahl ich ihr kurz angebunden.

Tatsächlich habe sie nur einen halben Tag gebraucht, versicherte sie mir. Jetzt vermeinte ich ein stolzes Lächeln in ihrem jungen Gesicht zu sehen, das vom ersten Licht des Tages nur schwach beleuchtet war. »Ich war schon immer gut im Laufen, und lange Strecken sind kein Problem für mich.«

Ich nickte, das konnte ich nur bestätigen. Sie war eine außerordentliche Läuferin und diente uns oft als Treiberin während unserer Drückjagden, da sie den Hunden in dichten Waldungen locker hinterherkam. »Ich bin sofort losgelaufen, habe einen der vielen Fischer mit ihren wendigen Booten gefragt, ob er mich irgendwo an der Solway Coast absetzen kann … und hier bin ich, keine acht Stunden später!«

Das war in der Tat eine enorme Leistung. Außerdem hatte sie sich noch im Dunkel der Nacht an das Lager der Engländer heranschleichen müssen. Der Leistung dieser jungen Frau gebührte Respekt, und sie war so gerührt über mein Lob, dass ihr sichtlich die Luft wegblieb. Mein Lächeln kam von Herzen, auch wenn mir nicht nach Lächeln zumute war.

»Nun, dann lass uns jetzt einen Plan machen, was wir tun können. Wir sollten uns auf keinen Fall von unserer Wut führen lassen. Es ist so schon kompliziert genug.«

Erleichtert trat sie aus dem Halbdunkel des Proviantkarrens heraus und folgte mir zur Feuerstelle, an der ich Hal zurückgelassen hatte. Er hatte sich bereits aufgerichtet und warf ein paar Scheite in die Glut. Meinem Gesicht entnahm er, dass es keine guten Nachrichten waren, und ich klärte ihn kurz über die Geschehnisse auf.

Ähnlich wie ich war Hal bereit gewesen, das komplette Lager in Grund und Boden zu prügeln, bevor ich ihn wieder mit einer vernünftigen Idee zurückholen konnte. Nur widerwillig ließ er sich von mir beruhigen, doch irgendwann hörte er mir endlich zu.

Aymer de Valence passte das alles nicht. Er lag wach auf seiner Schlafstatt und wälzte sich einmal mehr zur anderen Seite. Der Erzbischof William Greenfield hatte sich freiwillig als Geisel zur Verfügung gestellt, das hatte ihm John Langton gestern bei seiner Rückkehr aus Caerlaverock mitgeteilt. Der gesamte Papierkram habe nicht als Sicherheit gereicht, hatte ihm der Beamte gereizt erzählt, der drei Tage verhandelt hatte, um dieses sture Weib hierher zu lotsen. Wie gut, dass der König selbst noch auf dem Papier unterschreiben musste, um diesen Erlass gültig werden zu lassen. Und der König konnte nur unterschreiben, wenn Lady Enja ihn aufwecken würde. Edward würde sicherlich toben bei einem solch schlechten Verhandlungsergebnis!

Er stöhnte innerlich. Wie hatte Langton sich auf einen solchen Kuhhandel einlassen können? Als hätten Weibsbilder jemals Anspruch auf irgendwelche Belehnung gehabt! Er wünschte sich wirklich, dieses makabre Schauspiel möge bald zu Ende sein. Dieser in schwarz gekleidete Drachen hatte mit einer Dame so wenig gemein wie …

Sein Kopf ruckte nach oben. Stimmen drangen von draußen durch sein Zelt aus schwerem Canvas. Er weckte seinen Knappen, der vor seinem Bett schlief, und schickte ihn hinaus, um nachzusehen. Es hörte sich eher nach einer lauten Diskussion an als nach einem Streit. Aber um diese Zeit hatte er einen Verdacht, um wen es sich handeln musste.

»Die beiden Leibärzte des Königs, Mylord. Sie diskutieren«, berichtete der Knappe, der nun mit einem Eimer frischen Wassers zurückkehrte. Aymer verdrehte die Augen und setzte sich auf. Sein Körper war noch steif von der harten Unterlage, und er streckte sich in alle Richtungen.

»Nur ein Leibarzt«, korrigierte der Ritter seinen Knappen und bog ächzend seine Schultern nach hinten, »der andere ist ein Scharlatan!«

»Verzeiht mir meine Anmaßung, Herr«, entschuldigte sich der Diener, stellte den Eimer neben seinem Herrn auf den Boden und reichte ihm geflissentlich ein Tuch. Seine Morgenwäsche fiel schon wieder kurz aus, sein wild wuchernder Bart musste einmal mehr auf eine ordentliche Rasur warten.

Aymer, ein Spross aus der französischen Lusignan-Linie, die mit der Königslinie der Plantagenets eng verwandt war, war mächtig gespannt, was das Weibsbild heute anstellen würde, um seine Haut zu retten. In einem Punkt war er sich sicher: Lady Enja musste unter seiner Hand sterben, sollte der König das Zeitliche segnen. Das kalte Wasser ließ ihn prusten, aber es sorgte für klare Gedanken.

Das Treffen der versammelten Intelligenz ließ das Zelt schnell zu einem engen Raum schrumpfen. Neben ihm und dem Leibarzt Gotfrid befand sich der Scharlatan mit seinem irischen Leibwächter vor dem wuchtigen Bett. Daneben scharten sich auch noch John Langton und die Jünglinge wie eine Herde Vieh um den Wassertrog. Mit einer Handbewegung scheuchte der untersetzte General die Jünglinge vom Bett weg, um Platz zu schaffen. Mit einem kalten Lächeln quittierte die Heilerin seine Bemühungen und legte in aller Ruhe ihren schweren Umhang ab. Sie trug darunter eine schwarze Tunika mit langem Arm, die ihr bis zum Knie reichte. Darüber einen Lederwams, der ihre Taille vorteilhaft betonte. Die Beine steckten in schwarzen Beinkleidern und kniehohen Stiefeln. Wäre sie ein Mann gewesen, hätte er sich eingestanden, dass sie gut gekleidet war. Für eine Frau empfand er so eine Aufmachung einfach nur als anstößig. Dass er sie dennoch attraktiv fand, verstörte ihn ein wenig. Sie kam in keiner Weise an irgendeine Frau heran, die er …

»Würdet Ihr mir bitte die Tasche reichen, Sir Aymer?«, drang ihre Stimme höflich, aber selbstbewusst an seine Ohren und riss ihn aus seinen unlauteren Gedanken. Sie hatte sich rechts neben das Bett begeben, der einzige Platz, der noch zugänglich war. Eine verräterische Wärme zog über sein Gesicht. Tasche? Sein Blick fiel auf die abgegriffene Ledertasche neben den Beinen des Königs. Sie hatte sie wohl dort abgestellt. Ohne nachzudenken, packte er sie am Griff und hielt sie ihr entgegen. Sie lächelte, und er schluckte. Frauen in Hosen hatten ja schon etwas für sich.

Mit geübten Händen holte sie ein kleines Säckchen aus dem abgewetzten Behältnis, das wohl schon Jahrhunderte überdauert hatte, und füllte eine winzige Bleischüssel mit dem Pulver. Dazu goss sie etwas Wein und verrührte den Inhalt mit einem Spatel. Der noch amtierende Leibarzt des Königs hatte sich an seinen Stammplatz zur linken Bettseite des Königs begeben und beobachtete ihr Tun mit zusammengekniffenen Augen. Erst nach einer gefühlten Ewigkeit ließ Enja ihn den Kopf des Königs, der noch immer im Reich der ewigen Träume verharrte, anheben und zog den erschlafften Kiefer nach unten. Mit geschickter Bewegung kippte sie den Inhalt des kleinen Gefäßes in den Mund des Königs. In einem Schluckreflex erreichte die Medizin den Magen und konnte vom Körper aufgenommen werden.

Im Zelt war es totenstill. Nur die gedämpften Laute des Lagers drangen von draußen herein, die von der Betriebsamkeit eines Morgenappells zeugten. Das Licht kam hier drin immer noch von den vier Kerzenleuchtern, die eine gedämpfte Helligkeit erzeugten. Aymers Blick huschte zu der Frau, die den König nicht aus den Augen ließ, und dann zu dem Iren, der wiederum ihn nicht aus den Augen ließ. Dessen flackernder Blick aus tiefgrünen Augen bohrte sich wie ein Dolch in seine Eingeweide. Auf ihn musste er höllisch aufpassen. Auch wenn er nicht bewaffnet war, hier drin wäre er in zwei Schritten bei ihm. Seine Hände sahen aus, als könnten sie ohne Kraftanstrengung sein Genick brechen.

Draußen hatte er die Wachen verstärken lassen, er rechnete jeden Moment damit, dass die beiden Reißaus nehmen würden, sobald der König seinen letzten Atemzug machte. Die beiden konnten ja nicht wissen, dass der Erzbischof schon längst in Sicherheit war. Ein Bote hatte Aymer diesen Morgen abgefangen, bevor er ins königliche Zelt getreten war. Greenfields hatte die Flucht aus Caerlaverock geschafft und würde es sich mit einer Geisel im Dorfgasthof von Burgh of Sands gemütlich machen. Am späten Vormittag sollte die kleine Truppe dort eintreffen und sich unbemerkt von den beiden ahnungslosen Gästen verschanzen. Ein raffinierter Schachzug, wie er sich stolz eingestehen musste, und er bewunderte die Cleverness des Erzbischofs, der sich von Lady Enja nicht einschüchtern ließ.

Ein lautes und hektisches Luftholen ließ Aymers Blick zum Bett zucken. Der greise König war plötzlich in einem Ruck mit seinem Oberkörper nach vorne geschnellt. Mit großen glasigen Augen starrte er jetzt in die Runde. Im gesamten Zelt hielten alle erschrocken den Atem an, und selbst dem alten Gotfrid fiel die Kinnlade herab.

»Was ist los?«, knurrte der alte Edward ungehalten, als hätte er nicht Tage im Dämmerschlaf gelegen. »Wird hier noch nicht einmal etwas zu essen serviert? Ich habe Hunger!«

Es war die Aufgabe Gotfrids, ihm den Verlust von fast zwei Tagen in denen er tief geschlafen hatte, zu erklären. Plötzlich spürten die Anwesenden eine gewisse Betriebsamkeit. Kissen wurden geschüttelt und zurechtgerückt, und ein schnell zubereitetes Mahl wurde gebracht und auf den Tisch neben dem Bett gestellt. John Langton, der neben Gotfrid stand, beeilte sich gerade, den König mit den üblichen politischen Neuigkeiten zu versorgen, als ihn Lady Enja forsch unterbrach.

»Erlaubt mir ein Wort, Mylord! Sir Langton würde gerne einen Erlass von Euch unterzeichnet haben, der mir meine Belehnung garantiert.«

Wieder war es mucksmäuschenstill. Sir Aymer hielt erbost die Luft an. Was erlaubte sich dieses Teufelsweib! Die glasigen Augen des Königs waren tiefschwarz von den übergroßen Pupillen. Er wiegte seinen Kopf von einer Seite zur anderen.

»Wer ist dieses Weib, und was hat sie in meinem Zelt zu suchen?« Der harsche Ton in seiner Stimme verriet die in vielen Jahren erlernte Härte eines absoluten Königs.

Langton beeilte sich, sie vorzustellen, aber der König winkte ab. »Ich kenne keine Enja von Caerlaverock, bringt sie hinaus.«

Die Heilerin wurde nun langsam ungeduldig.

»Ich werde nicht gehen, bevor der König mir nicht den Erlass unterzeichnet hat, den ich mit seinem Reichsverweser ausgehandelt habe. Gilt bei euch Engländern etwa das geschriebene Wort nicht mehr?«

Aller Augen richteten sich jetzt auf die Frau in der schwarzen Lederkluft, die sich aufrecht vor dem Bett positioniert hatte und den König von oben herab anstarrte. Der Vorwurf der Ehrlosigkeit lastete schwer in dem rauchgeschwängerten Raum.

Langton bemühte sich, zwischen den beiden zu vermitteln. Geschäftig breitete er das vorbereitete Pergament vor den Augen des Monarchen aus, unter dem noch dessen Unterschrift fehlte. In stolzer schnörkelloser Schrift prangte die Unterschrift Lady Enjas unter dem Belehnungsvertrag.

»Wir haben mit Lady Enja die Belehnung der Maxwell-Burg Caerlaverock in einem Erlass vorbereitet, Mylord. Dafür hat sie sich als Medicus verdient gemacht und Euch zurück ins Leben geholt. Ich denke, wir sollten ihr mit Dankbarkeit …«

Weiter kam er nicht. Mit einer erstaunlichen Geschwindigkeit, die ihm keiner zugetraut hatte, schnappte sich der alte Regent das Silbertablett neben sich und warf es mitsamt den Tellern, Tassen und Besteck seinem Reichsverweser mit einer solchen Wucht entgegen, als handelte es sich lediglich um eine mit Luft gefüllte Schweineblase. Der Angegriffene duckte sich, und das königliche Mahl verfehlte nur knapp seinen Kopf. Dafür sauste es Aymer gegen die Brust, der sich wütend mit den Fäusten gegen das scheppernde Gedeck wehrte. Die Bediensteten stoben in alle Richtungen auseinander.

»Ich werde niemals einem Weibsbild eine Belehnung überschreiben, so lange ich lebe!«, brüllte der überhitzte König in die Runde und zerriss das in drei Tagen sorgfältig verhandelte Pergament mit sämtlichen Unterschriften in einer wütenden Geste. »Könnt Ihr dämlichen Schreiberlinge denn gar nichts richtig machen, wenn Euer König sich mal für ein paar Tage erholen muss?«

Ich hatte genug von dem Affentheater. Der renitente König hatte zwar sein Bewusstsein wiedergewonnen, aber seine Aggressivität, die eindeutig Folge der Droge war, trug nicht gerade dazu bei, mir entgegenzukommen. Da ich nicht wusste, wie lange sein Zustand anhielte, wollte ich die Sache besser abblasen. Wir mussten hier schnellstmöglich herauskommen, um die Gruppe des Erzbischofs abzufangen und Rachel zu befreien. Verfluchter Patriarch! Wann würde endlich jemand anfangen, Frauen als Menschen anzuerkennen und nicht als Eigentum herabzuwürdigen!

Vermutlich würde es noch Jahrhunderte dauern …

Aymer de Valence hatte fast ununterbrochen entweder mich oder Hal angestarrt. Irgendwie erwartete er wohl eine Reaktion von unserer Seite, die ihm das Recht gab, uns zu verhaften. Konnte er haben.

Ein nervöser Hal hatte sehnsüchtig auf meinen vereinbarten Wink gewartet. Verhandlungen lagen nicht in seinem Naturell, und er freute sich daher, dass er endlich zuschlagen konnte. Wir trugen hier drin keine Waffen bei uns und hatten sie wohlweislich bei unseren Pferden gelassen. Aber alles, was wir brauchten, war hier im Zelt vorhanden. Kerzenleuchter, Zeltstützen und jede Menge Personen, die keinen Plan hatten.

Mit einem gewaltigen Fußtritt ließ Hal eine der zwei Hauptstützen in der Mitte des Zeltes mit einem fürchterlichen Knirschen in der Mitte durchknicken. Eine Hälfte des Zeltes stürzte sofort ein, die andere wurde von der in Panik ausbrechenden Gruppe im Inneren des Zeltes zerstört, die sich einen Weg durch die Zeltwand kämpfen wollte, denn der Eingang war durch Hal und mich blockiert. Die lauten Schreie nach der Rettung des Königs gingen im allgemeinen Alarm unter, der sich im Lager ausbreitete. Joana sollte uns die Pferde heimlich bereitstellen lassen, damit wir möglichst schnell hier wegkamen. Sie galoppierte gerade in dem Augenblick auf Hals Schimmel heran, als wir uns aus dem Zeltwirrwarr herausarbeiteten. Einige der Soldaten drängten nun heran, um den Menschen zu Hilfe zu kommen, und ich rief ihnen zu, dass der König sich unter dem eingestürzten Zelt befinde und sie die Menschen darunter retten müssten. Das taten sie dann auch.

Hal sprang hinter Joana in einer fließenden Bewegung auf seinen Schimmel. Gekonnt riss er eine seiner Äxte aus dem Holster und stob mit gezückter Waffe durch die enge Passage von Proviantwägen und Zelten, um aus dem Lager zu kommen. Ich tat es ihm gleich, nur hatte ich es nicht ganz so eilig. Für einen kurzen Moment hielt ich meinen Hengst zurück und warf einen Blick auf das eingestürzte Zelt. Aymer de Valence hatte sich den König gepackt und mit seinem Schwert den Canvas aufgeschlitzt. Wütend blickte er auf mich und schrie etwas, das in dem allgemeinen Durcheinander kein Gehör fand. Der alte Mann, den er immer noch stützend mit einer Hand festhielt, schien ihn in seiner Bewegungsfreiheit einzuschränken. Unwillig versuchte er, das Oberhaupt Englands an einen der Umstehenden abzugeben, aber kaum einer erkannte das Bündel Mensch. Die meisten wähnten den König noch unterhalb des eingestürzten Zeltes. Mein Pferd fing an, auf der Stelle zu tänzeln, es wollte dem Schimmel nachjagen, und ich hielt es mit Mühe zurück. Das Durcheinander gab uns genügend Zeit, um einen ausreichenden Vorsprung zu gewinnen. Scheinbar hatte Joana die Pferde der Engländer in eine andere Richtung geschickt, und die hatten nun Probleme, sie zu finden.

Erst als ich sah, dass sich ein Trupp formierte und auf ihren Befehlshaber zustürmte, gab ich Taycan die Zügel frei. Mit einem kräftigen Galopp stob mein Pferd durch die in Aufruhr versetzten Menschen und die Zeltansammlungen. Mit meiner japanischen Katana, die ich aus dem Schaft neben dem Sattelblatt zog, zerschnitt ich mit der rasiermesserscharfen Klinge noch einige der Seile, die das Zeltdach der Lagerzelte spannten. Sie fielen wie leere Säcke zusammen. Das trieb das Durcheinander noch auf die Spitze. Erst als die ersten Speere in meine Richtung geworfen wurden, entschloss ich mich, das Trauerspiel zu verlassen.

Ich holte Hals Schimmel nach einigen Meilen wieder ein und ließ Taycan in einem raumgreifenden Galopp neben ihm laufen. Joanas langer blonder Haarzopf wehte im Wind. Sie saß vor Hal auf dem Sattel und lachte mich mit vor Aufregung gerötetem Gesicht freudig an.

»Bis die ihre Pferde und Waffen wiederfinden, wird es noch dauern. Wir können in Ruhe dem Erzbischof auflauern!«, schrie sie zu mir herüber, die Stimme war unter dem rhythmischen Donner der Hufe gerade mal hörbar.

»Der Gasthof ist zwei Meilen südlich von hier. Sie ahnen nicht, dass wir über Rachel Bescheid wissen. Wir überraschen sie, wenn sie überhaupt nicht mit uns rechnen«, antwortete ich ihr ebenso laut über Taycans Hals hinüber. Und zu Hal gewandt, der mich grimmig von der Seite anstarrte: »Lass den Erzbischof leben, Hal. Er fürchtet vielleicht den Teufel, aber er kennt uns noch nicht. Wenn Rachel unversehrt ist, darf er leben.«

Das war ein Befehl. Und auch wenn ihm dieser Befehl sichtlich nicht behagte, er würde ihn respektieren. Seinem Blick nach zu urteilen, würde er am liebsten die beiden Streitäxte mit Wucht in eine gewisse Person versenken, die mein bezauberndes Mädchen entführt hatte. Er liebte Rachel wie seine eigene Tochter, ich musste seine Gefühle respektieren. Aber sollte sie mit Respekt behandelt worden sein, würde ich Nachsicht üben. Aber wenn nur eine ihrer wunderschönen Locken fehlte, ich würde selbst Hals Äxte noch überholen.

De Valence schrie sich vor Wut die Seele aus dem Leib. »Verfluchte Idioten, seht ihr denn nicht, dass die beiden fliehen!«

Anstatt ihnen den Weg abzuschneiden, liefen seine Truppen geradewegs auf die chaotische Szene zu, die sich vor seinen Augen abspielte. Während er sich mit dem König aus dem zerfallenen Zelt schnitt, versuchten die Helfer, die brennenden Kerzen zu löschen und den Canvas zu heben, der über den darunter befindlichen Menschen eingefallen war. Bis die Erkenntnis dämmerte, dass die Verursacher sich längst aus dem Staub gemacht hatten, war es den restlichen Soldaten gelungen, einige der Pferde wieder einzusammeln, die wohl vor lauter Schreck das Weite gesucht hatten. Ein trübseliges Bild bot sich den Anwesenden, die noch versuchten, die wenigen Habseligkeiten aus dem Matsch zu retten, die nicht von den panischen Menschen zertrampelt worden waren. Selbst der Leibarzt Gotfrid zeigte sich von der Aufregung betroffen, sorgte sich aber mehr um den König als um sich selbst.

Mit stoischem Gleichmut blieb er bei dem verwirrten Greis, der immer noch zeterte und lautstark über die schlechte Versorgung und eine unzumutbare Herberge schimpfte. Mittlerweile zitterte er am ganzen Körper und musste erschöpft auf einen Kartoffelsack gesetzt werden, weil ihm die Füße ständig ihren Dienst versagten. Gotfrid befürchtete, dass Lady Enjas Droge den Tod des Monarchen eher noch beschleunigen würde. Aber sie hatte ihr Versprechen gehalten und ihn aus dem Tiefschlaf zurückgeholt. Eine andere Bedingung hatte vorher niemand gestellt, und sie hatte ihren Teil der Abmachung erfüllt. Sie war ein Phänomen, das musste er zugeben. Versiert, intelligent und überaus mutig. Wie gerne hätte er sich mit dieser gebildeten Frau noch über sein Fachgebiet unterhalten, über das sie eine weitreichende Kenntnis hatte.

Es gab bisher nur einen Mann, der ihm das Wasser reichen konnte, und der war vor langer Zeit im Orient gestorben. Es war ein sunnitischer Arzt namens Isaak gewesen, der bei den Juden Medizin studiert hatte. Es hieß, einer seiner Patienten, der gefürchtete Großmeister der Assassinen, Hassan I-Shabbah, hätte ihn nach einer überstandenen Gallenkolik erschlagen lassen, weil er sich weigerte, als dessen Leibarzt zu arbeiten. Dieser Tod sah ihm gleich! Unwillkürlich schüttelte er den Kopf. Gotfrid erinnerte sich noch sehr genau an die Sturheit seines Freundes Isaak. Zusammen mit ihm hatte er einen Sommer im hart umkämpften Akkon verbracht. In der Belagerung der Stadt 1291 durch die Übermacht der Mameluken war Gotfrid an der Seite der Deutschritter gewesen. Auf beiden Seiten gab es eine hohe Zahl an Toten und Verletzten. Kaum einer der Templer überlebte die Tage andauernden erbitterten Kämpfe. König Heinrich von Jerusalem, die Templer und eine Handvoll Menschen konnten schließlich mit dem Ordensschatz auf einem Schiff nach Sidon fliehen. Gotfrid war einer davon gewesen.

Gotfrids Blick fiel auf eine abgewetzte schwarze Ledertasche, die sich im Verhau der Gegenstände und Zelte deutlich gegen das hellere Canvas abzeichnete. Jemand musste sie unter den Zeltbahnen gefunden und sorgfältig neben den gefundenen Gegenständen abgestellt haben. Es war Lady Enjas Tasche, die sie bei der mutigen Flucht nicht mitgenommen hatte, schoss es dem Leibarzt durch den Kopf. Es war exakt dieselbe Tasche, die schon Isaak immer bei sich getragen hatte. Sie musste nun Jahrzehnte auf dem Buckel haben …

Vorsichtig näherte er sich dem Objekt, ohne den erschöpften König auf seiner Bank aus den Augen zu lassen. Unauffällig, als wäre es seine eigene, nahm er das Behältnis an sich. Er war sich jetzt sicher, ein Stück aus dem Besitz seines nie vergessenen Freundes Isaak in seinen Händen zu halten. Die Gerüchte um Lady Enja kamen ihm wieder in den Sinn. Eine Assassinin aus dem Orient … das umfassende Wissen über mächtige Drogen …

War sie vielleicht sogar seine Tochter? Gotfried zuckte bei diesem Gedanken zusammen. Dann hätte sie ein Anrecht auf diese Tasche. Der alte Edward neben ihm riss ihn aus seinen Gedanken.

»Eleonore …«, kam es undeutlich aus seinem Mund, der sich jetzt zu einem grotesken Lächeln verzog.

»Eure Frau Eleonore ist schon seit Jahren tot, Mylord«, wies ihn der Arzt höflich zurecht. Geduldig klärte er ihn über seine zweite Ehe auf, die er nach dem Tod seiner ersten Frau eingegangen war. »Eure zweite Frau seit acht Jahren heißt Margarethe, Mylord.«

»Eleonore …«, kam es kaum verständlich zurück. Und Gotfrid meinte, den alten Kerl lachen zu hören.

Die zwei Reiter, die am frühen Mittag in den kleinen Gasthof von Burgh of Sands einfielen, hätten die Eigentümer besser nicht in den Schankraum gelassen, in dem sich die Gruppe Soldaten um den Erzbischof William Greenfields zum Mittagessen niedergelassen hatten. Aber was hätten die beiden Wirtsleute auch schon tun sollen angesichts solch einer Wut?

Ein schlechtes Gefühl beschlich die korpulente Wirtin sofort, die den Schweinen gerade die Küchenabfälle aus einem Eimer in den Trog schüttete. Verstohlen warf sie einen Blick hinüber zum Eingang. Ein Loch klaffte dort, wo sie ihren Gästen aufgemacht hatte. Die schlanke, ganz in schwarz gekleidete Frau und der wortkarge Hüne hatten sich vor einer Stunde mit finsteren Gesichtern ohne ein Wort an ihr vorbei gedrängt und sich Zugang zum Schankraum verschafft, der nach draußen ohnehin nur von einer altersschwachen Türe getrennt wurde. Der Mann mit der fürchterlichen Kopfbemalung riss das alte Ding mit einem einzigen Ruck aus der Verankerung, warf es achtlos hinter sich und ließ der Kriegerin mit dem gezückten Schwert den Vorrang.

Ein erstickter Schrei entfuhr der armen Frau, als einer nach dem anderen der heute erst angekommenen englischen Soldaten aus der Türöffnung wankte, und sie ließ den Eimer fallen. Die meisten hatten tiefe Schnittwunden oder Platzwunden am Schädel. Schon fürchtete sie, dass der ehrenwerte Erzbischof ebenfalls blutend aus der Tür kommen würde, aber es war erschreckend ruhig geworden nach dem ersten Tumult. Erst als minutenlang kein Laut zu hören war, traute sie sich näher an die Tür heran. Die verrosteten Angeln hingen wie warnende Zeigefinger krumm in der Luft. Vorsichtig blickte sie vom ausgefransten Türrahmen in das Innere und sah ihren Mann verängstigt hinter dem Tresen kauern. Er schien unverletzt zu sein, wie sie erleichtert bemerkte. Auch das Schankmädchen und der Koch hatten sich in einer Ecke zusammengedrückt. Auf die schienen es die beiden unheimlichen Besucher seltsamerweise gar nicht abgesehen zu haben. Die Wirtin folgte den entsetzten Blicken ihres Personals, die alle in die gleiche Richtung starrten, und sah gerade noch rechtzeitig, wie das bildhübsche Mädchen, das vorhin noch stumm neben dem Mann der Kirche gesessen hatte, mit einem gezielten Fußtritt dem Bischof fürchterliche Schmerzen bereitete. Zutiefst entsetzt hielt sich die Besitzerin des Gasthofs die Hand vor dem Mund, um nicht loszuschreien.

Der Erzbischof krümmte sich nach vorne und hielt sich die Hand zwischen die Beine. Sein Schrei fuhr den Anwesenden in Mark und Bein. Jetzt sank er auf die Knie, japste und heulte wie ein geschlagener Hund.

Stolz strich die Frau in dem schwarzen Lederwams durch das schwarzgelockte Haar des Mädchens und wisperte ihr etwas ins Ohr, das beide amüsierte. Schließlich drehte sich die Kriegerin um und schob das junge Mädchen Richtung Tür. Erst jetzt trafen sich die Blicke der beiden Frauen, und die Wirtin bemerkte das schwarze Kreuz zwischen den Augen. Wie glitzernde Kristalle hafteten diese sich für einen Moment an ihrem verängstigten Blick fest, und die Wirtin sprach ihr letztes Gebet, während sich das auffallende Gesicht langsam dem ihren näherte.

Als sie vor ihr stand, überragte die Frau mit der wachsweißen Hautfarbe sie um einen ganzen Kopf. Die Lippen der Frau bewegten sich, aber sie hörte nichts. Der Kopf summte nur, und ihr Mund öffnete sich, aber kein Laut kam heraus.

Die Wirtin zitterte wie Espenlaub. Nur vage spürte sie, wie die vor ihr Stehende ihre Hand nahm, ihr etwas auf die Handfläche legte und die Finger sanft darum schloss. Sie lächelte dabei, und dann waren sie plötzlich weg. Davongestoben auf einem schwarzen und einem weißen Pferd.

Erst nach einer gefühlten Ewigkeit wagte die Wirtin, den Kopf zu senken und in ihre Hand zu blicken: Es war eine schwere Münze, mit dem Konterfei Edwards, des Königs von England. Sie war ein kleines Vermögen wert und sicher mehr, als die demolierte Tür gekostet hatte.

Kapitel 6

Douglasdale im Frühjahr 1308

Nach fast zwei Jahren Versteckspiel in den schottischen Hebriden wurde Edwards Machtlosigkeit gegenüber einem wie vom Erdboden verschluckten geächteten König deutlich. Mit Hilfe seiner Vertrauten und Unterstützer James Douglas, Angus Og MacDonald und Christina von Mar hatte Robert Bruce gegenüber seinen englischen Feinden wieder Land gewonnen. Der größte Triumph für Robert Bruce war jedoch der Tod des »Hammers der Schotten«, wie der alte Edward auch genannt wurde.

Am 7. Juli 1307 hatte der verhasste König noch mitten in seiner Kampagne gegen Robert für immer seine Augen geschlossen und seinem Sohn Edward II. ein zerfleischtes Schottland hinterlassen – einem Sohn, der im Schatten eines brutalen und despotischen Vaters gestanden hatte und von seinen innenpolitischen Feinden unterwandert worden war.

Lange Zeit war der Tod des Königs verheimlicht worden. Zuerst gab es Gerüchte, er sei bereits erfolgreich in Schottland eingefallen und hätte die ersten Burgen besetzt. Aber schließlich wurde Ende Oktober 1307 der Leichnam in London im Westminster Abbey beigesetzt. Keiner wusste, wie lange die Gebeine schon durch das Land getragen wurden, um die fragile politische Situation geheim zu halten. Der aufwendige Feldzug, den der englische König gegen Robert

Bruce vorbereitet hatte, fiel mit dem Tod des Regenten in sich zusammen. Sein Sohn brach die Vorbereitungen überstürzt ab und verdrückte sich auf seinen Königssitz in London. Entgegen dem ausdrücklichen Wunsch seines Vaters, der noch in seinem letzten Willen festgelegt hatte, seine Knochen gegen die Schotten in den Kampf und zum Sieg zu tragen. Die Planlosigkeit Edwards II. verschaffte Bruce eine wichtige Pause im Kampf gegen die Besatzer.

Mit den vom Clan Campbell aufgestockten Truppen hatte der seiner breiten Unterstützung beraubte Schottenkönig beschlossen, nun den Engländern in einem zermürbenden Krieg ohne festgelegte feindliche Linien die letzten Nerven zu rauben. Dies hatte William Wallace als Bruces Vorbild vorgelebt und er würde diesen so erfolgreichen Kleinkrieg weiterführen. Als Kriegsstratege kannte er seine Schwächen nur zu genau: In einer offenen Schlacht konnte er die Überzahl der englischen Garnisonen mit ihrer technischen Überlegenheit nicht bezwingen. Mit den Highlandern dagegen, die sich in dieser Gegend wesentlich besser auskannten als die Engländer, führte er immer wieder erfolgreich gezielte Angriffe auf die Truppen der verhassten *Sassenach*, wie die Schotten die Engländer nannten, im Schutz der Nacht durch.

Damit erbeutete er nicht nur wertvolle Waffen, Pferde und Proviant, sondern erzeugte auch eine schwelende Angst unter seinen Feinden, die zum Abzug weiterer Truppen aus dem Norden Schottlands führte. Die ehemals so starke Kampflinie des alten Edwards wurde brüchig, und die Sympathie der Schotten gegenüber Robert Bruce trieb immer mehr Verbündete in sein Lager.

Mit der hinterhältigen Kampftaktik aus den guten alten

Tagen hatte sich vor allem ein Getreuer des schottischen Königs einen Namen gemacht: James Douglas.

Seine Elitetruppe, allen voran sein kleiner Bruder Hugh, und Lachlan McKay, konnten sich mit ihren Kriegern einen Hinterhalt aussuchen und die Zeit des Angriffs bestimmen. Die Engländer wussten nie, wann und wo sie angegriffen wurden, und hatten daher fast immer das Nachsehen. Die Schotten machten sich das unwegsame Gelände ihrer Heimat zunutze.

James wagte sich immer tiefer in den Süden, um die Engländer das Fürchten zu lehren. Während Bruce im Norden Schottlands nach politischen Verbündeten suchte, hatten sich James' Männer schon durch die Selkirk-Wälder bis in den Westen Schottlands durchgekämpft. Die Brutalität, mit der er vorging, machte seinem Namen alle Ehre. James »Black« Douglas war ein Name geworden, der für Angst und Schrecken unter seinen Feinden sorgte.

Es war Mitte April 1308, als eine kleine Gruppe ausgewählter Einzelkämpfer vor der St.-Bride-Kirche zum Stehen kam. Die noch schwache Frühlingssonne erleuchtete den kleinen Friedhof vor der Steinkirche. Die wenigen Menschen, die sich noch in der Nähe aufhielten, verzogen sich unauffällig, sobald sie die grimmigen Männer auf ihren struppigen Highlandpferden bemerkten.

Allein schon ihr Äußeres sorgte für Gänsehaut. Ihre langen Haare waren zu kleinen Kordeln geflochten, die Bärte unrasiert und zottelig. Schilde, Breitschwerter, Messer und Bogen waren auf ihren Körpern und Ponys festgeschnallt, um jederzeit kampfbereit zu sein. Jetzt standen sie bewegungslos vor der beschaulichen Kirche in Douglasdale und suchten nach verdächtigen Bewegungen. Erst als sie sicher waren, dass keine *Sassenach* in der Umgebung waren, saßen drei aus der wilden Bande ab und bewegten sich vorsichtig Richtung Kirche. Immer wieder sahen sie sich um, als erwarteten sie jeden Moment einen Überfall.

Bis auf das spärliche Licht, das durch die schmalen Fenster in den Innenraum fiel, war es dunkel. Die wenigen Kerzen, die in den Nischen standen, erhellten das Innere nur dort, wo die aufwendig eingefassten Grabinsignien aufgeführt waren. Die Luft war erfüllt von Stille und Angst, die sich bis in die hintersten Winkel ausbreitete. Die drei bis an die Zähne bewaffneten Männer ließen die Kirchentüre hinter sich offen für den Fall einer Flucht und gingen geschlossen bis zur Stufe vor dem Altar. Mit grimmigen Gesichtern knieten sie vor dem Kreuz nieder, bekreuzigten sich und falteten die Hände zum Gebet. Sie waren die einzigen Kirchenbesucher, kein anderer wagte sich zunächst in die Kirche.

Es schien, als würden sie auf jemanden warten. Tatsächlich kam nach wenigen Augenblicken ein einzelner Mann durch die offen stehende Tür, als hätte er die Ankunft der Schotten beobachtet. Der einfachen Kleidung nach war er ein Bauer, der sich nun unerschrocken neben den drei Wilden auf die Stufe kniete. Schwielige Hände falteten sich zum Gebet. Eine Weile konnte er nur das ebenmäßige Atmen der drei Krieger hören, ein Quietschen der ledernen Reithosen und ein metallenes Kratzen der Waffen auf dem grob behauenen Steinboden.

»Thomas Dickson?«, brummte irgendwann eine tiefe Stimme aus seinem dunklen Bart hervor.

Der angesprochene Bauer drehte sich nicht zu den drei anderen um, sondern antwortete nur in Richtung Altar: »Das bin ich!«

Daraufhin erhob sich der Mann mit der tiefen Stimme knarzend und stellte sich vor den eben Angekommenen. Prüfend musterte er ihn: Die Haut war von Wind und Wetter gegerbt, die Jahre der harten Arbeit und Entbehrungen waren an dem Bauern nicht spurlos vorbeigegangen. Dessen müder Blick erhob sich zu dem Mann mit dem zerzausten Bart und blieb an dessen rot geränderten Augen haften. Langsam stand er auf, um ihm auf Augenhöhe zu begegnen.

Mit tiefer Stimme wandte der Kämpfer sich jetzt direkt an den älteren Mann vor ihm: »Ihr werdet uns in Eurem Stall verstecken, bis die Garnison in der Kirche verschwunden ist?«

Der alte Mann nickte. »Kommt am Samstagabend nach Einbruch der Dunkelheit an das Südtor, dort ist eine schmale Tür, die ich für meine Schafe benutzen kann. Dann lasse ich Euch herein.«

Der Bärtige gegenüber brummte wieder: »Warum tut Ihr das, Dickson? Das ist Verrat an Eurem Lehensherrn ...«

»Weil Robert Cardiff nicht der rechtmäßige Lord der Burg ist. Es gehörte alles Eurem Vater, und jetzt gehört es Euch, Lord Douglas«, fiel ihm Dickson ins Wort. »Es ist grobes Unrecht, das ihm und Euch angetan wurde, und dieses Unrecht muss gesühnt werden.« Aufgewühlt wischte er sich mit dem Ärmel über das faltige Gesicht. »Es werden einige Männer vom Dorf mit Euch sein, *Mylaird*, sie stehen auf Eurer Seite.« Etwas schwerfällig verneigte sich der alte Mann und murmelte ergeben: »Gott der Herr sei mit Euch, Lord Douglas!«

»Und mit Euch, mein Dank ist Eurer«, erwiderte James Douglas und zog ihn sanft an der Schulter hoch. Seine dunkle Stimme verriet nichts von seiner Rührung.

Hugh und McKay erhoben sich ebenfalls von der Stufe und verabschiedeten den Bauern höflich, der mit schweren Beinen wieder aus der Kirche schlurfte. Zögernd folgten sie James in eine Seitenkapelle neben dem Hauptaltar, die auf einer kunstvoll behauenen Grabplatte ein liegendes Paar zeigte, das sich die Hand hielt. Frische Blumen lagen auf der Steinplatte zwischen den ineinander verschlungenen Händen. Die Inschrift war noch neu und daher gut zu lesen:

Sir William, Lord of Douglas, und
Lady Elisabeth Stewart, Tochter von Alexander Stewart

Es waren James' Eltern, die hier begraben lagen. Hughs Mutter Eleonore, die bei dem Überfall der Engländer getötet worden war, lag auch hier, hatte aber noch keine eigene Inschrift. Vermutlich waren sogar Matthews Gebeine hier begraben. In der Kirche St. Bride, die zur Grafschaft Douglasshire gehörte, befand sich die Familiengrablege der Douglas-Dynastie. Auch er würde irgendwann hier begraben werden wie alle anderen Douglas. Eine seltsame Beklemmung befiel ihn. Was würde aus Hugh werden, wenn er an Roberts Seite stürbe? Unbewusst sah er seinen jüngeren Bruder von der Seite an. Aus dem einst tollpatschigen Hugh war ein ansehnlicher Mann geworden, ein erfahrener und guter Kämpfer. Er würde zusammen mit ihm die Ehre seiner Eltern und das Erbe seines Vaters zurückholen, das hatte er sich geschworen an dem Tag, an dem seine Mutter gestorben war.

Jetzt stand er hier, in der Kirche, in der Vater und Mutter begraben lagen, ganz in der Nähe von Schloss Douglas, und würde seinen einst gesprochenen Eid wahrmachen. Nächsten Sonntag, wenn die englischen Soldaten der Garnison nichtsahnend in die Kirche gingen, würde er mit seinen Männern zuschlagen. Thomas Dickson war ein alter Vasall seines Vaters und kannte ihn noch aus der Zeit, bevor er selbst ins sichere Frankreich geschleust wurde. Ein treuer Freund und mit ihm viele aus dem Dorf Douglasdale waren bereit, ihnen dabei zu helfen. Mit seinen gerade mal zwanzig Mann konnte er keine ganze Garnison niederkämpfen, es sei denn, sie träfen die Männer unvorbereitet – in der Kirche. Nächsten Sonntag war Palmsonntag, kein guter Christ würde diese Messe verpassen wollen. James war sich sicher, dass sie keine Extrawachen in der Burg aufstellen lassen würden. Sie fühlten sich so sicher, diese verfluchten *Sassenachs*!

Hugh hatte ein mulmiges Gefühl, als er mit seinem Bruder, Lachlan und den anderen Kriegern durch die Tür des Bauern Dickson schlüpfte. Wenn es eine Falle wäre, säßen sie hier fest. Aber James war sich sicher, dass er dem alten Mann vertrauen konnte. Immerhin war er schon seinem Vater fest verbunden. Aber die Seiten konnten auch manchmal wechseln, es wäre nicht das erste Mal. Misstrauen war in den letzten Monaten zu seinem besten Freund geworden.

Tatsächlich warteten im Stall von Thomas Dickson bereits andere Männer aus dem Dorf, bewaffnet mit Mistgabeln, Messern und Äxten. Zusammen mit den Rebellenkämpfern stellten sie eine ziemlich wehrhafte Truppe dar. Der alte Dickson hatte es also ehrlich gemeint und wollte James tatsächlich helfen. Hugh konnte beobachten, dass James – anders als sonst – eine geradezu ansteckende Unruhe zeigte, endlich loszulegen. Sein großer Bruder hatte in dieser Nacht unruhig geschlafen. In der Enge des Stalls hatte er gespürt, wie James sich immer wieder von einer Seite zur anderen rollte.

Es ging um seinen Namen, seine Ehre, seine Eltern. Es ging um die Douglas-Linie. Wie lange hatte sich sein Bruder auf diesen Tag gefreut! Wie oft hatte er sich den Sieg über diesen englischen Besatzer Cardiff im Geiste vorgestellt. Es wurde für ihn allerhöchste Zeit, mit einer alten Schuld endlich aufzuräumen.

Hugh spähte mit McKay angestrengt aus den breiten Schlitzen der Holzverschläge und sah die letzten englischen Soldaten aus der Burg in die nahegelegene Kirche wandern.

Es war ein grauer, kalter Sonntag, der 17. April 1308, so grau und kalt wie das Geschehen, das sich an diesem Tag ereignen würde. Hugh würde diesen Tag in seinem Leben nicht mehr vergessen.

Gerade schloss sich hinter den letzten Nachzüglern das Kirchenportal, als auch schon die ersten Kämpfer aus dem Stall herausströmten und den einzigen Ausgang der kleinen Kirche von außen verriegelten. Was dann passierte, war Hugh nur noch als einzelne Gedankenfetzen in Erinnerung geblieben. Es ging alles sehr schnell.

Unter lauten Rufen übernahmen die Rebellen die Burg, ohne auf ernsthafte Gegenwehr zu stoßen. Die dort verbliebenen Engländer wurden von den Schotten völlig überrascht und überließen ihnen das Gebäude fast kampflos. Durch das Fehlen der in der Kirche eingeschlossenen Soldaten hatte niemand innerhalb der Burg auch nur eine geringe Chance zu überleben. Die eingeschlossenen Männer in der Kirche hatten ihre Waffen an der Pforte abgegeben und ergaben sich später ohne weiteren Kampf. Wie hilflose Schafe wurden sie in der Mitte der Burg zusammengetrieben. Hier war seine Mutter unter dem Gelächter der englischen Soldaten erschlagen worden, zusammen mit seinem behinderten Bruder Matthew. Hier sollten die Engländer seine blutige Rache spüren.

Es waren noch etwa dreißig Mann, die den schottischen Ansturm überlebt hatten. Zum Leidwesen der Douglas-Brüder war von Robert Cardiff, dem Kommandeur der englischen Garnison, weit und breit nichts zu sehen. Und auch der Großteil seiner Männer war mit ihm verschwunden. Lediglich das Hauspersonal war verblieben, die den alten und neuen Lord mit Ehrfurcht begrüßten. Darunter befanden sich noch viele, die sich an James' Eltern und die Zeiten vor der englischen Belagerung erinnern konnten. Es waren schwere Zeiten, jede Entscheidung war auch eine über Leben und Tod. Die Rückkehr ihres schottischen Lords erfüllte sie sichtlich mit Erleichterung und Stolz.

Dunkle Wolken schoben sich vor die Sonne, die an diesem Tag kaum eine Chance hatte, den dicken Bodennebel zu durchbrechen. Es spiegelte nach Hughs Eindruck James' Seele wider.

Dessen dunkle Augen blickten nun drohend auf die verängstigten Soldaten, die allein seinen Namen bereits fürchteten. Noch nie hatte Hugh seinen Bruder so aufgewühlt und brodelnd gesehen wie jetzt. Irgendetwas tief in ihm drin musste an die Oberfläche gekommen sein und seine Sinne in Besitz genommen haben. Moiras Stimme drang an sein inneres Ohr, die Worte hingen ihm noch wie Spinnweben in seinen Gedanken:

In jedem Mann tobt Wut und Hass wie Lava in einem Vulkan.

Manchmal bricht es durch und kommt an die Oberfläche.

Dann zeigt es sein wahres Gesicht, das so schwarz ist wie sein Herz.

»Köpft sie alle!«, schrie sein Bruder nun mit mächtiger Stimme. »Lasst ihr Blut diese Mauern tränken, wie zuvor das meiner Familie!«

James Douglas befahl den Tod der wehrlosen Männer, die ihrem Land dienten und nichts wussten vom abgrundtiefen Hass eines Douglas gegen einen Edward. Aber sie mussten sterben, um den Namen Douglas reinzuwaschen.

Hugh schluckte schwer, er alterte an diesem Tag um einige Jahre.

Ein junger Soldat, vielleicht in Hughs Alter, bat ihn eindringlich um Gnade. Er war auf seine Knie gefallen und sah ihn inständig an. Sein junges Gesicht war vor Todesangst verzerrt.

»Junger Herr, habt Mitleid! Ich habe eine Verlobte, die in England auf mich wartet, ich bitte Euch.«

Hugh ging erschrocken einen Schritt zurück, als der junge Mann in seinem Wams nach etwas tastete. Aber als er sah, was es war, blickte er neugierig auf die zitternde Hand, die ihm das sorgfältig gerollte Pergament entgegenstreckte.

»Bitte lest selbst!«, forderte er ihn auf.

Hinter sich hörte Hugh bereits die ersten Todesschreie, und

es lief ein Schauer über seinen Rücken. Er war ein erfahrener Kämpfer, aber wehrlosen Männern die Köpfe abzuschlagen, hatte für ihn nichts mit Ehre zu tun.

»Wie heißt du, Mann?«, fragte er ihn schließlich.

»Thomas«, schluchzte der junge Soldat verzweifelt, »Thomas Welding!«

Hugh nahm die kleine Rolle an sich, die mit einem seidenen Band verschlossen war, und eilte zu James hinüber, der die grausamen Hinrichtungen ohne Regung überwachte. Mit einer Handbewegung machte er ihn auf den jungen, im Dreck knienden Mann aufmerksam und reichte ihm die kleine Rolle.

Mit blutverschmierten Händen las James die Nachricht, und er schluckte. Sein Blick ging zunächst zu Hugh, dann zu dem jungen Mann, und seine dunklen, von Hass verschleierten Augen verweilten auf ihm. Irgendwann, ganz leise, sagte er zu Hugh: »Nimm ihn und setz ihn auf ein Pferd. Sag ihm, dass James Douglas auch ein Herz hat. Es schlägt für Schottland.«

Damit gab er ihm das Pergament zurück, das zart nach Rosen duftete. Hugh nahm den zitternden Thomas am Arm und führte ihn aus der Todeszone. Als er ihn mit einem Pony ohne Sattel und nur mit seinem Zaumzeug den matschigen Weg nach England zurückschickte, rief er ihm nach: »Denk dran, auch wir Schotten haben ein Herz! Ihr Engländer habt kein Recht, es uns auszustechen!«

Er hielt das Pergament noch in der Hand, das James so berührt hatte. Langsam rollte er es auf und las die von einer Dame sorgfältig geschriebenen Zeilen.

Mein geliebter Thomas,

ich vermisse Dich so sehr. Mein Vater hat unserer Hochzeit zugestimmt, aber ich habe ihm gesagt, dass Du noch ein Jahr in Schottland bleiben musst, um Dich verdient zu machen. Dann können wir endlich heiraten. Das hat ihn mit Stolz erfüllt, und wir erwarten Dich alle schon sehnsüchtig hier in meiner Familie.

Ich freue mich darauf, Deine Frau zu werden.

In Liebe

Deine Liliana

Als Hugh aufsah, wurde gerade der letzte Gefangene mit dem Breitschwert geköpft. Alle Köpfe und Leichen wurden zusammen mit den zerschlagenen Weinfässern und Überresten der Garnison in die Burg gebracht und angezündet. Ungeachtet der langen und mächtigen Douglas-Traditon ließ James das Symbol der einstigen Macht auslöschen und gewährte damit Robert Bruce den Wunsch nach verbrannter Erde. Keine Burg sollte den Engländern als Rückzugsort dienen. Und mit ihr verbrannte auch ihre blutige Geschichte.

Hugh konnte hinterher nicht sagen, ob James zufrieden oder traurig war. Er stand bis spät in die Nacht vor dem Trümmerhaufen des einstigen Prachtgebäudes seiner Familie und beobachtete unbeweglich das Feuer, das alles auffraß, was von diesem entsetzlichen Tag übriggeblieben war. Mit einem Stoßgebet zum Himmel erbat er, dass dieses Feuer nicht auch seine Gefühle und seine Leidenschaft getötet hatte. Fast schien es ihm, als wäre ein Vulkan nach seiner Eruption wieder fest verschlossen. Die heiße Lava war zu hartem Stein erkaltet. Das Beispiel des jungen Soldaten hatte ihm gezeigt, dass tief drinnen im innersten Kern seines Bruders noch ein kleines

Feuer der Menschlichkeit glomm. Aber nach außen war er wieder der unbeugsame und gefürchtete Anführer der Schotten.

Es war dieser Palmsonntag, der James Douglas zu dem Mann machte, den alle vom Norden bis zum Süden fürchten lernten und der ihm seinen Namen gab: Black Douglas. Seit diesem Zeitpunkt brannten sich seine Taten noch schneller als sein Ruhm durch die Lagerfeuer der Schotten. James wurde die härteste Waffe von Robert Bruce im Kampf gegen die verhassten *Sassenachs*.

Kapitel 7

Pass of Brander, Schottland, im August 1308

Der Krieg und das Chaos, das in den folgenden Jahren über Schottland hereinbrach, machten tatsächlich über Nacht aus Freunden Feinde. Als hätten die Schotten endlich mal etwas anderes gefunden als den *Uisge beatha*, über dessen Herkunft sie sich streiten konnten, führten sie nicht nur Krieg mit England, sondern auch unter den Clans. Viele hielten Robert Bruce für des Königstitels unwürdig und wollten lieber einen anderen auf dem Thron sehen als ausgerechnet den Mörder seines Rivalen John Comyn. Comyn war ein bekannter Verfechter des schottischen Widerstands und ein Abkömmling des ehemaligen Königs John Balliol gewesen. Genau wie Bruce hatte er ein Recht gehabt, den Thron Schottlands für sich zu beanspruchen. Der Mord an ihm hatte einige einflussreiche Familien gegen Bruce aufgebracht, die nun ihre Unterstützung verweigerten.

Die große Herausforderung bestand für Bruce demnach, Schottland trotz der zwiespältigen Meinungen zu einen und unter einem gemeinsamen Banner gegen England zu reiten. Aber noch zerfleischten sich die Schotten lieber gegenseitig, was ich in keinem anderen Land der Welt so erlebt hatte wie hier. War Streitsucht eine Volkskrankheit?

Mit der stetig steigenden Anzahl an Verletzten aus den Kämpfen der schottischen Rebellen, die zu uns in die Burg gebracht wurden, hätte ich behaupten können, dass sich die Wirtschaftlichkeit Caerlaverocks gut an die bestehende Nachfrage angepasst hatte. Inzwischen arbeiteten immer vier Heiler in Schichten rund um die Uhr. Ich gab die Order, jeden Verletzten aufzunehmen, ob Engländer oder Schotten, für mich gab es keinen Unterschied.

Inzwischen waren in der Burg genug Frauen und Männer ausgebildet worden, um jede notwendige ärztliche Behandlung auch ohne mich durchzuführen. Insbesondere Moira hatte sich als besonders geschickte Heilerin einen Namen gemacht. Auch die Einteilung der Schichten und die Organisation der Medizin gehörten zu ihrem umfangreichen Aufgabenbereich.

Ganze Schwärme an weisen Frauen und Kindern waren in die Wälder geschickt worden, um Heilpflanzen zu sammeln. Durch puren Zufall – die kleine Rachel war gerade mit mir und Moira auf dem Weg gewesen zu einem Wald unweit des Sees, der Caerlaverock umgab – fanden wir ein kleines Paradies für Heiler. Wir waren ein Stück weit geritten, als Rachel plötzlich ein dringendes Bedürfnis quälte. Lachend ließ ich sie absitzen und folgte ihr mit Moira ins dichtere Wäldchen. Ohne Vorwarnung stießen wir auf eine kleine Lichtung, die wie ein Feengarten üppig überwuchert war von Farnen, Moosen und Pilzen. Wie ein kleines Wunder bestaunten wir die Farben der Natur. Sogar die Steine hatten Formen, als wären sie aus den vielen Sagen entstanden, die in diesem Land erzählt wurden. Mitten in dieser Lichtung lag ein Stein in der Form eines Käfers im Sonnenlicht.

Rachel war mit einem Satz auf den Stein gehüpft. Sonnenstrahlen tanzten in ihren üppigen Locken, als sie vergnügt auf diesem Stein tanzte. Die Zeit schien in diesem Moment tatsächlich stillzustehen. Zauberstein nannte sie ihn seitdem. Wir drei Frauen hatten beschlossen, diese Lichtung als unseren Feengarten zu bewahren, ein kleines Geheimnis, das wir nur unseren Liebsten zeigen würden.

Die Gärten Caerlaverock*s* waren voll mit Blumen, Gemüse und Früchten. Der Sommer in diesem Jahr war warm und regenreich, die Ernte ein Segen für die Menschen hier. Denn auch die Versorgung der Kranken und von deren Angehörigen musste sichergestellt sein. Als praktische Erweiterung meines Arbeitsbereiches hatten wir in den Kellergewölben der Burg einen Raum eingerichtet, in dem ich neue Medizin und Heilpasten herstellen konnte. Dort hinunter durften keine Tiere oder Kinder gelangen, die irgendwelche giftigen Zutaten aus Versehen verschlucken könnten. Dort war mein liebster Ort, kühl und dunkel, an dem ich meinen Forschungen nachgehen konnte. Ich wollte eines Tages auf Isaaks Rezept zur Bekämpfung des Fleckfiebers stoßen, mit dem ich Hal auf dem Schiff heilen konnte. Irgendwie war mir bewusst, dass es ein potentes Heilmittel war, welches das Fieber so spektakulär eindämmen konnte. Noch immer starben viel zu viele Menschen an dieser heimtückischen Krankheit.

Den überwiegenden Teil meiner Patienten wickelten meine zahlreichen Helfer ab, und trotzdem kam es vor, dass der eine oder andere Kranke von mir persönlich behandelt wurde. Schwierige oder interessante Fälle hatten immer meine ganze Aufmerksamkeit.

Kinder wurden innerhalb meiner Mauern ohne Gegenleistung behandelt, denn das war ich meinem Clan und den Leuten, die mir vertrauten, einfach schuldig. Besonders stolz waren wir zuletzt im Fall eines kleinen Mädchens aus dem Westen Schottlands. Die Eltern waren von weit hergereist, um uns ihr Kind vorzustellen. Es hatte eine gespaltene Lippe, und auch der Gaumen war nicht geschlossen. Muriel konnte kaum essen oder richtig trinken und war daher stark in ihrer Entwicklung zurück. Die Beschreibung der Operation dieser bekannten Missbildung hatte ich in Isaaks Aufzeichnungen studiert. Die verzweifelten Eltern hatten schon jede Hoffnung verloren, als sie beschlossen, das Kind zu mir zu schicken.

Die Operation war lange und aufwendig, aber das Ergebnis hatte selbst die Eltern überzeugt. Der Erfolg freute mich persönlich sehr, denn ich konnte einem jungen Leben eine Perspektive geben.

Als Mitte August eine Delegation vor den Toren Caerlaverocks stand, irritierte mich das nicht im Entferntesten. Oft kamen solche Reitergruppen noch spät in der Nacht, um mich oder eine andere Heilerin zu einer Gebärenden oder kranken Person zu bringen, die Hilfe brauchte. Umso überraschter war ich, als die Delegation erklärte, sie kämen aus Oban, dem Sitz des schottischen Dougall-Clans. Dieser Clan fiel in der Vergangenheit vor allem dadurch auf, dass sie sich als Verbündete der Engländer positionierten. John MacDougall, Sohn des Alexander MacDougall, Lord von Argyll, schicke nach mir, damit ich nach seinem kranken Vater sehe. Er bestehe darauf, dass ich persönlich komme.

Fieberhaft überlegte ich mir, ob es sein konnte, dass mich jemand aus diesem Clan mit der wochenlangen Abwesenheit von Robert Bruce in Verbindung brachte. Aber da nicht einmal der Sohn Edwards von Roberts Gegenwart in meiner

Burg wusste, nahm ich an, dass es wohl Zufall war und mein Ruf als passable Heilerin schlichtweg bis nach Oban gedrungen war.

Also machte ich mich mit meiner neuen Tasche und einer Auswahl an Heilkräutern auf den Weg an die Westküste Schottlands, mitten in die Highlands, um einen der bittersten Feinde von Robert Bruce zu helfen. Ich war froh, keinem König jemals die Treue geschworen zu haben, sondern lediglich den Eid des Hippokrates. Dieser allerdings brachte mich nun zwischen alle Fronten.

»Wenn ich nicht sicher wüsste, dass sie dringend deinen ärztlichen Rat brauchen, hätte ich Angst, mit einem Messer in den Rippen aufzuwachen. Das sind die finstersten Gestalten, die ich seit Langem gesehen habe …«, brummte Hal unwillig, während er seinen Schimmel zu einem schnelleren Tempo anhielt. Interessiert warf ich einen Blick zurück und gab ihm Recht. Wie aus einer Schauergeschichte entsprungen, ritten die dunklen Gestalten hinter und vor uns auf ihren zotteligen Biestern, die genauso ungekämmt waren wie ihre Reiter.

Übertroffen wurde die Rauheit der MacDougall-Männer nur noch von der Landschaft, die steinig und schroff die Westküste Schottlands säumte. Weg von den satten und üppigen weichen Wiesen der Lowlands ging es stetig tiefer hinein in die wilde Region der schottischen Highlands. Um Taycans Hufe und Fesseln zu schonen, zog ich ihm Lederschuhe an, die ich für ihn hatte anfertigen lassen. Kantige Steine und zähes Gestrüpp machten seinen Hufen zu schaffen.

Aber nicht nur die Landschaft wurde rauer, auch der Wind frischte unangenehm auf und pfiff durch alle Kleider, tanzte in unseren Haaren und nahm uns teilweise den Atem. Seit meiner Kindheit war ich nie wieder so weit im Norden gewesen und fühlte die Nähe zum Meer wie schon lange nicht mehr. Oft waren wir so nah, dass ich die Wucht der Brandung an den ausgewaschenen Felsen widerhallen hörte. Der Duft von Salz und Fisch in meiner Nase holte Erinnerungen hervor, die ich mit meiner tiefsten Kindheit verband – Erinnerungen an fröhliche Tage.

Hinter mir hörte ich jemanden den Rotz hochziehen und ausspucken. Das holte mich wieder in die Gegenwart zurück. Die MacDougall-Krieger hatten aber auch eine unzugängliche Art an sich, so knurrig und unwillig, und sie sprachen kaum das Nötigste. Dagegen stach ja selbst Hal als wortgewandt heraus. Selbstredend, dass ihm das genauso wenig gefiel, und er wechselte auf unserem langen Ritt doch das eine oder andere Wort mehr mit mir als gewöhnlich. In einer dieser schwachen Minuten eröffnete er mir eine Neuigkeit, die ich eigentlich schon lange geahnt hatte.

»Moira und ich«, stotterte er zu Anfang, »ich meine, ich bin zu dem Entschluss gekommen, dass wir, na ja …«

»Dass ihr heiraten wollt?«, half ich ihm auf die Sprünge.

Er brummte bejahend.

Wusste ich es doch! Die Spatzen pfiffen es schon von den Dächern, und ich grinste in mich hinein. Die beiden hatten sich seit Moiras Rettung angenähert, und von ihr wusste ich auch schon lange, dass sie den wortkargen Hal in ihr Herz geschlossen hatte. Scheinbar hatte sie sehr lange warten müssen, bis er auf die Idee kam, ihr einen Antrag zu machen.

Mit einem aufmunternden Blick musterte ich Hal auf seinem Schimmel, der so wunderbar zu ihm passte. Sein Plaid, das er sich zum Schutz gegen den kalten Wind um die Schultern gelegt hatte, wehte ihm immer wieder ins Gesicht, und er zupfte verlegen daran herum. Seinen Blick hielt er vor sich auf die Mähne seines Pferdes gesenkt.

»Wurde ja auch Zeit, Hal«, bestärkte ich ihn wieder, als ich merkte, dass er immer noch mit der Tatsache haderte. So brachial und mutig er sonst im Kampf war, bei Frauen wurde der grimmige Krieger zum schüchternen Jungen. Es fiel mir schwer, ernst zu bleiben, denn immer wieder wollte sich ein Lächeln in mein Gesicht stehlen.

»Du bist einverstanden?« In Hals Stimme lag ein wenig Unglauben – oder vielleicht auch Enttäuschung? Hatte er ernsthaft erwartet, dass ich ihm die Idee ausreden wollte?

»Aber natürlich«, entgegnete ich ihm schulterzuckend. »Moira hatte in den letzten sechs Jahren keinen Ehemann mehr, und die beiden Mädchen sind jetzt schon viel zu lange ohne Vater. Ich hätte mir diese Verbindung schon viel früher gewünscht, aber ich weiß ja, warum du gezögert hast.«

Hal blickte stur geradeaus.

»Will sie denn noch weitere Kinder?«, versuchte ich zaghaft, mehr von dem zu erfahren, was in seinem Kopf vorging. Seine Kinderlosigkeit machte ihm schwer zu schaffen, und wir sprachen so gut wie nie über diesen wunden Punkt.

Er nickte, der Blick aus seinen grünen Augen ging in die Ferne. »Ich habe über deine Worte nachgedacht, Enja. Damals auf dem Weg nach Tripolis. Indra wollte unbedingt eigene Kinder. Aber Moira hat nichts dagegen, welche anzunehmen. Sie hat gesehen, wie ich mit ihren Töchtern umgehe.

Sie ist einfach …« Er suchte nach den richtigen Worten und öffnete den Mund, nur um ihn hilflos wieder zu schließen.

»Reifer?«, half ich ihm einmal mehr. Erleichtert ließ er die Schultern fallen und nickte. »Du hast auf jeden Fall meinen Segen, Hal. Schön, dass Moiras Kinder deinen Namen tragen werden.«

»Moira, Sophie und Catriona Ó Searcaigh«, nannte er stolz die Namen seiner zukünftigen Familie. »Ich möchte, dass meine Kinder den Namen meines Vaters weitertragen.«

»Auch wenn sie nicht von deinem Blut sind?«

Hal machte nur eine verächtliche Kopfbewegung in Richtung des wilden Wolfsrudels, das stumm hinter uns herritt. »Blut wird überbewertet. Ich wette, bei den Jungs hinter uns kennt kein Einziger seinen echten Vater. Aber auf den Namen MacDougall sind sie alle mächtig stolz …«

Mit einem Schlag erinnerte er mich schmerzlich daran, dass die Bestrebungen, meinen Namen für immer mit der Burg Caerlaverock zu verbinden, durch den englischen Krieg kläglich im Sand verlaufen waren. Meine gute Stimmung war auf einmal verflogen. Eingehüllt in unsere schwarzgrauen Plaids ließen wir unsere Pferde in dieser unwirtlichen Natur ihren Weg finden.

Wäre ich nicht so verliebt gewesen in meine Burg, hätte mir vermutlich Dunstaffnage Castle weit besser gefallen. Die sorgfältige Planung der Erbauer rang mir als Burgherrin schon einen gewissen Respekt ab. Unüberwindlich hohe Mauern schützten die Bewohner, selbst der Eingang befand sich hoch über der Ebene des ersten Burgrings, eine enge Treppe schloss einen Überfall großer Truppen aus. Die beiden Tore waren schwer bewehrt und mit keinem Rammbock zu knacken.

Lediglich Aushungern wäre eine Möglichkeit, aber bei dem großen Brunnen, der sich in der Mitte der Burg befand, brauchte der Feind einen langen Atem bei einer Belagerung. Hauptsache, es war genug zu essen da! Eigentümlich, wie sich auf einmal der Name Hassan I-Shabbah in meine Gedankenwelt drängte. Keiner konnte sich strategisch besser auf Belagerungen einstellen als er. Alamut galt als unzerstörbar.

Stolz auf sein Bollwerk politischer Macht begrüßte uns John MacDougall entsprechend selbstsicher. Das schottische Clanoberhaupt war ein drahtiger, schlanker Mann, dessen kräftiger Händedruck von unbändiger Kraft und Entschlossenheit sprach. Falls er durch unsere Erscheinung irritiert war, ließ er es sich nicht anmerken. Immerhin war ich als Frau mit ihm dennoch auf Augenhöhe, und er blickte auch kurz auf das umgedrehte Kreuz zwischen meinen Augen. Vielleicht war er vorgewarnt worden. Aus den Berichten der Kundschafter wusste ich, was mich erwartete, und ich würde ihn nicht unterschätzen.

Die Pferde wurden bereits am äußeren Burgring in Empfang genommen und damit auch mein Schwert, das ich in eine Lederhülle am Sattel gesteckt hatte. Schließlich war ich als Medicus unterwegs und nicht als Kriegerin. Lediglich meine Tasche hatte ich an mich genommen, die ich auch niemandem überließ, den ich nicht kannte. Ein wenig trauerte ich meiner alten Tasche nach, die mich an meinen früheren Lehrmeister Isaak erinnert hatte. Sie war im Zelt des alten Edward zurückgeblieben, als ich mich so hastig von dessen Gastfreundschaft verabschieden musste. Wertvolle Instrumente und die unersetzliche Lupe waren für immer verloren. Schweren Herzens hatte ich mir ein neues Exemplar fertigen lassen. Das Leder roch noch immer ein wenig nach dem Fett, mit dem es eingerieben wurde.

»Ich habe die Mägde eine Kammer für Euch richten lassen, Lady Enja«, bemerkte John MacDougall höflich, während er mich in die große Halle führte, die von einem riesigen Kamin gewärmt wurde. Die Mauern waren rußgeschwärzt und die Flammen tauchten den Saal in ein bedrohliches Licht-Schatten-Spiel. An den Wänden hingen Schilde und Schwerter längst verstorbener Ahnen und hielten Mahnwache über die Bewohner dieser Generation. Es hatte etwas von einem Mausoleum, und wäre das Feuer nicht gewesen, dann wäre die Halle wohl als riesiges Grabmal durchgegangen.

»Seid Ihr hungrig? Ihr habt einen weiten Weg hinter Euch und wollt Euch sicher ein wenig ausruhen. Mein Vater Alexander schläft bereits. Ihr könnt ihn dann morgen sehen.«

Der Sohn des alten Lairds hatte eine angenehme Stimme, und er bemühte sich redlich um eine angemessene Contenance, gemessen an der Tatsache, dass hinter mir ein schlecht gelaunter Schatten trabte, der ihn selbst um zwei Köpfe überragte und seine Ahnen in ihren Gräbern vor Furcht erzittern ließ. Verständnisvoll erbarmte ich mich seiner und erklärte ihm freundlich: »Ich danke Euch für Eure Gastfreundschaft, *Mylaird*. Gerne setze ich mich mit Euch zum Abendessen. Dort könnt Ihr mir bereits einiges über den Krankheitsverlauf Eures Vaters berichten. Meine Leibwache hier«, ich zeigte vage in Richtung Hal, »wäre froh, wenn Ihr ihm ausreichend zu essen, zu trinken und ein warmes Bett geben könntet.«

Die Aussicht auf ein anständiges Essen versetzte Hal sofort

wieder in gute Stimmung, und er bedankte sich für die Gastfreundschaft. Natürlich zog er es vor, mit den Mägden in der Küche zu schäkern, als sich die Ausführungen MacDougalls über seinen Vater und, schlimmer noch, die kriegerischen Erfolge seines Clans anzuhören. So folgte Hal bereitwillig einem der Bediensteten in die angrenzende Küche, aus der bereits ein verführerischer Duft nach gegrilltem Fisch drang.

Johns Vater war wohl schon länger krank, aber im Moment war es besonders schlimm. Der Arme schien kaum noch Luft zu bekommen, und sie fürchteten, wenn sie ihn nicht behandeln ließen, würde er bald sterben. Von den hiesigen Heilern ließ er sich nicht einmal begutachten, und sein Sohn hatte ihm besser nichts davon gesagt, dass er mich hatte kommen lassen, um ihn zu untersuchen.

»Ich würde ihn damit gerne überraschen, Lady Enja. Ihr macht mir nicht den Eindruck, als würdet Ihr vor Herausforderungen Halt machen. Ich setze daher große Zuversicht in Eure Handlungsweise.« Der Laird bemühte sich zwar um eine höfliche Formulierung, aber die Augen in seinem von harten Zügen geprägten Gesicht fixierten seine verschränkten Hände auf dem Tisch. Seine kurzen, strähnigen Haare fielen ihm in die Stirn.

Meine Lider hielt ich halb geschlossen, um nicht meinen Missmut zu verraten, aber innerlich stöhnte ich auf. Ein renitenter Kranker war alles, was ich jetzt noch brauchte. Einige solcher schottischen Prachtexemplare hatte ich bereits besucht, und sie ließen mich kaum an sich heran, geschweige denn sich behandeln. Aber die MacDougalls bezahlten mich großzügig, daher würde ich mir den Spaß am nächsten Tag gönnen.

»Sagt, *Mylaird*, wie seid Ihr überhaupt auf meinen Namen gekommen? Meine Burg liegt ja nun nicht gerade hinter dem nächsten Berg.«

John MacDougall drehte mir nun doch den Kopf zu, sah mich mit seinen scharfen Augen an, und seine dünnen Lippen verzogen sich zu einem leichten Lächeln, was ihm fast ein sympathisches Äußeres gab. »Ihr habt letztes Jahr ein Mädchen operiert mit dem Namen Muriel, erinnert Ihr Euch?«

Schnell ging ich gedanklich die Namen der Kranken durch, die ich behandelt hatte. Muriel. Mir fielen sechs Muriels ein, die ich alleine letztes Jahr operiert hatte. »Helft mir noch einmal, was habe ich operiert bei Muriel?«

Seine Mundwinkel fielen enttäuscht nach unten. Anscheinend war ihm Muriel wesentlich wichtiger als mir, wie konnte ich sie nur vergessen haben?

»Die Lippenspalte«, half er mir knapp.

Ah, jetzt hatte ich sie wieder vor meinem geistigen Auge.

»Sie ist die Tochter unseres Wagenmachers. Als sie mit ihr und der von Euch korrigierten Missbildung zurückkamen, waren sie außer sich vor Freude.«

Wieder sah er mich mit seinen harten Augen prüfend an, er war ein schlauer Fuchs, das spürte ich.

»Wie geht es ihr jetzt?«, fragte ich sachlich. »Kann ich sie morgen noch einmal sehen?«

»Es geht ihr gut, sie konnte nach ihrer Rückkehr wieder normal essen und ist jetzt so kräftig wie die anderen Kinder. Aber die Narbe wird sie wohl für immer entstellen.«

Warum waren Männer bei Frauen so kritisch, wenn es um Narben ging? Sie selbst trugen sie mit einer ganz anderen

Selbstverständlichkeit. Er sah mich interessiert an, die klugen Augen hefteten sich auf mein Kreuz auf der Stirn.

»Aber Narben tragen wir ja alle irgendwie mit uns herum, nicht wahr?«

Konnte er Gedanken lesen? Lächelnd prostete er mir zu, obwohl sich in meinem Becher nur Wasser befand.

»Ihr könnt sie gerne morgen sehen, aber zuerst ist mein Vater an der Reihe.«

»Wie Ihr wünscht«, antwortete ich höflich, unterdrückte ein genervtes Augenrollen und nahm einen Schluck aus dem reich verzierten Wasserbecher. Wenn der Alte mich überhaupt an sich heranlässt, schoss es mir durch den Kopf.

Als guter Gastgeber befragte mich der jüngere MacDougall natürlich interessiert nach meinen Studien, die meinen Wissensstand preisgeben sollten. Die ganze Zeit wurde ich das Gefühl nicht los, dass er mehr von mir wusste, als er mir verraten wollte, und ich blieb bei einer knappen Zusammenfassung meiner Tätigkeiten.

»Kennt Ihr Robert the Bruce?«, fragte er mich irgendwann so unvermittelt, ich hätte mich beinahe an dem köstlichen Fisch verschluckt. Warum interessierte ihn das?

»Ich würde lügen, würde ich sagen, ich hätte noch nie von ihm gehört«, antwortete ich ausweichend, nachdem ich die Fischstücke heruntergeschluckt hatte. »Warum fragt Ihr?«, gab ich ihm geschickt den Ball zurück.

»Nun, Ihr kommt weit herum, Ihr hört viel, da liegt es doch nahe zu fragen.« Seine Stimme hatte irgendwie einen eindringlichen Ton angenommen. Wusste er etwas?

»Außerdem«, sein Gesicht kam immer näher, so dass ich seinen scharfen Atem riechen konnte, »ist Edward auf Euch nicht sonderlich gut zu sprechen, seitdem Ihr ihm mit einer Allianz mit Bruce gedroht habt …«

Ich hob mein Gesicht und starrte ihm direkt in die Augen. Er wich ein wenig zurück. Anscheinend wurde ihm in meinem Blick bewusst, dass er zu weit gegangen war. In einem unmissverständlichen Ton machte ich ihm klar, dass er eine Grenze nicht überschreiten durfte.

»Die Sache zwischen mir und Edward ist persönlich. Ihr werdet Euch hier nicht einmischen! Bringt lieber Euren eigenen Scherbenhaufen in Ordnung.«

Während meiner Rede hatte ich mein Messer mit einem Stück Fisch auf ihn gerichtet. Nervös behielt er es während meiner Worte im Auge, sein Adamsapfel hüpfte verräterisch, also hatte er nicht nur von meinen Fertigkeiten als Arzt gehört. Seine Augen suchten hilfesuchend seine Leute, die auf Abstand geblieben waren. Ich aß den Fisch von der Messerspitze. Schottischer Lachs – köstlich!

»Was die Sache mit Bruce betrifft, werde ich erst einmal abwarten, ob er den Krieg gewinnt, nach der Schlacht von Loudon und Glen Trool ist er ja auf einem guten Weg, hier im Westen wieder Fuß zu fassen.«

Etwas versöhnlicher gab ich im Plauderton allgemeines Wissen wieder – völlig unverfänglich – und holte mir noch ein Stück des gebratenen Fisches. Er war mit Kräutern und Meersalz gegrillt worden und löste sich ganz leicht von der schwarz verkrusteten Haut.

»Wisst Ihr denn, wo er sich jetzt befindet?«, fragte er scharf nach, wieder ein wenig mutiger geworden. Er fokussierte mich jetzt, die dunklen Brauen zogen sich misstrauisch zusammen. Die Farbe seiner Augen war so dunkel, dass ich die

Pupillen nicht von der Iris unterscheiden konnte. Im Licht der Kerzen spiegelten sie Misstrauen und Gier. Um Zeit zu gewinnen, kaute ich noch ein wenig auf dem Stück Fisch herum, während ich fieberhaft nachdachte. Die Schlacht in Inverary, die Bruce gegen die Engländer gewonnen hatte, hatte bereits im Frühjahr 1308 stattgefunden. Seitdem überrannte er Buchan und Argyll mit seinen Mannen und zog auch seine blutige Spur durch das MacDougall-Land. Natürlich war er in der Nähe, ich wusste nur nicht, wo genau.

»Inverness und Inverlochy …«, begann ich wieder und wurde sofort rüde unterbrochen.

»Pah!«, brach es aufgebracht aus dem bisher so gefassten MacDougall heraus. »Das ist doch nichts Neues, diese Burgen wurden schon lange eingenommen und zerstört. Wollt Ihr behaupten, Ihr habt keine weiteren Informationen?«

Langsam stand ich von meinem Stuhl auf, legte mein Messer weg und wischte mir den Mund an meinem Ärmel ab. Höflich verneigte ich mich kurz und entgegnete dann kühl: »Ihr habt mich hierhergeholt, um nach Eurem Vater zu sehen. Ich bin Medicus und keine Kundschafterin. Falls Ihr mich deshalb zu Euch geholt habt, so muss ich Euch enttäuschen, ich habe keine Informationen. Ansonsten entschuldigt mich bitte, ich habe morgen einen anstrengenden Tag.«

John MacDougall hatte sich ebenso erhoben und stand mir nun wie ein Raubtier vor einem Angriff gegenüber, er atmete ein paarmal schwer ein und aus und bemühte sich, seine Emotionen in den Griff zu bekommen. Seine Arme versuchten sich irgendwann in einer hilflosen Gestik, die fast komisch wirkte. Schließlich zog er die Schultern hoch und ließ sie wieder fallen. Er erinnerte sich wohl daran, warum er mich geholt hatte.

»Natürlich, Lady Enja, entschuldigt meine Impertinenz. Aber die Lage hier ist sehr angespannt, versteht bitte.« Er verbeugte sich leicht, wenn auch widerwillig.

»Das ist nicht zu übersehen«, konnte ich mir nicht verkneifen. »Ich wünsche Euch eine gute Nachtruhe, *Mylaird*.«

Die Lairds des Clans MacDougall hatten einst Robert de Bruce auf seiner Flucht von Methven fast zu Tode gehetzt. Jetzt fürchteten sie ihn und seinen Hass. Mit ihrer Blutrache hatten sie damals den Teufel zum Tanz aufgefordert, jetzt mussten auch sie dem grausamen Rhythmus des Todes folgen. Auch Bruce tanzte kräftig mit – und er führte.

Die Beschreibungen seines Vaters, die ich am Abend vorher von John MacDougall erhielt, waren eine Verharmlosung dessen, was ich tatsächlich vorfand. Alexander MacDougall war die perfekte Verkörperung des störrischen und dickköpfigen Highlanders, wie es sonst nur dem Klischee entsprach. Als wäre das nicht schon schlimm genug, hatte er auch noch einen antiquierten Leibdiener, der es sich in den Kopf gesetzt hatte, seinen alternden Herrn vor der Welt der Lebenden zu bewahren.

»Ein Weibsbild!«, gellte es unnatürlich hell durch den stickigen Raum, dessen schlechte Luft mir fast den Atem nahm. »Sie wird unseren Laird weder anfassen noch überhaupt ansehen!«, quietschte der Diener mit vor Erregung sich fast überschlagender Stimme.

Es handelte sich um ein dünnes Männchen mit schütterem Haar, und ich war mir anhand seiner ungesunden Gesichtsfarbe sicher, dass er in seinem Leben noch keine Sonne gesehen hatte. Geduldig setzte ich die Tasche mit meinen Instrumenten erst einmal auf einer nahegelegenen Holzbank ab und verschränkte die Arme vor der Brust. Ich hatte ja viel Geduld mitgebracht, aber das konnte noch heiter werden.

»Diese Satansbraut wird ihm nichts anderes als den Tod bringen wie alle Weiber!« Der Diener verlor bei jedem Wort etwas von seiner Spucke, die scheinbar mit purem Gift versetzt war. Mir schien, Isaak hätte bei dieser Kreatur noch wirksameres Gift gefunden als bei der tödlichsten Viper! Fragend hob ich die Augenbrauen und wartete geduldig neben Lord John, dessen Lippen sich wieder verdächtig ausdünnten.

»Seamus!«, brüllte der junge Lord, und sein Blick schnellte zu der Person neben ihm, einem untersetzten, bärtigen Krieger mit kurzgeschorenem Haar. »Schmeiß ihn raus!«

Gesagt, getan. Das gedrungene Kraftpaket namens Seamus packte den giftsprühenden Leibdiener und schmiss ihn zum Fenster hinaus. Im letzten Augenblick verhinderte ich Schlimmeres, indem ich die Holzläden vorher öffnete. Wir befanden uns im ersten Stock in den Wohnkammern, darunter war das Verlies. Er würde es also überleben. Mit einem Blick aus dem Fenster hinunter in den Hof vergewisserte ich mich, dass der Zwerg weiterhin sein Gift verspritzen konnte. Jetzt war zumindest Ruhe hier im Raum.

Der alte Laird lag in seinem Bett und sah mich aus geröteten Augen mit geschwollenen Tränensäcken an. Sein Atem ging schwer, jeder Luftzug rumpelte in seiner Brust wie Kieselsteine. Von Zeit zu Zeit hustete er und warf zähen Schleim aus. Trotz seines geschwächten Zustands blitzten mich seine Augen wütend an.

»Warum lässt du meinen Diener wegen eines Weibes aus dem Fenster werfen, Sohn?«

Erst jetzt merkte ich, dass er gar nicht mit mir sprach, obwohl er mich ansah.

John räusperte sich und bemühte sich um eine ruhige Stimme. »Sie ist eine sehr bekannte Heilerin mit viel Erfahrung, Vater. Sie kam von weit her, um dich zu untersuchen.«

»Dann kam sie umsonst, schick sie zurück!«, krächzte er unter einem weiteren Hustenanfall. Seine Augen füllten sich mit Tränen, und er wandte sich ab. Sicher hatte er starke Schmerzen.

»Sie wird nicht gehen, ohne dich angesehen zu haben, Vater. Du bist krank, und du brauchst Hilfe. Lass sie wenigstens deine Leiden lindern.« Die Stimme Johns hatte eine gewisse Ungeduld.

»Kann ich denn nicht in Würde sterben? Müsst ihr mir jeden windigen Quacksalber …« Jetzt unterbrach ihn ein neuer Hustenanfall, der sein Gesicht gefährlich rötete. Die Augen tränten, und ich setzte mich einfach ungefragt neben ihn aufs Bett, als er von diesem Anfall geschüttelt wurde. Immer wenn es mir mit meinen Patienten zu bunt wurde, fing ich einfach an, das zu tun, wofür ich hier war. Daher öffnete ich ungerührt meine Tasche und holte das Hörrohr heraus, setzte es auf die zuckende Brust und horchte nach den Lungengeräuschen.

»John!«, würgte der Vater ärgerlich heraus. »Tu doch was!«

Tatsächlich fing er an, mich mit seinen dünnen Armen wegzustoßen. Aber ich ließ mich nicht so einfach wegschieben. Immerhin hatte ich noch eine Hand frei. Zwischen dem Hin- und Hergeschiebe schaffte ich es tatsächlich, mein Hörrohr an seiner Brust zu belassen. Die Lungengeräusche waren besorgniserregend. John tat schließlich wirklich etwas: Er hielt die Arme seines Vaters von mir fern. Während er zappelte, horchte ich nach seinem Herz. Trotz seiner Flüche, die immer wieder in einem unkontrollierten Husten untergingen, schaffte ich es, seine Herzfrequenz zu zählen. In Kombination mit den verschwollenen Augen war mir sehr schnell klar, was dem alten Laird fehlte: Sein Herz war schwach und konnte das Wasser in seinen Lungen nicht mehr abtransportieren. Es sammelte sich in der Haut und in der Lunge, die damit nicht mehr richtig arbeiten konnte. Er bekam keine Luft mehr, und sein Herz wurde noch mehr beansprucht. Ein Teufelskreis.

»Wir müssen das Wasser aus seiner Lunge bekommen, *Mylaird.*« Ich wandte mich bestimmt in die Richtung seines Sohnes, der Alte würde mir sowieso nicht zuhören. »Sein Herz ist zu schwach, um es alleine zu schaffen. Außerdem fehlt ihm die Bewegung, durch die Ruhelage wird alles schlimmer.«

John und sein Vater hielten jetzt inne. Der junge MacDougall nickte.

»Was wollt Ihr tun?«

»Macht seinen Oberkörper frei, ich werde ihm die Lunge abklopfen und versuchen, den Schleim zu lösen, dann kann er leichter abhusten. Danach muss er anfangen, sich aus dem Bett zu bewegen. Anfangs nur ein paar Schritte, öfter am Tag. Jeden Tag mehr, so gut es geht. Ich werde ihn massieren, um seine Muskeln wieder zu aktivieren.«

John zögerte nicht eine Sekunde. Mit Hilfe von Seamus zogen sie dem renitenten Vater das Nachthemd aus und bedeckten seine Blöße mit einem Tuch. Wer wollte das schon sehen?

Geduldig klopfte ich ihm die dünne Brust ab, indem ich mit meiner Faust gegen die flache Hand schlug, die ich auf verschiedene Stellen seiner Brust legte. Alexander hörte irgendwann mit seinen Beschimpfungen auf, denn jedes Mal, wenn er mich mit frauenfeindlichen Flüchen wieder in die Hölle verbannen wollte, schlug ich doppelt so hart auf meine flache Hand, und ihm entfuhr ein Quietschen. Er setzte noch einoder zweimal an und ließ es dann ganz bleiben, denn er machte sich nur lächerlich mit dem künstlichen Schluckauf, den ich erzeugte. Insgeheim musste ich lächeln, der Alte war meinem Handwerk völlig ausgeliefert.

Jetzt, wo alle endlich verstummt waren, ließ ich mir Zeit. Irgendwann bat ich den alten Laird, sich aufzusetzen, und klopfte ihm mit kundigen Händen den Rücken. Alexander ließ inzwischen ohne Widerrede alles über sich ergehen, als er merkte, dass ich weder seine Adern stechen noch ihm irgendwelches übelschmeckende Zeug verabreichen wollte. Zu meiner Erleichterung blieb er für die restliche Prozedur völlig stumm.

John verabschiedete sich jetzt von uns und bot höflicherweise an, dass er jederzeit für mich da sei, falls ich ihn brauche. Sein Vater gab nur noch ein schüchternes »John?« von sich und sagte nichts mehr.

»Ich komme zurück, Vater«, beruhigte ihn sein Sohn, aber der Laird hörte ihm gar nicht mehr zu, sondern hatte genussvoll die Augen geschlossen.

Endlich alleine mit dem widerspenstigen Kranken taten meine Hände dem alten Mann Wunder. Nach etwa einer Stunde intensiver Behandlung war ich gerade bei seinen Füßen angelangt, an denen ich mit meinen Händen immer wieder nach oben fest, nach unten leichter entlangstrich, um das

Wasser aus den Beinen zu bekommen, als die Tür aufgerissen wurde und John MacDougall mit Seamus und ein paar seiner Männer hereinstürzte. Hal polterte als Letzter durch die Tür.

Ohne große Umschweife bat mich John, den Raum zu verlassen, um mit seinem Vater etwas Wichtiges zu besprechen. Ich erhob mich bereits von meinem kleinen Hocker, da schoss der Arm des greisen Mannes vor und zwang mich dazu, mich wieder hinzusetzen.

»Sie bleibt hier, Sohn! Sie tut mir so gut, wie schon lange kein Mensch mehr«, befahl er unmissverständlich. Erstaunlicherweise hatte seine Stimme etwas Autoritäres, das selbst seinen Sohn verstummen ließ. »Auch wenn sie eine verdammte Heilerin ist«, fügte er noch hinzu und blinzelte mich verschwörerisch an.

Hal verschränkte seine Arme vor der Brust und grinste. Ihm war klar geworden, dass ich den alten Laird hier im Griff hatte. Zufrieden fuhr ich mit meiner Massage fort. Der Alte schloss wieder die Augen und bedeutete seinem Sohn mit einem Winken seiner rechten Hand, sein Anliegen vorzubringen. John räusperte sich respektvoll, bevor er zum Sprechen anhob.

»Unsere Späher haben das Heer von Bruce entdeckt, Vater. Er ist auf dem Weg nach Oban«, fing er unvermittelt an. Seine Stimme klang sehr aufgeregt, und er ließ sich von meiner Anwesenheit nun nicht weiter stören. Dann war Bruce also nicht mehr weit, keine fünf Marschtage, und er wäre hier, vor den Toren des Clan MacDougall. Meine Hände wechselten wieder zum anderen Bein, mein Herz fing an zu hüpfen.

»Wie lange wird er brauchen?«, fragte der Alte jetzt auf einmal sehr interessiert.

»Bei seiner jetzigen Truppengröße etwa drei Tage.«

»Und wie viel Mann hat er dabei?«

»Etwa dreitausend«, antwortete ihm John nervös. Er nestelte umständlich an seinem Kragen herum, als wäre er zu eng. »Sie kommen aus östlicher Richtung, von Stirling.«

Das Gespräch wurde tatsächlich interessant für mich. Aus dem Augenwinkel heraus merkte ich, wie Hals Grinsen auf seinem Gesicht erlosch. Vermutlich hatte auch er gemerkt, welch wichtige Informationen hier ausgetauscht wurden.

»Dann müssen sie durch den Pass of Brander, gute zwanzig Meilen von hier«, dachte Alexander laut nach. John nickte nachdenklich.

»Wenn wir sie dort abpassen, können wir sie auch mit wenig Männern abschlachten wie die Schafe. Wir hätten sie am Engpass des Flusses in der Falle. Sollen wir morgen losreiten, Vater?«

Der alte MacDougall drehte jetzt seinen Kopf und sah seinen Sohn lange mit seinen verwaschenen Augen an. »Wenn du ihn dort antriffst, John, dann stoße Bruce meinen Dolch ins Herz. Genau dorthin, wo er ihn auch unserem Schwager John Comyn hineingerammt hat!«

»Das werde ich, Vater, ich verspreche es!« In Johns drohender Stimme lag ein gewisses Pathos.

»Autsch, verflucht, das tut weh!«

Die Füße des Alten zuckten unter meinen Händen, ich hatte wohl zu fest zugedrückt. Geflissentlich murmelte ich eine nicht ernst gemeinte Entschuldigung. Mein Blick blieb gesenkt, zu groß war die Angst, jemand könnte in meinen Augen den Aufruhr sehen, der in meinem Kopf gerade tobte.

Auch wenn ich am liebsten sofort losgeritten wäre, es wäre ein fataler Fehler gewesen. Nach meiner Ankündigung am Vortag konnte ich mich nicht so einfach entschuldigen, das hätte uns nur verdächtig gemacht. Wenn der Pass of Brender nur zwanzig Meilen entfernt war, hätte ich mit einem strengen Tagesritt den Pass umgehen können und wäre noch rechtzeitig auf den Hauptweg gelangt, um das Heer der Schotten abzupassen. Taycan war für solche Gewaltritte trainiert, er hielt ein straffes Tempo für längere Zeit durch. Auch wenn ich um einen Tag verzögert aufbräche, würde ich selbst nach dem Pass noch einige Meilen dem sehr viel langsameren Schlachtheer des schottischen Königs entgegenreiten.

Hal und ich standen natürlich unter der strengen Beobachtung einiger wüster MacDougall-Männer und widmeten daher diesen Tag den Bewohnern von Dunstuffnage, die sehr rege Anteil nahmen an meinem Besuch und meinen Heilkünsten. Außerdem war ich sehr interessiert, den Wagenmacher aufzusuchen und meine kleine Patientin Muriel anzuschauen.

Der Nachmittag war erfüllt mit einer ganzen Menge an Krankenbesuchen und dem kleinen Sonnenschein Muriel. Schon bevor wir die bescheidene Hütte des Wagenmachers erreichten, lachte sie mich von Weitem an und winkte begeistert. Die Lippen waren noch ein wenig schief, aber immerhin konnte sie endlich lachen. Ihr Gesicht war rund und pausbäckig, wie es bei einer Dreijährigen sein sollte. Die Eltern, mit zwei weiteren älteren Kindern gesegnet, waren froh über meinen Besuch und ließen mich Muriel genauer ansehen. Der Wulst über der Lippe war noch deutlich sichtbar, und der breite Oberkiefer hinterließ ein Loch in der Zahnreihe, dies störte aber beim Kauen kaum. Die Eltern versicherten mir, dass sie glücklich waren, weil Muriel wieder lächeln und essen konnte. Sie tat dies sehr gerne und, wie ich fand, war auch die Zahnlücke sehr bezaubernd.

Sollten sie jemals Hilfe brauchen, versprach ich den erleichterten Eltern, wären sie in meiner Burg Caerlaverock jederzeit willkommen. Der Vater, ein kräftiger Handwerker mit schwieligen Händen und einem freundlichen Gesicht, versicherte mir seine ewige Dankbarkeit und schickte noch einige Gebete auf meinen Weg. Dass ich nur Gottes Werkzeug war und mit seiner Hilfe ihre Tochter geheilt hatte, ging mir leicht von den Lippen. Das war bei Weitem besser, als den einfachen Leuten zu erklären, wie ich dieses profunde Wissen um den menschlichen Körper erlangt hatte. Manchmal zog ich es vor, den Menschen ihren Glauben zu lassen, solange sie mich dafür in Ruhe ließen.

Voller Ungeduld ritten Hal und ich schon früh nach Anbruch des nächsten Tages los. Dem verdutzten John MacDougall erklärte ich am Abend zuvor kurzerhand, dass ich zu einem anderen Patienten müsse, der nicht länger warten könne. Um den alten Laird bei Gesundheit und guter Laune zu halten, brachte ich seinem giftigen Leibdiener bei, wie er ihn zu massieren und die Lunge abzuklopfen hatte. Bei seinem Flug aus dem Fenster hatte er sich wohl den Rücken gestaucht. Mit versteinertem Gesicht und etwas schiefer Sitzhaltung ließ der Mann meine ausführlichen Erklärungen über sich ergehen. Für den Patienten hoffte ich nur, dass er diese Aufgabe auch ernst nahm. Dazu ließ ich noch etwas von den getrockneten Brennnesseln da. Aufgekocht als Tee half es zusätzlich, das Gewebe zu entwässern.

John entlohnte mich fürstlich, als er sah, dass sein Vater in bester Verfassung war. Trotzdem war er misstrauisch wegen meiner schnellen Abreise. Auch der Alte machte ein langes Gesicht, und mein Angebot, Hal als Therapeuten dazulassen, lehnte er kategorisch ab. Da war ihm sein Leibdiener schon lieber. Er sah gleichwohl ein, dass mein Ruf als Heilerin in Gefahr war, sollte ich noch länger in Alexanders Kammer verweilen.

Endlich unterwegs, einigten Hal und ich uns darauf, dass er auf Brek die Späher, die uns John mit Sicherheit hinterherschicken würde, nach Caerlaverock zurücklocken sollte. Währenddessen wollte ich schnellstmöglich Bruce entgegenreiten, um ihn vor dem Hinterhalt der MacDougall*s* zu warnen. Natürlich war diesem Entschluss ein heftiger Disput zwischen Hal und mir vorausgegangen, wer wohin reiten würde, aber ich konnte mich durchsetzen, weil ich das eindeutig schnellere Pferd hatte. Selbst das Wetter schien mir gewogen, denn die häufigen Regenschauer, die immer wieder dieses raue Land heimsuchten, machten unsere Spuren schnell unkenntlich.

Die Männer des Clans MacDougall, deren Ziel wir nun kannten, setzten sich fast zeitgleich mit uns in Bewegung. Um nicht zu offensichtlich in die gleiche Richtung zu reiten, hielten wir uns erst stark westlich, an der Küste entlang zurück Richtung Dumfries. Erst als wir einige Meilen südwärts gut gemacht hatten, stieg ich ab, um mich von Hal zu verabschieden. Der saß schon seit einiger Zeit stumm auf seinem Schimmel und brütete dumpf vor sich hin. Auch jetzt machte er keine Anstalten, von seinem Pferd zu steigen.

»Ich halte das für blühenden Unsinn«, brummte er ärgerlich, »Robert de Bruce wird seine Späher vorausschicken, er wird die Falle erkennen«, sagte er ungewöhnlich heftig.

»Nicht wenn die MacDougall*s* sich oberhalb des Engpasses verstecken, dort können auch die Späher sie nicht sehen«, argumentierte ich geduldig. Sein Gesicht verdunkelte sich vor Zorn. »Du willst doch nur deinen verdammten …«, weiter kam er nicht.

Mit einem gezielten Griff zog ich seinem Schimmel das Vorderbein nach oben weg. So aus seiner Balance gebracht, konnte selbst ich mit meiner Schulter das massive Tier einfach umwerfen. Seinen eifersüchtigen Reiter auch gleich mit. Das Tier fiel schwer auf die Seite in den aufgewühlten Dreck, während sich Hal gekonnt abrollte und sofort wieder auf die Füße kam. Während er sich den Dreck von den Kleidern klopfte, schnaubten sowohl sein Wallach als auch er vor Wut.

»Ja«, gab ich selbstbewusst zu und erstickte damit jegliche weitere Diskussion, »ich will ihn sehen, um ihn zu warnen.«

Jetzt war es raus, ich hatte es zugegeben. Hals kindischen Andeutungen war der Wind aus den Segeln genommen, und es wurde ihm auch sofort klar, dass er mich hier nicht weiter traktieren konnte. Wütend ballte er seine Fäuste und kickte einen Stein weg. Etwas umständlich ordnete er die Zügel seines Rosses, das unwillig den Kopf auf dem enormen Hals schüttelte, und ganze Erdklumpen flogen davon.

»Wenigstens gibst du es zu!«, giftete er noch, während er sich wütend wieder auf sein Pferd schwang. Eingeschnappt zog er seinen verdreckten Schimmel mit den Zügeln auf den Weg zurück, während er kopfschüttelnd vor sich hin grollte: »Weiß der Teufel, was mit diesem Weib los ist. Dieser Idiot ist nicht mal des Schmutzes unter ihren Fingernägeln würdig …«

Es folgten noch ein paar andere irische Flüche, die ich nie gelernt hatte. Milde lächelnd sah ich ihm hinterher. Als seine mächtige Gestalt nur noch ein schwacher Umriss in der Ferne der dicht bewaldeten Hügel war, schnallte ich die Lederschuhe, die ich meinem Taycan zum Schutz gegen die scharfen Steine über die Hufe gezogen hatte, jetzt verkehrt herum an. Die Sohle hatte die Form eines Hufes, der nun in die Gegenrichtung zeigte. Damit ließ ich ihn die ersten Meilen nach der Trennung von Hal laufen, bis ich sicher war, die Späher wären vollends verwirrt. Irgendwann wechselte ich die Schutzleder wieder, um ihn nicht wund zu scheuern, und gab ihm den Kopf frei.

Taycan galoppierte wie schon lange nicht mehr. Sein Rücken streckte sich, der Hals wurde lang, und die felsige Landschaft flog in einem Tempo an uns vorbei, dass ich Angst hatte, ich könne an meinem Ziel vorbeirasen. Lange vor den Männern des Lairds überquerte ich donnernd die Holzbrücke über dem Fluss Awe. Von dort ging es weiter bis zum Pass of Brander, dessen Weg noch ein gutes Stück weiter bis nach Lochawe führte. Zwischendrin peitschte mir der kalte Regen ins Gesicht und durchweichte meine Kleider. Der Geruch von Taycans nassem Fell begleitete mich wie sein Schnaufen und das dumpfe Trommeln seiner in Leder gewickelten Hufe – genauso laut wie mein Herz, das schmerzhaft gegen meine Rippen schlug. Hoffentlich waren die Angaben der MacDougall-Krieger richtig, ich musste die Schotten warnen. Und wenn ich es nicht rechtzeitig schaffte, Robert abzufangen?

Irgendwann, so war ich mir sicher, würde ich auf die Armee von Bruce stoßen, dreitausend Mann ließen sich ja schlecht verstecken.

Ich legte bis zum Abend mehrere Meilen zurück. Eine solch große Armee musste den Hauptstraßen folgen, daher war ich mir sicher, ich würde auf einer der großen Ost-West-Routen auf sie treffen. Ohne auf eine Menschenseele gestoßen zu sein, stoppte ich in Tyndrum meinen Hengst zum ersten Mal. Mich beschlichen Zweifel. Was wäre, wenn sie irgendwo abseits lagerten, und ich wäre vorbeigeritten?

Die Nacht brach herein. Jetzt wurde es knapp, ich musste einen Rastplatz finden, bevor der Pfad vollends im Dunkeln verschwand. Taycan schnaubte nervös, er hatte heute seine Bestleistung gezeigt. Sein Hals war schweißnass, Striemen weißen Schaums liefen an seiner Schulter herunter und sammelten sich zwischen seinen Beinen. Die Adern an seinem Hals und den muskulösen Schultern traten kräftig hervor, und seine Flanken bebten von der Anstrengung. Um ihn abzureiten, ließ ich ihn jetzt im Schritt die letzten Meter gehen, bevor ich eines der zahlreichen Gasthäuser am Weg ansteuerte, die sich hier an der Hauptstraße entlang angesiedelt hatten. Taycan ließ seinen Hals hängen und schnaubte ausgiebig, dabei schüttelte er immer wieder die lange Mähne.

In der Ferne konnte ich Laternen im leichten Wind baumeln sehen. Das musste eine der Herbergen sein, die auf sich aufmerksam machen wollte. Deutlich sah ich Umrisse einer Hütte gegen den von den Sternen erleuchteten Nachthimmel. Hoffnungsvoll ritt ich darauf zu, aber eine Herberge sollte ich an diesem Abend nicht mehr von innen sehen.

Noch weit vor dem Erreichen des Gebäudes wurde ich unsanft von meiner weiteren Reise abgehalten. Mit tief ins Gesicht gezogenen Kapuzen und schweren Umhängen standen dort einige Männer mit ihren Highlandpferden mitten auf der Straße und fingen mich ab. Die Krieger hatten drohend ihre Schwerter gezogen und hielten Schilde kampfbereit vor sich. Mit dumpfer Stimme befahlen sie mir harsch unter den Kapuzen hervor, sofort anzuhalten. Waren es Wegelagerer? Kein Lichtschein leuchtete auf die Gesichter unter den Kapuzen. Der Sprache nach waren es Schotten.

Kampfbereit hatte ich nun ebenfalls mein Schwert aus dem Holster meines Sattels gezogen.

»Wer seid Ihr, und was wollt Ihr hier?«, herrschte mich der vorderste Mann an, er war wohl der Sprecher der rauen Bande. Natürlich fiel durch meinen Akzent sofort auf, dass ich nicht aus der hiesigen Gegend war, und ich stellte mich vor.

»Ich bin Enja, Herrin von Caerlaverock. Ich bin Heilerin und wurde gerufen, um einem verletzten Schotten zu helfen.«

Jetzt würde ich gleich herausfinden, ob die Männer hier für oder gegen Bruce waren. Die Angesprochenen blickten einander verunsichert an. Anscheinend waren sie sich uneins, wie sie verfahren sollten. Der Anführer sprach wieder in seinem rüden Gälisch: »Wir wissen nichts davon, dass eine Heilerin gerufen wurde. Wer sollte dich gerufen haben?«

Also doch Bruce*s* Leute. Ein Stein fiel mir vom Herzen, er musste demnach ganz in der Nähe sein.

»James Douglas persönlich!«, warf ich der Bande selbstsicher in die verdunkelten Gesichter. Vielleicht klingelte es jetzt in ihren Ohren.

Von dem Namen völlig unbeeindruckt lachte der Anführer nur arrogant. »Du sagst besser die Wahrheit, Weib, sonst wird dich Douglas in Stücke reißen!« Die anderen lachten höhnisch mit.

»Ihr könnt Euch verziehen, *Laddies*, die Dame hier untersteht meinem persönlichen Schutz.«

Eine tiefe Stimme hinter mir ließ die Männer verstummen. Und ich bekam – aus welchem Grund auch immer – eine Gänsehaut. Er war es höchstpersönlich! Ich würde diese Stimme aus Hunderten herauskennen.

»Eure Stimme hat sich kaum verändert, James.«

Mein Schwertarm senkte sich, ich drehte mich absichtlich nicht zu ihm um. Deutlich konnte ich hören, wie die Männer vor mir kleinlaut nachgaben.

»Sie kam alleine die Straße herunter, wir konnten sie ja schlecht passieren lassen, Chief!«, entschuldigte sich der Sprecher der Truppe und zuckte mit den Schultern. Konnte ich da ein schlechtes Gewissen heraushören?

»Alles in Ordnung, Conor, ich übernehme ab hier.«

Dann ritt der Mann, der mir diese unerklärliche Gänsehaut verursachte, an mir vorbei ins Licht der Laternen. Sein Pony war um einiges kleiner als mein Hengst, aber er musste kaum zu mir hochsehen.

»Ist Euer Wachhund gar nicht bei Euch, Lady Enja?«

Seine Stimme klang rau. Er schien sich gar nicht zu wundern, was ich hier zu suchen hatte. Fast bereute ich es, mein Pferd so getrieben zu haben.

»Falls du von Hal sprichst – der hält gerade die Bluthunde der MacDougalls auf falscher Fährte«, bemerkte ich kühl und ließ mein Schwert wieder in das Futteral gleiten, ohne meinen Blick von ihm zu nehmen. Meine wütende Anspannung verflüchtigte sich langsam. Ich hatte ihn – dem Himmel sei Dank – vor den MacDougalls gefunden. Stolz saß er vor mir auf seinem kräftigen Tier, die dunklen Haare glänzten golden, wo das Fackellicht sie traf. Seine Augen waren unter schwarzen Schatten für mich unsichtbar, aber ich spürte seinen harten Blick auf meinem Gesicht, und es kribbelte gefährlich in meinem Rücken.

»MacDougalls?« Sein Gesicht verhärtete sich sofort, das war sogar im Fackelschein der Laternen erkennbar. Seine Leute spannten sich sofort wieder an. »Wo sind sie?«

»Auf dem Weg zum Pass of Brander, um Euch eine große Überraschung zu bereiten.«

Er schluckte sichtbar. James kannte die Stelle wohl sehr gut, eine weitere Erklärung war demnach nicht nötig. Eine unangenehme Stille breitete sich aus, nur Taycan schnaubte und trat immer wieder von einem Bein aufs andere.

Im Schein der Fackeln fixierte mich James, als wäre ich John MacDougall persönlich. Deutlich sah ich es in seinem Gesicht zucken, als zweifelte er meinen Bericht an. Wohlweislich sparte er sich jede weitere Frage. Etwas zu ruppig wendete er sein Pony.

»Kommt mit, Lady Enja. Ich denke, wir sollten dies mit Bruce besprechen.«

Robert de Bruce traute seinen Augen nicht, als er seinen Vertrauten James Douglas mit der weißblonden Frau sah, die ihn in Caerlaverock gesund gepflegt hatte. Um seine Überraschung zu verbergen, verschränkte er seine Arme unter dem warmen Fellumhang vor seiner Brust. Mit einem deutlichen Knacken der Gelenke wechselte er sein Gewicht von einem Bein auf das andere und spürte den Schmerz in seinem Rücken, der ihn schon seit Wochen begleitete wie der Aasgeier das siechende Rind. Seit seiner Genesung damals kämpfte er mit Gliederschmerzen, die sich bei dem feuchten Wetter in den Gelenken und im Rücken mit bestechender Intensität zeigten.

Eine angenehme Wärme durchflutete ihn trotz der kalten Nacht, als er ihr vertrautes Gesicht sah, das die Klugheit und den Stolz einer Frau spiegelte, die wusste, wer sie war und was sie konnte. Enja hatte damals seinen absoluten Respekt gewonnen, indem sie souverän mit Taktik und Technik und der Hilfe des Maxwell-Clans das Heer Prinz Edwards, Sohn des Königs von England, vertrieben hatte. Hier, mitten in den Highlands, stand sie nun mit vom Wind gelösten Strähnen vor ihm, die Wangen in dem ansonsten blassen Gesicht leicht gerötet, aber sonst so stolz und schön, wie er sie in Erinnerung hatte.

James und die hochgewachsene Kriegerin waren bis vor sein Zelt geritten, aus dem er hervorgetreten war, um sie zu begrüßen. Nach Bruces Erfolgen im Norden Schottlands kamen fast täglich neue kampferprobte schottische Krieger, um sich in den Dienst ihres Königs zu stellen. Es tat gut, nach den schmerzlichen Verlusten seiner Brüder Nigel, Thomas und Alexander und der Verschleppung seiner Familie aus Kildrummy Castle den Rückhalt in seinem Land zu bekommen, den er so dringend brauchte.

Enja in Begleitung seines engsten Vertrauten vor sich stehen zu sehen, erfüllte ihn mit neuer Kraft. Zusammen waren diese beiden ein wirklich schönes und kraftvolles Paar. Er spürte förmlich die pulsierende Energie, die von den beiden ausging und die sie beide miteinander verband. Bruce konnte jetzt nicht mehr zurück. Zu viele Menschen waren gestorben für ihn und seine Sache. Die Einigung Schottlands war in greifbare Nähe gerückt. Die Saat des Widerstands gegen die Engländer, die schon William Wallace vor einigen Jahren unter den Schotten gesät hatte, war endlich aufgegangen. Die großen schottischen Edelmänner hatten sich alle vor ihm verneigt. Trotz seiner Exkommunikation durch den Papst wegen der Ermordung John Comyns unterstützte ihn die Kirche unter Bischof William Lamberton, und im Frühjahr 1309 würde er das erste Parlament Schottlands ausrufen unter ihm als König.

Jetzt gab es nur noch Alexander MacDougall, den Lord of Argyll, der ihm als Comyns Verwandter vehement die Unterstützung verwehrte. Wenn er nicht bald einlenkte, müsste er auch ihn ausschalten wie alle anderen Gegner vor ihm.

Immerhin war es ihm mit Douglas' Hilfe gelungen, die Engländer auf Abstand zu halten. In brutaler Manier hatte er mit seinen Vertrauten aus dem Hinterhalt schmerzhafte Angriffe auf Garnisonen und Nachschubtruppen geführt. Angst und Terror vor den schnellen und schweren Übergriffen hielt die gut geschulte englische Armee in Schach, zutiefst eingeschüchtert von ein paar Barbaren aus den schottischen Wäldern. Er war sehr stolz auf seine engsten Vertrauten Angus Og MacDonalds und James Douglas, die den beschwerlichen Weg bis hierher mit ihm beschritten hatten.

Auch jetzt war Angus wie ein Schatten an seiner Seite, als Douglas mit Enja in die von Fackeln erleuchtete kleine Lichtung trat, die er mit seinen Männern teilte. Das Licht der mit

Wachs getränkten Fetzen warf eine gespenstische Stimmung auf das riesige Areal mit den Zelten und Feuern der Rebellen, die sich hier in einem kleinen Tal niedergelassen hatten.

Angus war ein Kind der schottischen Hebriden, rau und ungestüm wie das Wetter dort. Mit seinen rotblonden Haaren und der kräftigen, großen Statur erinnerte er ihn mehr an einen Wikinger als an einen Schotten nobler Herkunft. Sein Vater, Lord of Isley, war es, der ihm zusammen mit Christina of Mar Schutz und Zuflucht vor den marodierenden Truppen Edwards gewährt hatte. Angus repräsentierte den Haudegen unter seinen engsten Vertrauten, die er wie eine Leibgarde um sich scharte, ein Kämpfer, der seinen Kopf und seinen Humor selbst im dichtesten Getümmel seiner Feinde nicht verlor.

James dagegen, der Taktiker unter seinen Anführern, war der typische Aristokrat in dem wilden Haufen. Er achtete auf seine Sprache und sein Auftreten und hatte auch immer noch diese feinen Züge im Gesicht, die ihn von Angus so stark unterschieden. Seine dunklen Augen und Haare bargen aber auch starke Emotionen und eiskalte Berechnung, wenn es um die Durchsetzung seiner Befehle ging.

Beide standen nun vor ihm und betrachteten mit ihm diese seltsam anmutende Frau, die wie aus dem Nichts hier aufgetaucht war. Wie hatte sie ihn gefunden, wo doch sonst niemand wusste, wo sie sich befanden? Sein Heer hatte er erst vor ein paar Tagen gesammelt. Er vermied es tunlichst, in größeren Verbänden zu marschieren, um die Engländer nicht zu provozieren.

»Ich grüße Euch, Lady Enja. Welch angenehmer Gast in unserer Mitte! Eure Schönheit beschämt mich in meiner bescheidenen Behausung«, begrüßte er gewandt die Gestalt, die ihm nun ganz in Schwarz und mit taillierter Lederweste gegenüberstand. Sie reichte James fast bis an das Kinn, eine erstaunliche Größe für eine Frau. Sicher kamen ihre Vorfahren aus dem hohen Norden, das würde auch ihre Haarfarbe und ihre Größe erklären, ging es Bruce bei ihrem Anblick durch den Kopf.

Enja blickte ihn mit ihren kristallblauen Augen scharf an und verbeugte sich leicht. »Die Freude ist ganz meinerseits, Mylord. Ich hoffe, es geht Euch wieder gut, nachdem ihr so schnell meiner Obhut entfliehen musstet?«

»Es geht mir blendend.« Bruce lächelte dankbar über ihre echte Anteilnahme. »Jetzt, wo Ihr hier seid und den Abend mit Eurer Anwesenheit verzaubert, geht es mir umso besser!«

Bruce spürte sehr wohl, dass sich Enja unter seinen Komplimenten nicht wohlfühlte, daher war er auch nicht böse, als sie dem Wortgeplänkel ziemlich schnell Einhalt gebot.

»Das ehrt mich, Hoheit, aber ich bin nicht hier, um schöne Worte zu hören. Ich habe ein Anliegen, das Eurer dringenden Aufmerksamkeit bedarf.«

»Bitte«, lud Bruce mit einer einladenden Geste die beiden Vertrauten und den Gast in sein Zelt, »erzählt mir, was Euch so in Eile hergeführt hat.«

Es war ein einfaches Zelt, hastig zusammengezimmert aus einem Holzgeviert, über das ein gewachstes Tuch geworfen war. Im Inneren befand sich die karge Einrichtung eines Soldaten, ein Strohbett, die Bänke für die Rüstung und ein Wassereimer zum Waschen. Nichts wies darauf hin, dass es sich um das Zelt eines Königs handelte. Robert ließ seine Gäste an dem roh behauenen Holztisch niedersitzen, der in der Mitte des Zeltes ein wenig versunken im weichen Untergrund stand. Die schiefen Bänke davor waren noch klamm von dem Regen der vergangenen Tage und das rohe Holz roch immer noch schwer nach Harz. Sie waren frisch aus den umliegenden Baumstämmen geschlagen und gezimmert worden.

Die Geschichte, die Enja schließlich im rußigen Licht einer Fackel und im Schutz des Zeltes erzählte, hatte etwa die gleiche Wirkung wie ein Schlag in seine Magengrube. Ausgerechnet seine Armee, die dem Clan der MacDougalls gerade den Krieg erklärt hatte, sollte von diesem penetranten Schotten in einen Hinterhalt geführt werden? Bruce konnte es kaum glauben.

Aber die Geschichte klang plausibel. Angesichts der Tatsache, dass Enja den beschwerlichen Weg hierher gesucht hatte, um den Plan zu vereiteln, war Grund genug, ihr zu glauben. Außerdem kannten Bruce und der Rest seiner Gruppe den Pass of Brander gut genug, um ihn als Hinterhalt zu nutzen. Er hätte sich exakt diesen Ort ausgesucht, um eine Armee aus dem Hinterhalt anzugreifen. Er lehnte sich ein wenig zurück und gab seinen Leuten Raum, das Thema zu diskutieren.

So konnte er in aller Ruhe beobachten, wie James mit ernster Miene, pointierter Gestik und mit leicht nach vorne gebeugtem Oberkörper auf Enja einredete. Angus dagegen hörte ihnen in stoischer Gelassenheit nur aufmerksam zu. Ab und an warf er den einen oder anderen Satz ein, blieb aber weitgehend ruhig. Es schien, als hätten die drei ziemlich schnell eine Antwort auf das rüde Vorgehen des MacDougall-Clans gefunden.

Robert hatte es nicht anders erwartet. James kannte sich wie kein anderer in der Welt der Schotten aus. Er wusste genau, wie sie dachten und handelten, und reagierte, indem er noch einen oben draufsetzte.

Eigentlich ein schönes Paar, schoss es Bruce zum wiederholten Male durch den Kopf, während er so grübelnd dastand und die drei Kampfgenossen beobachtete. Sie war stark, so ganz anders als die Frauen, die er kannte. Dabei war sie belesen, intelligent und kampferprobt – alles Eigenschaften, die einen Mann in Kriegszeiten schnell in eine Führungsposition brachten. Nur, sie war eben doch nur eine Frau …

Am Nachmittag des nächsten Tages, es war schon spät im August des Jahres 1308, schälte sich das mächtige schottische Heer in einem leichten Nieselregen durch das Tal neben dem Fluss Awe, der sich hier aus den Bergen ins Meer ergoss. Es waren nur noch wenige Stunden bis zum Pass of Brander, wo sich die Vertiefung zu einer Engstelle zusammenzog. So konnten lediglich wenige Reiter nebeneinander passieren. Darüber zog sich die Gebirgskette des Ben Cruachan mit einer Höhe von über dreitausend Fuß, die jetzt von einem dicken Nebel eingehüllt war.

Die Männer unter James Douglas hatten sich im Schutz des Nebels in einem großen Bogen um die Talenge herum von hinten an den vermuteten Hinterhalt herangetastet. Einige der schottischen Krieger waren in dieser Gegend aufgewachsen und kannten sich gut aus. Darunter befand sich auch ein guter alter Bekannter, Lachlan McKay. Es stellte sich heraus, dass er hier mit einigen Familien des McKay-Clans groß geworden war. Diese waren vor einiger Zeit von den McGregors versprengt worden. Den Pass kannte er wie das Innere seiner Satteltasche, und er ließ es sich nicht nehmen, den Zug auf dem Weg durch das Gelände anzuführen. Der Rest setzte sich aus Freiwilligen zusammen, die gut zu Fuß waren. Natürlich hatte ich mich dazugesellt, ohne die Meinung der Vertrauten des Königs abzuwarten. Gedankenverloren stellte ich mich instinktiv an die Seite von James, der dies verwundert zur Kenntnis nahm. Warum galt meine Sorge diesem Kerl, dem ich bis vor Kurzem am liebsten die Haut abgezogen hätte? Was zog mich so magisch an, dass ich meinen Stolz und meine Neutralität so aufs Spiel setzte? Ohne nachzudenken, hatte ich mich auf James' und damit auch auf Roberts Seite geschlagen. Mein Gott, Hal, wo warst du nur, als ich deine verdammte Streitaxt brauchte, um mir Vernunft einzuhämmern?

Nachdem eine kurze Nachfrage des Königs, ob etwas gegen meine Teilnahme spreche, keinen Widerspruch provoziert hatte, brachen wir zuerst mit unseren Pferden auf, um auf die andere Seite des Berges zu gelangen. Irgendwann ließen wir die Tiere in einer Talsenke bei einem Bauern zurück und liefen zu Fuß in einem zügigen Laufschritt fast fünf Stunden über die steilen Wege bis hinüber zur angepeilten Passhöhe. Im Schutz des dichten Pflanzenwuchses pirschten wir uns vorsichtig von oben an die erste Ebene heran. Tatsächlich hatten sich die MacDougalls weiter unten bereits in ihre vorteilhafte Position gebracht und harrten dort aus, bis das unübersehbare Heer von Robert Bruce herankommen würde. Nur wenige Männer konnten an dieser Stelle mit geringem Aufwand ein furchtbares Gemetzel anrichten.

Wir entschieden, dass dreihundert Mann über den Pass von oben an die Männer John MacDougalls heranschleichen sollten, während Bruce mit Angus von unten einen Frontalangriff wagte. Natürlich ließ man die Karren, die Nutztiere und das Gefolge weit nach hinten fallen, um sie aus der Kampflinie zu nehmen. James hatte die Durchführung des Manövers übernommen, hielt sich aber weitgehend an meinen Vorschlag, die MacDougall*s* von oben anzugreifen. Tatsächlich und zu meiner einzigen Verteidigung war ich wegen unserer Kampfstrategie sehr aufgeregt: einen Hinterhalt für den Hinterhalt, das war gewagt.

Deutlich sahen wir die Umrisse der Männer, die auf halber Höhe gebannt auf das anrückende Heer starrten, so wie wir auf sie. Wir kauerten nicht weit von ihnen entfernt hinter dichten Büschen, die den Felsen hier bedeckten. Mein Blick wanderte von James, der neben mir seine Position bezogen hatte, wieder auf das Geschehen vor mir.

Inzwischen konnten wir die ersten Männer des Heeres im langsamen Schritt die Talenge passieren sehen. Als König Robert als einer der Ersten dort unten auftauchte, gab John MacDougall, dessen schlanke Figur ich deutlich zwischen seinen Männern ausmachen konnte, das Zeichen zum Angriff. Sie zögerten keine Sekunde. Mit einem durchdringenden Kampfschrei sprangen die über mehrere Hundert Yards verteilten Männer auf und zogen ihre Breitschwerter. Seine Mannen im Tal beantworteten das Kampfgeschrei mit einem lauten »Für den König!«, und im selben Moment sprangen die Männer um mich herum mit dem allseits bewährten Kampfschrei »Douglas!« auf und stürzten sich in ein Kampfgetümmel, das ich in meinem Leben nicht mehr vergessen würde.

Der Kampf der Engländer gegen die Schotten war bis zu diesem Zeitpunkt für mich nichts Neues. Aber ein Kampf zwischen Schotten war eine neue Erfahrung und gespickt mit reizvollen neuen Erkenntnissen. Die Schotten kämpften einen recht körperbetonten Nahkampf. Von den Engländern so gefürchtet, beherrschte der schottische Krieger die Kombination zwischen Abwehr und Angriff perfekt. Während er sein Schild gegen die von oben kommenden Schläge mit dem linken Arm als Abwehr nutzte, hieb er gleichzeitig mit dem Breitschwert in der Rechten gezielt auf den Feind ein. Sollte dies nicht reichen, so versetzte er mit dem *Sghian achlais*, einem Dolch, den er unter dem Schild in der Linken verbarg, seinem Gegenüber den Todesstoß. Einfach, aber sehr effektiv, und von klein auf hart trainiert. Abwehr, Hieb, Stich! Hatte ein Schotte also eine Chance für einen direkten Nahkampf, hatte er fast gewonnen. Die Kämpfer hier beherrschten ihr Metier blind, es folgten erbitterte Zweikämpfe, mein Herz schlug höher.

Der Fehler meiner Feinde war, sie kannten die verheerende Wirkung meiner japanischen Kantana noch nicht. Oft zeigte sich tödliches Erstaunen in den Gesichtern meiner Angreifer darüber, wie schnell und brachial diese Waffe die Hälse selbst der besten Krieger der MacDougalls durchtrennte. Meist war es das Letzte, was sie in ihrem Leben sahen.

Rücken an Rücken kämpfte ich mit James gegen die hart kämpfende Truppe John MacDougalls. Feuchter Nebel senkte sich auf die schwitzenden und stöhnenden Leiber, die wie Irrwische ihre Waffen gegen ihre Landsleute schwangen, die offensichtlich für den falschen König kämpften. Aus dem Augenwinkel heraus verfolgte ich die sicheren Bewegungen des geschickten Douglas, wie er wohl auch meine. Mittendrin rief er mir über das unablässige Grunzen und Ächzen der

Hieb- und Stichbewegungen hinweg und ohne irgendeine Einleitung zu: »Warum habt Ihr mir niemals gesagt, was in der Nacht passiert ist?«

Ich hieb einem kleinen älteren Kämpfer den Kopf ab und fragte kurzatmig zurück: »In welcher Nacht?«

»Stellt Euch nicht so blöd«, hörte ich seine genervte Stimme neben mir, »Ihr wisst genau, welche Nacht ich meine!«

Ein weiterer MacDougall ging stöhnend zu Boden. Er hatte recht. Aber ich musste es ja nicht gleich zugeben …

»Ihr wart betrunken!« zischte ich zwischen zwei weiteren Hieben hervor.

»Das war mir klar, als ich am nächsten Morgen aufwachte. Was war passiert?« James stach keuchend einem Opponenten seinen Dolch in den Bauch, der wortlos und mit weit aufgerissenen Augen zusammenbrach.

»Ihr erinnert Euch nicht?« Mein nächster Stich traf einen weiteren Gegner, der daraufhin zu Boden ging.

»Ich wachte in Eurem Bett auf, und mir war einfach nur schlecht …«

James kämpfte jetzt mit einem ziemlich versierten Gegner. Er keuchte vor Anstrengung, seine Schläge pflügten sich durch den Angriff des Gegenübers und brachten ihn in die Defensive.

»Ihr wisst also noch nicht einmal, warum Ihr Euch betrunken habt?« Von aufkeimender Wut getrieben, schlug ich einem Krieger mit meinem Schwertkopf den Schädel ein. »Ich … weiß … nur … ich hatte mächtig Angst … Euch in Eure … Kammer zu folgen.«

Bei jeder kurzen Wortpause schlug er seinem Gegner das Schwert um die Ohren und drängte ihn mit der Wucht seiner

Schläge vor sich her. Kurzerhand erstach ich James' Angreifer, der nun in seiner Abwehr rückwärts auf mich zustolperte, von hinten. Der Körper sackte sofort in sich zusammen und kippte seitlich weg. Aus kürzester Distanz sah ich James nun aufgewühlt ins blutbeschmierte Gesicht.

»Ihr hattet Angst? Vor mir?« Mein Herz machte einen Salto, meine Stimme war höher als sonst.

»Ich war noch nie mit einer Frau zusammen. Ja, ich hatte Angst vor Euch!«

Das verschlug mir die Sprache. Mit ungläubigem Gesicht starrte ich ihn aus nächster Nähe an. Das Schreien und Schnaufen, das Klirren der aufeinandertreffenden Schwerter erreichte meine Sinne nur noch durch eine dumpfe Nebeldecke.

»Wieso … warum … Ihr habt noch nie …?«

Verärgert über meine Naivität biss ich mir auf die Lippen und fixierte diese warmen Augen, die ich so mochte. Konnte es sein …? James verharrte im gleichen Moment bewegungslos vor mir, seine Brust bewegte sich heftig auf und ab. Braune Augen starrten in kristallblaue Augen. Um uns herum tobte immer noch ein verbissener Kampf, aber der war für uns beide in diesem unglaublichen Moment vergessen.

»Ihr seid eine mehrfache Mutter, so selbstbewusst und … und ich hatte vorher noch nie mit einer Frau, na ja …« Die Worte entglitten ihm und mir der Verstand.

»Wieso Mutter? Ich habe meine Kinder doch nur angenommen!«, schleuderte ich ihm fassungslos entgegen. Mit einer Hand wischte ich mir in einer fahrigen Bewegung den Schweiß aus dem Gesicht.

Wie betäubt stand ich vor ihm. Der Arm mit dem Schwert

hing bewegungslos herunter, und auch er ließ seine Arme sinken. Wir starrten uns ungläubig wie in einem schlechten Traum nur eine halbe Armlänge voneinander entfernt an. Die Erkenntnis drang langsam, aber sicher in unsere Wahrnehmung – wir hatten uns gegenseitig völlig falsch eingeschätzt.

»Dann wäre ich Euer erster Mann gewesen?«, fragte er mich ungläubig.

Einer unserer Kämpfer rumpelte von der Seite gegen mich, und ich kickte ihn mit einem ärgerlichen Fußtritt wieder in die andere Richtung. Dabei starrte ich James unverwandt ins Gesicht.

»Und ich Eure erste Frau«, erwiderte ich ungläubig.

Unsere Gesichter befanden sich jetzt ganz nah beieinander. Ich suchte seinen Blick und fand mich in seinen sanft glänzenden Augen gefangen. Neugierig nahmen sie jedes noch so kleine Detail in meinem Gesicht auf und liebkosten mich, noch bevor er mich berührte. Wir standen beide inmitten eines wilden Kampfgetümmels, und dennoch hatten wir nur Augen füreinander. Ich war völlig eingehüllt in dieses seltsame zarte Band, das mich unsichtbar gefangen hielt. Anscheinend ging es James genauso, denn er ließ meine Blicke für eine gefühlte Ewigkeit nicht mehr los.

»Ich wollte Euch schon an diesem Abend küssen, und ich war zu feige, es einfach zu tun«, gestand er mir in dieser dunklen, sinnlichen Stimme, die sich jetzt wie ein warmer Regenschauer auf meine Haut legte. Unfähig, etwas anderes zu tun, als völlig gebannt in seine Augen zu starren, flüsterte ich: »Dann tut es doch jetzt!«

Mitten in diesem Gewühl von schepperndem Metall und mörderischem Geschrei fanden unsere Lippen sich in einem

Kuss, den ich von der Spitze meiner Zunge bis hinunter zu den Zehenspitzen in jeder Faser meines Körpers spürte. Es war kein unschuldiger Kuss, in dem Lippen aufeinandertreffen. Es war der leidenschaftliche Kuss eines Mannes, der mehr wollte als meine Lippen. Er wollte meinen Körper und meine Seele – ganz! Nur allzu gern gab ich ihm, wonach er verlangte: meinen Mund, meine Sinne, und ich spürte in meiner unteren Körperhälfte, dass es da noch mehr gab.

Wir standen mitten in einem Schlachtfeld, und die Geräusche um mich herum waren auf einmal so weit weg, ich nahm sie nicht mehr wahr. Unsere Umgebung schien in einem tiefen Daunenkissen zu versinken, es gab jetzt nur noch uns beide. Seine Lippen eroberten mich, und sein Atem erfüllte mich, bis ein Schauer mich erfasste, der sämtliche Gedanken mit einem Schlag auslöschte.

Lachlan McKay hatte schon viel erlebt, aber das war der Gipfel des Irrsinns! James Douglas und die blonde Kriegerin standen mitten auf dem tobenden Schlachtfeld und küssten sich. Völlig abwesend, ohne im Geringsten von dem Gemetzel um sich herum etwas wahrzunehmen, verschmolzen die beiden zu einer Einheit, die selbst sein wütendes Geschrei nicht zu trennen vermochte.

Gemeinsam mit seinen Männern hielt McKay verzweifelt die Angriffe der Feinde von dem Paar ab, und wie es schien, wurde die Anzahl der Angreifer tatsächlich weniger. Irgendwann erkannten auch die tapferen MacDougall-Krieger die Aussichtslosigkeit ihres Unterfangens, und die wenigen überlebenden Männer des verfeindeten Clans mussten Hals über Kopf vor den wütenden Bruce-Anhängern fliehen.

Direkt neben den beiden Turtelnden stützte sich Lachlan schwer atmend auf sein Breitschwert, während die beiden sich unverwandt tief in die Augen blickten.

»Seid ihr beiden jetzt endlich fertig?«, fragte er den verzauberten James ungeduldig, der sein nutzloses Schwert noch in der Rechten hielt und Enja leidenschaftlich umarmte.

»Fertig?«, kam es abwesend von Douglas' Lippen. Die beiden sahen sich gegenseitig in die Augen, als würden sie darin versinken. »Ich habe doch gerade erst angefangen …«, entglitt es einem völlig entrückten James, der für den Augenblick alles um sich herum vergessen hatte.

Völlig entnervt von dem Liebesgeplänkel der beiden brüllte McKay ihn nun an: »Wir haben sie besiegt! Sie rennen um ihr Leben, verdammt, sieh doch nur!«

Wild gestikulierend deutete er dabei auf die flüchtigen Gestalten des besiegten Clans. Nein, James sah nicht hin. Es interessierte ihn nicht, selbst wenn McKay die Welt aus ihren Angeln heben würde, denn er verlor sich gerade mit Haut und Haaren in diesen wunderschönen kristallklar leuchtenden Augen.

Der Boden unter meinen Füßen löste sich auf. Wie ein Wesen aus einer fremden Welt schwebte ich durch Zeit und Raum. Es gab keinen Tag mehr und keine Nacht. Es gab nur noch uns beide. Weiche Lippen, das Gefühl, dass alles fließt, und diese Augen. Ich verlor mich in einem dunklen See und fühlte mich geborgen. Was war nur mit mir los?

Wir waren mitten in einem Kampf, und jetzt waren wir gefangen von den zarten Fäden eines Netzes, das unsere Sinne zusammenwebte. James lächelte, und die Kerbe zwischen seinen Augen wurde ein wenig schwächer. Kleine Fältchen an seinen Augenwinkeln und ein Grübchen an seinem rechten Mundwinkel huschten über sein Gesicht. Die ernsten braunen Augen, die so feinsinnig in meine Seele schauen konnten, versanken in einem Strudel zärtlicher Gefühle.

Erst als McKay den Sieg für die Rebellen herausbrüllte, fing die Wirklichkeit an, mich wieder einzuholen. In meiner Rechten hielt ich immer noch mein Schwert. Die andere Hand ruhte auf seiner Brust und spürte sein Herz darunter wild pochen. Um meine Fassung wiederzugewinnen, atmete ich ein paarmal tief ein und wieder aus. Erst danach löste ich mich von ihm, und sofort fehlte mir die Hitze seines Körpers, als gehörte sie zu mir. Wir sprachen beide kein Wort, und trotzdem kommunizierten unsere Körper.

James drehte irgendwann seinen Kopf zu McKay, der mit seinen Kampfgenossen brüllte. Ein sichtbarer Ruck ging durch seinen Körper, als hätte er sich an etwas erinnert und müsste sich mit Gewalt in die Gegenwart zurückholen. Erstickt rief er seinem treuen Gefährten zu: »Wo ist der Laird, wo ist John MacDougall?«

McKay gab die Frage brüllend weiter, und die Antwort kam irgendwo von weiter unten: »Er ist wohl mit einem Schiff den Fluss Awe hinunter geflohen und mit ihm ein paar seiner Leute! Wir haben noch versucht, ihn aufzuhalten, aber wir waren nicht schnell genug!«

James fluchte und spuckte wütend aus. »Verdammter Bastard! Er ist uns durch die Lappen gegangen, aber wir werden uns seine Burg holen. Er wird nie wieder schottischen Boden unter seinen Füßen spüren, das schwöre ich!«

Jetzt hatte er seine alte Souveränität und seine Führungsrolle zurückgewonnen.

»McKay, du holst mit ein paar Männern unsere Pferde von der Farm, wir werden mit dem restlichen Heer die Burg des Clans MacDougall stürmen. Ohne ihren Laird und ohne Krieger werden sie schnell aufgeben. Wir werden alles niederbrennen, was uns im Weg steht. Argyll wird fallen, ein für alle Mal!«

Begeistert stürmte er mit einem zufriedenen McKay und seinen Mannen den Berg hinunter zu den Truppen von Bruce, die ausgelassen ihren Sieg bejubelten. Langsam folgte ich nach, noch immer wie betäubt von dem Kuss, den ich nach wie vor auf meinen Lippen spürte.

Sogar meine Knie waren weich geworden. Es musste etwas mit der Art zu tun haben, mit der mich James ansah. Irgendetwas in seinem Blick hatte mich verzaubert.

Die Einnahme der Burg der MacDougalls war tatsächlich reine Formsache. Der senile Alexander MacDougall hatte bereits vor uns die Burg verlassen und über das Meer die Flucht nach London zu seinen englischen Verbündeten angetreten. Bruce hatte damit Argyll und die Westküste Schottlands unter Kontrolle. Das Schleifen der eingenommenen Burgen gehörte zu Roberts Strategie, den Engländern keine Festungen zu überlassen und damit auch keine strategischen Punkte, die sie nutzen konnten. Es war die Politik der verbrannten Erde, die das englische Heer auf weiter Linie aushungern sollte, und auch Dunstaffnage fiel dieser Strategie zum Opfer.

Es dauerte ein paar Tage, bis die Burg zerstört war und die Wertgegenstände abtransportiert waren, dann spaltete sich das große Heer wieder in kleinere Truppen auf. Während Bruce sich dem nächsten strategischen Stützpunkt Isle of Man widmete, der noch in englischer Hand war, wandte sich Douglas mit McKay und seinen eigenen Männern wieder gen Süden. Das hieß für mich, dass wir noch einige Zeit in die gleiche Richtung reiten würden.

Bei jeder Gelegenheit, die wir uns stehlen konnten, versuchten James und ich, uns zu sehen. Die ganze Zeit hatte ich ein Gefühl im Bauch, das mich an das Flattern von Schmetterlingen erinnerte. Mir kam es vor, als würden sich Türen öffnen, die mir bisher verschlossen waren. Kraftvolle Gefühle schwemmten meinen Körper. James weckte mein Begehren.

Wir ritten nebeneinander oder saßen bis spät nachts mit seinen Männern am Feuer, während sie sich die haarsträubendsten Geschichten erzählten. Je länger die Nacht dauerte, desto schlimmer wurden sie. Sie erinnerten mich an die großen Geschichtenerzähler des Orients. Es war in jedem Land immer das Gleiche.

Am nächsten Tag führte uns der Weg durch das Tal Glencoe, das sich im Licht des lauen Spätsommers in seiner ganzen grünen Pracht zeigte. Immer wieder erfrischten uns Bäche und Lochs, die so klar und rein waren, dass wir mit unseren Händen das Trinkwasser schöpften. Die satten Wiesen und Wälder wurden von Schafen und zotteligen Rindern bevölkert, die zufrieden zusammen grasten, um sich Speck für den Winter zuzulegen.

Gegen Mittag passierten wir einen Wald mit hochgewachsenen Farnen, als James sich vom Rest seiner Truppe absonderte. Er bedeutete mir, ihm auf dem kleinen Weg zu folgen, und kurze Zeit später wusste ich auch, wohin er wollte. Abseits von der Hauptroute lag ein See, halb eingebettet in ein Felsbecken, das von einem Wasserfall gespeist wurde. Sicher hatte das tosende Wasser dieses tiefe Becken in den Felsen gefräst, das an einer Seite nun eine scharfe Kante im Stein aufwies. Glasklares Wasser ließ uns die Fische mit bloßem Auge erkennen. Mein Gesicht musste wohl deutlich mein Erstaunen über die Schönheit der schottischen Natur widerspiegeln, denn James lachte mich belustigt an und stieg von seinem dunkelbraunen Highlandpferd. Immer noch staunend folgte ich seinem Beispiel und trat an den Rand des natürlichen Wasserbeckens, das so kühl und einladend war, dass ich fieberhaft überlegte, wie ich dort hineinkäme, ohne mir eine Blöße zu geben.

Ehrfürchtig kniete ich am Rand nieder und ließ eine Hand ins Wasser gleiten. Für einen späten Sommertag war es angenehm warm. Mein Blick wanderte zu James, der sich ebenfalls mit einem Bein niedergekniet hatte und Wasser schöpfte. Er schien mich zu beobachten, wie er es schon seit unserem ersten Kuss am Pass of Brander gemacht hatte. Kaum eine meiner Bewegungen entging ihm, und auch jetzt schien er mein Zögern wahrzunehmen.

»Möchtet Ihr baden, Mylady?«, fragte er, als hätte er meine Gedanken gelesen.

Zögernd richtete ich mich auf. »Ja«, antwortete ich unsicher, »ich liebe das Wasser und träume seit Tagen davon, in einem dieser wunderschönen Lochs zu baden.«

»Dann nutzt die Gunst der Stunde. Meine Leute ziehen bereits bis zum nächsten Stützpunkt, wir sind allein.«

Ein seltsames Gefühl überkam mich, es kribbelte in meinem Rücken, und ich war mir sicher, es war kein Zufall, dass ich mit James hier war.

Entschlossen legte ich mein Schwert ab und zog meine Lederweste aus. Unsicher blickte ich zu dem Mann neben mir, der jede meiner Bewegungen in sich aufnahm. Als ich mein Hemd öffnen wollte, zögerte ich. Warum stellst du dich so an?, ging es mir durch den Kopf. Vor Hal hast du dich schon oft genug nackt gezeigt …

»Soll ich mich umdrehen?«, fragte James, der nun lässig auf einem Stein am Rand des Beckens saß. Er hatte seinen Unterarm auf dem Bein abgelegt und schien die Situation gar nicht seltsam zu finden.

»Nicht nötig«, erwiderte ich selbstsicherer, als ich war, und zog mein Hemd vom Leib, faltete es sorgfältig und legte es auf einen Stein. Die Hose folgte ohne besondere Hast auf das Hemd. Mit einer geübten Handbewegung zog ich mir Jasemins Dolch aus dem Haar und schüttelte es aus. Schließlich stellte ich mich an den Rand und sprang mit einem kerzengeraden Sprung Kopf voran in das kühle Wasser.

Was für ein herrliches Gefühl! Die Kälte der unteren Wasserschichten trieb mich schnell wieder hoch an die Oberfläche. Gerne wäre ich noch länger abgetaucht. Prustend durchstieß ich die Wasseroberfläche und sah die hoch gezogenen Augenbrauen von James, der aufgestanden war und mich vom Rand aus im Wasser beobachtete.

»Kalt?«, fragte er grinsend.

Ich grinste zurück und schüttelte den Kopf.

»Nass!«, antwortete ich stattdessen und stieß mich wieder ab, um mit den Fischen ins tiefe Wasser zu gleiten. Bei meinem nächsten Auftauchen begrüßte mich ein Anblick, der mich einmal mehr nach Luft schnappen ließ. James hatte sich ebenfalls ausgezogen und stand nun so, wie Gott ihn geschaffen hatte, am Rand des Lochs.

Ich hatte schon viele nackte Männer gesehen, und es gab wohl keinen Zentimeter Körper, den ich nicht schon angefasst, untersucht oder behandelt hätte. Nackte Männer erschreckten mich also nicht im Geringsten. Aber einen Mann wie James hatte ich noch nicht gesehen.

Er hatte einen ausgesprochen wohlproportionierten, groß gewachsenen Körper. Durch die Arbeit im Arbeitslager hatte er eine ausgeprägte Rücken- und Armmuskulatur. Die Kampfübung mit dem Breitschwert ließ auch die Bauchmuskeln ihren Teil zu einem sehr männlichen und sinnlichen Körper beitragen. Dunkle Brustwarzen zeichneten sich ab, die von einigen schwarzen Haaren bedeckt waren. Seine Hüften waren vom Reiten kräftig und leicht auswärts gestellt. Es war das Ergebnis eines halben Lebens auf dem Pferd.

Selbstbewusst stand er vor mir, von seiner Unsicherheit aus unserer ersten fatalen Begegnung spürte ich jetzt nichts mehr. Mit unverhohlener Neugier betrachtete ich sein erigiertes Glied, was ihn aber nichts auszumachen schien.

Im Gegenteil, James grinste. Er wusste genau, was er tat, und ich schluckte reflexartig. Mit einem geübten Sprung glitt er nun ebenfalls ins Wasser und schwamm auf mich zu. Dieses Spiel kannte ich nun wieder, und ich fühlte mich von einer zur anderen Sekunde in meinem Element. Blitzschnell tauchte ich mit kräftigen Beinschlägen in die Tiefe. Bevor James sich versah, war ich aus seinem Blick verschwunden. Von unten konnte ich ihn aus der Fischperspektive durch das klare Wasser beobachten. Entspannt hatte ich mich auf den felsigen Boden des kleinen Sees sinken lassen und stieß mich nun mit aller Kraft von dort ab. Blitzschnell schoss ich hinter ihm aus dem Wasser und spritzte es ihm nur so um die Ohren.

Dabei lachte ich so ausgelassen, als wäre ich wieder sechs Jahre alt und würde mit meiner Schwester im Wasser unseres kleinen Sees hinterm Haus toben. James erschrak wirklich über meine Geschwindigkeit, fasste sich aber schnell, ergriff mich um die Taille und zog mich über sich hinweg mit einer Rolle rückwärts nach unten. Wie ein am Bauch zusammengewachsener Körper schraubten wir uns in die Tiefe. Er dachte wohl, ich würde so weit unten Angst bekommen, aber ich starrte ihm belustigt direkt in die geöffneten Augen.

Irgendwann löste er sich von mir und schwamm mit zügigen Armbewegungen wieder an die Oberfläche. Prustend verharrte er dort und wartete auf mich.

»Wo habt Ihr so schwimmen und tauchen gelernt? Ihr seht aus, als wäret Ihr für das Wasser geboren«, fragte er, lachte aber ein wenig unsicher.

»In meiner Heimat«, behauptete ich, mit den Armen in stetiger Bewegung, »ich bin fast im Wasser aufgewachsen und mit den Fischen um die Wette geschwommen.«

»Ha.« Er prustete mich verspielt durch das Wasser an. »Dann zeigt mir doch, dass Ihr schneller seid als ein Fisch, und fangt uns einen fürs Abendessen!«

Was eigentlich ein Scherz gewesen sein sollte, artete irgendwann in ein echtes Fischrennen aus, und tatsächlich gelang es mir, einen Fisch so in eine seichte Stelle des Sees zu scheuchen, dass ich ihn mit bloßen Händen fangen konnte. Wie eine Trophäe hielt ich ihn mit einem Jubelschrei hoch.

James traute seinen Augen nicht. Er sah erst den Fisch an und dann mich. Sein Gesicht zeigte ungläubiges Staunen, als ich meinen Fang zu unseren Kleidern warf.

Zufrieden drehte ich mich um und lächelte ihn an. Meine diebische Freude stand mir wohl ins Gesicht geschrieben. »Soll ich noch einen fangen?«

Aber James sagte im ersten Moment nichts, er sah mich plötzlich sehr ernst an. Mein Lächeln erstarb.

»Ihr habt Euch verändert«, sagte er dann.

»Verändert?«, erwiderte ich verständnislos.

»Ja, seitdem Ihr hier im Wasser seid, habt Ihr Euch verändert.«

Mit einem Schlag wurde ich ernst. Was meinte er? Verunsichert sah ich an mir herunter, der größte Teil meines Körpers war im Wasser. Schließlich musterte ich James, seine Haut war von einer Gänsehaut überzogen, die Lippen leicht bläulich. Er war vom kalten Wasser ausgekühlt.

»Wollt Ihr aus dem Wasser kommen und Euch aufwärmen?«, schlug ich verunsichert vor, um die seltsame Stimmung zu überspielen.

James schüttelte den Kopf, seine Augen fixierten mich wie ein Jagdvogel die Beute, und er kam langsam auf mich zu, bis sein Kopf direkt vor dem meinen war. Seine Hand hob sich aus dem Wasser und legte sich auf meine Wange, ganz zart. Sie streichelte meine Haut, und die Fingerkuppen wanderten behutsam meinen Hals hinunter. Er griff nach einer weißen Haarsträhne und ließ sie durch die Finger gleiten.

»Ihr seid gar nicht Enja, nicht wahr?«

»Wer sollte ich sonst sein?« Mein Herz schlug schneller, und er legte den Finger genau dorthin, wo meine Halsschlagader pochte. Meine Stimme war nur ein Flüstern, das bei dem Lärm des Wasserfalls gerade noch an James' Ohren drang.

»Eine Wassernixe, gekommen um mich zu verführen und in die Tiefe zu ziehen, bis ich in ihrer Liebe ertrinke.«

Seine Stimme war so geheimnisvoll, dunkel, sinnlich. Genießerisch schloss ich meine Augen, um seine Berührungen besser spüren zu können. Weiche, zarte Lippen drückten sich auf die meinen und drangen in ein Gebiet, das noch völlig unerforscht war, und James ertastete mit seiner Zunge meinen Mund, was ich zaghaft erwiderte.

Es war wie ein uralter Tanz. Je mehr ich mich auf sein Spiel einließ, desto mehr nahm er sich heraus. Seine Handflächen begannen den Rest meines Körpers zu erkunden.

Ich ließ meine Hände ebenfalls über seinen Körper wandern. Die Festigkeit seiner Muskeln und seiner Haut war ein Feuerwerk für meine Sinne. Auf einmal umarmte er mich, hob mich ein Stück aus dem Wasser und warf mich mit Schwung auf den Rand des Beckens. Wie eine Katze federte ich mich auf allen Vieren ab und setzte mich auf den von der Sonne gewärmten Stein. James stemmte sich am Rand hoch, zog seine Füße nach und verharrte. Wie ein Panther vor dem Sprung kauerte er dort.

»Wenn ich noch eine Sekunde länger hier drin sein muss, werde ich eine arge Enttäuschung für Euch werden, Enja«, wisperte er entschuldigend.

Ich verstand nicht, was er meinte, und zuckte nur mit den Schultern. Wie sollte er mich enttäuschen, wenn ich so gar keine Erwartungen hatte?

Wie eine Raubkatze richtete er sich auf, kam langsam auf mich zu und musterte mich. Seine Zunge strich über seine Lippen.

»Ihr hattet noch nie einen Mann? Ist das wahr?«

»Zweifelt Ihr an meinen Worten?« Selbst er merkte, wie ich darüber ärgerlich wurde, das war schließlich ein wunder Punkt.

James schüttelte den Kopf. »Es ist nur … Ihr seid so wunderschön und so selbstbewusst im Umgang mit Eurem Körper. Von Jungfrauen bin ich doch eine respektable Schüchternheit gewohnt.«

»Dann habt Ihr also inzwischen doch einige Jungfrauen ins Bett gelockt, oder woher kommt diese Expertise?«

Wenigstens zeigte er sich ein wenig ertappt und erklärte zögerlich: »Nun, die Mädchen in unserem Gefolge sind froh, den einen oder anderen Beschützer zu haben, wenn ich es so ausdrücken darf.«

»Und dafür opfern sie ihre Jungfräulichkeit?«

James nickte nur stumm, unter meinem strengen Blick schien er sich nicht sonderlich wohlzufühlen. Schließlich verzog er die Lippen wieder zu seinem schiefen Lächeln.

»Aber zumindest muss ich mich jetzt nicht mehr betrinken, um Euch zu küssen.«

Und damit eroberte er wieder meinen Mund mit dem seinen, fordernder und drängender diesmal. Seine Hand nahm mein Kinn und hielt mein Gesicht fest, während er meinen Mund erforschte.

Hungrig zog er mich zu sich heran, seine freie Hand glitt meinen Rücken hinab und über meinen Po. Ein bewunderndes Knurren drang tief aus seinem Hals. Seine Hand massierte meinen Körper an einer Stelle, die noch keiner berührt hatte. Ich musste mich zusammenreißen, um nicht zurückzuweichen.

Ohne in seiner Bewegung aufzuhören, schob er sich zwischen meine Beine und streichelte meine Brüste. Er sah mir in die Augen, während er mich zärtlich weitermassierte. Seine Hand wanderte von den Brüsten über den Bauch bis zu meiner Scham. Die andere Hand glitt nun wieder über meinen Rücken zurück bis zum Hals und von dort bis zur Schulter. Er drückte mich sachte zurück, bis ich mit dem Rücken auf dem Boden lag. Sein Kopf kam dabei gefährlich nahe an meine Brüste, schamlos nutzte er die Nähe aus und umschloss meine Brustwarzen mit seinem heißen Mund.

Das Gefühl war so unbeschreiblich, ich schnappte kurz nach Luft. Dazu kam, dass seine Hand, die zärtlich immer wieder meine intimsten Stellen massierte, ein Gefühl erzeugte, das mich ein wenig an den Druck erinnerte, den die Blase erzeugte, wenn sie geleert werden wollte. Der Druck baute sich auf, und ich hatte das dringende Bedürfnis, die Hand von James fester und schneller zu spüren. Auch er fühlte meinen Drang und kam meiner unausgesprochenen Forderung nach.

Dass sich der Druck dann in einem solch berauschenden Höhepunkt entladen würde, das war mir neu. James spürte meine Lust und drang mit seinem erregten Penis in mich ein. Er stöhnte, und ließ immer wieder kleine Worte seiner Entzückung fallen.

Plötzlich ließ mich ein Schmerz aufbäumen, der mir jegliche Lust mit einem Schlag verleidete. Instinktiv zog ich meine Knie an und stieß ihn von mir weg.

Verdattert sah James mich an, während ich, nach Luft ringend, vor ihm lag.

»Bitte entschuldigt, ich war wohl zu schnell. Du bist eine so perfekte Partnerin, ich hatte vergessen, dass du eine Jungfrau bist. Es …« Er suchte nach einer Erklärung und blickte überallhin, nur nicht in mein Gesicht. »Es tut beim ersten Mal weh, ich habe mich einen Moment vergessen.«

Irgendwie war ich enttäuscht. Es hatte so gut angefangen.

Entschlossen richtete mich auf und küsste James, um ihn aufzufordern weiterzumachen. Er war jetzt etwas zurückhaltender, und so packte ich ihn an den Schultern und kniete mich über ihn. Ich sah ihm selbstbewusst ins verwunderte Gesicht. Seine Augen wurden dunkel, sein Mund war vor Erstaunen geöffnet, als er merkte, was ich vorhatte. Wenn ich schon Schmerzen hatte, dann wollte ich sie wenigstens kontrollieren! Entschlossen packte ich sein Glied und senkte mich vorsichtig auf ihn, bis er ganz in mir verschwand.

So konnte ich wenigstens meinen Rhythmus und mein Tempo bestimmen. James drückte meine Pobacken im Rhythmus meiner Hüften immer wieder fest. Dann stöhnte er laut und rief Gott um Hilfe. Die Bewegung meiner Hüften wurde schneller, der seltsame Druck kam wieder und schließlich erlangte ich diesen Höhepunkt, der ein wohliges Feuerwerk im ganzen Körper entfachte. Mein Kopf fiel nach hinten, und ich stieß einen Schrei höchster Erregung aus. Ich hörte sein langgezogenes Stöhnen durch zusammengepresste Zähne.

Als sich mein Atem und mein Puls wieder beruhigten, sah

ich auf James unter mir. Gerade wollte ich mich von ihm herunterbewegen, als er mich mit seinen Händen an den Schenkeln festhielt. Seine Augen öffneten sich jetzt und sahen mich voller Bewunderung an.

»Nein«, sagte er mit weicher Stimme, »bleibt noch so. Ihr fühlt Euch wunderbar an, Enja.«

Staunend legte ich den Kopf ein wenig schief. Jetzt, wo die Erregung verebbte, spürte ich erst, wie meine Scham brannte. Es war eine ungewohnte Reizung gewesen. James ließ seine Hände immer wieder über meine Schenkel gleiten und über meinen Bauch.

»So schön«, murmelte er, »so unglaublich!«

Höflich räusperte ich mich, und er sah mir verträumt von unten in die Augen.

»Ich würde mich ganz gerne anziehen, wenn es Euch nichts ausmacht, James.«

Natürlich lächelte er und entließ mich, damit ich meine Kleidung holen konnte. Es war ein seltsamer Moment: Ich hatte soeben meine Jungfräulichkeit verloren und war froh darüber.

James dagegen war noch in einer Art Liebestaumel, der ihn immer wieder in meine Nähe führte und seine Hände gefährlich nah dorthin brachte, wo es noch ziemlich brannte.

»Ihr seid wirklich die erstaunlichste Frau, der ich je begegnet bin! Ihr erzeugt Gefühle, die ich noch nie erlebt habe …«, flüsterte er mir ins Ohr, während seine Hände schon wieder diese gefährlichen Orte erkundeten, von denen diese ganze Magie ausging.

Entschlossen hielt ich seine Hände fest. »Wenn Ihr nicht wollt, dass Eure Männer Schottland alleine erobern, dann sollten wir uns langsam aufmachen, ihnen zu folgen, mein Lord Black Douglas.«

James sah mir lächelnd ins Gesicht, und seine Augen glänzten so sanft und schwarz wie sein Haar. Unter dem Eindruck der Intimität, die sich über uns gelegt hatte, sah er richtig verwegen aus. Er blinzelte und nahm meine Hände, führte sie an seinen sinnlichen Mund und sah mich mit einem Blick an, der Gold zum Schmelzen brachte.

»Lasst uns zusammen Schottland erobern, meine Rebellenbraut. Ich möchte Euch an meiner Seite! Eure Klugheit, Stärke und Anmut werden alles aus meinem Weg räumen. Zusammen erobern wir ganz Schottland!«

Mein Lächeln kam vorsichtig. War das ein Angebot, ein Wunsch oder ein Befehl?

»Ich reite nur dorthin, wohin ich will, James. Und ich habe weit Besseres zu tun, als Burgen zu zerstören oder Euch ständig aus der Patsche zu helfen.«

James schnappte nach Luft. Er ließ meine Hände los und drehte sich ein wenig weg, um seine Enttäuschung zu verbergen. Sein Blick richtete sich auf die hohen Berge, die hinter den Felsen zu sehen waren.

»Dann wollt Ihr mich also nicht begleiten, als meine Kampfgefährtin oder sogar als meine Frau?«

Was bildete er sich eigentlich ein? Ein wenig Intimität, und schon gehörte ich ihm? Ich suchte seinen Blick, aber er wollte mir nicht ins Gesicht sehen. Vermutlich wusste er, dass ich seine Gefühle lesen konnte.

»Es tut mir leid, James. Morgen schon muss ich mich von Euch trennen, wenn wir das Ende des Glencoe Tales erreichen. Ihr führt weiterhin Roberts Befehle aus, und ich werde weiter nach Caerlaverock reiten, um meinen Clan zu sehen.«

Mehr wollte ich zu dieser Diskussion nicht beitragen, und ich ging zurück zu meinem Kleiderhaufen. James war sichtbar vor den Kopf gestoßen, aber ich konnte ihm das nicht ersparen. Meine Verpflichtung galt meinen Leuten, genauso wie der berühmte Black Douglas im Dienst seines Königs stand. Das musste er einsehen. Nervös knetete ich meine Finger. Wie konnte ich ihm nur klarmachen, dass mir meine Freiheit so wichtig war?

Wortlos wandte sich James ab und zog sich an. Nachdenklich ging er mit mir zurück zu den Pferden, die in der Nähe in Ruhe grasten. Verbittert dachte ich schon, dass dies nun der endgültige Abschied wäre, da kam er noch einmal auf mich zu und nahm meine Hände in die seinen. Sein Blick war so offen wie ein Buch, und ich las darin eine Zärtlichkeit, die ich noch nie bei einem Mann gesehen hatte.

»Darf ich Euch wiedersehen, Lady Enja?«

»Jederzeit, James.« Wir lächelten einander in ehrlicher Zuneigung an.

»Ich werde Euch vermissen«, gestand er mir. Sein ernstes Gesicht war jetzt dicht vor mir, und im Sonnenlicht leuchteten wieder die bernsteinfarbenen Sprenkel in seinen braunen Augen. Seine Mundwinkel waren in einem kleinen Lächeln leicht nach oben gebogen. Aber seine Augen blieben ernst, fast traurig. Unsere Lippen fanden sich in einem intensiven Kuss, und ich nahm noch einmal seinen Geschmack und seinen männlichen Duft in mich auf. Zögernd löste ich mich von seinem Mund und hielt stattdessen seine warmen Hände. Er hatte wohl verstanden, dass unsere Aufgaben getrennte Wege vorsahen, und bereitete sich auf den Abschied vor.

»Und ich freue mich auf ein Wiedersehen, egal wo«, bekräftigte ich leise. Wenn es denn je ein Wiedersehen gäbe.

Jetzt erst ließen wir einander los, stiegen auf unsere Pferde und ritten Seite an Seite auf dem gewundenen Pfad aus dem weitläufigen Tal.

Die Sonne wärmte uns noch mit ihren letzten Strahlen den Rücken und tauchte ganz Glencoe in ein herrliches Farbspiel der gelbgoldenen Landschaft des Spätsommers. Neben dem Hufgetrappel waren nur die Grillen und Frösche zu hören, die sich an der üppigen Natur labten. Und mein Herzschlag, der bis in meinem Magen zu spüren war. Sicher war das noch die Nachwirkung unseres Liebesspiels, das mich so fasziniert hatte. War das immer so? Mit einem heimlichen Blick zu James versicherte ich mich, dass er meinen Herzschlag nicht hörte. Im Gegenteil, er schien ganz in sich und seiner Welt versunken, vermutlich dachte er schon an die Aufgaben, die vor ihm lagen. Sein Blick war starr geradeaus gerichtet, auf seinem Mund lag ein kleines Lächeln.

Als hätte er meinen Blick gespürt, drehte er seinen Kopf zu mir, und das kleine Lächeln wurde warm und sinnlich, genau wie seine Augen, die mich jetzt liebevoll musterten. Ohne nachzudenken, streckte ich meine rechte Hand zu ihm hinüber, und er nahm sie in seine große Linke. Wie ein Band, das uns zusammenhielt und uns die Nähe gab, die wir so sehr brauchten.

Kapitel 8

Lanarkshire 1309, Schottland

Moiras und Hals Hochzeit in Caerlaverock war der Höhepunkt dieses Jahres. Der Clan war außer sich vor Freude, als die Nachricht von der bevorstehenden Vermählung bekannt wurde. Allerdings lief es bis dahin nicht ganz so rund für die beiden, denn trotz meines Segens war der Weg dorthin steinig. Nicht nur, dass Hal sehr lange gebraucht hatte, um Moira endlich einen Antrag zu machen. Auch Moira hatte Zeit gebraucht, um Ja zu sagen. Und Hal, der sich vor Freude einen ganzen Abend lang betrank, wieder nüchtern zu bekommen, kostete ebenfalls Zeit. Aber die größte Schwierigkeit bestand darin, einen Priester zu finden, der den beiden seinen kirchlichen Segen gab. Zum einen weigerte sich Hal, sich noch einmal taufen zu lassen, und zum anderen war Moira eigentlich immer noch verheiratet, solange ihr Mann nicht für tot erklärt war.

Es dauerte daher fast noch ein Jahr, bis Moira vor Gott und der Kirche offiziell als verwitwet erklärt und Hal schließlich getauft wurde. Selbst dafür einen Priester zu finden, gestaltete sich extrem schwierig, weil die Kirchentüren zuflogen, noch ehe wir unser Anliegen vorbringen konnten. Erst ein ehemaliger Ritter, der spät seine Berufung erkannt hatte, brachte den Mut auf, Hal im Seewasser um Caerlaverock zu taufen und anschließend die Trauung vorzunehmen. Bruder Valentin kam von den Franziskanern der Abtei in Dumfries, in deren Kirche Greyfriars der Erzrivale John Comyn von Robert de Bruce erstochen worden war.

Natürlich waren wir nicht völlig frei von irgendwelchen Hintergedanken. Aber die Burgbewohner von Caerlaverock waren bekannt dafür, weder mit der einen noch mit der anderen Seite der verfeindeten Thronanwärter zu sympathisieren. In meinen Krankenkammern herrschte Waffenstillstand, das war eisernes Gesetz, und es kam auch schon vor, dass sich Schotten und Engländer in einer Kammer nebeneinander wiederfanden. Meine Neutralität half uns immens, Moira und Hal ihren gewünschten Ehestatus zu ermöglichen. Der mutige Mönch traute sich schließlich, den komplett tätowierten Oberkörper des halbnackten Hal unter Wasser zu drücken und ihm das Sakrament der christlichen Taufe zu spenden. Hal grinste nur, als er wieder aus dem Wasser kam, und schlug dem Diener Gottes, der ihm nur bis zum Hals reichte, anerkennend auf die Schulter.

König Edward II. hatte mit falschen Beratern und dem inneren Frieden in seinem Land erhebliche Probleme. So ließ er die Truppen sich den Winter über von den andauernden Scharmützeln mit schottischen Rebellen zurückziehen und leckte im fernen London seine Wunden. Damit hatten wir in Caerlaverock erst einmal unsere Ruhe vor den englischen Übergriffen, während ich mit Bruce eine Art Kriegspakt schloss. Er überließ mir meine Burg, ohne ihm die Treue zu schwören, aber ich sollte ihn dafür mit Informationen aus den Grenzgebieten versorgen. Aufgrund der hohen Besucherfrequenz konnte er damit rechnen, dass ich meinen Finger immer am Puls des Geschehens hatte. Kontaktperson war kein Geringerer als James Douglas persönlich, der es sich nicht nehmen ließ, mich zwischen seinen strategischen Streifzügen immer wieder aufs Neue zu erobern.

Es war eine solch innige Beziehung, die wir miteinander teilten, dass wir uns in den paar Stunden stets aufs Neue ineinander verliebten, aber auch wieder loslassen konnten. James hatte eingesehen, dass er Verständnis für meine Verantwortung dem Clan gegenüber zeigen musste, und ich sah es ihm nach, dass er mit seinem König für die schottische Unabhängigkeit unterwegs war.

Wenn wir uns dann leidenschaftlich auf dem grünen schottischen Moos an unserem geheimen Treffpunkt in der Feenlichtung liebten, dachten wir nicht eine Sekunde daran, dass wir am nächsten Tag wieder getrennte Wege gehen würden. Wir beherrschten beide die Kunst, einander zu gönnen, was wir am liebsten taten, immer mit dem sicheren Gefühl, tief im Herzen des anderen zu sein. Mein Körper gehörte James, und diesen Anspruch erhob er gänzlich. Aber mein Wille blieb in Caerlaverock.

Für die Nachrichten, die wir uns gegenseitig schickten, benutzten wir eine weiße Brieftaube. Wann immer sie auftauchte, wussten wir, dass es nicht lange dauern würde, bis wir uns wiedersähen. Sie wurde zum Symbol unserer Leidenschaft. Schneller als jeder Bote brachte uns die Taube zueinander – ein System, das wir Assassinen bereits eingesetzt hatten, um Nachrichten im ganzen Reich zu verteilen und um Befehle zu erhalten. Jetzt diente es James und mir für unsere heimlichen Liebesbotschaften. Die weiße Taube barg unser süßes kleines Geheimnis, und das sollte auch so bleiben.

Moira trug am Tag ihrer Hochzeit ein schlichtes dunkelblaues Wollkleid. Aber dafür hatte sie einen wunderschönen Blumenkranz im offenen Haar und meinen Goldgürtel mit den farbigen Edelsteinen um die Taille. Für diesen Festtag lieh ich ihn ihr, und ich fand, dass das Gold mit ihren Augen in der Farbe von reifem *Uisge beatha* wunderbar harmonierte. Die Sonne glitzerte in den Edelsteinen, die so kunstvoll in das Gold eingesetzt waren, dass sie das Licht in alle Richtungen warfen. Das Glück schien Moira und Hal hold zu sein und beschenkte sie mit einem sonnigen Herbsttag, der die warmen Farben der bunt verfärbten Bäume mit dem goldgelben Farbton von Moiras Augen in das beste Licht tauchte.

Hal hatte sich einfach in seine helle Tunika und die ledernen Reithosen gezwängt und sah bis auf seinen fehlenden Waffenrock mit den beiden Äxten eigentlich aus wie immer. Lediglich sein Dauergrinsen, das an diesem Tag in seinem Gesicht klebte, machte aus ihm einen ungewohnt freundlichen Mann. Vermutlich hatte sich Moira seine gute Laune zu diesem besonderen Tag gewünscht.

Eine außerordentliche Ehre wurde mir an Hals Hochzeitstag zuteil, denn ich war seine Trauzeugin und durfte mit ihm vor dem Altar auf die Braut warten. Zuerst kamen Moiras aufgeregte Töchter Sophie und Catriona als Blumenkinder. Die Braut wurde von ihrem Trauzeugen Sir Colin Maxwell mit dem galanten Charme eines echten Tempelritters an den Altar gebracht.

Die kleine Kapelle war an diesem Nachmittag mit sechs Personen völlig überfüllt, und Bruder Valentin war froh, als die Trauzeugen bestätigt hatten, dass die Brautleute ungebunden seien, und diese endlich das Jawort gesprochen hatten.

Nun konnte er dem frisch vermählten Paar nach draußen folgen, wo sie der Jubel unseres gesamten Clans inklusive des Clans Maxwell empfing. Hal hob Moira übermütig hoch und empfing die Glückwünsche. Colin und ich nahmen vorsichtshalber die beiden kleinen Blumenmädchen auf unsere Arme, bevor sie von der aufgeregten Menge erdrückt wurden. Mit einer kräftigen Umarmung hatte ich Hal gleich nach der Zeremonie als Erste gratuliert.

Weil so viele Menschen an diesem Fest teilnehmen wollten, hatten wir beschlossen, die Hochzeitsfeier im großen Innenhof der Burg stattfinden zu lassen. Die Musikanten hatte die alte Muriel auf den Burgmauern platziert, und sie setzten jetzt zu einem Konzert an, das bei jedem eine Gänsehaut verursachte. Zehn Sackpfeifen und acht Trommeln stimmten eine tragende Melodie an, die bis weit über die Burgmauern hinaus zu hören war. Der See trug den Schall weit hinüber bis zur fünf Meilen entfernten Festung der Maxwells. Colins Vater Roderick, der wegen seiner schmerzenden Knochen fernbleiben musste, ließ ein paar Tage später noch mit den Glückwünschen an das junge Paar ausrichten, dass er die Musik sehr genossen habe. Wenn er tatsächlich an Hörschwäche litt, dann mussten die Klänge weithin hörbar gewesen sein.

Auf dem mannshohen Spieß, der schon seit Stunden den würzigen Duft nach Fleisch verbreitete, drehten die Küchenjungen gleichmäßig ein komplettes Wildschwein. Die Frauen des Clans hatten Gemüse gekocht, frisches Brot gebacken und genug Alefässer angezapft, damit alles ausgiebig den fröhlichen Gästen gereicht werden konnte. Später wechselte die Musik zu den freundlicheren und leiseren Lauten von Flöten und Harfen und lud die Feiernden zum Tanzen ein. Spätestens zu diesem Zeitpunkt hatte die Stimmung ihren Höhepunkt erreicht, denn die Männer und Frauen tanzten ausgelassen bis weit nach Mitternacht. Natürlich wurden von den Gästen selbst jede Menge Lieder in verschiedensten Sprachen gesungen, denn jeder wollte dem Brautpaar seine Aufwartung machen. Irgendwann trat auch einer der Männer Colins mit einer mehrfach gebrochenen Nase vor, der mir aus der Zeit der Überfahrt vage bekannt vorkam. In Hals Muttersprache, dem irischen *Gäilige*, schmetterte er zu Ehren des Paars lauthals ein Lied. Plötzlich richtete sich der Bräutigam in voller Größe auf, sprang in einem wuchtigen Satz über den groben Holztisch, dass der Boden vibrierte, und fiel in seiner Muttersprache in das Grölen des mutigen Barden ein. Ohne nachzudenken, schnappte ich mir die Pfeife eines Musikers und trällerte die zweite Stimme dazu.

Das schottische Publikum klatschte begeistert und tanzte das Lied einfach mit den beiden irischen Sängern mit. Solange es eben nicht um ihren *Uisge beatha* ging, waren sich die beiden Völker eigentlich doch ziemlich ähnlich! Die Kinder hüpften begeistert auf und ab, Thorvil tanzte mit Rachel, Moiras Kinder drehten sich immer wieder um die eigene Achse und alle sangen aus vollem Halse mit. Jede Menge anderer Mädchen und Jungen sprangen vor den zahlreichen Feuerstellen im Kreis oder klatschten auch nur in die Hände.

Wie immer an solchen Hochzeitsfesten musste sich der Bräutigam mit den vielen jungen Männern messen, die sich traditionell ein letztes Mal um die Braut bemühten. Mit einer so attraktiven Moira gab es davon genug, die noch einmal ihr Fell riskierten. Keiner der zum Teil kräftigen Männer konnte auch nur Sekunden gegen einen gut gelaunten Hal bestehen.

Aus Spaß gesellte ich mich in die Reihe der Männer, die um Moira buhlten, und erntete großes Gelächter. Hal und ich gönnten uns den Spaß und »kämpften« um die Ehre der ersten Nacht, die ich natürlich unter Pfiffen und Gelächter haushoch gewann.

Zuletzt saß ich dabei auf Hals Bauch und würgte ihn, bis er vor Lachen fast starb und der »Schiedsrichter« mir den Sieg und damit Moira zusprach. Stolz auf mich und meine Errungenschaft, packte ich mir die lauthals kichernde Moira und stolzierte mit ihr durch die jubelnde und lachende Menge in Richtung Kammer.

Als Hochzeitsgeschenk hatte ich den beiden in der Burg eine Kammer angeboten, die oberhalb der Schule aufgestockt worden und über eine Treppe erreichbar war. Sie war unterteilt und gab Hal und Moira so die nötige Abgeschiedenheit von den Kindern.

Moira umarmte mich und lief schnell wie der Wind durch die Menge zurück in Hals Arme, der sich mit ihr ein paarmal um sich selbst drehte und sie dann mitten auf dem Platz vor aller Augen küsste. Schließlich nahm er seine Frau auf dem Arm, ging mit festen Schritten wieder zur Treppe und die Stufen hoch. Moira winkte noch den jubelnden und lachenden Menschen zu, bevor sie beide hinter der Tür zu ihrem neuen Heim verschwanden. Ich freute mich für die beiden.

Lächelnd zog ich meine Runden auf den Burgmauern und überprüfte die Wachen, die heute ihren Dienst schoben. Sie bestanden hauptsächlich aus Maxwell-Männern, da natürlich jeder aus unserem Clan bei Hals Hochzeit mitfeiern wollte. Nur Kalay und Winnie hatten sich bereit erklärt, mit den Maxwells Wache zu halten. Beide traf ich dort oben, während sie den Horizont nach Bewegungen absuchten. Sie waren ausnahmsweise mal gut gelaunt.

»Ein schönes Fest, Chief!«, rief die kleine Winnie und kratzte sich mit einer Hand in ihren schwarzen Zottelhaaren. Ihr Mund hatte sich zu einem schiefen Grinsen verzogen.

»Kann man wohl sagen«, antwortete ich lachend. »Hal hatte es ja verdammt eilig, ins Bettchen zu huschen …«

»Gut, dass er das vorher schon oft genug geübt hat«, flachste nun auch Kalay zweideutig und schlug mir freundschaftlich auf die Schulter.

Schlagartig wurde ich ernst, als mir dämmerte, was sie mir da unterstellte. »Ich glaube, ich muss da etwas richtigstellen. Ich hatte mit Hal nie etwas, Kalay«, wehrte ich entschieden ab, peinlich berührt.

Sofort wurde auch Kalay ernst. »Nie?«, hakte sie unsicher nach, ihre hellen grauen Augen blickten mich zweifelnd an. »Aber ihr wart doch jahrelang, ich meine …«

»Du mit deiner vorlauten Klappe!«, rief Winnie plötzlich ärgerlich, während sie Kalay ihren Ellbogen in die Rippen stieß.

»Hör bloß auf, Winnie«, wehrte sich diese prompt, »wer hat denn sonst die vorlaute Klappe, und überhaupt hast du das …«

»Nein«, ließ ich die beiden Streithähne wissen, »wir sind wie Bruder und Schwester. Und das werden wir auch bleiben, solange wir leben.«

Kalay und Winnie sahen einander betreten an. Die beiden Frauen waren für mich inzwischen fast so vertraut wie Hal, so giftig sie untereinander auch waren, so treu ergeben waren sie mir. Um unsere Freundschaft zu besiegeln, hielt ich ihnen meine rechte Hand hin, und sie ergriffen sie. So hielten wir uns fest, und ich nickte den beiden zu. So sollte es sein.

Ein vertrautes Gurren lenkte plötzlich meinen Blick von den beiden ab. Direkt über unseren Köpfen flog eine weiße Taube und setzte sich nun auf meine ausgestreckte Hand. Es war viel zu früh für eine Nachricht von James, wie konnte das sein? Was war passiert? Üble Gedanken schossen mir durch den Kopf.

Vor einer Woche hatte ich James das letzte Mal gesehen. Er war auf dem Weg nach Glasgow gewesen mit Edward Bruce, Roberts Bruder, und seinen Männern. Ein nächstes Treffen war frühestens Anfang Dezember geplant. Entweder die Taube hatte sich verirrt, oder James war etwas passiert. Meine Tauben hatten sich noch nie verflogen.

Vorsichtig hielt ich die Taube fest und zog das Stück Leder ab, das an ihren Fuß gebunden war. Es enthielt ein Stück Pergament mit einer Nachricht. Diesmal waren nur zwei Worte zu lesen, die hastig hingekritzelt waren: *Rutherglen – schnell!*

Mein Körper spannte sich sichtlich an. Rutherglen war ein Bollwerk der schottischen Könige, ein Machtpfeiler der Aristokratie. Es lag in Lanarkshire und gehörte damit zu den ehemaligen Ländereien der Douglas-Dynastie, die James jetzt wieder beanspruchte. Vielen schottischen Königen diente die Burg als Residenz und als Tor zum naheliegenden Glasgow. Was war dort passiert, und warum wollte er mich so schnell sehen?

Kalay und Winnie sagten kein Wort, mein Gesicht sprach wohl Bände, und die Sorge um James stand in meinen Augen. Tatsächlich überlegte ich fieberhaft. Hal hatte gerade andere Pläne, als mit mir nach Rutherglen zu reiten. Irgendwie sagte mir mein Unterbewusstsein, dass ich nicht auf ihn warten sollte. Ich musste James möglichst schnell aus der Patsche helfen. Alleine? Oder sollte ich meine Krieger mitnehmen?

Mein Blick fiel auf das ungleiche Paar Kalay und Winnie, die mich erwartungsvoll anblickten. Meine Augen suchten die Kalays und dann Winnies, und alles, was ich dort sah, war die Lust auf Abenteuer. Mit einem tiefen Seufzer fasste ich einen Entschluss.

»Bereitet alles vor. Übergebt die Wache an die restlichen Maxwell-Männer. Wir brechen im Morgengrauen auf.«

»Im Morgengrauen?« Sie starrten überrascht erst mich, dann einander an.

»Es sind noch ein paar Stunden, bis der Tag beginnt. Nutzt die wenigen Stunden, um zu schlafen. Ich will keine Zeit verlieren!«

Sie stürmten los, als wäre der Teufel hinter ihnen her. Die Taube schlug erschrocken mit den Flügeln und flog in den Taubenturm. Noch weit vor dem Ende der Feier würde ich mich von den Gästen verabschieden müssen, aber ich war sicher, der guten Stimmung tat das keinen Abbruch.

Wir schafften es innerhalb von vier Tagen bis nach Rutherglen. Kalay und Winnie ritten zwei junge Pferde aus meiner eigenen Zucht. Da sich die arabischen Vollblüter zwar wunderbar für die weiten Wiesen und Wälder der Lowlands eigneten, aber viel weniger für die rauen Bedingungen der Highlands, war mir bald klar geworden, dass ich ein Pferd mit robusteren Eigenschaften brauchte. Während ich auf der einen Seite weiterhin reine Vollblüter züchtete, die mein ganzer Stolz waren, versuchte ich, Taycans arabisches Blut mit dem der handfesten Highlandponys zu kreuzen. Heraus kam ein hübsches Reitpony mit leichter Statur, aber mit einem genügsamen und zuverlässigen Charakter. Die Schotten nannten sie in ihrer Sprache liebevoll Hobies. Die Krieger waren allesamt begeistert von der Zucht und freuten sich auf recht intelligente und zuverlässige Vierbeiner. Fast jeder übte mit seinem eigenen Pferd, das er ein Leben lang behalten durfte. Wie bei Hassan war für mich die Bindung zwischen einem Kämpfer und seinem Tier ein Garant für eine erfolgreiche Truppe.

Als die mächtige Festung von Rutherglen endlich hoch über den sanften Hügeln vor Glasgow auftauchte, waren auch schon James Douglas' Gefolgsleute zur Stelle und fingen uns weit vor der Burg ab. Bald darauf fanden wir uns mit einem kleinen Trupp von königstreuen Kämpfern im nahegelegenen Wald wieder, der offensichtlich schon zu den Ländereien Rutherglens gehörte.

Die Begrüßung unserer schottischen Verbündeten fiel herzlich, aber angespannt aus. James ließ es sich nicht nehmen, mich und meine beiden Gefährtinnen persönlich zu begrüßen. Seit der Befreiung aus dem Arbeitslager wunderte er sich zwar über meine seltsame Leibgarde, aber er verkniff sich jegliche Bemerkung.

Irgendetwas lag ihm auf der Seele, das konnte ich deutlich spüren. Seine Begrüßung fiel sehr förmlich aus und stand ganz unter dem Einfluss seiner Verantwortung. Er war schließlich Kriegsgeneral unter Bruce, nicht zuletzt dank seiner genialen Kampftaktik. Jede seiner Entscheidungen hatte Einfluss auf Bruces Erfolg als König.

In seiner Begleitung fand sich ein Mann, der Robert Bruce in Größe und Erscheinung ähnelte, aber wesentlich jünger aussah und hagerer war. Seine Nase war nicht so breit wie beim König, sondern dünn und wohl schon einmal gebrochen, aber nicht richtig korrigiert. Seine Augen waren ebenfalls intelligent und humorvoll. Er war mir auf Anhieb sympathisch, und wie nicht schwer zu erraten war, stellte James ihn uns als Edward Bruce, den Bruder von Robert vor. Wir gaben uns herzlich die Hand, und auch er bezeugte mir im selben Augenblick seine Sympathie, weil er schon einiges über mich gehört hatte.

Die schottischen Rebellen hatten ein Kampflager errichtet, das sich so schnell auf- wie auch abbauen ließ. Entsprechend spartanisch war auch die Ausstattung. Aber das störte uns nicht im Geringsten. Erschöpft von der anstrengenden Reise nahmen wir seine Einladung dankbar an, bei seiner Gefolgschaft auf den rohen Bänken Platz zu nehmen, um etwas zu essen und zu trinken. Nur auf den *Uisge beatha* verzichtete ich höflich, aber bestimmt.

Wir hatten gerade etwas von den Resten des Abendmahls der Truppe zu uns genommen, als Edward auch schon ohne Umschweife auf seine Notlage zu sprechen kam. Sie hatte den Herren anscheinend einiges Kopfzerbrechen bereitet. Er hatte sich erst gar nicht zu uns gesetzt, sondern ungeduldig gewartet, bis wir gesättigt waren.

»Rutherglen ist seit einigen Jahren in Besitz der Engländer«, setzte er ohne Umschweife an, »Robert will diese Burg als Symbol von Macht und Geschichte unbedingt einnehmen. Leider ist sie mit ihren vier Meter dicken Mauern nicht so einfach zu erobern. Daher wandten wir vor einigen Wochen eine List an: Wir hatten versucht, Rutherglen in einer

Nacht- und Nebelaktion durch Überklettern der Mauern von innen heraus zu übernehmen. Lachlan McKay und Hugh überstiegen mit einigen Männern die Mauern über tragbare Holzleitern. Wir hatten gerade mal mit zehn Leuten die Burgmauern erklommen, als der Alarm losging. Eine Wache muss uns entdeckt und die Wachglocke geläutet haben. So nahm unser nächtlicher Überfall ein jähes Ende.«

Der große Mann schritt nervös vor uns hin und her. Sein düsterer Gesichtsausdruck, den ich auch schon bei seinem Bruder beobachten konnte, ließ auch bei mir die schlimmsten Ahnungen keimen. Nicht schon wieder der kleine Douglas!

Edward Bruce atmete einmal tief ein, bevor er fortfuhr: »Ich hatte den Überfall sofort stoppen lassen, bevor wir noch mehr Leute verloren hätten, und wir zogen uns zurück. Hugh, McKay und die restlichen Männer waren bereits in der Burg und mussten sich stellen.«

An dieser Stelle räusperte sich Edward verlegen. Wenigstens zeigte er seine Emotionen ehrlich und übernahm beschämt die Verantwortung für diesen verpatzten Überfall.

James verschränkte ärgerlich die Arme vor seiner Brust, sein Gesicht war im Fackelschein noch dunkler, und seine Augen leuchteten gefährlich. Seine tiefe Stimme tönte in die seltsame Stille hinein, um die unglückliche Geschichte zu beenden: »Sie haben unsere Männer in Käfigen an der Burgmauer aufgehängt und lassen sie jetzt verhungern. Als Abschreckung für uns und zur Warnung, die Burg noch einmal anzugreifen.« Dann spuckte er angewidert aus und schob einen üblen Fluch hinterher.

Natürlich, jetzt waren sie in Zugzwang, und die Burg auf normalen Weg einzunehmen schien auf die Schnelle unmöglich. Eine Belagerung hätte nach vielen Wochen dasselbe Ergebnis – den Tod der Gefangenen.

Es war eine niederschmetternde Erkenntnis, die sich in Form einer tiefen Frustration in den Gesichtern der Männer widerspiegelte. Keiner wollte die Gefangenen aufgeben, aber niemand hatte eine Idee, wie sie an die hoch über den Köpfen baumelnden Käfige herankamen. Ich konnte nur ahnen, wie sich James fühlen musste, seine Sorgenfalte zwischen den Augen grub sich einmal mehr tief in die Haut. Sein Bartschatten verdunkelte seine markanten Züge, aber seine Augen brannten mit Leidenschaft, wenn er mich ansah. Trotz gemischter Gefühle lächelte ich ihn ermutigend an, wir würden schon eine Lösung finden – auch wenn ich mir noch nicht sicher war.

Seine Worte hatten unter den Anwesenden eine angeregte Diskussion entfacht. Jeder warf eine Idee in die Runde, einen Fluch oder stellte sich als Gefangener zum Austausch zur Verfügung. So richtig überzeugend kam aber kein Vorschlag bei den beiden Heerführern an. Schließlich brachten mich James' Worte auf eine Strategie, die noch ein wenig ausgefeilt werden musste, aber ein Anfang sein konnte.

James teilte uns gerade seine neuesten Erkenntnisse mit, die er von einem geheimen Informanten erhalten hatte. »In ein paar Tagen soll der Earl of Glouchester hier eintreffen, um die Garnison abzulösen. König Edward II. hat ihn geschickt, es ist sein junger Halbbruder Edmund. Wir hatten gehofft, ihn vor dem Eintreffen hier abzufangen und ihn gegen die Gefangenen einzutauschen …«

Da traf mich plötzlich die Erleuchtung. »Aber die sind Euch in der Anzahl der Soldaten natürlich deutlich überlegen, nicht wahr?«, ergänzte ich, denn das war nur logisch. In meinem Hinterkopf arbeitete es. Edward und James nickten nur missmutig. Ich schätzte die Zahl der Kämpfer hier im Heerlager auf etwa fünfzig, vielleicht noch zehn weitere auf Wache und verteilt als Späher. Das wäre etwa nur ein Viertel von dem, was der Earl vermutlich an Soldaten mit sich führte.

In der allgemein gereizten Stimmung war ich aufgestanden und hatte mich an der Feuerschale auf eine der Holzbänke gesetzt, die dort als Sitzgelegenheiten dienten. Ich legte meine Ellbogen auf die Oberschenkel und starrte nachdenklich ins Feuer. Die Idee, den Earl auf seinem Weg hierher abzupassen, war gut, wenn auch verwegen. Verständlicherweise scheuten sich die beiden Heerführer, ihre bereits dezimierte Truppe bei einem Überfall auf die Ablösenden aufzureiben.

Als Assassine würde ich mich einfach irgendwo auf einen Baum am Wegesrand auf die Lauer legen und wenn er vorbeikäme, auf sein Pferd springen und von hinten mit dem Dolch … Nein, ich verwarf den Gedanken sofort wieder. Wir brauchten den Earl auf jeden Fall lebend, sonst hatten wir nichts zu verhandeln.

Kalay und Winnie gesellten sich zu mir und setzten sich stumm mir gegenüber. Als hätte sie soeben nicht genug zu essen bekommen, zog Winnie aus ihrem Proviantbeutel ein paar Eier und zückte ein Stück gepökelten Fisch aus einem sorgfältig eingerollten Blatt. Im Gegensatz zu ihrem zerzausten Aussehen war sie sehr pedantisch, gerade was ihr Essen betraf. Es war wirklich zum Schreien, wie genau sie die Eier pellte und immer erst ein Stück Fisch und dann einen Bissen Ei kaute. Nicht nur Kalay machte sich einen Höllenspaß daraus, diesen immer gleichen Ablauf irgendwie zu durchbrechen. Ihr Hang zu strengen Routinen bot für jeden eine perfekte Vorlage, um Winnie in Rage zu bringen. Auch diesmal ließ sich Kalay die Chance nicht entgehen und trat gezielt gegen Winnies Bein, auf deren Oberschenkel die hartgekochten Eier lagen, und eines davon rollte auch prompt herunter. Kalay schnappte es sich und warf es geschickt in die Luft. Winnie grollte wütend und griff danach, während Kalay sich schon das zweite aus ihrem Schoß herausklaute, noch während Winnie mit dem Fangen des ersten Eis beschäftigt war. Die Eier waren alle in der Luft, bevor Winnie ihren ersten Schrei losließ. Sie war wutentbrannt aufgesprungen, um sich die Eier wiederzuholen, doch ihre geringe Körpergröße hatte den langen Armen Kalays nichts entgegenzusetzen. Die große rotblonde Kriegerin jonglierte geschickt die Eier, während Winnie herumhüpfte, um sie in der Luft abzufangen.

»Das ist es!«, rief ich auf einmal laut und sprang auf. Kalay ließ vor Schreck beide Eier fallen. Von meiner heftigen Reaktion überrascht, sahen sie mich nur entgeistert an. Auch Edward und James hatten die Köpfe erhoben und blickten jetzt in meine Richtung.

»Wir lenken sie ab mit Gauklertricks, dann schnappen wir uns den Earl und hauen so schnell wie möglich ab!« Dabei schlug ich begeistert meine rechte Faust in die flache linke Hand. Wie erwartet erntete ich für mein Gefasel nur Unverständnis. Mehrere Augenpaare verdrehten sich dabei. War das etwa mein großer Plan?

»Und wie soll das gehen?«, fragte mich James vorsichtig. »Willst du die beiden etwa alleine den zweihundert Mann mit dieser Todesmission entgegenschicken?«

»Ich hatte mich eigentlich eingeschlossen, wir wären dann immerhin drei Frauen, die ein paar Kunststückchen zeigen …«

»Stimmt, das wären dann immerhin drei Frauen gegen zweihundert Mann«, bemerkte Edward triefend vor Sarkasmus, »damit hätten wir fast gewonnen.« Der Königsbruder schüttelte nur den Kopf über so viel Dummheit.

James zog die Luft scharf ein, aber er blieb ernst. »Gesetzt den Fall, wir ziehen das so durch, werden sie Euch sofort erkennen. Inzwischen seid Ihr bereits bekannt hier in der Gegend, Enja, genauso wie ich und Edward. Wir sind alle vogelfrei und sollten besser nirgendwo ohne den Schutz unserer Krieger auftauchen«, warf er ein.

»Was wissen sie denn schon von mir? Dass ich eine Frau bin?«

»Eine große Frau mit weißen Haaren und einem schwarzen Kreuz auf der Stirn«, kam es gereizt zurück. Edward stand mir jetzt gegenüber und sah mich giftig an. Ich war ebenfalls aufgestanden und blickte ihm trotzig in die dunklen Augen. »Die Haare kann ich mit einer Narrenkappe abdecken, und als Akrobat könnte ich theoretisch auch ein Mann sein«, schlug ich standhaft vor.

»Und das Kreuz?« James klang genervt, wir waren es alle.

»Kalken«, hielt ich kurz dagegen. Die Gesichter von Gauklern wurden oft weiß angemalt mit roten Wangen und die Augen mit schwarzem Khol betont. Unter solch einer Maske könnte mich keiner erkennen. In aller Ruhe erklärte ich ihm und seinen Anhängern nun den Rest meines Plans. Jetzt war es ruhig unter den Anwesenden im Lager geworden, nur das Knistern des Feuers war zu hören und das Zirpen der Grillen.

Mein Vorschlag löste eine nachdenkliche Stimmung aus. Schließlich wechselte James mit Edward einen bedeutungsvollen Blick und zuckte mit den Schultern. »Es ist das Beste, was wir haben. Wenn ich eine andere Idee hätte, würde ich es sagen, aber ich habe keine.«

Edward stimmte ebenfalls zu. »Wir werden Euch aber nicht alleine lassen. Wenn irgendetwas schief geht, schlagen wir zu und holen Euch da raus, ist das klar?«

Es schien ihm als Oberster Heerführer wichtig zu sein. Keine Frau würde unter seinem Befehl sterben, das war ihm bei seiner Ehre wichtig. Es war ein verwegener Plan, und sein Zugeständnis kostete ihn einiges an Überwindung. Doch er nickte schließlich grimmig.

Am nächsten Tag standen im Einheitsgrau des schottischen Wetters drei Witzfiguren vor James, als wären sie geradewegs einem Nest von Hofnarren entsprungen. Die Haare waren unter lächerlichen Narrenkappen versteckt, über den Reithosen hatten sie quietschbunte Kittel gezogen, die zwischen den Füßen verknotet waren. Dazu war das Gesicht komplett weiß getüncht und nur die Augen schwarz umrandet, die Augenbrauen in einem lächerlichen Bogen darüber gemalt und die Backen mit einem roten Kringel überzogen.

James konnte es nicht fassen. Wie die Orgelpfeifen standen sie vor ihm, lachten über das ganze Gesicht und zogen Falten in den weißen Kalk, der die restliche Haut bedeckte.

Enja war die größte der drei Pfeifen, und die zu enge Tunika ließ die Muskeln in ihren Armen und Beinen deutlich durchscheinen. Sie ging in dieser Aufmachung tatsächlich als Mann durch, der sich als Gaukler verkleidet hatte. Kalay war schlank und drahtig, aber kleiner als Enja, und Winnie hätte eigentlich gar keine Maske gebraucht, sie sah mit ihren schwarzen Zottelhaaren, der Stupsnase und den kurzen Beinen sowieso schon zum Lachen aus.

James versuchte, ernst zu bleiben, und verschränkte die Arme vor sich. Nach einem tiefen Atemzug stellte er klar: »Der Earl wird immer von mindestens vier Rittern als Leibgarde bewacht. Vermutlich ist zumindest ein Eliteritter aus Edwards Korps dabei. Wenn, dann droht Euch von denen am meisten Gefahr.«

»Wir werden das schon schaffen, James«, beruhigte ihn Enja. »Wir haben Erfahrung mit so was.«

Sie blinzelte ihn aus ihren schwarz bemalten Augen verwegen an, dunkle Streifen wurden auf der weiß gekalkten Haut dort sichtbar, wo sich Lachfalten bildeten. Die kristallblauen Augen leuchteten vergnügt und hell. Von Nervosität fehlte ihnen jede Spur, im Gegenteil, sie schien sich auf das Spektakel zu freuen.

Winnie hatte gerade wieder einen ihrer genialen Geistesblitze und platzte, ohne nachzudenken, heraus: »Weißt du noch, Enja, damals in Carlisle …? Uff!«

Kalay schlug ihr so kräftig auf die Schulter, dass die Luft in einem Zug aus den Lungen pfiff. »Halt's Maul, Winnie, die Geschichte ist so alt wie Muriels Esel …«

»Und Muriels Esel ist halb so alt wie du, du altersschwache Pute!«, brüllte Winnie wütend und schlug nun ihrerseits Kalay mit der Faust in den Oberschenkel.

»Ruhe jetzt!«, zischte Enja den beiden zu. »Los, rauf auf den Wagen, wir müssen los.«

Jetzt musste selbst James kapitulieren und lächelte entgegen seiner Anspannung. Mit einem Kopfschütteln half er den Frauen auf den Wagen, den sie so sorgfältig ausgesucht hatten.

Von den Versorgungstruppen hatten sie einen einachsigen Proviantkarren zur Verfügung gestellt bekommen, der von einem struppigen Maultier gezogen wurde. Es sollte nicht so aussehen, als wären sie wohlhabend. Ohne weiteres Gezänk nahmen die drei Narren nacheinander flink auf dem Wagen Platz, und Enja übernahm wie selbstverständlich die Zügel. Waffen konnten sie keine mitnehmen, denn daraufhin würden sie sicher untersucht werden. Sie hofften nur, dass die Soldaten des Earls mehr die Künstler in den drei Amazonen sahen als die Krieger, die sie tatsächlich waren. Der berüchtigte Ruf Enjas war tatsächlich schon weit in die Highlands und zu den englischen Truppen gedrungen. Aber so verkleidet würde selbst Hal die drei verrückten Weiber nicht erkennen.

James hoffte es zumindest. Wer es wagte, auch nur eine Hand an eine der Frauen zu legen, dem gnade Gott. Er würde jeden eigenhändig erschlagen. Mit einem seltsam hohlen Gefühl und einem Stirnrunzeln beobachtete er den Wagen, wie er hinter der Anhöhe verschwand. So mussten sich wohl auch die zahlreichen Frauen Schottlands fühlen, wenn der Mann in den Krieg zog. Es fiel ihm schwer, einfach zurückzubleiben.

Die Gruppe des Earls bestand, wie von ihm befürchtet, aus mehr als zweihundert Mann. James zählte fast zweihundertfünfzig Soldaten, die an seinem Versteck vorbeitrabten. Seine Truppe war dem Earl entgegengeritten und hatte ihn nun einen Tagesmarsch vor der Burg abgepasst. In den dichten Wäldern um Rutherglen konnte sich eine komplette Armee verstecken, wenn sie sich geschickt anstellte, und darin hatten Douglas' Mannen nun wirklich Übung. Kaum ein Sonnenstrahl drang an diesem Tag durch die Baumwipfel. Das gesamte Gebiet war in einen grauen Schleier getaucht, der alles verschluckte.

James kannte den Wald wie seine Westentasche und auch die Stelle, an der die Engländer vermutlich Rast machen würden. Der Tag neigte sich bereits dem Ende zu, als sie den jungen Earl, er zählte keine achtzehn Sommer, mit seiner Garde und dem königlichen Banner ausmachen konnten. In einem langgezogenen Trupp passierten sie sein Versteck in der Nähe des vermuteten Rastplatzes. Zwei Ritter Edwards waren ebenfalls dabei, Aymer de Valence konnte er allein an seiner wuchtigen Statur erkennen. Sein Anblick brachte schmerzvolle Erinnerungen in ihm hoch. Sir Aymer war es gewesen, der Bruces Heer mitten in der Nacht in ihrem Lager bei Methven fast zerschlagen und damit beinahe die Geschichte des schottischen Königs beendet hatte, bevor sie richtig losging.

James biss seine Kiefer zusammen, bis sie schmerzten. Wenn es nach ihm gegangen wäre, hätte er den gesamten Haufen in einem wilden Kampf überfallen. Aber wenn die List Enjas aufging, dann würde es natürlich ohne großes Blutvergießen klappen. Wie geplant, schlugen die Engländer ihr Lager an einem nahegelegenen und gut zugänglichen Bach auf, um genug Wasser für Pferd und Reiter zu haben. Seine Truppe konnte aus dem Versteck beobachten, wie Feuer entfacht und die Zelte aufgebaut wurden.

Nach wenigen Stunden traten Enja und die zwei Amazonen auf den Plan. Sie trieben das Muli den Weg entlang, den die Engländer gekommen waren. Die Überraschung auf Enjas Gesicht war gut gespielt, als sie vor dem Lager das Gefährt anhielt und die Wache grüßte, die sich ihr sofort entgegenstellte.

»Gott zum Gruße, Soldat, mit wem haben wir es denn hier zu tun?«, trällerte sie den Bewaffneten fröhlich entgegen, die sie mit gesenkten Hellebarden empfingen. Einer der Wachsoldaten antwortete, halb ernst, halb belustigt über den außergewöhnlichen Trupp: »Dies ist das Lager des Earl of Gloucester auf dem Weg nach Rutherglen Castle. Und wer seid ihr Narren, wenn ich fragen darf?«

Enja stand auf dem Kutschbock auf, verbeugte sich tief und stellte sich und die anderen vor.

»Wir sind das tollwütige Trio, mein Herr. Wir sind die, vor denen Euch Eure Mutter immer gewarnt hat. Darf ich vorstellen …«, sie deutete auf Kalay, die nun ebenfalls aufgestanden war, und erhob ihre Stimme zu einem launigen Singsang, »… die weltberühmte Kitty Kanone mit ihrer dreifachen Flohrolle, und dort ist die kleine, aber schnelle Molly Mallone mit einem doppelt ausgesessenen Flickflack.«

Beide Damen verbeugten sich tief und verzogen ihr Gesicht zu einem breiten Grinsen.

»Wenn ich meine bescheidene Wenigkeit vorstellen darf, ich bin Penny Pantone und assistiere den beiden bei allem, was sie nicht können.«

Die drei hatten natürlich die Aufmerksamkeit der Soldaten im Nu für sich gewonnen und wurden nun lachend und feixend umringt. Es passierte nicht oft, dass sich Künstler in diese Gegend verirrten, und nach Tagen der Anspannung kam diese Abwechslung in Gestalt von drei lustigen Narren gerade recht. Der erste Soldat versuchte wenigstens, noch etwas Ordnung in die Sache zu bringen, und zeigte seinem Vorgesetzten an, dass drei Gaukler im Lager angekommen waren. Dies wurde natürlich sofort an die Leibwachen weitergegeben, und der neugierige Earl zeigte sich bald darauf persönlich mit einem amüsierten Lächeln.

»Wärt Ihr bereit, gegen ein wenig Unterhaltung uns Euren Schutz zu gewähren, damit wir morgen unbeschadet nach Rutherglen weiterziehen können?«, fragte Enja höflich mit einer gewissen Distanz in Richtung des hochgestellten Edelmanns. Dieser hatte noch nicht das Erwachsenenalter erreicht und sein Bart zeigte sich erst als heller Flaum in einem feisten Gesicht.

Interessierte Augen musterten die drei Neuankömmlinge, und schließlich nickte der junge Mann. »Ein wenig Abwechslung kann nicht schaden, oder habt Ihr dagegen etwas einzuwenden, Sir Aymer?« Er sprach den wuchtigen Ritter neben sich an, der noch etwas unwillig in seinem Waffenrock steckte. Der Spott in der jungen Stimme des Earls gefiel ihm ganz und gar nicht.

»Wenn diese Idioten wirklich was draufhaben, lasst sie hier. Wenn sie nur darauf aus sind, Ärger zu machen, schmeißt sie raus«, wies er knapp und bedrohlich seine Leute an. Die klare Ansage überraschte Enja nicht. Sie waren zwar keine Bedrohung, aber tatsächlich eine Störung des sonstigen Ablaufs, denn die meisten musterten sie jetzt neugierig, anstatt ihre Aufgaben zu erledigen.

Als hätten sie nur auf ihr Nicken gewartet, fingen Kalay und Winnie an, ihre Sachen aus dem Wagen zu holen, den die Soldaten zuvor natürlich auf Waffen untersucht hatten. Die einzigen Waffen, die sie mit sich führten, waren ihre Körper, und sie wussten alle drei, wie sie diese einzusetzen hatten. Die drei unterschiedlichen Kriegerinnen sahen sich einmal kurz über den Rand der Kiste hinweg an, die sie vom Wagen heben wollten, und mit einem Mal verloren sich alle in der Erinnerung an einen anderen Ort und an eine andere Zeit.

Es war vor vielen Jahren in Carlisle geschehen, dem Ort, an dem sie später Enja kennengelernt hatten. Winnie war in einer Artistengruppe, die aus ihrem Chef Francis und der damals noch blutjungen Kalay bestanden hatte. Francis hatte sie und Kalay als kleine Kinder von der Straße aufgelesen und ausgebildet.

Er war ehemaliger Gaukler und nach einem Unfall nicht mehr voll einsatzfähig gewesen. Dafür ließ er nun die beiden Mädchen für sich schwer arbeiten. Jeden Tag war ein mehrstündiges Übungsprogramm angesagt. Saltos und Flickflacks mussten sitzen. Die Kraft musste in die Arme und Beine, bis sie nicht mehr zitterten. Die Hebefiguren sollten so perfekt sein, dass sie bei der Anstrengung noch lächeln konnten. Wenn nicht, gab es Schläge oder, noch schlimmer, er ließ sie hungern.

Kalay und Winnie konnten unterschiedlicher nicht sein, aber in einem waren sie sich einig: Die Arbeit auf der Bühne war besser, als zu hungern. Sie hatten keine Familie und keine Heimat. Nur Francis, den alten Trickser.

Sie arbeiteten hart an sich, lernten Jonglieren, Kartenspielertricks und wie man den Leuten das Geld aus der Tasche zog, während sie begeistert lachten. Doch meist war es Francis, der während der Ablenkung auf der Bühne die Zuschauer als Bettler verkleidet um ihre Wertsachen brachte. Ein einträgliches Geschäft, aber auch gefährlich.

Denn eines Tages war Francis an Enja geraten. Sie war unter den Zuschauern und hatte ihren Blick interessiert auf die Jongleure gerichtet. Unauffällig hatte Francis sich von hinten an die gut gekleidete, hochgewachsene Frau herangepirscht. Ein goldener Dolch steckte in ihrem Gürtel, reich verziert mit Edelsteinen.

Francis war in der Menschenmenge hinter ihr zum Stehen gekommen, während sie begeistert in die Hände klatschte. Er hatte vorsichtig um sie herum gegriffen und den Dolch mit seinen Fingerspitzen zu fassen bekommen. Ganz sachte waren seine Finger um den Griff geglitten und wollten ihn gerade herausziehen, als er nichts mehr spürte.

Er hatte seine Hand zurückgezogen, aber sie war nicht mehr da. Nur noch ein blutiger Stumpf, aus dem unaufhörlich Blut schoss. Viel Blut. Sein vermeintliches Opfer hatte sich zu ihm umgedreht und ihn kalt angesehen. Im selben Moment hatte er einen furchtbaren Schmerz in der Brust empfunden, genau unterhalb seines Brustbeins hatte sich seine Tunika rot gefärbt.

Enja hatte die beiden Mädchen, deren Arbeitgeber sie getötet hatte, nach Caerlaverock mitgenommen. Winnie und Kalay gehörten inzwischen zu den besten Kriegerinnen in ihrer Truppe. Aber an diesem Tag heute würden sie beides sein, Gaukler und Kriegerinnen.

Die englischen Soldaten halfen den drei Künstlerinnen, eine provisorische Bühne zu bauen. Unter die Holzbretter legten sie Holzbohlen in großen Abständen, damit sie ein wenig höher stehen und besser von allen gesehen werden konnten. Die drei machten sich bereits für ihren Auftritt warm, als der junge Edmund mit seiner Leibgarde und den beiden Rittern vor seinem Zelt die bereitgestellten Holzbänke bezog. Auf seinem jungen Gesicht, das die Entbehrungen des Lebens vermisste, zeigte sich ein erwartungsfrohes Lächeln. Seine Tunika zierte das Wappen des englischen Throns, und auch sonst war der gut gekleidete junge Mann als Mitglied des Hofstaats leicht zu erkennen. Viele der Soldaten hatten es sich auf Kisten, Fässern oder einfach auf dem Boden gemütlich gemacht und erwarteten die Vorführung mit Spannung. Die Stimmung war gelöst bis heiter.

Überall brannten Fackeln, die die hereinbrechende Dunkelheit vertreiben sollten. Sie reichten aber nicht für die schlechte Laune eines Aymer de Valence, der es vorzog, die Vorstellung im Stehen anzusehen. Mit dem Instinkt eines langjährigen Kämpfers wollte er eigentlich an diesem Tag Rutherglen erreichen, das ein begehrtes Ziel der randalierenden Schotten geworden war und sich ständiger Angriffe ausgesetzt sah. Die Reise hatte sich bereits um einen Tag verzögert, und er fürchtete nun Schlimmes.

Zusammen mit dem jungen Halbbruder des Königs sollte er den Kommandanten der Burg ablösen. Aymer de Valence war der Schwager des getöteten Red John Comyn und hegte einen persönlichen Groll gegen Robert de Bruce. Er höchstpersönlich war auch für die vernichtende Niederlage am Fluss Methven verantwortlich, als er die Schotten mitten in der Nacht überrascht und abgeschlachtet hatte. Danach blieb das Schicksal wechselhaft für die Engländer, obwohl sie den selbstgekrönten Schottenkönig Bruce doch schon so gut wie bezwungen glaubten. Wie ein Stehaufmännchen schien diese Geißel Edwards immer wieder auf der Bildfläche aufzutauchen und Unruhe zu stiften.

Jetzt befand er sich einmal mehr auf dem von der Krone eingezogenen Land, aber er fühlte sich nicht wohl ohne Mauern um sich herum, schon gar nicht mit dem Halbbruder des Königs in seiner Obhut. Jetzt sollte er auch noch diesen lächerlichen Narren beiwohnen, die sich noch nicht einmal vernünftige Kostüme leisten konnten.

Der Große der drei hätte von der athletischen Statur her auch ein Mann sein können, obwohl die Stimme zweifelsfrei die einer Frau war. De Valence verschränkte abweisend seine Arme. Ihn ließ das Gefühl nicht los, dieser Mannfrau schon einmal begegnet zu sein, aber unter der dicken Farbe ließ sich kein Gesicht zuordnen, das er schon einmal gesehen hatte.

Er bezweifelte, dass er es mit einer ernstzunehmenden Truppe zu tun hatte. Umso mehr erstaunte es ihn im Laufe der Darbietung, dass diese bunte Mischung aus Körperübungen, Jonglage und Narretei von recht guter Qualität war. Mit Hilfe des großen Athleten, der oft die Kraftarbeit übernahm, turnten die beiden anderen aufeinander, machten Handstände, Saltos und überschlugen sich sogar ein paarmal hintereinander. Chapeau!

Aymer klatschte höflich, als sie sich zwischendurch mehrmals verbeugten. Zumindest war die Nummer keine Zeitverschwendung. Nun war wohl die Narretei dran, bemerkte Aymer misstrauisch, denn die beiden Kleineren knufften und schlugen sich mit allerlei Gegenständen, während der Große mit eifriger Gestik immer wieder für Ruhe sorgte.

Dazwischen jonglierten sie abwechselnd mit Eiern, Steinen und allem, was das Publikum so an Gegenständen bei sich hatte. Unter viel Gelächter flogen auch bald Gegenstände wie Pfannen, Helme und Hufeisen von einer geschickten Hand zur nächsten und kreisten in schwindelerregender Geschwindigkeit über den Köpfen der Zuschauer. Aymer hoffte nur, dass alle Gegenstände auch wieder ihre Besitzer fänden.

Irgendwann suchten sie einen Freiwilligen, den sie in einen Sack stecken wollten. Der zu kurz geratene Narr ging zu einem dicken Soldaten und maß den Sack umständlich an dessen Körpergröße, schüttelte unter dem Gelächter der Zuschauer den Kopf und hielt weiter Ausschau. Dann fiel ihr Blick auf ihn, Aymer. Der richtete sich angespannt zu seiner vollen Größe auf, weil er den Spaß sicher nicht mitmachen wollte. Er würde sich doch bei so etwas nicht lächerlich machen! Aber die kleine Akrobatin sah nur auf seine Körpergröße, hielt den Sack daneben und schüttelte wieder den Kopf. Ein enttäuschtes Raunen ging durch das Publikum.

Jetzt fiel ihr Blick theatralisch auf den jungen Earl, der schon seine Hand über die Augen legte, denn er wusste, dass sie ihn ins Visier genommen hatte. Ohne Worte, aber mit viel Tamtam zog sie den jungen Mann auf die Bühne. Aymer spannte sich an, es war ihm nicht wohl, dass der Halbbruder des Königs mit den Narren auf einer Bühne stand. Auf der anderen Seite: Wen kümmerte das hier draußen?

Sie hatten einem der Soldaten eine Trommel in die Hand gedrückt, und er musste nun auf Kommando einen Trommelwirbel spielen. Dies durfte der arme Mann unter närrischer Anleitung zunächst ein paarmal üben. Der Trommelwirbel kam inzwischen auch schon recht professionell, der Soldat hatte musikalisches Talent. Mit großem Geschrei und wilder Gestik stülpten die drei einem lachenden Edmund den Sack über den Kopf und ließen ihn mitten auf der Bühne stehen.

Jetzt taten sie so, als würden sie ihn per Zauber vor den Augen der Zuschauer verschwinden lassen, aber das klappte natürlich nicht. Schließlich wurde die große Akrobatin ungeduldig und entzündete gleich mehrere kleine Fackeln, die sie vor der Bühne aufgestellt hatte.

Dann hob sie die Hände vor sich und schien das Feuer zu beschwören. Der Trommelwirbel endete, und sie riss die Arme ganz nach oben. Alle blickten die hochpeitschenden Flammen an, die wie durch Geisterhand emporsausten. Im selben Moment gingen sie wieder aus, und auf der Bühne lag nur noch ein leerer Sack. Die Engländer lachten amüsiert.

Guter Trick, dachte sich de Valence und verschränkte die Arme vor der Brust, nachdem er zwischendurch immer wieder hatte klatschen müssen. Wo mochte Edmund jetzt sein?

Das fragten sich die drei Narren wohl auch, sahen sich gegenseitig ratlos an und fingen umständlich an, den Earl zu suchen, auf der Bühne, unter der Bühne, im Kübel, bei den Zuschauern. Sie hoben sogar gegenseitig ihre Kappen, um darunter nachzusehen. Hilflos zuckten sie die Schultern und schienen nun nicht recht zu wissen, was vor sich ging.

Plötzlich ertönte von einer ganz anderen Seite ein martialisches Gebrüll wie auf einem Schlachtfeld, und Aymer zog automatisch sein Schwert. Sämtliche Engländer waren im Nu in Gefechtsbereitschaft. Auf dem Hügel, an dem eigentlich zwei Wachen positioniert waren, zeigte sich eine Gruppe Schotten auf ihren struppigen Pferden, aber sie hielten sich in sicherer Entfernung. Wild zerrte der Wind an den Mähnen der Ponys und den Plaids der Männer. Aymer konnte nicht sehen, welcher Clan dort vor ihm stand, aber er erkannte mitten unter ihnen ein Pferd, auf dem ein schwerer Sack über dem Sattel lag, in dem ein Mensch zu stecken schien.

»Wir sehen uns morgen in Rutherglen, Sir Aymer!«, rief eine raue Stimme aus der schottischen Gruppe zu ihm herüber. »Dann bekommt Ihr Euren Earl zurück und wir die Gefangenen!«

Sir Aymer drehte sich wütend zu den drei Artisten um, seine Waffe fest umklammert. Aber außer einem leeren Sack vor der Bühne waren alle verschwunden. Die Schotten mussten irgendwie den Earl in ihre Gewalt gebracht haben, und dabei hatten diese Gaukler hier geholfen. Außer sich vor Wut ließ er ein gewaltiges Brüllen los, der die Erde und die Hälfte seiner Leute zum Zittern brachte. Den mächtigen Aymer de Valence, dem der König seinen Halbbruder anvertraute, hatten drei Narren an der Nase herumgeführt. Noch dazu zwei Frauen und eine halbe! Der Gedanke an diese halbe Frau ließ ihn jetzt erstarren. Ihm fiel auf einmal wie Schuppen von den Augen, wo er sie schon einmal gesehen hatte.

Es war Enja von Caerlaverock! Die Frau, die den alten Edward noch einmal aus dem Tiefschlaf geholt hatte, nur um drei Tage später endgültig tot zusammenzubrechen.

»Da soll mich doch der Teufel holen …«, presste er atemlos durch seine Zähne. Ein wenig Bewunderung für dieses riskante Manöver ihrerseits musste sich der langjährige Kampfmeister dann doch eingestehen. Und sie hatte ihn und alle Umstehenden meisterlich getäuscht. Unbewusst stahl sich sogar ein sehr seltenes Lächeln auf sein Gesicht. Es war nun das zweite Mal, dass Lady Enja ihn mit ihrer Cleverness ausgetrickst hatte.

Natürlich konnte er nicht ahnen, dass sich die drei Narren noch unter der Bühne befanden, unter die sie sich mit ihrem Opfer geworfen hatten. Den jungen Earl hatte Enja kurzerhand bewusstlos geschlagen, bevor er überhaupt merkte, was geschah. Jetzt hielten sie unter der grob zusammengefügten Bühne gemeinsam die Luft an, um sich nicht zu verraten.

In aller Hast machte sich das Heer unter dem Befehl Aymer de Valences unverzüglich auf, die letzten Meilen bis zur Festung Rutherglen zurückzulegen. De Valence musste den Earl of Gloucester befreien, bevor ihm etwas zustoßen konnte. Koste es, was es wolle. Sein guter Ruf stand auf dem Spiel!

Erst später, als nur noch die glimmenden Lagerfeuer von der überstürzt abgereisten englischen Truppe übriggeblieben waren, rollten wir uns mit dem noch immer bewusstlosen Earl unter der Bühne hervor und legten ihn gefesselt und geknebelt auf den Karren unseres Mulis. Jetzt konnten wir uns die Farbe in Ruhe aus dem Gesicht waschen und die lächerlichen Kostüme ablegen. Schließlich setzten sich Kalay, Winnie und ich wieder auf den Einachser und ließen uns von dem gutmütigen Tier im Schritttempo den Weg nach Rutherglen zeigen. Ich hatte es nicht eilig, uns blieb ja noch die ganze Nacht.

Bei der Ankunft im Rebellenlager vor Rutherglen boten sich mir zweierlei Möglichkeiten: Zum einen konnte ich mir durch diesen gelungenen Streich den nötigen Respekt bei Bruces Generälen erwerben – inklusive denen James' –, zum anderen spielte ich anscheinend einen großen Trumpf in James' Hände, den er auch prompt in einen Sieg verwandelte. Wir hatten immerhin einen wahren Goldschatz in unsere Hand gebracht: den Halbbruder des Königs, Edmund of Woodstock, Earl of Kent und Earl of Glouchester. Er war der jüngste Sohn des alten Königs Edward I. mit dessen zweiter Frau Margarethe von Frankreich.

Die Übergabe des jungen Earls artete für die Engländer zu einer kalkulierten Katastrophe aus. Ein frustrierter Aymer de Valence hatte den Kommandanten von Rutherglen informiert und die Herausgabe der Gefangenen angeordnet. Ein gut gelaunter James Douglas wartete mit dem aus dem Leinensack befreiten Edmund im Schutz seiner umgebenden Männer. Als ihm klar wurde, dass der junge Earl tatsächlich in seiner Hand war, spielte er seinen Trumpf nicht nur zugunsten von Hugh, McKay und den restlichen Kämpfern aus seiner Truppe aus, die abgemagert, aber unversehrt aus den Käfigen von der Burgmauer geholt wurden. Mit eiskaltem Kalkül forderte er auch gleich die Übergabe der Burg an die Schotten und wurde mit der vollständigen Kapitulation der Engländer belohnt. Mir schien, als wäre es Wasser auf James' Mühlen gewesen, einen tobenden Aymer de Valence und die englischen Truppen abziehen zu sehen, und entsprechend zufrieden beobachtete er den Abzug der feindlichen Truppen.

Das Wiedersehen mit dem Bruder von James und dem

alten Haudegen McKay erfüllte mich mit unbändiger Freude. Hugh, den ich als meinen kleinen Bruder betrachtete, umarmte mich fest, und ich wuschelte durch seine dunkelblonden Haare. Sein jugendliches Grinsen mit dem halben Schneidezahn, den ihm Hal einst während einer Kampfübung ramponiert hatte, wirkte, als wäre nichts geschehen.

Die Engländer sammelten ihre Truppen und verließen Rutherglen in ziemlich geknickter Verfassung, aber mit einem unversehrten Earl. James stand zufrieden lächelnd auf der Burgmauer der imponierenden Festung und blickte den abziehenden Truppen hinterher, als ich neben ihn trat.

»Und was kommt als Nächstes, Lord Douglas?« Ich lehnte mich gegen die steinerne Zinne und verschränkte meine Arme. Sein Gesicht hatte einen recht selbstzufriedenen Ausdruck.

»Vielleicht erobern wir zur Abwechslung mal eine einfache Burg?«

»Zum Beispiel?«, fragte ich und legte lächelnd den Kopf schief. Über uns machte sich gerade eine dunkle Wolke bereit, ihre Wassermassen abzugeben. Der Wind frischte merklich auf und zupfte ungeduldig an seinen dunklen Haaren. Unschlüssig drehte er sich zu mir und zuckte mit den Schultern.

»Roxburgh?« Seine Augen waren wie immer ernst, aber die Mundwinkel zuckten ein wenig.

Unwillig schüttelte ich nur den Kopf. Warum suchte er sich immer die unüberwindlichen Burgen aus? Aber er war eben auch der berüchtigte Black Douglas, es galt immerhin, einen gefürchteten Ruf zu verteidigen.

In einer zärtlichen Geste nahm er meine Hand und führte sie an seinen Mund. Seine Lippen küssten die Innenseiten meiner Hand und ließen mich wohlig schaudern.

»Ihr habt heute zahllosen Männern mit Eurem beherzten Eingreifen das Leben gerettet, Lady Enja. Ich bin Euch zu tiefstem Dank verpflichtet.«

»Ich hätte da eine Idee, wie Ihr diese Schuld bei mir abtragen könntet.« Ich grinste, und sein Mund verzog sich wieder zu diesem Lächeln, das meine Knie weich werden ließ.

»Ich gehöre ganz Euch, Mylady«, flüsterte er mir ins Ohr, seine Hand drückte die meine gegen seine breite Brust. Deutlich nahm ich seinen markanten Duft wahr, und ein Gefühl wohliger Geborgenheit überkam mich.

Gerade als ich in meiner Glückseligkeit dahinschmolz, zerstörte plötzlich der Ruf einer der Wachen unsere Zweisamkeit auf der Mauer. Wir drehten uns zu dem wachhabenden Soldaten am Nordturm der Anlage um und sahen ihn auf einen Boten zeigen, der im gestreckten Galopp auf die Burg zupreschte.

Stirnrunzelnd gab James das Signal, den Reiter passieren zu lassen, und das schwere Gittertor hob sich ächzend und quietschend. Schließlich brachte der Bote das erschöpfte und schweißüberströmte Pferd im Burginneren zum Stehen. Weißer Schaum flockte von Hals und Kopf, und die Nüstern bebten. Es mussten dringende Nachrichten sein, wenn er sein Pferd so hetzte. Der Bote sprang vom Pferd und stürmte die Treppe zu uns herauf. Außer Atem verneigte er sich tief vor James.

»Sir Douglas«, fing er ohne Umschweife an, »wir brauchen

schnellstens eine Heilerin im Heerlager, es geht um Eure Frau, Lady Elisabeth!«

In diesem Moment öffnete der Himmel seine Schleusen und übergoss uns mit einem kalten Regenschauer. Mein Herz schien sich darin aufzulösen.

Kapitel 9

Galloway 1310, Schottland

Wenn es etwas gab in meinem Leben, mit dem ich nicht umgehen konnte, dann waren es Enttäuschungen. Erfolgsverwöhnt, wie ich war, gab es selten Augenblicke, in denen ich wirklich um meinen Sieg gebracht worden war. Alles, was ich mir vornahm, setzte ich auch um. Caerlaverock gedieh prächtig, die Krankenstation war fast überfüllt, und meine Pferdezucht galt weithin als begehrt. Die Menschen um mich herum hatten sich immer sehr bemüht, alles richtig zu machen. Und jetzt das. Es traf mich so unerwartet, als hätte mir jemand eine Lanze durch das Herz gestoßen.

Mein Gesicht hatte jegliche Farbe verloren, und ich wiederholte: »Eure Frau …?«

Der heftige Regen peitschte mir ins Gesicht, meine Füße waren wie festgewurzelt. Ich traute mich nicht, mich zu bewegen, als könnte ich dabei meine Balance verlieren.

James hatte die Augen geschlossen, auch er war kalkweiß geworden. Als er sie wieder aufmachte, stand die schiere Angst darin, fast schon Panik. »Ich wollte es Euch erklären, Enja. Irgendwann in einem richtigen Augenblick …«

»Und der wäre?«, konterte ich scharf. Meine mit Mühe bewahrte Fassung drohte verloren zu gehen. Ich war ein gutes Stück von ihm weggerückt, weil ich meinem eigenen Temperament nicht traute. Die Kühle des Regens und die Nachricht des Boten hatten die Hitze zwischen uns beiden gelöscht. In einer hilflosen Geste streckte er mir die Arme entgegen, ließ sie aber langsam wieder sinken. Sein Kopf fiel nach unten, und mein Liebhaber, den ich so bewundert hatte, zuckte nur hilflos mit den Schultern.

»Wahrscheinlich nie«, gab er kleinlaut zu. Wenigstens war er ehrlich.

Zur Hölle! Wo war ich da nur wieder hineingeraten? Innerlich zählte ich erst einmal bis zehn.

»Wie lange schon …?« Meine Stimme war brüchig. Der Wind trieb die Regentropfen frech in unsere Gesichter. Das Stakkato der aufklatschenden Tropfen schwoll merklich an.

In James' Gesicht klebten die dunklen Haarsträhnen, und ein Rinnsal tropfte von seiner Nase. Tatsächlich haderte er mit der Antwort. Deutlich spürte ich, dass er es nicht gewohnt war, über solche Dinge zu sprechen, geschweige denn, sich zu rechtfertigen.

»Seit einem Jahr …«, kam es zerknirscht aus seinem Mund. »Es war Roberts Idee, er wollte mich mit einer der hiesigen Edelfrauen verheiraten und so meinen Stand festigen.«

Das wäre nichts Neues und durchaus so üblich in diesen Breitengraden. Nur warum ausgerechnet jetzt, fragte ich mich. Ein Windböe blähte meinen Mantel auf und zupfte hartnäckig am Saum. Blitze und Donner ließen den Abendhimmel bedrohlich wirken. Die Natur fuhr harte Geschütze auf. Noch immer standen wir beide dort oben auf der Burgmauer wie festgenagelt und starrten einander an.

»Glaubt mir, Enja, ich wollte das nicht«, beeilte er sich zu sagen, »ich liebe sie nicht. Ich liebe Euch, schon immer!«

Aufgewühlt und sichtlich getroffen ging er vor mir auf ein

Knie und senkte sein nasses Haupt. James hatte noch nicht einmal einen Umhang an, er musste bis auf die Haut durchnässt sein.

»Ich hatte Euch angefleht, meine Frau zu werden, und Ihr habt Euch verweigert. Bruce hat nur getan, was er für richtig hielt. Er wusste doch nichts von uns. Ich liebe Euch, Enja von Caerlaverock, und nur Euch. Mein Herz gehört Euch! Wo immer es schlägt, es schlägt für Euch.«

Wie um seine Aussage zu unterstreichen, schlug ein naher Blitz in die umgebenden Bäume der Burg ein und entlud seine Energie in einem lautstarken Knall. Fast schien es, als wäre der Himmel aufgebracht über James' Worte.

Wieder nahm er fast verzweifelt meine Hand und küsste sie. Seine Stimme wurde lauter in dem Getöse um uns herum.

»Bitte, lasst mich jetzt nicht im Stich. Elisabeth ist im vierten Monat schwanger. Sie hat ...«, sein Blick ging in die Ferne, »sie hat wohl gesundheitliche Probleme, und ich bitte Euch inständig, ihr zu helfen!«

Unwillig entzog ich ihm meine Hand. Bitter enttäuscht drehte ich mich um, ich konnte ihm nicht mehr ins Gesicht schauen, das Gesicht, das ich so liebgewonnen hatte. Das mich so zärtlich und leidenschaftlich ansah, wenn wir uns liebten. Ich fühlte mich schmählich hintergangen, auch wenn ich seine Zwickmühle verstehen konnte. Tapfer schluckte ich die Tränen herunter. Warum tat es nur so weh? Nein, ich würde nicht weinen! Diesen Gefallen tat ich ihm nicht. Selbst wenn er es nicht sehen könnte auf meiner nassen Haut.

»Ich kann Eurer Frau nicht helfen, James. Ich schicke nach einer anderen Heilerin«, sagte ich tonlos, eine kalte Hand griff nach meinem Herzen und drehte es schmerzhaft in alle

Richtungen. Im nächsten Moment würde sie es in einen schwarzen Schlund werfen, für immer. Mein Atem fing sich schmerzhaft in meiner Brust.

»Enja, bitte, ich will, dass *Ihr* Elisabeth helft, Ihr seid die Einzige, die das kann. Es ist mein Kind, Enja, versteht Ihr das nicht? Könnt Ihr es nicht einfach für mein Kind tun?«

Sein Ton wurde drängend. Er hatte sich hinter mir aufgerichtet und blieb stehen, als würde er nicht gehen, bevor ich nachgegeben hätte.

Ich starrte in die von Blitzen erhellte Landschaft. Das Donnergrollen kam jetzt von weiter weg, als hätte sich das Gewitter wieder verzogen, aber der Regen wütete weiter heftig. Meinen Körper befiel ein heftiges Zittern. Ausgekühlt von meinen Gefühlen und der Kälte des Lebens. Sein Kind?

Der schwarze Schlund war plötzlich weg. Ja, es war sein Kind, und es war ein Mensch, dessen Leben wohl am seidenen Faden hing. Von ganz hinten in meinem Kopf kam eine Stimme, die mir sagte, dass ich als Heilerin helfen musste.

Um meine flatternden Gedanken zu sortieren, atmete ich tief ein und wieder aus. Erst dann und mit eisernem Willen drehte ich mich um und blickte unschlüssig in dieses verdammte, geliebte Gesicht, das nun so voller aufgewühlter Emotionen war.

»Gut«, sagte ich hölzern und ohne große Überzeugung, »ich komme mit, und ich werde Eurer Frau helfen.«

Seine Augen schlossen sich in tiefer Dankbarkeit, und sein Kopf mit den nassen Haarsträhnen fiel erleichtert auf seine Brust.

»Aber danach werde ich nach Caerlaverock zurückkehren, und wir werden uns nie mehr wiedersehen. Verstanden?«

Jetzt fuhr sein Kopf wieder nach oben, und er starrte mich erschrocken an. Aber ich wollte ihn nicht mehr hören. Daher hob ich abwehrend meine Hand.

»Ich komme nur unter dieser Bedingung mit, James.«

Ohne auf seine Antwort zu warten, drehte ich mich um und stieg schwermütig die Treppe von der Burgmauer hinab. Nichts war mehr übrig von der fröhlichen und entspannten Stimmung noch wenige Minuten zuvor. Die Regenwolken hatten ihre schwarze Masse über unseren Köpfen und Seelen ausgeleert.

Triefnass erreichte ich meine Kammer im großzügig angelegten Rutherglen Castle, legte den Riegel vor und sank hinter der Tür auf den Boden. Aber auch jetzt behielt mein Verstand die Oberhand, keine Träne würde ich vergießen. Im Gegenteil, willkommene Wut und ein Gefühl einer tiefen Enttäuschung machten sich breit.

Wie um die Bilder zu verscheuchen, die vor meinen Augen auftauchten, wischte ich mit meiner nassen Hand müde über das Gesicht.

James Douglas hatte vor einem Jahr geheiratet und mir kein Wort gesagt. Gut, ich hatte ihn auch nicht danach gefragt, und zuletzt musste ich mir eingestehen, dass die Heirat von Adligen aus politischen Gründen gang und gäbe war. Dies war ja auch ein Hauptgrund für die Ermordung des englischen Ritters Henry de Keighley in der Kathedrale von Dunbar gewesen. Oft wurden diese Ehen von mächtiger Hand gesteuert. Weigerung wurde als Ungehorsam angesehen. Trotzdem spürte ich den Stachel des Betrugs in mir.

In dieser Nacht musste ich meine Gefühle und meinen Verstand sortieren, um am nächsten Tag den Tatsachen ins Auge zu sehen. Ich fand kaum Schlaf, mein Stolz und mein Vertrauen in diesen Mann, den ich so liebte, waren tief verletzt.

Der kommende Morgen war ein stiller Aufbruch für uns beide. Und ich hatte so viel, worüber ich nachdenken musste. Woher ich die Kraft fand, tapfer meine Sachen zu packen und den Weg zum Heerlager der Schotten zu reiten, wusste ich nicht mehr. Vage erinnerte ich mich an die Enttäuschung, die ich empfand, als James sich anschickte, mich zu begleiten. Seine Wege waren nicht von der Sorge um seine Ehefrau bestimmt, wie ich es erwartet hätte, sondern von einem ganz anderen Ziel: dem Ausbau seiner militärischen Macht, der Sicherung von politisch wichtigen Festungen und der Unterstützung der Ziele seines Königs.

Ich fragte mich, warum ich so blind gewesen war für seine eigentlichen Ziele. Er war ein Mann, ein Egoist und Taktierer. Was war nur mit meinem Verstand passiert?

Bruces Heerlager war in der Nähe von Galloway aufgeschlagen worden. Von dort aus leitete er hauptsächlich seine politischen Kampagnen, die er für die schottischen Edelleute und auch den hiesigen Klerus wahrnehmen musste, um als König von allen gesellschaftlichen Schichten akzeptiert zu werden. Seinen strategischen Erfolgen, die er mit Hilfe von Männern wie James Douglas erreichte, folgten auch politische. Immer mehr Adlige bekannten sich zu dem charismatischen König, der Schottland gegen die Engländer einen wollte.

Winnie hatte ich von Rutherglen mit der Nachricht nach Caerlaverock zurückgeschickt, dass ich erst später wieder zurückkehre und dass Hal so lange an meiner Stelle das Kommando hatte. Ob er mich insgeheim auch so vermisste wie ich ihn? Wohl kaum, er hatte ja nun Moira.

Das Lager, das ich nach drei Tagen mit Kalay, Hugh, James und McKay erreichte, hatte Ausmaße, die mich an die großen Versammlungen erinnerten, die an Hogmanay, dem ersten Tag im neuen Jahr, zelebriert wurden. Ein Meer von Zelten, Familien, Kindern und Tieren bevölkerte das vor mir liegende Tal mit dem idyllischen Loch, der als Trinkwasserreservoir und Waschzuber diente.

Unser kleiner Trupp ritt bereits einige Zeit an den singenden, trinkenden und schlafenden Schotten jeglicher Coleur vorbei, ehe wir auf die Zelte der gehobenen Familien stießen. Auch in Heerlagern wurden die Hierarchien strikt eingehalten, und wir fanden dort die mit dem königlichen Banner – dem *lion rampant* – geschmückten Zelte von Robert und James.

Der rote Löwe auf gelbem Grund war in Schottland allgegenwärtig seit Beginn von Robert Bruces Unabhängigkeitskampf. Neu war für mich das Motto, das sich unter dem Wappen befand:

In my defens God me defend
And bring my saulle to ane good end

Das Treffen im Zelt des Königs verlief herzlich, und Robert bereitete mir einen warmen Empfang. Ohne Einschränkung betrachtete er mich als Vertraute, seit ich ihn von seiner schweren Krankheit nach der Niederlage von Methven geheilt hatte.

Auch wenn James' Ehefrau der Grund für mein Kommen war, so musste ich ihm zuerst meine Aufwartung machen. Erst dann ließ ich mich von einem ungeduldigen James zu seiner kranken Frau bringen, die in einem privaten Zelt nicht weit von Roberts entfernt lag. Einerseits war er sehr erpicht, mich zu ihr zu bringen, auf der anderen Seite schien es ihm Unbehagen zu bereiten, mich ihr vorzustellen zu müssen.

Nur zögerlich betrat ich das von gewachstem Tuch verhangene Zelt. Erleuchtet von ein paar wenigen Kerzen konnte ich Elisabeths Umrisse auf dem großen Bett erkennen, das den von schwerem Canvas umgebenen Raum dominierte. Blass und mager lag sie in den Decken und Pelzen, die sie wärmen sollten.

Mit leiser Stimme erklärte James Elisabeth mein Erscheinen und meine Funktion als Heilerin. Glanzlose Augen blickten mich aus tiefen Höhlen teilnahmslos an. Vermutlich hatte die Schwangere ihr Schicksal schon akzeptiert.

Erschüttert kniete ich neben dem einfachen Lager nieder und nahm zum Pulsmessen ihre kalte Hand in die meine. Verzweifelt versuchte ich währenddessen, meiner Eifersucht Herr zu werden. Es gelang mir, indem ich mich auf meine Aufgaben konzentrierte.

Mit der Routine eines erfahrenen Medicus untersuchte ich sie. Elisabeth war vielleicht achtzehn oder höchstens neunzehn Jahre alt und sehr schlank. Angeblich war sie im vierten Monat schwanger, aber ich schätzte sie aufgrund der Kindgröße eher auf den fünften. Ihr Gesamtzustand war kritisch, die hygienischen Bedingungen hier im Lager unzureichend. Für einen Transport nach Caerlaverock war sie nicht stabil genug. Ob sie die wenigen Monate bis zur Geburt noch durchhalten würde, war fraglich.

In einer Ecke des Zeltes kauerten zwei junge Mädchen. Sie waren von ihrer Näharbeit aufgestanden, als ich mit James hereingekommen war, sagten aber kein Wort. Eine davon hatte eine deutliche Rundung in der Taillenmitte, war also auch schwanger. Doch ihr Gesicht war im Gegensatz zu dem von Elisabeth rosig und frisch. Vermutlich war sie die Kälte und die harten Bedingungen des Lebens hier besser gewöhnt als das Edelfräulein in seinem warmen Bett.

Sachlich offenbarte ich James meine Erkenntnisse, und er nahm sie schweigend zur Kenntnis. Ich musste ihm nicht sagen, dass ein Heerlager der falsche Aufenthaltsort für eine kranke Schwangere war.

Unsicher richtete ich mich in der entstandenen Stille auf und ging aus dem Zelt, in das der Tod schon eingezogen war. Als umklammerte ein Eisenring meine Brust, schnappte ich hilflos nach Luft. Mit festem Willen hatte ich meine eigenen Gefühle weggedrückt, aber jetzt hier draußen vor dem Zelt schienen sie mich umso schlimmer zu überfallen. Wäre Hal mitgekommen, hätte ich jetzt mit ihm trainiert und mir mit den Fäusten die Seele aus dem Leib geschlagen. Jetzt blieb nur ein fades Gefühl von Betrogenheit in meinem Mund, das so unglaublich bitter schmeckte.

Zögerlich hörte ich James hinter mir aus dem Zelt treten und sich räuspern. Wenn ich ihm jetzt in die Augen schaute, so fürchtete ich, würden mir die Tränen kommen. Daher blieb ich stehen, den Blick auf den Horizont gerichtet, an dem die schneebedeckten Wälder in der Wintersonne badeten. Es war kalt an diesem Novembertag, so kalt wie mein Herz.

»Könnt Ihr irgendetwas für sie tun, Lady Enja?«

Zögernd schüttelte ich den Kopf. »Nicht unter diesen Umständen.«

»Könnt Ihr bei ihr bleiben?«, fragte er sanft, und nach zwei Sekunden fügte er hinzu: »Bitte!«

»Sie ist Eure Frau.« Meine Worte waren kühl.

»Und Eure Patientin«, kam es zögernd zurück.

Der bittere Geschmack in meinem Mund ging auch nach mehrmaligem Schlucken nicht weg.

»Sie wird die Geburt kaum überleben, James.« Ich sah ihn immer noch nicht an, er stand nun genau hinter mir.

»Das Kind?«

»Ich weiß es nicht …«

Seine Hände legten sich von hinten auf meine Schultern. Sie waren schwer wie Blei. Sein heißer Atem streifte meinen Hals, und ich fühlte mich, als säße mir der Tod persönlich im Nacken.

»Ich weiß, ich kann das nicht von Euch verlangen, aber ich bitte Euch um das Leben meines Kindes. Ich liebe Euch, und ich würde alles für Euch tun. Wenn Ihr es möchtet, hole ich das Herz eines Drachen aus dem Höllenschlund. Nur bitte lasst mich jetzt nicht im Stich.«

Wo war die stolze Kriegerin geblieben, wo war meine Seele? Zerdrückt von einem Mann, den ich in mein Herz gelassen hatte. Konnte ich ihm seinen Wunsch abschlagen?

Ich blieb.

Seine Frau Elisabeth starb im Winter 1311 mit ihrem ungeborenen Kind. Ich war bei ihr, als sie ihren letzten schwachen Atemzug tat, hielt ihre kalte Hand und schloss ihre Augen.

James und seine tollkühnen Männer waren zu dieser Zeit unterwegs auf einem seiner zahlreichen Raubzüge. Linlithgow hieß die nächste Festung, später dann fiel Dumbarton. Die Männer schwärmten von seiner Heldenhaftigkeit und seiner List. Man könnte meinen, er hätte Flügel gehabt und Feuer gespuckt, nähme man die Geschichten alle ernst.

Zusammen mit Kalay sorgte ich dafür, dass Elisabeths Leichnam unter priesterlichem Segen in einer Seitenkapelle der naheliegenden Kirche bestattet wurde. In den wenigen Wochen, die sie noch ertragen musste, hatten wir selten miteinander gesprochen. Vermutlich hatte sie kaum wahrgenommen, dass ich da war. Dafür war ich mit der schwangeren Isla, dem Mädchen, das mit seiner kleinen Schwester in James' Zelt lebte, in intensivem Austausch.

Sie war wohl schon James' Geliebte gewesen, bevor er heiraten musste. Sie blieb einfach, denn es war ja sein gutes Recht, eine Geliebte zu haben, daran änderte auch die Hochzeit nichts. Isla ergab sich ihrem Schicksal und wurde auch schwanger. Zusammen mit ihrer kleinen Schwester Maja hatte sie sich um Elisabeth gekümmert, die schon seit Anbeginn der Ehe kränklich war.

Ich machte ihr keinen Vorwurf. Diese Frauen hier hatten eigentlich nur die Chance zu überleben, wenn sie sich mit einem Mann zusammenschlossen, der sie beschützen konnte. Ohne Familie landeten sie irgendwann dort, wo ihnen keiner mehr helfen konnte: in der Gosse als Freiwild für die Soldaten. Der Zustand dieser Frauen war unbeschreiblich, und ich musste meine Augen verschließen vor so viel Elend. Krieg war keine gute Zeit für uns Frauen. Egal, welcher Mann gewann, wir hatten immer verloren.

Kalay, Isla, ihre Schwester Maja und ich trugen die tote Elisabeth zu Grabe, während die Männer um Dumbarton kämpften. An einem regenverhangenen, kalten Februartag sprachen wir ein leises Gebet an ihrer letzten Ruhestätte und legten Mistelzweige unter das schlichte Holzkreuz. Der alte Priester betete für die göttliche Erlösung ihrer Seele und ließ das Loch im Kapellenboden von zwei frierenden Jungen schließen. James würde sich nach seiner Rückkehr um die marmorne Bodenplatte mit ihrem Namen kümmern müssen.

Von der Trauer noch stumm packten wir alle zusammen unsere spärlichen Sachen für den Rückweg nach Caerlaverock. Ich ließ keines der beiden Mädchen im Heerlager zurück. Wenn ich noch ein Leben retten konnte, dann wenigstens das von Maja, Isla und ihrem ungeborenen Kind. Falls ich James jemals wiedersähe, dann wollte ich ihm zumindest ein lebendiges Kind übergeben können.

Isla gebar ihren Sohn im Frühjahr 1311 und nannte ihn stolz Archibald William James. Jeder sollte sehen und wissen, dass sie einen Sohn des berühmten Black Douglas geboren hatte. Insgeheim bewunderte ich die Energie und das Selbstbewusstsein, womit das junge Mädchen sein Mutterdasein genoss. Klein Archibald war aber auch ein properer und drolliger kleiner Kerl, der exakt die braunen Augen seines Vaters hatte. Die beiden robusten Schwestern kümmerten sich mit Schinschi um die große Kinderschar, die mittlerweile in Caerlaverock ein bedeutender Faktor war. Das gute Essen und die ärztliche Versorgung ließen viele Kinder die schwierige Zeit des Kleinkindalters überstehen.

Hal hatte mit seiner Moira zu ihren leiblichen Töchtern sechs weitere Kinder adoptiert, und nun teilten sie sich die zwei großen Kammern. Der gefürchtete Krieger mit dem weichen Herz schien in seiner Aufgabe als Vater völlig aufzugehen. Obwohl keines der Kinder von ihm war, schwärmte er von den vielfältigen Talenten seiner Familie.

Hier war ich zu Hause. Hier waren Menschen, die mich brauchten, schätzten und liebten. Und während die Schotten unter Robert Bruce erfolgreich eine Burg nach der anderen einnahmen und ganze Landstriche plünderten, war Caerlaverock eine Oase des Friedens und Zuflucht für viele arme Seelen aus dem zerstörten und vom Krieg erschütterten Land.

Kapitel 10

Edinburgh, Schottland, im März 1314

Seit dem Verlassen des schottischen Heerlagers im Winter des Jahres 1311 hatte ich James Douglas nicht wiedergesehen. Seine kriegerischen Auseinandersetzungen mit den Engländern und die Eroberungen von Burgen und Festungen gerieten für ihn anscheinend zu einer Art sportlichem Wettkampf zwischen den vier aktiven Köpfen der Rebellion. Linlithgow, Dumbarton, Perth und die Isle of Man fielen innerhalb kürzester Zeit in die Hand der ungebremsten Schotten. Das Blatt hatte sich zugunsten der Rebellen gewendet.

Edward Bruce, Roberts Bruder, belagerte im Frühjahr 1314 Stirling Castle. Gleichzeitig eroberte Sir Thomas Randolph, ein geläuterter Neffe des schottischen Königs, Edinburgh Castle. Und James Douglas stellte sich selbst in den Schatten mit seinem größten Vorhaben, der Einnahme von Roxburgh Castle in einem bravourösen Akt strategischer Klugheit. Getarnt als grasende Rinder näherten sie sich mit Fellen bedeckt auf allen Vieren unerkannt der Burg und überstiegen mit fünfzig Mann über Wurfleitern die bis zu drei Meter dicken Mauern. Was in Rutherglen so katastrophal geendet hatte, gelang ihm in Roxburgh. Innerhalb kürzester Zeit war die Burg in der Hand des Black Douglas. James schien meinen Geschichten von der Kampfstrategie der Assassinen aufmerksam zugehört zu haben …

So wichtig diese Glückssträhne für die Moral der Schotten war, so verheerend wirkte sich dies auf die englischen Truppen aus. Acht Jahre lang hatte Bruce im Hinterland einen kräftezehrenden und brutalen Krieg geführt. Er hatte alle wichtigen Burgen und Ländereien erobert und hinterher geschliffen. Nebenbei bemühte er sich, die Schotten unter sich zu einen. Was er allerdings dringend für seine Anerkennung brauchte, war ein Sieg auf offenem Feld in einer Schlacht Mann gegen Mann.

Vor einem militärisch so starken Gegner wie dem englischen Heer hatte Bruce einen Heidenrespekt, und trotzdem wusste er, der Tag würde kommen, an dem er sich seinem Feind in einer offenen Schlacht stellen musste. Die Lage spitzte sich im Frühjahr 1314 für beide Seiten zu. In Berwick lagerten die Truppen der Engländer, die für einen Marsch auf Stirling zusammengezogen worden waren. Philipp de Mowbray, der englische Gouverneur des belagerten Stirling Castle, hatte sich gegenüber Edward Bruce in langen Verhandlungen bereit erklärt, die Trutzburg am 24. Juni 1314 an die Rebellen übergeben. So viel politische Feinheit hatte ich dem Königsbruder gar nicht zugetraut!

De Mowbray würde so lange noch ausharren, bis der englische König zu seiner Unterstützung käme. Stirling als wichtiges Machtzentrum des damaligen Schottlands musste aber gehalten werden. Edward II. machte ein fast zwanzigtausend Mann starkes Heer von Berwick aus mobil, um de Mowbrey abzulösen und Stirling in englischer Hand zu behalten. Die Schotten dagegen zogen ihrerseits die Truppen um Roxburgh und Edinburgh zusammen und schickten sechseinhalbtausend Mann nach Stirling, um sich den Engländern entgegenzustellen.

Würden sich diesmal die beiden Armeen auf einem Schlachtfeld treffen? Würde das eintreten, wovor Robert de Bruce sich immer so gefürchtet hatte?

Während sich die Ereignisse in der Mitte Schottlands überschlugen, war das beschauliche Caerlaverock eingehüllt vom warmen Frühling, der sich in den Lowlands in einer wahren Blütenpracht entfaltete. Der Betrachter hatte das Gefühl, als wäre einem Maler der Pinsel ausgerutscht, so viele farbige Kleckse überzogen die üppigen Hügel der fruchtbaren Gegend.

Die Idylle wäre perfekt gewesen, hätte mich nicht die Nachricht vom Marsch des schottischen gegen den englischen König erreicht. Und nicht nur das: Der Bote, der das Bruce'sche Banner trug, hatte gleich einen Marschbefehl dabei, in dem ich aufgerufen wurde, gemeinsam gegen den erklärten Feind der Schotten und für ein geeintes Königreich unter Robert Bruce in die Schlacht zu ziehen.

Immer wieder las ich die Botschaft, betrachtete das Königssiegel von Bruce und konnte es nicht glauben. Nach einem acht Jahre währenden Drahtseilakt und meinem verzweifelten Bemühen, mich in der politischen Lage neutral zu verhalten, sollte ich nun mit meinen Kriegern in die Schlacht ziehen. Ich wusste nicht, ob ich mich von Bruce geehrt oder für dumm verkauft fühlen sollte. War das ein gezielter oder ein verzweifelter Akt? Konnte ich mich ihm überhaupt verweigern?

Der Krieg hatte uns gefunden, und wir mussten uns zum

ersten Mal entscheiden, zu welcher Seite wir gehörten. Mit großer Dringlichkeit ließ ich daher alle Männer und Frauen von Caerlaverock zusammenkommen und versammelte sie in der Mitte der Burg. Neugierig drängten sich die Männer, Frauen und Kinder um den Brunnen auf dem Innenhof. Mit einem Sprung erklomm ich den steinernen Rand und hielt mich an dem Holzpfahl mit der Umlenkrolle für den Wassereimer fest. Viele erwartungsvolle Augenpaare starrten mich an, die vertrauten Gesichter angespannt, wie ich mich entscheiden würde.

»Bewohner von Caerlaverock! Wie Ihr wisst, war mein Anspruch auf diese Burg von Anfang an mein größtes Ziel. Dafür habe ich all die vielen Jahre gekämpft. Immer wieder habe ich sowohl den englischen als auch den schottischen König um die Anerkennung meines Titels gebeten. Im Gegenzug dazu würde ich für ihn kämpfen. Bisher hatte ich keinen Erfolg, aber heute kam eine Botschaft von Robert de Bruce persönlich.«

Jetzt begannen viele laut zu jubeln. In dem aufkeimenden Lärm erhob ich meine Stimme, damit jeder mich hören konnte.

»Er wünscht unsere Unterstützung in seinem Krieg gegen die Engländer. Damit erkennt er mich als seine Vasallin an und räumt mir das Recht an dieser Burg ein.«

Jetzt hatten alle verstanden, was diese Botschaft bedeutete, und jubelten frenetisch. Begeistert von der Zustimmung meines Clans strahlte ich übers ganze Gesicht.

»Seid Ihr dabei, wenn wir mit Bruce gegen die Engländer ziehen?«

Von überallher schallte Zustimmung. Das wollte ich hören!

Das war mein Clan! Um die positive Stimmung für mich zu nutzen, stieß ich meine Faust in die Höhe.

»Tod den Engländern!« Dies war meine Entscheidung!

»Tod den Engländern!«, schallte es vielstimmig zurück.

In der Menge stand einer, der nicht so erfreut war über diese plötzliche Wendung. Es war Hal, dem nun dämmerte, dass die geschenkte Zeit des Glücks vorbei war. Er wandte sich seiner Frau zu, die neben ihm gebannt Enjas Rede gelauscht hatte. Mit einer liebevollen Geste nahm er Moira in die Arme und küsste sie zärtlich auf die Stirn. In ihrer weisen Art legte sie ihre Hand an seine Wange und sah ihm zärtlich in die Augen. »Versprich mir, auf dich aufzupassen, *mo cridhe.* Ich bleibe wirklich nicht gerne alleine mit acht Kindern.«

Hal lächelte bedrückt, aber er wusste, dass er mit Enja ziehen musste. »Mach dir keine Sorgen, Moira, ich passe auf mich und auf das verrückte Weib auf. Ohne mich stellt die doch wieder irgendeinen Unfug an. Außerdem sind meine Einzelteile gut mit Tinte gekennzeichnet, du kannst sie spielend wieder zusammensetzen.«

Moira schlug Hal die flache Hand auf die Schulter und lachte. Als würde ihn eine böse Vorahnung erfüllen, trieb es ihn diesmal nicht in den Krieg. Aber er hatte Verständnis für Enjas Kampf um Caerlaverock, er würde einen Teufel tun und sie alleine gehen lassen.

Die nächsten Tage waren erfüllt von den Vorbereitungen für die kommenden Monate. Proviant wurde in kleine Portionen abgefüllt, Brot und Kekse gebacken, Waffen geschärft und die Pferde beschlagen. Der zusätzlich in seiner Botschaft vermerkte Hinweis von Robert, dass ich genügend Sackpfeifen mitnehmen solle, war für mich ein Beweis, dass er über die psychologische Kriegsführung nachgedacht hatte. Es war meine Idee gewesen, die lauten Instrumente vor der Schlacht zu spielen, um die Feinde damit einzuschüchtern. Aus einer hitzigen Debatte zwischen James, Bruce und mir hatte sich diese Idee einst ergeben, und jetzt kam er darauf zurück. Ich hätte mich fast geschmeichelt gefühlt, aber irgendetwas warnte mich in meinem Innersten, dass Bruce wie schon immer geschickt die Klaviatur der Politik zu seinen Gunsten spielte. Schmeicheln gehörte ebenso dazu wie drohen.

Seiner Idee folgend nahm ich also neben meinen zwanzig Kriegern auch noch vier Musiker und acht Sackpfeifen mit. Vier der Krieger konnten ebenfalls dieses außergewöhnliche Instrument spielen. Die Musiker waren außerdem für den Proviant und die Tiere zuständig. Hals adoptierter Sohn David sollte sich um die Waffen kümmern und Lily um die Verletzten. Sie war die junge Pferdehirtin, die einst vor dem englischen Ritter William de Valence fliehen konnte, dem Emma zum Opfer gefallen war. Auf ihren Wunsch hin war sie von Moira zur Heilerin ausgebildet worden.

Am Tag der Abreise verabschiedete ich mich von meinen Kindern, allen voran Rachel, die mit ihren vierzehn Jahren nun an der Schwelle zur Frau stand und mit der ich eine sehr innige Verbindung pflegte. Obwohl ich nicht ihre leibliche Mutter war, hatte sie mich das nie spüren lassen. Ihre loyale

Liebe zu mir gab mir das Gefühl einer Seelenverwandtschaft. Die dunklen Augen waren mit Tränen gefüllt, und sie versuchte, tapfer zu lächeln, als ich sie fest umarmte. Der nicht mehr ganz so kleine Thorvil hatte sich ihre Hand geschnappt und weinte haltlos.

Als würden ihre Tränen nicht mein Innerstes erschüttern, gab ich den beiden souverän einen Kuss auf die Stirn und tätschelte Thorvil die nasse Wange. Mit meinen Händen formte ich die stumme »Alles wird gut«-Zeichenfolge und drehte mich dann zu den anderen Bewohnern.

Sie drückten mir die Hand oder klopften mir auf die Schulter, aber jeder verabschiedete mich auf seine Weise. Muriel fiel mir sogar um den Hals, und das berührte mich sehr. Isla hatte eine kleine Locke von Archibald abgeschnitten und reichte sie mir, geflochten zu einem Ring. Sie bat mich, James diese Locke zu geben, die so schwarz war wie sein eigenes Haar. Sein Sohn war nun mit seinen drei Jahren ein kleines Abbild seines Vaters, den er noch nie gesehen hatte. Er war für mich eine schmerzhafte Erinnerung an eine verlorene Liebe. Zögernd steckte ich die Locke ein und nickte nur. Ich wünschte mir inständig, ich müsste James nicht mehr begegnen.

Die erlesene Kampftruppe stieg auf ihre Pferde, die die Nervosität ihrer Reiter spürten, die Anspannung vor der Ungewissheit der bevorstehenden Auseinandersetzung. Keiner konnte den Ausgang der Schlacht ahnen. Keiner wusste, ob er je wieder hierher zurückkehren würde.

Mit einem geübten Schwung zog ich mich in den Sattel von Taycan, meinem treuen Kampfgefährten. Er war jetzt achtzehn Sommer alt und noch immer gesund und kernig.

Und immer noch brannte das Feuer in ihm, als wäre er nicht gealtert.

Freundschaftlich tätschelte ich seinen seidigen schwarzen Hals und raunte ihm ins Ohr: »Jetzt, alter Freund, kannst du noch einmal zeigen, was du draufhast!« Dann richtete ich mich auf und gab das Zeichen zum Abmarsch.

Es war wie der Aufbruch in eine neue Ära, wir waren alle beflügelt von der Aussicht, eine eigenständige Festung zu werden. Künftig wären wir nur noch dem König direkt unterstellt, und wenn das die Voraussetzung dafür war, dann würde ich ihm dafür auch meine Treue schwören.

Der königliche Bote, der mit uns ritt, führte uns nach Edinburgh, das unter Thomas Randolph am 14. März 1314 mithilfe einer List fast ohne Verluste wieder an die Schotten gefallen war. Die gebeutelte Stadt war vielerorts ausgeplündert und verlassen. Teilweise standen nur noch verkohlte Überreste der ehemaligen Holzbauten, und kahle Steinmauern blieben dort, wo vorher noch Menschen gewohnt hatten.

Und doch kehrte langsam wieder ein wenig Leben in die Stadt. Die Marktbuden hatten vereinzelt geöffnet, und das ausgezehrte Volk versuchte wieder seinen Beschäftigungen nachzugehen. Geprägt von den Zeiten des Krieges gab es natürlich einen regen Handel mit Waffen und Beute aus den erfolgreichen Raubzügen. Selbst getragene Stiefel und Kleider fanden ihre Abnehmer, es wurde alles gebraucht.

Unsere Truppe wurde von König Robert persönlich empfangen, der vorübergehend in Edinburgh Castle residierte. Er stand mit seinem Neffen Thomas Randolph bereit, um ihn vorzustellen. Er war mir nur aus James' Erzählungen bekannt und hatte eine bewegte Geschichte wechselnder Loyalität hinter sich. Davon ließ sich Robert de Bruce aber nichts anmerken. Wie immer war der Empfang herzlich, und wir begrüßten uns wie alte Freunde. Zusammen mit einigen anderen Lairds, die ihrem König in den Kampf folgen wollten, wurden wir noch am selben Tag auf ihn eingeschworen.

In der Kathedrale von Edinburgh nahm Bischof William de Lamberton die Weihe vor und empfing den Treueschwur der neuen Vasallen. Dazu ließ er jeden einzeln vortreten. Als ich als Oberhaupt des Clans Caerlaverock an der Reihe war, kniete ich vor dem König nieder, nahm das dargebotene Schwert und hielt es mit der mächtigen Klinge nach unten.

»Ich schwöre bei Gott, dem Allmächtigen, dass ich meine Seele und mein Leben für Robert de Bruce, den König der Schotten, geben werde. Ich werde treu ergeben für seine Sache kämpfen, seine Befehle befolgen bis in den Tod. Möge dieses Schwert mich töten, sollte ich mich jemals widersetzen.«

Wie eine dumpfe Erinnerung kam mir die Szene bei meiner letzten Weihe in Hassans Anwesenheit vor Augen. Wieder unterwarf ich mich einem Menschen, der einen umfassenden Machtanspruch hatte. Wieder verlor ich meine Souveränität, doch diesmal, so hoffte ich, für einen wichtigen Zweck.

»Erhebt Euch, Lady Enja von Caerlaverock. Ich bin stolz, Euch als den ersten weiblichen Vasallen in meinem Königreich begrüßen zu dürfen.« Dabei lachte er, und die Männer um mich herum fielen ein. Unsicher, ob das Lachen wirklich so wohlwollend war, wie es klang, lächelte ich.

Meine Krieger, stellvertretend für alle Bewohner von Caerlaverock, waren tief ergriffen. Selbst Hal lächelte stolz, er war den gesamten Weg bis Edinburgh recht still gewesen.

Es waren noch fast zehn weitere Männer, die alle auf die gleiche Weise die Treue schworen und Kämpfer für die Truppen von Bruce mitbrachten. Von nun an musste ich mich den Befehlen des schottischen Monarchen ohne Widerrede beugen. Wieder war ich einem Befehl unterstellt.

An diesem Abend waren die neuen Vasallen natürlich Gäste des mächtigen Königs von Schottland Robert de Bruce. Auch wir hatten unsere Leute in Zelten vor den Toren der Stadt untergebracht wie die vielen anderen. Aber nur Hal und ich waren aus unserer Gruppe in die Empfangshalle geladen. An diesem Abend allerdings wollte mir das Essen nicht mehr so recht schmecken.

James Douglas kam nach Edinburgh geritten und mit ihm ein halbes Dutzend wilder Krieger, die sich provozierend laut und unflätig benahmen. Er kam mir vor wie ein barbarischer Wikinger mit seiner wilden Räuberbande. Feixend und lachend zogen sie in Stirling Castle ein, als wären sie dort zu Hause.

Sie schnappten sich das Essen von den Tabletts der vorbeihuschenden Diener und griffen sich die Karaffen mit dem Wein, um ihn direkt an den Mund zu setzen. Ihre Witze erinnerten mich an arabische Sklaventreiber, die Anwesenheit des Königs scherte sie nicht im Geringsten. Ihr unflätiges Benehmen ließ wirklich zu wünschen übrig, und Hal brummte verärgert ein paar gälische Flüche, auf die aber schon keiner mehr achtete.

Obwohl er es nicht musste, stand Bruce zur Begrüßung

höflich auf und lächelte James milde an wie einen übermütigen Bruder. Zwölf Jahre älter als James, schüttelte er nur missbilligend den Kopf, umarmte den Jüngeren aber trotzdem mit Inbrunst und klopfte ihm auf die Schulter. Sie waren Waffenbrüder, Seite an Seite in einem Krieg, der nach vielen Jahren endlich seine Früchte zeigte. Das Selbstbewusstsein, das James an den Tag legte, sprach Bände.

Widerstrebend musste ich mir eingestehen, dass er immer noch verdammt gut aussah. Er musste jetzt etwa um die achtundzwanzig Jahre alt sein, angelangt am Höhepunkt seiner Männlichkeit. Die Ansätze seiner Schläfen wurden ein wenig grau, aber das steigerte seine Attraktivität nur. Die Kerbe zwischen seinen Augen hatte schon immer etwas Markantes, und eine frische Narbe unterhalb der Lippe unterbrach den dunklen Bartschatten, der sich stets ein paar Stunden nach der Rasur wieder zeigte. Sein Mund, der so zärtlich sein konnte, hatte einen harten Zug bekommen. Die dunklen Augen waren unbeweglich und ohne Gnade, ich konnte keine Wärme darin entdecken, die gelben Sprenkel von damals waren wie ausgelöscht. Aus dem jungen, gefühlvollen Edelmann war eine einzige Kampfmaschine geworden, brutal und unbarmherzig seinen Feinden gegenüber. Diese Kälte strahlte er jetzt mit jeder Pore aus.

Als sein funkelnder Blick mich traf, spürte ich ihn wie eine Berührung auf meiner Haut, und es kribbelte seltsam in meinem Bauch. Trotz der über drei Jahre, die wir uns nicht gesehen hatten, zog er mich immer noch an wie ein Magnet. Ich sprach auf seine machtvolle Energie sofort an. Sicher waren es nur wenige Sekunden, aber mir kam es vor wie eine halbe Ewigkeit, als sein wilder Blick auf mir ruhte. Dann wanderte er prüfend weiter über die restlichen Vasallen. Er gab mir nicht eine Sekunde zu verstehen, dass er mich besser kannte als alle anderen.

Mit einem selbstsicheren Gesichtsausdruck, den er sich über die Jahre hin angeeignet haben musste, setzte er sich neben Bruce an den langen Tisch. Die ungehobelten Männer aus James' Truppe blieben seltsamerweise dem Tisch fern. Vielleicht hing es damit zusammen, dass sie ihre Waffen im Gegensatz zu Bruces Gästen weiterhin tragen durften – wie auch die Leibgarde des Königs. Nur widerwillig hatte ich meine Katana an die Bediensteten des Königs abgegeben. Diese Kerle hier mussten es nicht, und es machte mich ein wenig nervös. Sie standen auch noch abseits, als würden sie auf einen Befehl warten. Mit zusammengekniffenen Augen beobachtete Hal diese Männer äußerst misstrauisch. Gehörten sie zu James' persönlicher Leibgarde? Es waren allesamt bis an die Zähne bewaffnete und durchtrainierte Männer, die genau wussten, wie gefährlich sie waren. Sie hatten diese provozierende Lässigkeit, die ich an McKay immer so bewunderte.

Sie fiel James sofort ins Auge. Wie sollte man diese hochgewachsene Schönheit mit den leuchtenden Augen auch übersehen? Der lange Tisch war besetzt von den Lairds der High- und Lowlands. Alles erfahrene und durchtriebene Haudegen aus den schottischen Regionen, die nun seinem König die Treue schworen. Dass Enja hier sein könnte, war ihm gar nicht in den Sinn gekommen, umso mehr war er überrascht, sie zu sehen.

Seit dem Aufbruch kurz vor dem Tod seiner Frau, deren Grab in der kleinen Kirche er erst zwei Monate nach ihrem Begräbnis besuchen konnte, hatte er sie nicht mehr gesehen. Das war einige Jahre her …

Sie war immer noch bildhübsch, eine gereifte Frau mit einer unglaublichen Ausstrahlung. Sinnlich und stolz sah sie ihn an, keine Spur von Emotionen. Mit keinem Zeichen ließ sie sich anmerken, dass sie sich freute, ihn zu sehen. Aber sie war eben auch einfach eine Meisterin der Selbstbeherrschung.

Nie hätte er zugegeben, wie schmerzlich er sie all die Jahre vermisst hatte. Lieber stürzte er sich in Schlachten, oberflächliche Affären und zügellose Feiern mit seinen jungen Kampfgefährten. Sie sahen ihn als Helden, und er genoss die Bewunderung. Es hatte einmal Tage gegeben, da wollte er von dieser ebenso starken wie schönen Frau bewundert werden, aber das war vorbei. In seinem Herzen war kein Platz für Enja. Es schlug jetzt nur noch für Schottland.

Bruce hatte ihm nicht verraten, dass sie heute Abend da sein würde, der Halunke. Sonst wäre er womöglich nicht gekommen. Natürlich hatte er eine Überraschung erwähnt, und die war ihm auch gelungen. Neben ihr saß dieser verdammte Bluthund Hal, der ihn wie immer nicht aus den Augen ließ. Anscheinend passten ihm seine Jungs nicht, die ihm den Rücken freihielten. Auf seinen Kopf hatte der englische König eine stattliche Summe ausgesetzt, er konnte in diesen Tagen beileibe niemandem mehr trauen. William Wallace war gestorben, weil ihn ein schottischer Edelmann und ehemaliger Verbündeter verraten hatte. Würde Hal ihn preisgeben, um seine Enja zu schützen? Zuzutrauen wäre es ihm ja, so wie er ihn musterte. Als würde er Kinder fressen …

Natürlich hatte James sich neben Robert gesetzt. Das war der Platz, der ihm zustand. Mit einer ganz natürlichen Autorität bat seine Hoheit nun um die Aufmerksamkeit der Runde. Er wirkte nicht wie ein König, der seine Vasallen antreten ließ, er gebärdete sich wie einer von ihnen. Und sie sollten ihn auch so sehen: Er war ein König für sein Volk, sein Kampf war der des schottischen Volkes. Bruce war ein König, wie er ihn sich immer vorgestellt hatte. Mutig, gerecht und volksnah. Welcher Mann wäre nicht stolz, solch einem Monarchen zu dienen?

In dem großen Saal wurde es still, und selbst seine Leibgarde hielt sich ausnahmsweise an die gebotene Etikette. Bruce stand auf und trat vom Tisch zurück, damit ihn alle besser sehen konnten. Er verschränkte die Arme hinter dem Rücken und ging erst einmal ein paar Schritte auf und ab.

Sein Schweigen verfehlte die Wirkung auf die Zuhörer nicht. Er verstand es spielend, Spannung zu erzeugen. Schließlich verkündete er mit seiner kräftigen Stimme: »Ihr seid ab heute meine Vasallen und steht unter meinem Befehl, aber auch unter meinem Schutz. Ich entscheide, wer welche Ländereien erhält, wer wie viele Steuern zahlt und wer mit mir in den Krieg zieht. Wenn ich das tue, dann ist es immer im Hinblick auf das Wohlergehen unserer Lande und der Krone Schottlands.« Bruce erntete zustimmendes Nicken und Gemurmel. »Ich werde darüber hinaus auch jede Eheschließung zwischen den Führungen der Clans und den Edelleuten und die daraus resultierenden Bündnisse genehmigen. Heute werde ich eine Vermählung ankündigen, die ich für notwendig erachte, um unsere schottischen Bündnisse weiter zu stärken. Es ist ein für mich persönlich sehr wichtiges Anliegen, das keiner weiteren Verzögerung bedarf.«

Die Lairds sahen einander an, die Überraschung stand ihnen ins Gesicht geschrieben. Die meisten der Anwesenden waren schon verheiratet, aber es gab eine Frau am Tisch, von der bekannt war, dass sie sämtliche Hochzeitspläne von sich gewiesen hatte. Alle starrten zugleich auf Enja, die auf einmal sehr blass geworden war, noch blasser, als ihre Haut sowieso schon war.

Und noch einer war bei Roberts Worten zusammengezuckt. Denn James ahnte, worauf sein langjähriger Gefährte und König nun hinauswollte. Bitte, bloß das nicht!

Der Blick des Königs fiel gnadenlos und bedeutungsschwer auf seinen engsten Vertrauten.

»Ich möchte daher den Ehebund meines Freundes, Vertrauten und langjährigen Weggefährten, Lord James Douglas, mit Lady Enja, der Herrin von Caerlaverock, ankündigen. Bischof William de Lamberton wird die beiden in zwei Wochen in der St Giles' Cathedral hier in Edinburgh trauen. James Douglas wird damit der Lord über South Lanarkshire und Galloway. Möge die Ehe fruchtbar und glücklich werden!«

James war aufgesprungen, es hielt ihn nicht mehr auf dem Platz. Verblüfft sah er Bruce direkt in die Augen und traute seinen Ohren nicht. Ein triumphierendes Lächeln zeigte sich auf dem Gesicht des Königs. Am liebsten hätte er es mit seiner Faust geschlagen. Für Bruce ergab diese Verbindung natürlich Sinn, hatte er damit endlich die einzige Frau mit einer stattlichen Burg im Zirkel seiner Macht an die Fesseln gelegt. Und er, James, diente diesem Zweck. Was mochte sie jetzt nur denken!

Erschrocken sah er zu Enja, die ebenfalls aufgesprungen war. Wut, rasende Wut zeigte sich auf ihrem eben noch so kühlen Gesicht. Sie blickte ihn an, als hätte er allein Schuld an dieser wahnsinnigen Idee und als würde sie ihn dafür mit

Haut und Haaren verschlingen. Auch Hal war aufgestanden. James befürchtete sofort das Schlimmste. Eine wütende Enja bedeutete immer eine Menge Probleme. Er hatte ja keine Ahnung, dass es so schlimm kommen könnte!

Wie von Furien gejagt sprang Enja mit einem Satz über den Tisch. Die Herren ihr gegenüber konnten sich gerade noch wegducken, als sie von der anderen Seite angeschossen kam. Mit nur wenigen Schritten war sie bei dem überforderten James und holte mit ihrer Rechten zum Schlag aus.

»Du verdammter Dreckskerl ...«, hörte ihr zukünftiger Ehemann sie noch rufen, dann war sie bei ihm und traf ihn mit aller Wucht. James sah ihre Faust noch ein zweites Mal in seine Richtung fliegen, wurde aber dann abrupt zurückgerissen. Seine Leibgarde, die eben noch völlig bewegungslos dagestanden hatte, war blitzschnell bei ihm und holte die wild gewordene Enja von den Füßen, bevor sie weiteren Schaden anrichten konnte. Zu dritt versuchten sie, die durchtrainierte Frau zu Boden zu ringen. Zwei seiner kampferprobten Jungs bekamen dabei noch ihre Faust zu spüren, bevor sie Enja bezwingen konnten. Sie wehrte sich wie ein wildes Tier, das in die Enge gedrängt wurde.

»Du hast das alles eingefädelt, du elender ...!« Weiter kam sie nicht. Einer der Kämpfer packte sie an den Haaren und bog ihren Kopf zurück, er ballte die Faust und wollte sie ihr ins Gesicht schlagen. In dem Moment kam James wieder zur Besinnung und hielt ihn zurück.

»Lasst sie gehen, um Himmels willen, lasst sie!«, fuhr er seine Leute an, die ihn überrascht anstarrten.

Bruce, der all das angerichtet hatte, trat unangenehm berührt zu Enja und hob beschwichtigend die Arme.

»Es war meine Idee, Lady Enja, bitte verzeiht mir meine eigenwillige Entscheidung. James wurde von mir genauso überrascht wie Ihr, und es sieht wohl so aus, als wäre er genauso unglücklich.«

Die Leibwachen ließen Enja los, und sie erhob sich langsam. Ihr Haar hatte sich aus dem Knoten gelöst, und sie strich sich wütend die Strähnen aus dem Gesicht. Die Wangen waren noch immer von der Aufregung gerötet. Ihre Augen funkelten gefährlich, und sie giftete damit erst James, dann Bruce an. Wenn Blicke töten könnten …

»Glaubt mir, ich habe lange darüber nachgedacht, und es ist das Beste für Euch beide. Vielleicht lernt Ihr Euch ja irgendwann doch noch lieben.«

Bruce schlug versöhnliche Worte an, auch wenn er als König seine Entscheidungen nicht rechtfertigen musste. Aber die Spannung zwischen den beiden zukünftigen Eheleuten war mit Händen greifbar.

Enjas Brust ging heftig auf und ab, ob von der Anstrengung oder Aufregung, James wusste es nicht.

»Es tut mir leid, Enja. Ich wollte das nicht«, stieß er missmutig hervor. Er hatte das Gefühl, sich entschuldigen zu müssen, aber wofür? Sie stieß einen Ton aus, der ein Seufzer oder ein Stöhnen oder beides sein konnte. Ohne weitere Worte drehte sie sich um und ging mit hängenden Schultern aus dem Saal.

Hal, der mit einem Schwert links und einem anderen rechts am Hals von der Leibwache abgehalten worden war, ihr zu Hilfe zu kommen, stapfte seiner wütenden Herrin kopfschüttelnd hinterher.

James fühlte sich, als wäre ihm seine eigene Haut zu eng geworden, und wischte sich mit beiden Händen übers Gesicht.

Er wusste genau, was sein König Enja in diesem Moment angetan hatte. Es war ihre Freiheit, um die sie immer so gekämpft hatte, ihre Freiheit und ihre Selbstbestimmtheit. Sie wurde letztlich von ihrem eigenen König besiegt, wieder einem, dem sie Treue geschworen hatte. James fühlte sich müde, so unendlich müde.

Hätte ich mein Schwert gehabt, es hätte ein Blutbad gegeben. Ich war so wütend, ich hätte im Alleingang Schottlands Elite abgeschlachtet. Und Bruces Kopf hätte ich im hohen Bogen von den Zinnen von Edinburgh Castle geworfen, so weit es nur ging.

Hal ließ mich keine Sekunde aus den wachsamen Augen. Er wusste als Einziger, was in mir vorging. Und er sagte zu seinem Glück nichts dazu.

Betrug! Das war Betrug. Dieses böse Wort kam immer wieder wie giftige Galle im Tumult meiner Gedanken hoch und löste einen Brechreiz in mir aus. Bruce hatte mich mit falschen Hoffnungen in seinen Zirkel geschleust und mich die Treue schwören lassen. Er wusste, dass ich von da an seinen Befehlen gehorchen musste. Robert hatte mich damit in der Hand und jetzt da, wo er mich immer haben wollte: als Frau an der Seite von James. Aufgeräumt!

Caerlaverock ging damit in sein Eigentum über. Wenn ich nicht so wütend gewesen wäre, hätte ich geheult.

Hal legte mir von hinten die Hände auf die Schulter. Mein Fels in der Brandung. Rasend vor Wut drehte ich mich um und hieb ihm die Faust in die Brust. Immer und immer wieder. Er zuckte nicht einmal. Er ließ mich gewähren, bis ich schnaufend und zitternd vor ihm stand. Dann nahm er mich in den Arm und beruhigte mich, indem er über meinen Rücken streichelte. Wie ein wildes Tier, das er zähmen musste.

»Es wird alles gut, Enja. So schlimm ist die Ehe nicht, ihr beide könnt ja auf verschiedenen Burgen wohnen, oder du bekommst Kinder und wirst dick und unansehnlich.«

Mir entfuhr ein Gluckser. »Du Verräter!«, murmelte ich erstickt an seiner Brust und war dankbar für meinen alten Freund. Dick und unansehnlich, ha!

James Douglas hatte sich mit seinen harten Jungs in einem Inn in Edinburgh mit dem passenden Namen »Bitch's Inn« verschanzt. Gerade ließ er sich sein fünftes Ale schmecken und wollte den von den Mädchen begeisterten Männern seiner Leibgarde nicht folgen.

»Mann, hol dir doch die nette Blonde da ins Bett, die macht dir schon die ganze Zeit schöne Augen«, sagte ein großer Glatzkopf neben ihm lachend und ließ dabei die Lücken ausgeschlagener Zähne sehen. Auch der Rest seines Gesichts wirkte wie ein Schiff nach einer Breitseite.

»Mir ist nicht nach Weibern, Archie, ich habe bald eine, die mir sagt, wo es langgeht«, murmelte der vom Alkohol angeschlagene James frustriert.

»Die hat aber auch einen Schlag drauf, deine Herzallerliebste!«, entgegnete ihm Archie grinsend und hielt sich den Kiefer. »Ich hörte schon nach dem ersten Schlag die Vögel zwitschern …« Er lachte schallend, und die anderen Jungs lachten mit.

Schon den ganzen Abend durfte er sich die Witze über seine neue Braut anhören, die nicht wirklich zum repräsentativen Querschnitt der heiratsfähigen Edeldamen gehörte. Es war Enja, verdammt!

Verärgert rumpelte er von der Bank auf und stützte sich mit beiden Händen auf den groben Holztisch, um nicht zu schwanken. Aus geröteten Augen sah er die wilde Bande wütend an, die sich fröhlich um ihn herum gruppiert hatte.

»Ihr sprecht von Enja, der schönsten und stolzesten Frau, die ich jemals gesehen habe. Und ich werde sie heiraten, weil ich sie liebe!«, röhrte er über den Tisch hinweg und stierte dabei in die auf einen Schlag ernst gewordenen Gesichter. Mit wackligen Bewegungen hob er den Humpen an seinen Mund, trank ihn in einem langen Zug aus und schmetterte ihn auf den Tisch, dass es nur so schepperte. »Und wenn noch einer hier sich sein blödes Maul über sie zerreißt, kann er froh sein, wenn er noch die Vögel zwitschern hört, anstatt sein Gehirn von der Wand zu kratzen. Habt ihr mich verstanden, ihr nutzloses Pack?«

Selbst dem Langsamsten in der Truppe wurde nun klar, dass es zwischen ihrem berüchtigten Anführer und der durchgeknallten Frau eine Vorgeschichte gab. Sie fragten besser nicht nach, und sie erhielten auch keine weitere Erklärung. James warf der blonden Kellnerin eine Münze in den ausladenden Ausschnitt und lief den ganzen Weg zu Fuß nach Edinburgh Castle zurück, in dem er eine Kammer bewohnte. Sie war warm und gemütlich. Er hatte keine Lust auf eine weitere Nacht in seinem Zelt und die Witze seiner ungehobelten Männer.

An diesem frühlingshaften Sonntag, dem 1. April 1314, als sich James und Enja das Jawort gaben, war die St Giles' Cathedral in Edinburgh gerammelt voll. Noch nie hatte einer der Anwesenden in dieser Kirche, die auch High Kirk genannt wurde, eine Braut gesehen, die in Männerkleidung heiratete. Aber auf der anderen Seite hätte sich niemand diese Dame in einem Brautkleid vorstellen können.

Die größte Veränderung an Enja war an diesem besonderen Tag, dass sie die üblicherweise schwarzen Kleider gegen eine cremeweiße Tunika und Hose eingetauscht hatte. Ihre Taille betonte ein goldener, mit Edelsteinen besetzter Gürtel, und ihre Stirn bedeckte ein goldener Reif mit einem großen eingefassten Saphir in der Mitte. Im Gürtel befand sich der goldene Krummdolch, den ihr einst Hassan geschenkt hatte. Die Füße steckten in weichen Stiefeln, die bis unters Knie gebunden waren.

Über ihren Schultern hing ein reich mit Goldfäden und bunten Blumen bestickter heller Umhang, der ihr bis zu den Knien reichte und nur von einer goldenen Brosche gehalten wurde. In dieser Aufmachung wirkte sie in der bescheiden geschmückten Kathedrale wie ein Pfau unter grauen Tauben. Sie gereichte ihrem Titel Prinzessin Enja I-Shabbah ibn Hassan I-Shabbah zu aller Ehre.

Die Haare waren überraschenderweise offen, seidig ergossen sie sich bis zur Mitte des Rückens. Geflochtene Strähnen hielten die Haupthaare am Hinterkopf zusammen. Ihr einziger Schmuck darüber hinaus war das Lederband mit dem schwarzen Stein, das sie seit ihrer Kindheit um den Hals trug.

Enjas Gesicht war ernst, kein Lächeln wollte ihr an diesem

besonderen Tag gelingen. Nur mühsam machte sie gute Miene zu einem bösen Spiel.

Hal brachte sie als ihr Trauzeuge zum Altar, während es sich ein gut gelaunter Robert de Bruce nicht nehmen ließ, für James den Trauzeugen zu spielen. Der Bräutigam hatte sich für diesen Tag die Haare stutzen lassen, die ihm nun in leichten Wellen auf die Schultern fielen. Über der frischen Tunika in leuchtendem Blau, die mit einem Goldband eingefasst war, prangte ein schwerer Ledergürtel, an dem sein Dolch baumelte. Eine massive Goldkette mit dem eingefassten Emblem der Douglas-Dynastie lag um seinen Hals.

So knieten die beiden nun in einer bis an den Rand gefüllten Kathedrale vor dem Bischof und empfingen das Sakrament der Ehe. Unter den bewundernden Blicken der Anwesenden und mit hoch erhobenem Haupt ließ sich die stolze Kriegerin von dem berüchtigten Black Douglas als seine frisch angetraute Frau küssen.

Mit den Worten »Gum bi sibh an-còmhnaidh cho sona 's a tha sibh an-diùgh!«, was so viel bedeutete wie »Mögt Ihr in Eurer Ehe glücklich werden!«, verabschiedete sich Bischof de Lamberton auf Gälisch von den beiden Frischvermählten und ließ sie sich erheben. In einer würdevollen Geste gab er beiden seine Hand, und sie küssten den goldenen Ring an seinem rechten Mittelfinger, den Siegelring der Kirche von St Andrews.

Als sie beide wieder aufgestanden waren, zog James seinen Dolch und Enjas linke Hand mit der Handfläche nach oben zu sich. Mit einem schnellen Schnitt fügte er ihr eine oberflächliche Schnittwunde zu, die nicht sehr stark blutete. Dasselbe tat er mit seiner rechten Hand und umschloss die ihre fest. Schließlich steckte er den Dolch wieder weg und sah in ihr ernstes Gesicht, während er ebenfalls auf Gälisch die folgenden Worte sprach: »Mein Blut und mein Herz gehören Euch. Ihr seid mein, wie ich der Eure bin. Ich werde Euch beschützen und ehren bis zum Tod.«

Es war der Schwur eines echten Schotten für die Frau seines Herzens. Ohne zu zögern, küsste er sie noch einmal, dieses Mal mit offenen Augen. Die frischgebackene Braut spürte mit allen Fasern ihres Körpers, dass er es ehrlich meinte. Und diese Aufrichtigkeit nahm ihr den Atem.

Schließlich drehte sich das Paar vom Altar weg und ging Hand in Hand unter den Jubelrufen und Glückwünschen der Anwesenden den langen Gang bis hinunter zur großen Kirchenpforte. Fast drei Mann hoch erstreckte sich das bronzene Tor, umrahmt von den prächtig gemeißelten Verzierungen versierter Steinhauer. Hinter ihnen stolzierten Robert und Hal wie die Blumenmädchen, nur dass sie keine Blumen streuten. Sie waren die Ersten gewesen, die den Frischvermählten gratulieren durften. Mit bewegter Miene drückte Hal seine Enja dabei so fest, als wäre es das letzte Mal in seinem Leben, und vielleicht war es das auch. Gehörte sie doch jetzt einem anderen Mann, den er noch nicht einmal leiden konnte.

Als das Paar nun durch das große zweiflügelige Bronzetor des Hauptschiffes in das Sonnenlicht der Frühlingssonne trat, sahen sie die Bewohner von Edinburgh zu Hunderten vor der St Giles' Cathedral stehen. Sie hatten geduldig in der noch frischen Luft des beginnenden Frühlings auf das Hochzeitspaar gewartet und begrüßten die beiden nun mit einem frenetischen Jubel. The Good James Douglas war für die Schotten hier bereits ein Nationalheld. Viele kamen von weit her, um ihn und seine nicht weniger berühmte Braut zu sehen. Überall sahen sie nur strahlende Gesichter, ein jeder ließ das junge Paar hochleben.

Enjas Brust wurde eng. Unter den vielen Menschen, die sich vor der Kathedrale versammelt hatten, hatten sich auch acht ihrer eigenen Krieger eingefunden und stimmten jetzt mit ihren Sackpfeifen eine Melodie an, die jedem der Anwesenden unter die Haut ging. Auf einen Schlag hörten das Geschrei und der Lärm auf, jeder lauschte den sphärischen Klängen der Musik. Keiner der Menschen auf dem Kirchenvorplatz würde diesen Augenblick jemals vergessen, als die Musik wie ein gemeinsames zartes Band die Herzen der Schotten verband. Sie war so ätherisch und tragend, dass Enja für ein paar Minuten das Drama um ihre Hochzeit vergessen konnte. Die Schönheit der Musik erfüllte sie mit einer Gelassenheit, die ihr bis dahin völlig gefehlt hatte. Sie ließ ihre gebeutelte Seele in einem Rausch der Töne davontragen und vom blauen Himmel über ihrem Kopf die Sonne in ihr Herz scheinen.

James hielt ihre Hand die ganze Zeit über in der seinen. Nie würde er diesen Tag bereuen, an dem er die Frau seiner Träume geheiratet hatte. Er hatte sich vorgenommen, weder ihren Geist noch ihren unbändigen Willen zu brechen. Was wäre diese Frau ohne ihr einzigartiges Temperament? James hoffte nur, dass sie es auch bei ihm nicht vorhatte.

Bereits seit einiger Zeit lag ich nun schon mit geöffneten Augen im gemeinsamen Bett, das ich mit meinem Ehemann teilte. Wir hatten uns leidenschaftlich geliebt in dieser Nacht.

Unsere Körper waren aufeinander geeicht und erinnerten sich viel zu schnell an die wunderbaren Stunden tiefer Leidenschaft von einst. Das Feuer, das wir gegenseitig entfachten, verzehrte auch das letzte schlechte Gefühl. Wir waren füreinander geschaffen, daran gab es für mich trotz allem keine Zweifel mehr.

Robert de Bruce, der König von Schottland, hatte es sich nicht nehmen lassen, persönlich das Fest auszurichten – als wenn er damit seine Schuld abbezahlen wollte. Es war ein schönes Fest mit Musik, Tanz und dem traditionellen Kampf des Bräutigams mit den jungen Kontrahenten, die noch einmal um die Braut buhlen wollten. Ein paar Vorwitzige hatten sich getraut und eine blutige Nase kassiert. Nein, James ließ sich nicht so leicht das nehmen, was nun ihm gehörte. Ich gehörte ihm, mit Haut und Haaren.

Die eigentliche Hochzeit fand schon vorher in Form eines langen Vertrages statt. Mit diesem Vertrag hatte James zu seinem ohnehin schon ordentlichen Landanspruch noch die Ländereien von Caerlaverock und Galloway erhalten. Bruce zeigte sich großzügig gegenüber seinem treuen Gefährten. Unterschrieben wurde es nur einseitig von James. Von mir wurde das traditionell nicht erwartet.

Diese Rechtlosigkeit erinnerte mich wieder an mein fremdbestimmtes Dasein als Sklavin und drückte auf mein Gemüt. Bisher hatte James mir mit keiner Sekunde das Gefühl gegeben, er hätte Macht über mich, außer vielleicht im Bett. Hier war ich tatsächlich seiner gnadenlosen Leidenschaft unterworfen, und ich ließ es geschehen. Ich genoss es sogar. Wohlig drehte ich mich nach rechts zu seiner Seite und sah im warmen Licht des glimmenden Feuers seinen dunklen

Schopf aus den Fellen hervorlugen. Wie entspannt sein Gesicht im Schlaf war. Im Halbdunkel wirkten seine Konturen sanft verwischt, und die Härte seines jungen Lebens fiel ein wenig von ihm ab.

Dieser Raum hier im Schloss von Edinburgh war größer als die beiden Kammern von Hal und Moira zusammen. Das Bett hatte einen Baldachin aus schwerem Damast in einem blassen Grün. Fast schien es, als würde es zu groß für uns beide sein. Aber wir hatten in dieser Nacht jede Ecke für unsere Leidenschaft ausgenutzt. Ich lächelte in mich hinein. Konnte es sein, dass ich in James einen Partner geheiratet hatte, der mich verstand und mir vielleicht Caerlaverock als Leibgedinge überließ? Könnten wir das, was wir nachts spürten, vielleicht auch am Tag miteinander teilen? Es stand in seiner Macht.

Die Hochzeitsnacht erinnerte mich an unsere große, verloren geglaubte Liebe. Er war zärtlich, fordernd und leidenschaftlich zugleich. Unter seiner harten Schale war er noch immer der James, den ich als jungen Mann kennengelernt hatte, und im Schutz der Nacht verschmolz er mit mir in einem Strudel der Gefühle, die unbeschreiblich waren. Warum hatte ich so an ihm gezweifelt?

Immer noch spürte ich den Messerschnitt in meiner Handfläche brennen. Der martialische Akt in der Kirche war ein heidnisches Symbol der Blutsverwandtschaft. Sie sollte uns daran erinnern, dass wir nun eins geworden waren, nicht nur vor Gott, sondern auch vor dem Clan. Mein Titel war nun Lady Enja Douglas von Caerlaverock. Ich war Herrin von Caerlaverock, aber eben nicht mehr allein. James als mein Ehemann bestimmte nun über meine Geschicke, und wenn es ihm danach war, konnte er mich auch einfach einsperren.

Bisher hatte er sich nur mit mir hier in der Schlafkammer eingesperrt. Dagegen hatte ich nichts einzuwenden. Die Finger meiner linken Hand glitten an seinen weichen Lippen entlang, dem dunklen Kinn und dem Hals, der in einen kräftigen Muskel mündete. Von dort zog ich Kreise bis zu seiner Brust, die sich gleichmäßig hob und senkte. Dort erwischte mich seine Hand, die die meine plötzlich umklammerte. Seine Augen öffneten sich und blickten mich mit einer Wärme an, die mich von innen heraus erfüllte.

Er küsste jeden einzelnen Finger meiner Hand, dann die Handinnenfläche und schließlich meinen gesamten Körper. Stück für Stück liebkoste er mich zum wiederholten Mal mit der Hingabe eines Menschen, der mit jeder Faser liebt, was er tut. Ich ließ mich treiben in diesem wunderbaren Gefühl, angekommen und einfach nur Frau zu sein.

»Werdet Ihr mich auf meinen Feldzügen begleiten, holde Lady Douglas?«, fragte mich James zärtlich, als wir uns noch heiß und verschwitzt in den Armen lagen. Wir hatten uns gerade wieder geliebt und festgestellt, dass zwei durchtrainierte Körper jegliche Intimität wesentlich intensiver gestalten konnten. James bewegte sich instinktiv und mit fließenden Bewegungen, und ich passte mich ihm an, als hätten wir es schon tausendfach geübt. Es war wie ein harmonischer Tanz, bei dem jeder exakt wusste, welche Schritte zu einem perfekten Kreis führten. Und es machte so viel Spaß.

»Ich bin hierhergekommen, um an Bruces Seite zu kämpfen, warum sollte ich das jetzt nicht mehr tun, nur weil ich Eure Frau bin?« Ich war erstaunt, dass er mich das überhaupt fragte. Seine Miene wurde ernst. Sein Gesicht war dem meinen ganz nahe. Trotz des wenigen Lichts, welches die noch immer glühenden Holzscheite verbreiteten, sah ich eine kurze Unsicherheit.

»Ich hatte noch nie eine Ehefrau, die mit mir in einem Krieg gekämpft hat. Bisher waren Damen immer nur als Begleitung dabei und blieben …«

»… in deinem Zelt? So wie Elisabeth?« Ich konnte es mir nicht verkneifen. Die Erinnerung an die arme Frau war noch sehr lebendig.

Seine braunen Augen musterten mich intensiv, eine Spur Bedauern lag darin. Einer der Holzscheite rutschte jetzt knackend nach unten und zischte. Es roch nach verbranntem Harz.

»Wenn ich Euch das Kämpfen verbieten würde, würdet Ihr auf mich hören?«

»Nein.«

James atmete hörbar aus. »Das dachte ich mir schon.«

Innerlich spannte ich mich an wie die Sehne eines Bogens, mir war nicht klar, worauf er hinauswollte.

»Und wenn es der König verbieten würde?«, schob er zögerlich nach.

Aha.

»Warum sollte er? Er hat mich doch gerufen.« Es war gefährliches Terrain, auf dem ich mich bewegte.

»Ich bin mir nicht sicher, ob er Euch und Eure Amazonen im Kampf gegen die Engländer sehen will. Noch hat er mir gegenüber nichts davon erwähnt.«

»Dann sollte er das besser, ich kämpfe schon seit Jahren gegen die Engländer, und ich werde dies auch im Namen des schottischen Königs tun. Immerhin habe ich ihm die Treue geschworen, und dafür musste ich auch noch einen seiner Kriegsgeneräle heiraten!«

Dabei verzog ich das Gesicht, als hätte ich auf eine bittere Mandel gebissen.

Er lachte und schob sich auf mich, um mich zu küssen. Mit Leichtigkeit glitt ich unter ihm weg und warf mich meinerseits auf ihn, um seinen kräftigen warmen Körper unter mir zu spüren. Seine Arme umarmten mich und hielten mich fest.

»Ich werde kämpfen, James, ob als Eure Frau oder allein.«

Er seufzte, strich mir das Haar aus dem Gesicht und küsste mich zart.

»James?« Ich war noch nicht fertig.

»Mmmh?«

Ich stemmte mich ein wenig von ihm weg. »Ihr werdet keine anderen Frauen neben mir haben!«, verlangte ich bestimmt.

Er sah mich überrascht an. »Gar keine?«

Er erntete ein entschiedenes Kopfschütteln. »Ich werde jede Frau töten, die ich in Eurer Nähe erwische.«

Meine Drohung kam als Raunen mit einem liebevollen Kuss direkt neben seinem Ohr. Er versteifte sich ein wenig.

»Jede? Auch meine Magd?«

»Jede!«, gurrte ich und biss ihn in das Ohrläppchen. Er knurrte wohlig. »Keine Ausnahmen. Ich werde mit Euch jede Nacht das Bett teilen, wenn Ihr es wünscht, aber dafür habe ich Eure ungeteilte Aufmerksamkeit.«

Meine Lippen wanderten zu seinem Mund, und meine Zunge glitt über seine leicht geöffneten Lippen. Sie drang in seinen Mund und tanzte mit seiner Zunge einen erotischen Tanz. Dann hob ich meinen Kopf und sah ihn fordernd an.

»Haben wir eine Abmachung?«

Seine dunklen Augen leuchteten, und um seinen Mund spielte ein kleines Lächeln. »Abgemacht, ich werde meine Magd durch einen Knaben ersetzen.«

Mit einem Grinsen ließ ich meinen Mund weiterwandern und schickte ihn auf eine Reise nach unten. Am Nabel hielt ich inne und hob noch einmal meinen Kopf. »James?«

»Ja?«, hörte ich ihn angestrengt.

»Könnten wir uns nicht einfach duzen wie Eheleute?«

Seine Bauchdecke zitterte, er lachte leise.

»Natürlich, *mo ghaol*, jederzeit …«

Weiter kam er nicht, weil er scharf die Luft einsog. Ich hatte meinen Mund bereits wieder auf Entdeckungsreise geschickt.

Unsere ersten gemeinsamen Wochen verbrachten wir als Gäste des schottischen Königs in der Burg von Edinburgh. Als kleines Geschenk an James und mich überließ er uns die Burg mit ihren Annehmlichkeiten ganze zwei Wochen. Dies nutzten wir natürlich gerne und bewegten uns kaum aus den warmen Kammern, die sich durch die großen Feuerstellen gut temperieren ließen.

Aber der Tag kam, an dem Edinburgh Castle wie alle anderen strategisch wichtigen Festungen Bruces Politik der verbrannten Erde zum Opfer fiel. Er ließ auch diese Burg von seinen Männern bis auf die Grundmauern schleifen. Keine intakte Festung sollte den Engländern hinterlassen werden, kein wichtiger Versorgungsstützpunkt sollte wieder zurück in deren Hände fallen.

Mit Begeisterung sah ich in dieser Zeit Hal an einer neuen

Sprengpulvermischung arbeiten, die er zur Zerstörung der Mauern verwenden wollte. Dabei brachte ich ihn auf die Idee, das Pulver in ein Rohr einzuschließen, das er sich in der Schmiede anfertigen konnte. Zusammen füllten wir das neu gemischte Sprengpulver hinein, einen teergetränkten Lappen hinterher und zündeten es mit einer langen brennenden Lanze an. Das Pulver hatten wir aus Caerlaverock mitgebracht, eine Errungenschaft aus dem Orient, die unsere Kuriere wie auch meinen Mokka und die *datiln* regelmäßig über die üblichen Handelsrouten nach Schottland lieferten. Diese zogen sich von China über die Seidenstraße nach Indien und von dort in den Orient. Es war eine endlose Quelle verschiedenster Handelswaren und natürlich auch von Geschichten, die in den unterschiedlichsten Versionen ihre Abnehmer fanden. Schon Richard Löwenherz nutzte diese Art der Kommunikation geschickt, um die heroischen Erfolge in der Levante seinem Volk in England und natürlich dem Papst politisch zu verkaufen.

Auch ich nutzte die Kontakte zu meinen Leuten, die mich von Persien in meine alte Heimat begleitet hatten, um immer wieder Waren von Schottland in den Orient und von dort mit gefüllten Schiffen zurück nach Hause zu pendeln. Auch die Grundstoffe für meine Arzneien bezog ich aus dem Handel mit dem fahrenden Volk. Inzwischen landeten die Schiffe nicht mehr in Cardiff an, sondern in Oban, das so viel näher zu Caerlaverock lag. Der Hafenzoll ging direkt an die Abtei dort, aber das störte mich nicht besonders. Ein beträchtlicher Teil meiner Mokkabohnen wandelte ich dort in Goldmünzen um. Der Gewinn half mir wiederum, Futter und Proviant für meine Pferde und meinen Clan zu finanzieren. In Alamut hatte ich mit Hassan schon lange Sprengpulver eingesetzt, um seine Kunststücke durchzuführen. Es hatte immer einen nachhaltigen Effekt auf seine Zuschauer.

In einem der Werke aus Hassans Bibliothek, es hieß »Das Feuerwerksbuch« von Hasan al-Rammah Najm al-din al-Ahdab, hatten wir nicht nur Rezepte für Brandbomben und Feuerwerkskörper gefunden, sondern auch für das Sprengpulver. Als Treibmittel für die Eisenrohre, so meine Theorie, sollte es eigentlich Felsen sprengen. In unseren Versuchen verformte sich das Rohr zwar bei der Zündung, aber es hatte noch nicht den gewünschten zerstörerischen Effekt. Erst als Hal in seiner Schmiede das Rohr schloss und nur noch eine winzige Zündschnur aus einem Loch hängen ließ, wurde die Schlagkraft stärker.

An der richtigen Stelle positioniert, konnte es ganze Mauerteile heraussprengen und sparte die Arbeit von vielen Männern in einigen Tagen. Diese Arbeit zog aber auch ein wenig den Argwohn der arbeitenden Männer und Frauen auf uns, die sich nicht erklären konnten, wie so seltsam aussehende Menschen wie Hal und ich brennbares Pulver in den Steinen entzünden und ganze Mauerteile zerstören konnten. Kurzum, es führte so weit, dass irgendwann sogar ein Priester von den besorgten Dorfeinwohnern gerufen wurde, um die Sache zu klären. Schließlich könnten diese beiden so furchterregend aussehenden Gestalten ja echtes Teufelszeug herstellen und den Menschen das Höllenfeuer auf Erden bescheren.

Tatsächlich waren ein paar der Anwesenden mutig genug, sich hinter dem Priester zu versammeln, um dem unheimlichen Tun ein Ende zu bereiten. Zusammen trat uns beiden der kleine Trupp bewaffnet mit Weihwasser und Holzkreuz todesmutig entgegen.

Gerade eben hatten Hal und ich in einer ansehnlichen Explosion den westlichen Trakt der Burg mitsamt dem Torbogen gesprengt und standen im Rauch und Staub der aufgewühlten Gesteinsreste. Nur langsam legte sich der feine Nebel um uns herum. Über Mund und Nase hatte ich ein Tuch zum Schutz gelegt und hustete dahinter.

»Was führt Euch hierher, Bruder?« Ein Hustenanfall schüttelte mich. »Ist jemand gestorben?«

Der Bruder – ein Franziskanermönch, wie ich seiner schlichten Robe entnehmen konnte – hielt sein Kreuz wie eine Waffe vor sich und schaute anklagend erst auf mich, dann auf Hal.

»Was in Gottes Namen tut Ihr da? Reicht es nicht, dass Ihr das Wahrzeichen dieser Stadt zerstören müsst? Ihr verwendet dabei auch noch lautes Feuer. Ist das ein Werkzeug des Teufels selbst?«

Die Leute hinter dem Bruder nickten aufgeregt und schrien etwas von Teufelswerk und Feuersbrunst. Hal ließ seinen eindrucksvollen Hammer mit einem Rumpler zu Boden fallen, was den armen Geistlichen zusammenzucken ließ. Dann stützte er sich mit einer Hand lässig auf den Stiel, die andere in die Hüfte und stellte ein Bein über das andere. Er schien sich zu amüsieren, wie ich seinem staubigen Gesicht entnehmen konnte.

Hinter ihm kamen nun auch die schottischen Kämpfer mit dem Douglas-Anführer, die das Ganze abwartend beobachteten, und gesellten sich zu Hal. Ich wusste nicht so recht, wer denn nun wen neugierig betrachtete, aber der Geistliche winkte nervös einem grobschlächtigen Mann zu, der hinter ihm mit einer Mistgabel stand.

»Bauer Fitzpatrick, wollt Ihr wohl erklären, was Ihr gesehen habt?«

Bauer Fitzpatrick, ein massiger Mann in seinen besten Jahren, tat einen Schritt nach vorn, stellte sich breitbeinig hin, stach die Mistgabel vor sich in den Boden und zeigte anklagend auf mich.

»Meine beste Milchkuh hat heute ihr Kalb verloren, weil diese Frau und diese Ausgeburt des Teufels«, damit zeigte er auf Hal, »dieses laute Feuer veranstaltet haben. Und nicht nur ich, auch mein Nachbar hatte böse Träume ihretwegen, jawohl!«

Hal zog die Augenbrauen in die Höhe. »Böse Träume?«, wiederholte er und sah mich vielsagend an.

Ungerührt zog ich das Tuch von meinem Gesicht, grinste ihn unverschämt an und erwiderte trocken: »Das lag sicher an deinen Höllenfurzen, die machen mich auch ganz krank.«

»Sagt, werter Herr Fitzpatrick«, wandte ich mich voller Ernst direkt an den Bauern, »ist Eure Kuh vielleicht von diesem Mann hier angefurzt worden und hat deshalb ihr Kalb verloren?« Anklagend wies mein Zeigefinger auf den tätowierten Hünen neben mir.

»Lady Enja!«, grollte Hal drohend.

»Oder kam ihm Euer Nachbar vielleicht zu nahe?«, bohrte ich weiter.

»Es reicht, Weib!« Hal fand dies offenbar gar nicht lustig.

Die Menschen um den Bruder sahen sich bestürzt an. »Höllenfurze?«

Seufzend verschränkte ich meine Arme vor der Brust und nickte todernst.

»Es ist ein durchsichtiger, stinkender Atem, der zu bösen Träumen, Fehlgeburten und manchmal zu qualvollem Ersticken führt, kommt man so einer Kreatur zu nahe!«

Zwölf Augenpaare waren erschrocken auf Hal gerichtet, der entnervt mit den Augen rollte. Die Furcht der einfachen Menschen gab mir die Richtung vor, ich war nun in voller Fahrt. »Gebt mir einen Freiwilligen, Bruder, und ich führe es Euch vor. Höllische Qualen muss derjenige erleiden, der nicht weit genug von ihm entfernt ist!«

Ein entsetztes Raunen ertönte. Die Männer hinter Hal lachten mittlerweile amüsiert, allen voran James, und sie schlossen bereits flüsternd Wetten ab, wie dies hier für uns ausgehen könnte.

»Wie kommt es, dass Ihr neben ihm stehen könnt, ohne zu leiden?«, fragte mich der misstrauische Fitzpatrick.

Gelangweilt zog ich meine Schultern hoch. »Ich kenne ihn schon seit frühester Kindheit und bin daran gewöhnt, ich rieche nichts mehr.«

Ein irritierter Hal schnaubte durch die Nase. Er zischte gefährlich durch seine Zähne.

»Hal«, forderte ich ihn unschuldig auf, »lass doch mal einen dieser Fürze hören, mit denen du letztens versehentlich die Schafherde ins Jenseits befördert hast.«

Hal sah zu mir, als würde er tatsächlich ansetzen wollen. Doch das war gar nicht mehr nötig. Mit einer Eile, die ich dem untersetzten Geistlichen gar nicht zugetraut hatte, rannte er mit wehendem Gewand und der Bürgermeute ins Dorf zurück. Er hatte sein Holzkreuz in seiner Angst einfach fallen lassen.

James' Männer lachten jetzt aus vollem Hals, und ich nahm Hal glucksend in den Arm, um ihn zu beschwichtigen.

Der schmollte noch ein wenig, aber mein Lachen war viel zu ansteckend, ich musste mir sogar den Bauch halten. Bald fiel er mit ein, und wir nahmen das Holzkreuz und setzten es auf den Geröllhaufen, den wir hinterließen. Im Gedenken an alle Angsthasen und ihre Hasenfürze.

Kapitel 11

Stirling, Schottland, im Mai 1314

Für James begann eine Zeit, die er so noch nicht erlebt hatte. Die Frau an seiner Seite hatte nicht nur Witz, Mut und Charme, sondern besaß auch eine grenzenlose Selbstüberschätzung. Scheinbar ohne Respekt vor Tod und Teufel bewegte sie sich in der rauen Männerwelt, stets begleitet von ihrem Kameraden, den James immer noch für einen ausgemachten Bluthund hielt, ihn aber auch oder gerade deshalb als ihre Leibgarde schätzen gelernt hatte.

Was zuerst als Eifersucht zwischen den beiden Männern begonnen hatte, wandelte sich schnell in Respekt, den sie sich gegenseitig zollten. Denn im Umgang mit Enja gehörte eine gute Portion Geduld, Wortwitz und eine schnelle Faust dazu. James akzeptierte Hal irgendwann als Enjas Schatten, der ein wenig zu groß geraten war. Aber Enja warf eben auch einen großen Schatten.

Die ehemalige Assassinin war eine Meisterin des Anschleichens und des leisen Tötens. So schnell, sauber und lautlos konnte niemand in seinen Reihen einen Mann töten. Daher sollte sie in seinem Auftrag die Nahkampfspezialisten in dieser Disziplin trainieren – eine Aufgabe, die sie sehr ernst nahm und die von James' Männern mit gebührendem Respekt honoriert wurde. Dies lag nicht unbedingt an dem bedrohlichen Schatten, der überall dort auftauchte, wo sie sich befand, sondern eher an ihren blitzschnellen Fäusten, die jede vorwitzige Nase, die ihr nicht passte, blutig schlugen.

Aufgrund ihrer Erfahrung im Umgang mit Pferden übernahm sie auch bald die Ausbildung von Pferd und Reiter. Unter ihrer Führung entwickelten sich die berittenen Bogenschützen zu einer kleinen Elite, und auch ihre eigenen Amazonen zeigten hier das größte Potenzial.

Enja fand sich recht bald als Kriegerin ebenbürtig neben Hal, James, Randolph, Edward und Robert de Bruce wieder, und innerhalb der Armee hatte sie sich einen respektvollen Status erkämpft. Immerhin war sie die erste und einzige Frau im Rang einer Anführerin und mit dem Zeug dazu.

Jeden Tag kamen neue Männer ins Heerlager, die von den Clans geschickt wurden, um die Truppen zu verstärken. Clans, die seit vielen Generationen in Blutfehden verwickelt waren, versuchten unter strenger Anleitung, hier friedlich miteinander umzugehen, was natürlich nicht immer gelang. Trotz aller Gebote blieben Streitereien, Prügeleien und sogar ernsthafte absichtliche Tötungsversuche an der Tagesordnung.

Nach blutigen Auseinandersetzungen unter zwei rivalisierenden Clans sahen sich James, Randolph, Edward und Robert Bruce eines Tages genötigt, in einem großen Zirkel im Hauptlager von Edinburgh den Ernst der Lage zu besprechen. Mit dabei waren auch Enja, Hal und acht weitere Clanführer, die eine Art Mittelschicht im Lager darstellten. Campbells, McLeods, Sutherlands, McDonalds, die Hughs, die Frasers, die MacKenzies und die Stewarts von Appin: Sie alle waren vertreten hier in diesem inneren Kreis, der von Bruce so gekonnt geeinigt wurde. Nun drängten sie sich gemeinsam um das Feuer vor Bruces Zelt. Mächtige Holzscheite und ganze Baumstämme loderten und erhellten den Abendhimmel. Funken stoben nach oben und hinterließen feinste Asche, die den Boden benebelte. Schon seit jeher war das Feuer ein Symbol von Macht. Wer das Feuer beherrschte, beherrschte die Welt!

Stolze Männer, die sich ihrer Wichtigkeit bewusst waren, gaben an diesem Abend ihrem König die Ehre. Sie formierten sich zusammen mit den engsten Vertrauten des Königs in einem lockeren Kreis um das Feuer. Ihre grimmigen Leibwächter und Gefolgsleute standen in einem weiteren großen Zirkel in gebührendem Abstand. Es schien wie eine Zeremonie vergangener Zeiten zu sein – der Tanz um das Druidenfeuer.

Inmitten dieser zwei Menschenkreise hatte sich der schottische König mit seinem ersten Mann James gestellt und sah sich abwechselnd die zahlreichen Clanchefs an, die um ihn herum mit ernsten Gesichtern Seite an Seite standen.

»Meine Brüder!«, begann König Robert mit seiner mächtigen Stimme und inmitten seiner Anhänger, »wir sind nun annähernd dreitausend Mann hier in diesem Heerlager, im nahen Stirling lagern noch weitere zweitausend Mann und in der nächsten Umgebung verteilt etwa tausend.« Er machte eine sinngebende Pause, um diese Zahlen auf alle wirken zu lassen. Nicht wenige nickten anerkennend, entsprang dies doch aus dem positiven Ergebnis langer Verhandlungen.

»Wir alle sind bereit, gegen England und seinen König zu reiten. Noch weiß ich nicht, wann wir auf sie treffen.« Hier schwollen die Rufe und Kommentare der Anwesenden so laut an, dass Bruce um Ruhe bitten musste. »Aber Edward, dieser verweichlichte Bastard, wird es nicht zulassen, dass Philip Mowbray, der englische Kommandant von Stirling, uns die Burg einfach kampflos überlässt. Er wird vor dem 24. Juni kommen und ihn ablösen, dessen bin ich mir sicher!«

Die Rufe waren nun alle optimistisch, die meisten nickten nur wohlwollend. Die Verhandlung mit dem englischen Kommandanten hatte sein Bruder Edward de Bruce geschickt eingefädelt. »Wir müssen uns also in Geduld üben, was nicht unbedingt zu unseren schottischen Stärken gehört«, setzte er pointiert hinzu. Dies führte denn auch bei einigen zu einem Schmunzeln, aber grundsätzlich zur Zustimmung. »Wir dürfen uns in dieser Zeit des Wartens nicht gegenseitig zerfleischen, wir müssen unsere Kräfte bündeln und Gemeinsamkeiten schaffen.« Wieder allgemeines Nicken und Zustimmung.

»Wie wollt Ihr das erreichen, Mylord, wenn die jungen Männer hitzig sind und sich untereinander schon jetzt prügeln, geschweige denn, wenn sie einen der verdammten Campbells …?«, ereiferte sich der Clanchef der MacLeods, Thorvil McLeod, und wurde rüde unterbrochen von dem wuchtigen Clanchef Neill Campbell: »Nur wenn einer der MacLeods mit seinem impertinenten Gestank …!«

»Schluss jetzt!«, brüllte Bruce ungeduldig die beiden Lairds der Highlands an, die sich über das Feuer hinweg gegenseitig fast zu Boden starrten. »Seht Ihr, genau das meinte ich!« Anklagend erhob er den Zeigefinger gegen die beiden Streithähne. »Wenn wir es endlich einmal schaffen würden, anstatt auf die kleine Welt der Clans auf die große Politik zu sehen, dann könnten wir diese mächtige Energie bündeln und gegen die Engländer verwenden!«

Es war still geworden. Wie ungezogene Kinder, die vom Lehrer gerügt wurden, standen die beiden großen Clanführer vor allen da. Betreten blickten sie ihren König an. Bruce wartete ein paar Sekunden und atmete ein paar Mal ein und aus, bevor er mit seiner Rede weiterfuhr. »Wenn wir die Tage hier nutzen könnten, um uns gemeinsam vorzubereiten und auf den Tag hinzuarbeiten, an dem wir die Unabhängigkeit von den Engländern erkämpfen, dann sollte uns das zueinander bringen anstatt Streit auszulösen!«

Es blieb ruhig in den Reihen. Das Feuer prasselte und spie Funken in die Luft, die so herrlich klar war als Vorbote des Sommers. Der Duft nach Heide und Lindenblüten mischte sich mit dem Geruch von Rauch und gegrilltem Fleisch.

James blickte Enja an, die unter den Vertrauten des inneren Kreises stand, ihre Blicke trafen sich immer wieder über die Flammen hinweg, und die Leidenschaft loderte mindestens so stark wie das Feuer zwischen ihnen. Plötzlich wendete sich die Kriegerin zu dem schottischen König, der wie immer, wenn sie in diesem Zirkel das Wort ergriff, etwas irritiert die Augenbrauen hochzog.

»Mylord, erlaubt mir zu sprechen!«

Ohne erst sein Nicken abzuwarten, trat sie einen Schritt nach vorne und sprudelte mit ihrer Idee auch schon heraus.

»Wir könnten eine Art Wettkampf veranstalten zwischen den Männern hier. In allen Disziplinen, die mit Kampftechnik zu tun haben, könnten sich diese jungen Männer messen. Das sollte sie einige Zeit beschäftigen, und vielleicht schaffen wir es dann auch, die alten Fehden einmal ruhen zu lassen.

Im Wettkampf könnten die Streithähne friedlich miteinander konkurrieren, ihre Kräfte auf- und ihre Energie abbauen.«

Das schlug ein wie eines von Hals Sprengrohren. Enja kam in ihren Ausführungen gar nicht mehr weiter. Die Lairds und Anwesenden redeten auf einmal wild und laut durcheinander. Spiele in diesem Ausmaß und in so einer Situation hatte es noch nie gegeben!

Traditionell waren solche Wettkämpfe tatsächlich den Clan Zusammenkünften vorbehalten und wurden schon von den keltischen Königen durchgeführt. Meist dienten sie dem Zweck, die besten und schnellsten Kämpfer als Leibwachen herauszufiltern. Nach endlosem Gerede wurde der Vorschlag – obwohl er von einem Weib stammte – vorbehaltlos akzeptiert.

Tatsächlich folgten recht bald die ersten Vorschläge für die Art der Wettkämpfe, und neben Enja wurden drei weitere Verantwortliche mit der Organisation betraut, während Bruce großzügig die Schirmherrschaft übernahm. Es war der Beginn einer neuen Art, sich miteinander zu messen. Die ersten Highlandspiele waren im Begriff sich zu formieren. Aus einer erzwungenen Situation heraus machten die Schotten das Beste, um sich gegenseitig zu unterhalten und den Frust in den Truppen abzubauen.

Enja hatte mit ihrer Idee nach dem Brot-und-Spiele-Prinzip der alten Römer den Männern eine Beschäftigung gegeben und arbeitete mit ihren drei Organisatoren James, Edward und Hal an einem Konzept für eine großartige Zusammenkunft des neuen, geeinten Schottlands.

Berwick, 14. Mai 1314

Der englische König rannte wutentbrannt die Strecke zwischen dem großen Kamin und dem Schreibpult hin und her. In Berwick Castle hatte er sich mit seinen Rittern schon seit Wochen häuslich niedergelassen, um die Barone mit ihren Truppen zum Dienst zu zitieren – ausgerechnet dort, wo sein Vater, der alte König Edward, im November 1292 im Rittersaal der Burg vor dem versammelten englischen Parlament und vielen Adligen aus Schottland seinen Schiedsspruch verkündete hatte. Im Streit zwischen John Balliol und Robert de Bruce um die Krone von Schottland hatte er tatsächlich zu Gunsten des Ersteren entschieden. Berwick, ein wichtiger Hafen und politisches Bollwerk im Osten Schottlands, war ein Signalgeber geworden, und der junge Edward sah gerade seine Felle davonschwimmen. Seine Laune war auf dem Tiefpunkt, weil immer noch nicht alle Feudalherren seinem Ruf gefolgt waren. Thomas Plantagenet und der Earl von Warwick hatten augenscheinlich nicht auf seine Nachricht reagiert, es fehlte entscheidender Nachschub an Soldaten, Material und Proviant. Und dieser verdammte Philip de Mowbray, der sich von den Schotten überreden ließ, bis zum 24. Juni dieses vermaledeiten Jahres 1314 die Burg von Stirling kampflos zu übergeben! Welcher Teufel hatte diesen Wahnsinnigen nur geritten?

Jetzt war er gezwungen, vor den Schotten nach Stirling zu kommen, um die Burg zu übernehmen. Diesmal schien wirklich alles schiefzugehen. Der inzwischen dreißigjährige Edward II. hatte kein Verständnis für die zögerliche Haltung seiner Barone. Er war nach dem Tod seines Vaters der rechtmäßige König, und wenn er Truppen anforderte, hatten seine

Barone gefälligst zu gehorchen. Und heute Abend kam dieser aufgeblasene schottische Wurm daher und unterbreitete ihm auch noch so eine Nachricht.

»Die Schotten tun was?«, schrie er den vermummten Mann an, der lässig an der Tür der Kanzlei lehnte. Zugleich ballte er dabei die Fäuste, als würde er sie dem Kerl gerne ins Gesicht schlagen wollen.

»Sie veranstalten Wettkämpfe, Mylord, Highlandspiele«, wiederholte der Mann, der lieber unerkannt bleiben wollte, seelenruhig. Er steckte in einem unauffälligen Gewand der hiesigen Bevölkerung, um keinen Verdacht zu erregen.

»Spiele …«, reagierte Edward ungläubig. »Sie veranstalten Spiele, obwohl sie genau wissen, dass ich mit meinen Truppen kommen werde!« Er schüttelte den Kopf. So eine Ignoranz hatte er selbst den Schotten nicht zugetraut.

»Sie veranstalten die Spiele, um die Clans zu einen und Frieden unter den Männern zu stiften.« Die Stimme des Informanten klang dumpf unter seinem Schal, der die untere Seite seines Gesichts verhüllte.

Edward hielt kurz ein in seinen wütenden Schritten. Spöttisch blickte er den Spion an und fragte dann ungläubig: »Frieden? Seit wann sind die Clans denn friedlich? Die haben doch immer etwas zu streiten – und wenn es nur um dieses Gesöff geht, das sie dauernd trinken!«

»Die Idee stammt offenbar aus dem direkten Umfeld von Bruce. Und sie scheint zu funktionieren: Es kamen weitere Clans und Kämpfer aus den bisher noch zurückhaltenden Gegenden Schottlands. Ich schätze, es sind nun etwa sechs- bis siebentausend Männer, Frauen und Kinder dort.« Es folgte eine Pause, um diese unglaubliche Zahl wirken zu lassen, bevor er weitersprach: »Und alle verhalten sich friedlich, *aye*, was bei den Schotten eben so friedlich ist.«

Der Mann mit dem schweren schottischen Akzent kreuzte die Arme vor der Brust und fixierte den König mit seinen scharfen Augen.

Der machte wieder ein paar Schritte, drehte sich, dass sein schweres Gewand über den Boden wischte, und lief sinnierend in die andere Richtung. Das Feuer im Herd knisterte, und ein Holzscheit spuckte Funken, die in hohem Boden auf dem polierten Steinboden landeten, aber es bemerkte keiner der beiden.

»Und was tust du nun dagegen?«, fragte Edward in Richtung des geheimnisvollen Mannes.

Der lachte nur kalt und zuckte entschuldigend die Schultern. »Ich habe versucht, ihn mit einem giftigen Pilz zu töten. Aber Bruce hat es wie durch ein Wunder überlebt. Daran ist dieses Weibsbild schuld, die der schwarze Douglas geheiratet hat. Angeblich ist sie eine Wunderheilerin!«

Unter dem Schal hörte Edward einen abschätzigen Laut. »Wie es aussieht, komme ich nicht mehr so einfach an Robert de Bruce heran. Er lässt sich jetzt von seinem eingeschworenen Zirkel schützen.«

»Ah, vergiss diesen verdammten Bruce!«, fauchte der König und ballte wieder seine Fäuste. Wieder zog er einen Kreis, um nachzudenken. Es dauerte eine Weile, bevor ihm plötzlich ein Gedanke kam. Sein Gesicht bekam auf einmal einen bedrohlichen Ausdruck, und der Mund verzog sich zu einem hässlichen Grinsen, eine Idee formte sich in seinem Kopf.

»Stifte Unfrieden«, zischte er hasserfüllt, »töte einen beliebten Mann und schiebe es einem anderen Clan zu. Meinetwegen diesen Douglas, das wird sie entzweien!« Der junge König lachte freudlos auf. »Die Fehden untereinander haben die Schotten schon immer geschwächt. Sollen sie sich ruhig gegenseitig dezimieren! Du musst nur sicherstellen, dass es so aussieht, als wäre es einer der ihren, verstanden?«

Der kaltblütige Mann an der Tür ließ die Arme sinken. Er nickte nur kurz, drehte sich um und legte die Hand auf den eisernen Türriegel. »Mir wird etwas einfallen«, kam es dumpf unter dem Schal hervor, und schon war er hinausgeglitten. Wie ein Schatten huschte er in die kalten Gänge der Burg und verschmolz mit der Dunkelheit. Zurück blieb ein eisiger Windhauch.

Der Sohn des alten Edward, ehemals Hammer der Schotten, wandte sich dem Feuer zu. Irgendetwas an dem Mann ließ ihn frieren, und er war froh, dass er ihn nicht zum Feind hatte. Aber wie lange noch? Würde diesem Mörder das Geld, das er ihm zahlte, wichtiger als seine Gesinnung bleiben? Einem Schotten konnte man schließlich nicht trauen …

Aber egal, was der gekaufte Mörder bewirken würde, sein Entschluss stand fest, er würde sofort nach Stirling aufbrechen. Er hatte etwa zwanzigtausend Mann hinter sich, davon zweitausend in der Kavallerie, jede Menge Söldner und sogar Soldaten aus Wales. Was waren dagegen schon siebentausend Schotten? Er würde auf die restlichen Barone verzichten, sollte die doch der Teufel holen! Ein englischer König würde nicht um seine Truppen betteln!

Tamtam taratam, hallte es über die Hügel. Es wehte ein eisiger Wind, der die Äste der Bäume wie Spielzeug durch die Luft peitschen ließ. Meine Füße und Hände waren kalt gefroren, die dunkle Gestalt vor mir war eingehüllt in einen schwarzen Umhang, sie hatte kein Gesicht. *Tamtam taratam,* hallte es in meinen Kopf, so laut, dass ich glaubte, die Trommel wäre in meinem Schädel.

Vor mir wiegte sich das Schiff mit dem Drachenkopf im aufgewühlten Wasser. Mit einem dumpfen Laut schlug die Schiffswand immer wieder gegen den hölzernen Steg. Der Wind war so stark, ich hörte das Singen der Männer und Frauen nicht mehr, nur die Trommel in meinem Kopf. Die vermummte Gestalt zog mich in das Schiff, das bedrohlich knarzte und schaukelte. Wo war meine Mutter? Mein Vater?

Es war keiner da, niemand hatte mich verabschiedet. Sie hatten mich einfach abgeholt. Das Schiff legte ab, einfach so. Ich hörte nichts, nur das Trommeln und das Pfeifen des Windes. Das Schiff bewegte sich ohne Segel, ohne Ruder, einfach so, wie von Geisterhand! In meiner Verzweiflung sprang ich über Bord und fiel tief, sehr tief …

»Enja! Wach auf, *mo grha,* du hast geträumt!«

In der Ferne hörte ich James' besorgten Ruf, der das Trommeln und Peitschen des Windes verjagte. Es war die Vertrautheit dieser Stimme, die mich wieder ins Hier und Jetzt zurückholte, und ich war dankbar dafür. Dieser Alptraum kam immer wieder zu mir zurück, immer in einer anderen Version, aber das Schiff und diese eine Szene waren jedes Mal gleich. Als ob mir meine Erinnerung etwas sagen, einen Hinweis geben wollte. War es der Hinweis auf meinen Tod? Verkrampft lächelte ich James an. »Alles in Ordnung, James. Es war nur ein Traum, der mich immer wieder heimsucht.«

Meine Lippen drückten sich sanft auf die seinen, spürten die Stoppeln seines dunklen Bartes, und sein herber Männergeruch kitzelte meine Nase. Sofort küsste er mich zurück, ließ seine Zunge über meine gleiten und biss liebevoll auf meine Lippe. Seine Hände wanderten bereits wieder neugierig meinen Körper entlang. Wie schafften es Männer, stets alles auszublenden und sich nur der einen Sache zu widmen? Es war der Morgen, an dem die Wettkämpfe eröffnet wurden. Hinter mir lagen endlose Stunden der Organisation. Langsam wich die Spannung einer vibrierenden Aufregung. Ende Mai 1314 hatten sich nun Tausende von Schotten auf einem weitläufigen Areal in der Nähe von Stirling getroffen, um ihre besten Kämpfer gegeneinander antreten zu lassen.

Eine Woche sollten die Spiele dauern, und viele Clans hatten sich die Mühe gemacht, mit Sack und Pack nach Stirling zu kommen und ihre Zelte aufzustellen. Seit Tagen gab es wie bei einer riesigen Clan-Zusammenkunft Essen, Trinken und Musik. Manchmal schien es mir, als wäre der Krieg gegen England weit fort und die Ausgelassenheit der Männer und Frauen nicht nur von kurzer Dauer.

James murmelte an meiner Brust, dass er mich jetzt auf andere Gedanken bringen wolle, aber so ganz gelang ihm das nicht. Sein Mund bewegte sich Richtung Bauchnabel, küssend und saugend. Es ärgerte mich noch immer, dass ich wie jede andere Frau vom Schwimmen ausgeschlossen worden war. Das wäre meine große Chance gewesen, einen ersten Platz zu ergattern, aber alle Männer inklusive James waren aus sittlichen Gründen dagegen. Wie übrigens auch beim Ringen und dem Schwertkampf.

Dagegen durften wir Amazonen uns im Bogenschießen, Schwertertanz und dem Stockkampf messen. Das war mein Kompromiss nach einem zähen Ringen mit den Clanchefs, sonst wären Frauen von vorneherein ganz ausgeschlossen worden. James' Zunge glitt nun über meinen Venushügel, er brummte etwas, das ich über meine empfindliche Haut mehr spüren als hören konnte.

»Wir müssen die Trommeln noch aus dem Zelt holen!«, rief ich auf einmal und richtete mich auf.

James' Kopf tauchte auf. »Ich habe das Kalay schon aufgetragen, sie kümmert sich darum«, brummte er etwas verärgert. »Du bist gar nicht bei der Sache, Enja! Entspann dich doch mal …«

»Wie auch! Heute ist ein wichtiger Tag, und du denkst nur an das eine!«, konterte ich.

Frustriert richtete er sich auf. In dem wenigen Licht, das morgens in unser Zelt schien, versuchte er, mein Gesicht zu lesen.

»Mein Schwanz hat leider kein Gehirn, um zu denken«, wandte er schuldvoll lächelnd ein und zuckte mit den Schultern.

Sein gut gebauter Oberkörper mit den verführerischen schwarzen Locken auf der Brust war normalerweise schon Einladung genug. Jetzt musste ich auch lachen.

»Du bist die schönste Frau, die ich jemals gesehen habe«, raunte er mir betörend zu, während er mir wieder gefährlich nahe kam. »Deine Haut und dein Haar sind makellos.« Seine Hand zeichnete meine Brüste nach, während er sprach. »Als hätte dich ein Künstler geformt.«

Er hatte es tatsächlich geschafft, dass ich in den nächsten Minuten nicht mehr an das bevorstehende Ereignis denken musste.

Im Vorfeld der Spiele kam es zu einigen erwarteten und unerwarteten Begegnungen. So fanden sich natürlich auch die Frauen aus Caerlaverock ein, die in den letzten Wochen nur über Brieftaubenwechsel Informationen von der schottischen Front erhalten hatten. Die Nachricht von meiner Hochzeit mit James hatte doch einige verwundert, und sie fürchteten um mein persönliches Glück. Das letzte Aufeinandertreffen mit dem Black Douglas endete ja doch in einem allseits bedauerten Chaos. Als die von Hugh angeführte Delegation aus Caerlaverock endlich persönlich eintraf, änderten sie plötzlich alle ihre Meinung, als wäre das, was vorher gemunkelt wurde, Schnee von gestern. Vor allem Moira als Verfechterin der Tugend fand sich neben allen anderen von meiner Heirat und James insbesondere sehr angetan.

Bei unserem Anblick waren die Frauen wohl doch froh, dass ein mutiger Mann der Kriegerin Enja den Kopf verdrehen konnte und sich ihrem Stolz mit Todesverachtung stellte.

Irgendwie schien es zu passen. Die Glückwünsche waren jedenfalls herzlich und ehrlich. Gerade Rachel wollte so gar nicht glauben, dass sie jetzt einen Mann an meiner Seite ihren Vater nennen konnte. Meine Angst, dass sie unsere Ehe nicht gutheißen könnte, hatte mir tatsächlich im Magen gelegen. Aber sie war unbegründet. James begrüßte sie genauso herzlich wie auch Thorvil, und beide blickten bewundernd zu dem großen Mann in dem blauen Waffenrock mit den weißen Sternen auf.

Einzig die Begegnung mit Isla und ihrem Sohn Archibald war etwas merkwürdig. Hatte sie sich wohl doch mehr Aufmerksamkeit von ihrem ehemaligen Geliebten erhofft, so enttäuschte er sie auf ganzer Linie. Statt sich mit ihr zu unterhalten, was ich ihm persönlich nachgesehen hätte, beugte er sich lieber zu Archie und nahm ihn liebevoll auf den Arm. Der kräftige dunkelhaarige Junge war James wie aus dem Gesicht geschnitten. Nur die Lippen waren voller, und er lachte gerne, anders als sein ernster Vater.

Aber selbst diesem huschte nun ein stolzes Lächeln über das Gesicht, und er begann eine vorsichtige Unterhaltung, die damit endete, dass er Archie sein Pferd zeigen musste und natürlich seine Waffen. Er hatte außer der kleinen schwarzen Haarlocke, die ich ihm mitgebracht hatte, noch nie etwas von seinem Sohn gesehen, daher ließ ich ihm Zeit, sich anzufreunden. Isla stand mit ihrer Schwester Maja etwas bedrückt daneben und wusste nicht, wie sie mit mir umzugehen hatte. Daher begann ich sie über die letzten Wochen in Caerlaverock höflich auszufragen.

Isla hatte sich entschieden, eine Kriegerin zu werden, und überließ Maja die Aufgabe der Kinderbetreuung. Mit ihren blonden Locken, die sie kurz trug, erinnerte sie mich an die tapfere Emma, die so grausam ihr Leben lassen musste. Ihre feste, kräftige Figur hatte sie jetzt in Männerkleidung gesteckt, und mir schien, sie eiferte mir bewusst ein wenig nach. War es Zufall?

Die größte Freude aber war Hugh. Er brachte mit den Maxwell-Kriegern die Frauen und Kinder von Caerlaverock nach Stirling und war auch der Erste, der uns begrüßte. James und ich nahmen seine Glückwünsche ausgelassen entgegen. Der Junge mit dem sympathischen Grinsen lag mir sowieso schon immer am Herzen, jetzt gehörte er auch noch zur engsten Familie. Hugh ließ es sich nicht nehmen, in den Disziplinen Schwimmen und Stockkampf für Caerlaverock anzutreten, und durch meine Kampfübungen mit ihm war er sicher einer der Favoriten.

Da noch einige Tage bis zum Start der Spiele vergehen würden, hatten wir ausgiebig Gelegenheit, uns auf die einzelnen Kämpfe vorzubereiten. Isla traute sich zu, mit den Bogenschützen anzutreten, und ich korrigierte noch im Detail ihre Hand- und Körperhaltung, damit sie eine Chance hatte. Sie trainierte erst seit einem Jahr, und der Bewegungsablauf war noch nicht in ihr Unterbewusstsein gedrungen. Es gab aber sicher schlechtere Schützen als sie, daher ließ ich sie für unser Banner antreten.

Die in ihrem Ausmaß einzigartigen Spiele eröffneten und weihten natürlich König Robert und Bischof William de Lamberton. Auf dem Paradefeld hielten unsere Trommler mit ihren schweren *Tupans* auf meinen eigens gezüchteten Highlandpferden Einzug, dahinter die acht Dudelsackspieler. Es war eine martialische Melodie, die von den Trommeln rhythmisch unterstützt wurde. Auf einer kleinen überdachten Tribüne, die von einigen handwerklich geschickten Männern noch schnell improvisiert worden war, befand sich die Entourage des Königs und damit auch James und ich.

Das schottische Wetter hatte sich an diesem Tag der guten Stimmung angepasst und ließ ein wenig die Sonne hinter den zahlreichen Wolken hervorblitzen. Trotzdem war es teilweise sehr stürmisch, und die Kleider der Menschen und die Mähnen der Pferde tanzten unruhig im Wind. Wir alle mussten zugeben, es war eine beeindruckende Darbietung der Musiker, und auch die Zuschauer johlten und bekundeten ihre Zustimmung. Das ganze Areal brodelte unter der ausgelassenen Stimmung der aufgeheizten Menge. Immer wieder sangen oder besser grölten die Schotten, was das Zeug hielt. Aber am wichtigsten war, dass sich die Stimmung unter den Clans, den Männern, Frauen und Kindern, in Gewogenheit drehte. Begeisterung und Spannung dirigierten die Gefühle in den Gesichtern.

Die aggressiven Geplänkel waren einer freudigen Betriebsamkeit gewichen. Auch mich hielt nichts mehr auf dem für die Ehrengäste vorgesehenen Tribüne, und ich mischte mich unter das ausgelassene Volk. Wie ein Schatten tauchte auch James hinter mir in die wogenden Massen, stets bedacht, sich mir nicht aufzudrängen. Er wollte damit meinem Ansinnen gerecht werden, mich nicht eifersüchtig zu überwachen, was ich mir höflichst verbat.

Als der erste Wettkampf, der Schwerttanz auf dem Paradeplatz, eröffnet wurde, konnte ich kaum die Musik hören, die von den Flötenspielern für die einzelnen Tänzer gespielt wurde. Ein Lärm entstand dort, wo die Gruppen gegeneinander tanzten, der sich anhörte wie ein Wettbewerb unter Marktschreiern. Schotten haben wohl generell schlechte Ohren, denn sie brüllten sich in einer Lautstärke gegenseitig nieder, die meinen Magen flattern ließen. Oder waren es lediglich Anfeuerungsrufe? Roderick Maxwell kam mir in den Sinn, der würde sich hier wohlfühlen.

Inmitten des Chaos versuchten die Schiedsrichter den besten Tänzer zu ermitteln, dem entweder die saubersten Schritte gelungen waren, oder der den Wettkampf als Einziger mit allen Zehen überstand. So ganz hatte ich das Prinzip des Wettkampfes nicht verstanden, der wohl einer alten Tradition entsprang. Aber ich musste ja auch nicht alles verstehen, was bei den Schotten so üblich war.

Die Hauptsache war, es gab irgendwann einen gekürten Sieger. Ausgerechnet ein junger und schlanker Krieger aus dem Douglas-Clan konnte sich durchsetzen und wurde dafür von seinen Gefolgsleuten frenetisch gefeiert. Wie ein Bündel Getreide warfen sie ihn jubelnd durch die Menge seiner Clanleute, und er jauchzte dabei wie ein kleines Kind. Erstaunlich, wie kindlich ausgewachsene Männer werden können, wenn sie Spaß haben. Mit gellenden Pfiffen beteiligte ich mich an dem ausgelassenen Spektakel.

Den zweiten Platz hatte sich kein Geringerer als Lachlan McKay ergattert, der schon als versierter Tänzer auf einigen Festen in meiner Burg beim weiblichen Publikum gepunktet hatte und jetzt auch hier bei den Wettkämpfen. Den dritten Platz schaffte Kalay, die wohl bei Lachlan in die Lehre gegangen war, denn sie war die einzige Frau, die sich an der Disziplin beteiligt hatte. Immerhin ein Punkt für Caerlaverock und sie hatte sich den gellenden Applaus verdient! Sie strahlte über das ganze sommersprossige Gesicht.

Alle angemeldeten Kämpfer traten einzeln in jeder Disziplin an. Für die ersten drei Plätze bekamen sie entsprechend Punkte von eins bis drei, und die wurden für jeden Clan zusammengezählt. Wer die meisten Punkte erhielt, war am Ende der Veranstaltung Gruppensieger. Natürlich war die Freude riesig, wenn ein Clan einen ersten Platz belegte und mit einem Schlag drei Punkte ergatterte. Beim nächsten Wettkampf, der auf einem der Sandplätze stattfand und einen Platzwechsel notwendig machte, stieß ich auf einen alten Bekannten. Schon von Weitem erkannte ich die athletische Statur und das blonde Haar mit den Silberfäden.

»Colin Maxwell!«, rief ich, während ich mit James an meiner Seite auf ihn zulief. Dessen graue Augen blickten mich überrascht an.

»Lady Enja!«, rief Colin freudig. »Wie schön, Euch zu sehen! Macht Ihr etwa beim Schwertkampf mit?«

In einer herzlichen Geste umarmte er mich und drückte mir fast den Brustkorb zu. Diese im wahrsten Sinne des Wortes atemraubende Umarmung verstieß gegen sämtliche Etikette, kam aber spontan und von Herzen. Als er mich wieder losließ, hielt er mich prüfend auf Armlänge vor sich.

Tief gerührt schüttelte ich nur den Kopf. »Nein«, ich ließ mir meine Enttäuschung bewusst anmerken, »wir Frauen wurden von diesem Wettbewerb ausgenommen.«

Sein freundlicher Blick erhaschte erst jetzt den von James, der ihn bereits mit einem Blick musterte, der die Hölle zufrieren ließ, und Colin ließ mich plötzlich los wie eine zu heiße Speise. Trotz gebührendem Abstand hatte er mich mit Argusaugen beobachtet und war wie der Blitz zur Stelle. Ich musste erst einmal scharf die Luft einziehen. Was erlaubte er sich eigentlich?

»James Douglas, was ist mit Euch?«, fragte Colin vorsichtig, als er seinen Fehler erkannte. James trat einen Schritt vor, er war genauso groß wie sein Gegenüber und sah ihm jetzt mit einem harten Blick direkt in die Augen.

»Mein Name ist Lord James Douglas, und ich würde es vorziehen, wenn Ihr meiner Frau, Lady Enja Douglas, nicht mehr zu nahe treten würdet.« Seine Stimme klirrte förmlich. Oh, er war wirklich sehr verärgert. War er etwa eifersüchtig?

Colin, der sich davon nicht im Geringsten beeindrucken ließ, richtete sich zu seiner vollen Größe auf und entgegnete in einem ähnlich kalten Ton: »Lady Enja ist eine gute Freundin meiner Familie und von mir. Ich bin ihr durch eine Ehrenschuld tief verbunden. Die Freude über ihr Wiedersehen hat meinen guten Anstand vergessen lassen. Der Tatsache, dass sie nun verheiratet ist, hätte ich mehr Respekt zollen müssen. Bitte nehmt meine Entschuldigung an.«

Ich ertappte mich dabei, dass ich gerührt und geschmeichelt zugleich war. Zwei ausgewachsene Männer bekamen sich wegen mir in die Haare, das war mir noch nie passiert.

In die knisternde Stille hinein räusperte ich mich und erklärte den beiden Kampfhähnen, dass sie besser ihre Plätze einnehmen und ihre überschüssige Energie dort abbauen sollten, denn der Wettkampf gehe gleich los. Beide sahen mich an, als wäre ich eine lästige Fliege, und ich hatte das Gefühl, dass sie mich tatsächlich gerne wie eine erschlagen hätten, denn ich grinste auch noch unverschämt über das ganze Gesicht. Männer …

Das Wetter drohte der guten Stimmung immer wieder mit einem dunklen Himmel, so auch jetzt. Bisher vertrieb der Wind die lästigen Regenwolken, und ich hoffte weiterhin auf ein paar trockene Stunden ohne Schauer, damit sich der Paradeplatz nicht in eine Schlammwüste verwandelte. Diese Menschenmenge würde den nassen Boden innerhalb weniger Stunden regelrecht umpflügen.

Hal und sein Gegner standen bereits auf den zugewiesenen Positionen. Als Mann durfte er als Einziger aus unserem Clan mit berechtigten Chancen beim Schwertkampf mitmachen, auch wenn es nicht seine Königsdisziplin war. Die Kämpfe wurden nach einer festen Zeit, die mit einer Sanduhr gemessen wurde, beendet, auch wenn noch kein Gewinner feststand. In diesem Fall wurde auch die Technik bewertet. Hier beherrschten die schottischen Edelleute das Feld. Mit ihrer ausgereiften Kampftechnik und der jahrelangen Übung waren sie deutlich im Vorteil. Die mächtigen Breitschwerter waren – richtig geführt – eine von allen Feinden der Schotten gefürchtete Waffe. Trotzdem wollte Hal sich beweisen und bestritt mit fast dreißig weiteren per Los zusammengeführten Kämpfern die erste Runde.

Die Clanchefs hatten entschieden, dass jeder Wettkämpfer mit einem Kleidungsstück in der Farbe seines Clantartans kommen sollte, um die Kämpfer leichter zuordnen zu können. Daher hatten sich die meisten einen farbigen Schal über die Schulter oder die Hüfte gewickelt. Mit Stolz trug Hal die Farben von Caerlaverock, ein schwarzes Tuch mit feinen grauen Verwebungen, um seine breiten Schultern gebunden.

Immerhin schaffte er es bis in die dritte Runde und schied dann ausgerechnet gegen Colin Maxwell aus, der ihm regelrecht das Schwert aus der Pranke schlug. Colin war ein wirklich versierter Kämpfer mit schnellen und ideenreichen Angriffen. Gegen ihn wirkte Hal wie ein dicker Tanzbär, seine Kraft konnte er gegen einen so flinken Gegner nicht gezielt einsetzen.

Colins Wendigkeit half ihm leider nichts gegen seinen letzten Widersacher, der sich durch das Feld der Teilnehmer gemäht hatte: James Douglas. Beide schenkten sich in ihrem finalen Zweikampf keinen Zentimeter. Sie hieben die Schwerter aufeinander, als könnten sie sich allein durch die Kraft ihres Stahls in Grund und Boden schmettern. Schwitzend und schnaufend gaben sie noch einmal alles unter dem ohrenbetäubenden Geschrei der Zuschauer. Meine Ohren klingelten bereits von dem Dauerlärm.

Wieder erklang der Anfeuerungsruf »Douglas!« als Kampfgeschrei aus rauen Kehlen. Etwas heller war der Name der Maxwells zu hören, deutlich stimmten die anwesenden Damen für den blonden Hünen. Nach Ende der Zeit fiel die Entscheidung des Schiedsgerichts knapp für Douglas aus, der technisch sauberer als Colin gekämpft hatte. Ich persönlich sah kaum einen Unterschied, sie waren beide Meister ihrer Klasse.

Colin war ein guter Verlierer – das hatte er schon damals im Kräftemessen mit einem Baum und der Übergabe seines Pferdes bewiesen. Er streckte James die Hand entgegen, und der schlug erschöpft ein. Sie grinsten sich an, und ich wusste in diesem Moment, dass die beiden sich noch öfter im Leben treffen würden – Hauptsache, immer auf der richtigen Seite!

Caerlaverock hatte bis auf einen dritten Platz Kalays noch keinen weiteren Punkt errungen.

Nach einer Mittagspause, die von den Akrobaten Winnie und Kalay mit allerlei Kunststückchen und Jonglage aufgelockert wurde, fand das Bogenschießen statt. Gleich drei Kämpfer aus meinem Team hatten sich zum Wettkampf gemeldet: Kalay, Isla und ich selbst. Wir hofften sehr, dass jemand aus unserem Team den ersten Platz schaffen würde, denn der Bogen war schließlich unsere Disziplin.

Sämtliche Bogenschützen wichen auf einen anderen Platz mit einer Baumreihe im Hintergrund aus, um die Zuschauer nicht zu gefährden. Hier hatten sich fast fünfzig Kämpfer eingefunden, die sich alle zu den besten ihrer Klasse zählten. Von den großen Clans waren sogar gleich mehrere gemeldet, alleine von den McLeods standen sechs in ihren schwarz-gelben Tartans hinter der Abschusslinie. Fünf von den grünblauen

Campbells zählte ich und vier von den rotgrünen Sutherlands. Die Masse der Zuschauer war ebenso bunt gescheckt, denn auch sie hatten sich in den Clanfarben zurechtgemacht. Einige der Frauen schwenkten die Plaids wie Banner hin und her. Aufgeregte Kinder saßen auf den Schultern ihrer Väter oder auf den umgebenden Bäumen. Sogar sie hatten sich einen Fetzen Tartan umgebunden.

Kalay und ich hatten uns mit unseren schwarzgrauen Plaids in der dritten Linie aufgestellt, denn alle auf einmal hatten nebeneinander gar keinen Platz. Etwa zehn Bogenschützen konnten in einer Reihe stehen und gleichzeitig auf das Ziel schießen. Unter ihnen befand sich auch Isla, die vor Aufregung ganz rote Wangen bekam. Immer wieder suchte ihr Blick unsicher meine Augen, und ich lächelte ihr aufmunternd zu.

Das Ziel war eine kleine Holzscheibe auf einem Strohsack, mit bloßem Auge gerade noch zu erkennen. Unter dem Befehl eines Schiedsrichters spannten alle zehn Schützen gleichzeitig den Bogen, und mit einem Zischen schossen zehn Pfeile in Richtung der runden Zielscheiben. Acht Pfeile trafen mit einem dumpfen Laut den Kreis, die beiden anderen blieben im Strohballen stecken. Leider war ein Pfeil davon Islas, die damit in der ersten Runde enttäuscht ausschied. In unserer Schützenlinie schafften es sieben, eine nervenstarke Kalay und ich waren dabei.

Da mich die Entfernung des Ziels noch nicht sonderlich forderte, schweifte mein Blick zu den anderen Schützen und von dort zu den Zuschauern. Als Assassine habe ich gelernt, Menschen zu mustern, ohne selbst dabei aufzufallen. Dabei stach mir ein Mann in den Schützenreihen mit dem

McLeod-Tartan ins Auge, der offensichtlich genau wie ich weniger das Ziel, sondern die Menschen um sich herum musterte. Unsere Blicke trafen sich. Er verweilte ein paar Sekunden, ohne die Miene zu verziehen. Sein Gesicht war nicht wirklich auffallend, überhaupt war alles an ihm unauffällig. Er war dunkelhaarig mit einem Oberlippenbart, die Haare schulterlang und von einer Wollkappe bedeckt. Trotzdem gefiel mir etwas an ihm nicht, ohne zu wissen, warum. Vielleicht war er ein wenig zu lässig, oder war es nur die erhöhte Aufmerksamkeit, die er einer Person schenkte: Lord James Douglas?

Immer wieder huschte sein Blick zu ihm, sogar während der Schießübung. Mein Misstrauen irritierte mich selbst. Was wollte dieser McLeod-Schütze von James? Der Blick, den er ihm zuwarf, war nicht voller Bewunderung, wie von den meisten. Er war scharf wie der eines Jägers, der seine Beute taxierte, und seine geschmeidigen Bewegungen erinnerten mich an einen Assassinen …

Mein Pfeil traf zum zweiten Mal genau in die Mitte des kleinen Holzplättchens auf der Zielscheibe, und eine weitere Runde war damit überstanden. Nur noch zwölf Schützen waren jetzt mit mir und Kalay übrig, denn der Strohsack mit dem Holzplättchen wurde immer weiter weggeschoben, und damit wurde es natürlich immer schwieriger zu treffen. Die dritte Runde sortierte weitere sechs Schützen aus. Das Holzplättchen war jetzt fast unsichtbar in die Ferne gerückt, der Schütze musste das Ziel fast schon erahnen.

Der Schiedsrichter in dieser Disziplin war Neill Campbell, ein mächtiger Clan Chief, der sich mit König Robert bestens verstand. Die Zeit zwischen dem Spannen des Bogens und dem Schnappen der Sehne geriet nun länger, weil das Ziel genauestens anvisiert werden musste. Er wartete daher geduldig mit der Schussfreigabe, bis alle bereit waren.

Der unauffällig auffällige McLeod-Schütze befand sich als vierter Mann in meiner Linie, aber er stand etwas versetzt nach hinten, um mehr Platz zu gewinnen. Deutlich sah ich, wie er zu James hinüberblickte, als würde er sich vergewissern, dass er immer noch dort stand. Tatsächlich betrachtete James inmitten seiner wilden Douglas-Horde interessiert das Ziel, dann wieder mich. Den McLeod-Schützen beachtete er gar nicht. Die Gefahr, in der er schwebte, war ihm nicht bewusst.

Gefahr! Das war die Stimme, die plötzlich in meinem Kopf schrie, wie die Trommel in meinen Alpträumen. Der Bogen in meiner Hand war so gespannt wie mein ganzer Körper. Ich ahnte mehr, als dass ich sah, was passierte. Alles ging so verdammt schnell. Die Bewegung geschah in meinem Augenwinkel, denn ich peilte gerade das Ziel an. Der Schütze im McLeod-Tartan zog sofort nach der Schussfreigabe seinen Bogen nach rechts und richtete ihn auf James, der dort nichtsahnend stand und das Ziel beobachtete. Bevor irgendjemand reagieren konnte, zog ich meinen Bogen nach links und schoss meinen Pfeil ab, der dem McLeod auf die kurze Distanz ins Ohr drang und auf der anderen Seite wieder heraus. Der Pfeil auf seinem Bogen schnappte noch im Reflex von der Sehne, blieb aber glücklicherweise vor James im Boden stecken.

Der schwere Körper des Todesschützen fiel nach vorne und landete mit einem dumpfen Schlag im Gras. Spätestens jetzt war die Hölle los, und ich hörte deutlich den Schrei des

Campbell-Schiedsrichters, der mir in die Glieder fuhr. »Disqualifiziert!« Als hätte das nicht gereicht, kamen zeitgleich die ersten Schreie der Zuschauer: »Sie hat einen McLeod erschossen!«

Mir hätte klar sein müssen, dass der Tod eines McLeod-Manns mitten in der Höhle des Löwen für eine gewisse Unruhe sorgen würde. Meine Sorge galt aber in erster Linie James. Weiter hatte ich nicht darüber nachgedacht, vor allem nicht, wie ich aus dem Scharmützel wieder lebend herauskam. Es kam also, wie es kommen musste, ich fand mich in einer derben Schlägerei wieder. Kalay, Hal und die Douglas-Horde, die mir alle zu Hilfe geeilt waren, sahen sich einem Mob hauptsächlich aus McLeod-Männern und ihren Sympathisanten gegenüber.

Wäre der Schiedsrichter Neill Campbell nicht mit seinem durchdringenden Horn, dass einen martialischen Ton verbreitete, und ein paar kräftigen Campbell-Kriegern dazwischengegangen, wir hätten vermutlich als Hacksteak auf einem der McLeod-Grillfeuer geendet. Selbst König Robert war herbeigeeilt und sah mit Entsetzen, wie sich alle in die Haare bekamen. Mit einem wütenden Brüllen rief er persönlich alle Beteiligten zur Besinnung, die sich von einem Campbell nicht zurechtweisen ließen.

Zu dieser Zeit befand ich mich noch im Würgegriff eines wilden McLeod-Kriegers, der sich rittlings auf mich gesetzt hatte. Jetzt schüttelte ich ihn ab und stand auf, die wütenden Augen des jungen Wilden im gelbschwarzen Tartan unablässig auf mich gerichtet. Nur der Respekt vor dem schottischen König hielt mich wohl am Leben. James und seine Horde hatten ebenfalls aufgehört, sich zu wehren und zollten dem wütenden König Respekt. Einzig Kalay lag noch benommen auf dem Boden und hielt sich schmerzerfüllt den Arm. Wie es für mich aussah, war er gebrochen, aber jetzt war nicht die Zeit, Samariter zu spielen.

»Wer hat den McLeod-Schützen erschossen?«, rief Robert Bruce in die Menge.

»Ich war es!«, rief ich fest zurück und trat ein paar Schritte vor. Die McLeods drohten wieder mit hässlichen Flüchen.

»Ich habe ihn erschossen, weil er auf James Douglas gezielt hatte, Mylord!« Meine Stimme übertönte sogar den fluchenden Clan.

Robert sah mich ungläubig an. Gerade er musste doch wissen, dass ich nicht einfach einen Mann töten würde, der unschuldig war. Aus den Reihen der McLeods löste sich nun die mächtige Gestalt von Thorvil McLeod, dem berüchtigten Clanchef, Herrscher von Skye. Mit eisiger Miene stellte sich der wuchtige Mann vor mich, sah zuerst Bruce, dann mich an, als wollte er mich zu Tode starren.

»Woher wollt Ihr wissen, dass es James war, auf den er gezielt hat? Vielleicht ist ihm sein Bogen aus den Händen gerutscht?« fuhr er mich ohne Umschweife an.

»Seht den Pfeil, der noch im Boden steckt. Ein paar Meter weiter und er hätte ihn getroffen. Ein guter Schütze verfehlt sein Ziel vielleicht um ein paar Handbreit, aber nicht um das halbe Schussfeld!«, entgegnete ich ihm ein wenig ungeduldiger, als mir lieb war. Die Aufregung saß mir noch in den Knochen, mein Hals brannte unangenehm von den Würgeversuchen des jungen McLeod-Kriegers.

Thorvil blickte auf den noch immer im Boden steckenden Pfeil und dann auf den Toten und nickte. Im Hintergrund waren die bösen Stimmen verstummt, seitdem der McLeod-Chef eingeschritten war. Irgendetwas war hier faul, das merkten jetzt selbst die Lautesten der McLeods.

James hatte sich zu uns hindurchgekämpft, zeigte nun auf den Toten und schrie in die neugierig sich vor uns drängende Menge: »Kennt irgendjemand diesen Schützen? Ist es wirklich ein McLeod?«

Sämtliche Clanmitglieder wurden nun von Thorvil McLeod der Reihe nach aufgefordert, das Gesicht des Toten zu mustern. Aber keiner schien ihn zu kennen. Auch von den anderen Clans konnte keiner den Toten zuordnen. Schließlich war es Bruce selbst, der glaubte, den Toten gesehen zu haben. Er hatte sich das Gesicht noch einmal angeschaut, und durch seine mächtige Gestalt fuhr ein Ruck.

»Ich erinnere mich an einen Knecht, der damals bei Methven für unsere Truppe kochte. Er hatte keinen Bart, aber er sah ihm sehr ähnlich. Vielleicht hat er sich schon einmal als Spion unter unsere Truppe gemischt. Vielleicht …«, folgerte er und sah mich dabei vielsagend an, »… vielleicht hat er auch schon einmal versucht, mich umzubringen.«

Das war es! Damit war meine Vermutung bestätigt, dass jemand aus seinem persönlichen Umfeld versucht hatte, ihn zu vergiften. Vielleicht sogar im Auftrag des englischen Königs, wer weiß?

Chapeau, König Robert, der Kreis schloss sich!

Sein kluger Blick schweifte umher, und er sah die ratlosen Blicke seiner Untertanen. »Lasst uns weiterkämpfen!«, erhob er nun seine Stimme für alle laut und vernehmlich. Jetzt zeigte er wieder die Persönlichkeit eines echten Anführers, reckte die Faust in die Höhe und schrie aus vollen Leibeskräften: »Ein toter Spion ist ein guter Spion! Es leben die Schotten!«

»*Fada beò an rìgh*! Es lebe der König!«, schallte es von allen Seiten zurück.

Nach dem turbulenten Beginn der Spiele gab es keine Zwischenfälle mehr. Kalay musste leider wegen des gebrochenen Arms pausieren, der Bogenschützenwettkampf wurde annulliert. Das traf uns beide hart, denn gerade dort hätten wir einen guten Vorsprung für Caerlaverock herausholen können. Beim Wettschwimmen hatten sich drei großgewachsene Campbells, wie zu erwarten war, durchgesetzt. Angeblich waren sie schon als Babys ins kalte Wasser geworfen worden, und wer überlebte, konnte auch schwimmen. Solche oder ähnlich wilde Geschichten kursierten über diesen Clan an den Lagerfeuern.

Sehr lustig gestalteten sich auch die Gruppenwettkämpfe wie das Seilziehen, bei dem jeweils zehn Männer oder Frauen gegeneinander zogen. Großes Gelächter rief der Einsatz unseres Clans hervor, der immer wieder mit dem gleichen Ergebnis endete: unserer Niederlage. Auch ein Bär wie Hal kam gegen zehn kräftige Männer nicht an, aber wir hatten trotzdem viel Spaß. Winnie in der ersten Reihe sorgte für den größten Lacher, denn sie hing mit dem Seil einfach in der Luft und zappelte mit den Beinen. Leider konnten wir auch in dieser Disziplin nicht punkten.

Hals große Stunde kam mit dem Ringerwettbewerb. Hier war er in seinem Element. Effektheischend zog er seine Tunika aus und zeigte zur Freude aller anwesenden Damen seinen muskelbepackten Oberkörper, der kaum eine Stelle hatte, die nicht bemalt war. Bei den Männern hatte es zur Folge, dass sich einige freiwillig von der Kandidatenliste streichen ließen. Vor jeder Runde stieß er einen Kampfschrei aus, der jeden seiner Gegner von vorne herein auf seine Niederlage vorbereitete. Tatsächlich gewann er jede einzelne Runde überlegen, was ihm schnell den Ruf einer Kampfmaschine, eines Gladiators, einbrachte. Cathal hieß wohl im Irischen »Herrscher der Schlacht«. Die Bedeutung lernten einige seiner Gegner an diesem Tag in seinem überzeugenden Unterricht kennen. Gladiator nannten ihn selbst die hartgesottenen McLeods, die üblicherweise die größten Bestien in den Kampf schickten. Leider war Cathal selbst von ihnen völlig unbeeindruckt. Stoisch schickte er alle innerhalb weniger Minuten auf den Rücken.

Damit hatten wir einen ersten Platz und mit diesen drei Punkten sowie Kalays drittem Platz insgesamt vier. Am dritten Tag der Spiele bekamen wir noch eine weitere Chance, Punkte zu holen. Unsere Hoffnung ruhte auf der von mir neu eingeführten Disziplin des Stockkampfes. Die beiden Gegner traktierten sich barfuß auf einem am Boden liegenden Baumstamm balancierend so lange mit dem Stock, bis einer der beiden herunterfiel. Dies war eine der härtesten Gleichgewichtsübungen aus der Schule von Shi Fu, und irgendwann war selbst ich in der Lage gewesen, meinen Meister mit verbundenen Augen herunterzuschlagen.

Was für Hal – nein, ab jetzt nur noch Cathal – der Ringkampf war, war für mich diese Disziplin. Kein Einziger schaffte es, mich vom Baumstamm zu schieben oder zu schlagen, sie waren alle vor mir am Boden. Diese Übung hatte nichts mit Körpergröße oder Kraft zu tun, weswegen auch wesentlich schmalere Gestalten eine gute Chance hatten. Es sah so leicht aus und war doch so verdammt schwer. Der Trick war, seinen Schwerpunkt zu finden.

Wer mich beinahe aus dem Gleichgewicht brachte, war Hugh. Der verfluchte Kerl war ein Talent im Balancehalten, und mit Raffinesse setzte er seinen Stock sowohl mit Hieb- als auch Schubbewegungen ein. Er hatte gut aufgepasst, als ich mit ihm trainiert hatte; ein wenig mehr Übung, und er hätte mich schlagen können. Aber diesmal noch nicht, so wurde er nur Zweiter. Das waren noch einmal drei Punkte für den ersten Platz, und Caerlaverock holte mit sieben Punkten auf. Am Ende landeten wir in einem beachtlichen Mittelfeld, die zahlenmäßig überlegenen McLeods und Campbells teilten sich den ersten Platz, der Douglas-Clan folgte auf Platz zwei, und Platz drei ging an den Clan Sutherland. Mit einem zufriedenen Ergebnis und ohne weitere Zwischenfälle ging der letzte Tag der Spiele zu Ende.

Natürlich war die Siegerehrung wieder eine Aufgabe für den König selbst, Trommler, Dudelsäcke und Reitermärsche inklusive. Er nutzte die Gunst der Stunde und bedankte sich für die großartige Unterstützung im Kampf gegen die Engländer. Eindringlich schwor er in seiner flammenden Rede alle Clanchefs noch einmal ein, geeint gegen Edward zu reiten. Mit einem großen Feuer, das sich hoch in den Himmel reckte, feierten gut gelaunte und feierwütige Schotten bis spät in die Nacht das Ende des *cèilidh* – der schottischen Zusammenkunft.

Entgegen meinem Rat entschieden sich die Frauen und Männer von Caerlaverock, allen voran Hugh, mit den Kriegern der Maxwells und Douglas' auszuharren, bis die große Schlacht beginnen sollte. Denn, so war ihre einfache Begründung, wenn die schottischen Kämpfer verletzt würden, gäbe es nicht genug Heiler. Es wäre ihre heilige Pflicht, ihren Einsatz zu leisten. Dieser Zusammenhalt beeindruckte mich, und ich gab allzu schnell nach, war ich doch froh, meine Familie bei mir zu haben.

James sagte immer, das Leben sei viel zu kurz, um allein zu sein. Das waren die Gedanken eines Kriegers, der nicht wusste, ob er nach der nächsten Schlacht wieder zurückkehren würde. Als ich in seinen Armen lag, wurde mir plötzlich klar, was er damit meinte. Momente wie diese waren die schönsten, und die galt es sich im Herzen zu bewahren.

In einem solchen innigen Moment hätte ich ihm gerne gesagt, was ich vermutete, aber ich beschloss, die Überraschung auf das Ende der Schlacht zu schieben. Denn sollte er vorher erfahren, dass ich schwanger und bald Mutter seines Kindes wäre, würde er mich vielleicht an den nächsten Baum ketten und mich von Cathal bewachen lassen. So genoss ich das herrliche Gefühl, ein Kind im eigenen Leib heranwachsen zu spüren, erst einmal für mich. James würde es noch früh genug erfahren, denn nach meiner Berechnung war ich erst im dritten Monat. Und noch zeigte sich kein Bäuchlein, das mich und mein kleines Geheimnis hätte verraten können.

Kapitel 12

Stirling, Schottland, im Juni 1314

Am 18. Juni 1314 überquerte das englische Heer die Grenze nach Schottland über den Coldstream. Es hatte sich in Berwick-upon-Tweed gesammelt und wandte sich nun mit circa zwanzigtausend Mann nach Stirling. Unter dem Befehl der erfahrenen Kampfveteranen Aymer de Valence, Gilbert de Clare und Humphrey de Bohun sammelte Edward II. nicht nur Waliser, Iren und englische Kontingente, sondern auch Söldner aus der französischen Gascogne.

Nicht alle englischen Lords waren seinem Aufruf gefolgt und machten damit dem von privaten Affären gebeutelten Edward wieder allzu deutlich, dass seine politische Macht geschwächt war. Hier in Stirling sah er seine Chance gekommen, das schottische Geschichtsbuch ein für alle Mal zu schließen und damit den erfolgreichen Kampf seines Vaters gegen die Aufständischen zu einem erfolgreichen Ende zu führen.

Am 23. Juni 1314 stand der englische König mit seinem Tross einem schottischen Heer gegenüber, das vielleicht ein Viertel seiner eigenen Streitkräfte ausmachte. Mit ihm beobachteten Robert Clifford, der ehemalige Besatzer der Douglas-Burg, und Henry de Beaumont auf ihren schwer gepanzerten Schlachtrössern das Treiben vor sich. Vor ihnen lag die weit reichende Flussebene um das Städtchen Stirling, die von den Flüssen Pelstream und Bannock gebildet wurde. Nach den heftigen Regenfällen der letzten Tage hatte sich das launische Wetter heute Morgen für ein paar Stunden etwas aufgeklart, und die grüne Landschaft des Bannockmoors breitete sich vor ihnen aus wie ein farbenfroher Teppich. Der stolze Ritter Henry Beaumont war ein alter Hase im Kriegsgeschäft. Er schob nun mit einer Hand die Klappe seines Visiers auf.

Clifford, ein Engländer durch und durch, folgte seinem Beispiel und erklärte dem jungen König neben sich abschätzig: »Die Schotten sind in der Unterzahl, das wird ein leichtes Spiel, Mylord.«

Beaumont schüttelte wenig überzeugt den Kopf. »Die Schlacht um Stirling Bridge hat schon mal gezeigt, dass die Schotten selbst in Unterzahl im Vorteil sind. Unterschätzt nie die Umgebung einer Schlacht, Mylord. Bruce hat sich sicher etwas dabei gedacht, uns hier abzufangen.«

Edward hatte für diese Schlacht seine aufwendig verzierte Rüstung angelegt. Stolz prangte das königliche Wappen auf seiner Brust, und blau gefärbte Straußenfedern auf seinem Helm wippten im Takt seiner ungeduldigen Worte: »Wir haben über zweitausend Ritter, die machen alleine schon die Hälfte der Wilden nieder. Schickt sie voraus, um ihnen eine Lektion zu erteilen.«

»Lasst mich erst das Gelände erkunden, Mylord, im Sumpf nützt die beste Kavallerie nichts«, entgegnete Beaumont in seiner weisen und bedachten Art.

Entnervt zerrte Edward an den Zügeln seines Schimmels, der genau wie sein Reiter die Ungeduld spürte und sich auf ein Kräftemessen im Getümmel der Schlacht freute. »Nein, das wird nicht nötig sein. Schickt die zwei Kavallerietruppen los. Jetzt! Das wird sie zermürben.«

Seine Augen leuchteten, frisch entflammte Kampflust trieb ihn und sein gepanzertes Tier an, dem der Schaum vor dem Maul stand.

»Mylord, das Gelände …«, setzte Beaumont noch einmal an. Der unverhüllte Ärger in seinem Gesicht sprach Bände.

»Seid Ihr zu feige, Beaumont?«, forderte ihn nun Edward geradewegs heraus, sein Gesicht verdunkelte sich dabei gefährlich.

Diese Worte verfehlten ihre Wirkung nicht, welcher Ritter ließ sich schon gern feige nennen?

»Versammelt die Kavallerie!«, befahl Edward ihm unwirsch.

Ein verärgerter Beaumont blickte hinüber zu dem um Jahre älteren Clifford, dessen verkniffenes Gesicht zunächst keine Regung zeigte. Er nickte jetzt nur zögerlich, und damit musste ihm der rangniedrigere Henry Beaumont folgen. Nur mit Widerwillen befahl er auf Geheiß des Königs den beiden Schwadronen der englischen Kavallerie, zu den feindlichen Stellungen vorzudringen. Der in vielen Schlachten erfolgreiche Gilbert de Clare und ein ebenso für seine Erfahrung geschätzter Humphrey de Bohun übernahmen die zweite Schwadron. Die gefürchtete schwere Reiterei, der Stolz der englischen Armee, die Schwertspitze in jeder Schlacht, wurde von Edward in eine Katastrophe geschickt, die symptomatisch für den gesamten Verlauf der Schlacht werden würde.

Robert de Bruce erwartete die berittene Kavallerie mit seinen mit Lanzen bewaffneten *Schildrons* einige Kilometer südlich von Stirling, an der Furt des Flusses Bannock. Wie schon so oft davor, hatte sich der geniale Stratege für den Standort seiner Armee die ideale Umgebung ausgesucht. Zwischen dem Fluss Bannock und dem Pelstream wurde an diesem Tag den schweren gepanzerten Rittern der englischen Kavallerie der sumpfige schottische Boden zum Verhängnis.

Mit ihren langen Holzlanzen spießten die Schotten die im Sumpf bewegungsunfähig gewordenen Pferde und Reiter einfach auf oder drängten sie über den Fluss wieder zurück. Dabei waren die Verluste auf englischer Seite fatal. Die Speerspitze Edwards, der Stolz der gesamten englischen Armee, humpelte verwundet zurück. Viele Ritter wurden von kleinen Truppen der Fußsoldaten aus dem Verband gesprengt und überwältigt.

Immer wieder trieben sowohl englische Reiter als auch die Schotten ihre Ritter in den Einzelkampf – so auch der Neffe von Humphrey de Bohun, der gerade einmal zweiundzwanzigjährige Henry. Der junge Ritter verstieg sich in seinem jugendlichen Leichtsinn in der Idee, den schottischen König vor seine Lanze zu bringen, und ritt ihn von der Seite an.

Robert de Bruce sah ihn kommen und drehte rechtzeitig sein wendiges Highlandpferd. Wesentlicher schneller, als es Henry de Bohun erwartet hatte, umrundete der kampferprobte König die Lanze des schwerfälligeren Ritters, richtete sich hoch in seinen Steigbügeln auf und schlug ihn mit Wucht die Axt über den Kopf.

Der Tod des jungen de Bohun und der Verlust einiger seiner besten Ritter ließen de Beaumont mit Vernunft reagieren: Er zog sich mit seinen Truppen aus dem Kampfgeschehen zurück. Einige ertranken noch beim Rückzug im sumpfigen Bannock. Das Gewicht der schweren Pferde zog alles in den tückischen Sumpf, den die leichtfüßigen Schotten zu Fuß natürlich wesentlich besser durchqueren konnten.

Der erste Tag, der den Engländern den entscheidenden Durchbruch hatte bringen sollen, warf einen unrühmlichen Schatten auf den weiteren Verlauf der Schlacht. Er endete mit schmählichen Verlusten und gekränktem Stolz.

Es kam eine Nacht für die Engländer, die geprägt war von Unsicherheit und Angst. Selbst der mit allen Wassern gewaschene Gilbert de Clare, der Earl of Glaucester und Edwards langjähriger militärischer Berater, versuchte, den jungen König eindringlich von der Unmöglichkeit eines Sieges auf diesem Gelände zu überzeugen. Die Moral der Soldaten sank durch Nässe und Kälte, Angst und Unsicherheit über die richtige Strategie ins Bodenlose.

Es war die Stunde von Sir Alexander Seton, einem schottischen Ritter im Dienst des englischen Königs, der in dieser Nacht seine Sachen packte und im Chaos des englischen Heerlagers unbemerkt auf die Seite seiner Landsleute gelangte. Er hatte als einer der wenigen aus der Führungsriege erkannt, wie aussichtslos die Lage für die englischen Truppen war und wie er gleichzeitig seinem verzweifelt kämpfenden schottischen Volk zu Hilfe eilen konnte. Opportunisten wie ihn gab es zahlreich in diesen Tagen, aber ausgerechnet er würde mit seiner Entscheidung dazu beitragen, das Blatt zu wenden.

Auf der schottischen Seite war der 23. Juni 1314 so durchwachsen wie das Highlandwetter. Robert und Edward de Bruce erkannten sehr wohl die zahlenmäßige Überlegenheit der Engländer. Die Hügel über dem Bannock waren überflutet von den englischen Soldaten mit den wehenden Bannern ihres Königs. Robert zauderte und rang mit sich, zu stark waren die Erinnerungen an die Niederlagen von Methven und Dalreigh. Zu viele Menschen hatten bereits ihr Leben für ihn verloren. Aber gab es jetzt noch ein Zurück?

Edward Bruce schien die Gedanken seines vom Schicksal schwer gebeutelten Bruders lesen zu können und versuchte, ihm Mut zu machen.

»Das Gelände ist perfekt, um die Engländer in eine Falle zu locken«, ereiferte er sich mit gerötetem Gesicht, die Emotionen waren noch aufgewühlt von den nervenaufreibenden Kämpfen. »Wenn die so dumm sind, ihre Kavallerie auf das sumpfige Flussdelta zu schicken, dürfen wir nicht zögern, Robert!« Seine Stimme wurde nun lauter, fast aggressiv: »Wir haben nur diese eine Chance.«

Robert holte tief Luft und nickte langsam. Er war der Bedächtigere der beiden Brüder. »Es sind kriegserprobte Ritter, Bruder. Jeder Einzelne ist ein Experte. Sie sind die Gefährlichsten in Edwards Heer, und vergiss nicht die Bogenschützen. Mit ihren schnellen Pfeilen reißen sie furchtbare Löcher in unsere Angriffslinien.«

Eine lange Pause entstand, in der jeder seinen Gedanken nachhing. Es war eine schicksalsträchtige Entscheidung mit weitreichenden Folgen. Das Leben Tausender schottischer Männer hing an einem seidenen Faden.

Schließlich schien der hadernde schottische König zu einer Entscheidung zu kommen. Noch einmal holte er tief Luft, bevor er seine Stimme erhob.

»So sei es, Edward«, stimmte er seinem hitzigen Bruder schließlich zu, »lassen wir sie ins Unglück rennen!«

Noch einmal straffte er seine breiten Schultern, auf denen

die gesamte Verantwortung schwer lastete. Er wendete sein Pony und ritt entschlossen neben Edward zu dem geduldig wartenden Führungskreis, der seine Befehle entgegennehmen sollte.

Jeder Krieger hatte kurz vor einer Kampfhandlung ein eigenes Ritual. Es wäre ein schlechtes Omen, sollte er es jemals vergessen. Das Ritual konnte bei jedem unterschiedlich sein, auch ein Glücksbringer erfüllte diesen Zweck. Für James waren es eine dunkle und eine weiße Haarlocke in einem kleinen Beutel, den er um den Hals mit ins Kampfgetümmel führte. Hal betete stets einen vollständigen Rosenkranz.

Für mich war am Morgen jeder Schlacht eine Haarwäsche nötig, als müsste ich mich reinwaschen von meinen vergangenen Sünden, um Platz zu machen für die neuen.

Als ich mit noch feuchten Haaren und James an der Hand an diesem Morgen unsere Pferde entgegennahm, erwartete mich eine Überraschung. Cathal, der eigentlich seine Kriegsbemalung schon auf dem Körper trug, setzte diesmal noch einen drauf. Sein Schimmel, den ich einst als Wetteinsatz von Colin Maxwell bekommen und Cathal geschenkt hatte, war mit blauen Streifen überzogen. Blau und Weiß waren die Nationalfarben der Schotten, und manche schmierten sich die Farbe auch ins Gesicht. Als würde das nicht reichen, wurden jetzt auch noch die Pferde bemalt – ich war platt.

Taycan blickte mich misstrauisch aus seinen schwarzen Augen an. Aber ich lachte nur und klopfte beruhigend seinen Hals. »Keine Angst, Taycan, deine Grundfarbe ist für diesen Blödsinn völlig verkehrt.«

Voller Kampflust schwang ich mich auf seinen Rücken und wartete, bis James sich mit seiner Kampfrüstung auf den Rücken seines Pferdes gezogen hatte, eine meiner Stuten, ein kräftiges dunkelbraunes Highlandpony mit schwarzer Mähne.

James trug nicht die schwere Eisenrüstung der Engländer, aber Körper- und Beinschutz aus Leder mit kleinen eingearbeiteten Eisenplatten, dazu Kettenhemd und Helm. So hatte er genug Bewegungsfreiheit, war aber trotzdem gegen Pfeile und leichte Waffen geschützt. Sein bester Schutz war der Schild, den jeder Highlander wie sein Schwert sorgfältig hütete. Es trug wie der Waffenrock das Wappen des Clans Douglas mit drei weißen Sternen auf blauem Grund. An seinen Stiefeln klirrten zum ersten Mal die Sporen eines Ritters. Am Vorabend hatte ihn König Robert der Form halber zum Ritter geschlagen, eine Geste des Vertrauens und der Dankbarkeit. Dieselbe Ehre widerfuhr Cathal, der damit einen echten Titel und die Erlaubnis erhielt, Belehnung zu beanspruchen.

Wäre er Engländer gewesen, hätte ihm dies bei Gefangennahme das Überleben als Geisel gesichert. Als schottischer Ritter wurde ihm diese zweifelhafte Ehre selten zuteil, zumal er auch keine Familie hatte, die ihn aus der englischen Gefangenschaft freikaufen konnte.

Mir blieb nur übrig, als Zeichen meines Standes den goldenen Stirnreif aufzusetzen und meinen goldenen Dolch in den Gürtel zu stecken, denn als Frau war es mir verwehrt, Ritter zu werden und ein Wappen zu tragen. Um aus Roberts Dilemma kein Politikum zu machen, hatte ich diese Schmach wortlos akzeptiert.

Wir drei ritten kriegsbereit zum Sammelort für den Führungskreis, um die letzten Befehle entgegenzunehmen. Bis spät in die Nacht hatten Bruce und Edward an ihren Ideen gefeilt. Ich war gespannt, was sie nun mit uns vorhatten.

Der Ernst der Lage war unter unseren Anführern spürbar. Im Hintergrund erkannten wir das Aufgebot der Engländer in einem nicht enden wollenden Meer an Köpfen und Pferden. Die Übermacht war deutlich, und das Herz in jeder Kämpferbrust schlug schneller allein bei einem solchen Anblick.

Der schottische Himmel war wolkenverhangen, als wollte er den Blick absichtlich nicht auf das Geschehen unter sich werfen, die Sonne hatte sich vollends verdrückt. Schwarz lag der Bannock in seinem von den Regenfällen angeschwollenen Flussbett und hielt die Reihen der Engländer auf Abstand. Ein leichter Wind trug das nervöse Wiehern der Pferde und das Geschrei der Kommandanten bis hierher.

Vom Rücken seines Pferdes blickte Bruce weg von den Reihen der Engländer in die Gesichter seiner engsten Vertrauten. Sein Gesicht war angespannt und von dem wenigen Licht des Tages in ein fahles Grau getaucht. Die Clanchefs waren ebenfalls versammelt, jeder stolz mit dem Tartan seines Clans geschmückt.

»Werte Freunde«, begann Robert schließlich, »wir reiten wie besprochen mit vier Divisionen. Die Vorhut bildet Sir Thomas Randolph mit seinen Männern, den linken Flügel besetzt Walter Stewart mit Sir James Douglas.« Seine Betonung auf *Sir* entlockte einem sehr ernsten James das erste Lächeln dieses Tages. »Den rechten Flügel übernimmt mein Bruder Edward, und ich werde die Nachhut übernehmen.«

Ich war mir nicht sicher, warum er dem jungen Walter eine

solche Verantwortung übergab, aber vermutlich stellte er ihm James gerade deshalb zur Seite. Ich war gespannt, welche Aufgabe er mir zugedacht hatte und in welcher Division ich kämpfen würde. Den König in der Nachhut zu beschützen, würde sicher Cathals Aufgabe werden …

Robert teilte sodann die Clanchefs und ihre Männer den Divisionen zu. Es gab keine Diskussion oder auch nur ein leichtes Zögern. Jeder wusste, was er zu tun hatte. Und schließlich sah er mich an, blickte zurück zu Cathal und wieder zu mir.

Sein Blick ruhte einen Moment auf dem Hals seines Pferdes und wandte sich dann wieder uns zu, als fiele es ihm schwer, die richtigen Worte zu finden. Schließlich seufzte er und sah mich direkt an.

»So leid es mir tut, Lady Enja, aber ich möchte, dass Ihr zu Euren Sackpfeifen zurückkehrt und sie für uns Männer spielt. Ich werde es nicht zulassen, dass eine Frau im Kampf auf dem Schlachtfeld stirbt. Das ist ein Befehl, und ich wünsche, dass er bedingungslos befolgt wird.«

Ich erstarrte. Die größte Schlacht der Schotten gegen England, und ich sollte nicht dabei sein?

»Zu den Pfeifen?«, wiederholte ich ungläubig.

»Zu den Pfeifen«, bekräftigte der König mit einem Nicken.

Er hatte noch einmal betont, dass dies ein Befehl war. Was sollte ich tun? Mein Blick fiel auf James. Er starrte eisern geradeaus. Auch er konnte mir jetzt nicht helfen. Ich hörte Cathal neben mir scharf die Luft einziehen. Hatte er Angst, ich würde dem Befehl trotzen? Auf dem Schlachtfeld herrschte Kriegsrecht, der König als Oberbefehlshaber würde Befehlsverweigerung oder auch nur den Ansatz dazu sofort ahnden.

Bruces Blick schnellte sofort zu Cathal, und auch er bekam seinen Befehl.

»Ihr, Sir Cathal, geht mit Randolph in die Vorhut, ich brauche dort starke Kämpfer wie Euch.«

Das war eine große Ehre, und ich freute mich trotz meines Missmuts ehrlich für Cathal. Nur die mutigsten und stärksten Männer wurden Randolph zugeteilt.

Aber er freute sich nicht, im Gegenteil. In einer großen Geste seiner Loyalität schüttelte er einfach seinen kahlen Dickschädel und meinte nur: »Mein Platz ist neben Enja, und wenn sie zu den Pfeifen geht, dann gehe ich auch dorthin.«

Ich zuckte betroffen zusammen. Cathal verweigerte sich dem Kampf in der Eliteeinheit, um mit mir die Sackpfeifen zu verteidigen? Gerade öffnete ich den Mund, um ihn vor allen anderen zu maßregeln, als mir der König zuvorkam.

»Dann geht«, sagte er verärgert, und in seiner Stimme klang seine Enttäuschung nur allzu deutlich durch. »Schwingt den Taktstock anstelle Eures Schwertes, und seht zu, wie wir heute den Engländern eine Lektion erteilen.«

Bevor sich Cathal um seinen Kopf reden konnte, wendete ich etwas heftiger als geplant und zutiefst enttäuscht meinen Taycan und trabte, ohne ein Wort und ohne auf Cathal zu warten, an den restlichen Männern vorbei in Richtung Talhöhe, wo sich die Pfeifenspieler mit den Trommlern bereit machten. Von dort hatte ich wenigstens einen guten Blick auf die Schlacht, fast wie auf einer Empore in einem Theater. Das Leben war aber auch manchmal wirklich ein windiges Possenstück.

Tatsächlich besaßen die Engländer die Torheit, sich mit ihrer schweren Reiterei in das sumpfige Flussdelta hineinzubegeben. Daraufhin gab Robert den Befehl an Thomas Randolph, mit seinen mit Speeren und Lanzen bewaffneten Fußsoldaten die Phalanx der englischen Ritter aufzubrechen. Im Hintergrund hörte er die Sackpfeifen und Trommeln sich in einem martialischen Klangteppich über das Gelände ausbreiten. Sie gaben den tödlichen Rhythmus vor, zu dem Tausende von Männern im Sekundentakt sterben sollten.

Dass sie so leichtes Spiel haben würden, konnte Bruce kaum glauben. Mit nur wenigen eigenen Verlusten schlugen sie die gefürchteten englischen Ritter in die Flucht. Selbst sein kurzer, aber heftiger Zweikampf mit dem übermütigen Henry de Bohun entschied sich zu seinen Gunsten. Die Sonne ließ sich kaum blicken an diesem Tag, aber das Glück und die Taktik waren auf schottischer Seite. Immer wieder gab es noch vereinzelte verbissene Gruppenkämpfe, aber die Mehrheit der Engländer hatte sich wieder auf sicheres Terrain zurückgezogen und bezog jetzt hinter der Kampflinie Stellung.

Robert hatte es nicht eilig. Er war durch gnadenlose Lektionen erfahren genug, um nicht übermütig zu werden. Das Debakel im Sumpf war nur ein kleines Vorspiel und Abklatsch von dem, was noch kommen würde, so fürchtete er. Der Tag war für beide Seiten ergebnislos verlaufen. Auch wenn die Engländer empfindliche Einbußen erlitten hatten, sie waren noch nicht besiegt.

Es war ruhig geworden abseits des Bannock. Für Robert war es nur eine kurze Atempause, denn jetzt galt es, seine Männer für einen weiteren Kampftag zu stählen. Gegen

Abend ritt er müde und ausgelaugt zusammen mit James, Randolph und Edward in Begleitung seiner Leibsoldaten in einem weiten Kreis die vor Ort lagernden Divisionen ab. So konnte er sich am besten ein Bild der Truppenmoral machen und ein paar Worte zu seinen Kämpfern sprechen. Die Verletzten waren dank der zahlreichen Heiler bestens versorgt, und die Toten hatten sie bereits abtransportiert.

Unterhalb der gefällten Bäume, die als Absperrung gegen einen seitlichen Ausbruch der Engländer gute Dienste geleistet hatten, ging es hinauf auf die Anhöhe, auf der die Dudelsackspieler standen. Auch diesem so wichtigen Teil seiner Truppe wollte er seinen Dank für ihren Beitrag in der Schlacht aussprechen. Weiter rechts säumte ein dichter Wald den Fuß des Hügels. Gerade als Robert mit seinen Mannen dort vorbeiritt, konnte er deutlich das Brüllen des Mannes hören, der diesen furchterregenden Lärm zu seinem Markenzeichen gemacht hatte: Der Gladiator Cathal prügelte sich mit einem oder mehreren Männern, so viel konnte er mit Sicherheit sagen. Sollte er nicht mit Lady Enja bei den Musikern sein? Waren die beiden in Schwierigkeiten geraten?

Der kleine königliche Trupp war auf sein Zeichen hin stehen geblieben und zog sofort die Waffen. Außer der dichten Bewaldung eines Laubwaldes vor ihnen war nichts zu sehen. Das Brüllen und die Schreie anderer Männer war durch das Dickicht zu hören und schien immer näher zu kommen; anscheinend rannten mehrere der Beteiligten direkt auf den königlichen Trupp zu. Tatsächlich stürmten kurze Zeit später sechs Männer geradewegs aus dem Wald heraus auf die schottischen Kämpfer zu, als wäre der Teufel hinter ihnen her. Als sie die feindlichen Reiter und auch noch den schottischen

König in Person vor sich erkannten, warfen sie in ihrer Ausweglosigkeit völlig verängstigt ihre Waffen weg und fielen auf die Knie. Mit erhobenen Händen baten sie um Gnade, und Robert erkannte an ihrem Akzent eine walisische Einheit, vermutlich Fußkämpfer der Engländer.

Hinter dem um Gnade flehenden walisischen Trupp konnte der König kurze Zeit später einen brüllenden Cathal ausmachen, der dem letzten der erschrocken stehen gebliebenen Waliser eine seiner Äxte in den Rücken schleuderte. Das Opfer fiel mit einem entsetzten Stöhnen der Länge nach hin. Dann erst bemerkte Cathal den königlichen Trupp, vor dem seine Opfer haltgemacht hatten.

Sein schlechtes Gewissen ließ ihn sofort stehen bleiben. Schwer schnaufend und mit blutverschmierter Tunika blickte er dem König direkt ins Gesicht, dessen Ausdruck sich zunehmend verfinsterte. Bruces Soldaten nahmen die Waliser sofort gefangen und entwaffneten sie.

Die nächste Szene würden alle Anwesenden wohl so schnell nicht mehr vergessen: Ein menschlicher Körper ohne Kopf stürzte schwer aus den krachenden Zweigen eines der Bäume und landete direkt neben Roberts Pferd, das nervös anfing zu tänzeln. Der zugehörige Kopf flog einige Schritte weiter entfernt hinterher, und schließlich folgte eine mit Blut beschmierte Enja, die neben dem abgetrennten Kopf in einem Sprung wie eine Katze aufsetzte.

Sie stand jetzt mit dem Rücken zum königlichen Gefolge, als sie Bruce ihren Namen rufen hörte. Sie erstarrte mitten im Schritt und drehte sich um. Ertappt sah sie erst Bruce, dann ihr Schwert an, das sie immer noch in der Rechten hielt, und steckte es verlegen zurück in das Futteral auf ihrem

Rücken. Ihr Gesicht war beschmiert vom Blut der niedergestreckten Waliser, die weißen Haare voll von roten Streifen. Sie neigte ihren Kopf und sah dann pflichtschuldig zu ihrem König auf, der seine mit Eisenplättchen bestückten Handschuhe auszog und sich mit der Hand müde über das Gesicht wischte.

James konnte es gar nicht fassen, dass dies seine Frau war, die dort wie ein Racheengel aus dem tiefsten Schlund der Hölle ihre Gegner tötete. Sein Blick wanderte ungläubig von Enja zu Cathal und zurück. Aber es gab keinen Zweifel, sie hatten sich gegen den Befehl des Königs in die Schlacht eingemischt und die Waliser erschlagen, die sich anscheinend hier in den Wäldern versteckt hatten. James schloss verzweifelt die Augen. Hätte sie nicht bei den verdammten Dudelsäcken bleiben können? Könnte sie nicht ein einziges Mal in ihrem Leben einem Befehl gehorchen?

Mir war klar, dass ich ein Problem hatte. Ein echtes Problem. Die Waliser waren uns bei der Rückkehr zu den Spielern aufgefallen. Beinahe wären auch wir an den gut getarnten Männern in den Bäumen und Büschen vorbeigeritten, wenn Taycan nicht so aufmerksam seine Ohren gespitzt hätte. Das hatte mich schlagartig aus meinem wütenden Brüten gerissen, und ich hatte unauffällig den Waldrand abgesucht.

Mit Cathal konnte ich mich unbemerkt in persischer Sprache unterhalten, und während ich ihm von meinem Verdacht erzählte, entstand die Idee, den versteckten Männern dort einen Besuch abzustatten. Von den Feinden unbemerkt, hatten

Cathal und ich nach dem Vorbeireiten in einem großen Bogen wieder kehrtgemacht, die Pferde stehen gelassen, um uns von hinten an die Waliser heranzuschleichen. Wir wussten nicht, wie viele es waren, aber wir konnten ja schlecht die feindlichen Kämpfer zu einer Falle für Robert werden lassen. Sie hatten sich abseits des Schlachtfeldes in den Bäumen und Büschen positioniert und warteten auf zurückweichende Schotten.

Es waren gute Nahkämpfer und ihre Messer tödlich, aber mit einem Angriff von hinten hatten auch sie nicht gerechnet. Bis die vorderen Waliser merkten, was hinter ihnen geschah, konnten wir sie einen nach dem anderen ausschalten. Die Waliser in den Büschen waren eine gute Beute für meinen Bogen. Cathal dagegen schüttelte einfach einige der kleineren Bäume, bis die Männer herunterfielen, und schnappte sich gleich mehrere auf einmal. Bei kräftigeren Bäumen kletterte ich hoch und jagte die verdutzten Männer hinunter. Das war doch wesentlich besser, als neben der ohrenbetäubenden Musik auszuharren, oder?

»Ich habe fünfunddreißig Leichen gezählt, Mylord, mit den verbliebenen fünf Gefangenen wären es vierzig Mann, die sich hier wohl versteckt hatten, um uns in den Rücken zu fallen.«

Einer der Soldaten aus der Leibgarde des Königs berichtete ihm gerade, was er im Wald vorgefunden hatte. Mein Blick richtete sich auf einen imaginären Punkt in weiter Ferne, und ich sagte besser nichts. Cathal hielt sich an mein Vorgehen und betrachtete ebenfalls den Punkt. Im Eifer des Gefechts hatte ich leider die Toten nicht mitgezählt. Dass es so viele waren, war mir schlichtweg entgangen.

»Wenn sie uns von hinten mit ihren Messern angegriffen hätten, wären sicher einige draufgegangen«, beeilte sich James zu meiner Verteidigung zu sagen. Die Kerbe zwischen seinen Augen war tiefer als sonst. Sein Kampfgefährte Randolph nickte zustimmend, offensichtlich beeindruckt von unserer Spur der Verwüstung.

»Oder sie hätten unseren Rückzug blutig gestoppt, falls wir geflüchtet wären.«

Robert sagte erst einmal gar nichts. Müde schüttelte er den Kopf und wendete sein Pferd zurück Richtung Heerlager. Er bedeutete uns allen mit einer Handbewegung, dass wir ihn begleiten sollten. Bevor er mit seinem Gefolge verschwand, warf er mir über die Schulter einen drohenden Blick zu.

»Ich werde heute Abend entscheiden, was ich mit Euch mache. Jetzt bin ich zu müde dazu. Ich habe genug vom Töten.«

Damit wendeten auch alle Folgenden die Pferde, alle bis auf James. Sein wütender Blick durchbohrte mich förmlich wie eine Lanze.

»Er wird dich bestrafen, Enja, er muss es tun, sonst verliert er sein Gesicht!«, presste er zwischen zusammengebissenen Zähnen hervor. Tatsächlich brauchte er noch einige Zeit, bis er seinen Ärger im Griff hatte. Immer wieder setzte er zum Sprechen an und stockte dann doch. Wut und Furcht mischte sich in seinen müden Gesichtszügen.

»Und ich werde dir nicht helfen können. Warum …« Seine Stimme erstickte. Verzweifelt griff er sich mit beiden Händen an den Kopf und hob sie dann gen Himmel. »Herrgott, so hilf mir doch, dieses Weib zu verstehen!«

Kopfschüttelnd und mit hängenden Schultern wendete er

sein Pferd schließlich auch in die Richtung, in die der König verschwunden war, und ließ mich mit Cathal allein. Schweigend kehrten wir in der beginnenden Dämmerung zu unseren Pferden zurück und suchten uns Wasser, um uns zu waschen. Dabei stellten wir fest, dass fast jedes Gewässer in der Umgebung blutrot gefärbt war. Dieser Tag endete mit Tausenden von Toten.

Bei Anbruch der Dunkelheit erreichten wir das Heerlager, das auf einer von felsigen Abhängen geschützten Anhöhe errichtet worden war. So blieb der Untergrund selbst bei starken Regen weitgehend trocken. Die Verletzten waren eng nebeneinander auf Stroh und Decken gelagert und von Moira und ihren Heilern bestens versorgt worden. Als sie Cathal sah, lief sie ihm mit einem Ausdruck größter Freude sofort entgegen, und er sprang vom Pferd, um sie in die Arme zu nehmen. Das konnte nun etwas länger dauern. Daher wandte ich mich um und befragte Lily über den Zustand und die Anzahl der Verletzten. Tatsächlich war einer der jüngeren Männer in einem kritischen Zustand. Sein Unterschenkel war zertrümmert, und sie befürchtete das Schlimmste. Die gelehrige Heilerin schlug eine Amputation vor, damit es überhaupt eine Heilungschance gäbe, was mir nach einer gründlichen Abwägung auch die beste Lösung schien.

Natürlich erklärte ich mich bereit, das Bein sofort zu amputieren, und bereitete mich auf das Gespräch mit dem jungen Mann vor. Diese Momente waren mir noch nie leichtgefallen und auch jetzt nicht. Lily half dem Verletzten, sich ein wenig aufzurichten, damit ich ihn besser betrachten konnte.

Als ich sein Gesicht in der Abenddämmerung erkannte, zuckte ich ein wenig zusammen. Es war der schlanke junge Mann, der den Schwerttanz für den Clan Douglas bei den Highlandspielen gewonnen hatte – ausgerechnet!

»Wie heißt Ihr?«, fragte ich den vor Schmerz stöhnenden armen Kerl, während ich sein Bein untersuchte.

»Alexander«, schnaufte er schwer. »Aber alle nennen mich nur Alex, Mylady.« Jetzt entfuhr ihm ein Schmerzensschrei. Während er sprach, hatte ich einen der zertrümmerten Knochentrümmer aus dem offenen Bruch herausgezogen. Wie Lily bereits vorgeschlagen hatte, sah ich ebenfalls keinerlei Chance, dieses Bein wieder hinzubekommen.

»Was ist passiert?«, fragte ich ihn, um ihn abzulenken.

»Eines der Schlachtrösser ist dagegengetreten. Als ich es getötet habe, riss es mich auch noch unter sich. Es war …«, wieder ein schmerzvolles Stöhnen, »… es war ein richtiges Getümmel!«

»Wie kamt Ihr wieder frei?«, bohrte ich weiter nach und überlegte, wo ich sein Bein abnehmen sollte. Am besten unterhalb des Kniegelenks. Ein schneller sauberer Schnitt.

»Sir Randolph sah mich unter dem Pferd liegen und stemmte den Kadaver etwas hoch, damit ich rauskonnte. Ich spürte in dem Moment keine …«

Mein Faustschlag traf ihn präzise zwischen die Augen, und er kippte sofort mit dem Kopf nach hinten.

»Schmerzen«, beendete ich den Satz für ihn. Dann ging alles ganz schnell. Mit meiner Kantana trennte ich schnell und präzise das Bein unterhalb des Kniegelenks.

Lily, die bereits einige Amputationen erlebt hatte, verschloss die offenen Arterien mit einem heißen Eisen und zückte Nadel und Faden, um die Hautlappen zu vernähen. Bevor Alex aus seiner Ohnmacht erwachen konnte, war ich bereits wieder beim nächsten Patienten. Leider hatte nicht jeder eine so klare Überlebenschance wie Alexander.

Während der Arbeit konzentrierte ich mich ausschließlich auf die Kranken, damit ich schnell und effektiv mit der hohen Zahl der Verletzten zurechtkam. Daher achtete ich weniger auf meine Umgebung. Gerade richtete ich mich müde von einem Patienten auf, dem ich die Augen nach seinem schmerzvollen Tod geschlossen hatte, als plötzlich ein Fremder vor mir stand.

Reflexartig ging meine Hand zu meinem Dolch, aber der Fremde hob seine Hände und zeigte mir, dass er unbewaffnet war. Es war ein kräftiger, gut gekleideter Ritter mit blond gelocktem Haar, das verschwitzt unter seinem Helm hervorkam, als er ihn abnahm. Die aufwendige englische Rüstung ließ einen Edelmann in einer höheren Stellung vermuten. Das Fehlen eines Emblems machte es mir schwer, ihn einem Adelshaus zuzuordnen. Eindeutig war nur, er war deutlich älter als ich, sein rotblonder Bart hatte schon einige graue Strähnen. Sein Gesicht war in der hereinbrechenden Nacht schwer zu erkennen, aber er lächelte.

»Bitte, *Lassie*, habt keine Angst, ich komme in Frieden«, erklärte er mir beschwichtigend, der schwere schottische Akzent war unverkennbar, trotzdem klangen seine Worte sehr gewählt.

»Ich wüsste nicht, wo es hier Frieden gäbe«, entgegnete ich ihm sarkastisch.

Er nickte. »Richtig, aber ich könnte dafür sorgen, dass dieser Kampf schneller zu Ende ist, als dein König glauben könnte.«

Meine Hände in die Hüften gestemmt, musterte ich ihn unverhohlen. Wenn es ein Assassine war, stellte er sich mächtig blöd an.

»Woher seid Ihr gekommen?«, fragte ich ihn misstrauisch. Um diese Stelle zu erreichen, musste er ja direkt vom Schlachtfeld gekommen und dann gezielt hier ins schottische Heerlager marschiert sein.

»Ich bin über den Bannock durch die Furt hier hoch«, erklärte er, und als er meine hochgezogenen Augenbrauen sah, ergänzte er: »Zu Fuß, *Lassie*«, und lächelte verständnisvoll, bevor er mit einer gewissen Dringlichkeit in der Stimme weitersprach: »Ich muss unbedingt Euren König sprechen, ich habe wichtige Informationen.«

»Und wer seid Ihr, *Laddy*?« Ich verwendete bewusst das schottische Wort für Junge, weil er mich penetrant mit »Mädchen« ansprach. Es war wirklich schon lange her, dass mich jemand so genannt hatte. Vermutlich wusste er gar nicht, wer ich war.

Wieder lächelte er, verbeugte sich kurz und erklärte mit seinem höfischen Charme: »Mein Name ist Sir Alexander Seton. Ich bin ein schottischer Ritter, der bisher im Dienste König Edwards stand. Ich habe mich aus dem Chaos des englischen Lagers geschlichen, um Robert de Bruce wichtige Informationen zu überbringen. Bitte, bringt mich zu Eurem König!«

Dabei hob er ehrfürchtig die Arme mit den Handflächen nach oben, als hätte ihn Gott persönlich geschickt.

Armer Spinner. Was sollte er uns verraten können, was wir nicht schon wussten? War er ein Spion oder ein Überläufer? Jedenfalls nicht die Sorte Mensch, die ich besonders schätzte, aber in Kriegszeiten waren Frontenwechsler nicht ungewöhnlich, und so bedeutete ich ihm voranzugehen, so hatte ich ihn wenigstens im Auge. Irgendwie fand ich an diesem Kerl nichts Boshaftes. Er hatte eine etwas steife, aber nicht unsympathische Art an sich. Seine Bewunderung für Bruce war nicht gespielt. Vermutlich folgte er auch noch dem Ruf seines Herzens.

Was sollte es, er hatte vielleicht wichtige Informationen. Und Robert de Bruce war wirklich nicht überrascht, als ich mit dem Ritter vor seinem Zelt auftauchte. Im Gegenteil, sie schienen sich gut zu kennen, denn beide fielen einander wortlos um den Hals. So überrascht ich von der Geste war, einen Überläufer so freudig zu empfangen, so schnell erkannte ich, wie wenig ich von Bruces bewegender Geschichte wusste. Der Ritter, der hier vor mir stand, hatte bereits im September 1308 dem Schottenkönig die Treue geschworen, damals in der Abbey of Cambuskenneth, zusammen mit Sir Gilbert Hay und Sir Neil Campbell. Wie mir James flüsternd zusicherte, war er in der Schlacht von Methven gefangen genommen und zum Dienst in der englischen Armee verpflichtet worden, bevor er mit Bruce Seite an Seite kämpfte. Allerdings wechselte er später wieder die Fronten – bis zu diesem heutigen Tag.

Warum er an diesem Abend in unserem Lager auftauchte, wusste niemand so recht. Aber was der gute Mann als Mitgift für den Frontenwechsel mitbrachte, war durchaus beeindruckend. Es waren nicht nur strategische Informationen über die Anzahl von Waffen und Soldaten, er war auch davon überzeugt, dass die englische Streitmacht massiv unter Furcht und Frust leiden würden. Er bekniete Robert förmlich, am nächsten Tag anzugreifen, denn gegen solch eine demoralisierte Armee wäre ein Sieg unvermeidlich.

»Wenn Ihr jemals gegen die Engländer siegen wollt, dann müsst Ihr morgen angreifen, Mylord, die Engländer haben ihr Herz und ihren Mut verloren!«

Alexander Seton tat gut daran, ihn nicht mit seinem schottischen *Laddie* anzusprechen, sondern nannte ihn ehrfürchtig bei seinem Titel. Für den übergelaufenen Ritter musste Robert tatsächlich wie eine lebende Legende wirken, vor allem wenn er seine Karriere in den letzten Jahren mitverfolgt hatte. Allerdings sah Bruce an diesem Abend aus, als wäre er um Jahre gealtert. Die schwere Last der Verantwortung drückte auf sein Herz und Gemüt. Seine Frau, seine Schwester und seine kleine Tochter waren nach der Einnahme von Kildrummy Castle als Geiseln in die Hände der Engländer gefallen, zwei seiner Brüder waren dort brutal hingerichtet worden. Es lag eine harte Zeit hinter ihm, der Kampf heute hatte ihn mit allem gefordert, was er aufzubieten hatte, und jetzt musste er auch noch zwischen erneutem Kampf oder Rückzug am morgigen Tag entscheiden.

James an seiner Seite machte schon den ganzen Abend eine ziemlich säuerliche Miene. Die vertikale Stirnfurche war tiefer als sonst zwischen seine Augen eingegraben. Dunkle Augenringe verschmolzen mit dem Bartschatten zu einem Ausdruck unendlicher Müdigkeit. Seine Augen flüchteten ständig in eine andere Richtung, und irgendwann gab ich es auf, ihn fragend anzublicken.

Die Luft in dem Zelt war rauchgeschwängert von der Feuerschale, die den kahlen Innenraum erleuchtete. Eine einfache Liege mit Fellen und der große Tisch, an dem wir auf klobigen Stühlen Platz genommen hatten, waren die einzigen Gegenstände in diesem königlichen Zelt.

Des Königs Blick ruhte lange auf den in seinem Zelt versammelten Vertrauten. Auch mich und Cathal traf der intensive Blick dieses leidgeprüften Mannes, und als hätten sich alle laut besprochen, nickte jeder stumm. Es war Zustimmung und Aufmunterung zugleich, keiner hier dachte jetzt noch ans Aufgeben. Mit dieser Information von Alexander Seton waren wir vom Sieg nur noch um Haaresbreite entfernt. Wir mussten die Angst der Engländer für uns nutzen!

Letztlich lenkte auch Bruce ein und lud *Laddie* als neues Mitglied der schottischen Armee zu Speis und Trank. Er schien den Ausführungen seines alten Kampfgefährten trotz seiner wechselhaften Geschichte wie alle hier Glauben zu schenken. Cathal ließ sich die Aufforderung zum Essen nicht zweimal sagen: Mit gierigen Händen griff er sich die Fleischstücke, die schon die ganze Zeit mit ihrem verführerischen Duft unsere Nasen reizten, und goss sich das frische Ale hinterher. Natürlich stieß auch ich auf den blond gelockten Sir Seton an, der glücklich und mit sichtbarer Bewunderung neben Bruce an dem grob gehauenen Tisch saß und von einem Ohr zum anderen grinste. Anscheinend waren die beiden in einem ähnlichen Alter, und ihre Freundschaft entzog sich meiner Kenntnis und heute auch meinem Verständnis.

Es wollte mir nicht so recht einleuchten, dass wir uns nur auf Anraten eines Frontenwechslers, der offensichtlich seine eigenen Ziele verfolgte, am nächsten Tag in eine Schlacht stürzen sollten. Aber es war nicht meine Entscheidung, und generell sollte ich mich doch an diesem und den nächsten Tagen mal aus allem heraushalten, wie mir Cathal zwischen mehreren Schlucken Ale, mit vollem Mund und mit Nachdruck erklärte.

So unterließ ich an diesem Tag jegliche weitere politische Einmischung meinerseits und widmete mich dem reichlich gedeckten Tisch. Meine Hand hatte sich gerade eine der zarten Bohnen geschnappt und wollte sie zum Mund führen, als mich Roberts Stimme kalt erwischte.

»Lady Enja!«, rief er über den Tisch hinweg. Ich hatte mich bewusst etwas weiter weggesetzt.

Ich hob meinen Kopf und sah zu ihm hinüber. James saß neben ihm, zählte krampfhaft die Erbsen auf seinem Teller und sah mich absichtlich nicht an. Mein Ehemann hatte sich auf die andere Seite seines Königs gesetzt, und seinen roten Ohren entnahm ich, dass er Kenntnis davon hatte, was jetzt kommen würde.

Bruce lehnte sich ein wenig zurück und verschränkte die Arme vor seinem mächtigen Oberkörper. Erst als er sich meiner Aufmerksamkeit versichert hatte, sprach er weiter: »Wie es Euch und leider auch mir nicht entgangen ist, habt Ihr heute einen entscheidenden Beitrag geleistet, um unsere Kriegsbilanz auszugleichen. Ihr beide«, er nickte jetzt Cathal und mir behäbig zu, »habt uns den Rücken freigehalten, und dafür danke ich Euch sehr!«

Dies erzeugte beifälliges Nicken und Gemurmel unter den Anwesenden, die für die Rede des Monarchen kurzfristig aufgehört hatten, sich den Bauch vollzuschlagen.

Oh, dachte ich mir, also doch ein großzügiger König, und steckte mir endlich die Bohne in den Mund, die sich unter quietschendem Protest nur schwer zerkauen ließ. Falls ich geglaubt hatte, dass für Bruce das Thema damit erledigt war, so lag ich falsch.

»Aber Ihr wisst auch, dass Ihr meinen Befehl missachtet habt, Euch aus der Schlacht herauszuhalten, Lady Enja. Und das gilt auch für Euren Freund Sir Cathal.« Sein ernster Blick wanderte zu dem irischen Vielfraß neben mir, der die Hand mit der von Fett triefenden Keule senkte und nun auch aufmerksam zuhörte. Die Bohne in meinem Mund schmeckte plötzlich nicht mehr, aber sie quietschte immer noch beim Kauen.

»Normalerweise wird dies in Kriegszeiten mit dem sofortigen Tod bestraft.«

Zu früh schluckte ich ein Stück der Bohne hinunter, verschluckte mich dabei und hustete. Das Wasser trat mir in die Augen.

»Aber ich verliere ungern zwei so tapfere Kämpfer, und daher verhänge ich nur eine symbolische Strafe: Ihr beide werdet mit zehn Peitschenhieben bestraft, die auch von einem Stellvertreter entgegengenommen werden können.«

Damit blickte er mich und Cathal erwartungsvoll an. Zwischen mir und meinem Freund brauchte es nur einen kurzen Blick, um diese Möglichkeit auszuschließen, und wir schüttelten den Kopf.

Zufrieden mit der tapferen Annahme der Strafe blickte Bruce zu seinem Kriegsadmiral.

»Und damit ich meinen Freund Sir James nicht brüskiere, wird er selbst die Peitschenschläge ausführen. Schließlich ist er der Einzige, der seine Frau schlagen darf, nicht wahr?«

Robert ergriff seinen Kelch mit dem Wein und hielt ihn James hin, der bei den Worten des Königs ruckartig seinen Kopf hob und schockiert in meine Augen sah. Er war sich wohl nicht sicher, wie ich reagieren würde. Natürlich hatte ich einen Fehler gemacht, aber dafür so entehrend bestraft zu werden? Allerdings hätte ich nie einem anderen meine Strafe zumuten wollen, das wäre gegen meine und Cathals Ehre gegangen.

Nun, wenn es dem König so beliebte, dann sollte er eben seine Strafe haben. Zehn Schläge waren vergleichsweise milde. Dass er für die Ausführung James bestimmt hatte, war mehr eine Strafe für ihn als für mich. Ich würde mir nicht die Blöße geben und zeigen, wie mich diese Strafe tatsächlich beschämte, ich würde sie ertragen wie ein Mann.

Entschlossen nahm ich mit der rechten Hand meinen Becher und hob ihn zum Gruß, dabei stieß ich gleichzeitig Cathal meinen linken Ellbogen in die Seite. Dann hatte selbst er verstanden, ließ die Keule fallen und hob ebenfalls seinen Kelch, mit ihm schließlich auch James, der zögernd die Hand mit dem Becher hob und die Welt nicht mehr verstand. Er sollte seine eigene Frau auspeitschen, und sie prostete ihm noch zu? Seine Verwirrung war so gut sichtbar wie das Kreuz auf meiner Stirn.

»Auf einen weisen König und vierzig tote Waliser!«, stimmte ich den Trinkspruch an, kippte den Inhalt des Bechers in einem Zug hinunter und erhob mich.

»Bringen wir es hinter uns, James«, rief ich ans Tischende, und auf einmal erhoben sich alle johlend und freuten sich mit wilden Anfeuerungsrufen auf eine Extravorstellung am Abend dieses so ereignisreichen Tages. Der Blick, mit dem der Neuankömmling Sir Seton das Spektakel verfolgte, wechselte zwischen purem Entsetzen und völliger Verblüffung. In was für einen wilden Haufen war er da nur hineingeraten?

Die Stimmung war irgendwie seltsam, fast unwirklich. Zwischen fassungslosen Frauen, hauptsächlich denen aus Caerlaverock, und halbwegs sich noch auf den Beinen haltenden Verletzten bis zu den vom Kampf noch aufgeheizten Soldaten versammelten sich alle um die große schottische Eiche, die sich direkt neben dem Heerlager auf der Kuppe einer malerischen Anhöhe befand. Jetzt allerdings erhob sie sich schwarz und drohend gegen den vom Nordlicht erhellten Himmel wie eine Mahnung an alle Sterblichen. Sie gewährte mit ihren riesigen Ästen einer kleinen Kapelle Schutz, die schon bessere Zeiten gesehen hatte.

Die Luft war feuchtwarm, die Fackeln erhellten die gespenstische Szene, die sich nun hier abspielte. Der Gedanke drängte sich mir sofort auf, ob das Jüngste Gericht wohl auch so aussehen würde. Die Kulisse wäre perfekt für Gottes Gericht über die Sünden der Menschheit. Würde dieser Gott, von dem sie immer erzählten, auch solche Strafen verhängen, oder reichte für ihn ein kleines Gebet?

Viele der Gesichter, die nun entsetzt die Hand vor dem Mund hielten, waren mir so vertraut. Moira, Kalay, Winnie, Lily, Rachel und auf der Männerseite mit versteinerten Gesichtern Hugh, McKay und Colin. Noch eben hatten sie alle Seite an Seite gegen die Engländer gekämpft und ihr Leben riskiert, und jetzt mussten sie zuschauen, wie zwei der ihren ausgepeitscht wurden. Die wenigsten konnten nachvollziehen, was hier geschah, aber es war – nüchtern betrachtet – eine kluge Entscheidung des Königs. Auch wenn Cathal und ich erfolgreich einen potenziellen Angriff der Waliser verhindert hatten, es war nun mal Ungehorsam gewesen. Mit dieser Strafe hatte der König sein Gesicht gewahrt und allen deutlich zu verstehen gegeben, dass seine Befehle nicht missachtet werden sollten.

Cathal stand mit seinem entblößten Oberkörper ruhig vor der Eiche, die zahlreichen Ornamente auf seiner Haut betonten das Spiel seiner Muskeln. Er legte seine Arme um den Stamm herum und stemmte die Beine in den Boden. Er war bereit.

James hatte währenddessen eine Peitsche entgegengenommen. Er probierte einige Hiebe erst in der Luft, um seinen Abstand abzuschätzen. Dann ließ er den ersten Schlag auf Cathals bunt bemalten Rücken sausen. Der zuckte nicht einmal. Stoisch ließ er die Schläge über sich ergehen, und selbst als an einer Stelle die Haut riss, bewegte er sich nicht.

Natürlich spürte er den Schmerz wie jeder andere Mensch, aber er hatte gelernt, damit umzugehen.

James zählte laut mit, und beim zehnten Schlag sah ich Schweiß auf seiner Stirn glänzen. Nach dem letzten Schlag kam Moira, die während des ganzen Prozesses fest die Augen geschlossen hatte, wie eine Furie herangeschossen und kümmerte sich sofort um Cathals blutige Striemen. Entschlossen trat ich an James heran, der mich im Schein der Fackeln seltsam anblickte.

»Du solltest wissen, dass es nicht meine Idee war, Enja. Im Gegenteil, ich habe versucht, es zu verhindern. Aber er wollte nichts davon hören«, murmelte er entschuldigend und drehte die Peitsche unsicher in seinen Händen. Sein schlechtes Gewissen konnte ich selbst durch die harte Fassade seines Gesichts erkennen. Er hatte es also schon gewusst, bevor Bruce die Strafe verkündete. Seiner Überraschung in diesem Moment entnahm ich, dass er nicht damit gerechnet hatte, selbst die Hiebe durchführen zu müssen.

»Warum hast du nicht einen anderen benannt, der die Strafe für dich entgegennimmt?« Ein leiser Vorwurf lag in seiner Stimme.

Tapfer lächelte ich ihn an, und ganz leise, damit es keiner hörte, nahm ich seine Entschuldigung an.

»Du musst dich nicht schlecht fühlen, du tust deine Pflicht wie jeder gute Ritter. Es war mein Fehler, und ich nehme die Strafe selbst entgegen. Nur bitte, pass auf, dass meinem Drachen kein Haar gekrümmt wird. Sarvesh hat viele Stunden Arbeit hineingesteckt. Es wäre schade, wenn das Meisterwerk zerstört würde.«

Jetzt huschte der Schatten eines Lächelns über seine versteinerten Züge. »Ich werde dem Drachen Respekt zollen, *mo grha*.«

Wie ein echter Kämpfer ließ ich meine Hände nicht festbinden, sondern stand frei am Baum. Meine Lederweste hatte ich ausgezogen, aber mein Hemd durfte ich anbehalten, um mich nicht entblößen zu müssen. Als ich mit dem Gesicht zum Baum stand und die Rinde anstarrte, legte ich meine Arme um den Stamm wie Cathal zuvor.

James stand immer noch dicht hinter mir. Er bewegte sich nicht, und die Sekunden verstrichen ohne ein Wort. Er schien noch etwas auf dem Herzen zu haben, oder er konnte sich einfach nicht überwinden loszuschlagen.

»Ich habe Robert gebeten, dass ich die Strafe für dich übernehme. Aber er überließ es dir, darüber zu entscheiden«, wisperte er. »Jetzt bestraft er uns beide. Dich, weil du seinem Befehl nicht gefolgt bist, und mich, weil ich dich nicht besser unter Kontrolle halte.«

»Stell dich nicht so an«, raunte ich gegen den Stamm des Baumes. James lachte jetzt sogar trocken.

Im Spiel von Licht und Schatten stellte ich mir vor, wie der Drachen auf meinem Rücken sich durch die Schläge wütend von meiner Haut erhob und Feuer spuckte, bis der Spuk hier vorbei wäre.

»Ich werde nur ganz vorsichtig zuschlagen«, raunte James leise und entfernte sich zögernd. In dem weichen Gras konnte ich nur schwer seine Schritte ausmachen.

Natürlich wurden wir Assassinen auf solche Ereignisse vorbereitet. Shi Fu hatte mir für Momente der Folter oder Qual geraten, mich in einen anderen Körper oder in einen Gegenstand zu versetzen, um den Schmerz nicht mehr zu spüren. Es war eine Art mentaler Trick, den er mir in seinen Stunden der Meditation beigebracht hatte. Shi Fu war Meister darin, seinen Geist wandern zu lassen.

Für kurze Zeit zog ich daher aus meinem Körper aus und besetzte etwas in der Nähe, das für meinen Geist Platz machte. Die raue Eiche, die sich mir so groß und mächtig entgegenlehnte, war die Wahl des Abends, und ich schloss die Augen, packte meine wichtigsten Eigenschaften wie Liebe, Leidenschaft und Mut in einen geistigen Reisesack und verließ damit meinen Körper, der nun nur noch eine Hülle war.

Wie ein frecher Vogel saß mein zweites Ich in Sekundenschnelle in der knorrigen Krone des mehrere Hundert Jahre alten Baumes und blickte hinunter auf meinen Körper, der keinen Mucks machte, während James die Strafe ausführte.

Ich sah aus dem Augenwinkel, wie Cathal mit Moira im Arm nicht weit von meinem Körper entfernt stand. Deutlich bemerkte ich den Stolz in seinen grünen Augen leuchten, und nicht wenige meiner Kampfgefährten schienen ebenfalls beeindruckt. Die Rufe, die vorher noch so laut und fordernd herüberschallt waren, verstummten. Die Menge, die sich hier versammelte hatte, staunte über die beiden Delinquenten, die sich anscheinend so mühelos ihrer Strafe unterworfen hatten und für die Schmerz ein Fremdwort zu sein schien.

Bruce überwachte mit auf der Brust verschränkten Armen die Anzahl und Intensität der Hiebe. Er ließ sich nicht anmerken, ob ihn der Ausgang der Bestrafung nun befriedigte oder nicht. Zehn Peitschenschläge waren eine vergleichsweise milde Strafe, aber schmerzhaft genug, sie nie wieder zu vergessen.

Ich hörte James bei jedem Schlag schnaufen, und als er beim vorletzten Schlag angekommen war, entschied ich mich, wieder zurück in meinen Körper zu wandern. Leider musste ich zu spät feststellen, dass ich die mentale Reise ein wenig verfrüht angetreten hatte. Den zehnten Schlag spürte ich in seiner vollen Härte, und mir blieb unerwartet fast die Luft weg.

James stürzte sofort zu mir und bedeckte meinen malträtierten Rücken mit seinem Tartanschal, bevor ich mich umdrehen konnte.

»Autsch!«, rutschte es mir anklagend heraus, und er schaute mich fürsorglich an.

»Ist alles in Ordnung?«, fragte er, als wäre es völlig normal, nach zehn Peitschenhieben bester Stimmung zu sein.

Aber in seinen Augen stand eine aufrichtige Besorgnis, und ich verkniff mir einen bösen Kommentar. Ich nickte nur, bis ich meine Stimme wiedergefunden hatte. Zärtlich nahm er meinen Kopf zwischen seine schwieligen Hände und küsste mich, als wäre er stolz auf mich.

»Du warst wirklich sehr tapfer. Ich habe schon viele Männer nach einem dieser Schläge wie kleine Kinder schreien sehen«, raunte er anerkennend. Er konnte ja nicht ahnen, wie einfach ich dem Schmerz entfliehen konnte.

»Es ist nicht der Schmerz, der wehtut, James. Es ist der Gedanke daran, und wenn du deine Gedanken beherrschst, erträgst du alles.«

Bevor er mich danach fragen konnte, wie ich die Gedanken beherrschte, zog ich meinen Waffenrock, den er mir reichte, vorsichtig wieder an, und James half mir mit dem Gürtel. Immer wieder staunte ich, wie ein Mann, der so gnadenlos mit seinen Händen Menschen töten konnte, mit ebendiesen so zärtlich war. Jetzt nahm er mit besagten Händen die meinen und küsste sie.

»Wenn sie mich mit einer heißen Lanze durchbohren, werde ich an dich denken, und vielleicht kann ich dann in meinem Geiste deine neugierigen Hände spüren«, flüsterte er zärtlich an mein Ohr.

»Ich sollte das demnächst einmal ausprobieren!«, erwiderte ich amüsiert, obwohl mein Rücken höllisch pochte und brannte. »Aber vorher muss ich noch nach den Verletzten sehen. Die haben nämlich sicher sehr große Schmerzen und wollen vielleicht auch meine neugierigen Hände spüren.«

Er lachte kurz hart auf, ließ meine Hände los und wies mir mit einem Arm und einer Verbeugung den Weg.

»Das ist meine Enja. Du würdest nie zugeben, wenn du Schmerzen hättest, nicht wahr? Eine andere Frau würde mich für die Peitschenhiebe hassen, aber nicht du. Du bist viel zu stolz dafür. Aber genau das liebe ich so an dir.«

Nein, ich war ihm wirklich nicht böse. Das Kriegsrecht war eben so, weder Cathal noch ich trugen James etwas nach. Hätte er die Peitschenschläge nicht durchgeführt, dann wäre es eben jemand anderes gewesen. Harte Zeiten erforderten harte Strafen. Tatsächlich sah ich noch nach den Verletzten, denen es dank der unablässigen Betreuung durch Moiras Helfer den Umständen entsprechend gut ging. Der junge Mann, dessen Bein ich amputieren musste, war aufgewacht und bekam ordentlich Opium, damit er nicht unter Schmerzen leiden musste. Seine glänzenden Augen waren fast schwarz von den geweiteten Pupillen, aber sein junges Herz arbeitete regelmäßig, und seine Haut war fieberfrei.

Als das Brennen und Ziehen in meinem Rücken nicht nachlassen wollte, nahm ich mir eine Heilsalbe aus Moiras Beständen und zog mich in unser Zelt zurück, das ich mit James im Heerlager bewohnte. Es war einfach, aber warm und trocken. James' Knappe hatte uns heiße Steine ins Bett gelegt, um es vorzuwärmen, und ich war dankbar für diese Maßnahme, denn ich konnte mich meiner Kleider entledigen, ohne zu frieren. Mein Kreislauf litt etwas unter den Anstrengungen des Tages, und ich genoss das warme Bett redlich. Vielleicht war es auch der kleine Mensch in meinem Bauch, der sich zusätzlich meiner Kraft bediente, ging es mir verstohlen durch den Kopf.

James kam nun ebenfalls ins Zelt. Der Knappe hatte ihn wohl benachrichtigt. Er kannte mich normalerweise als Nachtmensch und wunderte sich wohl über meine Müdigkeit. Vorsichtig blieb er neben dem Bett stehen und fühlte meine Stirn.

»Ich bin nur müde und nicht fiebrig«, gab ich ihm die Antwort auf seine Gedanken.

»Ich möchte nur sichergehen, dass es dir gut geht. Kann ich etwas für dich tun?«

Ich nickte und sah zu meinen Kleidern hinüber.

»Ich habe etwas von Moiras Heilsalbe mitgenommen, wenn du so freundlich wärst?«

Damit drehte ich mich auf den Bauch. Die Salbe war kühl auf meiner Haut, und während James sie vorsichtig auf meinem Rücken verteilte, erzählte er mir von seinen heutigen Erlebnissen in der linken Flanke der schottischen Division: von seiner Bewunderung für den erst achtzehnjährigen Walter Stewart, dessen Tapferkeit und Kühnheit ihn an sich selbst als junger Mann erinnerte. Und von dem beherzten Kampf Roberts gegen den übermütigen Henry de Bohun, was anscheinend auch bei den härtesten Kämpfern Eindruck gemacht und die Kampfmoral der gesamten Truppe erheblich gesteigert hatte.

Und während er mich mit seinen kräftigen Fingern massierte, seine Lippen meinen Hals küssten und ich in einen erotischen Schlummer fiel, eröffnete er mir, dass ich morgen wieder nicht in die Schlacht reiten dürfe und er persönlich dafür Sorge trage, dass ich mich gefälligst auch daran halte.

Ich lachte ihn nur leise aus und gurrte, dass er schon sehen werde, was am nächsten Tag passierte. Unter seiner zärtlichen Folter gestand ich mir ein, dass ich eben doch durch und durch eine Frau war, mit meinem Körper und meinem Herzen. Spätestens als seine Zunge die empfindlichste Stelle meiner Scham eroberte, ergab ich mich seiner Liebe.

Morgen würde ich ihm zeigen, dass ich nicht zu denen gehörte, die im Heerlager zurückblieben. Aber jetzt, jetzt gab ich mich ihm hin. Vorsichtig, um den Rücken zu schonen, liebte er mich von hinten. Zärtlich umschlang er mich bei meinem Höhepunkt, und wir blieben noch einige Zeit stumm in dieser innigen Umarmung, Brust an Rücken. Mit dem Fuß warf ich die Backsteine aus dem Bett, die mir jetzt zu warm wurden, und mit seinen gleichmäßigen Atemzügen wiegte er mich sanft in den Schlaf.

James erwachte an diesem Morgen alleine. Er hatte Enja die ganze Nacht im Arm gehalten, aber irgendwann in der Frühe hatte sie ihm ein Kissen in den Arm geschoben und sich verdrückt. Er seufzte, diese Frau glich einem Haufen Flöhe. Nie machte sie das, was von ihr erwartet wurde. Mit einem Gefühl der Anspannung vor diesem entscheidenden Tag zog er das Fell von seinem nackten Körper und stemmte sich hoch. Er versuchte, nicht an die bevorstehende Schlacht zu denken, aber der Gedanke an Enja machte ihn auch nicht entspannter.

Die kühle Morgenluft ließ seine Haut kribbeln und die Katzenwäsche mit dem eiskalten Wasser aus dem Eimer sein Gehirn arbeiten. Während ihn sein Knappe rasierte, drangen von draußen schon die vertrauten Geräusche des Lagers zu ihm ins Zelt. Das Klirren von Metall, das Wiehern der Pferde, das Brüllen der Ritter nach ihren Knappen. Es waren tägliche Laute reger Betriebsamkeit, und doch waren sie heute so anders, lauter und intensiver. Mensch und Tier hatte eine seltsame Unruhe befallen, wie immer am Morgen vor einer Schlacht.

Er wusch sein dunkles welliges Haar mit einer Seife von Enja, die nach schottischer Heide duftete. Es war ihr Duft, wild und trotzdem sinnlich.

Dann nahm er den Beutel mit der dunklen Locke seines Sohnes Archibald und einer weißen, die er Enja vor einiger Zeit abgeschnitten hatte, und hängte ihn sich um den Hals. Sie hatte sich aus Spaß gewehrt damals, als er sie abschneiden wollte, und sie hätte den Kampf beinahe gewonnen, wenn er nicht angefangen hätte, sie zu küssen. Damit bekam er doch noch den erwünschten Glücksbringer. Die dunkle Locke von Archie hatte ihm Enja aus Caerlaverock mitgebracht. Der Kleine war mit seiner Mutter Isla, den anderen Frauen und Kindern in Begleitung seines schmollenden Bruders Hugh wieder nach Caerlaverock zurückgekehrt. Dort waren sie sicher, und James war froh, wenigstens seinen kleinen Bruder fernab des Schlachtfeldes zu wissen, auch wenn Hugh gerne mitgekämpft hätte.

Was würde der heutige Tag wohl bringen? Hoffentlich die ersehnte Entscheidung. Robert musste an diesem Tag siegen – für sich, für die, die an ihn glaubten, und für Schottland. Wenn Alexander Seton recht hatte, konnten sie es schaffen. Es wäre die Befreiung von der Annexion durch den alten König Edward, den Hammer der Schotten.

Sein Knappe Christopher brachte ihm frische Kleidung, den Waffenrock und die schweren Waffen, die einige heute das Leben kosten würden.

»Wo ist meine Frau, Chris?«, fragte er den Knappen beiläufig und schlüpfte in seine Beinkleider.

»Ich habe Lady Enja heute schon mit Sir Cathal zum Übungsplatz reiten sehen, wie eigentlich jeden Morgen, Sire«, antwortete der Knappe dienstbeflissen, ohne in seiner Arbeit innezuhalten. Er zog ihm den Waffenrock über und schnallte die Lederbänder fest.

James' Gesicht wurde hart. Nicht einmal die Striemen auf ihrem Rücken hielten sie von ihrem täglichen Morgenkampf ab. Wahrscheinlich leckten die beiden gerade gemeinsam ihre Wunden. Es schien, als wäre Bruce' drakonische Strafe an den beiden abgeperlt wie Wasser vom Glas. Theoretisch musste ihr Rücken höllisch weh tun, aber statt sich zu erholen, zog sie es vor, sich mit Hal zu messen. Gerade so, als würde sie sich für das Schlachtfeld heute rüsten …

Sie würde nicht in die Schlacht mitkommen, so viel stand fest. Wenn Bruce sie dort sah, würde er sie auf der Stelle erschlagen. Nur, wie konnte James sie hier im Heerlager halten, wenn er selbst aufs Schlachtfeld ritt? Drohungen reichten nicht, auch der Befehl des Königs konnte sie nicht zurückhalten, wie er sich selbst überzeugt hatte.

James klemmte sich entschlossen den Helm unter den rechten Arm. Mitsamt seinen Waffen schritt er aus dem Zelt zu den Pferden, die von den Stalljungen herangeführt wurden. Mit deren Hilfe saß er auf und sah sich im Lager um. Normalerweise schulte sie ihre Kampfkünste mit Cathal auf einem Felsplateau, das etwas weiter vom Standort der Schotten weg war. James sollte aber morgens zur letzten Einweisung innerhalb des Zirkels in Bruces Zelt kommen, und das lag in entgegengesetzter Richtung. Daher drehte er verdrossen auf halbem Weg um, weil er fürchtete, zu spät zur Befehlsrunde zu kommen.

»Die Frau bringt sich und mich noch um«, murmelte James frustriert, als er seine Stute in Bewegung setzte. Sein Weg führte ihn pflichtbewusst zum Zelt des Königs, als Kriegsgeneral konnte er es sich gar nicht leisten, zu spät zu kommen. Es war ein riesiges Heerlager mit Hunderten von Zelten, und darum scharten sich jeweils wiederum die Pferde, Wagen und Vorräte der Clans. Auch wenn sie diesmal alle unter einem Banner kämpften, stets war die Clanzugehörigkeit oberstes Gebot. Die Clanchefs ließen sich in ihren Privilegien auch in einem Kampflager nicht einschränken. Die Tradition wollte es so.

Sein eigentliches Ziel führte ihn durch eine matschige Wiese, die von den Anwohnern links und rechts zu einem regelrechten Trampelpfad plattgewalzt worden war.

Im weichen Licht der gerade aufgehenden Sonne konnte er weiter vor sich schon das große Zelt des Königs mit dem im Wind wehenden Banner erblicken. In der gleichen Blickrichtung tauchten nun zu seiner Überraschung am Kamm der nächsten Anhöhe Enjas schwarzer Hengst und der riesige Schimmel Cathals auf. Vermutlich hatten sie sich heute einen anderen Platz für ihre Übungen ausgesucht.

Das Paar war bei den schottischen Kämpfern immens populär geworden, denn sie waren so etwas wie lebende Helden. Mit ihren legendären Aktionen, die sich das Volk am Lagerfeuer weitererzählte, und nicht zuletzt mit dem Abschlachten der Waliser fast im Alleingang verkörperten sie die Eigenschaften, die jeder Schotte gerne auf sich selbst vereinen wollte: Tapferkeit, Eigenwilligkeit und Stärke.

Auch jetzt wurde Enja immer wieder auf ihrem Weg durch das Heerlager von Frauen, Männern und auch Kindern angehalten, und sie wechselten gut gelaunt ein paar Worte. Auch er selbst, Black Douglas, den seine eigenen Leute nur den Good Lord James nannten, blieb auf seinem Weg hin und wieder stehen, um mit den Menschen zu sprechen, und so bewegte sich das Ehepaar im gleichen langsamen Tempo aufeinander zu, bis sie sich vor dem großen Königszelt trafen. Taycan begrüßte mit einem kehligen Schnauben James' dunkelbraune Stute.

Enja und Hal nickten ihm zu, bevor sie aus dem Sattel sprangen, und er stieg ebenfalls ab. Ihr Gesicht war noch leicht gerötet von der Anstrengung des Übungskampfes. Aber ihre Augen leuchteten in einem intensiven Kristallblau, ihr stolzer und kluger Blick ruhte auf ihm. Ein Lächeln umspielte ihre Lippen.

Ihr Schwert steckte im Schaft am Rücken, und der geschnitzte Elfenbeingriff ragte über der rechten Schulter. James ging die wenigen Schritte auf sie zu, nahm ihre Hand, brachte sie an seine Lippen, um sie zu küssen, und begleitete sie anschließend in das Zelt von König Robert. Dicht hinter ihnen folgte Cathal, sein schwerer Schritt war kaum zu überhören.

Der komplette Zirkel, sämtliche Clanchefs und auch der Überläufer Alexander Seton, nun neuer Ritter an der Seite des schottischen Königs, waren anwesend. Robert richtete sich beim Eintreten der drei noch erwarteten Vertrauten von einer Karte auf, die er gerade studiert hatte. Deutlich war eine genaue Skizze der Landschaft um den Bannock und Pelstream zu sehen. Auch das Dorf Bannockburn war mit der exakten Lage eingezeichnet. Robert hatte minutiös die Landschaft um den Fluss erkunden und aufzeichnen lassen. Wie immer überließ er nichts dem Zufall, was ihm den Ruf eines wahren Strategen einbrachte.

Seine dunklen Augen musterten Enja und James, dann Cathal. Seine untere Gesichtshälfte bedeckte ein Vollbart, den er sich seit Wochen wachsen ließ. Er ließ ihn älter erscheinen und unterstrich seine Autorität vorteilhaft. Er zog nun die Augenbrauen zusammen und presste den Mund zu einer Linie.

»Ihr werdet heute nicht in die Schlacht reiten, Lady Enja, habt Ihr mich verstanden?«, platzte er ohne Begrüßung heraus. Er hatte wohl schlecht geschlafen. Dann funkelte er die drei warnend an: »Noch einmal werde ich es nicht zulassen, dass mein Befehl missachtet wird. Sir Cathal und Sir James werden dafür sorgen, dass sie dem Schlachtfeld fernbleibt, verstanden?«

Die beiden Männer nickten ergeben. Enja verzog keine Miene, sie hatte wohl damit gerechnet. Ihre Augen blitzten, als würde sie vor Wut gleich platzen. James kannte sie schon viel zu gut und machte sich bereit für ihren unabwendbaren Wutausbruch.

»Sir Cathal wird mit den fünfhundert Reitern der Kavallerie kämpfen, er untersteht Sir Robert Keith.«

Ein kräftiger, untersetzter Mann mit schwindendem Haarkranz nickte Cathal zu. Er war trotz seines Leibesumfangs einer der führenden Generäle in Bruces Truppen und ein mutiger Kämpfer.

Enja entschuldigte sich plötzlich, drehte sich um und sauste aus dem Zelt, als wäre der Teufel hinter ihr her. Sofort folgten James und Cathal ihr, da sie bereits wieder das Unheil kommen sahen. Sie holten sie vor dem Zelteingang ein und versuchten, ihre Wut einigermaßen einzudämmen. Sie brodelte vor Zorn wie ein Vulkan.

»Ich werde in dieser Schlacht mitreiten. Ob als Kämpferin oder als Bogenschützin, das ist mir egal, hört ihr?«, fauchte sie die beiden an. »Kein König wird mich davon abhalten. Soll ich vielleicht zuschauen, wie andere gewinnen?«

Sie riss sich von Cathal los, der sie unsanft am Arm rüttelte, als könnte er damit die Vernunft in ihr wecken.

»Warum darf Cathal kämpfen, aber ich nicht? Habe ich gestern nicht bewiesen, dass ich genauso mutig bin wie er? Habe ich nicht genau so tapfer die Hiebe eingesteckt wie er?«

James tauschte mit Cathal Blicke aus. Wie löschte man einen brodelnden Vulkan? Cathal zuckte nur hilflos mit den Schultern, er überließ es ihrem Ehemann, die Situation zu retten. James stemmte entnervt die Hände in die Hüften.

»Du hast Bruce gehört, Enja«, zischte er ärgerlich, sein Kinn schob sich ein wenig nach vorne, und eine Hand zeigte auf das königliche Zelt. »Wenn du seinen Befehl nicht befolgst, kann ich dich diesmal nicht mehr retten.«

Mit einem verächtlichen Laut tat sie ihre Meinung über den Einfluss des Königs kund. Aber es war nicht nur diese Missachtung der königlichen Autorität, die James zum Kochen brachte. Als sie den beiden eröffnete, dass sie notfalls auch zu den Engländern überlaufen würde, um in die Schlacht zu ziehen, wurde es James zu viel. Er hatte keine andere Wahl, als Enja in Ketten zu legen, um dem Befehl des Königs Folge zu leisten und sie somit vor den Konsequenzen zu schützen. Der Vulkan namens Enja explodierte in einem Wortschwall von nicht enden wollenden derben Verwünschungen.

In seiner Verzweiflung war James jedes Mittel recht, und unter Aufbietung sämtlicher Kräfte gelang es Cathal, Enjas Handgelenk mit einer Schelle zu fixieren, die mit einer Kette verbunden war. Die beiden Männer schafften es schließlich, die widerspenstige Enja an Cathals Reiseamboss zu ketten.

Schweißgebadet standen sie schließlich um den metallenen Klotz herum, der Enja Widerstand bieten sollte. Sie schnaufte schwer und hatte aufgehört, sich gegen die Eisen zu wehren. Die Haare hatten sich aus dem Knoten gelöst, den sie sonst immer sorgfältig im Nacken zusammendrehte, und standen ihr nun wild vom Kopf ab. Sie warf den beiden Männern Blicke zu, die jede Hölle zufrieren ließen.

Die beiden waren sich jetzt sicher, dass Enja mit diesem schweren Amboss am linken Handgelenk der Schlacht fernbleiben würde. Nur mit Mühe konnte sie den Amboss bewegen, und nur ein Schmied wäre in der Lage gewesen, die Kette aufzubrechen.

»Kann ich wenigstens dort auf die Anhöhe hinauf, um die Schlacht aus der Ferne zu beobachten?«, brach sie plötzlich patzig ihr Schweigen.

Cathal und James blickten die Anhöhe hinauf, auf der die große Eiche wie ein knorriger Riese aufragte und sich die baufällige Kapelle schräg dagegenlehnte. Tatsächlich hatte man von dort einen perfekten Blick herunter auf die Ebene, wo sich zwei riesige Armeen gleich blutig begegnen würden. Ohne auf eine Antwort von James zu warten, stemmte Cathal wortlos den Amboss hoch, als würde er nichts wiegen, und zog Enja einfach mit.

James konnte nur mit den Schultern zucken; sie hatte sich diese Situation wirklich selbst zuzuschreiben. Seinen Knappen Christopher schickte er hinterher, damit der helfen konnte, falls sie etwas brauchte.

Oben angekommen, stellte Cathal den Amboss auf den Boden und bedeutete ihr, sich daraufzusetzen. Ohne ein weiteres Wort ließ er sie unter der großen Eiche zurück. Sie starrte stur geradeaus auf die Ebene unter sich.

Im Gegensatz zu der explosiven Stimmung lag der Fluss

Bannock friedlich in seinem Bett und trennte die englischen Truppen von den schottischen. Kein Mensch konnte ahnen, was sich in den nächsten Stunden dort unten abspielen würde. Wie würde die Geschichte der tapferen Schotten an diesem Tag enden?

An diesem Montag – es war der 24. Juni 1314, und es schien zum ersten Mal die Sonne nach so viel Regen – konnte ich die zahlreichen Truppen der Engländer direkt vor mir sehen. Die bunten Banner der königstreuen Lords und Barone, der Ritter und der Gefolgsleute wehten im frischen Wind aus Nordost. Er trug den Lärm der Pferde und Reiter bis zu mir herüber, deutlich hörte ich das hektische Brüllen der Männer und das aufgeregte Wiehern der Streitrösser.

Es mischte sich mit dem Schnauben und Klirren der nahen schottischen Kavallerie, die sich nun bereit machte für ihren Einsatz. Männer mit Schilden und Lanzen rannten zu ihren Plätzen, um sich zu formieren. Es dauerte seine Zeit, bis die über sechstausend Mann mit ihren Kommandeuren unter Roberts Befehl ihren Platz fanden. Vor allem die Aufstellung der drei Divisionen der *Schildrons*, der mit Lanzen bewaffneten Fußsoldaten, erforderte einiges an Disziplin.

Von meinem Platz aus konnte ich sogar die kleine Truppe sehen, die mit ihren Pferden abseits der großen Armee ihren Platz bezog. Sie hatten die Farben von Caerlaverock und spielten nun mit ihren Sackpfeifen eine klagende Melodie, die direkt von meinen Ohren ins Herz ging. Wir spielten dieses Lied oft auf den Bestattungen für unsere Krieger, es war sehr getragen und ätherisch, fast traurig. In diesem Moment geschah etwas, das mir durch Mark und Bein ging. Vermutlich ausgelöst durch die Musik gingen alle Schotten, die nicht auf einem Pferd saßen, in die Knie und beteten. Die Berittenen nahmen ehrfürchtig ihre Helme ab. Ich musste schwer schlucken.

Die tapferen Männer beteten zu ihrem Gott, den ich nie als den meinen anerkannt habe, und baten um Gnade – Gnade für ihren Weg in den Kampf. Ergriffen umfasste ich mit der freien rechten Hand meinen Stein um den Hals und bat die Götter meiner Familie um einen gerechten und erfolgreichen Kampf.

Plötzlich änderte sich die Melodie, jetzt setzten auch die mächtigen Trommeln ein und kündigten den Beginn der Kämpfe an. Die Musik trieb die Männer förmlich an, sie überzog das Schlachtfeld mit einem Takt des Todes, das nur noch vom Brüllen und Schreien der Kämpfenden übertrumpft wurde. Meinen Körper überzog eine Gänsehaut.

Christopher hatte sich neben mich gesetzt. Seine Aufregung war ihm anzusehen, ständig knabberte er an seinen Fingernägeln, die schon raspelkurz waren. Irgendwie musste ich ihn loswerden, denn ich dachte nicht im Traum daran, hierzubleiben und das Ende der Schlacht untätig mitanzusehen. Aber wie? Und was machte ich mit dem verflixten Amboss?

Bruces *Schildron*-Taktik erfüllte ihren Zweck. Die Kavallerie der Engländer rannte blind in die angespitzten Holzlanzen, die von den Schotten mit der stumpfen Seite in den Boden gerammt und mit der spitzen Seite gegen die anstürmenden englischen Reiter gelenkt wurden. Deren Pferde wurden durch die ankommende Wucht aufgespießt, die Reiter abgeworfen. So waren sie hilfloses Futter für die zu Fuß kämpfenden Schotten. Die dahinter folgenden schweren englischen Reiter ließen den ersten Reihen, die versuchten umzudrehen, um den Lanzen zu entkommen, keinen Platz und überrannten die eigenen Leute. Es war ein heilloses Durcheinander, das König Edward auch noch mit einem Einsatz seiner Bogenschützen am hinteren Ende der Kavallerie förderte, die er ganze Salven von Pfeilen in die kämpfende Front schießen ließ. Eigentlich sollten diese die gegnerische Kavallerie schwächen, stattdessen trafen sie ihre eigenen Leute. Mir fiel einfach nichts dazu ein, der Kerl machte aber auch alles falsch, was man als Befehlshaber falsch machen konnte!

Der schottische General Sir Keith sah seine Chance und sprengte mit seinen Pferden von der rechten Seite in die ungeschützten Bogenschützen am hinteren Ende der Aufstellung, um sie aufzureiben. Sie waren wegen der fehlenden Ritter ohne jeden Schutz und flüchteten panisch wie so viele andere Engländer ebenfalls in Richtung Fluss.

Der Bannock war eigentlich ein kleiner Bach, aber nun durch die vielen Niederschläge der letzten Tage zu einem ordentlichen Strom angeschwollen. Die englischen Truppen, die von den hart kämpfenden Schotten zurückgedrängt wurden, fanden im Sumpf und im Wasser einen nassen Tod.

Es schien an diesem Tage einfach alles gegen das Schicksal der Engländer zu sprechen. Trotz einer deutlichen Übermacht waren sie nicht in der Lage, gegen die geschickt aufgestellten Schotten Land zu gewinnen. Jeder Schachzug des jungen Edward endete in einem Desaster für seine Soldaten und Ritter. Der Sohn des einst so gefürchteten »Hammers der Schotten« war eine echte Enttäuschung auf dem Schlachtfeld.

Gerade so weit, wie der Amboss mich ließ, stand ich nun

aufgeregt auf diesem Hügel und hielt mir die Hand über die Augen, um das Sonnenlicht abzuhalten. Der Verlauf der Schlacht war grandios, Bruce schlug sich mit seiner Minderheit an Kämpfern besser, als ich es je vermutet hätte. Inmitten der verzweifelten englischen Ritter sah ich auf einmal etwas, das mir bekannt vorkam.

Ein Banner hatte meine Aufmerksamkeit eingefangen, es zeigte rote Falken auf einem Hintergrund mit blau-weißen Streifen. Aber noch eindeutiger als das Banner war der rote Federbusch auf dem Helm des Ritters, der so keck auf ihn aufmerksam machte. Es war das protzige Zeichen seiner Ritterehre und das Banner von William de Valence, dem Mörder der jungen Emma!

Mein Magen zog sich zusammen. Eine Gänsehaut lief meinen Rücken hinunter, und eine kaum gekannte Aggression ließ mich meine Fäuste ballen. Was für ein Zufall! Ich konnte mein Glück kaum fassen, er war tatsächlich hier, mitten in der Schlacht – und ich war an einen verdammten Amboss gekettet! Jetzt wusste ich, was ich zu tun hatte, diesmal durfte er mir nicht entkommen. Einer Eingebung folgend drehte ich mich zu Christopher, der mit mir nun die Kämpfe im Stehen beobachtete und den Kragen seiner Tunika vor Aufregung mit den Zähnen bearbeitete, weil seine Fingernägel nichts mehr hergaben.

»Chris«, sagte ich drängend. Er zuckte zusammen und ließ sofort seinen Kragen los. »Lauf zum Koch und hol mir etwas zu essen, ich habe Hunger.«

»Natürlich, Mylady!«, entgegnete er pflichtbewusst und rannte los, so schnell ihn seine Beine trugen, er wollte wohl nicht viel verpassen und schnell wieder da sein.

Aber ich wäre schneller. Mit einem Pfiff rief ich nach meinem Pferd, und innerhalb weniger Sekunden hörte ich Taycan herangaloppieren, er war gesattelt wie alle Kriegspferde im Einsatz und kam nun mit wehender Mähne die Anhöhe herauf. Selbst mein Schwert steckte im Futteral. Er blieb brav neben mir stehen, wie ich es ihm beigebracht hatte. Stolz tätschelte ich ihm den Hals und belohnte ihn mit einem Kraulen zwischen den Ohren.

Schließlich ließ er sich zu Boden sinken, damit ich besser aufsteigen konnte. Den schweren Amboss hievte ich ächzend auf eine Decke über seinem Sattel und zurrte ihn mit meinem Ledergürtel fest. Nur mit Mühe bekam ich das schwere Ding überhaupt hoch auf Taycans Rücken. Der Eisenklumpen wog bestimmt achtzig Pfund.

Als ich dahinter auf Taycans Rücken stieg, spürte ich deutlich seine Irritation über das zusätzliche Gewicht. Auf einmal hatte er Probleme, wieder auf seine Beine zu kommen. Sein Schwerpunkt hatte sich verlagert. Sollte es zu einem Kampf kommen, wäre er sehr eingeschränkt in seiner Wendigkeit, das war mir klar. Blind gegenüber der Gefahr, in die ich uns brachte, hielten mich und meine Rachegedanken jetzt nichts mehr auf. Mein Todfeind war dort in den Schlachtreihen, und er würde diesen Tag nicht überleben, dafür würde ich sorgen.

Mit wehendem Schweif galoppierte mein Hengst Richtung Getümmel. Schon von Weitem sah ich den roten Federbusch, wie er dem Pulk von Lanzen und Schwertern zu entfliehen versuchte. De Valence schlug um sich wie ein Berserker, sein Pferd schäumte und schlug mit den Hufen aus, um die wild an ihm zerrenden Schotten abzuschütteln. Der

Gedanke, diesen Hund ein für alle Mal auszulöschen, beherrschte mein ganzes Denken. Jede Faser meines Körpers war auf den Mann gerichtet, den ich töten wollte. Ich wollte Rache …

Mit geschicktem Schenkeldruck lenkte ich meinen Hengst durch die kämpfenden Männer, bis ich die Reihe der verzweifelt um sich schlagenden englischen Ritter durchbrach. Mit wuchtigen Hieben meines Schwertes hielt ich mir die Verrückten vom Leib, die versuchten, mich vom Pferd zu ziehen. Die ganze Zeit hatte ich den roten Federbusch vor Augen, der immer wieder aus dem Getümmel auftauchte, und wie von Furien gejagt schrie ich Emmas Mörder schon von Weitem zu: »William de Valence, stell dich deinem Tod, du feiger Hurensohn!«

Tatsächlich hatte er mich trotz des Lärms gehört. Sein Kopf wandte sich mir zu, und für eine Sekunde waren das Schlachtgetöse, das Blut und der Tod um mich herum völlig unwichtig. Mit Mordlust in den Augen starrte ich ihn an und trieb Taycan unerbittlich vorwärts mitten durch die kämpfenden Männer.

De Valence klappte sein Visier hoch, und seine Augen weiteten sich vor Schreck, als er mich herannahen sah. Sein Blick war vom Wahn gezeichnet, als hätte er den eigenen Tod in meinem Gesicht gesehen. Kein Wunder, glaubte er mich schon lange tot. Plötzlich gab er seinem Pferd die Sporen. Aber er stürmte nicht wie alle anderen zurück ins Lager, sondern heraus aus dem Kampfplatz in Richtung Wald. Es war der einzige noch freie Weg aus dem Schlachtgetümmel, aber es war ein Weg ohne Rückkehr.

Die Richtungsänderung hätte Taycan beinahe zu Fall gebracht. Hart stoppten seine Vorderbeine und pressten den Amboss und mich schwer in seine Schulter. Es kostete ihn viel Kraft, zu wenden und dem fliehenden Ritter hinterherzusetzen.

Ich holte ihn erst ein, als er schon das erste Plateau der Hügelkette erreicht hatte, die auch zu den Anhöhen des Heerlagers gehörte. Als er erkannte, dass er hier nicht mehr weiterkam und mir nicht entwischen konnte, wendete er sein Pferd und ging zum Angriff über.

»Gott steh mir bei«, rief er mit vor Schreck atemloser Stimme, »ich kämpfe mit dem Teufel persönlich!«

Ein Angriff seines Morgensterns hätte mich beim Ausweichen beinahe vom Pferd geworfen, Taycan schwankte bedrohlich. Mit der flachen Seite meines Schwertes konnte ich ihm dennoch mit einem Hieb den Helm mit dem lächerlichen Federbusch vom Schädel schlagen. Der Klang von Metall auf Metall war laut und blechern. Dieser Feigling trug immer noch den hellroten Oberlippenbart und blitzte mich jetzt aus bläulich schimmernden Augen wütend an. Schweiß glänzte auf seiner hellen Haut und ließ die kurzen Haare in Strähnen vom Kopf abstehen.

Jetzt setzte er sein Pferd mit wilden Sporenhieben wieder in den Galopp, und ich konnte Taycan dazu bringen, dass er sich in die Spur des anderen Pferdes drehte und ihm so den Weg versperrte. Das schwer gepanzerte Ross musste dadurch so heftig stoppen, dass der Ritter nach vorne fiel und den Morgenstern fallen ließ, um nicht selbst vom Pferd zu stürzen – ein fieser Trick, um einen angreifenden Reiter aus dem Tritt zu bringen, wenn das eigene Pferd mutig genug für so ein Manöver ist.

William de Valence hing nun an einer Seite seines Pferdes und krallte sich in dessen Mähne fest. Irritiert scheute das schwere Tier und brach seitlich weg. Der rotbärtige Ritter sprang geistesgegenwärtig aus dem Sattel und zog sein Schwert aus dem seitlich am Gürtel befestigten Schaft. Jetzt hatte ich ihn da, wo ich ihn haben wollte. Auf dem Boden und ohne sein Schlachtross war de Valence schwerfällig und unbeweglich.

Geschickt umtänzelte ich ihn mit Taycan und versuchte verbissen, ihm das blitzende Schwert aus der Hand zu schlagen. Wie schon im Kampf damals nach Emmas Tod fiel mir jeder Schlag schwer. Es war, als würde eine unsichtbare Kraft an meinen Händen zerren und meine Bewegungen verlangsamen. Meine Rachegedanken schienen jeden vernünftigen Gedanken auszusparen, unter solchen Umständen in den Kampf zu ziehen, war einfach nur eine ausgesprochene Dummheit.

Meine Rechte hielt die Kantana, mit der Linken stabilisierte ich den daran angeketteten Amboss, der herunterzurutschen drohte, da der Ledergürtel nicht fest genug zugezogen war. Taycan lenkte ich nur durch Gewichtsverlagerung und Schenkeldruck.

Trotzdem gewann ich mit jedem weiteren Hieb die Oberhand. Auch de Valences Bewegungen waren durch die massive Rüstung schwerfällig, und er wurde müde, allerdings mein guter alter Taycan auch.

Plötzlich passierte etwas, womit ich nicht gerechnet hatte.

Das Pferd unter mir war nicht mehr der Taycan, den ich kannte. Er war nervös und irritiert, der Amboss drückte ihm schmerzhaft auf den Rist. Die scharfen und harten Wendungen waren für den alten Kämpfer anstrengend genug, das zusätzliche Gewicht gab ihm den Rest. Auf dem unebenen Untergrund verlor er sein Gleichgewicht und rutschte den Abhang seitlich des kleinen Wegplateaus hinunter. Mein Schwert warf ich sofort auf den Boden, um meine Hände freizubekommen. Nur mit Mühe krallte ich mich am Sattel und dem Amboss fest, bis das Pferd unter mir plötzlich zurückgerissen und ich seitlich aus dem Sattel katapultiert wurde. Unaufhaltsam fiel ich den Abhang ein Stück weiter hinunter, bis mich die Kette zurückriss und mir fast den Arm brach. Ich hing hilflos über einem bewaldeten Abhang, und nur die Kette, die am Amboss befestigt war, bewahrte mich vor dem Absturz. Es war nicht weit nach unten, vielleicht drei Meter, aber ich hing jetzt mit Kette und Amboss am Sattel von Taycan fest, der inzwischen auf seiner linken Seite lag, mit seinen Beinen zappelte und den Hals immer wieder hochwarf.

Er bemühte sich verzweifelt, wieder hochzukommen, sein schwerer Körper war wohl von Bäumen des Abhangs gestoppt worden, was mich heftig aus dem Sattel gerissen hatte. Das Gewicht des Ambosses auf seinem Rücken ließ ihn nun nicht mehr aufstehen, er würde irgendwann hier herunterfallen und sich vielleicht den Hals brechen. Ein Sturz aus dieser Höhe würde ein Pferd kaum überleben.

Sein verzweifeltes Schnauben war für mich kein gutes Zeichen. Die einzige Möglichkeit, Schlimmeres zu verhindern, war, den Ledergurt um den Amboss durchzuschneiden. Mit einer vor Schmerz pochenden Hand hangelte ich mich an der Kette nach oben bis zum Pferdeleib, der zwischen den beiden Bäumen festklemmte. Mit der freien Hand hielt ich mich am Sattel fest und schnitt den Ledergürtel mit dem Dolch in der anderen Hand in einem schnellen Schnitt durch. Mit zusammengebissenen Zähnen ignorierte ich die Schmerzen.

Der schwere Amboss fiel den Hang hinunter und riss mich mit sich. Er blieb noch an kleinen Bäumen und Ästen hängen, aber es half nichts. Ich fiel den Abhang etwa drei Meter tief hinab, und hinter mir folgte der Amboss. Bei allen Göttern, schoss es mir noch durch den Kopf, das geht nicht gut aus!

Mit einem dumpfen Schlag prallte ich mit Knien und Händen auf dem Waldboden auf, ein fürchterlicher Schmerz in meinem Handgelenk zeigte mir deutlich, dass an dieser Stelle mein Knochen gesplittert war. Mit einer brutalen Wucht landete dann der Amboss auf meinem Rücken, und ich nahm nur noch den harten Schlag wahr, der mir die Luft raubte. Dann war alles fürchterlich still. Mein Körper war wie ausgelöscht, ich konnte nichts mehr fühlen und nichts mehr hören, nur meine Augen funktionierten noch.

Vom Schmerz völlig befreit, erkannte ich, dass ich der Länge nach auf dem feuchten Waldboden lag und meine schmutzige linke Hand vor mir in einem seltsam verdrehten Winkel abstand. Das Eisen am Handgelenk hatte sie gebrochen. Alles unterhalb meines Halses schien nicht mehr zu existieren, selbst meinen Kopf konnte ich nicht mehr drehen und bemerkte erst sehr spät in meinem eingeschränkten Sichtfeld, wie irgendwann neben diese seltsam leblose Hand ein Männerfuß in einem blutgetränkten Stiefel trat. Die Luft wollte immer noch nicht in meine Lunge, die vom Aufschlag wohl völlig verkrampft war. Schwarze Sterne tanzten vor meinem Blickfeld. Der Stiefel vor mir wurde immer kleiner und kleiner, und irgendwann konnten auch meine Augen nichts mehr sehen.

Es wurde so schwarz um mich herum wie die Nacht im weit entfernten Bagdad.

Kapitel 13

Burg Stirling im Juli 1314

Der Mann, der sich nun mit Hilfe eines Knappen dem Hohen Tisch in der großen Halle von Stirling näherte, war ein alter, gebrechlicher Arzt, der auf einem Auge bereits erblindet war. Seine knöchernen Hände umklammerten seine Arzttasche, als würde diese ihm die Kraft geben für das, was er nun zu sagen hatte. Es war Gotfried, der ehemalige Leibarzt Edwards, der sich in den Wirren der Schlacht um Bannockburn auf die schottische Seite geschlagen hatte. Als Medicus hatte er keine politischen Ansinnen und war auf beiden Seiten ein gefragter Mann. Es war für ihn kein Problem, als Leibarzt von König Edward zu Robert zu wechseln.

Das Alter hatte dem weisen Mann zugesetzt. Schwer fielen die faltigen Lider in seine Augen, im Mund befand sich schon lange kein einziger Zahn mehr. Aber sein Gedächtnis und sein Wissen ließen ihn nicht in Stich. Das war sein größter Wert, auch wenn sein Körper ihn immer öfter im Stich ließ. Aber der Frau, die er hier im Krankenbett als Arzt betreute, konnte kein Heiler mehr helfen, sie war dem Tod geweiht. Selbst sein allumfassendes Wissen reichte nicht aus, um sie vor dem Siechtum zu bewahren. Da half auch kein Gold der Welt, das ihm James Douglas im Gegenzug anbot. Sie war in Gottes Hand.

Zitternd setzte er sich nun an den Tisch in der großen Halle der Burg Stirling, die von König Bruce in den Wochen nach der siegreichen Schlacht als Regierungssitz genutzt wurde. Die Männer an diesem Tisch gehörten zur Führungsspitze der neuen schottischen Macht und Gotfried war entsprechend ehrfürchtig. Bruce hatte ihn, dankbar für seine Dienste, zu Lady Enja geschickt. Es war ein Wiedersehen, das er sich anders vorgestellt hatte. Eigentlich wollte er ihr die Tasche seines alten Freundes Isaak wiedergeben, die sie in dem einstürzenden Zelt des todkranken Königs zurückgelassen hatte. Aber bis heute fand er keine Gelegenheit dazu. Jetzt würde sie die Tasche wohl auch nicht mehr brauchen, stellte er bitter fest. Dennoch waren seine Tage gezählt, er würde mit Isaaks Nachlass nicht mehr viel anfangen können. Vielleicht übergab er sie ihrem Ehemann, falls er sie überhaupt haben wollte.

Seufzend setzte er sich auf einen Stuhl, den ein Knappe für ihn bereithielt. Die Tasche legte er mit bebenden Händen vor sich auf den Tisch, schales Ale und Reste von einem Mahl übersäten noch die üppige Holzplatte. Gespannte Gesichter der Versammelten blickten ihm in das eingefallene Antlitz. Müde strich er sich über die Augen und straffte noch einmal seine schmalen Schultern, als müsste er Kraft schöpfen für das, was er diesen Männern hier sagen musste. Dabei war es eigentlich eine gute Nachricht, denn in den vergangenen Tagen hatte er denselben Männern die vernichtende Wahrheit über Enjas Zustand mitteilen müssen. Aber scheinbar hatte alles, was diese Frau betraf, einen wehmütigen Nachgeschmack.

»Sie ist aufgewacht, Sire«, flüsterte er, die Stimme seltsam belegt. »Ihr könnt jetzt zu ihr. Aber sie wird nicht lange wach bleiben, sie ist sehr schwach.«

Das brachte Bewegung in die Krieger, die sich hier versammelt hatten. Bevor James überhaupt reagieren konnte, polterte Cathal schon von dem Tisch hoch, an dem sie gemeinsam zu Abend gegessen hatten, und stürmte mit mächtigen Sätzen die Treppe zu Enjas Kammer hinauf. James folgte ihm auf dem Fuß, schließlich warteten sie seit Tagen auf diesen Moment. Tage und Stunden, die in Ungewissheit und Trauer versanken wie Steine im Morast. Niemand wollte glauben, was Enja widerfahren war. Die unbezwingbare Kriegerin war gefangen im eigenen Körper, der leblos und schwach dahinvegetierte und von einem schwindenden Geist bewohnt wurde.

Cathal hatte seinen Augen nicht getraut, als er Enja mitten im Schlachtgetümmel entdeckt hatte. Sie hatte sich den Amboss auf den Sattel geschnallt und schien gerade einen englischen Ritter aus dem Feld zu scheuchen, dem sie mit ihrem verstörten Hengst nachjagte. Ohne weiter darüber nachzudenken, hatte er mit gnadenlos wilden Hieben die Angreifer links und rechts zu Boden geschlagen und war den beiden hinterhergejagt.

Immer wieder wurde er von den versprengten Gruppen englischer Kavallerie in ein Gemenge verwickelt, aber sein Ziel verlor er nie aus den Augen. Irgendwann erreichte auch er das Plateau auf dem Felsenkamm und erkannte den englischen Ritter der Valence-Familie an seinem weiß-blauen Banner vor sich.

De Valence mühte sich gerade verzweifelt ab, auf einen zitternden Gaul zu steigen, der immer wieder vor seinem Reiter zurückwich und den Kopf wild nach oben riss. Etwas abseits stand Enjas Hengst schweißüberströmt. Ein irritiertes

Schnauben entfuhr seinen Nüstern, als er Cathals Schimmel erkannte.

Mit einer plötzlich aufwallenden Wut galoppierte Cathal mit Brek an dem verdutzten Mann vorbei und schlug ihm mit einem einzigen Hieb seiner Axt den vom Helm entblößten Schädel entzwei. Währenddessen schrie er aus Leibeskräften und in steigender Verzweiflung Enjas Namen. Sie war nirgendwo aufzufinden und antwortete ihm auch nicht.

Noch mit der blutigen Waffe in der Hand blickte sich Cathal um und versuchte krampfhaft, die Spuren des Kampfes auf dem weichen Waldboden zu lesen. Sein Puls jagte ihm inzwischen wie wild durch die Adern. Irgendetwas stimmte hier nicht.

Dann sah er es. An einem abschüssigen Hang war ein Stück des Felsens abgebrochen, darunter befand sich ein bewachsener Hang, der an einem Felsvorsprung endete. Herausgerissene Büsche und geplättete Farne zeigten ihm, dass dort ein größeres Tier oder ein Mensch hinuntergerollt waren. Mit klopfenden Herzen holte er seinen Strick vom Sattel des Schimmels und band ihn um einen Baum, um sich rückwärts bis zum Felsvorsprung abzuseilen. Gesichert konnte er nach unten blicken, ohne selbst zu fallen. Da war sie – bei ihrem Anblick musste er schlucken.

Mit seltsam verrenkten Gliedmaßen lag sie leblos auf dem weichen Moos der Lichtung, den Amboss noch neben sich. Sein Amboss. Cathal schrie noch einmal heiser ihren Namen zu ihr hinunter, aber sie bewegte sich nicht.

Sofort wollte er sich wieder nach oben ziehen, als er ein Glitzern in der aufgewühlten Erde wahrnahm. Mit einem Griff seiner großen Hände zog er Enjas Kantana aus dem

Dreck. Wieder durchfuhr es ihn siedend heiß. Sie hätte die Waffe niemals weggeworfen, wäre sie aus freien Stücken diesen Hang hinuntergesprungen. Was war hier nur passiert?

Mit dem gefundenen Schwert in der einen Hand zog er sich kraftvoll wieder nach oben, steckte es in das Futteral an Taycans Sattel und bestieg seinen Schimmel. Den zitternden und verstört schnaubenden Taycan nahm er am langen Zügel mit. Die Lichtung konnte er nur von unten erreichen und hoffte, dass er in dem unzugänglichen Gelände überhaupt einen Weg dorthin fände. Aber seine Bedenken waren unbegründet, zu Fuß schaffte er es leicht bis vor zur Lichtung. Anscheinend hatten Jäger und Sammler einen Pfad zu der Stelle gelegt, denn selbst für seine Größe war der Weg begehbar. Er hätte mit seinem Schwert auch einen neuen Weg in den Felsen geschlagen, nur um zu Enja zu gelangen. Gleißende Wut packte ihn, Wut auf ihre verdammte eigenmächtige Art. Warum musste sie schon wieder ausbüxen? Was hatte sie sich nur dabei gedacht!

Aber diese Wut verrauchte blitzschnell, als er ihren Körper vom Boden hochhob. Sie war bewusstlos und seltsam schlaff, wie eine Gliederpuppe. Ein Handgelenk war gebrochen, mehr konnte er jetzt nicht erkennen. Vielleicht war sie auf den Kopf gefallen? Er musste sie dringend zu Moira bringen. Durch den Kampf und den Fall in den Morast war sie mit Blut und Erde verklebt, die weißen Haare starrten vor schwarzem Dreck.

Mit der leblosen Kriegerin in seinen Armen und dem Amboss lief er zu den Pferden zurück, die nervös die Köpfe warfen, als er mit seiner Last ankam. Er legte Enja auf Taycans Sattel, der deutlich zu spüren schien, dass etwas nicht stimmte.

Beruhigend sprach er auf die beiden nervösen Pferde ein, als er mit der traurigen Last zurück ins schottische Heerlager aufbrach. Von Weitem konnte er immer noch die typischen Geräusche des Krieges ausmachen, die der Wind zu ihm herübertrug. Der Weg zurück war daher einfach zu finden.

Gerade in dem Moment, als er aus dem Wald über der Anhöhe wieder herauskam, brachen die Menschen im Lager links von ihm in grenzenlosen Jubel aus. Er konnte rechts von sich auf dem Schlachtfeld sehen, wie sich die Engländer in einem heillosen Durcheinander über den Bannock zurückzogen. Pferde und Menschen, Leichen und Verletzte stapelten sich zu Hunderten im und am Rand des Flusses, etliche ertranken kläglich. Wilde Schotten im Kampfmodus stachen mit höllischem Geschrei mit ihren Lanzen und Schwertern auf die Reiter und die fliehenden Kämpfer ein.

Es war ein Bild des Grauens, aber die Begleiter im Lager sahen es als eindeutigen Sieg, und während sie gemeinsam in einem riesigen Pulk in Richtung Schlachtfeld stoben, ließen sie ein Gebrüll los, als würden sie selbst in einen Kampf ziehen. Es war ein Gemisch aus Freude und Erleichterung, das solchen Lärm erzeugte.

Der lang ersehnte Sieg über die Engländer vibrierte in jeder Faser und kochte in jedem der Menschen hier hoch, die gehofft, geweint und gelitten hatten bis zu diesem entscheidenden Tag. Die Sackpfeifen von Enjas Musikern schallten über das gesamte Tal hinweg mit ihren heroischen Klängen und brachten Kunde für das gesamte Heer über einen historischen Sieg. Männer, Frauen und Kinder lagen sich in den Armen, nein, taumelten vor freudiger Erschöpfung!

Die Engländer wurden nicht nur geschlagen, sie wurden

gedemütigt. Robert de Bruce hatte endlich seine Anerkennung als schottischer König, die ihm ohne diesen eindeutigen Sieg nicht gelungen wäre. Cathal konnte sogar Moira unter den Jubelnden erkennen, die nun den müden und verschwitzten Männern dort auf dem Schlachtfeld um den Hals fielen. Es war ein Moment der absoluten Freude, und nicht wenige fielen auf die Knie und dankten dem Herrn für seine endlose Gnade.

Cathal stand mit den beiden Pferden und der leblosen Enja ratlos zwischen Heerlager und Schlachtfeld, als er plötzlich Christopher entdeckte, der auf ihn zugelaufen kam. Sein Gesicht hatte sich vor Anstrengung gerötet, und völlig außer Atem blieb er neben ihnen stehen.

»Was ist passiert, Sire«, schnaufte er entsetzt, »ist sie tot?« Angst schwang in jedem Wort mit.

»Ich weiß es nicht, Chris, noch lebt sie, aber ich fürchte, sie hat sich schwer verletzt …« Hal konnte es kaum aussprechen, er wollte es einfach nicht glauben. »Komm, hilf mir, sie ins Zelt zu bringen und auf eine Bahre zu legen. Ich reite zurück auf das Feld und hole Moira, sie ist die Einzige, die ihr nun noch helfen kann.«

James Douglas war dem englischen König dicht auf den Fersen. Nur ganz knapp entkam Edward II. seinem rasenden Wolfsrudel. Sie hatten Blut geleckt und wollten den König in seiner misslichen Lage endgültig schnappen. Auf seinem wilden und ungeplanten Rückzug ließ er alles fallen, was er nicht mehr brauchte, sogar sein Schild, das den Schotten als Beute in die Hände fiel.

Stirling Castle verweigerte dem so Gedemütigten die Aufnahme, denn dort erkannte der Kommandeur, wer ab jetzt der König hier in Schottland sein würde, und so musste Edward unverrichteter Dinge wieder abziehen, die Douglas-Meute dicht auf den Fersen. Bis nach Berwick upon Tweed musste sich das geschlagene englische Oberhaupt mit seinen versprengten Mannen durchschlagen, um mit einem Schiff nach England zurückzukommen. Wieder war es der alte Haudegen Aymer de Valence, der mit dem unglückseligen König seinem Rächer Douglas entwischte.

Ohne den Hauptgewinn zog sich James Douglas nach zwei Wochen Verfolgung enttäuscht nach Stirling zurück, das für Bruce nun zu einer Art Befehlszentrale wurde. Wie schon William Wallace Jahre zuvor, hatten er und sein Bruder Edward die Burg wieder in schottische Hände gebracht.

Die Nachricht vom Unfall seiner Frau erreichte ihn damit erst als einer der Letzten. Und sie traf ihn unerwartet, denn er hatte sie mit dem schweren Amboss in Sicherheit geglaubt.

Enja schlief immer noch einen tiefen, traumlosen Schlaf. Sie wachte nicht ein einziges Mal auf, nicht einmal, als Moira ihr die Hand wieder richtete und die Wunden versorgte. Sie hatte sich bei dem Sturz das Handgelenk gebrochen, aber das wäre nicht so schlimm gewesen.

»Das heilt wieder«, sagte Moira dem verzweifelten James. Aber der Amboss, der sie am Rücken getroffen hatte, hatte ihren Rückenwirbel gebrochen, und hier war selbst Moira machtlos. Es grenzte an ein Wunder, dass sie überhaupt noch lebte, so lautete ihre erschütternde Diagnose. Aber wenn sie jemals wieder aufwachen sollte, würde sie nie mehr laufen können.

Es kam einem Todesurteil gleich. Die Enja, die alle kannten, war verloren. James hatte bei Moiras Mitteilung geweint. Er wusste, dass die Enja, die er so geliebt hatte, für immer fort war. Alles, was blieb, war eine leere, schlaffe Hülle.

Jetzt war sie tatsächlich wach, wie Gotfried es in der großen Halle verkündet hatte. Ungläubig starrte James in das schmale Gesicht, das blass und mit tiefen Augenringen aus dem Fell lugte. Cathal hatte sich neben dem Bett auf die Knie niedergelassen und hielt ihre leblose Hand. James ging auf die andere Seite und setzte sich neben sie auf das Bett. Die Kammer hatte Bruce persönlich für sie organisiert, denn sie sollte die beste Behandlung bekommen, die er zur Verfügung stellen konnte. Auch ihn hatte das Schicksal der rebellischen Kriegerin schwer mitgenommen. Vielleicht fühlte er sich ein wenig verantwortlich für den Lauf der Dinge.

»Habt ihr ihn erwischt?«, drang eine dünne Stimme an James' Ohr.

Fragend blickte er Enja an. »Wen?«

»Na, Edward.«

James schluckte, es war auf einmal so unwichtig geworden. »Nein, er konnte uns entkommen.« Irritiert blickte er in ihre blauen Augen, die immer so klar waren und jetzt dumpf und müde wirkten.

Das schwarze Kreuz auf ihrer Stirn hob sich scharf ab auf der wächsernen Haut. Der einst so lebendige Ausdruck in ihrem Gesicht war einer Totenmaske gewichen. Tief lagen die schönen Augen in ihren Höhlen und verrieten den Gewichtsverlust. Trotzdem versuchte sie, tapfer zu lächeln.

»Du hast ihm aber mächtig Feuer unter dem Hintern gemacht, wie mir scheint?«

Er strich ihr zärtlich mit der Hand über die blasse Wange. »Ich hätte dir seinen Kopf gerne auf einer silbernen Platte serviert.« Die einsetzende Stille war gespenstisch. James räusperte sich. »Du weißt, was passiert ist?«

Sie schloss die Augen und öffnete sie wieder. Nicken ging wohl noch nicht. »Der Amboss …«, hauchte sie.

Jetzt nahm James ihre Hand mit seinen beiden Händen und hielt sie fest. Mit einem schweren Seufzer setzte er zu einer Erklärung an, die ihm schrecklich schwerfiel.

»Ja, der Amboss … er hat dir die Wirbelsäule gebrochen, *mo ghra*. Du wirst nie mehr laufen können, nie mehr kämpfen …«

Da brach seine Stimme. Ein Schluchzer entfuhr ihm, und er senkte den Kopf. Enja schloss wieder die Augen.

Cathals Gesicht war wie aus einem Felsen gehauen: grau, unbeweglich und versteinert.

»Ich spüre nichts mehr, James«, sagte Enja auf einmal, die Augen blieben geschlossen. »Meine Hände, meine Füße, alles ist wie tot. Ich habe nur noch meine Gedanken.« Wieder diese Stille, die ihm fast die Luft nahm.

»Wenn es nicht mehr besser wird, wirst du mich dann töten?«

Erschrocken sah James sie an. »Wie sollte ich das tun? Du bist doch meine Frau!«

Jetzt gingen ihre müden Augen wieder auf, und sie suchte die seinen mit einem bittenden Blick.

»Und du liebst mich, stimmt's? Dann kannst du mich nicht so leiden lassen.«

Cathal auf der anderen Seite ließ auf einmal ihre Hand los und wischte sich über das Gesicht. Mit knackenden Gelenken richtete er sich auf und ging ohne ein weiteres Wort hinaus. Instinktiv wusste er, was hier besprochen wurde, war nicht für seine Ohren bestimmt. Es fiel ihm ohnehin schwer zu verkraften, was passiert war. Seine Welt drehte sich nicht mehr, auch Moira konnte ihm da nicht helfen. Seine große Liebe, seine Gefährtin, seine Lebensretterin starb hier vor seinen Augen einen Tod auf Raten, und er musste hilflos zuschauen. Leise schloss er hinter sich die Tür zu Enja*s* Kammer.

James küsste Enjas kalte Hand. Ihre starken Hände waren kraftlos geworden, ihre Finger würden niemals wieder eine Waffe halten. Was für ein grausames Schicksal für jemanden, der so stolz und so stark war. James schluckte immer wieder den säuerlichen Geschmack hinunter, der von seinem Magen emporstieg. Er konnte sie nicht töten. Aber er wollte sie auch nicht so leiden sehen.

»James, bitte! Ich würde es selbst tun, aber ich kann nicht!«

Er stand zutiefst betroffen auf, atmete tief ein und aus.

»Ich bringe dich nach Caerlaverock, zu deinen Kindern. Bitte denk auch an sie, sie vermissen dich. Das Leben geht weiter, irgendwie. Ich liebe dich, Enja. Ich liebe dich viel zu sehr. Ich kann dich nicht einfach töten wie ein Tier, verstehe mich bitte.«

Er musste sich die Nase putzen mit dem kleinen Leinentuch, das ihm Rachel mit vielen Blümchen bestickt hatte.

»Ich lasse alles für die Abreise vorbereiten«, sprach er mehr zu sich selbst als zu der unglücklichen Enja vor ihm im Bett. Mühsam drehte er sich um, als würde ein schweres Gewicht auf seinen Schultern lasten. Der schwarzhaarige Ritter, der sich im Kampf stets auf seine Kraft und Schnelligkeit verlassen konnte, war nur noch ein Schatten seiner selbst. Trauer und Entsetzen hatten ihn mit eiserner Faust gepackt und lagen wie ein schwerer Klotz auf ihm. Mit hängenden Schultern und versteinertem Gesicht verließ er die Kammer, die so dunkel und still war wie das schlechte Gewissen in seinem Kopf.

Denn er war es gewesen, der sie hatte an den Amboss ketten lassen. Hätte er sie ganz normal gefesselt, wäre sie wahrscheinlich noch gesund. Jeden Tag verfluchte er seinen Einfall. Natürlich hätte er wissen müssen, dass sie trotzdem irgendwie versuchen würde zu kämpfen, und mit dem Amboss hatte er sie zum leichten Opfer gemacht. Er hätte auch einer Fliege die Flügel ausreißen können.

Als sich hinter ihm die schwere Holztür schloss, lehnte er sich völlig erschöpft mit den Schultern dagegen, um Fassung ringend und die Augen geschlossen. Irgendetwas zog ihn mit aller Gewalt in einen schwarzen Schlund, und er hatte Angst, dass er sogar freiwillig hineinspringen könnte.

Es dauerte einige Sekunden, bis er die dunkle Gestalt wahrnahm, die vor ihm an der gegenüberliegenden Wand lehnte und mindestens so erschüttert war wie er selbst. In der Dunkelheit des steinernen Flurs erhob sich gegen den spärlichen Fackelschein die riesige Gestalt Sir Cathals, der seiner Enja nicht von der Seite wich und auch jetzt vor ihrer Tür aushielt. Mit einem starren Gesicht, das keinerlei Emotionen verriet, sah ihn der tätowierte Mann aus grünen Augen an. Es waren diese Augen, die seine aufgewühlten Emotionen offenbarten.

Douglas war es nie in den Sinn gekommen, dass es noch jemanden geben könnte, der seine Frau so liebte wie er. Aber jetzt plötzlich wurde ihm klar, dass dort ein Mann stand, der alles für Enja tun würde. Und als er in diese ungewöhnlich grünen Augen sah, wurde James bewusst, dass Cathal sie auch töten würde, wenn sie ihn darum bitten würde.

Seine Nackenhaare sträubten sich. Die gleiche Gefahr, in der er sich befand, ging auch von diesem gefährlichen Krieger aus, der den Nacken eines Menschen mit nur einer Hand brechen konnte. Er war ein Killer, der Enja hörig war. Langsam bewegte er sich von der Tür mit seinem Rücken weg, verlagerte sein Gewicht wieder auf die Füße und trat ein paar Schritte auf den mächtigen Iren zu. James war selbst überdurchschnittlich groß, aber zu diesem Mann musste er trotzdem hochsehen. Jetzt flackerten dessen Augen, und die Lippen pressten sich zu einem Strich zusammen.

»Sir Cathal«, begann James, »ich weiß, dass Ihr meine Frau genauso liebt wie ich.« Er machte eine Pause, weil seine Stimme zu versagen drohte. Die Worte, die er sprechen musste, fielen ihm nicht leicht, und er räusperte sich umständlich. »Aber ich bitte Euch, wenn sie Euch anfleht, sie zu töten, tut es nicht. Sie will sterben, aber ich bitte Euch, mir die Entscheidung zu überlassen. Ich bin noch nicht so weit, und ich kann es jetzt noch nicht. Aber bitte lasst mir die Wahl und gebt mir Zeit.«

Es verging eine Weile, bis Cathal antwortete. Seine Augen funkelten feucht. Irgendwann nickte er ganz leicht. Dann stellte er sich aufrecht hin. Seine Brust hob und senkte sich, als fiele ihm das Atmen schwer. Irgendwann schließlich sprach er mit seiner heiseren Stimme: »Ich bin mir nicht sicher, ob ich ihr einen Wunsch abschlagen kann. Sie ist nur noch ein Kopf ohne Körper. Es besteht keine Aussicht auf Heilung, hat mir Moira versichert. Ich würde auch von ihr erwarten, mich in einer solchen Situation zu töten, und sie würde es tun.

Wenn Ihr mir versichert, dass Ihr sie nicht leiden lasst, gehe ich ihr aus dem Weg.«

»Ich lasse sie nicht leiden, ich brauche nur Zeit, um mich zu verabschieden. Und Enja sollte diese Zeit auch bekommen. Gott hat mich vor meine schwerste Prüfung gestellt, ich hadere mit meinem Schicksal und meinem Glauben. Wenn ich es tun muss, werde ich es tun.« James' Stimme war nur noch ein Flüstern.

»*Inshallah* …«, brummte Hal, wischte sich in einer fahrigen Bewegung die Tränen aus den Augen und wandte sich schnell ab. Er, der niemals vor irgendetwas Angst hatte, bekam nun Angst vor seinen eigenen Gefühlen.

Verfluchte Memmen! Wenn ich mich doch nur bewegen könnte! Aber mein Kopf schien auf wundersame Weise ganz allein zu existieren, aber alles andere an mir lag nutzlos herum wie totes Fleisch. Wie in einem Gefängnis waren meine Gefühle und Gedanken gefangen in einer bewegungslosen Hülle. Ich vermisste die Luft, die Landschaft und vor allem meinen Taycan so sehr! Allein gewöhnliche Vorgänge wie Essen oder Wasserlassen waren mittlerweile eine entwürdigende Qual geworden.

So wenig es sich die anderen eingestehen wollten, aber mein Zustand belastete jeden, der mit mir zu tun hatte. Seit einigen Tagen waren wir wieder in Caerlaverock, nach einer anstrengenden Überführung meines Körpers von Stirling Castle hierher. Hal und James hatten mich abwechselnd im Arm getragen, damit ich wenigstens die Landschaft sehen konnte, die langsam an uns vorbeizog. Die dafür vorgesehene Trage ließ mir leider nur die Sicht auf den Himmel, der immer wieder, wie üblich in den schottischen Sommern, zwischen Himmelblau und Tiefschwarz wechselte, bevor es regnete. Aber selbst der Regen auf meinem Gesicht fühlte sich so schön an wie schon lange nichts mehr. In solch einem Moment spürte ich, dass ich noch lebte.

Auch die liebevollen Berührungen von James, der seit jenem verhängnisvollen Tag jede Nacht mit mir teilte, konnte ich nicht mehr empfinden. Um ihm nicht wehzutun, hatte ich ihm weder dies noch von meiner Schwangerschaft erzählt. Je weniger er wusste, desto eher konnte ich ihn davon überzeugen, mich zu töten. Das Kind in meinem Schoß zog mich nur noch tiefer in meine Depression, denn über mein Leben durfte ich selbst entscheiden, aber was war mit dem Ungeborenen?

Hier gingen meine Gefühle weit auseinander. An einem Tag wollte ich die wenigen Monate noch ausharren, um es zu gebären, an anderen Tagen wünschte ich mich lieber heute als morgen tot – vor allem wenn diese Schmerzen kamen, die eigentlich gar nicht sein durften, denn ich spürte ja nichts. Als wären meine Glieder noch intakt, stach einmal mein Bein, ein andermal mein Arm. Soldaten erzählten mir oft von Schmerzen in ihren amputierten Gliedern. Jetzt wusste ich, welche Hölle sie durchmachen mussten. Im Geiste war ich immer wieder jede Möglichkeit durchgegangen, wie ich mich selbst töten könnte, aber ohne fremde Hilfe hatte ich keinerlei Aussicht auf Erfolg.

So viele liebe Menschen um mich herum versuchten, mir den Alltag zu versüßen, aber sie konnten mir nicht mein Leben zurückgeben. Rachel, Thorvil und die Kinder von Moira, inzwischen zehn an der Zahl, kamen abwechselnd oder zugleich in meine Kammer gestürmt, um mir ihre Geschichten zu erzählen oder mich Dinge zu fragen, die sie wissen wollten. Sie versuchten sogar, meine Arme und Beine zu bewegen, weil sie nicht glauben wollten, dass dort kein Leben mehr wäre, aber das waren vergebliche Mühen.

Seltsamerweise tröstete mich die Anwesenheit dieser so geliebten Menschen nicht. Im Gegenteil, je öfter ich die schöne Musik hörte, die sie für mich spielten, oder die herrliche Sommerlandschaft sah, die sich vor meinem Fenster ausbreitete, desto fester wurde meine Überzeugung, gehen zu müssen. James verschloss bei diesem Thema seine Augen und Ohren, aber bei Hal war ich mir sicher, dass er mich verstehen würde. Bis er eines Tages in meine Kammer kam.

Seine massige Gestalt stand lange Zeit am Fenster, und er blickte sehnsüchtig hinaus. Ich spürte, er konnte wie so oft meinen Anblick nicht ertragen. Auf einmal wandte er sich um, und ich sah bereits in seinen Augen, dass er etwas sagen würde, was uns beide schmerzte.

»Ich werde nach Irland reisen, Enja«, begann er völlig unvermittelt, als wäre es ein dicker Kloß, der im Ganzen herausgewürgt werden musste. »Ich will zu meiner Familie nach all den Jahren. Vielleicht …«, fügte er hinzu und schaute dabei überallhin, nur nicht zu mir, »… vielleicht leben meine Eltern ja noch oder meine Geschwister. Ich würde Moira gerne einmal meiner Familie vorstellen.«

Es kam nicht sehr überzeugend, es war eben doch nur eine Ausrede, um nicht ständig von mir angebettelt zu werden. Seine Familie war nur ein Vorwand, vermutlich hatte er Angst, am Ende doch noch einzuknicken.

Ich spürte nur Traurigkeit und Enttäuschung, denn mein bester Freund machte sich feige aus dem Staub. Feige? Nein, feige war Hal nicht. Wahrscheinlich traute er sich nur selbst nicht mehr über den Weg. Irgendwann würde er doch noch weich werden und mir einen würdigen Tod verschaffen. Natürlich, er wollte immer schon zu seiner Familie zurück, schon seit unserer gemeinsamen Zeit im Orient. Es ärgerte mich nur, gerade jetzt …

»Ich hatte dir versprochen, dich zu begleiten. Das wird wohl jetzt nichts …« Ich versuchte, mir meine Enttäuschung nicht anmerken zu lassen und bemühte mich deshalb um einen neutralen Ton.

»Wenn du wieder gesund bist, hole ich dich nach, Enja!«

Seit wann war ich so ein Pessimist? Angewidert seufzte ich nur. »Machen wir uns nichts vor, Hal. Ich werde qualvoll siechen, und du hast es satt, mich so zu sehen. Aber ich kann es verstehen. Es ist einfacher, anderen die Entscheidung zu überlassen, nicht wahr?«

Mein Ton war ätzender, als ich eigentlich gewollt hatte. Natürlich war ich gekränkt. Hal zog seine dunklen Augenbrauen zusammen.

»Du weißt, dass ich dich auf der Stelle getötet hätte, aber dein Mann bat mich darum, ihm die Entscheidung zu überlassen. Wir sind nicht verheiratet, Enja. Ich habe kein Recht dazu.«

Verfluchte Memmen!

»Ja«, murmelte ich meinem Schicksal ergeben, »und du weißt, wie ich es hasse, abhängig zu sein. Ich habe meine Würde verloren, und jetzt verliere ich auch noch meinen Stolz …«

Hal trat nun die wenigen Schritte bis zu meinem Bett und kniete mit einem Bein nieder. Seine Hände ruhten auf dem linken angewinkelten Knie. Mit seinen eindrucksvollen Augen sah er mich seltsam an, traurig, wie es schien.

»Du wirst auf ewig das für mich bleiben, was du warst, Enja! Wild, unberechenbar und stolz. Ich werde dieses Bild für immer in meinem Herzen tragen, egal, wo ich bin.« Seine grünen Augen funkelten, um seinen Mund zuckte es gefährlich. Cathal neigte seinen Kopf nach unten wie ein Büßer in der Kirche. So verharrte er einige Augenblicke, bis er wieder aufsah, mich auf das tätowierte Kreuz auf der Stirn küsste und murmelte: »Vergib mir, Enja. Aber ich werde jetzt gehen. Allein.«

Eine dicke Träne rollte meine Wange hinunter. Wie beschämend, ich konnte sie nicht einmal verstohlen wegwischen.

Als hätte sich sein Gewicht verzehnfacht, stand er schwerfällig auf, drehte sich um und ging, ohne sich umzudrehen. Sein breiter Rücken verschwand hinter der Tür, und mit ihm ging ein Teil meines Herzens.

Es war mir völlig neu, dass ein Mensch sich nicht dadurch töten konnte, dass er einfach zu atmen aufhörte. Ein teuflischer Reflex zwang mich, wieder Luft zu holen. Aber als ich anfing, mein Essen und sogar meine allseits geliebten *datiln* zu verweigern, rief das James auf den Plan. Mit finsterem Gesicht kam er in meine Kammer geschossen, Lily stürmte mit geröteten Wangen hinterher. Es beschämte sie sichtbar, ihre Herrin verpetzt zu haben, aber es war eben auch ihre Pflicht. Er war schon frühmorgens aufgebrochen, um die Kampfausbildung der jungen Knappen zu beobachten, als die aufgeregte junge Heilerin ihm von meiner Nahrungsverweigerung berichtete. Immerhin war es ihm wichtig genug, alles stehen und liegen zu lassen.

Nun stand er vor meinem Bett, die Hände in die Hüften gestemmt, und funkelte mich mit seinen dunklen Augen an. Seine Schläfen waren in den letzten Wochen grau geworden, die senkrechte Furche über der Nasenwurzel wurde von einigen Rillen, die quer über seine Stirn liefen, begleitet. Das Gesicht, in dem das Leben seine deutlichen Spuren hinterlassen hatte, war älter geworden. Ich hatte ihn schon lange nicht mehr lächeln sehen.

»Was soll das, Enja? Willst du jetzt wieder deinen Willen durchsetzen? Kannst du nicht warten, bis ich mich entschieden habe?« Sein Ton war ärgerlich, fast schon kalt. Dahinter versteckte er meist seine echten Gefühle, das wusste ich.

Ich schüttelte meinen Kopf. »Ich will die Entscheidung jetzt, hier«, entgegnete ich genauso hart. Noch hatte ich ein wenig Energie, auch wenn ich viele Stunden am Tag einfach nur schlief.

Wie um sich selbst zu schützen, verschränkte er die Arme vor sich und drehte sich um. So konnte ich seinen Gesichtsausdruck nicht mehr lesen.

»Du weißt, wie ich darüber denke«, sprach er zum Fenster hinaus.

»Deine religiösen Ansichten sind mir scheißegal, es geht um mich. Ich will sterben, und ich will, dass du mir dabei hilfst, sonst werde ich aufhören zu essen.«

Jetzt drehte er sich doch wütend um und ballte die Fäuste. »Ich kann dich zwingen zu essen!«, grollte er drohend.

»Warum quälst du mich und dich so?«, fragte ich ihn ruhig. »Ich will in Würde sterben, James, ist das zu viel verlangt?«

Seine Fäuste entspannten sich, ballten sich wieder, entspannten sich. Der gepeinigte Mann atmete ein, dann schwer wieder aus. »Ich werde dich nicht sterben lassen. Du trägst mein Kind in deinem Bauch.«

Verärgert biss ich die Zähne zusammen. Er wusste es also. »Moira …«, knurrte ich leise.

»Ja, Moira hat es mir verraten«, unterbrach er mich rau. »Sie wollte, dass ich es weiß.« Sein Gesicht spiegelte jetzt mehr Sorge als Wut, und mir dämmerte, welch mächtige Gefühle unter seiner harten Schale loderten.

Enttäuschung kroch wie eine giftige Schlange in mein Bewusstsein. Er würde mich nicht gehen lassen …

James setzte sich neben mir auf die Bettkante und nahm meine Hand, die dort lag.

»Was willst du?«, würgte er schließlich heraus. Sein dunkler, flackernder Blick hielt dem meinen stand.

»Bring mich in den Wald und lass mich dort. Ich möchte dort sterben, wo ich eins werden kann mit der Natur. Wenn du mich nicht töten kannst, dann wird es vielleicht ein Tier …«

»Ich werde dich nicht von einem Tier fressen lassen wie einen Kadaver!«, unterbrach er mich rüde.

»Oder du lässt mich einfach einschlafen in deinen Armen, wenn ich müde werde vom Leben.«

Sein Blick hob sich zum Fenster, das die Kammer mit sanftem Licht erhellte. Als ob dort die Antwort auf all seine Fragen in der mit Blumen und grünen Farnen bedeckten Landschaft zu finden wäre. Ich sah ihn erschaudern, als müsste er seine dunklen Gedanken abschütteln. Schließlich drehte er seinen Kopf zu mir zurück.

»Also gut, du lässt mir wohl keine andere Wahl. Ich hatte geglaubt, du würdest deine Ansicht ändern, aber deine Todessehnsucht wird immer stärker. Ich bringe dich hinaus in den Wald, und ich werde bei dir bleiben, bis du tot bist. Dann werde ich dich als Kriegerin auf einem Schiff verbrennen, wie du es immer gewünscht hast.«

Seine Mundwinkel zuckten, und er wischte sich eine Träne aus dem Gesicht.

»Danke«, wisperte ich und schloss erleichtert die Augen, »danke.«

Erst jetzt hörte ich ihn tief durchatmen, und mir dämmerte, dass er an diesen unerhörten Wunsch meinerseits eine Bedingung geknüpft hatte. Es vergingen ein paar Sekunden.

»Aber im Gegenzug wirst du unser Kind gebären. Wenigstens die wenigen Wochen bis zur Geburt musst du mir schenken. Dann werde ich das tun, was ich dir versprochen habe, und dich sterben lassen.«

Moiras Haar war verschwitzt, und die Locken klebten ihr in dunklen Strähnen an den Schläfen. Mit einer fahrigen Bewegung wischte sie sich die nassen Haare aus dem müden, aber zufriedenen Gesicht. Eine Geburt war immer aufregend, aber diesmal hatte sie eine ganz besondere Herausforderung zu meistern: Die werdende Mutter war vom Hals abwärts gelähmt und konnte so weder mithelfen, noch spürte sie den Rhythmus der Wehen. Moira hatte mit ihren geschulten Händen zwar die Weite des Muttermunds messen können, aber das Kind musste sie zusammen mit Lily und mit Hilfe von einem Stück Tuch auf dem Bauch herausdrücken. Immer wieder fühlte sie den Bauch, um den Moment mitzubekommen, an dem sich die Wehen zu Presswehen veränderten. Erst dann konnte es losgehen.

Plötzlich veränderte sich etwas. Die erfahrene Hebamme erkannte es sofort. Mit beiden Händen ertastete Moira noch einmal die Lage des Kindes und die kräftigen Presswehen. Jetzt lag das Köpfchen des Kindes im Geburtskanal und musste herausgedrückt werden. Da Enja dazu nicht in der Lage war, legten sie das Tuch über ihren Bauch und zogen es an beiden Enden im Rhythmus der Presswehe heraus. Es brauchte nur zwei der mächtigen Wehen, um den Kopf des Kindes hindurchzuschieben. Moira packte ihn mit beiden Händen und zog das neue Leben sanft in die Welt. Es war ein kleines Wunder! Das Kind war gesund, und auch die Mutter lebte.

Das kleine Mädchen mit dem hellen Flaum auf dem Kopf wanderte durch ihre vor Freude zitternden Hände. Vorsichtig legte Moira das Bündel Mensch in James' Arme, der es kaum hatte erwarten können, nach der Geburt zu ihr ins Gemach zu kommen, um seine Tochter zu sehen.

Lady Enja lag erschöpft in ihrem Bett und wurde nun von ihrem stolzen Ehemann im Arm gehalten. Ihr Körper hatte auch diese Tortur einer Geburt unbeschadet überstanden, obwohl sie selbst keine Kontrolle mehr darüber zu haben schien. Die Freude über ihre gesunde Tochter stand ihr ins müde Gesicht geschrieben, denn die kristallblauen Augen leuchteten. Zum ersten Mal seit Langem lächelte die stolze Frau wieder, die so sehr mit ihrem Schicksal haderte.

James hatte das Warten auf die Geburt kaum ertragen. Auch für ihn war Enjas aussichtsloser Kampf gegen ihr Schicksal eine Herausforderung. Lieber stürzte er sich mit seinen Männern in endlose Grenzkämpfe, als tatenlos neben seiner Frau zu verweilen. Erst kurz vor Beginn der errechneten Geburt kam er mit wehenden Fahnen wieder in die Burg geritten, sehr zum Unmut Moiras, die ihn an der Seite seiner kranken Frau vermisst hatte. Dafür war er jetzt von seinem Kind völlig entzückt. Immer wieder zählte er die winzigen Finger und Zehen, als könnte er kaum glauben, dass es so vollkommen war.

Am Sonntag, den 1. Dezember 1314 hatte ein neuer Bewohner in Caerlaverock das Licht der Welt erblickt, während eine schwache Wintersonne durch die Fenster schien. Sonntagskinder galten als besondere Glückskinder, und Moira prophezeite der kleinen Fionna ein gesundes Leben, denn wer sich so tapfer hinauskämpfte, der würde es auch zu etwas bringen.

Der Kamin in der großzügigen Kammer spendete die nötige Wärme, um die frischgebackenen Eltern mit ihrem Neugeborenen nicht frieren zu lassen. Ein langer Schatten fiel nun auf die Menschen in dem Raum, die sich diesen intimen Moment teilen durften.

Wie schwer war es für Enja gewesen, sich selbst zurückzunehmen und auf dieses Ereignis zu warten, das sie von ihrem eigenen Todeswunsch abhielt. Der Bauch war kaum zu sehen gewesen, und Enjas einst so kräftige Statur war kaum auszumachen. Aber sie hatte ihrem Mann versprochen, das Kind zu gebären. Was danach kam, wusste Moira nicht, aber sie ahnte Schlimmes …

Die Heilerin lächelte den beiden zu. Es war auch für sie das glücklichste Ereignis seit Monaten, genauer gesagt, seitdem ihr Mann weggegangen war. Sie war Cathal nicht böse, weil sie wusste, was ihn von Caerlaverock fernhielt. Sie vermisste ihn und seine Stärke sehr, vor allem als ihr jüngster Sohn vor ein paar Wochen von ihnen gegangen war. Der kleine Ian war an einer geheimnisvollen Krankheit gestorben, für die sie kein Heilmittel finden konnte, wie auch für so viele tödliche Krankheiten bei anderen Kindern. Die lieben Menschen von Caerlaverock versuchten, sie aufzufangen, und bereiteten eine denkwürdige Trauerfeier, aber die Bitterkeit blieb in ihrer Kehle. Der Mann an ihrer Seite, der ihre Seele durch die schweren Stunden getragen hätte, fehlte.

Moira blickte die frischgebackenen Eltern tapfer an, es war ihr heute doppelt so wichtig, mit Enja diesen Augenblick des neuen Lebens zu genießen, der so einmalig war im Leben einer Frau. Mutter und Vater hielten ein Stück pures Lebensglück im Arm, zart und rosig, die Haut so hell und blass wie die ihrer Mutter, und sie lächelten glücklich im Einklang.

Für Moira war es immer wieder ein faszinierender Augenblick. Auch nach so vielen Jahren ihres Hebammendaseins war ihr die Veränderung einer Frau zur Mutter immer noch ein Rätsel. Was passierte im Kopf einer Frau, wenn sie zum ersten Mal ihr Kind in den Armen hielt? Sie konnte es nicht beantworten, aber es musste etwas Großartiges sein, das Gott ihr nach den endlosen Qualen der Geburt schenkte.

Auch diesmal war er da, dieser Augenblick, in dem nun auch Enja zum ersten Mal die Vollkommenheit spürte, die eine Frau erlangen konnte: einem Kind das Leben zu schenken. Moira blickte forschend in Enjas kristallblaue Augen und sah den vertrauten Glanz, der vorher noch nicht da gewesen war. Es war die Liebe einer Löwenmutter zu ihrem eigenen Kind. Die beiden Frauen lächelten einander wissend an, es würde wohl für immer ein Geheimnis bleiben. Vielleicht, so hoffte Moira, würde dieses Kind wieder etwas Lebensmut in Enja entfachen. Aber die Chance war gering, zu sehr litt diese stolze Frau unter den Schmerzen und einem verwelkten Körper. Jeglicher Mut, der ihr geblieben war, konzentrierte sich lediglich auf ihr Ableben.

James hielt sein Versprechen. Am 1. Januar des neuen Jahres 1315, vier Wochen nach der Geburt der kleinen Fionna, ritt er auf Taycan, mich in seinen Armen, in den Wald, der Caerlaverock säumte. Dort hatte ich schon so oft mit Moira die Kräuter für Tees und Pasten geschnitten, Wurzeln und Moose. Mit den Kindern hatten wir hier Pilze gesammelt und Verstecken gespielt. Es war unser Feengarten, so hatten wir diesen zauberhaften Ort genannt. Auf dieser Lichtung, zu der wir jetzt gemeinsam zum letzten Mal ritten, hatte ich mich mit James schon so oft geliebt. Dort wollte ich jetzt sterben.

Wir erreichten die Lichtung, die im Sommer im hellen Licht der Sonne normalerweise in einem satten Grün schimmerte. Jetzt war das wenige Grün von trockenen Gräsern und abgeworfenem Laub bedeckt, und die Sonne schaffte es nicht bis zur Graslinie. Die Bäume grenzten die von kleinen Felsen umsäumte Lichtung schroff ab, als hätte jemand einen Strich gezogen. Moose und Farne bedeckten den ehemaligen Waldboden und ließen Taycans Hufe tief einsinken. Nur das vereinzelte Klopfen eines Eichelhähers oder der Gesang von überwinternden Amseln drang in dieses vergessene Fleckchen Erde, gnädig erwärmt von den wenigen Sonnenstrahlen, die über die Wipfel gelangten.

Er bettete mich, eingehüllt in warme Felle, neben einen Felsbrocken in Form eines Käfers. Das war Rachels Zauberstein. Wie oft hatten wir dort gesessen und uns über Gott und die Welt unterhalten. Nun lag ich an diesem Ort wie eine Tote, deren Kopf vergessen hatte, den letzten Atem auszuhauchen, und wartete darauf, dass auch dieses Körperteil endlich den Weg alles Irdischen gehen würde.

Wir hatten den Kindern und den anderen Erwachsenen nichts von unseren Plänen gesagt, es sollte nur ein gewöhnlicher Ausflug werden. Lily, die ahnte, warum James mich aufs Pferd hob, küsste noch einmal meine Hand und lief schnell davon, als wollte sie keinesfalls Zeugin dieses frevelhaften Aktes gegen ihren Glauben sein. Für die Kirche war Selbstmord eine schwere Sünde. Aber was scherte mich schon die Kirche!

Liebevoll drapierte mich mein Ehemann mit seinen starken Armen auf die am Boden liegende Decke und umhüllte mich, obwohl ich nicht mehr frieren konnte. Dann legte er sich daneben und drückte mich fest an sich. Mein Körper konnte nichts mehr spüren, weder Wärme noch Kälte. Aber James' Gesicht war warm, das spürte ich an meiner Wange, und die Geste berührte mich. Wenn es doch nur nicht so verdammt wehtun würde, einen geliebten Menschen zurückzulassen. Hatte Hal ebenso gefühlt, als er gegangen war?

Es verstrich kein Tag, an dem ich nicht an ihn dachte. Er war mir zu sehr ans Herz gewachsen, als dass ich ihm das je verzeihen konnte. Vielleicht sollte ich meinen Frieden schließen mit einem Mann, der lieber gegangen war, als meinen qualvollen Tod zu erleben. Verflucht!

In dieser Nacht lag ich wach. Ich sah die Sterne, den Mond, nahm den Duft des Waldes in mich auf. Als wir eng umschlungen mit den Singvögeln erwachten, errieten wir abwechselnd, welcher Vogel welche Geräusche von sich gab. Dieser Moment ließ mich sehr intensiv an meine Familie denken. Es war mein Vater, der mir die Laute des Waldes beigebracht hatte, der jeden Schrei einem Tier zuordnen konnte. Mit einem heißen Schwall an Wehmut begann ich wieder an meine Mutter, meinen Vater und auch an meine Schwester zu denken. In Gedanken stellte ich mir vor, wie ihre Gesichter heute aussehen würden.

Liebevoll tupfte James mir die Tränen ab, die immer wieder aufs Neue in meine Augen schossen.

»Woran denkst du gerade?«, fragte er mich sanft.

Mit der ganzen Energie, die mir noch blieb, versuchte ich, tapfer zu lächeln. Ich wollte als starke Frau sterben. »An meine Familie, die ich nie wiedergefunden habe.«

»Du hast eine neue Familie gefunden, *mo ghra*«, murmelte James sanft, während er mit rauen Fingern meine Wange streichelte. Jeder einzelne seiner Finger hinterließ ein Feuerwerk an Emotionen.

»Ja«, entgegnete ich ihm leise, »eine wunderbare Familie.«

Wir ließen beide unsere Gedanken schweifen, und ich stellte ihm irgendwann die Frage, die mir schon so lange auf der Zunge brannte, die ich aber nie zu fragen gewagt hatte.

»Hast du dir nie Gedanken gemacht, dass ich so anders war als andere Frauen, James?«

Jetzt, so kurz vor meinem Tod, traute ich mich, diese Frage zu stellen. Davor war ich immer zu schüchtern dafür gewesen. Langsam setzte er sich neben mich, winkelte die Beine an, legte die Arme auf die Knie und sah mir in die Augen.

»Du bist die ungewöhnlichste Frau, die mir je begegnet ist, ja. Dein Körper ist für mich der schönste, den ich je gesehen habe. Es ist der Körper einer Kriegerin, einer Kämpferin, und ich liebe alles daran. Ich liebe deine Haare und deine Augen.« James schaffte es sogar zu lächeln. »Ich habe dich vom ersten Moment an geliebt, Enja, seit ich dich mehr tot als lebendig auf dem Land meiner Eltern gefunden habe. Und ich werde dich immer lieben, im Himmel und auf Erden.«

Zärtlich küsste er mich auf die Stirn und nahm mich noch einmal in die Arme. Schließlich liebte er mich noch einmal, sanft und mit all der Zeit, die ein Mann haben konnte, der wusste, dass er es zum letzten Mal tat.

In dieser Nacht klammerten wir uns aneinander wie Ertrinkende. Meine Müdigkeit wurde immer stärker, der Wasserverlust und der Nahrungsentzug machten sich bemerkbar. James blieb tapfer an meiner Seite.

Die Lichtung wachte gerade wieder auf, der Tau lag noch auf den Blättern und ließ sie im ersten Licht des Tages glitzern wie von Silberfäden überzogen. Es duftete nach frischem Harz und feuchtem Holz. James schlief geräuschvoll, sein Kopf lag schwer auf meiner Schulter, als mir plötzlich gewahr wurde, dass ich diese unberührte und friedliche Lichtung hier nicht als Totenbett missbrauchen wollte. Voller Ungeduld sah ich meinem eigenen Tod entgegen und wusste mit einer Klarheit, die mich selbst überraschte, wo ich sterben wollte. Es war das Element, das mich seit meiner Kindheit begleitet und in dem schon meine Mutter den Tod gefunden hatte: das Meer.

»James!«, rief ich aufgeregt und weckte meinen überraschten Mann aus seinem Schlummer. »Lass uns einen anderen Ort finden als diese Lichtung. Ich möchte an einen Ort, der meinen Tod willkommen heißt. Hier ist es zu friedlich und lebendig, diesen Frieden will ich nicht mit meinem Tod entweihen. Das Meer ist nur ein paar Stunden entfernt, bitte entlasse meinen Körper in die Irische See!«

Tatsächlich war die Lichtung hier mit so vielen lebendigen Erinnerungen verbunden. Mein Mann hatte sich verschlafen aufgerichtet und sah mich zuerst völlig entgeistert an, bevor er verstand. Unsicher blickte er sich um und richtete seine geröteten Augen wieder auf mich.

»Vielleicht hast du recht, das Wasser ist wohl mehr dein Element.«

Seine Worte kamen noch zögerlich, als ränge er mit sich selbst. Er richtete sich langsam auf und strich sich mit beiden Händen die zerwühlten Haare aus dem Gesicht.

»Natürlich werde ich dir deinen Wunsch erfüllen. Aber wir werden dazu ein paar Stunden nach Westen reiten müssen.«

Sein Blick ging zum Himmel, die Sonne schickte sich gerade an, die ersten Sonnenstrahlen in unser kleines Reich zu schicken. Nachdenklich kratzte er sich die Bartstoppeln, die seinen Unterkiefer als dunklen Schatten bedeckten. Dann räusperte er sich, als ob er seiner eigenen Stimme nicht mehr trauen würde.

»Aber ich werde die letzten Augenblicke mit dir heiligen, auch wenn es mich mehr Kraft kostet, als ich vermutet hatte.«

Erleichtert schloss ich die Augen. Jetzt, in den letzten Stunden vor meinem Tod, wurde mir alles so klar. Wasser war mein Element, Kälte und Dunkelheit gaben mir ein Gefühl der Geborgenheit. Wo andere Menschen Angst verspürten, gewann ich an Vertrauen. Würde ich im Wasser tatsächlich ertrinken können? Konnte ich etwas, das ich schon so oft geübt und vorgetäuscht hatte, endlich durchziehen? Wie es sich wohl anfühlte, zu sterben? Kam nach dem ersten Schmerz gleich die Erlösung?

Die Klippen zur offenen Irischen See waren schroff und fielen steil ins Meer ab. Schon von Weitem nahmen wir den Geruch des Meeres wahr und hörten die Wellen unaufhörlich gegen die gezackten Felsen der Westküste branden. Irgendwann weit über der Meeresoberfläche zügelte James den schwarzen Hengst und ließ mich vor sich in seinen Armen liegend auf das aufgewühlte Meer blicken. Von hier oben erkannte ich deutlich die grünblauen Farben der unterschiedlichen Tiefen. In nicht weiter Ferne lag Irland, wohin sich Cathal verdrückt hatte, um sich dem Anblick meiner Qualen zu entziehen. Vielleicht würde er eines Tages von meiner Tochter erfahren, wenn er denn zurückkam …

Mit einem Schnalzer seiner Zunge bewegte James den folgsamen Taycan vorwärts. Unbeweglich lag ich in James' Armen, der sichtlich mit seiner Fassung rang. Noch wenige Hundert Yards trennten uns von einer begehbaren Stelle, die uns einen Zugang zum Meer erlaubte, ohne dass wir von den hohen Klippen hätten springen müssen.

An einem flachen Sandstrand in einer Bucht, die uns vor dem offenen Meer schützte, stieg er mit mir ab und wandte sich zur Wasserfläche. Die Sonne spiegelte sich aus ihrer flachen Winterkurve bereits weit westlich über dem Horizont und würde bald ins endlose Meer versinken, zusammen mit meinem nutzlosen Körper. Ich ertappte mich dabei, wie ich mich auf diesen Augenblick freute. Die Sehnsucht nach meinem eigenen Tod war an einem Punkt ohne Wiederkehr angelangt. Meine Ungeduld wuchs.

Zaghaft wendete ich mein Gesicht von dem friedvollen Anblick weg und blickte James von unten an. Mit zusammengepressten Lippen war sein Blick starr auf das offene Meer gerichtet. Deutlich spürte ich seine innere Zerrissenheit, seinen Schmerz. Das schwache Winterlicht erhellte seine rauen Gesichtszüge nur mäßig, und er vermied es krampfhaft, mich anzuschauen. Plötzlich ging ein Ruck durch seinen mächtigen Körper, und entschlossen stapfte er die wenigen verbliebenen Schritte bis zum Ufer. Ohne anzuhalten, lief er durch das leicht gewellte Wasser, das seine Stiefel in ärgerlichen Kreisen umspülte. Irgendwann erreichte es seine Oberschenkel, und mit steigendem Wasserspiegel tauchte auch ich in die Kühle der See, die ich so willkommen hieß.

Erst als mein Kopf eintauchte, fühlte ich die Kälte des Wassers. Wir blieben beide stumm, bis ich vom Wasser emporgehoben wurde und seine Arme von meinem Gewicht entlastete. Ohne mich aus den Augen zu lassen, übergab er mich langsam, fast liebevoll der See. Meine Atmung wurde flacher, fast als würde mich das Meer besänftigen. Nässe und Kälte umarmten mich wie ein guter alter Freund. Schwerelos trieb ich mit der einsetzenden Ebbe von James weg. Er ließ mein

Gesicht keine Sekunde aus den Augen. Sein Mund formte ein paar Worte, die ich aber nicht mehr verstand. Mit hängenden Schultern wirkte er, als hätte er gerade den Kampf gegen seine aufgewühlten Gefühle verloren.

Die Strömung drehte mich schließlich weg von ihm. Mein Blick löste sich von seinen schmerzerfüllten Augen und ging zum Himmel, den einige vereinzelte Regenwolken säumten. Nur das Glucksen des Wassers um mich herum und der Schrei von einzelnen Seemöwen waren jetzt noch zu hören. Die Gezeiten nahmen mich hinaus ins offene Meer, vorbei an den scharfen Klippen, vorbei an der tosenden Brandung. Wie eine friedvolle Prozession begleiteten mich die Vögel und Fische auf meinen Weg hinaus. Die Gedanken, die mich nun beherrschten, waren bei meiner Familie und den Menschen, die ich liebte und die mich geliebt hatten und in Erinnerung behalten würden. Es waren schöne Gedanken, mit denen ich von dieser Welt gehen wollte. Meine Augen ließ ich offen, selbst als mich irgendwann das Wasser sanft in die Tiefe zog. Wie eine Mutter, die ihr Neugeborenes in Empfang nahm, umschloss mich das Wasser mit seinen nassen Armen. Es war Zeit loszulassen.

James spürte den Schmerz als Stechen in seiner Brust, während seine geliebte Enja ins Meer hinaustrieb. Es brach ihm das Herz, sie sterben zu sehen, und doch wusste er, dass es die richtige Entscheidung für diese stolze Kriegerin war, die in ihrem Leben vor nichts Angst gehabt hatte, noch nicht einmal vor ihrem eigenen Tod. Er nahm die Hand von seinem Gesicht, die er schützend über die Augen gehalten hatte, um die tiefstehende Sonne auszublenden. Enja war nur noch als entfernter Punkt im offenen Meer zu sehen, der immer weiter von ihm wegzutreiben schien.

Sie wäre in diesem Jahr zweiunddreißig Jahre alt geworden, ein stolzes Alter für einen Krieger. Er selbst war nur drei Jahre jünger, und sein Körper fühlte sich oft schon älter an, als er es wahrhaben wollte. Kampf und Entbehrungen ließen ihn vorschnell altern, aber Enja war in den letzten Jahren immer schöner geworden. Als hätte sie dem Altersprozess den Kampf angesagt und haushoch gesiegt. Als wären Tod und Verderben spurlos an ihr vorübergegangen. Ihre helle Haut zeigte keine Spur von Falten oder Gram. Bis zuletzt strahlte sie diese Kraft und positive Energie aus, die Menschen so bewunderten. *Mo ghra …*

Müde strich er sich mit der Hand über das Gesicht und setzte sich auf einen Felsbrocken, der neben so vielen anderen hier den Sandstrand säumte. Er war kalt und nass, aber das störte ihn jetzt nicht. Irgendwie wollte er hier nicht weg, als müsste er sichergehen, dass sie nicht doch jede Sekunde lachend wieder hier auftauchen könnte. Die Situation war in jeder Hinsicht befremdlich, und die Wahrheit wollte nicht so recht in seinen Kopf. Diesmal würde sie nicht wiederkommen …

James wusste nicht mehr, wie lange er dort saß. Zeit war relativ geworden, Sekunden wurden zu Minuten, Minuten zu Stunden. Inzwischen war es dunkel und der schwache Mond schien auf das Meer, das hier seit Jahrtausenden gegen die Klippen Schottlands schäumte. Sein Kopf hing müde in seinen Armen, die er auf seine Oberschenkel gestützt hatte. Immer wieder hatte er in den vergangenen Stunden für ihre

Seele gebetet und Gott um einen Platz im Paradies gebeten, auch wenn Enja als Sünderin ins Jenseits ging. Sie hatte sich geweigert, sich von einem Priester die letzte Beichte abnehmen zu lassen. Aber vielleicht konnte Gott in seiner unendlichen Güte einmal ein Auge zudrücken?

James würde hier bis zum Morgen Totenwache halten, um sicherzugehen, dass ihre Leiche nicht wieder zurück an Land gespült wurde. Die Trauer hing wie eine schwere Wolke über ihm und schien ihn in jeglichem Tun zu lähmen. Er hatte die Liebe seines Lebens verloren nach seinem fundamentalen Triumph in Bannockburn. Nahm sich Gott im Gegenzug für seinen Erfolg auf Erden das, was ihm das Liebste war?

Gott hatte ihm eine gesunde Tochter geschenkt, die eine lebende Erinnerung an die Frau seines Lebens sein würde. Vielleicht war das der Teil eines großen göttlichen Plans? Er würde der kleinen Fionna von ihrer Mutter und der großen Liebe ihrer Eltern erzählen. Aber auch von ihren Reisen und den wahnwitzigen Abenteuern …

Ein Platschen erregte seine Aufmerksamkeit. Müde hielt er in seinen Gedanken inne. Irgendwo vorne am Wasser bewegte sich etwas. Vermutlich ein Seehund oder … etwas Größeres?

James' Blick ging zu der Stelle, von der das Geräusch kam, und er kniff die Augen zusammen. Normalerweise kamen die Seehunde nicht so weit südlich, sie hielten sich eher bei den Hebriden der rauen Nordküste auf. Hatte sich eines der flinken Tiere hierher verirrt?

Langsam stand er auf und zog sich das Plaid fester um seine Schultern. Der feuchtkalte Wind blies über das Meer und fuhr ihm in alle Glieder. Steif vom langen Sitzen stakste er unsicher an die Wasserlinie. Mondlicht erhellte das glitzernde Wasser und zeigte ihm das Ende des Sandbetts. Seine Füße waren während der Bewegungslosigkeit eingeschlafen. Kräftig rieb er sich die kribbelnden Beine, um sein Blut wieder anzuregen.

Da! Jetzt konnte er es deutlich an der Wasserlinie sehen. Dort war ein menschlicher Körper angespült worden. Gott im Himmel! Ein grausamer Gedanke durchfuhr ihn.

Die zurückströmende Flut musste ihre Leiche …

Aber seine dunklen Ahnungen wurden jäh von der plötzlichen Erkenntnis unterbrochen. Es war tatsächlich Enja, die nassen, strähnigen Haare klebten ihr am Kopf wie Silberfäden. Das Mondlicht erhellte nur ihre Umrisse, wie sie dort vom Meer an Land gespült, lag. Der Unterleib war noch im Wasser und wurde von den Wellen sanft hin- und herbewegt.

Sie stöhnte plötzlich, und James hielt vor Schreck in seiner Bewegung inne. Sein Blick fixierte ihren Oberkörper, der halb auf der Sandbank lag, und in diesem Moment glaubte er an eine Sinnesstörung. Das konnte doch nicht sein! Seine Hände legten sich instinktiv über seinen Mund, um nicht laut loszuschreien.

Denn dieser Körper, der eindeutig Enja war, bewegte nun seine Hände, und sie gruben sich tief in den Sand. Auf ihren Ellbogen zog sie sich mühsam und entkräftet aus dem Wasser. Sie musste den ganzen Weg wieder hierhergeschwommen sein, Gott weiß, wie sie das geschafft hatte!

Endlich bahnte sich ein Ruf aus seiner Kehle. Gurgelnd, keuchend und ohne ein sinnbildendes Wort rannte er die wenigen Schritte zu seiner Frau, fiel neben ihr auf die Knie und zog sie aus dem Wasser. Erleichterung und Freude brachen sich Bahn, während er das nasse Bündel Mensch umklammerte. Sie war zu ihm zurückgekommen! Er spürte ihre kalten Hände an seinem Gesicht und konnte es nicht glauben. Sie zitterte, aber sie lächelte.

»Gott, Allmächtiger!«, entfuhr es ihm atemlos. »Wenn Ihr mich prüfen wolltet, dann habt Ihr Euch eines bösen Tricks bedient!« Seine Sinne schienen ihn zu verlassen, sein Kopf schwirrte, und er war froh, auf dem Boden zu knien, sonst wäre er womöglich umgefallen.

Das schwere Atmen der Frau in seinen Armen setzte kurz aus, um in ein atemloses Glucksen zu verfallen. Ihre Schultern zuckten, und es dauerte, bis er erkannte, dass Enja erfolglos zu lachen versuchte. Dabei huschte ein schwaches Lächeln über ihre Züge, James konnte es im Mondlicht mehr ahnen als wahrnehmen. Ohne eine weitere Antwort drückte er sie nur wortlos an seine Brust, der Kopf Enjas sank erschöpft auf seine Schultern, wodurch ihr Mund ganz nah an sein Ohr herankam. Er konnte sie auf einmal ganz deutlich hören, obwohl sie nur leise und kurzatmig flüsterte:

»Wenn das eine Prüfung deines verfluchten Gottes war«, ihre Lungen zogen noch einmal pfeifend Luft ein, »dann habe ich sie wohl gründlich vermasselt …«

Nachwort der Autorin

Eigentlich hatte ich vor, Enja in diesem Band sterben zu lassen. Ein großartiger Tod für eine großartige Heldin, so war zumindest mein Gedanke. Aber je mehr es dem Ende zuging, desto weniger war ich mir über Enjas Schicksal sicher. Setzt man solche komplexen und liebeswürdigen Personen ins fiktive Leben, trägt die Autorin auch eine gewisse Verantwortung, und letztendlich habe ich es nicht übers Herz gebracht, Enja sterben zu lassen. Ich musste nur den außergewöhnlichen Befund herbeiholen, der Enja den Verlust ihrer Körperkontrolle erklärte. Im Fachjargon spricht man von Tetraparese, einer inkompletten vorübergehenden Lähmung aller vier Gliedmaßen durch Quetschung der Rückenwirbel. Eine vollständige Heilung hiervon ist extrem selten, aber möglich.

Wie schon im ersten Band habe ich die historischen Fakten als Rahmen für meine Geschichte benutzt. Dabei ging ich wie immer großzügig mit der Platzierung von historischen Figuren um. Die reichhaltigen Geschichten der Rückeroberung vieler schottischer Burgen unter anderem von Rutherglen, Stirling Castle oder Edinburgh finden sich in meiner Erzählung authentisch wieder. Genauso wie die dramatische Zerstörung seines eigenen Familienbesitzes Douglas Castle durch Sir James Douglas. Selbst die Begnadigung des jungen Engländers ist dabei geschichtlich belegt und zeigt viel von der Zerrissenheit dieses außerordentlichen Mannes. Rutherglen wurde sogar zweimal von den Schotten erobert, und ich verlegte die zweite Eroberung der Burg mit dem Tausch des jungen Earls Edmund ins Jahr 1308, um den Ablauf der Geschichte um Enja und Douglas nicht zu verwirren. Douglas hatte die Burg tatsächlich im Jahr 1312 ohne Kampf für sich eingenommen. Es ranken sich einige Geschichten um die überraschende Aufgabe des Kommandanten von Rutherglen, meine ganz eigene habe ich hier niedergeschrieben.

Eines der interessantesten historischen Ereignisse war die knappe Gefangennahme von Bruce auf seiner Flucht vor den McNabes und MacDougall*s*. Nach der Niederlage von Methven war es ihm mit ein paar wenigen Mitstreitern und nur mit Mühe gelungen, seinen Häschern zu entgehen. Wie knapp er diesen entkommen war, belegt die Tatsache, dass die MacDougall*s* ihm sogar den Umhang entreißen konnten, der ihn einhüllte! Die königliche Brosche, die ihm dabei abgerissen wurde, ist heute noch im Familienbesitz der stolzen MacDougalls.

Der Tod des englischen Königs war so schillernd wie der König selbst zu Lebzeiten gewesen war. Die Angst, seinen gefürchteten Ruf bei den Schotten mit seinem Tod zu verlieren, war berechtigt. Immerhin hatte sein Sohn nur wenig mit dem Hass auf die rebellischen Untertanen am Hut, es war wohl ein sehr persönliches Ziel des alten Königs gewesen. Tatsächlich hatten seine Vertrauten den Tod noch lange Zeit verheimlicht. Eine schaurige Vorstellung, den Leichnam im Sommer 1307 mit seinen Truppen umherzutransportieren, um ihn dann im Oktober erst offiziell zu beerdigen. Ich fand keine Belege dazu, aber vermutlich wurden seine Gebeine ausgekocht, um den bestialischen Gestank zu umgehen. Dies war nicht unüblich zu jener Zeit.

Edwards Sohn war seinerzeit nicht unumstritten. Mächtige Barone, die sein Vater mit harter Hand führte, nutzten seine politische Schwäche für ihre eigenen Machtansprüche aus und waren letztendlich auch schuld an seinem unrühmlichen Niedergang. Den Geschichtsbüchern zufolge ließ ihn seine eigene Ehefrau mit Hilfe eines ehrgeizigen Liebhabers zu Tode foltern. Die Gründe variieren stark, angeblich war Edward homosexuell. Aber der Umgang von Männern untereinander war in diesen Zeiten nicht unbedingt sexuell orientiert, wie es für uns heute scheint. Daher möchte ich keine Vermutungen anstellen.

Für die Schotten spielte Edward II. nach Bannockburn kaum noch eine Rolle. Der Waffenfrieden blieb brüchig bis zum 6. April 1320, als die schottische Unabhängigkeitserklärung in Arbroath nach vielen Verhandlungen unter Robert de Bruce zustande kam. Es wurde bis zur heutigen Zeit die älteste bekannte Erklärung einer Nation in dieser Art.

Zu den erwähnten Waffen, die Enja und Hal so fröhlich zum Einsatz brachten, hatte ich einige Informationen gefunden, und mit dem einsetzenden Handel aus China wäre es für die beiden durchaus möglich gewesen, das sogenannte »Griechische Feuer« zu mixen. Ähnlich wie das heutige Napalm erzeugte es eine verheerende Wirkung und war nicht zu löschen. Ob sich damit auch die gefürchteten Wurfmaschinen zerstören ließen, mag fraglich sein. Tatsächlich war diese Art von Kriegsmaschinen zum ersten Mal im Jahre 1304 im Einsatz, als Edward I. Stirling Castle einnahm. Nach tagelanger erfolgloser Belagerung gaben die Burgbewohner sofort auf, als die zerstörerischen Geschosse auf Stirling Castle niedergingen. Zwei Jahre später schleppte er in Enjas Geschichte diese absolut wirkungsvollen Waffen vor die Tore Caerlaverocks. In meinen Recherchen stolperte ich auch darüber, dass Aymer de Valence, der eine wichtige Rolle als General in Edwards Heer innehatte, in der wahren Geschichte Caerlaverock im Jahre 1300 belagerte. Dies geschah dann in der Zeit der Maxwells, dessen kompletter Clan sich massiv gegen die englische Besetzung gewehrt hatten. Von der Burg, die im Mittelalter eine wichtige strategische Position innehatte, blieb nur noch eine Ruine übrig. Aber auch heute strahlt sie mit ihren mächtigen drei Ecktürmen eine stolze Erhabenheit aus.

Die Highland-Spiele, die ich in diesem Band beschrieben habe, hat Enja natürlich nicht erfunden. Geschichtlich belegt waren diese Zusammenkünfte schon unter König Malcolm III. im 11. Jahrhundert. Er hatte die besten Männer des Landes zitiert, um unter den Wettkämpfern die stärksten Läufer für seinen Botendienst zu rekrutieren. Sicher folgte daraus ein großes Fest mit Musik und Tanz, Speis und Trank. Auch darf der werte Leser davon ausgehen, dass sich auf all diesen *Ceilidhs* junge Männer in ihren Disziplinen messen durften, kriegserprobt, wie diese Zeit nun einmal war.

Die Beschreibung des Kampfablaufs in der entscheidenden Schlacht von Bannockburn habe ich fast minutiös nachvollzogen. In dieser Schlacht, Mann gegen Mann, hatte Robert sein unglaubliches Talent für Strategie unter Beweis gestellt. Den Verlauf der beiden Seiten der Schlachtgegner zu beleuchten, gab mir genug Stoff für meine Heldin. Angeblich war Robert de Bruce auch ein guter Schachspieler. Vielleicht hätte er mit Enja auch gerne mal eine Runde gespielt …

Der Krieg der Schotten gegen die Engländer war mit Bannockburn 1314 zwar erst einmal entschieden, aber zur Ruhe kam das gebeutelte Land noch lange nicht. Der Kampf ging kurz nach Roberts triumphalen Sieg im Folgejahr in Irland weiter, während England seine Wunden leckte. Dorthin schickte Robert seinen Bruder Edward, um eine zweite Front gegen England zu errichten. Ein gerissener Schachzug, der aber recht bald mit dem Tod des Bruders in der Schlacht um Faughart 1318 unglücklich endete. Robert de Bruce selbst starb am 7. Juni 1329 nach langer Krankheit. Er wurde fünfundfünfzig Jahre alt.

Eva Fellner